I0649777

Lathea

2. kötet

S. Bardet

2016

Publio kiadó

Minden jog fenntartva!

Ezt a regényt elhunyt nagypapám emlékének ajánlom, aki bizonyosan önmagára ismerne az általam megformált öreg piktor józan életbölcseletében, életszeretetében és odaadó ragaszkodásában azokhoz, akik a szívében lakoznak. Illetve Édesapámnak, akinek a személyében egy kritkus, de mindig odaadó olvasómat és támaszomat is elveszítettem.

1940. május – november

14.

A hírek a semmiből csaptak le, Nagy-Britannia pedig felbolydult, akár egy méhkas. A rádióhíradások két napon át másról sem szóltak, mint a németek által Blitzkriegként propagandizált villámháborúról és arról, miként halad előre. Az előzmények nélkül támadt hatalmas zűrzavarban semmi biztosat nem lehetett tudni. A hivatalos források mintha szándékosan tartották volna vissza az információkat, így mire a közember számára is kikristályosodott az események menete és mérete, hogy mi történik valójában a csatorna túlpartján, a háború első öt napja már el is telt.

Azt azonban bizonyosan tudni lehetett, hogy május 10-én hajnalhasadáskor százharmincöt német hadosztály zúdult Luxemburgra, Hollandiára és Belgiumra, miközben a Luftwaffe porig bombázta a holland és belga reptereket, valamint Franciaország több légi bázisát, köztük az érzékeny közelségben fekvő Calais-t, Dunkirköt, Bront és Chateuroux-t. A kialakuló frontvonal az Északi-tengertől a luxemburgi határig feszült keresztbe Európán. A légitámadások fedezékében pedig a szárazföldi invázió is teljes erővel nyomult előre. Azon a pénteken egy hadoszlop egy teljes Tigris hadtesttel megerősítve egyenesen az Ardennek felé tört, át Dél-Belgiumon és Luxemburgon, hogy a Meuse folyó után a franciák bevehetetlennek tartott erődjét, a Maginot-vonalat fenyegessék jelenlétükkel. Már az első nap végére nyilvánvalóan látszott, hogy se a hollandok, se a belgák nem képesek feltartóztatni az offenzívát. Két nappal később a támadók egy hadoszlopa Maastrichtnál járt és az Albert-csatornáért folyó harcban elpusztítottak egy Champagne-ból felszálló repülőrajt, mely az angol légi flotta önkénteseiből verbuválódott. A helyzet óráról órára romlott, minek következtében az invázió harmadik napján, május 13-án, a németek három felfegyverzett hadosztállyal, valamint három légiflotta fedezékében, pontonhidakat vertek a Meuse vizén, hogy a túlpartra átkelve behatoljanak Franciaországba és egy nap alatt el is foglalják Sedant.

A BBC nem szolgált számadatokkal, talán ők maguk sem voltak tisztában velük, ám a közreadott tájékoztatással, azaz, hogy a Meuse völgyében a franciák érzékeny vereséget szenvedtek, azt a baljós következtetést sugallták, hogy Franciaország súlyos emberáldozatok árán sem tudja megvédeni magát az ellenséggel szemben. Hamarosan az is nyilvánvalóvá vált, hogy Hitlernek nem Franciaországra fáj a foga. Illetve egyelőre úgy tűnt, hogy nem, mert a német hadsereg hirtelen északnyugatnak fordult és az ott védekező francia és Brit Felderítő Hadtest katonáit valósággal nekiszorították az Északi-tengernek. A rádió híreit hallgatva a megváltozó közhangulat egyre inkább azt jelezte, hogy Franciaország és az ott zajló események közelebb vannak a brit partokhoz, mint megelőzően bárki gondolta volna. Különösen, mert a BEF-ben szolgáló angol katonák ehhez a nemzethez tartoztak és az egész nemzet ki is állt mellettük. A rossz hírek sorra követték egymást, a hírolvasók által elveszített városokként közzétett lista minden nappal terjedelmesebb lett, mígnem május 15-én Hollandia, 28-án pedig Belgium is hivatalosan kapitulált a Harmadik Német Birodalom elsöprő katonai ereje előtt.

Stepney-ben Lathea gyakorta hallgatta a BBC nyolc órás hírműsorát Cowanékkal együtt. Napközben Mr. Kewley engedélyével ugyan bekapcsolhatták a rádiót, akkor azonban csak halkan merték hallgatni. Az élet az utolsó tizenöt napban úgyis a feje tetejére állt. A kontinensen zajló háború tagadhatatlan kihatással volt mindenre. London vidáman nyüzsgő metropolisz helyett egy csapásra gyászba fordult. Az emberek arcáról eltűnt a derű, a máskor szembetűnő gyorsasággal pergő élet nyomorúságos képet mutatott megtört lassúságával. A városon rajta ült a sokk, amit a harci cselekmények váratlan fellobbanása keltett. Éppen ezért a könyvesbolt is alig látott vevőket, azok is leginkább térképeket kerestek, a költészet és irodalom sokat veszített aktuális értékéből. Mr. Kewley a rendkívüli üzletmenetet látva egy órával megkurtította a nyitva tartást, ezért Latheának bőven maradt ideje kibuszozni Stepney-be, hogy a családdal hallgassa végig a híreket, kilenc óra tájékán pedig metróval, vagy Nick kocsiján keveredett haza Shadwellbe. Ami az utazást illeti, gyakran megterhelő volt számára, de elsősorban maga miatt mégis vállalta. Erwin február végén kelt át a csatornán, amikor a BEF alakulatait fokozatosan Franciaországba telepítették.

- Hadgyakorlat – közölte látható elégtétellel, amiért a kiképzést követő unalomtól végre megmentik őket.

Azóta három levelet írt a családjának, egyet pedig neki, ez volt a nagyobb meglepetés. Legalábbis ő semmi ilyesmire nem számított, miután a férfi megbánása és kitartó udvarlása dacára sem volt hajlandó feltámasztani az egykori bensőséges kapcsolatot.

- Mondd meg nyíltan, ha van valakid, Lat.

Az őszinte, egyenes kérdés némileg meghökkentette.

– Nincsen – felelte hasonló őszinteséggel, hiszen ez így is volt. Akadt ugyan valaki, aki bebizonyította neki, hogy mindaz az érzéketlenség, tehetetlenség és alkalmatlanság a szenvedélyes együttlétre, amit Erwin mellett átélt, nem állja meg a helyét, ugyanakkor nem ámította magát azzal, hogy Mihail Kupolyevnek

szüksége lenne rá. A férfi minden tekintetben felette
állt és feltehetően őt is egyszerűen csak elvarázsolta
az a fantasztikus éjszaka, amit együtt töltöttek.
Gyakran pironkodva emlékezett vissza, milyen
készséges szeretőként viselkedett az orosz
hálószobájában, ám azt az átmeneti gyengeséget és
fellángolt tüzet nem tudta megbánni. Valószínűleg ez
is közrejátszott abban, mert végre nem kísértette a sok
megalázó kudarcnak a réme, amit Erwinnel megélt. A
bál utáni éjszakán ösztönösen cselekedett és Mischa
bebizonyította neki, hogy ő is lehet olyan nő, akitől
felforr egy férfi vére, és aki boldoggá teheti a párját.
Pusztán csak nem Erwin Cowan az.
- Akkor?
- Megbántottál, Erwin, és ezt sajnos nem tudom olyan
könnyen, máról holnapra elfelejteni. Nem mintha nem
érteném meg, amit tettél, de akkor is bánt. Szeretlek,
és boldog lennék, ha semmit nem jelentene, de...
- Jelent – fejezte be Erwin a félbeharapott mondatot,
mire Lathea gépiesen bólintott. – Legalább azt
elhiszed, hogy sosem akartalak megsebezni? Talán
magam se láttam tisztán, mennyit jelentesz nekem.
Ahogy kéz a kézben üldögéltek egy étkezdében,
Erwin azt mondta: – Talán mire hazajövök
Franciaországból és eltávozást kapok, megváltozik a
véleményed.
- Szeretném, de megígérni nem tudom neked.
Erwin a nehéz elválás után mégis írt neki, a levél
pedig aláírás helyett egyetlen szóval zárult: –
Szeretlek.

Miután a BBC egyre elkeserítőbb helyzetről számolt
be, növekvő lelkifurdalással gondolt saját
viselkedésére, mialatt legalább ennyire rettegett attól,
hogy könnyen elveszítheti a férfit. Hiszen bármi is
történt köztük, a legőszintébb érzelmek láncolták
hozzá, emlékek hada, szép és feledhetetlen pillanatok,

olyan tiszta érzések, melyeket eddig senki iránt nem táplált és talán nem is fog. Ezért szorongva és fáradtan, de azért újra meg újra megtette az utat Stepney-ig, hogy ott ülhessen a többiekkel a nappaliban, miközben árgus fülekkel várták a kontinensről érkező a híreket.

– Milyen napod volt?

Lathea elvette a teát Nicktől, aki odarogyott az oldalára. Meglehetősen hasonlított a bátyjára, noha nyúlánkabbra nőtt és kevésbé volt robosztus alkat. A környékbeli lányok egyszerűen imádták, mert nemcsak jóképű volt, hanem előzékeny, szellemes és kiváló táncos. Ugyanabban az évben született, mint ő, jóllehet hét hónappal korábban, így Erwin után a hat Cowan gyerek közül második volt a sorban.

– Megteszi. Az embereket jelenleg nem az olvasás izgatja.

Nick hümmögött valamit, aminek az ő fülében nem volt értelme.

Ekkor a háziasszony hangja törte meg a csendet, ahogy ott üldögélt a férje kezét szorongatva. – Borzasztó dolog történt, Lathea kedvesem. Joe ma megkapta a behívóját. Két napon belül meg kell jelennie a sorozóbizottság előtt.

– Te jó ég! Ilyen gyorsan?

– Nem vesztegetik az idejüket, mi? – Carl Cowan cinikus fanyalgása önmagáért beszélt. – Hálásak lehetünk, mert Timet tizenkilenc éves sihederként nem akarják agyonlövetni!

Lathea a baljára sandított. – És te, Nick?

– Kester apja a múltkori balesetem után jól hangzó passzust írt, eszerint pedig alkalmatlan vagyok. Reméljük, ezt a seregnél is elhiszik.

Judith Cowan keseregve folytatta: – Ráadásul Sue-t is rendelkezési állományba tették, ami azt jelenti, hogy bármikor kényük-kedvük szerint elvihetik a világ végére.

- És Betty meg Kester?
- Amikor utoljára jelentkeztek, mindketten Portsmouth-ban voltak.
A ház ura a zsebóráját elrejtve felállt és a rádiókészülékhez sétált. Néhány elektronikus sípszót követően felhangzott a már megszokott hangjelzés. – *Ez itt a BBC londoni stúdiója. 1940. május 26-a, este nyolc óra van. A hírek következnek. A német csapatok ma folytatták az agresszív előrenyomulást. A védekező francia és brit egységek köré egyre szorosabb hurkot vonva kényszerítik őket a tenger felé való hátrálásra. Miután a német hadsereg tegnap bevette Boulogne városát, ma nagy erőkkel ostrom alá fogták az eleddig a túlerővel hősiesen dacoló Calais-t. A várost minden irányból bekerítette az ellenség, így az ellenállás óráról órára reménytelenebbé vált és a nap folyamán Calais is elesett. A német offenzíva kíméletlen elszántsággal egyre zsugorodó területre szorítja vissza az ellenálló csapatokat, ami a mai napon a St. Omer, Lille, Ostende háromszögre apadt. Ma este a válságosra forduló helyzetet látva Winston Churchill kormánya elrendelte a brit csapatok haladéktalan evakuálást a legyőzött területekről. Hivatalos becslések szerint hozzávetőlegesen négyszázezer brit és francia katona vívja élet-halál harcát, mielőtt az ellenség egészen a tengerpartra szorítja vissza őket. A miniszterelnök bejelentette, hogy a hadműveletet Ramsey admirális kezébe helyezi, akit felhatalmazott arra, hogy az evakuáció során minden szükséges eszközt és erőforrást igénybe vegyen, akár a civil lakosság kárára is...*
- Négyszázezer ember, szent isten! – kiáltott fel Carl Cowan a rádió gombját elcsavarva, mire az rögvest elhallgatott. – Belefullasztják őket a tengerbe!
- Ó, drága Erwin!
Judith szavai kellemetlenül megrekedtek a csendben. Lathea még akkor sem tudott szabadulni tőlük, amikor Nick kocsiján már Shadwell irányába robogtak a sötétbe vesző utcákon. Nick máskülönben igencsak

beszédes fajta volt, ez alkalommal mégsem szólalt meg. Merően az utat bámulta és mélyen gondolataiba temetkezve hajtott az élénk forgalomban. Láthatóan nem volt kedve társalogni. Stepney ismerős utcáin bolyongva Latheának azokra a napokra kellett gondolnia, melyeket Erwinnel tölthetett. Visszanézve kétségbeejtően távolinak tűntek. A titkos csókok, vagy a Royal Courtból hazafelé megtett buszozások, beszélgetéseik és féktelen nevetéseik. Ezek mindegyike életének elválaszthatatlan részévé vált, melegséggel emlékezett rájuk. Belemerülve a múltba fel sem figyelt arra, hogy időközben leparkoltak a ház előtt, ahol lakott. Pusztán akkor lesett körbe, amikor Nick hangja megütötte a fülét.

- Az éjjel azt álmodtam, hogy a Cowanek nem élik túl ezt a háborút – mesélte fakó egyszínűséggel a hangjában. – És ha arra gondolok, Erwinnek milyen sors jut abban a pokolban... nos, ez nem is olyan ostoba álom, igaz?

- Ne mondj ilyeneket, Nick! Erwinnek haza kell jönnie.

Lathea viszonozta a fürkész pillantást. – Szereted őt?

- Igen – már önmagának is sokszor feltette ezt a kérdést.

Nick nem felelt azonnal. – Eszemben sincs mások titkaiban vájkálni, hidd el, csak hát Erwin rengeteget tépelődött azon, vajon szükséged van-e még rá.

- Az érzéseimnek kevés közük van ahhoz, mennyire megbántott – Nick kicsit sem látszott meglepettnek. – Hallottál róla? – a jelentéktelen biccentésre Latheának vérbe borult az agya. – Sejthettem volna, férfiak!

- Inkább testvérek. Szilveszterkor Erwin kegyetlenül leitta magát. Felteszem, azt sem tudta, mit fecseg össze, utólag pedig szintén nem derengett neki, hogy eljárt a szája.

- Pompás! És remélhetőleg Stepney-ben mindenki hallotta az ostobaságait!

Nick visszahúzta, amikor felháborodásában kiugrott volna a teherkocsi fülkéjéből. – Csak én, senki más. Ugyan tökéletesen megértem a haragodat, ettől azonban a bátyám még szeret téged és nagyon bízom benne, hogy épségben hazajön. Lathea habozott. – Én is ezt szeretném, Nick. Jó éjt! – nyögte ki végül lenyelve a nyelvére kívánkozó csípős megjegyzést. Megragadva a kilincset kiszállt az ülésről. A teherautó egészen addig ott vesztegelt a járda mellett, míg átkelt az úttesten és a ház kapuja bezárult mögötte. Akkor a fényszórók pásztája végigsurrant a falakon, majd sötét lett és éjszakai csend.

A Francia Nagykövetség a csatorna túlpartján dúló kétségbeesett végharc dacára a külső szemlélődő számára megszokottan hétköznapi arcát mutatta. Mindössze néhány újságíró nem illett ebbe a képbe, akik az aulában kihegyezett tollal, hírekre vadászva tábort vertek, tőlük azonban még bárki gond nélkül bejuthatott az épületbe. Lathea, egyetlen pillantást vetve a kis társaságra, az első emeletre felfutó impozáns lépcsősor felé igyekezett. A vörös szőnyeggel borított, erezett márványív tetején balra fordult és a folyosó dereka táján magabiztosan bekopogott egy ajtón, amin Jean-Michel Chiari neve díszelgett. Korábbi két látogatása során ugyanaz a fiatal nő fogadta, akit ismét a terjedelmes asztal mögött lelt, megbízható helyén. Bár a felirat szerint titkárnői cím illette meg, Lathea a férfitól hallotta, hogy ennél jóval összetettebb feladatokat lát el.
- Üdvözlöm, grófné – állt fel az ő érkeztére és kedvesen mosolygott. Gyanította, hogy Mischa törzsvendég lehetett a barátjánál és ő rajta keresztül érdemelte ki az idegenül hangzó megszólítást.

- Miss Barrault. Nem volt időm telefonálni, de Mr. Chiarival szeretnék beszélni. Mit gondol, lenne rám egy kis ideje?
- Ebben a pillanatban...
- Itt vagyok, kisasszony, mi tört...? – érkezett Jean-Michel a belső helyiségből iratokkal megpakolva. Makulátlanul szabott öltönyt viselt, mint mindig, bár ezúttal arcára ráncokat karistolt a kimerültség és a nyomasztó feszültség. Mosolya azonban a régi, vakító gesztus maradt. – Lathea! Ez aztán a nem várt meglepetés!
- Jó napot, Jean-Michel – Lathea még a túlságosan szokatlannak érződő keresztnevet ízlelgette, amire a férfi felhatalmazta, de sok időt nem kapott a merengésre.
- Mit szólna egy ebédhez? Farkaséhes vagyok.
- Igazán nem szeretném feltartani, bizonyára sok... Meghívója tudomást se véve a tiltakozásról a titkárnője elé ejtette az aktákat. – Akkor, ahogy megbeszéltük, Sylvia, kezdje az égető ügyekkel és ne legyen tekintettel semmire. Ha valaki keresne, elütött egy autó és holtan heverek valahol. Máskülönben kettő felé itt vagyok.
- Igenis, uram.
- Jöjjön, Lathea, ha már egyszer volt oly kedves és megmentett, ne késlekedjünk – a férfi kitárta előtte az ajtót, majd a sarkában gyorsan ő is kimasírozott.
- Ugye, nem zavartam meg semmi halaszthatatlan feladatban?
- Nem, inkább örülök, ha egy kicsit elvonja a figyelmemet. Az életünk ripsz-ropsz a feje tetejére állt.
- Megértem.
Az aulában ücsörgők felfigyeltek Jean-Michelre, ám az sajnálkozón széttárt karokkal jelezte nekik, hogy nincs hír újabb fejleményekről. Amikor kiléptek az

utcára, bágyadtan próbálkozott a májusi nap, a fák olykor még halovány árnyékot is vetettek.

- Mit gondol a francia vendéglőről, ahol Mischával járt? Nem szívesen mennék messzire.

- Természetesen.

A férfit szembetűnő szívélyességgel fogadták és a zsúfoltság ellenére is rögvest asztalhoz jutottak, méghozzá az ablak mellett, egy kevésbé forgalmas helyen. Lathea titokban megkönnyebbült, amiért a pincér nem a legutóbb használt asztalhoz irányította őket, az a hely túlságosan fájó emlékeket gerjesztett volna.

- Mit szeretne enni? – tudakolta Jean-Michel az étlapot böngészve, jóllehet kívülről fújta.

- Bármi megfelel. Rendelne nekem is?

- Nagyon szívesen. Bármi lehet?

A pergő francia szóváltásból mit sem értett, a férfiak kézmozdulataiból mégis azzal a gyanúval élt, hogy Jean-Michel tövéről-hegyire elmesélte, mit is szeretne a tányérján látni. Valamivel később fehérbort szolgáltak fel, amit Jean-Michel hozzáértő módjára ízlelgetett, mielőtt a választást helyben hagyta volna.

– Gondolom, Mischáról szeretne tudni valamit, igaz? – kérdezte végre magukra maradva.

- Tényleg olyan riasztó a helyzet?

A válasz váratott magára. – Vagy még riasztóbb.

- Ezt hogy érti?

Beszédes sóhaj következett. – Franciaország nem tart már ki sokáig, Lathea, ez a teljes igazság. Az, hogy még nem esett el, pusztán Hitlernek köszönhető, hiszen egyelőre semmi másra nem törekszik, mint elvágni minket a britektől. De ami késik, nem múlik. Ha már mindenkit belefojtottak a vízbe, Párizs következik.

- Gondolja?

- Semmi kétség. Nem szívesen mondom ezt, de a mi házunk táján annyi a baklövés, hogy egyik követi a másikat. Először is 1919 óta egyetlen sou se ment fegyverkezésre, most meg a bajban azt se tudják, mihez kapjanak. A francia főparancsnok hetvenhárom éves, el tudja ezt képzelni? Hitler szakképzett és agilis cápái ellen? Nevetséges! Azután ott van az a mészárlás a Meuse völgyében.

Ahelyett, hogy a németek nem várt akciójáról panaszkodnának, végre színt kellene vallani és elmondani, mi az ördögöt keresett ott az a kétezer ember védtelenül, alig hathétnyi kiképzéssel és néhány tucat modern fegyverrel, míg a többi múlt századi ócskaság volt. Élő falként zavarták őket a németek elé és miért? Mert a Maginot-vonalon se fekvőhely, se élelem nem jutott nekik. Kétezer szerencsétlen fizetett mások vérlázító hülyeségéért!

A kifakadás metszően jeges, rémisztő visszafogottsága minden hangoskodásnál többet árult el. Lathea megütközve, visszatartott lélegzettel bámult maga elé. – És Mischa?

- Már bánom, amiért áthelyeztettem. Eredetileg a Maginot-ba szólt a parancsa, adott körülmények között viszont az biztos halálnak tűnt. Ehelyett a fritzek a Maginot közelébe se mentek.

- Hol lehet most?

- Több elméleti lehetőség is van – dörgölte Jean-Michel a halántékát. – Elesett a Meuse-nál, vagy, ha volt esze, elmenekült.

- És ha nem? – csend. – Vagy ha nem sikerült?

- Talán benne van abban a majd félmillióban, akiket Hitler megúsztat a csatornában. Kívánom neki, hogy így legyen.

- Istenem!

Jean-Michel türelmesen kivárta, míg a pincér leteszi elébük a főételt és távozik, csak azután szólalt meg. – Tegnap választ kaptam Fettisovtól. Sajnos semmi jó hír nincs. Csak a jó ég tudja, Mischa merre jár, merthogy otthon nincs. Egyen csak, ízleni fog.

A biztatás nyomán Lathea kötelességszerűen állt neki az ételnek, bár nem törődött vele, mi van benne, se az ízével. – Mikor lehet megtudni, hogy megsebesült vagy meghalt-e?

- Hmm, beletelik még néhány napba. Ramsey felállította az evakuációs központot Doverban és értesüléseink szerint azonnal megkezdik az akciót. Csak az a probléma, hogy a németek egyetlen lelket sem akarnak megkímélni. Fokozatosan szorul a hurok, miközben senki nem tudja, hogy azok a szerencsétlenek meddig lesznek képesek kitartani. A valóság sokkolóan hangzott. Így se Erwinnek, se Mischának nem maradt sok esélye kimenekülni abból a pokolból. – Gondolja, hogy az evakuáció sikerrel járhat?

Jean-Michel megvonta a vállát. – Mindenesetre Churchill jó alanyt választott a feladatra. Ramsey a Nagy Háborúban négy évig a doveri parti védelem kötelékében szolgált, utána pedig hadihajó parancsnok volt, legalább annyi a számlájára írható, hogy remek terepismerettel rendelkezik. Biztos forrásból tudom, hogy tizenöt utasszállító horgonyoz Dovernél, valamint további húsz Southamptonban. A hírek szerint végszükségben a haditengerészet állományán felül a kereskedelmi és halászhajókat is csatasorba állíthatja.

- Ez nagyon ígéretesen hangzik.

Jean-Michel keserűen mosolygott. – Tudja, Lathea, mennyi négyszázezer katona? Iszonyatosan sok! Tegnap mindösszesen négyezret tudtak áthajózni és a helyzet gyorsan romlik. Mindkét halálra ítélt hadsereg körülbelül háromszázhatvan-háromszázhetven négyzetmérföldnyi területen zsúfolódik össze. A németek meg bombázzák őket és, legyünk őszinték, akkor sem téveszthetnének célt, ha akarnák.

- Úgy érti, hogy a levegőből támadják őket?

Egyetlen bólintás is megtette. Az ebéd hátralevő részében semmiségekről váltottak szót, amiért Lathea igencsak hálás volt. Megnyugtató értesülések hiányában még inkább elkeseredett a hallottakon. Egyértelműen látta, hogy a rádió csak a hivatalosan bevallható információkat tette közzé, melyek rendre derűlátóbb képet festettek a valóságosnál. Ugyanakkor az igazság rémisztően kegyetlenül hangzott. Olyannyira, hogy még az olyan sokat edződött diplomatát, mint Jean-Michel, is tagadhatatlanul megviselte. Szeme tompán égett a kialvatlanságtól és a desszert mellé három adag erős kávénak a végére járt. Még ő, aki pedig nem ismerte igazán jól, is észrevette rajta a fásultság és az aggodalom jeleit.

- További két dologgal kell előhozakodnom – miután kiegyenlítette a számlát, a férfi megtörte a beálló csendet. – Beletelik egy-két napba, amíg az első veszteséglistákat összeállítják, különösen a franciákat illetően. Tehát megígérem, hogy rögvest értesítem, ha megtudok valamit.

- Köszönöm.

Jean-Michel elhárítóan intett. – Lenne itt még valami. A Belügyminisztériumban dolgozik valaki, aki megsúgta, hogy nem tartják kizártnak, hogy esetleg a németek bevetik a Luftwaffét Anglia és főleg London ellen.

- Tessék?

- Ne döbbenjen meg ennyire, hiszen a csatorna szemközti oldala alig harminc mérföld, Dunkirk se több ötvennél. A pánik viszont azt jelenti, hogy német kémeket fognak gyanítani mindenkiben, aki él és mozog. Ezért nyomatékosan arra kérem, hordja magával a tőlünk kapott papírjait, mert a külföldiek kitelepítésére készülnek.

Lathea elborzadva ébredt tudatára, hogy mindaz a veszély, amit Mischa és Jean-Michel korábban megjövendölt, már a valóság része, vagyis Mischa az előrelátásával és önzetlenségével alighanem megmentette őt.

- Igazán nem szeretném megijeszteni, csak ne érje váratlanul a dolog – mentegetőzött a férfi könnyedén olvasva arcának üzenetéből. – Ha bárki megkérdezné, hogy francia létére mit keres Londonban, nyugodtan mondja azt, hogy amikor hazaérkezett az amerikai nászútról, már háború volt és a férjét visszarendelték Párizsba. A biztonság kedvéért maga itthon maradt. Szerencsére elég kinyitnia a száját, hogy bárki hallhassa a jellegzetes angol kiejtését, úgyhogy ezzel nem érheti baj. Rendben?

Latheától pusztán gépies fejmozdulatra telt. Ebéd után Jean-Michel felajánlotta ugyan, hogy elkíséri a földalatti állomásig, ő azonban nem élt az ajánlattal. Elmúlt két óra, sietett vissza az irodájába, ő pedig szívesebben maradt volna magára a gondolataival, hogy megemészthesse mindazt, amit megtudott. Képzelete színes képekben jelenítette meg a szemközti tengerpartot, ahol többszázezer ember toporog menekülésre várva, talán étlen-szomjan, súlyosan megsebesülve, alig vonszolva magukat, miközben az ellenséges repülőgépek kitartóan keringenek felettük és halált hoznak, mielőtt megpillanthatnák a közelgő angol hajókat. Arra viszont egyáltalán nem akart gondolni, hogy abban a tömegben se Erwin, se Mischa nincs ott. Legalább az utóbbival kapcsolatban a szíve azt súgta, hogy végtére is hazai terepen mozog, jó nyelvismerettel. Na, de Erwin? Meg a többi csapdába került angol? Nekik miféle esély kínálkozik?

Reggel az ajtót zárva rohanó lépteket hallott közeledni a lépcsőházban. Ahogy kíváncsian átlesett a válla felett, Nick Cowant fedezte fel, amint kettesével szedve a fokokat érkezik. – Nick? Mit csinálsz itt?

- Feltétlenül beszélnem kell veled.
- Útközben is lehet? Már így is késésben vagyok.
- Ez nem olyan téma. Nyisd ki, menjünk vissza egy percre.

Lathea nem vitatkozott, hanem kinyitotta a zárat és a férfi előtt belépett az előszobába. A napfény merészen beömlött az ablakokon, így a lakás már a korai óra ellenére is úszott a fényben. Ilyenkor szerette a leginkább, jóllehet ilyentájt alig tartózkodott itthon. Szembefordulva a vendéggel látta, hogy munkából érkezhetett, mert inge összegyűrődött, kabátja piszkos lett, állán pedig sűrű borosta nőtt.

- Mi történt? Erwin?

Nick nemlegesen intett. – Semmit nem hallottunk felőle. Hallgass ide, Lat, tegnap döbbenetes újságot hallottam. Állítólag a rendőrség rászáll a külföldiekre és mindenkire, akinek nincsenek rendben az iratai. Akinek nincs nyomós indoka ebben az országban tartózkodni, egyszerűen kitelepítik. Erwin egyszer említette, hogy egyszerre két nevet használsz, hogy csinálod? Szerintem ellenőrizned kellene az igazolványaidat, mielőtt bajba kerülsz.

Latheát annyira meghatotta a férfi aggodalma, ösztönösen megszorította a karját és rámosolygott. – Hálás vagyok a figyelmeztetésért.

- Jó, jó, és? Mi a helyzet?
- Valóban nem volt minden papírom rendben, de időközben ez is rendeződött.
- Rendeződött? Biztos vagy benne?
- Hát, persze. Az összes okmányom hiteles és jó okom van itt tartózkodni.
- Hallgass rám, ez most nem tréfadolog. Ha netán valami nem stimmel, most már késő lesz hivatalosan kilincselned érte. Csodálkoznék, ha nem húznák el a szájukat minden magyarázkodás hallatán. Nos, arra gondoltam, hogy ha akarod, pusztán persze a név miatt, akár össze is házasodhatunk.

Lathea arcára menthetetlenül kiült a megrökönyödés. Bár Nicket gyerekkora óta ismerte, közel sem volt ez olyan kapcsolat, mint ami Erwinhez, vagy Bettyhez fűzte. A pajtásiasság, illetve egymás sorsának felületes nyomon követése nem épült különleges vagy baráti érzésekre. Meg aztán Nick furcsa alak volt, jóképű és vagány, mindkét tulajdonságának a tudatában, és persze híres csapodár. Egyszer egy ilyen lány, azután meg egy olyan, ez a fajta magatartás azonban őt inkább elbátortalanította, mint tetszett volna neki. Így aztán ez a meglepő ajánlat megfosztotta miden ép gondolatától. Mielőtt pedig összeszedhette volna magát, a férfi mentegetőzni kezdett, ami valahogy megint csak nem illett abba a képbe, amit ő kialakított róla.

- Ne gondold, hogy ez valamiféle gyanús kísérlet a részemről. Tisztában vagyok azzal, hogy te Erwint szereted, csak éppen ő most nincs itt.

- Nick, azt se tudom, mit mondjak. Köszönöm, amiért gondoltál rám, de az az igazság, hogy sikerült megnyugtatóan megoldani a problémáimat.

- Tényleg? És hogyan?

- Fontos ez?

- Puszta kíváncsiság. Vagy titok és ezért nem árulhatod el?

- Titoknak éppenséggel nem titok.

- Akkor ki vele!

- Valaki már megtette nekem ugyanezt a szívességet.

Nick a hajába gereblyézett. Arcán hitetlenség és értetlenség váltotta egymást, ahogy összevont szemöldökkel vizsgálgatta őt. – Azt akarod mondani, hogy férjhez mentél?

- Tulajdonképpen igen.

- Erwin tud erről? Mikor történt ez egyáltalán?

- A két válasz: nem és ősszel.

Nick mintha még mindig nem tért volna egészen magához. – Egek! Azaz Erwinnek el se mondtad? De hát, miért? – Nézd, puszta érdekből döntöttem így, aminek semmi köze nincs az érzéseimhez. Erwin pedig nem volt itt. – Ugyancsak elképesztesz! És megtudhatom, ki az a szerencsés flótás? – Egy francia, nem ismered. – Francia? Lathea az órára sandított. – Késésben vagyok, tényleg mennem kell. Mindenesetre hálás vagyok neked. A flegma kézmozdulatot bárminek lehetett venni. – Persze, csak magamhoz kell térnem. Jócskán megleptél. – Nick, senkinek sem kell róla tudnia róla, kérlek. Néma meghajlás érkezett válaszul, mielőtt Nick kivarázsolta a kulcsot a kezéből és kívülről ráfordította a zárat. – Elviszlek a Trafalgarra. Ha már miattam késel el, ezzel igazán tartozom neked. – Köszönöm. Ezzel megragadta Lathea kezét és vele együtt szaporázta a lépcsőkön lefelé. – Mintha túl sűrűn mondanád ezt nekem, nem?

A BBC híradásai napról napra beszámoltak az evakuáció előrehaladtáról. Az első két napon alig tízezer katonát sikerült kimenekíteni és áthajózni Doverbe, miután a német Stuka vadászrepülők felgyújtották Dunkirk minden négyzetméterét és az angol hajók a lángoló olajfinomító miatt nem tudták a kikötőt használni. Így, más lehetőség nem lévén, maradt a tengerpart. Ott azonban, főleg apálykor, megközelíteni se lehetett a szárazföldet, ezért jó egy mérföldön keresztül kígyózott a katonák alkotta mozgó fal, amint derékig a vízben gázolva sorjáztak, hogy felszállhassanak a lehorgonyzott hajókra. Hiába próbálták további csónakok bevonásával a beszállást felgyorsítani, az eredmény a vállalt veszélyhez képest így is lehangoló volt.

Május 27-én kényszerből mégis a városi mólóhoz terelték a menekülőket, azonban a Queen of the Channel, kilencszázötven emberrel a fedélzetén, úton Doverbe találatot kapott és elsüllyedt. Attól kezdve a többi hajó is felvállalta ezt a szinte kötelező kockázatot és a német szőnyegbombázások közepette zsúfolásig tömték a raktereket meg a fedélközt sebesültekkel, a fedélzeten pedig menetkész katonákkal. A haditengerészet még a norvég partoktól is délnek küldte a hajókat, mivel az egyre intenzívebb német támadások fényében éjjel-nappal három útvonalon közlekedtek a mentőhajók Dunkirk és Dover között. A harmadik napon már tizennyolcezer fölé emelkedett az áthajózottak száma, míg május 29-én az ötvenezret is meghaladta. A rádió gyakorlatilag óránként nyomon követte az evakuáció menetét és azt, hogy a parti irányítás hány hajót vet be a bajbajutottak megmentésére. Még a halászhajók és a magánkézben levő jachtok sem kerülhették el végzetüket.

- Körülbelül egy órával ezelőtt a tengerészet Jaguár nevű rombolója útban Dover felé megsérült – a Kewley's emeleti helyiségében pisszenést sem lehetett hallani, miközben a bemondó a déli híreket olvasta. – A heves német légitámadás a Grenade és Waverley nevű hajókat ugyancsak a tengeren érte és mindkettő elsüllyedt, mialatt a RAF pilótái felvették a harcot az idegen gépekkel…

Valahol megcsörrent egy telefon, amit a legközelebb ülő lány fel is kapott. Egy perc múlva visszajött. – Lathea, téged keresnek.

Lathea ott hagyta a helyét a rádiókészülék mellett és kikerülve a többieket, halkan keresztülsurrant a termen. A kagyló az utolsó asztalon hevert. – Igen, tessék?

- Betty vagyok.

- Betty! Istenem, hol vagy?
Betty hangja bántóan idegenül csengett a vonalban. –
Doverban. Nem beszélhetek hosszan, úgyhogy
nagyon figyelj! Sorban futnak be a hajók Dunkirkből,
már amelyiket azok a szemetek fel nem robbantják
idefelé. Istentelenül sok nyomorult van itt, sebesültek
meg haldoklók. A halottak és az eltűntek jegyzékét
rendszeresen kifüggesztik.
- És te hogy vagy?
- Ne is kérdezd! Harminchat órája áll a bál,
szemhunyásnyit se aludtam. Jóformán arra se
emlékszem, ettem-e valamit mostanában. Lat, gyere
ide, amilyen gyorsan csak tudsz. Nem akarom Erwint
elszalasztani, de nem tudok kétfelé szakadni, szükség
van rám a kórházban. Idejössz?
- Megpróbálom – felelte Lathea habozás nélkül.
- Rengeteg vonat érkezik Doverbe, olyanok vagyunk,
mint valami katasztrófa sújtotta övezet. Írod? Máris
mondom, merre találsz meg.
Zsebre gyűrve a teleírt cédulát Lathea Mr. Kewley
után szaladt az elkerített irodába. A férfi elhűlten
nézett rá, a kérése alaposan meghökkentette és
valószínűleg nagyban el is borzasztotta. – Azt hiszi,
bárkit is megtalálhat abban a pokolban, Miss
Trashburn? – a kelletlen hümmögés dacára Lathea
úgy érezte, megérti őt.
- A reményt nem adhatom fel, uram.
- Ó, atyavilág, menjen! Úgysem tarthatom vissza.
- Köszönöm, Mr. Kewley, köszönöm.
- Nagyon vigyázzon ám magára!
A figyelmeztetést azonban csak fél füllel hallotta.
Magához ragadva kézitáskáját és többé semmire se
várva nekilódult a városnak. Utolsó pillanatban
kapaszkodva fel egy piros busz platójára a Victoria
pályaudvar felé tartott. London, mint napközben
mindig, forgalmas és nyüzsgő életét élte. Kocsik,
buszok, igyekvő emberek mindenütt, rikkancsok a

déli lapokkal, rendőrök, akik a forgalmat terelték a Parlament előtt. Látszólag semmi különöset nem lehetett tapasztalni, mígnem belépett a pályaudvar fedett csarnokába. Odabent egyetlen férőhely sem maradt. Tulajdonképpen meg sem kellett tudakolnia, melyik szerelvény tart Doverba, mert annyi utas tolongott ott, hogy eltéveszteni sem lehetett. A peron telis-tele volt emberekkel, csomagokkal, búcsúzkodókkal, mások az ablakokon lógtak ki derékig, az elválók hangos utasításokat kiabáltak egymásnak. Elképedve merengett a jeleneten, mialatt ő is egyre beljebb sodródott a képbe. Félve kezdte gyanítani, hogy mindez csak ízelítő abból, ami az út végén várható, ám ez sem tántoríthatta el. Ott akart lenni Doverban, amikor Erwin épen, vagy sebesülten, de megérkezik. Hírek nélkül tehetetlennek és kiszolgáltatottnak érezte magát, hol a remény, hol a kétségbeesés hullámain hánykolódva.

- Hánykor indul a vonat? – kiáltotta a vasúttársaság emberének, csakhogy a zsivajtól alig értette a választ.

- Amint megtelik, hölgyem.

- Hol vehetnék jegyet?

- Szálljon csak fel, nem adunk el doveri jegyeket. Fizetni is útközben tud. De számítson rá, hogy állnia kell a végállomásig.

- Köszönöm.

A szerelvény mellett a mozdony felé haladva egy esetlegesen kevésbé megtelt kocsit keresett. A kalauznak azonban tökéletesen igaza volt, minden színültig telt. Időközben elhangzott a hosszú, figyelmeztető sípszó és éppen csak felugrott az egyik kocsi lépcsőjére, mögötte máris megindult a taszigálódás, vad könyöklés, amíg kívülről rájuk nem csukták a nehéz ajtót. Újabb füttyszó, majd a mozdony éles hangja, végül pedig a szerelvény komótosan mozgásba lendült. Egy férfi válla felett kilátott az elnéptelenedő peronra, ahol azonban a csalódott arcokból arra következtetett, hogy akadt bőven, aki nem fért fel. Azután a mozdony kihúzta őket a pályaudvar fedett csarnokából és nekilódulva a számtalan váltó dzsungelének elkezdődött a hosszú utazás a tengerpartra.

Londont maguk mögött hagyva az egymásnak préselődők helyezkedni kezdtek, elfoglalták a fülkében megmaradt helyeket, a lépcsőkre ültek, beálltak a kocsik közti huzatos átjárókba és ezzel, ha a helyzet lényegesen nem is javult, valamelyest mégis emberibb lett. Legalább a mellékhelyiségeket meg lehetett közelíteni, volt szabad hely, hogy ne kelljen egymásnak dőlni és adott esetben a kalauz is átverekedhette magát az élő közegen. A helyezkedés, no meg az összezártság okán az idegenek itt-ott tréfálkozva ismerkedni kezdtek. Bemutatkoztak és már csak unaloműzőként is politizálni kezdtek. Így tudta meg, hogy néhány katonai szolgálatra mozgósított sebész áll körülötte, de akadt ott nyugalmazott rádiós, illetve teherautósofőr is, akik nagyjából ugyanazzal a céllal utaztak Doverba. Egy dolog rögvest igazolódni látszott: a dunkirki tragédia, amely bármely ostoba késlekedés vagy az összefogás hiányában előrevetítette magát, nemcsak sokkolóan hatott, de összefogást is szült. Az egyik orvos egy vonatszerencsétlenségről mesélt Glasgow mellett, ahol egy alkalommal a zuhogó téli esőben roncsok alatt próbált életeket menteni, vagy életben tartani a szerencsétlenül jártakat, mialatt a fejvesztett mentésben lépni sem lehetett.

- Igen ám, de az mindössze ezer embert érintett, vagy annyit se! Most viszont több százezren lehetnek a túlparton!
- Mekkora tömeg az? – sóhajtotta a sofőr. – Elképzelni sem tudom.

A másik orvos, erős yorkshire-i tájszólással csak legyintett. – Inkább arra lennék kíváncsi, a frenchyk mit csináltak, amikor a fritzek nekik mentek? Harcolni próbáltak, vagy csak mentették az irhájukat?

A találgatásokra bőséggel adódott idő, mivel a szerelvényt Rochester előtt, majd a favershami elágazásnál is mellékvágányra terelték az elsőbbséget élvező katonai vonatok miatt. A húsz-húsz perces kényszerű várakozásokat mindenki beletörődéssel és zokszó nélkül tűrte, alighanem ilyen kaotikus körülmények között számolni kellett efféle kellemetlenségekkel. Már Canterburyt is elhagyták, mire a kalauz a hátsó kocsikból idáig verekedte magát. Jegyet nem is adott, mindössze elvette az utazás viteldíját, ami ezen a napon önmagában is embert próbáló feladatnak bizonyult. A férfiak ekkor már a megérkezésről diskuráltak, de nemcsak rajtuk, a többségen is érzékelhető volt a hosszúra nyúlt menetidő és ácsorgás feletti fásultsággal keveredő izgalom, mielőtt megérkeztek volna az ismeretlenbe.

- Bár nem tudom, Dover mekkora hely lehet – vélekedett a langaléta sebész Bristolból. –, egyszer jártam ott az asszonnyal. Meglehetősen szolid, csendes kisváros benyomását keltette. Képzelem, milyen lehet, amikor a menekült katonák százezrével elárasztják.

- Ne feledkezzen meg a mentőalakulatokról, na, meg magunkról se, Joe – intette a kollégája.

- Huszonkilencezer ember él Doverban – szólt közbe az idős kalauz, majd fanyarul hozzátette: – és legalábbis nekem nem hiányzott a többi félmillió.

A megjegyzésen jó lett volna nevetni, noha senki nem tette, hiszen a helyzet nagyon is gyászosan festett. Jócskán elmúlt négy óra, mire a szerelvény többszöri megállást követően begördült a fejállomásra. Azután egy utolsó ötperces rostokolás végén a szélső peronhoz húzott. Nem telt bele sok idő, míg megállt, az ajtók felpattantak és a tömeg tétova lassúsággal, szinte megrettenve a rá leselkedő borzalmaktól szállingózni kezdett. Lathea háta mögött valaki azt mondta a társának: – Íme, 1940. május 29-e. Boldog születésnapot, Henry.

A választ, ha volt, már nem hallotta, mivel odaért a meredek lépcsőfokokhoz és a következő másodpercben a pályaudvar sodró irama magával is ragadta.

Soha nem járt azelőtt errefelé, Betty leírása alapján mégis gond nélkül eligazodott a városban. A vonatállomásról rögvest a kikötő felé vette az irányt, át a városon, utcákon és tereken. A névtáblákat néhol elmulasztva ebben az őrületig túlnépesedett városban is észrevette, hogy a legtöbben egy irányba tartanak. Le a partra. Elképesztően sok egyenruhát, katonai teherautót, menetfelszerelésben rohanó embert látott, a civil közöttük túlzás nélkül üdítő változatosságot jelentett. Dover központjában mentőautók és vöröskeresztes kocsik sorakoztak, a legnagyobb épületeket, melyek az evakuáció előtt feltehetően iskolák vagy más közintézmények lehettek, most kórházként vették használatba. Lépten-nyomon bekötözött katonák ültek, vagy álltak, másokat pedig hordágyastul cipeltek a teherautók platója meg az épületek között.

A sürgölődés egyre nőtt, ahogy közeledett a parthoz. Az izzó hangulat türelmetlenebbé vált és ebből sejtette, hogy közel a kikötő. Ő ugyan nem oda tartott, hanem fel a várhegyre, ahol Betty szolgálatot tejesített. Az emelkedő domboldalon félrehúzódva kellett gyalogolnia, beállva a kígyózó sorba, mialatt katonai járművek száguldottak el mellettük mindkét irányban. A meredek kaptatót sokan nem bírták, egymásra lépve, megakasztva a folyamot álltak félre, míg a többiek elmeneteltek mellettük. Az egész nagyon lehangoló látványt nyújtott.

A hátborzongató élmény, amibe a Victoria pályaudvaron csöppent, és ami azóta is körülvette, soha nem tapasztalt érzelmi tompultsággal ruházta fel. Még annál a borzalmas vonatútnál is rémisztőbbnek találta a sétát keresztül Doveren, a haldoklókon, mocskos és véres embereken, akik öntudatlanul feküdtek a hordágyakon. Jóllehet a vértől való viszolygás okozta szédülése kezdett alábbhagyni, amióta kijutott abból a pokolból, de az elkínzott arcú fiatalemberek látványa makacsul elkísérte. Meg az a legyőzhetetlen félelem, mellyel mindegyikben Erwint kutatta. Rettegett, hátha megtalálja, és attól is, hátha nem ismeri fel a szutyok vagy vér alatt. Ami azonban a domb tetején várt rá, az minden rémálmát felülmúlta. A tágas várbelső dús gyepét gyakorlatilag látni sem lehetett az ott fekvő katonáktól. Némelyek sebesülten, átvérzett kötésekkel és nyúzott arccal, elszaggatott egyenruhában, mások talán magukról se tudva dermedten üldögélve, vagy eldőlve. Látszólag nem voltak ugyan sérültek, pusztán csak ülve dohányoztak a füvön, ám tekintetük élettelenül üresen és állandó félelemmel pásztázott körbe-körbe. A fal mellett több sorban letakart testek feküdtek és számtalan lajstrommal a kezében katonai rendész intézkedett gyors elszállításukról.

A sírás határán, fuldokolva a vér émelyítő látványától messzebb botorkált. Véletlenül belerúgott valakibe, de az ismeretlen elkapva a karját segített neki talpon maradni. Ügyetlen köszönömöt rebegve állt odébb. A lábfejnyi széles úton azután eljutott a fehér sziklák pereméig, ahonnan az egész csatornát be lehetett látni. A parttól néhány mérföldre hajó közeledett, a lába alatt pedig a kikötő feküdt, ahol négy-négy hajó ringatózott egymás mellé horgonyozva. Felülről, akár egy felbolydult hangyaboly, sisakos katonák próbáltak a szárazföldre vergődni. Pokoli életkép tárult a szeme elé. Annyi ember, amennyit még soha életében nem látott.

- Ó, Lat! – a kiáltásra hátat fordított a kikötőnek.

Betty vérfoltos köpenyben, kibomló hajjal verekedte magát feléje és ő mit sem törődve vérrel, vagy mással, azonnal megölelte. Egy végtelen percig összeölelkezve maradtak, lesújtottan, ám akkor égrengető durranástól lett minden hangos, majd síri módon néma. A morajló alapzajt mintha elvágták volna, aki tehette, a mellvédhez szaladt és a tengerre meredt. Útban Dover felé a számtalan kisebb és nagyobb pontnak tetsző hajó közül az egyiken akkor következett be a második, majd azonnal utána a harmadik robbanás. Fekete füst gomolygott felfelé és egy távcsöves férfi azt kiabálta: – Kiugrálnak belőle!

- A Mona's Queen – suttogta Betty. – Már vártuk, hogy befusson.

- Mi történhetett?

- Akna.

Ekkor látták, hogy kisebb motoros hajók, melyek eredetileg halászbárkák lehettek, kifutnak a kikötő melletti stégek egyikétől. A Mona's Queen a parttól elérhető távolságban süllyedt, így elméletileg maradt némi esély arra, hogy a katonák egy részét megmentsék.

- Iszonyú, ilyen közel a parthoz.

Betty az örök hebrencs és nyughatatlan lélek mozdulatlanul, levegőt se véve mereven nézte a szabad szemmel is jól kivehető, égő látomást. – Mennyi halál, Lat!

Mit lehet erre mondani? Betty azonban semmi ilyesmit nem várt, mert oldalra nézve megszólalt: – Boldog vagyok, hogy itt vagy. Gondolom, nem volt könnyű elintézni.

- Mit számít! Itt vagyok.

- Jól van. Lassan vissza kell mennem, egész éjszaka lesz dolgunk, attól tartok, de – egymásba karolva és a sebesülteket kerülgetve, Betty elvezette a mellvédtől.
– megmutatom, hol teszik ki a listákat. Általában kétóránként frissítik, valójában viszont ilyen gyorsan nem mennek át az adatok. Este nyolckor mindig közzéteszik a legfrissebb névsort. Egy példány egyébként lekerül a városba is, de sajnos nem tudom, pontosan hova. Ezért, akármennyire kimerítő a séta ide fel, ez a legbiztosabb hely.
- Milyen gyakran futnak be a hajók?
Betty megrántotta a vállát. – Kiszámíthatatlan. Amúgy is láttad, hogy az utolsó pillanatban is széthullhatnak a reményeink. A tegnapi napig úgy huszonhét-huszonnyolcezer ember jött át.
- Csak? – hűlt el Lathea. – Hiszen többszázezres számokról beszéltek!
- Sajnos. Viszont a ma háromórás összesítőn harminckétezren szerepeltek és szerencsére még hosszú a nap. Látod! Itt is vagyunk.
A kőbástya szomszédságában hirtelenjében összetákolt hirdetőtáblán papírívek sorolták a veszteségeket. – Ahogy nő a nyomás, szerintem leszoknak a sebesültek feltüntetéséről – mondta Betty.
– Akkor maradnak a halottak. Ha Erwin nincs köztük, az bíztató, bár lehet tévedés is.
Mivel a friss lista még nem került a táblára, az ívek kevés érdeklődőt vonzottak, így legalább Lathea egészen közelről vehette szemügyre a gépelt sorokat. Számos esetben sem rangjelzés, sem alakulat nem jelent meg a név mellett, azok viszont hosszan összepréselődve hátborzongató unalomban kergették egymást a fehér papírokon. Nem lehetett sokáig könnyek nélkül szemlélődni a halottak között.
- Ahogy hallottam, mindenféle lélekvesztővel nekivágtak a túlpartnak – húzta félre Betty a táblától.
– Óriási katasztrófa készülődik, ezért az admirális azt

mondja, ha a katonák vízbe fúlnak, az se lehet rosszabb, mintha a németek a levegőből legépfegyverezik őket.

- És én mit tehetek?

- Tulajdonképpen nem sokat – Betty szégyenlős, új kemény önmagához kevéssé illő zavarral felnevetett.

- Egyszerűen csak látni akartalak, bárkit, aki nem látja azt a vérfürdőt a műtőben, aki nem volt itt az elmúlt napokban. Ne haragudj, átkozottul önző vagyok... Erwin meg sehol! Lathea felajánlotta a vállát, amíg a barátnője kisírja magát. Egy furcsa csavarnak köszönhetően most ő volt kettejük közül az erősebb, még ha Betty gyorsan össze is szedte magát. Jóllehet bárki láthatta rajta, milyen állapotban van. Talán egyedül a lelkiereje hajtotta és éltette még. Amíg az orrát kifújta, ő is kitartott az erős szerepe mellett.

- Tehát nyolckor itt lesz a lista? Rendben. Addig eszem valahol pár falatot és szállás után nézek.

- Csekély esélyed van bármire, Lat. Dover csurig van emberekkel. Amennyiben semmit sem találsz, alhatsz az én priccsemen, nekem úgyse lesz rá szükségem.

- Köszönöm – Lathea megszorította a kezét. – Nyolcra visszajövök. Ha Erwin bármelyik lapon szerepel, riasztalak.

- A BEF 14. századát keresd. Hátha végre ők is sorra kerülnek.

- Jól van. Te, Betty! Az milyen lista? – tudakolta Lathea egy másik táblára tévedt tekintettel, amin hasonló módon papírok lobogtak a nyári szélben.

- A franciákat is kiteszik, de Erwinnek itt kell lennie. Ha nem jelentkezel, tudni fogom, hogy találtál szállást és nincs hír a bátyámról. Reggel viszont találkozhatnánk. Idejössz kilencre?

Betty egy utolsó ölelést követően megfordult és elsietett abba az irányba, amerről érkezett. Néhány yard után már szaladt, a katonákat kerülgetve igyekezett az épületek felé. Lathea szomorúan követte pillantásával, míg el nem tűnt, utána már csak a véres és piszkosra nyűtt angol hadsereg túlélőit látta.

15.

Estére a helyzet mit sem változott. Lathea átpréselődve a doveri utcák elviselhetetlen jelenén szeretett volna megfeledkezni mindarról a rémségről, amit minden lépéssel egyre inkább kénytelen volt elfogadni. Talpalatnyi hely is alig maradt a városban, miközben egy kávézóban harapva valamit a hét órás hírek arról számolt be, hogy újabb ezrek jutottak biztonságba, noha a Normandia nevű utasszállítót találat érte és elsüllyedt. Dover maga mintha külön mikrovilágot alkotott volna és ő pár óra elteltével már olyan elérhetetlenül távolinak, már-már valótlannak érzékelte mindazt, amit Londonban hagyott, hogy legszívesebben könnyekben tört volna ki. Amikor felugrott a vonatra a Victoria pályaudvaron, nem volt felkészülve arra, mi várhatja itt. Négy órát öregedve és ismét a várhegy felé ballagva azonban már tudta, hogy az örök álmodozó meghalt benne. Elkésett. Amikor ráébredt, hogy nyolcra semmiképpen nem érhet a Canon's Gate-hez, okosabbnak látta, ha nem siet. Végtére is nemcsak ő kíváncsi a kiakasztott nevekre, ezért valószínűnek tartotta, hogy hatalmas tülekedés várható. Pontosan ez történt. Fél órával később is fárasztó tolakodás árán sikerült csak a táblától olvasó távolságba kerülnie, ám ott se Erwin, se a BEF 14. századát nem lelte. A megkönnyebbülés könnyeket csalt a szemébe és nem is állt ellen, amikor a még mindig kételkedők egyre odébb és odébb sodorták. Valamelyest erőt véve magán elhátrált a zsibongó csoportosulástól. Pillantása a másik táblára tévedt. Láthatóan kisebb tömeget vonzott, így ő is odament kíváncsiskodni. A heveskedők feje felett igyekezett átkukucskálni, de abból a távolságból semmit nem lehetett látni. Mellette egy asszony fájdalmasan felsikoltott, majd arcát a tenyerébe temetve keservesen sírva fakadt. Megrendülten félreállt az útjából, míg könnyeitől elvakultan kitántorgott a gyűrűből. Azután ismét közelebb gyürkőzött volna, ám akkor a háta mögül váratlanul egy kar fonódott a derekára. Tehetetlenül felkiáltott.

- Ha a grófodat keresed, nincs rajta.
- Mischa!

A fülébe suttogott szavak úgy csengtek, mintha a képzelete játszana vele. Kábultan pördült körbe, de valóban a férfi mosolygott rá. – Én vagyok, ma belle. Lathea észre sem vette összekaristolt arcát, gyógyulófélben levő felrepedt száját, egyszerűen átkarolta a nyakát és szorosan megölelte. – Istenem, Mischa!

A férfi csak nevetett, és amikor ő rádöbbenve, milyen nevetséges lehet a szemében ez az érzelemkitörés, elhúzódott volna, visszatartotta. Nevetéséből olyan szeretetteli gyengédség áradt, amit ő még soha nem tapasztalt. – Legszebb álmaimban sem számítottam erre a fogadtatásra. Gyere, tűnjünk el innen!

Engedelmesen Mischa tenyerében hagyta a kezét és követte ki a várkapun. A szembejövőket kerülgetve fürgén siettek le a hegyről, majd levágva egy tekintélyes kerülőt Mischa átugrotta az egykori várárok egy részét és, átnyúlva a gödör felett, őt is átemelte felette.

- Nem vagy egyenruhában – jegyezte meg Lathea, amikor már egymás mellett haladtak.
- Istennek legyen hála!

Elugrottak egy dzsip elől, majd Mischa derékon ragadva őt az egyik közeli utcába terelte. Ott ráérősen ballaghattak, Mischa zsebre dugott kezekkel, ő pedig továbbra se értve, mi történik körülötte. Minden felfoghatatlan gyorsasággal zajlott, gyakorlatilag még magához se tért abból a csodából, hogy láthatja a férfit. Először Erwin nevét kereste a halottak között, azután az övét, mígnem előlépett a semmiből és egyetlen szó nélkül elrabolta. Szava szegetten követte és egy elképesztő másodpercig olyan érzése támadt, mintha valóban összetartoznának. A megrökönyödésből csak mostanra kezdett valamelyest magára találni, ahogy eltávolodtak a háború elsődleges jelképétől, a kétségbeesett emberektől és sebesült katonáktól. Ámulva fürkészte a férfit, mialatt úgy érezte, ennek a borzalmas, haláltól vöröslő napnak a végén ez volt a legcsodálatosabb meglepetés.

- Hogyan kerültél oda? – tudakolta Mischa lépéseihez igazodva. – Alig tudom elhinni. Mondj el mindent, kérlek.

- Nem lesz hosszú – hangzott a válasz. – Tegnap reggel hajóztak be minket és a kórházban véletlenül hallottam, hogy valaki Betty Cowan-Frost nővért keresi. Csak ma délelőtt jutottam oda, hogy megkeressem és látod, milyen az élet? Éppen a te barátnődről van szó, Erwin Cowan húgáról.

- Honnan ismered Bettyt?

- Nem ismerem. Egyszerűen megkérdeztem tőle, van-e egy Erwin nevű fivére és ismer-e téged. Ő árulta el, hogy ma Doverba jössz, és este ott leszel a táblánál.

- Kába a fejem, mintha álmodnék – nyögte Lathea azt gondolva, bezzeg Betty neki nem szólt.

Mischa megtorpant és szembefordult vele. – Elhiszem – két ujja közé csíptetve a szőkés-vöröses fürtök egyikét gyengéden megsimogatta. – Gyönyörű vagy – mondta szinte megérintve őt a pillantásával, ami aztán a mellére, majd a csípőjére kúszott. – És megnőtt a hajad.

- Igen.

- Mintha egy másik életben ültél volna velem a Diadalív alatt.

- Régen volt.
- De igaz volt – a halovány mosoly egészen meglágyította Mischa vonásait.
- Megsebesültél?
- Ez minden – mutatott az ág okozta karcolások múló emlékeire az arcán és homlokán. – A barátnőd azt mondta, maradsz néhány napig.
Latheának valami szöget ütött a fejébe. – Elmondtad neki?
- Micsodát?
- Az esküvőt.
- Eszembe se jutott. Tehát maradsz?
Lathea a fejét ingatta. – Nem tudom. Rémálom, ami itt van, szobát sem találtam és...
- Maradj egy kicsit, Thea. Jean-Michel kivett nekem egy lakást egy magánházban, lent a parton. Az egyik szoba a tiéd lehet, van ennivaló is bőven. Szeretném, ha maradnál, kérlek – fűzte hozzá Lathea habozását látva. – Mehetünk?
- Legszívesebben holnap fel se ébrednék, hacsak addig el nem múlik ez a borzalom.
Mischa szelíden kinyújtotta felé a kezét. – Rád fér egy kis pihenés.

Lathea ólomsúlyúnak érezte a végtagjait, ahogyan frissen fürödve elnyúlt az ágyban. Unottan kibámult az ablakon túli éjszakába, a robbanások olykor nyári égzengést idéztek. A távolban alighanem az átkelő hajókat bombázták, ám a víz kísértete idáig görgette a félelmetes dörrenések hangját. Égő szemeit lehunyva ismét megpróbált elaludni. Már nem számolta, hányadszor tesz kísérletet rá, mert az órák vészesen összefolytak a fejében. Miután Mischa megmutatta a vendégszobát és felajánlotta az egyetlen pizsamája felsőjét, gyorsan megmosakodott, majd bedőlt az ágyba. Rövid, felszínes szendergés után azonban felriadt és többé nem sikerült visszaaludnia. Ha lehunyta a szemét, a délután képei lebegtek előtte, vért látott, szenvedést, márpedig mindkettőtől elfogta az émelygés.

Végül fásultan lerúgta magáról a paplant és kiült az ágy szélére. Hevenyészett fonatba kényszerítette alaposan megnőtt haját, majd erőt véve magán felkelt. Mezítláb, megigazítva a pizsamafelsőt kióvakodott a szobából. A férfi is lefekhetett már, mert áthatolhatatlan csend terpeszkedett a lakáson. A konyhában felkattintotta a villanyt és körülnézett a faliszekrényben. Kimondhatatlanul vágyott egy forró teára, hátha az megszünteti benne azt a nyomorúságos ürességet, amit érzett. A teásdoboz láttán azonban remegni kezdett a keze.

– Erwin – suttogta maga elé a feliratot látva. A szerény kis címke fájó emlékeket idézett.

A csapból vizet engedett, hogy felmelegítse. Beleszórta a teafüvet, az oldalsó polcon cukrot is lelt hozzá. Néhány perc múltán elcsigázottan kóstolt az italba, lassan kortyolgatta, hogy minél később kelljen visszatérnie az álmatlan forgolódástól feldúlt ágyba. Csapongó gondolatai az otthagyott munkája, Erwin, az üres shadwelli lakás, Mischa csodával határos megmenekülése, illetve a doveri élmények összefüggéstelen láncolata körül kavarogtak, különösebb igényesség vagy mélység nélkül. Időközben fázni kezdett a talpa. Töprengéseiből igazán akkor szakadt ki, amikor valahol kinyílt egy ajtó, kisvártatva pedig Mischa jelent meg a küszöbön. Pizsamanadrágját viselte meg egy fehér atlétatrikót, haja összekócolódott. Ő csak most figyelt fel arra, hogy arcáról eltűnt a szerény kis szőrzet, ami legalábbis neki, nagyon tetszett, és ami érzékien csiklandozta a száját, ahányszor csókolóztak.

– Hallottam, hogy járkálsz – lépett beljebb Mischa. – Te... te sírtál? Mi történt?

Lathea megvonta a vállát és egy bátortalan mosollyal próbálkozott, sikertelenül. – Nem is tudom. Jó ideje abban a hiszemben éltem, hogy keményebb lettem, nem fakadok sírva apró-cseprő dolgokon, most meg ez a nap... – segélykérően a plafonra emelte könnyes tekintetét. – Bárcsak otthon maradtam volna a párnámba fúrt fejjel, hogy ne is lássam ezt az egészet. Ma rá kellett jönnöm, hogy szabályos rosszullét fog el a vér látványától.

- Hidd el, megértem, a háború nem nőknek való.

- Hanem kinek? Neked? Az elsőrangú neveltetéseddel meg úri modoroddal?

Mischa talányosan mosolygott. – Tehát ilyennek látsz engem?

- Sajnálom, nem akartalak megbántani.

- Én legalább férfi vagyok, Thea, mellesleg pedig tudtam, mire vállalkozom, amikor katonának álltam.

- Embereket akartál ölni?

- Szó sincs róla, de megteszem, ha muszáj.

Lathea valószínűleg a teába kortyolva hallgatott egy darabig. – Betty annyira megváltozott. Nyomaiban sem az, aki volt. És nem bírom látni ezt a rengeteg vérző embert, fiatalokat végtagok nélkül.

Mischa nem felelt, úgyhogy a szájára szorítva a tenyerét igyekezett visszanyelni az újabb könnyeket. Remegő kézzel letette a már majdnem üres csészét és erőszakot téve magán legalább egy felvillanó mosolyra tellett tőle. – Érzéketlen nőszemélynek tarthatsz, amiért még meg sem kérdeztem, min mentél keresztül, ehelyett önmagamat sajnálom, meg az álmaimat, amiket talán örökre elveszítettem. Ne haragudj, Mischa, tényleg.

- Miért jöttél ide?

Lathea belenézett a barna szemekbe. – Miért kérded? Úgyis tudod.

- Erwin Cowan miatt, ugye? – erőtlenül bólintott. – Újra találkozgatsz vele?

- Már februárban Franciaországba vitték.
- Szereted? – ez az egyetlen szó közelebb állt egy kijelentéshez, mint kérdéshez, az átható pillantás kereszttüzében Lathea mégis úgy érezte, válaszolnia kell.
- Néha igen, néha meg nem... de nem tudok erről beszélni és nem is akarok.
- Nem volt a veszteséglistán, én is megnéztem. Egyelőre ez is jót jelent.
Lathea zavartan nyelt. – Remélem – nézett Mischára. A vállán friss heg éktelenkedett, láthatóan még nem gyógyult meg teljesen. – Mi ez? Meglőttek?
- Nem volt veszélyes, már nem is érzem.
Percnyi csend fészkelte magát közéjük, pillantásuk egymásba kulcsolódott, mígnem a férfi közelebb hajolt, hogy leheletnyi csókot hullajtson Lathea szájára.
- Mischa.
- Hm?
- Ebben a mi... házasságunkban...
- Igen?
- Van nekem bármiféle kéréshez jogom?
A válasz határozottan szólt. – Azt kérsz tőlem, mon amour, amit csak akarsz.
Máskor talán megbotránkozik saját merészségén, de életében másodszor nem gondolt fenntartásokra, vagy arra, mi lesz később, hanem a pizsama alatt testének körvonalait kutató szemekbe nézve átkarolta Mischa nyakát, hogy odabújjon hozzá. Fejét a vállára ejtette és boldoggá tette, mert az ismerős kar közelebb húzta a csípőjét. – Szükségem van egy kis melegségre... rád, hogy elfelejtsem ezt a napot.
- Nézz rám, Thea – nyúlt Mischa az álla alá és türelmesen megvárta, míg felnéz. – Nem tudnám elviselni, ha egy másik férfira gondolnál, miközben én ölellek, vagy, ne adj' isten, a fülembe suttognád a nevét.

- Ez nem fordulhat elő. Erwin és én... – a hangja hirtelen elcsuklott. – Ezt nem akarom elmondani. Mischa szeretettel megsimogatta az arcát. – Nem is kell, ha nem akarod. Egyébként én sem tudok aludni. A célzást megértve elpirult. – Úgy szégyellem magamat.

- Igazán semmi okod rá, chérie. Gyere, mielőtt felfázol.

A villany hirtelen kialudt, ő pedig a férfi karjában találta magát. Átkeltek a sötét lakáson, egyenesen be a nagyobbik hálószobába. A kis lámpa fényénél Mischa az ágyra ültette, majd az ablakhoz lépett és lehúzta. A távoli dörgések kinn rekedtek.

- Szegény ördögök – sóhajtotta részvéttel elheverve mellette az ágyon. – Nincs olyan szerencséjük, mint nekem.

- Nem szeretem, ha így beszélsz.

Felülve Mischa maga felé fordította. – Túl szemérmes vagy, nem az a baj?

Azután válaszra sem várva ledobta magáról az atlétát, hogy az ágy végébe hajítsa. Megragadva Lathea hátsóját az ölébe ültette, ő pedig epekedve viszonozta a lángoló csókot. Nem bánta, mert Mischa nem pazarolja az időt kedveskedő puszikra, egyáltalán nem. Amióta a táblánál találkoztak, erre a csókra várt. Odabújt hozzá és felajzva engedte át neki a lehetőséget, hogy elborítsa a száját csókokkal. A nyelve lassan a nyakára vándorolt, megsimogatta, megérintette, míg ő lenyűgözve tűrte a gyengéd játékot. Ujjaival végigszántott Mischa vállán, le a karján, hamarosan a tenyerét csiklandozta finom mellszőrzete.

- Végre, Thea. Végre – nyögött fel Mischa hanyatt dőlve a párnákon. – Kényeztess egy kicsit – látható elégtétellel engedte át magát az élvezetnek, ahogy ő megérinti, majd keze nyomán ajkával is megízlelteti vele a szerelmet. Ahogy föléje hajolt, érezte az ujjait, óvatosan szétbontogatták a hajfonatát, hogy szőke haja mindkettejüket betemesse.

– Még sose láttam ilyen csodát – jelentette ki Mischa ábrándosan, mielőtt maga alá fordította.

Latheának égett az ajka az újabb perzselő csókoktól, Mischa simogató keze besiklott a pizsama alá és ráborult a mellére. Halk sikollyal válaszolt a csodálatos érintésekre, a melle megfeszült a kutakodó ujjak alatt, ő pedig telhetetlenül homorított felé. A mozdulat mégis félbemaradt, mire panaszosan tiltakozott volna, ám a férfi megelőzte.

– Vegyük le ezt rólad – kérte izgatott hangon a pizsama felső után kapva.

Lathea gyorsabb volt. – Kapcsold le a lámpát.

– Nem, ma femme, látni szeretném, milyen gyönyörű vagy.

– Kérlek…

– Nem. Hiszen úgyis tudom, milyen szép vagy, nincs mit elrejtened előlem – Lathea talán még tiltakozik, ha a következő csók meg nem szelídíti. – Elepedek érted, nem látod?

Diadalittasan tapasztalta, ez mennyire így van. A hosszú ujjak villámgyorsan végiggombolták rajta az anyagot, hogy az is az ágy végében kössön ki. A Mischa szeméből sütő leplezetlen vágy, meg a lenyűgözött sóhaj arra késztette, hogy cseppet se szégyellje meztelenségét. A ruhadarab hiányában a szerető ujjak mohón simogatni kezdték. Ismét birtokba vették a mellét, a hasát, majd a köldökét, mígnem úgy érezte, egyetlen pillanatig sem bír tovább várni.

– Még nem, ma belle – nyomta vissza Mischa a matracra. – Ne kapkodjunk.

– De én…

A mondatot félbevágta egy szemérmetlen csók, többé megszólalni se tudott. Lángolt az ajka, ahogy Mischa ingerlően megharapta, a testén ettől furcsa borzongás futott végig. Aztán megfordult vele, hogy magára ültesse. Sóvár tekintete valósággal elbűvölte és végre elhitte, hogy az az érzéketlen teremtés Erwin karjában nem is ő volt. Nem az a nő, akit Mischa egyetlen sokat ígérő pillantásával életre tud kelteni. Meg sem kellett érintenie ahhoz, hogy tudassa vele, mennyire tetszik neki, és milyen határtalanul kívánja. Ehhez hasonlót soha nem érzett még. Párja vágyától felbátorodva érintette meg a mellkasát, belecsókolt a nyaka hajlatába, hogy belélegezze bőrének hódító illatát. Olyan érzés volt, mintha először szerelmeskednének, izgalmas, rejtélyes, újszerű. Lámpafénynél legalább ő is láthatta a férfit és bizsergetően vonzónak találta. Magasnak, hajlékonynak és kecsesnek, az utóbbi hónapokban mintha meg is erősödött volna. És persze ezúttal azt is látta, hogy a karja meg a háta apró, talán ha két inch hosszú sebhelyektől tarkított.

- Mik ezek?

Mischa a vállára lesett, ahol ő megérintette. – Baleset.

- Miféle baleset hagy ilyen nyomokat?

- Veheted tanulóleckének is.

- Nem akarod elmondani, ugye?

Mischa viszonozta a pillantását. – Nem, vagy ha igen, akkor sem most – két ujja közé csippentette a Lathea nyakában lógó lánc medálját. – Örülök, hogy viseled.

- Nekem vetted, nem igaz?

Mosoly felelt. – Neked! Csak akkor még nem tudtam, ki leszel.

- Ezt nem értem.

- Nem is kell értened. Féltem tőle, mit fogsz először mondani, ha találkozunk, de azt nem hittem volna, hogy a nyakamba ugrasz – Mischa kedvesen somolygott az orra alatt.

- Ne haragudj, túlzás volt.

- Túlzás? Cseppet sem, hat hónapig erre vártam… meg erre – döntötte hanyatt Latheát, hogy ismét felszítsa benne a vágyat. Keze újabb felfedezésekre indult, hogy ezúttal a combjai rejtekébe férkőzzön. Megszabadította a fehérneműjétől, mielőtt lejjebb csúszva megcsókolta volna.

- Mischa!

A megbotránkozást derűs nevetés követte. – Akinek francia szeretője van, nem lehet ilyen szemérmes. Lathea kis híján belehalt a sóvárgásba, ahogyan az ügyes ujjak egyre merészebben cirógatták, hol szelídebben, hol ingerkedőn fakasztva olyan vágyat, ami egész lényét felemésztette. – Ne hazudj, nem is vagy francia – lihegte nehezen forgó nyelvvel. Megpróbált elhúzódni az édes kínzás hatósugarából, de szerelmese bilincsszerű ölelése nem engedte. Ott feküdt a combjai között, simogatva, meg-megcsókolva őt, és lekenyerező magabiztossággal űzte ki belőle a tiltakozás írmagját.

- De a szerelmet én is francia ágyban tanultam. Ne bújj el előlem, hadd tegyelek boldoggá. Engedd, hogy megpróbáljam.

Megadta magát. Mischa feltápászkodva megszabadult a nadrágjától, míg ő némán nézte. Lebilincselte izgalmi állapota, karcsú teste, ahogy visszafeküdt és betakarta őt. Perzselő bőre az övéhez simult, a levegőt is nehezebben szedte, ennek ellenére mosolygott. – Három háborút is végigharcolnék, ha ilyen csókokkal vársz.

- Bolond vagy.

- Lehet, de már nagyon is itt volt az ideje.

- Megint nem értelek.

- Ne is törődj vele, mon amour.

Mischa magyarázkodás helyett egész testsúlyával az ágyra szegezte. Ahogy ő ficánkolva megmozdult alatta és kihívóan megérintette, rekedten felnevetett. – Imádom a türelmetlen nőket – visszakozott volna, de nem volt rá lehetősége. – Semmi baj, ma chére, gyere ide.

Lathea a kapott szemtelen csóktól felbátorodva kitárulkozott a férfinak és bele se gondolva, miként veszítette el maradék gátlásait, maga kezdte irányítani a mozdulatait. Soha nem tapasztalt diadalérzet töltötte el, mekkora hatalma van felette. Mischa hangosan felkiáltott, amikor végül utat talált az ölébe. Kivárt néhány mámorítóan békés másodpercet, majd erőteljes lökésekkel birtokba vette őt. Lathea megijedt, ám a megszokott fájdalom helyett emésztő telhetetlenség lett úrrá rajta. Megemelte a csípőjét, hogy közelebb érezhesse magához a férfit.

- Csókolj meg, Thea.

Hullámokban öntötte el a gyönyör. Alig kapott levegőt az éhes csókoktól, szerelmük változó ritmusától szinte önkívületben hintázott az erős karok védelmében és az utolsó mozdulatig hozzátapadva Mischához, mohón magába fogadva élvezte ki testének összes rezdülését és erejét. Azután Mischa ráomlott és mozdulatlan maradt. Kábán megcsókolta a vállát, majd tenyerét végigcsúsztatva a hátán érezte, hogy mennyire forró és síkos az izzadtságtól. Hosszú-hosszú percek telhettek el, míg némán feküdtek. Később Mischa a hátára gördülve elterült mellette. Összenéztek. Az ismerős ujjak ösztönösen megindultak feléje, mire odabújt hozzá és megcsókolta. A szenvedély bágyadtan parázslott a felszín alatt, ezért aztán apró puszikat váltva kényeztették egymást. Szavakra nem volt szükség, úgysem mondhatták volna el az igazat. Például ő azt, hogy szinte megijedt attól, ez a férfi, akinek most már minden porcikáját ismeri és szereti, mennyire elveszti a fejét az ő simogatásaitól, ő pedig gátlástalanul képes élvezni a hatalmat, melyet a természet csalafintaságából kifolyólag mintha eredendően birtokolna felette. Feltekintve mégis viszonozta a pillantását. Bár Mischa nem mosolygott, szólni se szólt, mégis kiolvasta a szeméből, hogy boldog és

elégedett. – Tudtam, hogy nem véletlen, amit a
múltkor átéltünk.

– Hiszel a végzetes vonzerőben? – kérdezte Lathea.

– Eddig nem hittem benne.

– És most?

– Hmm, ki tudja?

Ez igent jelentett, Latheának ismét a csillogó barna
szemek árulták el. – Jean-Michel azt mondta, talán
Párizsba szöktél – váltott inkább témát.

– Okosabb lett volna, csakhogy nem nyílt rá alkalom.

– Merre jártál? Egyáltalán mikor vonultál be?

Egy gyengéd mozdulat terelt ki két tincset a
homlokából. – Január végén hívtak be. St. Quentinnél
táboroztunk, amíg a németek 18-án ki nem zavartak
minket.

– És utána?

– Üldöztek minket a tengerig.

– Milyen szerencse, hogy nem sebesültél meg.

– Menetközben nem sok embert veszítettünk, de
Dunkirknél, mialatt a hajókra vártunk, a század fele
odaveszett – Mischa elfordítva a fejét álmatagon a
plafonra meredt. Komor ábrázata, összeszorított ajkai
azt sugallták, cseppet sem kellemes emlékek
kavarognak a fejében. – Gyerekkoromban apám
gyakran vitt vadászni. A hajtók mentek elől és
felverték az állatokat, hogy rájuk uszíthassák a
vérebeket, azok bezzeg kiugrasztották őket a sűrű
aljnövényzetből. A vérszomjas társaság meg
esztelenül lövöldözött mindenre, ami mozgott.
Hihetetlen volt, egyesek annyira berúgtak a
lélekmelegítőktől, hogy egyszer egy vadász kilőtte a
társa alól a lovat. Persze eredetileg a felbukkanó
vadakra kellett volna céloznia... mi is valahogy így
menekültünk, étlen-szomjan, esélytelenül, jószerével
fegyver nélkül.

Lathea az oldalára fordulva bújt Mischához, jobb lábát átvetette a combján, bal kezével a mellét cirógatta. – Hallgatni is szörnyű.

- Hát még átélni! Mégis szerencsések voltunk, mert az elsők között hajóztak ki minket 27-én éjszaka. Csend. A nappaliban közbeütött a falióra. Hármat.

- Meddig maradsz Doverben?

- Néhány napig, esetleg tovább is. Az evakuáció lezárultával visszavisznek minket, hogy harcoljunk. A sikeren felbuzdulva a németek Párizs ellen fognak vonulni, ez biztos.

Latheának összeszorult a szíve. Amit eddig látott a háborúból, mindössze apró szelete a tortának, jóllehet a többitől is elvette a kedvét. Mocorogva a hátára fordult. Képtelen volt belenyugodni, hogy Erwinről továbbra sincs hír, ha lesz valaha. Mischa szavai kegyetlenül szembesítették ezzel az eshetőséggel, holott eddig szándékosan elhessegette magától. Attól a kilátástól pedig, hogy Mischát is megölhetik, megborzongott félelmében.

A férfi, mint aki a gondolataiba lát, felkönyökölt mellette és végighúzta a tenyerét libabőrös karján. Belenézett a szemébe, hogy pillantása a lelke mélyéig hatolt. Lathea lehunyta a szemét, mintha takargatnivalója lenne, és csak akkor nyitotta ki újra, amikor a mellén megérezte a széles mellkas nyomását. A kedves ujjak zenét írtak a bordáin. A szelíd csók unszolására szája engedelmesen megnyílt.

- Csináljuk még egyszer – suttogta Mischa kérlelőn. – Eszeveszetten kívánlak.

Ahogy magához préselte, nem is csinált titkot belőle. Érintései máris merészen lejjebb kalandoztak a bordáiról, ajka pedig lángoló ösvényt szántva a testén szolgalelkűen követte ujjait. Fékezve a tempót, kivárva ölelte, ám ő hála helyett szorosabbra fonta körülötte a karját. Egyszerre csak elillant a gyengédség abból, ahogyan szeretkeztek, elolvadtak a fenntartások és véget ért a türelmes előjáték. Szinte fájt, ahogy Mischa elhalmozta csókjaival, majd magára húzta, és egyesülve vele húzta-vonta a vágy országútján bele a semmibe. Összeroskadva a végső beteljesüléstől azonban el kellett ismernie, hogy a férfi határtalan szenvedélye őt is új emberré érlelte.

– Fájdalmat okoztam? – kérdezte Mischa utólagos megbánással. – Röstellem.

Lathea elítélő szemrehányás helyett a hajába túrva felkínálta a száját egy csókra. – Nem okoztál.

– Nem kell hazudnod, ma belle.

– Tényleg nem – Mischa egy percig töprengve fürkészte az arcát, majd a feje alá lopva a karját ernyedten elnyúlt az oldalán. Mire ő felemelte volna a kezét, hogy megsimogassa, már el is nyomta az álom.

Minél távolabb jutott a híres fehér szikláktól meg a kaotikus állapotokat mutató kikötőtől, a tájkép fokozatosan kezdett átalakulni. Dovernek ebbe a távoli sarkába nem hatolt el a valóság verte csatazaj, a vér illata, ahogy a pánik növekvő felhői se árnyékolták be az eget. A lassú alkonyat vöröses fénybe vonta a homokos partot, vele pedig a házak déli falait. Mischa szokatlanul csendesnek találta a partot, mialatt a homokban gázolva sietett a bérelt menedék felé. A Jean-Michel által szerzett bő nadrág száraiba belekapaszkodott az esti szellő, az inget is ugyanúgy meglobogtatva rajta. Igazi békebeli gesztus, ami távolról sem idézte a poklot, ahonnan ő visszatért. És ezt az érzetet az a kiábrándító látvány se ronthatta el, hogy az aláaknázott fövenyt, egy keskeny sávtól eltekintve, illúzió romboló kerítés zárta el a házaktól. A délutánt Lathea után szaladgálva töltötte. A reggelit követően az asszony elment, hogy a barátnőjével találkozzon, ám később sem került elő, holott közös ebédet tervezgettek. Két óráig várt, tovább azonban egyetlen perccel sem bírta, hanem nekivágott a városnak, hogy megkeresse. Első útja a várba vezetett, de hiába. Se Betty Cowan-Frost, se Lathea nyomát nem lelte. Attól kezdve módszeresen átkutatta Dovert, ami már önmagában is heroikus vállalkozásnak számított, hiszen a folyamatosan horgonyt vető hajók lankadatlanul ontották a katonákat. Egyre több orvos és nővér próbálta átküzdeni magát a mindent elárasztó sebesült áradaton, miközben Dover mostanra átlagos népességének legalább ötszörösét kényszerült befogadni. Csakhogy nem érkezett meg mindenki, akit vártak. A BBC reggeli adása arról számolt be, hogy az éjszaka folyamán a belga partokhoz közel elsüllyedt a Királyi Tengerészet rombolója, a Wakeful. A tragédia tizenöt másodperc alatt történt, így a több száz főből egyetlen ember sem maradt életben. A Graftont pedig torpedótalálat érte, amíg lehorgonyzott az esetleges túlélők megsegítésére. Azt is a híradások közölték, bár ezt ő a várból távcső segítségével maga is láthatta, hogy a kilőtt hajók roncsai tarkítják a Dunkirk és Dover közt kiépített három navigációs útvonalat, ami jócskán veszélyezteti az ép járművek közlekedését, elsősorban az éj leszállta után.

Nyolc óra után húsz perccel ismét a hirdetőtáblák előtt állt, ahol külön felirat hirdette, hogy előző nap a huszonnégy órás megfeszített munkának hála közel ötvenezer ember jutott biztonságba. Ez volt az eddigi legnagyobb teljesítmény. Az öröme mégsem lehetett teljes, mivel a friss névsorok egyikén ismerős névre bukkant: Erwin Cowan. Megbabonázva meredt a papírra, mielőtt sarkon fordult, hogy Latheát a barátnőjénél, valahol a nővérszálláson keresse. Betty Cowan azonban órák óta a műtőben dolgozott, így még csak nem is beszélhetett vele. Tehetetlenül fordult sarkon és haladéktalanul hazaindult, hátha az asszonyt végre megtalálja, és ha gyászában elfogad vigasztalást, ő megvigasztalja.

A legrövidebb út a parton vezetett, ahol kocsikat és mentősöket sem kellett kerülgetnie. Mire erőltetett menetben végigtrappolt a mérföld hosszú fövenyen, bealkonyodott és lustán leszállt a kora nyári este. A tenger felett a látóhatár végén ugyan derengett még egy vörös csík, ám e percben őt semmi más nem érdekelte, csakhogy végre a lakásban lehessen. Futtában odaköszönt a háziasszonynak, mielőtt felszaladt az emeletre. A kulccsal vakon kutakodott, mire a sötétben elfordult a zár. Odabent egyetlen lámpa sem égett. Ledobta hát a kulcsot a kis asztalra, és lélegzetvisszafojtva fülelt egy percig. Elsőre nem volt benne egészen bizonyos, de azután már tisztán hallotta az elfojtott sírást. A belső szobából jött, éppen ahonnan számítani lehetett rá.

Lerúgva a cipőjét besétált a nyitott ajtón. Lathea összekuporodva, lábait felhúzva gömbölyödött össze az ágy közepén, egész teste remegett a kimerültségtől. Mostanra inkább csak szipogott, ennek ellenére ő biztosra vette, hogy átsírta a délutánt, mivel Erwin Cowan neve négy órakor került a halottak hosszú lajstromára.

- Ó, mon amour, rettenetesen sajnálom – rogyott az ágy peremére. Lathea nem moccant, mire ő lágyan megérintette a combját. – Bárcsak tudtam volna, hogy ne légy egyedül.

Ekkor az asszony hirtelen felnézett és akár egy vigasztalhatatlan gyerek, odaült a térdére. Kisöpörve könnyeitől elázott haját az arcából, szeme még a félhomályban is riasztóan vörösre volt sírva. – Képtelen vagyok elhinni – hüppögte. – Meghalt, Mischa... meghalt.

- Tévedés is lehet – Mischa meg akarta simogatni az arcát, ehelyett azonban az asszony a tenyerébe hajtotta a fejét. – El is nézhettek valamit, előfordul az ilyesmi. Iszonyatos roham van a kikötőnél.

– Legutóbb még azt mondtam neki, hogy ha hazajön, talán mindent újrakezdünk, de nem jön vissza, soha többé nem jön vissza. Istenem, hogy voltak képesek megölni őt? Hogyan?

Az alig érthető szavak, az ismét összerázkódó test egyértelműen ugyanazt a mélységes gyászt közvetítették, amit ő a nyakába kapaszkodó karok erős szorításán is érzett. Sokáig nem mozdult, Lathea pedig úgy tűnt, mégsem sírta ki minden könnyét.

– Aludnod kéne egyet – javasolta végighúzva tenyerét a hátán, ahogy gyerekeket szokás bátorítani. – Kerítek neked egy nyugtatót.

– Nem...

– Akkor hozok valami mást, amitől megnyugszol. Addig feküdj le, ma femme.

Lathea semmi hajlandóságot nem mutatott az engedelmességre. Elborítva a fájdalomtól és Mischa kezdte azt gyanítani, hogy a bűntudattól is, meg se mozdult. Ezért aztán lefejtette magáról az ölelő karokat, és bebújtatta a takaró alá. Elveszett, magára hagyott kislány benyomását keltette, aki nem is igazán érzékeli, mi zajlik körülötte. Otthagyva őt visszatért a nappaliba, ahol legutóbb Jean-Michellel a túlélésre koccintottak. A méregerősnek éppenséggel nem mondható, ám annál keserűbb ír whiskyből mégis öntött egy adagot Latheának és belediktálta. Látta rajta, mennyire égeti alkoholhoz nem szokott torkát, de azért hősiesen lenyelte.

– Ne menj el, Mischa – kapott a keze után, amikor el akart surranni, hogy hagyja pihenni. – Kérlek, ne hagyj egyedül.

– Itt leszek a szomszéd szobában. Lezuhanyozom, utána benézek hozzád. Pihenj egy kicsit. Csukd be a szemed... és ne csalj!

Lathea karja lehanyatlott, ahogy szabadon engedte. Mischa akármennyire is nyomorultul érezte magát, úgy vélte, okosabb egyedül hagynia a rászakadt érzelmekkel, és amíg a whisky el nem állítja a könnyeit. Hosszasan álldogált a zuhany alatt azon igyekezve, hogy ő maga is fel tudja mérni Erwin Cowan halálhírének súlyát. A hír hatása az asszonyra önmagáért beszélt, nem kellett lábjegyzet annak megértéséhez, hogy azok ketten mit érezhettek egymás iránt. Most már azt is tudta, hogy Erwin Cowan szándékosan kicsinyelte le önnön érzéseit, amikor a St. Mary's-zel szembeni kocsmában ücsörögve egy barát szólt belőle. Holott szerelmes volt Latheába és feltehetően ő lehetett az, aki először élvezhette ennek a csodálatos lénynek az ölelését. Egyszer csak azon kapta magát, hogy majd szétveti a féltékenység. Szerette volna, de sehogy sem tudta elűzni magától az előző éjszaka emlékét, meg a csalódottságot, amiért a hamis illúziók huszonnégy órát sem éltek túl. Bő óra is beletelt, mire visszamerészkedett a másik szobába. Várakozásaival ellentétben Lathea nem aludt, hanem mintha egyenesen rá várt volna, feléje nyújtotta a kezét, hogy közelebb csalogassa. Megpaskolva maga mellett az ágyat csak annyit mondott: – Gyere.

Mischa erőtlenül köszörülte a torkát. – Nem rám lenne szükséged, tudod te is.

- Pontosan tudom, kire van szükségem. De te tudod?

- Én? Nem az én barátom halt meg ma, Thea.

- Akkor neked könnyű, nem igaz?

- Ne gúnyolódj.

- Nincs igazam?

- Nem foglak kihasználni.

- Pedig könnyű lenne.

- És utána évekig átkozzam magam, amíg vissza nem jöhetek hozzád bocsánatot kérni? – Mischa megrázta

a fejét. – A tegnap éjszaka maga volt a csoda, de...
senkinek nem kell bizony...

- Mischa, kérlek! Nem akarok egyedül maradni.
Mintha a végtelenségig meredtek volna egymásra,
mielőtt megtört a szívbe markoló tekintet súlya alatt.
Fittyet hányva a jobbik eszére levetkőzött, hogy
bebújjon Lathea mellé a melegbe. Átkozhatta magát
napszámra, de tegnap óta tudta, mennyire hiábavaló.
Ez az asszony olyan vágyakat ébresztett benne, mint
egyetlen másik nő sem. Márpedig a közelgő és
elkerülhetetlen elválás rémével a feje felett nem akart
feleslegesen lovagias lenni. Lathea nem is vágyott
effélére. Korábbi gátlásait meghazudtolva kúszott oda
hozzá és amint ajkuk összetalálkozott, Mischa tetten
érte benne a fellobbanó tüzet. Megborzongatta, ahogy
céltudatosan megérintette kedvesét, tenyere alatt
megkeményedett gyönyörű melle. És Lathea sem
maradt adósa, jóllehet az izgalmas előjáték ezúttal
nem tartozott az elképzelései közé.
Alája bújt, sürgetően megsimogatta, és amikor ő a
túlzott kapkodástól megrettenve elhúzódott volna,
határozottan magába kényszerítette. Talán úgy, hogy
önmagának okozzon fájdalmat, talán csak nem tudott
várni, mindenesetre elhaló sikolya ezt nem árulta el.
Magához szorította, ahogy éhesen ívbe hajlította a
gerincét és megadta neki azt a kielégülést, amire
vágyott. Még a vállába mélyedő körmöket sem
érzékelte, miközben együtt szárnyaltak a gyönyör
hullámvasútján. Majd Lathea alig hallható sóhajjal
visszahullt a párnára és rögvest azután ő is követte.
A szoba megtelt szikrákkal, a levegő sűrű lett, mialatt
a mellkasából kiugrani készülő szívvel látta, ahogy az
asszony elfordul tőle. Háttal neki az oldalán fekve is
ugyanolyan bűnös vágyakat ébresztett, mégis
elhagyatottság lengte körül, meg a gyász, amit ő
túlságosan fullasztónak talált. A dereka után nyúlva
visszahúzta, mígnem a hátát és összekócolódott haját

a mellén érezte, formás popsiját pedig az ölében. Lathea nem tiltakozott, egyik kezének ujjait az övébe fűzte, amint átkarolta.

- Miért nem beszélsz róla? – kérdezte tőle jókora csendet űzve el. – Néha az is segít, ha az ember kiönti a lelkét.

- Neked?

- Miért is ne?

- Nem ismersz se engem, se Erwint.

- Annál jobb, csak azt mondod el, amit akarsz.

Legszívesebben beleszántott volna a szőke hajrengetegbe, a gyengéd érintésekkel azonban visszacsábította volna az asszonyt az érzékek birodalmába, ezzel megfosztva a vallomástól, ami esetleg könnyíthetne a lelkét bénító veszteségen. Ezért csak várt és észrevétlenül felcsavart egy tincset az ujjára. Egészen addig azon morfondírozott, vajon Lathea elaludt-e, vagy az ajánlatát mérlegeli, míg kecses ujjai végig nem tipegtek az alkarján.

- Nagyon nehéz erről beszélnem.

- Miért?

- Mert… mert Erwint ősidők óta ismerem. Tulajdonképpen Cowanék az igazi családom. A szomszéd háztömbben laknak, ezért amióta az eszemet tudom, a barátaim. Betty a legjobb barátnőm, szóval, mindannyiuknak van egy kis zuga a szívemben.

Mischa újabb fürttel játszadozott. – Ugye, Erwin Cowan volt az első férfi az életedben?

Elviselhetetlenül hosszú csend állt be. – Még soha nem érdekelt, miért most kérded meg?

- Hmm, valószínűleg, mert eddig sosem beszéltünk effélékről.

Lathea kivárt a válasszal. – Ő volt az egyetlen. Nem is emlékszem, pontosan hogyan kezdődött. Az apám mindenünket elitta, a mama értéktárgyait, a szőnyeget, tényleg mindent. Miután az utolsó pennyig

az összeset elkótyavetyélte, engem kezdett nyüstölni,
hogy vállaljak több állást. Erwin a szállodában
dolgozott, és amikor megkértem, beajánlott vasalni.
- Ez az előtt volt, hogy a vén zsiványhoz mentél a
Notting Hillre?
Lathea a hátára gördült és bár nem nézett rá, ő már így
is ajándéknak tekintette, amiért nem fordít hátat.
- Igen, szerettem az antikváriumot, mert Mr. Brock
sokat volt távol és olyankor kedvemre olvasgathattam.
Záróra után pedig lebuszoztam a parkhoz és négy
vagy öt órában vasaltam az alagsorban. Talán akkor
kezdődött minden. Erwin kötelességének érezte, hogy
istápoljon. Elhozta a konyháról a maradékot, így nem
kellett ennivalóra költenem, műszak után meg
hazakísért. Csodálatos volt vele, annyit beszélgettünk
zenéről, könyvekről, sokat jártunk moziba. Soha meg
nem valósuló utazásokat tervezgettünk, de ő mindig
elrontotta a játékot, túlságosan földhözragadt volt.
Mischa felfigyelt az emlékeknek szóló nosztalgikus
mosolyra. – Milyen kár.
- Ha ő nincs, nem tudom, mi lett volna velem, a
legnehezebb időkben tartotta bennem a lelket.
- A lelket?
- Hogy harcoljak azért, ami fontos, és ne hagyjam
magamat csak úgy kizsákmányolni. Az ő
elszántságából merítettem erőt, ő mindig tudta, mit
kell tenni. Ó, milyen rémes! Hallod?, múlt időben
beszélek róla.
Mischa apró puszit hullajtott az asszony halántékára,
nem is szánta többnek vigasznál, amitől egy kicsit
talán erősebbnek érezheti magát. Így eltelt néhány
perc, mire kinyitotta a szemét és folytatta a néhol
megrázó, máskor megható emlékek felidézését.
- Nem emlékszem, hogyan vagy mikor történt, de
egyszer csak minden más lett. Erwin az életem
legfontosabb pontjává vált, valaki, aki megért, aki
megverekedett értem az apámmal, aki önzetlenül

segített a bajban… és én meguntam, hogy olyan szerelmekre várjak, amelyek sose kopogtatnak be hozzám – Lathea ezen a ponton elfordította a fejét. – Erwint valahogy jobban bántotta, amiért bukott nőt csinált belőlem, mégis olyan szép volt, hogy összetartoztunk.

– Ó, ma belle! Még hogy bukott nő! A te fogalmaid szerint Párizsban nincs huszonöt felett olyan, aki ne lenne bukott nő.

Ennek a tényszerű megállapításnak köszönhetően hirtelen szembe találta magát a megviselt barna tekintettel. – Ez itt azonban Anglia, Mischa, és a nincstelen lányok, mint én, akkor is könnyen pártában maradhatnak, ha soha senki még csak a kezüket se fogja meg. És főként, ha…

A mondat további részét belefojtotta Latheába, ahogyan mutatóujjával megérintette az ajkát. – Bocsáss meg, ha megbántottalak.

– Jóval inkább attól félek, nem értesz meg engem.

– Dehogyisnem – még szorosabban bújt az asszonyhoz, hajába temette az arcát és belecsókolt a nyakába. – Szeretted Erwin Cowant és úgy viselkedtél, mint bármelyik szerelmes nő. Miért ne érteném ezt meg?

Lathea sokáig adós maradt a válasszal. Ismételten elfordítva az arcát tüntetően behunyt szemmel feküdt, míg ő csókot lopott meztelen vállára. Kiszabadítva ujjait a lágy bilincsből megcirógatta.

– Erwinnel soha nem volt jó.

A négy szó, amit Lathea emberfeletti küszködéssel préselt ki magából, leforrázta. – Bántott téged?

– Nem, egyáltalán nem.

– Hát, akkor?

– Csak olyankor voltunk együtt, ha ő akarta… – mély sóhaj. – nekem viszont általában rettenetes volt. Úgy feküdtem a karjában, akár egy érzéketlen fadarab és így vagy úgy, de mindig csődöt mondtam. Féltem és legtöbbször fájt is. Megalázó volt, amiért egy csésze teát is izgalmasabbnak talált nálam, pedig egyfolytában azt bizonygatta, hogy az egész nem számít, amíg szeretjük egymást.

- Istenem, mon amour. Észre kellett volna vennie, mennyire megkínoz téged.

- Természetesen észrevette és... pokolian boldogtalan volt, én meg annyira szenvedtem a lelkifurdalástól... az a fájdalmas kifejezés az arcán, sose fogom elfelejteni. Mégis azt mondta, nem számít...

Letaglózva a hallottaktól tanácstalanul hallgatott, abban sem volt biztos, hogy Lathea vár-e tőle valami reakciót vagy tapintatosabb, ha csendben marad. Az utóbbi mellett döntött.

- Holott nagyon is számított. A férfiaknak az ilyesmi mindig fontos – remegő, majd menthetetlenül elcsukló hangja tanúskodott arról, ez az élmény milyen mély sebet karistolt a lelkébe. Mischa beleszántott a hajába, amit szükségszerű bátorításnak szánt, mégsem bizalmaskodó gesztusnak. Ennek ellenére Lathea mintha kapott volna az alkalmon, hogy ismét odabújhasson hozzá, és a válla hajlatába rejtve az arcát átölelte. – Szerettem őt, de azt a nőt nem tudtam megbocsátani...

- Miféle nőt?

Visszafojtott könnyeken keresztül érkezett a magyarázat. – Szilveszterkor odajött hozzánk és átkarolta őt...fizetett nő volt, közönséges, cinikus. Ó, majd belepusztultam a szégyenbe. Elég volt azzal a lekezelő gesztussal rám néznie és tudtam, hogy Erwin mindent elmesélt neki. A diadalittas vigyora mögött kinevetett engem.

A sokáig visszaparancsolt sírás ezen a ponton szabad utat talált magának. Ő pedig nem tehetett egyebet, minthogy szorosan átölelte Latheát, és hagyta, hogy kisírja bánatát. Már ha ez lehetséges egyáltalán. A néma csendben, melyet csak az elkeseredett zokogás tört meg, mélyen gondolataiba temetkezett. A fürdőszobában lapítva még féltékenység gyötörte Erwin Cowan miatt, mostanra azonban ez valami sokkal nehezebben kezelhető érzésbe csapott át. Noha Cowan megbántotta az asszonyt és sokára gyógyuló sebeket ejtett nőiességébe vetett hitén, de amiért mégis így tudja gyászolni, az csak azt jelenthette, hogy a történtek ellenére kimondhatatlanul szerették egymást. Ő maga mindenesetre választ kapott némely kérdésére, mely ugyan felmerült benne, de túl gyáva lett volna szóba hozni. Így például arra is, hogy az asszonynak miért esik nehezére a csábító nő szerepe, és miért kell erőszakot elkövetnie magán ahhoz, hogy rászánja magát a szerelemre. Mielőtt elmorfondírozhatott volna azon, hogy a kellemetlen tapasztalatok fényében Lathea miért maradt mégis vele a bál éjszakáján, két könnyáztatta, pirosra sírt tekintet vándorolt az arcára. A mutatóujjával ügyetlenül törölgette a szempillákon billegő cseppeket.

– Nem szeretném, ha rosszat gondolnál felőlem.

– Semmi okom nincsen rá, ma belle.

– Amikor a bál utáni reggelen háláról kezdtél beszélni...

– Igazságtalan voltál velem – vágott közbe higgadtan.

– Végig se hallgattál, csak rám zúdítottad a haragodat. Lathea megadóan ingatta a fejét. – Rettenetesen sajnálom, csakhogy úgy éreztem, egy világ dőlt össze bennem és ugyanolyan árucikk lett belőlem, mint az a nő szilveszterkor.

– Mon Dieu, Thea! Bárcsak jóvátehetném!

– Nincs rá szükség, mert én még... soha nem éreztem magamat annyira....

– ...nőnek?

– Igen, nőnek, és ezért örökké hálás leszek neked. Meg azért is, hogy meghallgattál.

- Nekem lenne okom bocsánatot kérni vagy hálálkodni. Olyan ártatlan és félszeg voltál, én meg egyedül azzal törődtem, mennyire boldoggá tesz, amiért nem menekültél el. Ám amikor kiderült, hogy mégsem vagy érintetlen, megzavarodtam. Azt hittem, valaki rosszul bánt veled, azért féltél annyira. Alighanem kölcsönösen téves következtetésekre jutottunk, nem igaz? – Lathea némán biccentett a fejével. – Thea?

- Hm?

- A te helyedben más... szóval, miért maradtál velem? Kérlek, mondd meg az igazat, akkor is, ha nekem nem fog tetszeni.

Rövid habozás után Lathea nekipirulva félrenézett. – Rosy Bowlerson miatt.

- Tessék?

- Amiatt, ahogy rád nézett. Azt hittem, jól ismer téged, és ha ő képes azzal a rajongással rád nézni, akkor én sem félhetek tőled.

Mischa elsápadt. – Egek, ma femme, te féltél tőlem? A kérdésre Lathea nem adott feleletet. – Nem tudtam, hogy el akarsz csábítani.

- Mert nem is akartalak. És te különben sem hagytad volna.

- Amint megérintetted a nyakamat – Lathea a megnevezett helyre borította a tenyerét és olyan álmodozó, kedves őszinteséggel nézett fel, akár egy gyerek, aki felfedezi az élet titokzatos összefüggéseit. –, mintha megrázott volna az áram... még sose hallottam hasonlóról.

- Én sem, Thea. Ó, istenem, nem volt helyes marasztalnom téged, de akkor sem bántam meg, egyetlen percét sem – lelkesült fel a bóktól, amit bezsebelt, jóllehet az asszony nem annak szánhatta. Egész egyszerűen csak nyíltan beszélt. Ezért ő is megkockáztatta. – Szerintem nem kéne biztosra venni, hogy Erwin Cowan meghalt. Ismerek olyat, aki saját magát húzta le a papírról.

- A szívemben érzek ürességet, amikor rágondolok.

- Ha szeretnéd, reggel felhívom Jean-Michelt, nézzen utána dolognak.

- Köszönöm.

Ahogy Lathea felnézett, ő a szájára hajolt, hogy megcsókolja. A hosszú nap meg a megrázó beszélgetés után elmerülten csókolták egymást. Ezúttal az azonnal mindent felemésztő vágy nélkül, inkább meglett párok módjára szeretkeztek, akik már abban is örömüket lelik, mert együtt lehetnek. Ölelésükben benne volt az a melegség, amit Mischa közel a negyvenhez is megrendítően újnak és ismeretlennek talált. Olyasféle csodának, ami furcsa gondolatokat hívott életre benne, ám mielőtt kikristályosodhattak volna, elszenderedett.

- Valami megváltozott.

Mischa nem is hallotta Jean-Michel kimerítő monológját. Mozdulatlanul szobrozott az ablaknál tudomást se véve másról, így a vendégről se. Makacsul kibámészkodott a kihalt tengerpartra. Tekintetével Lathea magányos alakját követte, aki a homokba le-letérdelve kavicsok, vagy kagylók után kutathatott. Hosszú haját divatjamúlt lófarokba fogta, ez a hajviselet mégis kifejezetten jól állt neki. Ráérős keresés után ismét felállt és a kikötő irányába indult. Lustán, alig emelve a lábait haladt, mintha csak a lábfejét akarná a föveny homokjában megfürdetni, míg cipőjét az egyik kezében himbálta. Megtehette, mert június második napján már nyárias idő tombolt. Az elmaradhatatlan tengeri szellő megrántotta bő nadrágjának szárát, amit Betty Cowantől kapott, hiszen amikor otthagyta Londont, nem hozott magával néhány napra elegendő ruhatárat.

Egyszer csak meghökkenve tapasztalta, hogy Jean-Michel áll az oldalán. – Hallod, amit mondok?

- Tessék? – nézett balra értetlenül.

- Mi bajod van, öreg?

- Az ördögbe is, rá sem ismerek!

- Miről beszélsz?

- Latheáról, mégis mit gondoltál? – Jean-Michel is kinézett az ablakon. – Amióta tudjuk, hogy az a szegény ördög halott, alig lehet szóra bírni.

- Nem ő az egyetlen, aki odaveszett – morogta Jean-Michel eltávolodva a kilátástól.

Mischa, noha vonakodva, de követte a példáját. Egy adag whiskyvel a kezében leült a szófa közepére. – De nekem más nem számít.

- Elhiszem, még se legyél ilyen érzéketlen. Nyilván szerette Cowant.

Arra a mindent megmásító vallomásra gondolva Mischa felnyögött. Furcsállta az olyan szerelmet, mely ennyire kétszínű, a boldogságból sző fájdalmat és elsöprő csalódással ér véget.

- Még két nap, esetleg három, és vége ennek a rémálomnak.

A barátjára nézett. – Rémálom, hmm, valóban az. És a számok?

- Egyelőre pontatlanok, furcsa is lenne másképpen ebben a felfordulásban. Tegnapig hozzávetőlegesen úgy kétszázhatvan ezer ember ért partot, durva jóslatok szerint azonban akár ötven-nyolcvanezer fölé is emelkedhet a veszteség. Tegnap megint tiszta idő volt, úgyhogy a németek gyorsan három hajót a tenger fenekére zavartak. Állítólag az öreg Ramsey a súlyosan sebesülteket is át akarja menekíteni, hát, majd meglátjuk, nem igaz?

Nagyot kortyolt az italból. – És utána?

- Amint lehet, az ép csapattesteket behajózzák. A kémelhárítás szerint Hitler egyenesen Párizsba tart.

- Mi pedig a tankok elé dobjuk magunkat azzal a néhány csúzlival?

Jean-Michel megvonta a vállát. – Alighanem, bár nem valami ütőképes terv, elismerem. A dezertálással viszont elkéstél. Eleve jelentkezned se kellett volna ebbe az operett hadseregbe.

- A pokolba, azt hiszed, nem tudom? Minek dörgölöd folyton az orrom alá?

Az indulatos kérdésre hasonló válasz érkezett. – Mert képtelen vagyok elviselni az ostoba önfejűségedet. Ennyi erővel most azonnal főbe lőhetnéd magadat, gróf úr!

- Hiszen te is tudod, hogy amikor jelentkeztem, fikarcnyit nem érdekelt, élek-e vagy megdöglök! A vita hevében fel sem figyeltek a külső ajtó kattanására, majd a küszöbön megjelenő asszonyra.

- Mi ez a vita?

Az idegen hangra mindketten felálltak és Jean-Michel az anyanyelvéről angolra váltva az érkezőhöz fordult.

– Üdvözlöm, Lathea.

- Örülök, hogy látom. Már nagyon várta valaki.

Mischa lesöpört néhány szem homokot az asszony arcáról, mielőtt hellyel kínálta. Amíg hozott neki egy pohár hűs italt, Jean-Michel részvéttel megjegyezte: – Fogadja együttérzésemet a barátja miatt. Röstellem, hogy éppen nekem kellett ezt a hírt szállítanom.

- Akárhogy is volt, köszönöm.

Mischa visszatérve az itallal lerogyott Lathea mellé.

- Min vitatkoztak? – tudakolta Lathea egy-két korty után.

- Nincsenek osztatlanul jó híreim – vágott bele Jean-Michel. – Az evakuáció napokon belül véget ér. Az emberek javát sikerült kimenekíteni Belgiumból, a többit pedig a németek úgyis lemészárolják.

- Legalábbis ez a dolog örömteli fele.

- Valóban. Az viszont már kevésbé, hogy a németek párizsi túrára készülnek. A héten otthon voltam és nyugodtan állíthatom, hogy Dover a béke szigete ahhoz képest, ami ott van. Champagne és Lotaringia lakossága batyukkal a hátán útnak indult délnek és felettébb valószínű, hogy a német előretörés ütemében százezrek, vagy milliók fognak még csatlakozni hozzájuk.

- De hát hova mennek? – döbbent meg Mischa.

- Ki tudja? Egyelőre minél messzebb a határtól és Párizstól, noha erősen kétlem, hogy elég messzire tudnának futni.

Lathea huzamosabb csendet tört meg azzal a kérdésével: – Mischa számára mit jelent mindez?

- Az égvilágon semmi jót. Napokon belül megérkezik néhány romboló Marseille-ből és az egész alakulatot, már ami megmaradt belőle, visszaviszik a frontra. Hiszen valakinek Párizst is meg kell védenie.

Lathea elhűlve lesett Jean-Michelre, utána pedig Mischára, aki mindössze elhúzta a száját, mielőtt félrenézett volna. – Uram isten!

A kijelentés fedhette a valós kilátásokat, mert a mindig ámulatba ejtően tájékozott Jean-Michel sem fűzött hozzá semmit. Ellenben Mischa ragaszkodó gesztussal Lathea kezét a combjára vonta. – Beszéljünk valami másról. Mi van azzal a kitelepítéssel, amit a telefonban pedzegettél?

Jean-Michel meglazította a nyakkendőjét, ahogy hátradőlt a fotelban. – Londonban átkozottul komolyan veszik az esetleges invázió-elméletet és azok után, amit eddig láttunk, talán Hitler tényleg megpróbálkozik valami ilyesmivel. Mindenesetre a Belügyben külön osztályt hoztak létre idegenrendészeti feladatokkal és szerintem gyorsan lépni is fognak.

- De Thea papírjaival, ugye, minden rendben van?

Jean-Michel a zakója belső zsebéből néhány ív összehajtogatott okiratot bányászott elő. – A saját szakállamra nyomozgattam egy kicsit és két értékes dolgot találtam. Először is az édesanyja születési bizonyítványának elkészíttettem a másolatát – lobogtatta meg a papírt Lathea felé, majd kiemelt belőle egy másikat. – Ez pedig egy igazolás az egyik londoni kórházból, mely szerint az édesanyja egy hathónapos csecsemővel járt ott felülvizsgálatra. Tehát most már bizonyítani tudja a másik szülő brit állampolgárságát. Tegye csak a francia irataihoz, tessék.

Lathea átvette a két papírt és egy pillanatra mindkettőbe belenézett. – Lekötelez, Jean-Michel. Fél szemmel Mischa is az asszony ölébe ejtett írásokra sandított, mialatt ujjai között átfolyatta vaskos copfjának fényes tincseit. – Ezek szerint módosul a mese? Hiszen Thea hol lehetne másutt, mint a szülőhazájában.

Jean-Michel biccentett. – Persze, ez a legkézenfekvőbb magyarázat, ráadásul igaz is. A férjét elvitték a háborúba, ő meg egy idegen ország helyett itthon maradt. A kórházi lap azt is igazolja, hogy az egész életét Londonban élte le. Ezzel a történettel nem lehet semmi baj.

- Szép munka volt – ismerte el Mischa.

A látogatás rövidebbre sikerült, mint tervezték, mert Jean-Michel titkárnője egyszer csak hosszú listányi teendőre hivatkozva visszahívta őt Londonba. A telefonhívást követően azonban a búcsúzás mindannyiuk szemébe könnyeket csalt. A férfiak nem jellemző megindultsággal ölelkeztek össze és egy végtelen percre még talán az idő is megállt, hogy az elválás kínzó fájdalmát tiszteletben tartsa. Bár szavak nem beszéltek róla, azért ott motoszkált a fejükben a baljós gondolat, vajon nem ez az utolsó alkalom-e, hogy együtt lehetnek.

Azután Mischa lekísérte a vendéget, és amikor visszajött, még mindig árulkodó könnyek égtek a szemében. Lathea tanácstalanul üldögélt a szófán, nem tudva, elfogadná-e a vigasztalást, ha felajánlja neki. Végül mégis kitárta felé a karját, mire ő térdre rogyott előtte és a csípőjét szorosan átkarolva az ölébe temette az arcát. Egyetlen szót sem szólt, nem is sírt, a néma mozdulat azonban mindkettővel felért. Lathea beletúrt a hajába, hogy megsimogathassa a tarkóját, mialatt egészen közel sodródtak ahhoz, hogy egymásba szeressenek, mielőtt megismerhették volna a másikat.

Este és másnap is lementek a partra. A június váratlan felmelegedéssel érkezett, hétágra sütött a nap. A homokos partnak a kikötőtől legtávolabbi részén egyszerűen csak nyár volt, halottak meg háború nélkül. A part lezárt részétől óvakodva, de azért élvezve az átmeneti nyugalmat töltötték a napot. Könyvekről beszélgettek, illetve Mischa a Montparnasse bohémjairól anekdotázott. Az egész olyanra sikerült, akár egy első randevú. Lathea ennek megfelelően csodálatosnak találta. Különösképpen, mert a férfi mintha száműzte volna a lelkét bénító keserűséget és így kifejezetten szórakoztató társaságot nyújtott. Egyébként is, mi értelme lett volna a jövőn merengeni, ami kiszámíthatatlanul sötétlett előttük. Már késő délutánba fordult az idő, amikor hazaértek. Elsőként ő állt a zuhany alá, és amíg Mischa is lemosta magáról a homokot, a bőséges készletekből megpróbált valami vacsoraféleséget összeütni. Az evakuáció kezdete óta először fordult elő, hogy be se kapcsolta a rádiót. Ma valahogy nem akarta tudni, hányan vesztek oda, vagy hány hajó süllyedt a csatorna vizébe. Ebből a borzalomból már alaposan kivette a részét, hiszen Erwin meghalt, ráadásul a csatorna túloldalán, ahonnan a holttestét soha senki nem fogja hazahozni. Kisírta érte a szemét, de elég volt. Nem akarta ugyanezt más ezrekért is megtenni, vagy belegondolni abba, ami Jean-Michel borús próféciájából következik, azazhogy Dunkirk

eseményei puszta ízelítői mindannak, ami még vár
rájuk.

Bizonyára tüntető elzárkózása miatt érintette annyira
rosszul, hogy a csöngetés nyomán egy francia katonát
talált az ajtóban. Ütött-kopott külseje és űzött
tekintete sokkoló hatást tett rá, ahogyan a pergő
francia mondatok is, melyekből egyetlen szót sem
értett. A másodszori ismétlésből legalább Mischa
nevét ki tudta venni, ám mire behívta volna az
érkezőt, a férfi is megjelent. Alighanem a zuhany alól
lépett ki, mert mindössze egy nadrágot öltött magára,
felsőtestéről és hajából még csöpögött a víz.

- Mi történt, chérie?
- Téged keresnek.

Mischa az ajtóhoz sétált. Láthatóan ismerte a
jövevényt, mert hevenyészett tisztelgés után az
sietősen a mondandójába kezdett. Jóllehet ő nem
értette az idegennyelvű beszámolót, tapodtat se
mozdult. Végül a katona ismét a homlokához emelte a
kezét, aprót biccentett feléje, azután már ott sem volt.
Az ajtó bántóan dörrent, Mischa viszont bal
tenyerével rátámaszkodva, fejét lógatva,
mozdulatlanul ott ragadt. Szavak nélkül is ki lehetett
találni, hogy hamarabb elmegy, mint gondolták.

- Mischa?

Olyan sokáig hallgatott, hogy ő szabályosan
megrémült. Valamivel később mégis felegyenesedett
és szembefordult vele. – Még egy nap, mon amour,
egyetlen nap.

Ezúttal neki akadt el a szava. Leforrázva
szobrozott nem érezve és nem gondolva semmit.
Mischa odalépett hozzá, átfűzte a derekát, hogy a
hajába temesse az arcát. – 5-én reggel mindenki
visszatér francia földre!

Június 4-e, mint később kiderült, az evakuáció utolsó
napja volt. Persze reggel ezt még nem lehetett tudni és

akkor még senki nem gondolt másra, minthogy ez a nap is újabb menekülteket meg halottakat hozhat.

Lathea kilenckor ébredt. Bár Mischa már ébren volt, szokásától eltérően a feje alá polcolt párnákon heverészett, semmi hajlandóságot nem mutatva arra, hogy felkeljen, amit ő tökéletesen meg is értett. Neki is a közelgő elválás körül jártak a gondolatai, pusztán csak nem beszéltek róla. Amikor előző este Betty hívta délelőtti találkára, szívesen elhárította volna az ajánlatot, Mischa azonban ezt egyetlen gesztussal sem kérte.

Miután elfogyasztották a reggelit, vissza is bújt az ágyba. Magával vitte ugyan a házinénitől rendszeresen megkapott reggeli lapot, ő azonban rajtakapta, hogy ha nyitva is hever előtte, a szeme nem látja a sorokat. Még mindig nem hallva marasztalást végül összeszedte magát, de addigra elmúlt tíz óra.

– Hozzak neked valamit? – rogyott az ágy peremére, mire az újság Mischa hasára omlott.

– Rajtad kívül nincs szükségem semmire.

– Lemondom Bettyt.

– Nem, ne tedd! Biztosan örülni fog a barátnőjének.

– És te?

Mischa mostanság ritkaságszámba menő mosolyt villantott felé. – Nős ember vagyok, madame, nekem az ilyesmi már tiltott gyümölcs.

Lathea odahajolt hozzá, hogy megcsókolja, a hosszú ujjak azonban átfogták a nyakát, mielőtt felegyenesedhetett volna. – Sajnálom, Thea.

– Micsodát?

– Lehet, hogy háború van és holnap a világ végére száműznek tőled, de akkor is restelltem volna azzal előállni, hogy az utolsó huszonnégy órát legszívesebben az ágyban tölteném veled.

– Pedig ezt kellett volna tenned.

A mosoly ezúttal elfelhősödött, inkább keserű szájhúzásnak látszott. – Ó, nem, egyetlen nőnek sem mondhatja az ember, hogy csakis a testét akarja. Meg aztán az én esetemben ez nem is lenne helytálló. Többet is akarnék, csak időm nincs rá.

Latheát egészen meghatotta a lefegyverző őszinteség, ami kísértetiesen úgy hangzott, akár valami szerelmi vallomás, jóllehet a 'szeretlek' szó nélkül. – Sietek vissza, rendben? – a második csók már messze nem volt olyan barátian üres, úgyhogy okosabbnak látta gyorsan elindulni. A küszöbről még egyszer visszaintett, majd valósággal kimenekült a lakásból.

A Bettyvel töltött órák elviselhetetlen lassúsággal teltek. Latheának szüntelenül Mischán járt az esze, mialatt a barátnője hasonlóan nyomorúságos hangulatban volt. Idővel Kester is csatlakozott hozzájuk, de ő sem idézte egykori, felvillanyozóan életteli és szellemes önmagát. Az evakuáció kezdetétől, mintegy tíz napja, állták a sarat és önfeláldozóan láttak el minden rászorulót. Mostanra azonban mintha az erejük végére értek volna.

- Ha ez lefut, hazamegyünk és egy álló hétig fel se kelek az ágyból – jelentette ki Kester sóváran.

Betty annyira elcsigázottnak látszott, majdnem eldőlt, amikor a férje távoztával támasz nélkül maradt. Máskülönben pedig kizárólag Erwin töltötte ki a gondolatait. Nem hagyta nyugodni, amiért a végtisztességet nem adhatták meg neki. Az akadozó, semmitmondó beszélgetésnek egy sürgős hívás vetett véget, mely visszahívta szolgálati helyére. Lathea erős szégyenérzettel a megkönnyebbülés miatt, amit érzett, elindult a kis ház felé. A tengerpartot választotta, ahol mit sem lehetett érzékelni abból az ostromból, ami a várost sújtotta. Bár minden egyes nap újabb szerelvények szállították el a katonákat, Dover mégis roskadásig zsúfolt maradt, ezt a benyomást az utcákat

járó megszámlálhatatlan katonai jármű pedig csak
tetézte. Kissé meglepte, hogy Mischa a lakás helyett a
partot részesítette előnyben. A házak előtt épült kőfal
tövében ücsörgött, karjaival felhúzott térdére
támaszkodott, miközben mezítlábas ujjait a homokba
fúrta. Ujjatlan atlétában, arcát a napfény felé tartva
lustálkodott, ez az idilli kép mégis megfoghatatlanul
letargikusra sikerült. Odasurranva hozzá lehuppant
mellé és a hasára ejtett egy mosolygós almát. –
Megjöttem.
Mischa felnézett. – Remélem, nem miattam ráztad le
Betty Cowant? – érdeklődött a gyümölcsbe harapva.
- Á, nem, amúgy sem lett volna szívem hozzá.
Folyton Erwinről beszélt.
- Megértem, végtére is a fivére.
- Megérteni én is megértem, de cseppet sem volt
kellemes. Nem akarok a gyászba temetkezni,
ugyanakkor azt sem akarom, hogy lelkifurdalást
keltsen bennem – Lathea egy darabig makacsul
oldalra nézett, majd fejét a kövekhez billentve
megjegyezte: – Rólad faggatózott.
- Rólam?
- Igen, hogy honnan meg mióta ismerlek, ilyesmiket.
- És még milyesmiket?
Lathea beletörődően sóhajtott. – Megmondtam neki,
hogy összeházasodtunk. Nem volt más kiút.
- Képzelem, mennyire meglepted.
- Hááát, tulajdonképpen egyetlen szót sem szólt, bár
alighanem leforráztam a dologgal. Másban
reménykedett.
- Vajon miben?
- De Erwin meghalt.
- Á, kezdem érteni! A legjobb barátnő meg a kedvenc
báty? Élnek boldogan, míg meg nem halnak?
A gúnyt nem lehetett félreérteni. – Ostobaságnak
hangzik?
- Nem, csak vajon valóban erre vágytál?

- Azt hiszem, hogy sokáig igen. Erwin tökéletes férj lett volna.

- Eltekintve attól az apróságtól, hogy élete végéig szeretőkre fanyalodott volna, te meg mindannyiszor a kínok kínját állod ki, mert egy-egy újabb nővel megcsalt. Bocsáss meg, ma belle, ez övön alul volt.

Latheát nagyon bántották a kemény szavak, úgy érezte, meg kell védenie Erwint. – Tényleg nagyszerű ember volt, Mischa, és én szinte mindent meg is találtam benne, amire vágytam. Az pedig sokkal többet számít, mint a hálószobai örömök.

- Igazat adnék neked, ha nem lobogna benned is tűz. De szenvedélyes nő vagy, így meg már nem ugyanaz a helyzet – Mischa gyengéden megsimogatta a kezét. – Egyébként imádott téged. Hallottam és láttam is, úgyhogy nem kell meggyőznöd róla, milyen rendes fickó volt.

Egy végtelen percre Latheát emlékek kerítették hatalmukba. – Üres lesz az életem nélküle. Titkon arra számítottam, hogy hazajön, én megbocsátok neki, és minden ugyanolyan lesz, mint régen – halkan, inkább csak nevetett egyet. – Persze ő erre is azt felelné, megint álmodozom és rettenetesen félek a változásoktól.

- És félsz?

- Azt hiszem, igen. Inkább a régi rossz, mint a bizonytalan új.

Mischa halványan mosolygott, mint aki megérti ezt a filozófiát, noha Lathea gyanította, hogy ő semmi esetre sem vallja ugyanezt a gyáva álláspontot. – Nem örülök neki, amiért egyedül maradtál.

- Annyira nem vészes. Esténként átugrom Stepney-be Cowanékhoz, ott van Adams tiszteletes is, meg aztán hébe-hóba Nick is meglátogat.

Mischa lecsapott a névre. – Nick?

- Erwin öccse – Lathea maga elé mosolygott. – Képzeld, még azt is megpendítette, hogy házasodjunk össze. A fülébe jutott az a szóbeszéd az esetleges kitelepítésekről és előrukkolt ezzel az ötlettel. Mondhatom, alaposan meghökkentett, olyan váratlanul jött. És pont tőle!

- De én megelőztem.

Lathea oldalra nézett és egy gyengéd pillantással azt mondta: – Valahogy úgy, holott téged sem ismerlek jobban. Sőt!

- Az életem történetére már nincs elég idő, azt el kell halasztanod.

Lathea végighúzta a mutatóujját Mischa bal arcán, éppen az állkapcsa felett éktelenkedő vágáson. – Ennek van valami története?

- Nincs benne semmi dicsőséges – hárította el Mischa a simogatást a tenyerébe zárva Lathea kezét.

- Még azt sem tudom, van-e családod.

- Nincs.

- Senki?

Mischa a falnak támasztva a fejét elnézett a víz felett.

– Van egy unokatestvérem.

- És a szüleid? Vagy inkább... – Lathea meggondolva magát intett a kezével. – Ne haragudj, olyasmibe ütöttem az orrom...

- Dehogy, már számoltam vele, hogy valamikor megkérdezed.

- Ki tudhatná nálam jobban, néha milyen nehéz a szüleinkről mesélni, főleg apámról.

- Tökéletesen átérzem, mon amour, az én apám viszont talpig rendes ember volt, aki ugyan nevelő célzattal egyszer-egyszer Fetyát is meg engem is megrakott, de soha nem kellett félnünk tőle.

- Szeretted?

Mischa bólintott. – Fantasztikus ember volt. Azóta is rettenetesen hiányzik, no meg furdal a lelkiismeret, mivel nem voltam ott, amikor meghalt. Még csak nem is tudtam róla.

- És az édesanyád?

- A legszebb asszony volt, akit valaha láttam és... – a barna szemek Latheára vándoroltak. – megtévesztésig hasonlított rád.
- Tényleg?
- Igen. A haja ugyanilyen finomszálú, bár kevésbé szőke, és a bőre is selymes. Az illatára is emlékszem, francia illatszereket használt. Nem nőtt olyan magasra, mint te, de hasonlóan formás és nőies volt. Apám hódolata jeléül minduntalan a legfényűzőbb ruhákkal meg ékszerekkel halmozta el, így a pétervári bálokon gyakran ő viselt elsőként nyugati divatot követő toalettet meg kesztyűket, kalapokat, efféléket. Lathea elragadtatottan felsóhajtott. – Milyen csodálatos!
- No, igen, apám nem a kiszemelt nőt vezette oltárhoz, hanem azt, amelyiket szerette.
- Testvéreid nincsenek?
- Voltak. Egy öcsém meg egy húgom.
- És mi lett velük?
Tétovázó mozdulat kísérte a vallomását. – Senki nem tudja. 17-ben egyik percről a másikra szöktünk el Oroszországból. Apám a családot két megbízható cseléddel egy kiszemelt találkozási pontra indította, míg maga ellovagolt Fetyáért meg értem a katonai akadémiára. Együtt mentünk abba az eldugott faluba, ahova anyám meg a testvéreim soha nem érkeztek meg. Az utolsó pillanatig vártuk őket, amikor azonban már minket is a lelepleződés réme fenyegetett, apám áthajózott velünk Finnországba. Onnan többször visszamerészkedett ugyan, azonban semmit nem tudott kideríteni.
- Istenem! Mi történhetett?
- Bármi elképzelhető, a legvalószínűbbnek mégis az tűnik, hogy leleplezték a kilétüket és legyilkolták őket.

- Apádat borzasztóan lesújthatta – Mischa némán ingatta a fejét. – Ez rettenetes. Sajnálom, mert megkérdeztem.

- Ne sajnáld, neked még így is mostohább sors jutott.

- Csakhogy én régen hozzászoktam.

Mischa elsiklott a megjegyzés felett, hogy egészen mással folytassa. – Lenne néhány dolog, amiről feltétlenül beszélnünk kellene. Figyelsz, ma chére?

- Igen.

- Jean-Michel szerint nem sokan lepődnének meg, ha a németek egy szép nap arra az elhatározásra ébrednének, hogy 'Bombázzuk meg a briteket!'. Márpedig villámgyorsan el tudnak repülni Londonig, Normandiáról ne is beszéljünk. Ezzel azt akarom mondani, hogy könnyen veszélyesre fordulhat a helyzet.

- Talán jelentkezhetnék a WREN kötelékébe.

- Isten őrizz!

- Miért? Sok nő…

- Drágám, nem akarom, hogy beállj a seregbe. Egyszerűen nem akarom!

Lathea összevont szemöldöke árnyékából lesett Mischára. – Veszélytelen irodamunkát is vállalhatnék.

- Nem tudom megmagyarázni, de nem akarom, hogy bárhova is csatlakozz. Kérlek, ígérd meg, hogy távol tartod magadat az egyenruhásoktól. Kérlek! – erre nem lehetett nemet mondani. – Köszönöm – könnyebbült meg Mischa.

- Érteni viszont nem értelek.

- Elég nekem az ígéreted. Lenne azért itt még valami. Ha Londont bármilyen veszély fenyegetné, menekülj vidékre. Nem szeretném, ha bajod esne. Dunkirkben láttam, milyen az, amikor tucatjával hullanak a bombák az égből, kő kövön nem marad.

- Gondolod, hogy ez megtörténhet?

- Senki nem tudja, de Hitler mindenre elszánt, bármi kitelik tőle. Ezért nem akarom, hogy adott esetben a városban maradj.

Lathea tanácstalankodva sorolta magában a lehetőségeket, mégsem jutott megnyugtató eredményre. – Nem tudom, hova futhatnék.

- Van egy atyai jó barátom, akit Laurel Doornnak hívnak. Festő. Még Párizsból ismerem. Hatvan feletti hóbortos öregúr, kedélyes és kifejezetten szórakoztató. Nem iszik, nem kártyázik, nem verekszik, ellenben imádja a zenét meg az ecsetjeit. És ami a legszebb, hogy van egy háza Marazionban.

- Marazion? Sose hallottam róla.

- Bevallom, én is Jean-Micheltől tudom, hogy Cornwallban van a vasúti vonal mellett. Egyébként rajta keresztül üzentem Laurie-nak, hogy esetleg felbukkanhatsz nála. Amennyiben el kéne hagynod Londont, menj oda, Thea, rendben? Biztonságos távolságban leszel az öldökléstől. Laurie pedig tényleg lebilincselő figura, majd meglátod.

- És ha faggatózni kezd, mióta ismerlek?

- Ez nem valószínű. Legjobb emlékeim szerint cseppet sem kotnyeles fajta. Különben meg semmit sem tud rólad, se a származásodról, se a szállodáról, vagy arról, mit jelent számunkra ez a házasság. Úgyhogy csak rajtad múlik, mit mondasz el neki.

Lathea meghatottan bújt oda a férfihoz. Jólesett átölelni őt. – És veled mi lesz?

- Sejtelmem sincs.

- Egyszer-egyszer talán hallhatunk felőled, ugye?

Mischa a két tenyere közé fogta az arcát. – Már most nyilvánvaló, hogy ez a kakaskodás tovább tarthat, mint gondoltuk, ez pedig akár éveket is jelenthet. Ha a végén még élek, megkereslek, bárhol is legyél. Minden más a gondviselés kezében van.

- Uram isten, tudod te, mit beszélsz?

- Sajnos, igen. Nem ígérhetek semmit és tőled se várok ígéreteket. A dolgok amúgy sem rajtunk múlnak.

- Ezt nem akarom elhinni.

- Thea! Thea! – súgta Mischa szelíd hangon, ahogy ajkával simogatóan megérintette a száját. – Holnap hajnalig van még néhány óránk, akarsz addig igazán a hitvesem lenni? Arra vágyom, hogy soha ne felejthessük el ezt az éjszakát.

- Holnap búcsút inthetek neked a kikötőben? – tudakolta Lathea két tébolyító csók között.

- Nem, chérie. Ha el akarsz búcsúzni tőlem, azt ma éjjel kell megtenned.

A válasz késett. Lathea helyette inkább befészkelte magát az erős ölelésbe és arcát a férfi vállára hajtotta. Legszívesebben sírt volna. Az elmúlt hét borzalmai dacára kimondhatatlanul boldog volt, ám amit érzett, e pillanatban kiábrándítóan életképtelennek tűnt, egyben pedig teljességgel értelmetlennek és kilátástalannak is. Merengéseit a combjáról a bokájáig szaladó simogató kéz keltette kellemes bizsergés szakította félbe. Válaszul belecsókolt Mischa nyakába, tenyere pedig a mellére csúszott. Alatta valósággal dübörgött a szíve.

- Ha nem lenne háború, rá se hederítenél egy olyan lányra, mint én.

- Inkább le se venném róla a kezem. Ugyan, Thea, hiszen amikor először együtt voltunk, még nem is volt háború.

- Nem is tudom, az eszemmel felfogtam, mennyire más vagy, mint a többi gróf meg herceg, de mégis csak egy vagy közülük.

Mischa ujjai a hajában kalandoztak, eljátszottak a méz szőke fürtökkel, míg kitalálta, mit feleljen. – Te tényleg azt gondolod, hogy egy ostoba cím meg néhány millió frank örökség a bankban boldoggá tehet valakit? Én egyáltalán nem hiszem. Minden túlzás nélkül ez a hét volt a legcsodálatosabb az utóbbi hét-nyolc évben – felemelte az állát és számító gyengédséggel megkóstolta a száját. – Ha nem lennék gróf, nem is vetnél meg annyira, ugye?

– Hogy mondhatsz ekkora képtelenséget?

– Nem csapsz be, ma belle. Látom az arcodon, hogy ha valami nincs kedvedre.

– Szóval, megvetlek? Talán minden okom megvan rá, miután azt a rengeteg öltönyt kidobáltad a szekrényből!

Mischa önfeledten hahotázott az emlékein. – Gróf Akárki, mi? Észrevetted, hogy régóta nem szólítottál gróf úrnak?

– Többé nem is foglak.

– Még a sötétben sem, ha nagyon szépen megkérlek? – az ugratásba Lathea menthetetlenül belepirult. – Időtlen idők óta nem láttam nőt szemérmesen elpirulni.

– Ó, te! Mischa kötekedő vigyorral kapta el a feléje sújtó öklöt. – Örülök, mert éppen az én grófném mutatta meg ezt a csodát.

– Ne mulass rajtam! Mischa erőszakkal elfojtotta jókedvét, mert ő egyre inkább piros lett. Futó csókot cuppantott a szájára, feltápászkodott. – Adja a kezét, Contessa Kupolyeva.

– Nem illik így beszélni egy grófnéval.

– Egyetértek.

– Óooha, valóban?

– Hát, persze. Így csak egy ember beszélhet a grófnéval, a gróf.

Mielőtt Lathea vagy felkacaghatott, vagy tiltakozhatott volna, Mischa újra lecsapott a szájára. Nem tudott betelni a közelségével. – Menjünk fel, kimondhatatlanul sok pótolnivalónk van – átkarolta a derekát és átvágva a homokos fövenyen a ház felé sétáltak.

Másnap hatkor érkezett meg a katonai dzsip. Mischa egy utolsó pillantást vetett az ágyban, hajnali szeretkezésük után mélyen alvó teremtésre és lehajolva hozzá utoljára megcsókolta. Lathea sóhajt idéző hangot hallatott, de alighanem csak álmában, mert nem ébredt fel. Óvatosan megcirógatta az arcát, betakarta, majd megszegve azon ígéretét, hogy elbúcsúzik, kisurrant a szobából. Nem bírta volna elviselni az elválás könnyeit meg egy ölelést, meg még egyet, amíg már képtelen elmenni. A küszöbről azért lopva visszasandított, mielőtt fogta a zöld zsákot, hogy hangtalanul kilopakodjon az asszony életéből és talán hosszú időre ebből a megkapóan érzéki házasságból is.

16.

A Kewley's békebeli forgalmának pusztán
nosztalgikus emlékei maradtak, holott a nyári
hónapok rendszerint jó üzleti idénynek számítottak. A
háború azonban hiába is hagyta Londont érintetlenül,
elriasztotta a turistákat. No meg a legtöbb ember már
valami végzetes inváziótól tartva a pénzét a vánkosba
tömve őrizgette felesleges kiadások helyett. A
vagyonosabbak is csak elvétve fanyalodtak
könyvvásárlásra, jóllehet az antikváriumok java
virágzó időszakát élte. Az egyedi kiadványok és
ritkaságszámba menő lexikonok jó pénzért cseréltek
gazdát a piacon, legalább olyan jól, mint számos
képzőművészeti tárgy, amely titkos csatornákon jutott
át Franciaországból. Mintha a franciák megérezték
volna a németek jelentette közelgő veszélyeket, mert a
magángyűjtemények egyes darabjai lélegzetelállító
összegekért úsztattak át a csatornán. Angliában pedig
akárcsak a könyvritkaságok, a festmények is mind
vevőre találtak.

Ilyen körülmények között Lucius Kewley
rákényszerült két lány elbocsátására, ami
gyakorlatilag annyit jelentett, hogy a nap jelentős
hányadában Lathea egyedül tartózkodott az emeleti
irodában, míg két megmaradt kolléganője a vevők
körül szorgoskodott a földszinten. Miután a
könyvpiac őt érintő ügyletei alaposan
megszaporodtak, valósággal ellepték a
megrendelőlapok. Így legalább nem fenyegette az a
veszély, hogy elveszíti az állását. Amúgy sem bánta,
amiért alig találkozott a két cserfes eladólánnyal,
mivel messze nem volt olyan hangulatban, hogy
békésen el tudja viselni ostoba fecsegésüket ruhákról

meg illatszerekről. Azok ketten nem látták Dovert,
meg a határtalan emberi szenvedés áldozatait holtan
heverni a vár gyepén, számukra a háború távoli,
amolyan mások ügye civakodás maradt.
Bezzeg ő azóta se igen talált magára. Három
rettenetes napra egyszerűen magára zárta a lakása
ajtaját és akárki jött hozzá, a dühödt csengetésre se
válaszolt. Tehetetlenül feküdt az ágyon, az órák
összefolytak, ahogyan a reggelek is az estékkel, sőt,
egyik nap a másikkal, miközben feltartóztathatatlanul
peregtek a könnyei. Már szinte meg sem rendült azon,
milyen határtalanul üres a szíve. Haraggal gondolt
Mischára, aki bár megígérte, hogy ha a kikötőben nem
is, azért a lakásban elbúcsúzhat tőle, helyette azonban
úgy iszkolt el, akár valami besurranó tolvaj. Mire
felébredt, hétágra sütött a nap, a szoba pedig gyászos
némaságban visszhangozta csalódott zokogását.
Addigra a francia flotta rég hazafelé tarthatott, jó
messze Dovertől és az angol partoktól.
Azután valahogy mégis erőt vett magán és munkába
állt, ez legalább abban sokat segített, hogy
átmenetileg megfeledkezzen az átéltekről.
Ugyanakkor ólomsúllyal ült a lelkén a teher, amiért
egyszer sem volt bátorsága elmenni Cowanékhez.
Pedig megfordult Stepney-ben. Kétszer is
meglátogatta Adams tiszteletest, mindannyiszor ha
úgy érezte, megfullad a nyomasztó érzelmektől.
Egyelőre még magában sem tisztázta mindazt, ami
Erwinhez fűzte. Csak akkor döbbent rá, hogy önmagát
is becsapta, amikor az utolsó napon Mischának
mesélni kezdett. Akkor ismerte fel, hogy a lelke
mélyén réges-rég megbocsátotta Erwin félrelépését.
El nem felejtette, mégis ráébredt a férfi igazára, azaz,
hogy az egymás iránt táplált szerelmük sokkal
értékesebb bármiféle testi kapcsolatnál. Persze a
dolgot lehetett volna másként kezelni, talán
megértőbben és több odafigyeléssel, de mostanra már

túl késő lett. A sors megfosztotta a lehetőségtől, hogy valaha is elmondja neki, milyen sokat jelentettek a kimerítő beszélgetések, a közös Hyde Park-i ebédek, amikor esténként a buszon kéz a kézben üldögéltek, vagy a cinkos félhomályban elcsattant csókok. Elkésett a megbocsátással, aminél kínzóbb önváddal még sosem szembesült. Ráadásul londoni életébe visszacsöppenve egyre fájdalmasabban tudatosult benne ez a veszteség. Akármerre is vitte a lába, a város minden ízében Erwint idézte. Hogyan gondolhatta, hogy valaha is elfelejti? A könnyekben úszó gyász talán elmúlt, a szívében mégis örökre hatalmas űr tátongott.

Naphosszat ült a Kewley's emeleti irodájában, tette a dolgát, miközben egyre a múlton merengett. Azon, hogy elveszítette Erwint és azon is, hogy Mischát túlságosan megszerette, holott se származásukat tekintve nem illettek össze, se jövője nem lehetett egy ilyen kapcsolatnak. Utólag már a házasságukat is nevetségesnek találta. A színtelenségben bandukoló időt csak azok a percek törték meg, amikor a rádiót bekapcsolva meghallgatta a legfrissebb híreket. Korábban, ahogy a nemzet javát, őt sem érintette meg a politika, tájékozottságát legfőképpen Erwintől, azaz hallomásból szerezte. A dunkirki katasztrófa óta azonban a világ drámaian megváltozott, nemcsak az ő számára, de általánosságban véve is. A napilapok nagyobb érdeklődésre tarthattak számot, a BBC híreit a legtöbb ember, ha máskor nem is, este biztosan meghallgatta. Már-már kötelező házi feladattá vált, amit nem lehetett elhanyagolni.

Ezért délben rutinszerűen bekapcsolta a rádiót és mivel a lányok ilyenkor rendszerint ebédelni mentek vagy vevőkkel bajlódtak, zavartalan nyugalomban figyelhette a legújabb tudósításokat. Aznap közvetlenül a műsor előtt nehéz léptek alatt sírt fel az ódon falépcső, mely az emeletre vezetett.

Meglepetésére Nick Cowan érkezett, méghozzá borús arckifejezéssel, láthatóan rosszkedvében.

– Nahát! Hogy kerülsz ide?

A látogató közelebb sétált és ő akkor fedezte fel, hogy egyenesen a borbélytól jöhetett, mert haját pedánsan rövidre nyírták és kesernyés arcszesz illata terjengett, amerre elhaladt. – Hogyan? Hiszen utasításba kaptam, hogy kutassalak fel.

– Engem?

– Ki mást? Mióta otthagytad Dovert, egyszerűen nyomod veszett. Kester és Betty állítólag többször járt Shadwellben, de te ajtót sem nyitottál.

– Bizonyára nem voltam otthon.

Nick kétkedőn vonta fel a szemöldökét. – Akkor merre jártál? Például kedd este? Hosszasan csengettem, de rám se bagóztál.

– Lementem sétálni.

– Ezt nem fogod velem elhitetni. Valószínűbbnek tartom, hogy anyámnak igaza van, és szándékosan kerülsz minket.

A feltételezés bántotta őt, különösen mert nem volt teljesen alaptalan. – Hiszen ti vagytok a családom. Szeretlek titeket, miért bujdokolnék?

– Hmm, Erwin miatt?

Lathea arca elfelhősödött. – Nem akarok beszélni róla.

– Hallgass ide. Nem attól tartozol közénk, mert Erwinnel jó vagy rossz viszonyban voltál, hanem...

– Itt a BBC londoni stúdiója. 1940. május 12. a legfrissebb hírekkel jelentkezünk...

Lathea a rádiókészüléket felhangosítva Nickbe fojtotta a szónoklatot. – Ssssh, figyeljünk!

– A náci Németország után a tegnapi napon Olaszország is kihirdette a hadiállapotot Franciaországgal és Nagy-Britanniával szemben. Ennek következtében Párizsban és Londonban ideiglenesen bezártak a külképviseletek, az olasz

diplomaták pedig még ma elhagyják állomáshelyeiket.
Londonból azt az attasét is kiutasították, akit kémkedés gyanújával a Scotland Yard tegnap helyezett házi őrizet alá, és akitől a kétes, diplomáciai szabályokat sértő magatartása, illetve tevékenysége folytán meg kívánták vonni a mentességet. Eközben a német csapatok újabb jelentős területeket hódítottak el a francia hadseregtől és rohamosan megközelítik a katonailag komoly erőnek számító Maginot-vonalat. A tegnapi napon az előrenyomuló seregek számottevő ellenállásba nem ütközve megkerülték az erődöt és folytatták útjukat a francia főváros irányába. Időközben az erőd elesett, melynek védelmében a francia hadsereg súlyos emberáldozatokat szenvedett el. Tudósítóink jelentése szerint ezalatt a kormány kétségbeesett lépésre szánva el magát Párizsból Tours-ba, illetve annak környékére telepíti hivatalait. A fővárost ezért fizikai harc nélkül látszanak az ellenség kezére adni...
- El se hiszem! – suttogta Lathea megrökönyödve.
- Mi sose tennénk meg ezt a szívességet Hitlernek!
- Ssssh!
- ... a kormányzat távozása után, június 13-ától Párizst nyílt várossá nyilvánították, tehát az amerikai nagykövet lehet az a személy, aki semleges félként átadja az irányítást a bevonuló német megszállóknak. A kormány gyors menekülése pánikhangulatba torkollt, és ahogyan a normandiai harcok idején történt, a lakosság tömegével menekül délnek, mielőtt a győztesek kitűznék a horogkeresztes zászlókat az üresen hagyott Párizsban. Durva becslések szerint mintegy ötmillió felett lehet azoknak a száma, akik végeláthatatlanul kígyózó sorokban igyekeznek a német katonák elől a távoli országrészekbe.
A beolvasás végeztével Lathea döbbenten némította el a szerkezetet, így az emeleten nyomasztó csend zuhant rájuk. – Mi vár még ránk?

Nick megrántotta a vállát. – A németek kemény legények, mi? Igaz, azok az ütődött franciák nem sok vizet zavarnak.

Lathea elkerülhetetlenül Mischára gondolt. – A dunkirki túlélőket visszavitték, hogy megvédjék Párizst, erre a kormány szó nélkül odadob mindent az ellenségnek!

– Mentik az irhájukat.

Lathea a két tenyerébe rejtette az arcát és próbálta elképzelni azt az eshetőséget, hogy a vesztükbe hajtott katonák nem hajítják oda az életüket értelmetlenül, ha egyszer a kormányuk is gyáván megfutamodott.

– Betty mesélte, hogy az állítólagos férjed túlélte Dunkirköt.

Nick fakó hangjára felkapta a fejét. Egy néma percig szótlanul méregették egymást. – Szerencséje volt, de most odahajtják a németek elé céltáblának. Ezt akartad hallani? – bár tehetetlenül állt a fájdalom előtt, nem adta meg a férfinak az elégtételt, hogy szenvedni lássa. – Mischának a legkevésbé sincs semmi köze ahhoz, hogy Erwin elesett.

– Nem is…

– Akkor meg ne nézz így rám!

Nick vigasztalón át akarta ölelni a vállát, ám ő nem kért belőle. Elsétált mellette és háttal neki kinézett az ablakon. – Ezek szerint Betty és Kester visszajöttek? – tudakolta uralkodva a hangja remegésén.

– Igen. Napok óta csak lézengenek a lakásban. Lat, egyszerűen aggódtunk érted.

– Semmi bajom.

Nick megint közelebb merészkedett. – Hidd el, az előbb teljesen félreértettél. Senki halálát nem kívánom, csak mert Erwin odaveszett.

– Tudom, és sajnálom.

– A bátyámat többé semmi nem hozhatja vissza. Se más életek, se harag, se bűntudat.

Lathea megpróbálkozott egy mosollyal, noha nagyon ügyetlenre sikerült. – Ostobaság volt felemelnem a hangom, bocsáss meg. Pusztán csak képtelen vagyok elviselni a gondolatot, hogy azokat a szerencsétleneket először kimentik a halál torkából, utána meg értelmetlenül visszazavarják a sortűzbe.

- És nem mellesleg köztük van a...
- Igen, köztük van valaki, akit ismerek és tudom, hogy jobb sorsra érdemes. Ettől sem lesz éppen könnyebb.

Nick összefont karral szobrozott vele szemben, mélyen gondolataiba temetkezve. – Lehetek hozzád nagyon őszinte? De figyelmeztetlek, lehet, hogy fájni fog.

- Miről van szó?
- Betty mindig elvakult teremtés volt. Ha kitalál valamit, amellett tűzön-vízen át kitart. Ha pedig mások nem értenek egyet, azokat nemes egyszerűséggel ellenségnek tekinti.
- Miért mondod ezt most?
- A francia miatt.
- Nem biztos, hogy értelek.
- Dehogynem. Nem árultad el, hogy férjhez mentél, mert arra számítottál, hogy Betty megorrolna, nem igaz? Annak ellenére hitt a házasságodban Erwinnel, hogy rég szakítottatok.
- És igaza is volt. Ha Erwin élne, boldogan hozzámennék. Mindig is szerettem.

Nick hümmögött valamit. – Nem kétséges, hogy remek fickó volt és szeretett téged, mégsem illett hozzád. Nem szeretnélek megbántani, de most, hogy meghalt, nem lenne okos dolog téves romantikába ringatnod magadat vele kapcsolatban. Talán megérted, hogy akárcsak a nők, a férfiak is szoktak... hát, pletykálkodni maguk között és, tudod, Erwinnek évek óta megvolt az a nő. Méghozzá olyan régen, hogy jó ideje nem is fizetett neki. Érted, mit jelent ez?

Természetesen értette, nagyon is jól. Érezte, hogy a térde cserbenhagyja, ezért esetlenül lerogyott az első székre. – Hogyne. Lassan minden emlékemről kiderül, hogy délibáb.

Nick odaguggolt elébe és mélyen a szemébe fúrta a tekintetét. – Ne essünk túlzásokba. Szeretett téged, csak éppen tisztában volt azzal, hogy… nézd, Lat, lehet a világ akármilyen modern meg szabadelvű, a férfiak bizonyos kérdésekben másként gondolkodnak, mint a nők. Erwin egyszerűen nem akart olyasmit rád kényszeríteni, amit te nem tudtál önmagadtól felajánlani, és nyilván ezért nem tekintette az egészet árulásnak.

- Ízléstelennek találom ezt a beszélgetést – húzta ki magát Lathea, csakhogy ne látszódjon rajta, milyen megsemmisítő hatással voltak rá az elhangzottak. – Nem is értem, miért kell neked erről beszélned, ha egyszer semmi közöd nem volt hozzá.

- Kizárólag azért, mert nem akarom, hogy olyan mítoszt gyárts, ami köszönő viszonyban sincs a valósággal.

- Ha így lenne, sem tartozik rád, Erwin halála után pedig teljesen felesleges erről beszélni.

- Rendben van, de azért engedd meg, hogy még egy dolgot mondjak – emelte fel Nick az ujját. – Akármiért is választottál mást és akármilyen plátói vagy se az a házasság, szerintem jól döntöttél. Ugyanis nem hiszek azokban a házasságokban, melyek a családi tűzhely körül működnek, a hálószobában viszont nem. Legalább megpróbáltad, és ne hagyd, hogy Betty, aki mellesleg ügyesebben nem is választhatott volna, meggyőzzön az ostobaságairól – ezzel felegyenesedett. – Mennem kell. Ígérd meg, hogy vigyázol magadra.

Lathea fásultan biccentett, majd a távozó után nézett, mígnem eltűnt a meredek lépcső takarásában. Közben egyre az zakatolt a fejében, délibáb!

Betty első ízben járt a shadwelli lakásban, így mindenekelőtt alaposan körbenézett. A bántóan kicsi hallból szolid méretű szobába jutottak, ahol bár a dohányzóasztal köré kényelmesen le lehetett ülni, tágasnak mégse nevezte volna senki. A hálószobába is egyetlen ágy fért be, meg az elmaradhatatlan fiókos szekrény. A szűkös méretek meg az idegen bútorok dacára a lakás otthonos hangulatával és kellemes színeivel nagyon tetszett neki. Leülve az egyik fotelba elfogadta a felkínált teát. – Igazán szép, Lat.

- Nekem is nagyon a szívemhez nőtt. Sokkal inkább, mint a régi lakás.

- Érthető, hiszen azok a borzalmas emlékek! Lathea csak helyeselni tudott. – Miután Fettisov elköltözött, átvirrasztottam az éjszakákat. Mintha láthatatlan szellem sugdosta volna a fülembe, hogy gyilkos.

- Ó, Lat!

- Sose fogom elfelejteni, de az idő valamelyest tényleg segít.

Betty halványan elmosolyodott. – Elképesztő szerencséd volt, hogy így kilábaltál belőle és akadt, aki segítsen a bajban.

- Szerencse? Hmm, valóban.

- Szívesen meghallgatnám a teljes történetet is, persze csak, ha....

Latheán furcsa, meleg érzés lett úrrá, amikor belevágott a mesébe. Betty maga alá húzott lábakkal, ráérősen szürcsölve a teát figyelt rá és őt elérzékenyítette ezzel az osztatlan, odaadó figyelemmel. Hosszú idő óta először emlegették Erwint meg a dunkirki rémálmot, de valahogy mostanra elillant az az elviselhetetlen érzés, amit a veszteség hozott magával. A háború meg az élet gyors fejleményeinek köszönhetően két hét elteltével az indulatot fokozatosan kiszorította a józanság, mely mindkettejüket arra késztette, hogy próbálják csak a szép emlékeket megőrizni.

– Alighanem egy igazi úriemberbe botlottál. Nemcsak ígéretet tesz, de állja is a szavát – töltött Betty eltűnődve egy újabb adagot a teából.

Lathea a karfára könyökölt. – Pedig ha tudnád, milyen ellenszenvet keltett bennem, amikor először állított be Mr. Brockhoz. Utána meg a Royal Courtban. Báránybőrbe bújt farkas. Riasztó fensőbbségesség lengte körül, merev volt, lenéző és a szeme… még soha nem láttam hasonlót.

– Hasonlót?

– Hogy valakinek halott legyen a szeme. Szabályosan rémisztő volt. Doverig. Keveset beszélt róla, de szerintem mindaz, amit a fronton látott, megváltoztatta őt. Meglágyította.

– Kifejezetten jóképű férfi, noha az a sebhely az arcán jócskán elrontja a hatást. Hol szerezte?

– Sejtelmem sincs, nem akarta elmondani.

Betty felsóhajtott. – A jelenlegi híreket hallva óriási szívességet tett neked. Szörnyű dolgokat beszélnek, éjszaka pedig úton-útfélen igazoltatják az embert.

– Hálás is vagyok neki, hidd el.

Némi tétovázást követően Betty felderült. – Szerintem szeret téged, ez a kézenfekvő magyarázat.

– Micsoda? – Lathea felnevetett az elképedéstől, jóllehet meghökkentette, mennyire hízeleg neki a feltételezés.

– Miért is ne? Doverben mindenesetre nem úgy viselkedett, mint egy kizárólag papíron létező férj. Amint meghallotta, hogy odajössz, alig fért a bőrébe.

– Különös ötleteid vannak. Alig ismerjük egymást, mellesleg Mischa minden ízében arisztokrata, márpedig ezzel mindent elmondtam róla. Távolabb nem is állhatna tőlem.

Betty hirtelen elfelhősödött arccal szólalt meg. – Néhány napja alapos fejmosást kaptam Nicktől és nem könnyű elismernem, hogy lehet némi igaza. Egy azonban biztos: Erwin meghalt, Kupolyev viszont él. Őszintén mondom, rendes alaknak tűnt, bár az én szememben te mindig Erwinhez tartoztál, és ezért nehéz tudomásul vennem a változásokat. Megértesz? Sajnálom, ha megbántottalak.

- Ugyan, semmi ilyesmi nem történt – Lathea a lelke mélyén azért megkönnyebbült. – Inkább mondj valamit magatokról. Mi van Kesterrel?

- Az a tíz nap Doverben minket is átformált, nem is kicsit. Az élet viszont megy tovább. A jövő hét elején mindketten Dél-Walesbe utazunk, ahol a tengerészet kötelékébe vezényelnek. Hála istennek, együtt maradhatunk, persze amíg a parancs meg nem változik.

- Azért, mert házasok vagytok?

Betty kedvetlenül elhúzta a száját. – Az egész olyan, mint egy rossz vicc. Eredetileg azt hazudtuk, hogy Kester nem akar bevonulni, ezért házasodtunk össze.

- Hazudtátok? – rökönyödött meg Lathea. – Azaz nem volt igaz?

- Nem, Kester mindig is bizonyítani akart, főleg az apjának. Akkoriban azt hittük, állapotos vagyok.

- Egek! Te aztán jól tudsz titkot tartani!

- Ne haragudj, Lat. Sajnos hamar kiderült, hogy tévedés, akkor viszont már nem akartunk visszalépni. Szeretjük egymást, gyerekkel vagy a nélkül. Csakhogy…

A hangsúly felcsigázta Lathea kíváncsiságát. – Csakhogy mi?

- Most valóban gyereket várok – Betty örömtelenül felnevetett. – Itt a világ vége, minden segítő kézre égető szükség van, én meg gyereket várok!

- És mikorra várod?

- Januárra.

- Az még nagyon messze van. Hogyan tudsz majd Kesterrel maradni?

Betty megvonta a vállát, mialatt tanácstalanul megforgatta ujjai közt a csészét. – Ez valószínűleg az utolsó időkig nem lesz gond. Az egyik kiképzőtábor civil-orvos csapatához csapnak minket, mint szakápolókat, mi magunk nem is a táborban lakunk majd. Engem inkább az aggaszt, mi lesz utána. Addig felgyorsulhatnak az események, elveszíthetjük, vagy éppenséggel megnyerhetjük a háborút, egy csecsemővel viszont nem ugrálhat az ember.

– Ezzel azt akarod mondani, hogy a szülés után ismét dolgozni akarsz?

Betty egyetlen fejmozdulattal válaszolt. – Lehetőleg Kester közelében. Abban bízom, hogy anyám elvállalja a kicsit.

A további fejtegetéseket a csengő hangja szakította félbe, meglehetősen drámai fordulatként a különben sem mindennapi történet közepébe. Lathea letette a kiürült csészét és a kanapé kényelmes párnáiról felkelve kiment ajtót nyitni.

Betty leplezetlen érdeklődéssel fürkészte a következő percben belépő férfit. Lenyűgözően elegáns és ápolt volt. Kifogástalanul szabott öltönye alatt hófehér inget viselt tarkabarka nyakkendővel, zakójának ujja alól elővillanó aranymandzsettával.

– Jean-Michel Chiari, asszonyom.

– Üdvözlöm.

– Betty a barátnőm, Jean-Michel. Erwin húga.

– Örülök az ismeretségnek, egyben megragadom a lehetőséget, hogy részvétemet nyilvánítsam a fivére miatt, Mrs. Frost.

Lathea leültette a vendéget, miután Betty is visszaereszkedett a fotelba. – Megkínálhatom valamivel?

A férfi udvariasan ugyan, de elhárította az ajánlatot. Rögvest gyászos kifejezés költözött az arcára és belevágott a mondandójába. – Sajnos rettenetes rohanásban vagyok. Pusztán csak nem akartam, hogy az esti híradásból értesüljön róla...

Latheával megfordult a világ. – Meg...meghalt?

– Még nem lehet teljes bizonyossággal tudni – makogta Jean-Michel szokatlanul megviselt, gyenge hangon. – A németek ma bevonultak Párizsba, amit jószerével tárva-nyitva kaptak meg, mondhatni, hogy az ölükbe hullt. A kormány pedig, úgy fest, lepaktál velük és így az ország déli tartományaiba egyelőre nem telepszenek be, ott Pétain fog kormányozni, bár a pontos részleteket e pillanatban még mi sem ismerjük.

- És a hadsereg?

- Nyoma veszett. A Maginot-nál lezajlott csata után alig kaptunk híreket. Se arról, melyik alakulat merre jár, se a veszteségekről, semmiről.

- Ez felfoghatatlan.

- Pedig sajnos ez a helyzet – Jean-Michel feszengve Bettyre lesett, majd vissza. – A német híradások azonban tegnap a francia erők teljes megsemmisítéséről adtak hírt és ma délután a követségre egyetlen szám futott be.

- Miféle szám?

- Alighanem totális kudarcot vallottunk. A francia hadsereg végleg lekerült a térképről.

A megnémult háziasszony helyett Betty szólalt meg. – Ez virágnyelven azt jelenti, hogy mindenki odaveszett?

A válasz késett. – Nos, valószínűleg ezt jelenti, Mrs. Frost. Ebben a zavaros helyzetben mégis óvakodnék az elhamarkodott következtetésektől. A frontvonalak általában átláthatatlanok és ritka az az eset, amikor egy hadsereg száz százalékosan megsemmisül. Még csak hozzávetőleges listát se kaptunk a bevetett alakulatokról, vagy a veszteségek valódi méreteit illetően.

- Istenem, Jean-Michel, lesz valaha ilyesmire lehetőség?

Jean-Michel Lathea vértelen arcába nézett. – Mint diplomata azt mondom, nem tudom. De magánemberként azt gyanítom, hogy a németek szívesen hencegnek majd a győzelmükkel, ezért elképzelhetőnek tartom, hogy a francia adminisztrációból szokásukhoz híven összeállítják a tételes névsort. Addig abban bízom, hogy Mischa tanult abból, amit Oroszországban elszúrt, és időben kereket oldott.

- Ezt nem értem – dadogta Lathea megrendülten. – Mi volt Oroszországban?

- Nem érdekes, kérem, felejtse el. Holnap első dolgom lesz, hogy a párizsi Svájci Nagykövetségen keresztül kapcsolatot keresek Fettisovval. Talán ő, vagy Galina tud valamit.

A női névre Betty kíváncsian megkérdezte. – Galina?

Jean-Michel biccentett. – Mischa unokatestvére.

- Á! Esetleg üzenhetett neki?

- Ebben reménykedem, Mrs. Frost. Nagyon közel állnak egymáshoz – ismét Latheához fordult. – Kérem, gondolkodjon józanul. Remélhetően Mischa soha nem áltatta azzal, hogy veszélytelen gyalogtúrára megy vissza Franciaországba. Pontosan tudta, milyen kevés esélye lesz a túlélésre és egyelőre nem lehet felmérni, mi történt vagy ki halt meg.

- Természetesen igaza van.

- Tudom, hogy kedvelte őt, és higgye el, az én szívem is nehéz, ám bárhogyan alakuljon a helyzet, ez az ő döntése volt, amit tiszteletben kell tartanunk.

Lathea lopva megtörölte a szemét. – Értesít, ha megtud valamit? Vagy bemehetek a követségre.

- Annak semmi értelme nem lenne, különben is itt van De Gaulle, aki valamiféle titkos ellenállási mozgalom beindításában mesterkedik. Azt se tudjuk, hol áll a fejünk. Úgyhogy okosabb, ha én keresem, vagy itthon, vagy a Kewley's-ben.

- Rendben van.

Úgy tűnt, a francia kiadta magából a legégetőbb közlendőket, mégsem mutatta jelét, hogy indulni készülne. Feszengve igazított egyet a nyakkendőjén, egyik nőről a másikra nézett, míg elszánta magát, hogy megtörje a beálló csendet. – Egy másik ügyben is feltétlenül beszélnünk kell. Tud arról a levélről, amit Mischa általam küldött Laurel Doornnak Marazionba?

– Igen, az idős festő, ugye?

Jean-Michel megkönnyebbülten helyeselt. – Tegnap ez a távirat érkezett Cornwallból.

A papír Lathea kezébe vándorolt. – Mr. Chiari, köszönettel megkaptam Mischa barátom sorait és magától értetődően szívesen látom a házamban a hitvesét. Bár visszavonultan élek, a társaságnak előre is örülök. Laurel Doorn.

Ahogy felemelte a fejét, Jean-Michel ismét megszólalt: – Szerettem volna biztosítani róla, hogy bármikor elhagyhatja Londont, amennyiben a körülmények szükségessé teszik.

– Lekötelez a fáradozásaival, mégis szívesebben vagyok itt, amíg nincs okom elmenekülni.

A férfi megértően bólintott, majd felállva begombolta a zakóját. – Tökéletesen megértem. Mischa mégis okosan tette, mert gondoskodott egy esetleges kiútról. Laurel Doorn közel állt hozzá és bizonyára örömmel vendégül látja önt, ha éppen úgy alakul. Most sajnos mennem kell. Tehát jelentkezem, amint biztosat tudok. Viszontlátásra, Mrs. Frost.

Lathea kikísérte a látogatót, majd egyedül visszatérve a szobába könnyes szemmel nézett Bettyre. – És ha meghalt?

A hírek nem is késtek sokáig. Június 22-én a compiégne-i fegyverszünet aláírásával Franciaország kapitulált a Harmadik Birodalom előtt, két nappal később az olaszokkal szemben is megadta magát. Ezután kezdte meg működését a Vichyben elszállásolt kormányzat Pétain marsall és Laval miniszterelnök vezetésével. Az ország nagyobbik hányadát viszont bekebelezte a Wehrmacht, a fegyveres erők nyomában megjelent az a háttér-apparátus, ami az új, életerős Németországot mozgásban tartotta, így a Gestapo meg a Kincstár. Az a francia katonaember pedig, aki a harmincas években jóformán magára maradtan próbálta felhívni a figyelmet arra a tényre, hogy a francia hadsereg egy esetleges háborús konfliktusban milyen versenyképtelen helyzetben lenne a németekkel szemben, Londonba menekült. Charles De Gaulle június 18-án a rádió hullámhosszán keresztül felhívást intézett a nemzethez, és, a német megszállás ellen való harcra szólítva fel mindenkit, megalapította a Szabad Franciaország Bizottságot. A hatalmi viszonyok e módon való elrendeződése után júniusban kezdtek az első hírek szivárogni arról, hogy a Párizsig vezető és a vártnál kevésbé rögös úton a német csapatok milyen ellenállásba ütköztek. Az egyre több adatból fokozatosan kirajzolódott a teljes vereség képe. A remény napról napra csökkent, mígnem augusztus első napján Jean-Michel azzal a végleges aktacsomóval tért vissza Londonba, melyben a sok ív egyikén ott szerepelt ez a név is: Michel Kupolyev.

A nyár lázas készülődéssel telt, amit belülről nézve az emberek egyszer pánikszerű pótcselekvésnek ítéltek, másszor logikusan felépített munkának annak érdekében, hogy az esetleges külső támadásokat sikeresen visszaverhessék. Az előkészületek olyan apróságoktól, mint az útjelző táblák taktikai okokból való leszerelése, egészen a London környékbeli tankcsapdák felállításáig terjedtek. Az egyébként látható munkálatok sokkolták a közvéleményt, miközben korábban nem tapasztalt összefogás és csapatszellem kezdte jellemezni a társadalmat. Mintha a leselkedő veszélyek azokat is összekovácsolták volna, akiket azelőtt nem érdekelt se a politika, se a háború fenyegetése.

Az első pánik idején, az előző év őszén, a kitelepítési program mintegy másfél millió embert érintett, akik azóta fokozatosan visszaszivárogtak a városba. Ezúttal viszont minden másként alakult. London polgárai azzal a tudattal várták a holnapokat, hogy a németek valószínűleg támadást intéznek ugyan ellenük, de ők mégsem futnak el. Számos csoportban a gyerekeket biztonságos körülmények közé, vidékre küldték, a lakosság zöme azonban bátran helytállt. A lázas óvintézkedések közepette hozzávetőlegesen tizenötezer külföldit ugyancsak kitelepítettek és a nem lankadó rendőri ellenőrzések továbbra is éberen fürkészték azokat, akik valami gyanús tevékenységben sántikáltak.

Azt látva, hogy a német hadsereg gyakorlatilag egyetlen lövés nélkül megkaparintotta Párizst és hasonlóan vér nélkül a Harmadik Birodalom magába olvasztotta Franciaország nagy részét is, az angolokban ez makacs dacot szült, hogy megmutassák, ők inkább harcolnak vagy meghalnak, ha kell. Márpedig a kormány megfelelőképpen gondoskodott az emberek összefogásáról, a központilag kitalált tervek hatékony megvalósításáról és természetesen létrehozták a szükséges csoportokat, melyek a gyakorlati irányítást magukra vállalták.

A háborús kilátások az élet egyetlen területét sem hagyták érintetlenül, a mindennapokat sem. A BBC híradásai jelentették a valódi kapcsot a holnaphoz. A délkeleti partokon felállított légelhárító egységekre várt, hogy rögvest riadót fújjanak, amennyiben bármiféle gyanús jelet vagy mozgást észlelnek. Légitámadással számolva Londonban kihirdették az elsötétítési rendeletet. Eközben hatalmas léggömbök készültek, melyek szükség esetén a város légterében akadályozták a gépek szabad manőverezését. Napközben csak mérsékelten lehetett érzékelni a fenyegetettség kiváltotta nyomást, éjjel viszont szembetűnően megváltozott az élet. A szokásos nyári szabadtéri rendezvényeket, illetve a parkokban divatos koncerteket betiltották. Sötétedés után alig közlekedtek hajók a Temzén és a mulatóhajók világítását is le kellett szerelni. Mire beköszöntött a szeptember és a napok rövidülni kezdtek, London anélkül is ostromállapotot idézett, hogy valójában háborúban állt volna.

A Kewley's csengője a megszokott hanggal figyelmeztetett az új vásárló jövetelére. Lathea a szeme sarkából a faliórára sandított, ami hajszálra két órát mutatott. Péntek lévén kettőkor zártak, ám az egyik legházsártosabb vevője, Mr. McDonald, annyira lekötötte a figyelmét, hogy elfelejtette kiakasztani a táblát és szokás szerint tíz perccel kettő előtt belülről ráfordítani a kulcsot. Pedig Mr. Kewley távollétében ez az ő feladata lett volna. Bosszúsan gondolt arra, miként szabadulhatna meg a későn érkezőtől anélkül, hogy óvatlanul megsértené.

- Bocsásson meg egy pillanatra, uram.
A férfi számára felhajtott Biblia akkora hatással volt rá, hogy pusztán szórakozott fejmozdulatra telt tőle, amúgy fel sem emelte a fejét a könyvből. Így ő előrement a bejárathoz, ahol az egyik polc előtt a frissiben érkezett idegen álldogált. – Üdvözlöm, uram. Mielőtt azonban bármit szólhatott volna a záróráról, vagy az új pénteki nyitva tartásról, az illető megfordult és ő Jean-Michel Chiarit ismerte fel benne. – Jó napot.
Bár kötelességszerűen mosolygott, kifejezetten elnyűttnek látszott. Szeme véres volt a virrasztástól, alatta pedig a fáradtság sötét karikákat rajzolt. Minden

vonásában megviseltnek és halálosan kimerültnek
látszott.

- Istenem, mi történt magával? – suttogta Lathea
elszörnyedve. Alig ismert rá a máskor fess és
energikus férfira, aki most megközelítőleg se
hasonlított arra, akit egy másik életben a Connaught
Hotel báltermében bemutattak neki.

- Nehéz hetem volt. Mondja, mikor végez itt?
Feltétlenül beszélni szeretnék önnel arról, amiket
megtudtam.

Lathea alig merte megkérdezni. – Mischáról?

- Sajnos meghalt, ne is reménykedjen tovább.

- Tehát biztos?

Jean-Michel hallhatóan nyelt egyet. Azután csak
némán ingatta a fejét. – Azért el szeretném mondani,
mi minden történt odaát. De nem itt, meghívhatom
ebédre?

A bizonyosság Mischa elvesztéséről a bénultságig
letaglózta Latheát. – Nem...

- Nem? Talán máskor?

- Nem akarok beszélni róla, úgy értem, amíg a
szomszéd asztalnál mások a teniszmérkőzésről
csevegnek... nem bírnám elviselni.

- Teljesen igaza van – felelte a férfi. – Ha nem hozom
hírbe, meghívom egy valódi, házias ebédre. Nem
nagydolog, mivel most érkeztem Marseille-ből, de a
házvezetőnőm ilyenkor mindig kitesz magáért valami
ínyencséggel.

Az ostoba erkölcsi fenntartások helyett Latheát sokkal
jobban érdekelte mindaz, amit a férfi mondhat neki,
ezért egyetlen percig sem mérlegelte, mi lenne a
helyes. – Tud úgy tíz percet várni, Jean-Michel?

- Nem probléma. Nézze csak, ott leszek kint –
mutatott a félreállított követségi kocsira.

Szerencsére tíz percnél nem is tartott tovább, míg
megállapodott Mr. McDonalddel, majd hétvégére
bezárta az üzletet. Felkapta a kabátját meg a kalapját

és máris a Rolls felé iramodott a szeptemberi napfény mosdatta járdán. Az út Kensingtonba beletelt tizenöt percbe, mivel Jean-Michelnek útközben még akadt némi dolga, ám a ház előtt a hátsó ülésről kiszállva azonnal elküldte a sofőrt.

A sorház nemcsak kívülről, de bent is takarosabb, ránézésre jómódú közeget sugallt. Sokkal jobbat, mint amihez Lathea Stepney-ben vagy Shadwellben szokott. Az emeletre kígyózó lépcsősor fokain elegánsan szürke szőnyeg nyelte el cipősarkainak kopogását. Jean-Michel szabadkozva előrement, hogy mutassa az utat, és a lakásba beterelve őt lesegítette a kabátját.

- Szása, megjöttünk! – kiáltott beljebb.

Kerekarcú, telt csípőjű asszonyság szaladt elébük. Jobban megnézve őt Lathea úgy találta, néhány évvel lehet idősebb nála, ám látható kövérsége, az ódivatú frizura meg a sötétkeretes szemüveg nem váltak előnyére.

- Szása, a hölgy Mischa felesége, Lathea Trashburn.

- Ó, milyen gyönyörű! – az asszony összecsapta két hatalmas tenyerét, szemébe könnyek gyűltek. – Mihail úrfi a világ legjóravalóbb fiatalembere volt. Micsoda tragédia!

- Valóban – nyögte ki Lathea mereven, mert már őt is a sírás fojtogatta.

Jean-Michel, hogy mentse a helyzetet és minden felesleges érzelemkitörésnek gátat vessen, tényszerűen megállapította: – Szása az öreg Kupolyevnél szolgált, később pedig Mischánál, amíg egy angol el nem rabolta a szívét és áthurcolta a csatornán.

- Ó, miket mond!

Az asszony felháborodása azonban nem volt hiteles. Szeretettel kacsintott a gazdájára. – Bárcsak itt lenne a férje, grófné – mondta végül. –, megtanítanám magácskát a legízletesebb orosz fogásokra.

- Kérem, Szása, ne szólítson grófnénak. Jean-Michel önkéntelenül felnevetett. – Milyen ismerős jelenet, nem igaz, Lathea? – Sajnálom, ez nem az én világom – szabadkozott, majd Szásához fordult. – Mindentől eltekintve egyszer élnék az ajánlatával és kipróbálnám azt az orosz konyhaművészetet.

A házvezetőnő, mintha hájjal kenegetnék, boldogan ajánlkozott a feladatra. – Bármikor gró...
- Lathea, kérem.
- Nos, Szása, mit kapunk ebédre? – lépett közbe Jean-Michel a belső szoba felé irányítva a vendéget.

A megterített asztal hívogatóan festett, látszott rajta, milyen körültekintéssel tervezgették szép megjelenését. Jean-Michel Lathea alá igazította az egyik széket, majd leült a másik terítékhez.
- Mivel említette, hogy elhozza asszonyomat ebédre, leszaladtam friss halért. Igazi francia specialitást készítettem maguknak – jelentette Szása a ház urának.

A hagymalevest valóban hal követte és amint az asztalra került, Jean-Michel el is engedte Szását, mondván, hogy négyszemközt kíván a vendéggel beszélni. Pedig amikor magukra maradtak, nem adta jelét sietségnek. A csend kezdett bántóan megülni, mialatt a fenséges falatokat fogyasztották.
- Mit gondol, a légitámadás valós fenyegetés, vagy csak a politikusok ijesztgetnek minket? – Lathea kényszeredett kísérlete kirobbantotta a házigazdát mogorva hallgatásából.
- Azt hiszem, jogos félelem, de mivel két hetet töltöttem távol, nem tudok a legújabb fejleményekről.
- A kitelepítésről sem?
- Arról igen, sajnos néhány francia állampolgárt is érintett. Volt már rá példa, hogy ellenőrizték volna az iratait?

Lathea biccentett. – Többször is, nem találtak semmi kivetnivalót.

- Ennek örülök, ha mégis gond lenne, lépjen kapcsolatba a nagykövetséggel.

Az étkezést hallgatásban fejezték be. Jean-Michel tökéletes vendéglátó módjára feltöltötte a poharaikat borral, majd az előkészített desszertet az asztalra helyezte. – Tulajdonképpen Franciaországról szerettem volna mesélni magának – vágott bele végül kristálypoharát az ujjai közt szorongatva. – Találkoztam Fettisovval. Elém jött Vichybe és onnan együtt utaztunk vissza Párizsba.

- Azt hittem, erre mostanság gondolni sem lehet.

- Fettisovnak svájci útlevele van, én meg hamis iratokkal mentem. Szükség is volt az elővigyázatosságra, mivel a németek lépten-nyomon ellenőrzési pontokat állítottak fel.

- És hogy van?

- Amennyire meg tudtam állapítani, jól. Rendületlenül nyomozott Mischa után. Párizsban a németek engedélyével továbbra is működik egy kis iroda az Amerikai Nagykövetség zászlaja alatt, ahol az elesettek után lehet kutatni. Galinával minden aktát átböngésztek, mígnem rábukkantak Mischa nevére. Szégyen, hogy már szeptembert írunk és eddig el kellett viselni a bizonytalanságot, de ha egyszer háború van.

- Más szóval?

- Meghalt, Lathea. Az ívek tanúsága szerint június 12-én a Marne völgyében, úgy nyolcvan-nyolcvanöt kilométerre Párizstól. A katonakönyvét is megtalálták. Sajnálom, ha korábban érzéketlennek tűntem, de higgye el, rettenetesen megvisel ez a dolog. Tartottam tőle és most bekövetkezett.

Lathea a lelke mélyéig megrázva, a gyásztól újfent elborítva nyelt egyet.

- Fettisovval elmentünk oda, borzalmas kirándulás volt – folytatta Jean-Michel erőt véve magán. – A helyieknek kellett a mieinket eltemetniük, valószínűleg ennek köszönhetik, hogy nem tömegsírba dobálták mindet.

- Őt se?

- Nem, őt se. Ráleltünk a fejfára.

Lathea összefűzött karral, plafonra emelt tekintettel nyelte vissza a könnyeit. Két hónap telt el, mióta először szembesült ezzel a hírrel, de ma ugyanolyan erősen tiltakozott ellene, mint akkor. Képtelen volt elfogadni, miközben még a bőrén érezte Mischa simogatását, megkísértő elevenséggel éltek benne a doveri emlékek, szinte a hangját is hallotta. – Annyira... – a torka kiszáradt. – titkon annyira reménykedtem, hogy mégis él... hogy tévedés.

- Akárcsak én – ropogtatta Jean-Michel az ujjait. – Ezért vállaltam ezt az utat meg az egész tortúrát, hátha a vak szerencse az utunkba sodorja, vagy csoda történik. Ám ami igazán meggyőzött, az nem is a névsor, a papírok vagy a sír... hanem, mert nem került elő. Ellenben a dögcédulája megvan.

- Nem lehetséges, hogy sebesülten fekszik valahol?

- De hol? Szeptember 6-a van és ő hét nap híján három hónapja eltűnt. A helyiek pedig állítják, hogy a németek presztízs győzelmet akartak, hát, mi tagadás, meg is kapták. Mindenkit lemészároltak.

Ismét csend lopakodott közéjük és Jean-Michel hagyta elterpeszkedni.

- Remélem, Fettisov azért kitart.

Jean-Michel észrevette rajta az erőfeszítést, hogy inkább másról beszéljen, mint a nyakába szakadt veszteségről. – Rettenetesen megviselt, de hát kit nem? A németek bejövetele után Galinát is odavette a házba, most kölcsönösen istápolják egymást.

- Ő Mischa unokatestvére, ugye? Semmit nem tudok róla. Hány éves?

- Harminc felett jár. Balett-táncos és mellesleg évek óta prima balerinaként jegyzi a szakma. Káprázatos tehetség.

- Mischa szerette?

- Túlságosan is – Jean-Michel nevetve elhúzta a szájat. – Galina amilyen törékeny és apró teremtés, olyan makacs meg öntörvényű. Fettisovnál jó kezekben van, talán sikerül végre megszelídíteni egy kicsit.

- Még mindig táncol?

- A németeknek nem hajlandó fellépni, amit némely Gestapo tisztek igencsak rossz néven vettek. Erre ő a maga szeles, már-már őrült módszereivel gondolkodás nélkül felvágatta a térdét, mintha operáción esett volna át. Így elvileg senkinek sem lehetett kifogása a távolmaradása miatt. Jelenleg Mischa házában lábadozik.

- És onnan nem zavarhatják el?

A választ némi titokzatos hümmögés előzte meg. – Kétlem, hogy ilyen veszély fenyegetne. Fettisov ráadásul a semleges svájci szerepében tetszeleg. Amúgy pedig a ház nem maradt árván.

- Miért maradt volna? Hiszen ott él Fettisov és most már Galina is, nem?

- Nem egészen erre céloztam. Hanem arra, hogy bár Mischa meghalt, maga nagyon is él.

Lathea arcából kiszaladt a vér. – Én? – borította a tenyerét a szívére.

- Hát, nem a felesége?

- Az pusztán...

- Magának, tudom, pusztán egy segítőszándék, ám hadd emlékeztessem arra, hogy a házasságkötés a legteljesebb mértékben törvényszerű volt és amennyiben Mischa mást akart volna örökösének, külön végrendelkeznie kellett volna.

- És nem tette?

- Nos, a végrendelet eredeti példánya Svájcban van elzárva, ennek azonban kicsi a jelentősége. Fettisov hányadát leszámítva ugyanis ön a kizárólagos örökös. Egyetlen kitételt tett: a végrendelet csak akkor lép

életbe, ha véget ér a háború, és utána is egy évet várni
kell. Nyilván arra számított, hogy lesz némi
felfordulás. Lathea elhűlve hallgatta a fejtegetést, szinte fojtogatta
a bejelentés súlya. Elviselhetetlenül nyomta, préselte
össze a mellkasát. – Én ezt nem értem. Kezdettől
fogva arról volt szó, hogy ez a házasság merő
formalitás, egy névházasság. És meg is mondtam
neki, hogy nem várom el, hogy eltartson, erre egyedül
is képes vagyok.

- Névházasság? Vajon az volt? Mischa kedvelte
magát és emberemlékezet óta az első nő volt, aki
érdekelte.

- Ez nem jelent semmit.

- Nem vélekedne így, ha jobban ismerte volna.

Lathea letörten vallotta be: – Szinte semmit sem tudok
róla, Jean-Michel.

- Ami a nőket illeti, nincs is sok minden. Egyszer
eljegyezte magát ugyan, de utólag azt is elfelejtette,
hogy egyáltalán szerelmes volt-e. Később elutazott
Oroszországba, így a dolognak vége lett.

- Ő lenne az a nő, akiről egyszer említést tett, hogy
becsapta?

Nemleges fejmozdulat tiltakozott. – Nem, az
alighanem Oroszországban történhetett, ennek
azonban ma már kevés jelentősége van. Hacsak annyi
nem, hogy egészen kicserélődve tért vissza Párizsba
és többé egyetlen pillanatig sem érdekelték se a nők,
se a házasság.

- Vagyis megtisztelve érezhetem magamat? Jóllehet
ez sem volt igazi házasság?

- Lathea, kérem, olyan egyszerű a helyzet. Meglátott
magában valamit, amit másban hiába keresett.
Felteszem, hogy ez rejlik a segítőszándéka mögött is.
És mondok még valamit, ő nem az az ember volt, akit
a rang vagy társadalmi előkelőség érdekel, ezért is
lehetett önből grófné, ő meg elment meghalni.

- Akárhogy is magyarázza a dolgokat, én nem vagyok alkalmas örökös, lássa be.
- Szerintem korai még erről vitáznunk. Ha majd eljön az ideje, dönthet arról, mit szeretne valójában. Addig viszont – Jean-Michel a zakója belső zsebébe nyúlt. – Fettisov általam küldte önnek ezt a levelet, és a lelkemre kötötte, hogy azonnal adjam át, tehát íme. Ha van kedve, a másik szobában elolvashatja, amíg a sofőröm megérkezik. De ha szívesebben maradna egyedül, vigye csak el magával.

A kényelmes párnáknak dőlve Lathea tanácstalanul, a saját neve láttán egészen elérzékenyülve forgatta a levelet. Lathea Kupolyeva. Egyszerű, lendületes betűk voltak, őt mégis megrázták. Mivel Jean-Michel még mindig a döntésére várt, a torkát megköszörülve azt mondta: – Míg megérkezik a kocsi, elolvasnám.

- Természetesen.

A házigazda tapintatosan elvonult, hogy intézkedjen, így ő feltépte a ragasztást. Hófehér levélpapír hullott ki mögüle.

Párizs, 1940. szeptember. 1.

Kedves Lathea,

megragadom az alkalmat, hogy Jean-Michel révén bizonyosan az ön kezébe jutnak soraim, mivel Párizs sajnos időközben lekerült a civilizált világ térképéről.

Mindenekelőtt kötelességem részvétet nyilvánítani, bár szívesebben gratuláltam volna a házasságkötéséhez. Jean-Michel azért jött személyesen Párizsba, hogy saját szemével győződjön meg arról, Mischa valóban azok között halt meg, akik

sikertelenül dacoltak a német túlerővel.
Hónapokig tartott a papírok nyomára
akadnunk, pedig június utolsó napjaitól
kezdve Galinával minden áldott reggel a
nyilvántartóban kezdtük a napot. Még
Mischa kapcsolatait is igénybe vettem, akik
az Amerikai Konzulátuson hathatós
segítséget nyújtottak. Restellem, amiért ilyen
sokáig tartott megbizonyosodni arról, milyen
sors jutott neki... a körülmények még így is
tisztázatlanok és ködösek maradtak.
A legjobb barátom, sőt, valójában
vérrokonság nélkül a testvérem volt. A
veszteség mindannyiunkat rettenetesen
megvisel. Galina, akit személyesen nem
ismerhet, a náci megszállás óta szintén itt
lakik a Rue de Rennes-i házban. Mivel nem
hajlandó a hódítók kénye-kedve szerint
táncolni, okosabb, ha nincs egyedül. Sokat
beszélgettünk önről és szeretné, ha egyszer
találkozhatnának. Persze egyelőre szó sem
lehet róla, de talán hamarabb, mint ma
gondolnánk.
Jean-Michel bizonyára tájékoztatja
arról, hogy a házasságkötés óta ön Mischa

örököse. Ezért hadd nyugtassam meg, hogy a

ház és minden benne rejlő érték ugyanúgy

biztonságban van, akárcsak az egyéb

vagyonrészek. Gondoskodunk róla, hogy a

németek semmire se tehessék rá a kezüket. A

Rue de Rennes-ben maradunk, amíg a helyzet

jóra nem fordul.

Vigyázzon magára, hogy remélhetően

hamarosan Párizsban találkozhassunk.

Boldogan emlékszem a Stepney-ben töltött

napokra meg az élvezetes beszélgetéseinkre.

Mischa nagyszerű asszonyt választott.

Tisztelettel: barátja, Zahar Fettisov

Lathea éppen összehajtogatta a levél két ívét, amikor
Jean-Michel betoppant. Várakozón megállt a
küszöbön. – A kocsi megérkezett.
- Köszönöm.
- Lekísérem – segítette fel a férfi a kabátját.
A lépcsőn előre engedte őt, ám a lenti kaput már
szélesre tárta előtte. A mutatós kocsi a járda mentén
parkolt, az egyenruhás sofőr pedig a közeledtükre
meghajolt.
- Ugye, mondanom se kell, Lathea, hogy a jelenlegi
helyzet mit sem változtat azon, amiben korábban
megállapodtunk? Azaz, tartsuk a kapcsolatot. Ezt az
érdekeink és a józan ész is így diktálja. Egyetért
velem?
- Mindent köszönök, Jean-Michel. Nem is tudom,
mihez kezdenék a barátsága nélkül.

Jean-Michel lágyan megfogta a kezét, hogy megcsókolja. – Én köszönöm. Nem ígérhetek semmit, mikor hall felőlem, de jelentkezem. Most pedig Luc hazaviszi Shadwellbe. Viszontlátásra.

- Viszontlátásra.

Jean-Michel besegítette a hátsó ülésre, azután az anyanyelvén kiadta az utasítást a fiatal sofőrnek. Az megemelte a sapkáját, a kormány mögé ereszkedett, a következő pillanatban pedig már a Kensington High Streeten hajtottak keletnek.

17.

A béke illúziója millió szilánkra robbant szét, amikor másnap az első bombák a városra zúdultak. A békés szombat délutánba háromszáz német bombázó és közel hatszáz vadászgép tolakodott be, hogy a kora őszi napfényben úszó kék eget elsötétítsék. Hamarosan a keleti külvárosok az egymást láncolatként követő robbanásoktól dübörögtek. A rémisztő becsapódások századmásodpercenként ismétlődtek és nyomukban mindenünnen lángok meg füst csaptak fel. A pokoli lárma, a légiriadók fülszaggató sivítása, valamint a gépekre irányított légvédelmi ágyúk kelepelése messze űzte a boldog szombat varázsát, hogy estig a horogkeresztes invázió porig rombolja Woolwich-ot meg a Bekton Gázműveket. A Temze mindkét oldalán kiterjedten támadták a dokkokat, a West Ham Erőművet, a mindent felemésztő lángok pedig gyorsan továbbterjedtek a Docklands egyéb területeire. Silvertont olyan menthetetlenül bekerítette a tűz meg a gomolygó füst, hogy a lakosságot végül vízi úton kellett kimenekíteni. Az első riadalom után azonban kiürült a légtér és az elsősorban metróállomásokból létesített óvóhelyekről az emberek habozva, de előmerészkedtek. Ám mielőtt a pusztítás valódi mértékét bárki szemrevételezhette volna, alkonyatkor a szirénák újabb légicsapást jeleztek és a két és félszáz bombázó vasárnap hajnalig szakadatlanul ott körözött London felett. Vasárnap este már egy következő hullámban támadtak. A német Luftwaffe egy rövid hétvége leforgása alatt nyolcszázötven embert gyilkolt le, és a ledobott bombák felbecsülhetetlen pusztítást okoztak a Docklandsben, illetve az East Enden. A Temze két oldala is hasonlóan megsemmisítő csapást szenvedett el. Ráadásul csak akkor vált igazán világossá, pontosan mi történt, amikor hétfő reggel az emberek előbújtak a föld alól. A sűrűn lakott munkáskerületekben a detonációk egész háztömböket és utcákat terítettek le, gyakorlatilag újrarajzolva a térképet. Mindenfelé a pusztítás jelei, az utánuk maradt romok, halottak meg por. A gyönyörű ősz szempillantás alatt halálba és rettegésbe fordult.

Lathea az egyik közeli metróállomás mélyén vészelte át a két napot. Alig tudott aludni a fejük felett felrobbanó töltetek huszonnégy órás kegyetlen koncertjétől, bár nem ő volt így ezzel egyedül. Több százan kucorogtak a peronon összezsúfolódva, lábukat felhúzva, a gyerekek szüleik ölébe bújva sírtak a félelemtől, miközben a lépcsőkön is minden talpalatnyi hely megtelt menekülőkkel. A kijáratot a polgári védelem egyenruhás aktivistái őrizték és a bombázások szüneteiben ők hurcolták be az utcán elérhető távolságban fekvő sebesülteket. A második nap végére legalább háromezren nyomorogtak odalent éhesen-szomjasan, elgémberedve a hidegtől meg a mozdulatlanságtól, és szinte megdermedve a halálfélelemtől. A föld mélyén rejtőzködve alaposan megízlelték, Adolf Hitler miféle sorsot szán nekik. Miután az utolsó robbanások moraja is fokozatosan elült, még két órán át senki nem hagyhatta el az állomást, hiszen félő volt, hogy a repülőgépek visszatérnek. Azt követően viszont az emberek feltartóztathatatlanul megindultak kifelé, fel a friss levegőre. Kik tolongva, alig bírva magukkal, mások előre reszketve mindattól, ami odakint várhatja őket. A szikrázó napsütésben jól látszott, hogy Shadwellnek ez a környéke gyakorlatilag minimális veszteséggel megúszta a borzalmakat. A házak zöme állt, törött ablakokon kívül komolyabb kárt első pillantásra nem lehetett felfedezni. A támadás gerince, és ebből következően a pusztítás is, innen keletre, Stepney-ben és azon túl kezdődött. Lathea elszörnyedve látta a nyomokat, ahogy gyalog indult neki az útnak. Stepney nem volt messze, ám a két városrészt elválasztó jelentős vasútvonalaknak köszönhetően a határon temérdek bombatölcsér jelezte az oda koncentrált támadás hevességét. A leomlott épületek miatt jókora kerülőre kényszerült, ami a hegyekbe gyűlt romokon vezetett keresztül. A vasúttársaság alkalmazottai időközben nekiveselkedtek a felszaggatott sínpálya eltávolításának, mivel a megrongálódott szakasz teljesen megbénította az Essex felé irányuló teher- és személyforgalmat.

Stepney-ben már jóval sokkolóbb helyzetkép tárult elé. Az utcákat robbanások vájta szakadékok tarkították, számos épület megroggyant, sőt, le is dőlt. Egyre közelebb jutva a jól ismert környékhez kiszáradt torokkal nyeldesett. Valójában fokozatosan elbizonytalanodott, merre jár. Az Arbour Square parkját találat érte és fel nem robbant lövedékek hevertek a gyepen. Alighanem valaki riaszthatta a mentőosztagokat, mert három terepruhás férfi lezárta a környéket és egy bomba fölé görnyedve dolgoztak. A templom déli hajója beszakadt, így a kőfalban hatalmas lyuk tátongott, a közeli parókia viszont szerencsésen épen maradt. Lathea szívesen indult volna Adams tiszteletes felkutatására, ám a súlyos állapotokat látva mégis inkább Cowanék lakása felé vette az irányt.

A következő sarkon azonban rémülten torpant meg. Az egész terebélyes háztömb, amiben huszonöt évet élt, eltűnt a föld színéről. A négy szomszédos tömb, amelyek egymás mintájára épültek, ugyanúgy megsemmisült. Hogy pontosan melyik hol állt, merre szaladt az utca, vagy hol lehetett a hajdani játszótér, nyomtalanul elmosódott. Mindösszesen két-három embermagasságú törmelék-hegy maradt hátra, meg azok, akik sírva-ríva, felmászva a romokra puszta kézzel kapartak halottaik vagy eltűnt szeretteik után. A polgárőrök jellegzetes acélsisakjaikban próbálták elzárni a legveszélyesebb részeket, ahol továbbra is félő volt, hátha a még álló falak beomlanak és másokat is maguk alá temetnek. A pánikba esett embereket ugyanakkor nem volt egyszerű feladat visszatartani. Ekkora pusztítás láttán mindenkit elragadtak az érzelmei.

A döbbenetből akkor eszmélt fel, amikor civil ruhások két hordággyal iramodtak el mellette és egyikőjük jókorát taszított rajta. Erőszakkal kellett leráznia magáról a látvány keltette bénultságot, hogy folytathassa útját. A törmeléken bukdácsolva, megbotolva a bizonytalan talajon vergődött előre, mialatt a szívét vasmarokkal préselte össze a félelem. Honnan is sejthette volna, mit talál a következő utcában. Ügyetlenül kerülgette az embereket, ha elcsúszott, felállt, és megkísérelte kitalálni, merre lépjen, ahol biztonságban haladhat előre. Mindösszesen egy vészesen megdőlt lámpaoszlop jelezte, hol is futhatott korábban az utca. Időnként elveszve a ledőlt épületek maradványai között bukdácsolt, mígnem az egyik érintetlenül maradt ház túloldalán ismét rémisztő képpel szembesült. A ház, ahol Cowanék még tegnap is az otthonukat tudhatták, nem létezett többé. És nem is maradt egy hegynyi téglánál meg felismerhetetlen romnál több belőle. Senki nem tudta volna megállapítani, hol álltak a ház falai, esetleg a szomszéd épület tűzfala. A felismeréstől dermedten, hogy mindez mit jelenthet, teleszívta tüdejét a poros levegővel. Bő perc is beletelt, mire könnyektől elvakultan az emberek felé indult, akik megszállottan ástak a törmelékben. Két alak, akiken a felismerhetetlenségig bepiszkolódott az

egyenruha, újabb halottat húztak ki a ledőlt fal
börtönéből, hogy azután a már kiásott, jó kéttucatnyi
test mellé fektessék és letakarják.

Háborgó gyomorral és növekvő iszonyattal figyelte a
jelenetet, mielőtt ismét a megsemmisült utcaképet
mérte volna végig. Az őszi délutánban felhőként szállt
a por, takarásában pedig mocskos emberek kísértették
a sorsot. Könnyek és gyász mindenütt.

– Keres valakit? – kérdezte tőle az egyik polgárőr.

Némán ingatta a fejét. – Nem is tudom.

– Rengeteg a halott, akiket ki kell szedni, de... nézze
csak – mutatott a letakart áldozatokra. – Ha nem ájul
el a látványtól, talán kezdje ott, hm?

Gépiesen bólintott, mire az idősödő férfi bátorítóan
vállon veregette. A társait buzdítva lépett el mellőle,
mire ő a holttestek felé támolygott. Míg odaért, két
újabb nővel hosszabbodott a torokszorító sor. Nagy
lélegzetet véve igyekezett erőt gyűjteni, ám akkor a
szeme sarkából ismerős alakot vett észre. – Nick!

A férfi nem hallotta őt. Szakadt ingben, a térdén
felhasadt nadrágban ténfergett a kőhalomban. Haja
fehérnek látszott a rászállt portól, arcán ilyen
távolságból is látható véres seb éktelenkedett.

– Nick!

Az ismerős szemek tétován feléje kalandoztak. – Lat!

Az üres tekintet megrémisztette, ennek ellenére
megkönnyebbüléssel fogadta az ölelést, ahogyan
félúton találkoztak. Nick olyan hévvel szorította
magához, alig jutott levegőhöz. Azután olyan hirtelen
hajtotta hátra a fejét, hogy a nyaka is belereccsent,
mégsem panaszkodott. – Jól vagy? – bólintott. – Hála
az égnek! Egyetlen karcolás sincs rajtad?

– Nincs. És a többiek?

Nick váratlanul eleresztette, hogy szinte
megtántorodott. – Meghaltak.

– Tessék?

A fásult mozdulat a halottak felé bökött. – A szüleimet, Sue-t és Timet már megtaláltam, de Joe nincs sehol... pedig itt kell lennie valahol. A közönyös hangra Lathea összerándult. – Mind... mindannyian? – dadogta. A megrázó közlésnél jóval inkább megdöbbentette, mert Nicken semmiféle érzelmet nem lehetett felfedezni. Arca szenvtelen maradt, szeme száraz. Elnézve őt biztosra vette, hogy sokkot kapott. Amikor szó nélkül újra nekivágott volna a keresésnek, ő a karjánál fogva visszahúzta. – Segítek. Hol keressük? Nick vakon elnézett a füle mellett. – Valószínűleg még a szombati ebédnél ültek... Timnek születésnapja volt... Sue hosszú egyezkedés után átcserélte az ügyeletét, Joe meg eltávozáson volt... szép kis ünnep, mi?

- Istenem, Nick! A férfi nem tartott igényt részvétre. A könnyek sem érdekelték, ehelyett szeme lankadatlanul és látható nyughatatlansággal pásztázott körbe-körbe az átláthatatlan romokon. Gyaníthatóan azt mérlegelte, merre nem járt még. Mielőtt azonban bármelyik irány mellett is dönthettek volna, pokoli robbanás rázta meg az utcát, alig fél másodperccel utána pedig egy következő. Lathea fájdalmasat zuhant, ahogy Nick kíméletlenül a kövekre teperte. Erőszakkal maga alá gyűrte, egyik karjával a fejét a válla alá húzta. Elkínzottan felkiáltott, amint a talajra csapódott, de a harmadik robbanás könyörtelenül elnyelte a hangját. Akármi is volt, közvetlenül a közelükben repülhetett a levegőbe, mert kellemetlen kőzápor zúdult rájuk. Még őt is érte jó egy tucat ütés, holott a javát Nick a testével fogta fel. Őt erősen a talajhoz préselte, hogy tarkóján érezte meleg leheletét.

A harmadik detonáció után hosszú másodpercek teltek el, mire a halálos csendet riadt hangok töltötték meg, kiabálás, sietős utasítások. Azután Nick megmozdult.

- Jól vannak? – száguldott el mellettük egy polgárőr.
- Semmi bajunk – felelte Nick feltápászkodva, majd őt is felsegítette. – Sajnálom – nyúlt a szája felé, amit véletlenül összeharapott a zuhanáskor. – A homlokod is vérzik.
- Mi történhetett? – törölte le a vércsíkot a bal szeme sarkából.
- Valaki egy fel nem robbant töltetre léphetett. Lathea elsápadt. – Istenem! – suttogta, ám a következő másodpercben már valami egészen más terelte el a figyelmét. A korábban összegyűjtött holttesteket sietve egy ponyva nélküli teherautó platójára fektették fel. – Nick, nézd!
A férfi a megjelölt irányba fordult. – Maradj itt! Negyedórát várakozott a romok tövében. A robbanások tapasztalata után moccanni sem mert. Nem is volt tanácsos, mert az iménti rémületet valóban két férfi okozta azzal, hogy a kiismerhetetlen törmelékben kutatva balszerencséjükre megmozdíthattak valamit, aminek közelében egy éles, ám korábban fel nem robbant lövedék hevert. Egyik sem élte túl a dermesztő felfedezést. Ezek után a polgárőrök ellentmondást nem tűrően átvették az irányítást. Minden tekintélyüket latba vetve zavarták el az embereket a veszélyes terület közeléből, hogy a kordon mögött maguk kezdjenek módszeres kutatásba. Ez azonban minden jó szándék dacára is meglehetősen kilátástalan küzdelemnek ígérkezett, mintha tűt kerestek volna a szénakazalban.
Elbámészkodva figyelte óvatos mozdulataikat, így átmenetileg meg is feledkezett Nickről. Csak akkor riadt fel jelenlétére, amikor az a keze után kapott. – Menjünk.
- És Joe?
Nick megvonta a vállát. – Még a végén itt hagyjuk a fogunkat. Okosabb, ha ezt a munkát másra bízzuk.

Körültekintően lépkedve a köveken, a kiszámíthatatlan talaj bizonytalan pontjain illegve-billegve elindultak.

- Megsérültél? – érintette meg Lathea a férfi hátán felszaggatott inget. A robbanás következtében elszenvedett kőzápor tucatnyi helyen eltalálta.

- Nem vészes. De mondd, mihez kezdjünk most?

- Menjünk Shadwellbe. A lakásomban megmosakodhatunk és keresek valamit a hátadra.

- Jól van, te vezetsz!

Már besötétedett, amikor bedugta a fejét a hálószobába. Nick félmeztelenül, a szomszédtól kölcsönkért nadrágban aludt végignyúlva az ágy közepén. Hason feküdt, hogy a hátán ejtett sebek ne zavarják, mialatt feje alá gyűrte az egyik párnát. Ez a kép önmagában azt is sugallhatta volna, hogy békésen pihen, ám Lathea a délután folyamán többször is fültanúja volt, amint álmában beszél. A szüleit hívta, vagy a testvéreit emlegette, a zaklatott félmondatokban azonban nem tudott értelmet felfedezni. A mozdulatlan alakot látva halkan beljebb surrant és óvatosan kitárta a szekrény ajtaját.

Mosakodás után, amit az átélt negyvennyolc óra borzalmai fényében már önmagában is kisebbfajta luxusnak tekintett, minden korábban viselt ruháját ki kellett, hogy dobja. A homlokán esett vágott sebre fertőtlenítőt tett, de felhorzsolt térdét és csípőjét is fájlalta. Elővett tehát egy sötét nadrágot és belebújt, majd pulóver után keresgélt az alkonyati szürkületben. Éppen csak magára kaphatta, midőn felharsant a légiriadó rémisztő szirénája, amit Londonban két nap leforgása alatt mindenki kényszerűen megtanult.

- Nick! Nick, ébredj már! – rázta meg az alvót. Felkapta a vacsorául készített szendvicseket és Nickkel a sarkában máris a metróállomás irányába nyargaltak. Az elsötétített ablakok mögül semmi fény nem szűrődött ki, ahogyan a közvilágítás sem működött. Vakon tájékozódva mégis épségben elérték az állomást, de akkor a távolban már robbanások dörögtek. A lejáratnál két rendőr terelte az embereket lefelé. – Szedjék a lábukat! Siessenek! Odalent rengetegen szorongtak, hely is alig maradt szabadon.

- Ott, hátul! – intett Nick és az ücsörgők között bolyongva a hátsó fertály felé tülekedett. Többen élelmesen követték őket, ezért hamarosan a peron hátsó vége is zsúfolásig megtelt. Alig sikerült elhelyezkedniük, máris érkezett az emberek újabb hulláma. Nick maga mellé húzta őt, mielőtt a sokadik rohamban jövők megtaposták volna őket. De ahogy átkarolta, hangosan felszisszent. – Csak óvatosan! – próbált mosolyogni.

- Megsebesültél?

- Inkább csak nincs valami nagy gyakorlatom abban, hogyan vessem magam a talajra.

Nick nem hitt a könnyed hangvételnek, ez az arcára volt írva. Ennek ellenére egy szemöldökráncolásnál több reakciót nem mutatott. Helyette elfogadta a feléje kínált szendvicset és éhesen beleharapott. Lathea követte a példáját. Gondolataikba temetkezve figyelték, ahogy a bombázások egyre több embert űznek a föld alá. Férfiak és nők érkeztek, ki gyerekkel, ki csomaggal, egyesek felöltözve, mások pizsamára kapott kabátban. A szedett-vedett tömeg egyre jobban összepréselődött, hogy helyet szorítson az érkezőknek, mígnem végül már gombostűt sem lehetett leejteni. Ahogy teltek az órák, a detonációk hangjának dübörgő aláfestésétől eltekintve minden fokozatosan elcsendesedett. Az emberek zöme felszínes álomba szenderült, vagy a félelem a szavát szegte.

A csendben Latheát meg is lepte, amikor Nick suttogva megszólalt. – Aludtál valamit délután?
- Nem. Helyette alaposan megmosakodtam.
- Csodálatos illata van a hajadnak.
- Megmostam. Annyira mocskosnak éreztem magamat, fojtogatóan mocskosnak.
Nick hallgatott egy darabig. – Sue a múlt héten halálról álmodott.
- Istenem, ez az egész olyan, akár egy elviselhetetlen rémálom. Először Erwin, azután Misch...
Az elharapott szócska felkeltette Nick kíváncsiságát.
– Azután?
- Mischa. Most meg a családod.
- Mischa? Csak nem a francia, akihez hozzámentél?
Lathea felelet helyett megmozdította a fejét. – Mondd, hol lesz ennek a vége?
- Sejtelmem sincs, de a te otthonod legalább még áll. Nekem viszont az utolsó pár zoknimig mindenem odaveszett, és akkor még jobb, ha nem gondolok a szeretteimre! Az istenverte németek néhány óra leforgása alatt mindenemet elvették, amim csak volt.
- Tudom, hogy ez nem vigasz, de nálam elférsz. Már ha áll még a ház, amikor kimegyünk innen.
- Köszönöm, bár ez csak átmeneti megoldás lehet.
- Ugye, nem fogod a kalapod és első felindultságodban felcsapsz katonának? – döbbent meg Lathea.
- Ó, nem! Azt semmi szín alatt. És te mihez kezdesz?
- Nem tudom. Két napja nem aludtam, úgyhogy aligha ez a legmegfelelőbb perc a sorsdöntő kérdésekhez.
- Hát, tényleg nem.
Amikor Lathea legközelebb felriadt, Nick vállának támasztott fejjel ült. Kényelmetlenül összezsugorodva bóbiskolta át az éjszakát, ahogyan a férfi sem járt sokkal jobban. Lábai őt ugyan megóvták a mellettük alvó két kisgyerek rugdalózásától, de Nicket bizonyára jó néhányszor eltalálták. Az állomás éles

fényénél mozgásra lett figyelmes. Az ajtónál ülők az elmúlt órák nyugalma után felélénkültek, hangok szűrődtek errefelé, jóllehet érteni nem lehetett őket. Alig telt bele tíz perc és a feljárónál táborozók felálltak, hogy a lépcső felé induljanak. Csak ekkor tudatosult benne, mekkora csend van odafent, egyetlen robbanást sem lehetett hallani. A nyüzsgésre Nick is kinyitotta a szemét. Borostás arccal, mogorván leste a jelenetet, mígnem előhalászta zsebóráját. – Fél öt van.

- Nem érdekel – próbált Lathea mosolyogni, ám túlságosan is elcsigázott volt ehhez a mutatványhoz. – Végre az ágyamban akarok aludni, mert már nem is érzem a tagjaimat.

Sokáig kellett azonban várakozniuk, mire kikecmereghettek a szabadba. A peron végében nehezen meglelt búvóhelyüknek köszönhetően az utolsók között érték el a kijáratot. A felszínre bukkanva borús, még majdnem fekete hajnal fogadta őket. Azt azonban így is meg lehetett állapítani, hogy a környéket ez alkalommal is elkerülte a pusztulás.

- Legalább az ágyad megmaradt – szögezte le Nick keserűen.

A helyzet idővel sem javult. Az első napokban és hetekben természetesen senki nem tudhatta, hogy a német légierő napról napra, hetvenhat egymást követő éjszakán mintegy huszonhétezer lövedéket szór majd a városra. Eleinte az East End, illetve a Docklands szenvedte el a legsúlyosabb károkat, melyekkel emberáldozatok és lakóépületek ugyanúgy jártak, mint a kikötő raktárai, hajók, vagy éppen ipari üzemek. Idővel azonban a belváros került célkeresztbe, a Buckingham Palotára pedig az ellenséges repülőgépek nappali fénynél csaptak le. Októberig mintegy tizenhatezer ház pusztult el, hatvanezer lakhatatlanná vált, míg ennek a számnak a duplája könnyebben sérült. A több ezer halottnál nem ért véget a lehangoló statisztika, hiszen közel negyedmillióan lettek földönfutók, miután a bombázások nyomán otthonaik a földdel váltak egyenlővé.

Jóllehet a megközelítő pontosságú adatokat az utca embere nem ismerte, a valóságot annál behatóbban. Minden áldott nap szembesülnie kellett a romokkal, a ledőlt épületek alól kihúzott sebesültek és halottak látványával, valamint azzal, amit egy ostromlott városban az élet jelent. Nappal szabad szemmel is látni lehetett a város fölé szőtt légvédelmi hálót, mely valamelyest megnehezítette a támadók dolgát. Ugyanígy a RAF gépei is mindig jelen voltak, hogy London meg a déli partvidék felett szüntelenül őrjáratozzanak. Órákat kellett sorban állni kenyérért meg tejért, amiből soha nem volt elegendő, ráadásul állandó éberséget követelt a légiriadók figyelése. Noha a várost a legtöbb támadás éjszaka érte, nappal se lehetett senki teljesen nyugodt. Alkonyatkor minden ablak elé kötelezően sötétítő függönyt húztak, amitől a valamikor élettől pezsgő főváros kísértethellyé változott.

Október végére az emberek érzékelhetően egyre elcsigázottabban viselték a nem szűnő megpróbáltatásokat. A híres angol dacnak köszönhetően továbbra is rendületlenül kitartottak, se a föld alatt bujdokolva átvirrasztott éjszakák, az élelmiszer ellátás akadozásai, se az életveszély nem kezdhette ki vasakaratukat, noha egyre többek idegeit gyötörték a nem mindennapi körülmények. A kilátástalanságról Adams tiszteletes számtalan szívbemarkoló történettel szolgálhatott. Különösen ő, aki lankadatlan kitartással járta a zömében lerombolt Stepney-t, temette a halottakat és igyekezett vigaszt nyújtani a túlélőknek.

- Betty és Kester jól vannak – világosította fel Nick, amikor egy alkalommal a tiszteletes elfogadott egy szerény ebédet Shadwellben. – Walest eddig elkerülték a légitámadások.

Adams a fejét ingatta. – Csak maradjanak is ott.
- Mindenesetre, atyám, hálás vagyok, mert Joe-val kapcsolatban ilyen gyorsan intézkedett.

A reumás öreg kéz megszorította Nickét. – Bárcsak valami többet is tehettem volna a fiúért.
- Én annak is örülök, hogy egyáltalán megtalálták és tisztességgel eltemethettük.

Egy kiszámíthatatlan mozdulattal, mintha saját feledékenysége ellen küzdene, Adams a zsebéhez kapott, hogy onnan elővarázsolva szerény erszényt ejtsen Lathea elé. – Tisztában vagyok vele, hogy nem kérte vissza, mégis úgy véltem, okosabb, ha elhozom – Lathea a nagy nehezen összekuporgatott pénzre meredt, amit hajdanán az apja elől dugdosott. – A parókiát, mint a templomot, bármikor találat érheti – magyarázta Adams józanul. – Ilyen időkben isten háza sem élvez kiváltságokat, magának meg talán szüksége lehet rá.
- Köszönöm, tiszteletes.
- Milyen pénz ez? – huppant Nick az ágy végére, ahonnan Lathea jó ideje némán bámulta a fiókos szekrényre állított bőrtokot.

Súlyos emlékek szorongatták a torkát, nyelni is elfelejtett. Az a képtelen érzés kerítette hatalmába, hogy ezzel a néhány nyomorult pénzérmével együtt a múlt is életre kelt, megint alattomosan befurakodva az életébe, amit pedig tiszta lappal és nagy reményekkel kezdett újra.
- Valami családi történet?

A keserű, már-már hisztérikus kuncogást követően Lathea undorodva felugrott az ágy szivacsáról. – Egy emberélet ára, Nick. Nézd meg jól, mert nem is ért többet – suttogta, mielőtt zokogva kitámolygott a szobából.

Pocsék, október végi nap volt, ömlött az eső, mintha dézsából öntenék, ettől a várost ellepte a sár. A lebombázott tömbök környékén sárfolyók eredtek, melyek mindenfelé hurcolták, szállították a mocskot. Olykor alig lehetett kikerülni őket, mindez pedig még elviselhetetlenebb lett, miután alkonyodni kezdett. Lathea vakon botorkálva kereste az utat hazafelé. Halkan dudorászott magában, mit sem törődve vele, hogy cipője ismét megcsúszott a nyálkás talajon és kevés hiányzott ahhoz, hogy esetlenül orra bukjon. Miért is érdekelte volna, hiszen a ruhája rég átázott, haja a koponyájához tapadt, az éhgyomorra felhajtott pezsgő viszont kellemesen melegítette belülről. Kicsit sem bánta, mert a rommá lőtt város lehangoló képétől megkíméli az este komor fátyla. És azt sem, amiért csúnyán becsípett. Valószínűleg ez utóbbinak köszönhette, mert időnként ellenállhatatlan kényszer kerítette hatalmába, hogy minden különösebb ok híján is nevessen, közben pedig már feledésbe merült slágereket danolásszon maga elé, jóllehet legtöbbjüknek józanul sem emlékezett a szövegére. De hát mit számít? Azt sem tudta volna megmondani, mikor érezte magát utoljára ennyire légiesnek és gondtalannak. Ünnepelni akart. A sok bánat, halál, nyomorúság után úgy találta, ennyi bőséggel kijár neki. Amikor reggel Lucius Kewley bejelentette azt a szándékát, hogy határozatlan időre ráfordítja a kulcsot a könyvkereskedésre, belehasított a már jól ismert világ-vége fájdalom. Lehet részvéttelennek nevezni, ő mégsem értette meg a gazdag ember bánatát, akinek meghalt vadászpilótaként szolgáló fia. Nem, nem értette, emiatt miért zárja be a boltot és vonul vissza gyászába. Nem értette, miért különb Lucius Kewley másoknál, vagy éppenséggel nála. Néhány hónap leforgása alatt mindenkit eltemetett, akit szeretett, két hónapja minden éjszakát a dohos és hideg metróállomás betonján kucorogva töltött attól rettegve, hogy mire reggel hazatér, a ház, ahol él, esetleg már nem lesz a helyén. És ennek ellenére mindig pontosan megjelent a munkahelyén, hogy legjobb tudása szerint végezze a munkáját! Ám az első pánik után valamiféle ismeretlen derű és optimizmus kerítette hatalmába. Váratlanul megvilágosodott előtte, ez micsoda lehetőséget jelent arra, hogy elmeneküljön Londonból. El a bombázások elől, lerázhatja magáról az elviselhetetlen terhet, a rémületet meg a kilátástalanság keltette szorongást. Igen, el akart menni és nem is tarthatta vissza semmi. Hálatelten gondolt Mischára meg az előkészületekre, amit idejekorán megtett az ő érdekében. Hiszen volt pénze, volt hova mennie, kell ennél több? A meghozott döntés tudatában máris vidámabban szemlélte a világot. Fittyet hányva háborúra vagy esőre, a tiszteletestől visszakapott erszény terhére két üveg jó márkájú pezsgőt vásárolt és ezzel örökre megszabadult mindattól, ami még a véres múltat idézte volna.

Izgatottan téblábolt a feketébe burkolózó utcákon, magában vihorászva, akár a szerelmes bakfisok. Józan fejjel még elmerengett azon, vajon Nick mit fog szólni a tervéhez, jóllehet az ő elszántságát semmilyen tiltakozás nem ingathatta meg. Az elmúlt két hónapban sorsát kimondatlanul bár, de a férfiéhoz láncolta, miután Stepney pusztulása következtében mindketten a shadwelli lakásban húzták meg magukat. Együtt étkeztek, együtt menekültek a legközelebbi óvóhelyre, és hely híján ugyanabban az ágyban is aludtak. Nick mellett legalább nem érezte magát reménytelenül elhagyatottnak, ez azonban kevés lett volna ahhoz, hogy amennyiben az ragaszkodik Londonhoz, ő vele maradjon. El akart szökni ebből a pokolból, vele vagy nélküle. Noha

Nick született fővárosi fickó volt és soha másutt nem is élt, gyakran felfedezni vélte rajta annak jeleit, hogy a háború drámai eseményei bizony őt is megviselték. Stepney túl közel volt, az emlékei pedig szüntelenül ostromolták. Ráadásul a légitámadások kezdete után néhány héttel meghalt az az ember, aki sofőrként alkalmazta, emiatt balszerencsésen az állása is odalett. Ezért ő a maga fejével gondolkodva úgy vélte, neki sincs miért maradnia. A lépcsőházban sehogy sem találta a korlátot, így aztán itt-ott négykézlábra huppanva mászott fel az emeletre. Valahogy eszébe se jutott, hogy villanyt is olthatna, helyette jókat mulatott saját esetlenségén. A zsebéből ügyetlenül, de sikerült előkotrásznia a kulcscsomót, ám mintha egyik darabja sem illett volna a zárba. Fáradtan nekidőlt az ajtónak, hogy újból nekikezdjen a próbának. Már a harmadik kulcsnál tartott, amikor valaki belülről elfordította a zárat, lenyomta a kilincset, ő pedig a válla alól elveszítve a támasztékot a kitáruló ajtón egyenesen bedőlt.

- Hoppá! – nyögött fel a hátsójára zuhanva, majd rögvest azután ismét kipukkadt belőle a jóízű nevetés.

- Az ördögbe, hol sétafikálsz elsötétítés után, mellesleg ilyen időben? – reccsent rá Nick barátságtalan képet vágva. Majd a hóna alá nyúlva felhúzta volna, de akkor tekintete Lathea lábára tévedt. Nem csak a cipője, de a harisnyája is csupa sár volt. – Egek! Merre jártál?

Lathea képtelen volt befejezni a vigyorgást.

- Tudsz róla, hogy a kabátod is egy merő víz?

- Meg a hajam!

- Kiadós tüdőgyulladás előtt állsz. Gyere, segítek felállnod.

- Inkább ezt vedd el!

Nick gyanakodva az üvegre sandított. – Á, kezd derengeni. Te becsiccsentettél?

- Csúnya szó, nem szeretem. Ünnepelek.

Nick felvonta a szemöldökét, ebben is minden szemrehányása benne volt. Ő azonban önfeledten kacagott, amitől hangja ellenállhatatlanul betöltötte a kis lakást meg a kihalt lépcsőházat. Nick habozott egy percig, ám látva, hogy semmi segítséget nem várhat tőle, kifűzött cipőit lehúzva egy rongyra állította őket.

- Kérek még inni – nyafogta az üvegért nyúlva, a férfi azonban elkapta a kezét.

- Inkább egy kijózanító mosakodásra van szükséged – mondta felnyalábolva őt a padlóról és egyenesen a konyhába vitte.

Lathea élvezettel danolászott az orra alatt, hébe-hóba felkacagott, amin legszívesebben Nick is elnevette volna magát. A máskor csinos asszony most olyan volt, mint egy ázott veréb, noha a lehangoló látvány ellenére is rendületlenül mosolygott, önmaga elé grimaszolt, akár a rossz gyerekek. Leültette a sámlira, hogy lefejtse róla a kabátot. Utána a blúz meg a szoknya következett. Lathea bódultságában észre sem vette, hogy ő már a lábszáraira száradt sáros harisnyát húzkodja le róla, ami alatt bőre jegesen hideg volt. Közben összevissza lefetyelt olyasmikről, aminek az égvilágon semmi értelme nem volt, ő mégis roppant mulatságosnak találta.

- Na, mosd le magadról ezt a koszt, rendben?

- Minek?

- Talán, mert büdös – nyomta Nick Lathea kezébe a szivacsot. – Egyedül is menni fog?

A barna szemek elkerekedve vándoroltak az arcára. – Micsoda?

- Ó, isten, most segíts! – dünnyögött Nick. – Mosakodj meg szépen, Lat, és azt a szénaboglyát se felejtsd el a fejeden.

- Mischának tetszik a hajam.

- Most biztosan nem tetszene neki. Na, gyerünk, különben én mosdatlak ki ebből az iszappakolásból.

Meghúzva magát a szobában egy ideig még hegyezte a fülét. Sokáig csak vidám kuncogást meg éneklést hallott, majd tompa puffanást. Csend következett. Várt, mígnem erőt vett rajta az aggodalom és elhatározta, hogy visszamerészkedik. Már a kilincsen volt a keze, amikor vízcsobogást hallott. Egy rémült sikolyt követően Lathea alighanem magához térhetett, mert a káromkodás abbamaradt és attól kezdve negyedórán át azt lehetett hallani, hogy tesz-vesz valamit. Visszatérve a szobába első pillantása az egyik pezsgőre esett. Az üveg eredeti tartalmának a java hiányzott. Eltűnődött azon, vajon mi történhetett, amitől lakótársa úgy érezte, feltétlenül ünnepelnie kell, ráadásul ezzel a drága itallal. Látta már inni őt és bár soha nem mutatott különösebb lelkesedést az alkohol iránt, azért furcsállta, hogy ilyen kevéstől is alaposan becsípett.

- Nick!

A kiáltás félbeszakította merengéseit. – Igen?

- Nincs semmi ruhám.

Az ágyról felnyalábolta az asszony hálóruháját meg köntösét és a résnyire nyitott ajtón beadta őket. – Ha elkészültél, vacsorázhatnánk.

- Máris jövök.

Megint a szobába tartott. Noha esténként nem ő szokott harapnivalóról gondoskodni, mivel Lathea nem került elő, mégis nekiállt, hogy azért vacsora kerüljön az asztalra. A kimert leves, ami előző napról maradt, időközben kihűlt. Aztán felbukkant a másik tányér gazdája is. Látta rajta, mennyire bizonytalanul áll a lábán és most már nem is nevetett. Inkább elgyötörten dörzsölte a halántékát, miközben tányérja mellé könyökölt.

- Mi lenne, ha ezt lenyelnéd? – ejtett elé egy apró pirulát, amit Lathea engedelmesen le is öblített a torkán.

- Pocsékul érzem magam.

- Macskajaj? Azt el is hiszem. Jól betett neked a
pezsgő.
Lathea lassan bólintott. – Iszonyatosan hasogat a
fejem. Most szép kis véleményed lehet, mi?
- Az ital miatt? Ugyan!
- Ugyan, mi?
- Talán csak éhes lehetsz, azért ütött ki annyira. Jó
étvágyat.
Némán kanalazták a levest. Nick a szeme sarkából
oda-odalesett az asszonyra, aki valóban éhesnek
látszott. Félig szárazra dörgölt hosszú haja a frissesség
illatával lengte őket körül. Nem először tudatosult
benne, Erwin micsoda csalhatatlan érzékkel csapott le
az egyik legszebb lányra a telepen. Lathea az a fajta
nő volt, akiről első pillantásra nem sokan állapították
volna meg, milyen vonzó és nőies. Az alaposabb
mustra után viszont el kellett ismerni, hogy mosolya
egészen káprázatos, megnövesztett haja pedig
gyönyörű, természetes zuhatagban omlott vállaira.
Amióta Shadwellben húzta meg magát, ő azért ennél
jóval többet is megtudott róla. Elegendő lehetőséget
kapott arra, hogy meglássa benne azt a szépséget és
vonzerőt, amivel Erwin saját bevallása szerint semmit
nem tudott kezdeni. Elkeseredettebb pillanataiban
egyenesen azt állította, szerelméből hiányzik az igazi
szenvedély, bár ő ezt nehezen tudta elhinni. Inkább
arra gyanakodott, hogy Erwin nem tudta legyőzni az
asszony tartózkodását. Mert az lehetetlen, hogy egy
ilyen szemrevaló és mély érzésű teremtés, aki
mindenekelőtt őszinte szeretetre vágyik, semmi
örömét ne lelje abban, amivel egy férfi
megajándékozhatja őt.
- Miért méregetsz ezzel a kalmár tekintettel? –
szegezte neki Lathea már a második fogás vége felé
járva.
- Merre kószáltál egész este? Aggódtam, hogy nem
jössz.

- Kedves tőled, és sajnálom, mert… de ez egy fontos nap volt számomra. Meg akartam ünnepelni, kár hogy másképp sült el.

Nick összefűzött ujjait tornáztatva nézett rá. – Elmeséled?

Rövid hatásszünet. – Ma Mr. Kewley bejelentette, hogy bezárja az üzletet.

- Végleg? Rettenetesen sajnálom.

Lathea nemtörődöm vállrándítása meglepően könnyednek hatott. – Én viszont nem. Persze reggel borzasztóan megijedtem, később viszont rájöttem, hogy cseppet sem bánom. Kicsit szégyellem bevallani, de a háborúsdi meg a hősködés nem nekem való. Nyolc hete félelemben élünk, hogy mikor szólal meg a sziréna, a metróállomáson kuporgunk éjszakánként ahelyett, hogy ágyban pihennénk. Soha nem lehet tudni, mit találunk a ház helyén reggel. Félek, Nick, és elegem van ebből a bizonytalanságból, hogy nem tudom, mi vár rám holnap.

A lekenyerezően őszinte vallomás hallatán átnyúlt az asztal felett, hogy megszorítsa az asszony kezét. – Ne hidd, hogy én nem. Mindenki fél, ugyanakkor mit tehetnénk?

- Én már tudom, mit teszek. Egyszerűen összecsomagolok és itt hagyom Londont.

- Hogy mondod?

- Szeretném, ha velem tartanál, hiszen téged sem tart itt többé semmi. A családod meghalt, az otthonod elpusztult, munkád nincs, miért is ne jöhetnél velem?

A határozott kijelentések meghökkentették, ahogyan a váratlanul felmerült ötlet is. Szégyenletesen kézenfekvő volt és legalább annyira ígéretes. – Elárulod, hova készülsz? – tudakolta azt gyanítva, Lathea már jó előre mindent eltervezett.

- Cornwallba.

- Cornwall? Messzebb nem is futhatnál.

- Mit számít a távolság? El akarok innen menni.

- Jól van, értem én! De miért Cornwall?
- Mischa ötlete volt és bár akkor kételkedtem a dologban, végül is igaza lett. Él Marazionban egy festő, akit még Párizsból ismert, és az illető befogadna. Állítólag nagyon kedves és szórakoztató ember.
- Nem is ismered?
Lathea a fejét rázta. – Személyesen nem, de Mischa írt neki, hogy alkalomadtán odamegyek hozzá. Neked is jutna hely, ebben biztos vagyok. Ott talán még munkát is találhatunk.
- Csábítóan hangzik.
Lathea elégedettnek látszott. – Ugye?
- Azért lassan a testtel! Ha elmész, mi lesz ezzel a lakással?
- Csak albérlet. Mischa figyelmeztetett, hogy háború idején nem okos befektetés ingatlant vásárolni. Most örülök, mert hallgattam rá. Leadom a kulcsot Mr. Rodericknek és máris útra készen állok.
- Ez azt jelenti, hogy itt semmi nem a tiéd?
- A varrógép meg néhány személyes holmi, semmi egyéb.
Nick hátradőlt a székén. – Azért most már érdekelne, ki is lehetett ez a titokzatos Mischa. Ahhoz képest, hogy te érdekházasságról, egyetlen aláírt papírról regéltél... hmm, elég sokat tett érted, nem?
- Nagyon gazdag ember volt. Előkelő és befolyásos barátokkal.
- Akárcsak ez a Jean-Michel, akit a múltkor emlegettél?
- A barátja. A Francia Követség diplomatája. Mischa hagyott nála némi pénzt arra az esetre, ha kellene valamire, én ugyanis semmit nem akartam elfogadni. De most nem lesz rá szükség, van annyim, hogy eljussunk Cornwallba. Mit gondolsz, velem akarsz jönni?

Nick kötöznivaló bolond lett volna maradni, tehát a döntés sem esett nehezére. – Ha elviszel.

– Ó, köszönöm! – Lathea megkönnyebbülten csókot dobott felé. – Holnap reggel üzenek Jean-Michelnek, hogy minél hamarabb indulhassunk. Bettyt is értesíteni kell – Nick egyetértően biccentett. – Lefekszem és ma éjszaka végre az ágyamban fogok aludni. Felőlem akár az egész országot porig bombázhatják.

- Az azért túlzott áldozat lenne a kényelmedért, nem? Nick Lathea után nézett, ahogy kisétált a konyhából. Hátradobva száradó félben levő fürtjeit lustán megmozgatta vállait. Miután eltűnt a szeme elől, ő még sokáig az asztalnál ücsörgött. Elmerengve ette a vacsorája maradékát. A menekülés ötlete villámcsapásként sújtott le rá. Annyira kézenfekvő megoldásnak tűnt, neki mégsem fordult meg a fejében ez az eshetőség. Napról napra élt, munkája nem lévén napközben a romeltakarításnál segédkezett, noha csak módjával buzgólkodott, nehogy valakinek eszébe jusson megkérdőjelezni papírra vetett egészségügyi alkalmatlanságát, és elvigyék harcolni. Az elmúlt heteket ő is elviselhetetlen feszültségben élte meg, amit csak betetőzött, hogy minden éjszaka csontig fagytak a metróállomás hideg betonján összegömbölyödve, néha még egymást sem sikerült felmelegíteni. Az is bántotta, hogy a Stepney-ben történt felfoghatatlan tragédia után gyakorlatilag ingyenélőként varrta magát Lathea nyakába. Ennek ellensúlyozására ugyan bármire hajlandó lett volna, az asszonynak azonban kevés dologban tudott segíteni.

Azzal a megnyugtató tudattal tett rendet a konyhában, hogy Lathea olyan tervet gondolt ki, ami mindkettejük számára megfelelő megoldásnak ígérkezett. El Londonból, az örökös fenyegetettségből és rettegésből, el az emlékek közeléből, a haláltól. Akármi is lesz Cornwallban, legalább nem kell álló nap a szirénáktól félniük és szorongani, mi lesz, ha nem érik el idejében a környék egyetlen oltalmat jelentő búvóhelyét. Vagy éppenséggel mi fogadja őket reggel kimászva onnan. Megkönnyebbülten ballagott át a belső szobába, ahol Lathea időközben már le is oltotta a villanyt. Gyorsan átöltözött, majd bebújt a takaró alá. Fejét a karjával megtámasztva elnyúlt a hátán. Elmúlt kilenc is és még nem fújtak légiriadót, ez valamelyest reménytelinek tűnt. A holnapon töprengve bámult a plafonra, amikor az asszony váratlanul megfordult mellette. Mintha motyogott volna valamit álmában, ő azonban nem értette. Inkább lehunyta a szemét és szinte rögvest el is nyomta az álom.

Ha Jean-Michel meg is kapta az üzenetet, napokig nem hallatott magáról. Addigra Nick hathatós közreműködésével Lathea az összes holmiját becsomagolta és szombat reggelre megváltotta a vonatjegyeket. A lakás tulajdonosához is elment felmondani a bérletet, az természetesen rettenetesen sajnálta a dolgot, ám a lelke mélyén alighanem tökéletesen megértette az indokait. De akárhogy is volt, őket már semmi nem tarthatta vissza, útra készen várták a hétvégét. Lathea úgy tapasztalta, Nick szívből támogatja. Nem kellett se győzködni, se érvekkel hatni rá. Vett magának néhány váltás ruhát, amivel részben pótolhatta mindazt, ami Cowanék lakásában odaveszett, és ami megfelelt a közeledő télnek is, ezzel pedig felkészült az utazásra. Az indulás előtti napokban már mindketten izgatottan várták az elkövetkezendőket. Amennyire tartottak az ismeretlentől, ami felé sorsuk vezette őket, annyira tudatában is voltak elkerülhetetlenségének.
Kester Frost üzenete meglepetésszerűen érkezett. A távirat szerint szerdán készült Londonba egyetlen napnyi villámlátogatásra.

- Ó, Kester! Bocsáss meg! – rohant haza Lathea lélekszakadva, de akkor a férfi már a lépcsőházban ücsörögve várta.

Hidegvérrel mosolygott, holott Lathea Bettytől tudta, mennyire gyűlöli a várakozást. Becsületére legyen mondva, egyetlen szóval sem panaszkodott, hanem követte őt a lakásba, ami az elpakolt személyes tárgyak nélkül lélektelenül csupasznak mutatta magát.

- Nicknek jutott eszébe, hogy senki nem vár téged – szabadkozott Lathea. – Ezért loholtam haza, ő azonban még egy óráig biztosan nem ér ide. Remélem, nem ebédeltél még? – Kester a fejét ingatta. – Nagyon helyes, számítottunk rád. Ó, Kester, milyen csodás téged épségben látni!

A férfi bátortalan mosollyal felelt. – Elhiheted, Lat, én is mekkora frászban voltam, hátha azóta történt veletek valami.

Lathea visszamosolygott rá, mire az váratlanul megölelte. – Ami Cowanékkal történt, egyszerűen elképesztett minket.

- Mindenkit. Önts nekünk valamit, kérlek. Nick rejteget ott egy üveg whiskyt, én addig nekiveselkedem az ebédnek.

Gyors kézmosást követően Lathea bevetette magát a konyhába. A héten hosszú sorbanállás eredményeképpen szerzett egy adag birkahúst, azt akarta tálalni. Alighogy belekezdett a munkába, Kester máris megérkezett a két itallal.

- Mire igyunk? – fogadta el az egyik poharat.

- Arra, hogy élünk.

Ittak.

- Betty hogy viselte a hírt?

Kester árulkodóan grimaszolt. – Ne is kérdezd. Napokig teljes bénultság és hisztérikus sírógörcsök között vergődött. Úgy sírt, mintha soha nem fogynának el a könnyei, pokol volt hallgatni.

- És a baba?

- Csak el ne kiabáljam, egyelőre minden a legnagyobb rendben. Ám közben Betty nagyon megváltozott, már nem az a szószátyár, gondtalan fruska, aki régen. Nem állítom, hogy ez a terhesség következménye... – túrt bele Kester a hajába, amit reménytelen kísérlet volt megzabolázni. – inkább Dover meg a család... a kettő együtt lehet a ludas.

Lathea az emlékeiben böngészett. – Igen, már Doverban is nagyon más volt. És Cowanék, meg Stepney! Ha tudnád, mit éreztem, amikor megláttam a telepet! Az épületek szó szerint eltűntek a föld színéről. Csak tégla meg rom mindenütt, halottak, na és túlélők, akik tíz körömmel ástak a törmelékben.

- Nick is?

Lathea biccentett. – Ő is. Nem beszél róla, de éjszaka hallom, hogy álmában a többiekkel beszélget, néha a nevükön szólítja őket. Mondhatom, hátborzongató dolgokat láttunk.

- És ami a férjeddel történt? – ereszkedett Kester a fal mellé tolt egyik székre. A kérdésre és Mischa említésére Lathea a válla felett hátrasandított. – Betty szerint rendes fickó lehetett.

- Nagyon is rendes, de katona volt, nem ártatlan civil. Ő maga mondta, hogy számol a veszéllyel.

Átmeneti csend következett, majd Kester hitetlenkedve, keserűen maga elé mosolygott. – Születésnap, mi? – ezzel felhajtotta az italt. – Betty nem kapott eltávot, ezért nem jöttünk el, Nick meg melózott. Az élet ennyin múlik – csettintett két ujjával.

- Mesélj inkább Bettyről.

A témaváltás láthatóan nem zavarta a vendéget, szívesen anekdotázott első gyermekének eddigi csínytevéseiről, amitől Betty szerencsére csak eleinte szenvedett. – Egészséges és a munkát is kiválóan viseli. Ez mindenképpen jó jel. Ahogyan az is, hogy Angliát egyelőre leköti a légi háború, aminek következtében a szárazföldi egységeket nem mozgósítják a régi hévvel. Ha Cornwallba jöttök, közelebb leszünk egymáshoz.

– A pokolba is elmennék, ha ott nem lőnek.

Kester megint csak elhúzta a száját, amit Lathea új szokásaként vett tudomásul. – Hogy viselitek?

– Őszintén? Nem bírom már sokáig. Egyetlen éjszakát leszámítva szeptember eleje óta mindet a legközelebbi metróállomáson virrasztottuk át félelemben és vacogva... mondtam is Nicknek, ez már a vég. Nem bírom tovább, egyszerűen elegem van!

Kester kérdezés nélkül újratöltötte a poharakat, mialatt egyre csak faggatózott. Tudni akarta, milyen az élet elsötétítés után, miféle emberek fordulnak meg az óvóhelyen, de ugyanúgy érdekelte, hogyan lesz ezután. Hova utaznak, mit fognak csinálni, hol fognak lakni. Minden jel szerint komolyan foglalkoztatta a kérdés. Eközben saját szülei már régen elmenekültek Londonból. – Peterborough-ban vannak, anyám testvérénél. Jó hely, mert csendes és a náciknak teljességgel érdektelen.

Nick egy órakor toppant be. Első dolga volt megölelni rég nem látott sógorát, akivel már a kezdetektől fogva megtalálta a hangot, szinte az első közös hétvége alkalmával barátok lettek. Némileg elérzékenyülten nevettek egymásra. Kester meglepő bátorsággal, nyíltan megjegyezte, hogy bár a család végzetesen megfogyatkozott, ettől még össze kell tartaniuk.

– Majd a húgom tesz róla, hogy szaporodjunk, nem igaz?

Kester megkönnyebbülve, hogy senkit nem sértett meg az érzéseiben, vállon veregette Nicket. – Alighanem lefőz téged, Stepney szívtiprója.

– Ugyan! Lattel csak a gyászéve lejártát várjuk, ugye? Lathea megjátszott haraggal a szájaló felé legyintett, ám az vidáman kitért az útból.

- Ne is reménykedj, pajtás – ugratta Kester. – Amíg máshol rontottad a levegőt, beavattam a kis trükkjeidbe. Már nem dől be neked.
- Biztos?
- Öntelt alak – kacagott Lathea. – Moss kezet, mert tálalok.
- Igenis... édesem!

A közös ebéd nem is sikerülhetett volna jobban. Egymást heccelve és igazán jókat derülve fogyasztották a kiváló ebédet. Átmenetileg szinte minden gyászról és szomorúságról sikerült megfeledkezniük. Kester olyan kórházi élményekkel érkezett, melyeken nem lehetett nem nevetni, jóllehet ehhez azért szükség volt arra a tehetségre is, amivel a legunalmasabb történetből is képes volt a legtöbbet kihozni.

- Nagy szívességet tennél, Nick, ha valamikor elugranál hozzánk Wales-be – mondta már az étkezés befejeztével, komoly arccal. – Betty kimondhatatlanul vágyódik utánad.
- Meglátogatom, amint tudom.

A következő megjegyzés már Latheának szólt. – Ne haragudj, Lat, amiért ezúttal téged nem hívlak... de hát ők mégiscsak testvérek. Betty ezért is hiányol annyira, Nick. Nem volt itt a bombázáskor és a temetésre se jöhettünk. Tudod, hogy van ez, gyötri a lelkiismeret.
- Hidd el, megértem – biztosította Lathea a férfit.
- Betty nemigen utazik az ő állapotában, ezért most rajtad a sor.
- Nem ígérhetek semmit – dőlt hátra a széken Nick keresztbe fonva erős karjait maga előtt. –, de amint lehetséges, megyek, jó?
- Hálás leszek érte.

Kester sötétedés után indult neki a visszaútnak, mely első lépésben a pályaudvarig vezetett. Mivel a várost beburkolta a fekete, télies este, és a kiszámíthatatlanná vált úttesten, illetve a sok helyütt ledőlt kőhalmokon idegenként az ember kilátástalanul bolyonghatott csak, így Nick egy darabon elkísérte. A becsapódott lövedékek által átrajzolt dzsungelben kizárólag azok tudtak közlekedni, akik előzőleg napvilágnál kellő helyismeretet szereztek. Egyébként sem volt mindig biztonságos kimenni, mert akadtak, akik a felfordulást kihasználva lankadatlan szorgalommal fosztogattak a félig ledőlt és elhagyatott házakban, vagy éppen a légitámadások következtében kiürült lakásokba törtek be. Emiatt aztán a polgárőrség és a rendőrség rendszeresen járőrözött a kihalt utcákon, hogy mindazokat igazoltassák, akik a szirénák hangjára valamilyen okból nem húzódtak fedezékbe.

A férfiak távoztával Lathea nekiállt eltakarítani a vacsora maradékait. Ám alig pakolta be a piszkos edényeket a mosogatóba, a soha meg nem szokhatóan éles és hangos légiriadó jelzése máris szilánkokra zúzta az esti csendet. Még annyi idő sem telt el, hogy a villanyokat leoltsa és elinduljon az óvóhelyre, a detonációkat szinte azonnal hallani lehetett a távolból. Lebotladozott a sötét lépcsőházban, majd ki az utcára. Mindenki pánikszerűen egy irányba loholt, az idős emberek zihálva, olykor ügyetlenül majdnem a földre zuhanva, mások pedig gyermekeiket karba véve igyekeztek átugrálni a korábban a járdára hullott törmelékeken.

A robbanások a közelben csapódhattak be, mert a hang meg a felvillanó fények szinte rögvest követték egymást. Lathea reszketve szorította magához a szomszédasszony két éves kisfiát, aki az éjszakában elkallódott a szülei mellől. A zokogó gyerekkel iramodott a metróállomás felé, mialatt újra meg újra lángba borult valami a folyó túlpartján, hogy átellenben Shadwellt is valósággal fényburába vonja. Egy századmásodperc erejéig átsuhant az agyán, hogy talán mind közül ez a leghevesebb támadás, amit szeptember eleje óta átélt. A szakadatlan durrogástól és attól az intenzív félelemtől, amit ez a hang keltett benne, lúdbőrös lett a háta.

Mire elérte az állomás lefelé vezető lépcsőfokait, a kisfiú a sírástól szinte ájultan lógott a karján magatehetetlenül. Ettől jóval nehezebbnek tűnt. Óvatosan lebotorkált a mélybe, ahol a rideg lámpák haloványan pislákoltak. Meglepően kevesen ücsörögtek a peronon, mint ahogyan az elmúlt két hétben általában. Nick azt mondta, sokan rájöttek, hogy Stepney-t és Shadwellt a németek már valószínűleg kipipálták a térképükön, ezért ezekre a kerületekre nemigen irányítottak több támadást. Feltehetően ez a kilátás az embereket bátrabbá tette. Ha ez így is volt, Lathea, legalábbis ma, kételkedett benne, hogy okos dolog-e ujjat húzni a sorssal, és a figyelmeztetésekkel dacolva otthon maradni. Az iszonyatos durrogások riasztóan közelről érkeztek, alig néhány háztömbnyi távolságból. Meg aztán a korábbi zsúfoltságból okulva, a polgárőrség légitámadások idejére megnyitott a közelben egy amúgy használaton kívül helyezett állomást is, így sokan odamenekültek vészhelyzetben. A jótékony hatást természetesen azonnal észre lehetett venni, hiszen nem kellett egymáson átgázolva közlekedni a peronon, sőt, ha valaki akart, még egy kicsit magára is maradhatott.

- Megkeressük a mamát, jó? – duruzsolta Lathea a gyerek fülébe, miközben elvegyült az érkezők között.

A szirénák jószerével percnyi előnnyel szólaltak meg, mint ahogy az első támadási hullám megérkezett, így a lakosság zöme egyszerre érkezett az állomásra. Éber tekintettel járt körbe, hátha felfedezi valahol a szomszédasszony ismerős vonásait, ám éppen fordítva történt. A nő rettegéstől kisírt szemekkel rohant feléje, hogy magához ölelje a kisfiát. Sírva-ríva, hüppögve a megkönnyebbüléstől elmesélte, hogy időközben a férje visszafordult megkeresni az apróságot. Percek múlva azonban a férfi is előkerült és ekkor Lathea magára hagyva a családot odébb húzódott. Kissé félreeső helyet keresett, ezalatt egyetlen percre sem engedve szem elől a kijáratnál zajló eseményeket. Nicknek ugyanis nyoma sem volt. Titkon abban reménykedett, hogy Kesterrel vagy már nélküle, de valahol fedezékbe tudott vonulni. Odafentről tisztán lehetett hallani a durva becsapódásokat, néhány másodpercnél nem is telt el több, míg az egyiket követte a másik.

A fal mellett szobrozva fülelte az ördögi zenét, amitől szombaton talán mindörökre megszabadulhat. Ekkor valaki lopva odasurrant hozzá. – Szia, bébi. Felébredve elkalandozott gondolataiból kellemetlen szagú emberre tévedt a tekintete. A félhomályban is felismerte benne a sarki fűszeres egyik pultos legényét. Legalábbis ott dolgozott, mígnem egy éjszaka a teljes házsort meg vele együtt az üzletet pusztító tűz nem emésztette fel. Erre az arcra mégis jól emlékezett, mert amilyen jóképű volt, annyira behízelgő és tolakodó. Őt mindenesetre kifejezetten bosszantotta állandó vigyorgása meg vizsla tekintete, akárcsak eltúlzott hízelgése.

- Jó estét!
- Láttalak ám többször is itt, a környéken laksz? Legszívesebben kikérte volna magának a tegezést meg a tolakodó faggatózást, de amikor szóra nyitotta volna a száját, már tudta, hogy hiba lenne. A férfit átható cigaretta meg alkoholszag lengte körül, szemei árulkodóan zavarosnak látszottak. – Erre volt dolgom – felelte ezért kitérően.
- Minden este? Csak nem vagy hattyúnak álcázott rosszkislány?

- Mit akar tőlem? – próbálta visszafogni magát és nem törődni a nyilvánvaló sértéssel, indulatait mégsem sikerült elrejtenie.

- Úuuh! Milyen barátságtalan vagy. Én jó szándékkal szórakoztatni szeretnélek, szép hölgy.

- Erre semmi szükség.

- ...te meg gorombáskodsz velem.

Dühösen nyelte vissza a nyelvére kívánkozó megjegyzést. Megrémisztette a másik zavaros pillantása és erőszakos viselkedése. – Nem állna egy kicsit távolabb tőlem?

- Távolabb? – a rámenős alak közelebb nyomulva szemtelenül vigyorgott tovább. – A közelebb inkább ínyemre van.

Hirtelen elege lett a komédiából és el akart lépni az idegen mellett, ám egy erős kar a falhoz lapította. – Senki nem tudja meg, ha egy kicsit játszol velem, bébi. Nézz csak körül – suttogta alkoholszagú leheletével szélesen mosolyogva. – Ez a sok nyomorult telecsinálja a gatyáját, úgyhogy ránk se hederítenek.

- Vegye le rólam a kezét! – az erélyesnek szánt tiltakozás élét és határozottságát azonban elkoptatta a félelem, amit hangjának bizonytalansága árult el.

- Eszemben sincs, szépségem. Túl gyönyörű vagy – a mustra tekintet szinte meztelenre vetkőztette, mire ismét megkísérelte eltaszítani a férfit magától. – Ó, milyen tüzes vagy!

Amikor az közelebb hajolt, hogy megcsókolja, mindössze annyi ideje és tere maradt, hogy a fejét jobbra kapja, így a bűzös lehelet a haját érte. Újabb eredménytelen erőfeszítést tett a menekülésre, ám akkor az idegen felpaprikázva rávicsorgott, majd megragadta a mellét. A dulakodásra közelebb jött a szomszédja, aki kellően tekintélyt parancsoló méreteivel fenyegetően magasodott föléjük. – Valami gond van?

A részeg alak rávillantotta ocsmány vigyorát. – Húzd el a csíkot!
Lathea alattomban lerázta magáról a durva kezet, ám a férfi olyan erővel rántotta vissza, hogy a feje a falnak koccant és összeharapta a száját. – Itt maradsz, te ribanc!
- Engedd el, amíg szépen mondom!
Ekkor a heveskedő egy üveggel lódult a szomszéd felé. A falhoz csapva félbetörte, hogy életveszélyesen éles felével a másikra rontson. – Talán neked is fáj rá a fogad, te disznó!
A hangoskodásra többen is felfigyeltek, közülük valaki elszaladt a kijáratnál őrködő polgárőrökért.
Mielőtt azonban megérkeztek volna, a semmiből Nick robbant neki az üveggel hadonászónak és egyetlen csapással kiverte a kezéből, a következővel pedig leütötte.
- Mi van itt? Tűnjenek el! Félre! – tolakodott oda két egyenruhás rendet teremtve. A részeg ájultat egyetlen szó nélkül kivonszolták a peronról.
- Jól van?
A szomszédjuk Latheára lesett. – Inkább Miss Trashburnt kérdezze – felelte. – A fickó csúnyán ráijeszthetett.
- Köszönjük a segítségét – amint magukra maradtak, Nick fordult feléje. – Mi van veled?
- Semmi.
- Semmi? Vérzik a szád.
Lathea előkotort egy zsebkendőt a kabátjából, de annyira remegett a keze, hogy végül Nick átvette tőle és óvatosan letörölte a vért a szája sarkából. – Falfehér vagy.
Védekezőn összefogta magán a kabátot. Az iménti jelenettől még egész testében remegett, a melle pedig fájt az erőszakos kéz szorításától. Mintha Nick a gondolataiba látna, megkérdezte: – Hozzád nyúlt az a féreg?

- Nem.
- Megesküszöl rá?

Indokolatlan haraggal csattant a férfira. – Nick!

- Jól van, jól van! Csak épp...
- Csak épp mi?
- Csak épp nehezemre esik elhinni, amit mondasz, miután ez az alak már a múltkor is... úgy értem, ahogy rád nézett, az sokat elárult.

Lathea a füle tövéig vörös lett. – Ha nem hagyod abba, kimegyek és az első némettel lelövetem magamat!

- Eszedbe ne jusson, inkább hallgatok.
- Azt jól tennéd.

A fal mellé telepedtek, ahol Nick csalódottan vette tudomásul Lathea azonnali odébb húzódását. Pedig a nyirkos hideg ellen legtöbbször összebújva melengették egymást a hosszú éjszakákon. Az arcára kiülhetett, mi jár a fejében, mert negyedórányi feszült hallgatást követően Lathea duzzogva megjegyezte: – Úgy érzem magamat, mint egy gyerek, aki rossz fát tett a tűzre és most szóba se állnak vele. Mit követtem el?

Közelebb hajolva hozzá halkan odasúgta: – Mielőtt felemelte volna a mancsát, egész egyszerűen jól odarúghattál volna neki, ahol egy férfinak a legjobban fáj – a felháborodott tekintetre válaszul megrázta a fejét. – Tényleg ideje elmennünk innen, mert minél tovább maradunk, annál több rohadék bújik elő. Tolvajok, gyilkosok meg kiéhezett patkányok, akik csak álmodhatnak a magadfajta szép nőkről.

Lathea gyanúsan összepréselte az ajkait, ami mostanra Nick számára is értelmezhető gesztussá vált. Tudta, hogy nem éppen hízelgő kijelentéseit takarja, melyeket inkább megtartott magának. Végül tüntetően félrefordította a fejét és hamarosan el is aludt.

Álmában viszont minden dacoskodásról

megfeledkezve odabújt hozzá és a vállára ejtette a fejét.

- Sajnálom, Nick – susogta egy másodpercre felriadva, mire ő átkarolta a vállát.

Már derengett a hajnal, mire hazafelé indulhattak a hideg ködben. A szürkeségbe burkolózó utcákon a tömeg hamar szétoszlott és ők többé-kevésbé magukra maradva folytatták útjukat. Először csend volt, ám azután minden nagyon váratlanul történt. Az egyik romos épület sötét kapualjából valaki figyelmeztetés nélkül nekik ugrott.

- Most megkapod, te szemét! – kiáltotta gyűlölködve, ahogy lerohanta Nicket. Ösztönösen félretaszította Latheát, mielőtt szembeszállt volna a támadóval. Annak kés villant a kezében. Eszeveszetten hadonászott vele, vicsorgó arcából pedig gyilkos villanást küldött feléje. Eltávolodott volna tőle, az azonban utána lépett. – Csak nem berezeltél, szarházi? Odalent bezzeg bátrabb voltál!

Ezzel a bosszúra éhes alak előreugrott. Nick az utolsó ütemben siklott ki a penge útjából. A következő pillanatban viszont a háta mögül kövek zúdultak ellenfelére, aki iszonyatos káromkodásba kezdett. A mocskos szóözön hirtelen mégis félbeszakadt és az idegen a földre csuklott. Lathea egyik dobása vészesen fejbe találta, hogy még a kés is kihullott az ujjai közül.

- Ez szép volt – nyögte Nick.

- Meghalt?

- Nem, de mire magához tér, már nem leszünk itt. Gyere gyorsan – ezzel megragadta az asszony jéghideg kezét és mielőtt bárki arra jöhetett volna, elszaladtak.

Betoppanva a lakásba rögvest szemet szúrt a fogasra akasztott elegáns kabát. Finom kasmírból, divatosan karcsúra szabottan és legalább lábszár középig érő hosszúságban készült, kétség kívül egy exkluzív szabóság műhelyében. Már az előszobában hallotta a hozzá tartozó meleg hangot és a szobába érkezve meg is pillantotta Jean-Michel délceg alakját. A férfi a kezét nyújtva derűsen rámosolygott. Jóképű volt, mint mindig, haját frissiben nyírhatták, mert fegyelmezetten állt a fején, és ő maga, legalábbis a körülményekhez képest, kipihentnek látszott.

- Ne haragudjon rám, amiért ennyit kérettem magamat, de nem jöhettem előbb, ezek most ilyen idők.

- Örülök, hogy itt van. Miért nem foglal helyet?

Nick lovagiasan elvette Lathea kabátját, ami neki eszébe juttatta, vajon Jean-Michel mit gondolhat egy idegen férfiról az ő lakásában. – Ó, még nem is ismeri Nicket. Erwin Cowan öccse.

A francia diplomatikusan mosolygott. – Amíg önre vártunk, hirtelenjében összeismerkedtünk. Hihetetlen és tragikus, ami a családjával történt.

- De legalább Betty jól van, igaz? – nézett Lathea Nickre, aki a témával kapcsolatban általában tanúsított rosszkedvű elzárkózásával biccentett.

- Mr. Cowan említést tett a terveikről.

Lathea újfent a látogatóhoz fordult. – Tulajdonképpen emiatt kerestem. Tudja, nem hittem volna, hogy valaha is ezt mondom, de el akarok menni Londonból. Mischa mintha a jövőbe látott volna, amikor az öreg festőnek levelet írt.

- Ne higgye, hogy csodálkozom – rakta keresztbe Jean-Michel a lábait bokánál. – Éppen ellenkezőleg. Ha tehetném, én magam is élnék Laurel Doorn vendégszeretetével. Így azonban mindössze annyit ígérhetek, hogy alkalomadtán meglátogatom magukat.

- Annak nagyon örülnénk. Mondta Nick, hogy szombaton indulunk?

A francia helyeselt. – A biztonság kedvéért még ma sürgönyözök Doornnak, hogy számíthasson magukra, holnap meg hozok készpénzt.

- Igazán kedves, de nincs szükségünk pénzre, Jean-Michel.

- Biztos?

- Egészen biztos.

- Nos, rendben – a férfi körbepásztázta a szobát. – Amint látom, már össze is készülődtek.

- Ó, igen, jó is, hogy említi. Ugyanis a varrógéppel nem tudok mit kezdeni. Szívesen magammal vinném, de ez aligha lehetséges.

Jean-Michel kritikusan méricskélte a feketére festett, aranyozott Singer felirattal ellátott szerkezetet. – Tudja mit? Ha Mr. Cowan segít lecipelni a kocsihoz, ma elviszem magammal, később pedig megtalálom a módját, hogy eljuttassam Cornwallba.

- Mennyire hálás lennék!

Jean-Michel elégedetten összecsapta a két tenyerét. – Rendezkedjenek be, én meg gondoskodom a masináról.

A gyakorlati ügyek után másfelé terelődött a szó. Lathea mindig élvezte a franciával folytatott beszélgetéseket. Akárcsak egyszer régen Erwin, ő is tele volt hírekkel, a követségi munka folytán bepillanthatott a politika gépezetébe, ezért a különböző propagandák sem zavarták meg éleslátását. Átlátta az események szövevényét, józan értékítélete pedig egészen lenyűgöző volt.

- Vannak hírei Franciaországból? – tudakolta tisztában azzal, hogy a férfi családja a csatorna túlpartján él.

A vállrándítás önmagáért beszélt. – A dolgok látszólag nyugvópontra értek. A vichy-i kormányzat lepaktált a nácikkal. Jóllehet állítólag önállóan kormányoznak, azért De Gaulle a fején találta a

szöget, amikor azt mondta, valakinek átkozottul
megéri ez a dacoskodás nélküli együttműködés.
- Tudott beszélni a családjával? – tagadó fejmozdulat.
– És Fettisovval?
- Egy hónapja találkoztam vele. Lejött Vichybe és
bizony érdekes történeteket mesélt a párizsi
mindennapokról. Úgy tűnik, a fritzek remekül érzik
magukat, jobban is, mint kéne. Esznek-isznak,
mulatoznak, elcsábítják a legszebb nőket, színházba
járnak. Egy szóval fenékig ürítik az élvezetek poharát.
Majd a végén haza se akarnak menni.
- Önmaguktól semmiképp – Nick fanyar
megjegyzésével Jean-Michel mélységesen egyetértett.
- És Fettisov meg Galina? Nekik semmi bajuk?
- Lapítanak, amit jól tesznek. Fettisov szerint Galina
ahhoz a kisebbséghez tartozik, akik nem akarják a
Harmadik Birodalmat szolgálni. Se a színpadon, se
azon kívül.
- Ugye, azért így nem sodorja magát veszélybe?
- Ki tudja? Amikor nem akart táncolni, felzavarták a
színpadra, mire ő esett egy látványosat az
állítólagosan frissen operált térdével. Azóta békén is
hagyják, csakhogy Fettisov azt mondja, a bemutató
olyannyira hitelesre sikerült, hogy egy ideje tényleg
sokat bajlódik a lábával.
- Micsoda balszerencse! – Lathea magyarázatképpen
elárulta Nicknek. – Galina balett-táncosnő.
Jean-Michel hamarosan már a politikánál tartott. – Ez
a háborúsdi kezd hátborzongató színezetet ölteni.
Amióta szeptemberben a három agresszor aláírta azt
az egyezményt, mintha minden mozgásba lendült
volna. Eleinte hihetetlenül hangzott, ennek ellenére
igaz: nemes egyszerűséggel felosztották maguk között
a világot. Japán a mi rovásunkra terjeszkedik
Indokínában, az olaszok meg elfoglalták volna
Görögországot, ha a görögök vissza nem verik őket.

Ez idő alatt pedig a Luftwaffe porig bombázza Angliát.

- Amíg senki nem állítja meg őket.
- Azért szerencsére akadnak próbálkozások.

Franciaország megszállt területein az ellenállás meglepő sikereket ér el, noha ez önmagában még a helyi német fennhatóság megdöntéséhez is kevés, nemhogy megnyerni egy háborút. Azután itt vannak a RAF hőstettei. Számos német gépet lelőnek, mielőtt egyáltalán átrepülnének a csatorna felett.

- No, de ezek után is ennyi van belőlük!
- Ennek sajnos igen kézenfekvő okai vannak, Mr. Cowan. Németországban évek óta hadigazdaság működik és a gyárak zavartalanul ontják magukból a vadászgépeket meg a tankokat. Nem beszélve a töménytelen robbanóanyagról és fegyverről. Nagy-Britannia viszont Amerikából vásárol hadianyagot.

Nick fájdalmasat sóhajtott. – Ez mindenesetre nem úgy hangzik, mint aminek holnapra vége.

- Hát, nem! Ám valójában nem is a területi hódítás a dolog legrosszabb velejárója, hanem amit maga után von. Hitler nagyon is tisztában van azzal, hogy nem elég egy körzetet katonailag megszállni, azt ugyanolyan gyorsan elveszítheti, ahogyan megszerezte. Ezért a Wehrmacht nyomában ott masírozik az az államapparátus, ami az elnyomás tényleges eszköze... legyen szó a Gestapóról, vagy bármi másról. Aki ellenszegül, annak vége. Meglehetősen egyszerű képlet.

Négy óra táján Jean-Michel hirtelen távozóra fogta. Mivel várták valahol, Lathea meg sem próbálta marasztalni. Megállapodtak abban, hogy másnap ismét meglátogatja őket, így az utazás előestéjén segíthet, amiben tud. – Tehát, Mr. Cowan, indulhatunk? – lépett a varrógéphez.

Két oldalról megragadták és óvatosan kifaroltak vele a lakásból. Lassan ereszkedtek lefelé a lépcsőházban, majd oldalt lépkedve jutottak ki az utcára.

– Igyekeznünk kéne, uram – kockáztatta meg a figyelmeztetést a követségi sofőr, amint a Singer biztonságosan bekerült a feneketlen csomagtartóba. – Még elkésik a végén.

– Igaza van, Luc, menjünk – ezzel kezet nyújtott Nicknek, majd Latheára villantott egy mosolyt. – A holnapi viszontlátásra. Addig is értesítem Laurel Doornt Marazionban.

Lathea a távolodó kocsi után intett, mígnem végleg eltűnt a sarokház takarásában.

– Szimpatikus fickó – vélekedett Nick belekarolva.

Mialatt a vonat komótosan kigördült a négyes peronról, a fülke helyett Lathea a lenyitott folyosói ablaknál állt, kifelé nézelődött. Egészen a felszállásig gondolatait az előkészületek kötötték le, mindaz, amit el kellett intézniük, vagy be kellett csomagolniuk. Noha szégyenletesen kevés személyes holmival keltek útra, ez mit sem enyhített a feszültségen. Ennek köszönhetően ez ideig bele sem gondolt abba, miféle kalandra vállalkozott. A döntés, amit meghozott, akármilyen gyorsan is született, megalapozott és helyes elhatározás volt. Adott körülmények között valószínűleg a legokosabb is. Ettől azonban még úgy érezte, mint akinek hideg kéz préseli össze a szívét. Látva, ahogyan a peron, illetve a Paddington pályaudvar fedett csarnoka zsugorodni kezdett, majd a szerelvény a sínek és váltók kuszaságán átjutva elkanyarodott tőle, egyedül a veszteség érzése kísérte el. Ebben a percben nem számított se józanság, se az elhatározás mögött felépített érvrendszer, kizárólag a tény, hogy yardonként sodródott távolabb eddigi életétől, az egyetlentől, amit ismert. Lehet, hogy rossz volt, követelhetett tőle magas árat, de mégiscsak az övé volt. Az egész életét Londonban töltötte, tudta, hova tartozik, hol van az otthona, és hol hajtja éjszaka álomra a fejét. Ez a fajta biztonság az, amire szüksége volt, mivel úgy vélte, a természetétől idegenek a kalandok meg a drámai újrakezdések. Régen minden megbízhatóan kiszámítható volt, beleértve a munkát, a szabadnapokat, a barátait, még az érzelmeit is. És ő azért nagyjából elégedett volt mindazzal, ami neki jutott. Bár a vonat még el sem hagyta Londont, neki máris hiányzott. Nem csak a város, jóval inkább, amit számára megtestesített. Egy borús pillanat erejéig azért képes volt beismerni, hogy amit most megsirat, azt valójában már nagyon régen elvesztette. Minden azon a szilveszter éjszakán fordult rosszra, amikor Erwin csalárd viselkedése lelepleződött, és azóta reménytelenül sodródott az árral. Elveszítette Erwint és vele együtt azt az őszinte, csírázó összetartozást, ami boldoggá tette. Azután saját életének védelmében elkövette azt a rémséget, hogy attól kezdve elűzhetetlenül nyomassza és teherként üljön a lelkén. Mindentől menekülve, megrémülve a ráköszöntött valóságtól, Mischa karjaiba futott, ám a férfi maradandó nyom nélkül, ugyanazzal a gyorsasággal vágtázott ki az életéből, ahogyan érkezett. A múlton rágódva csupa homályos érzés kerítette hatalmába. Ahogyan felidézte beszélgetéseiket és együttléteik történetét, annak ellenére se volt képes összeegyeztetni első benyomásait a rideg és érzéketlen grófról meg a később megismert, szeretetre éhes és jószívű férfival, hogy az eseményektől időben eltávolodva tisztábban kezdett látni. Mischa megmagyarázhatatlan, ismeretlen eredetű vonzalmat ébresztett benne, és a lelke legrejtettebb zugaiban valami azt súgta, képes lett volna szeretni, ha kap annyi lehetőséget a sorstól, hogy mindennek a végére járjon. Ám a férfi meghalt és mindösszesen a bántó ürességet hagyta maga után.

A lehangoló sort az elmúlt két hónap véres és tragikus történései zárták, melyektől legalább annyira félt, mint az emlékeitől. Cowanék a családját jelentették, a szüleit és testvéreit, Stepney pedig az igazi szülőhazáját. Londonon kívül viszont semmit nem ismert, senki nem mutatta meg neki, mi húzódik a város határain túl. Akár arra is vállalkozhatott volna, hogy idegen országba menekül, bizonyára ott sem érezhette volna magát elveszettebbnek. A közöny és tompultság, amit a bombázások tapasztalatai generáltak benne, szembesítették azzal, mennyire nem az az ember többé, aki volt. Nem úgy gondolkodik, nem szereti többé megrontott ábrándjait, egyáltalában nem úgy szeret, mint egykor, azzal a régi naivitással és odaadással. Az ablak előtt elvonuló lebombázott gyárépületeket látva minden eddiginél erősebben tudatosult benne, mi minden megváltozott. A pusztulás kegyetlen hétköznapisága azt súgta a fülébe, ne nézzen vissza. Ne ejtsen könnyeket azért, ami volt, hanem hagyja, hogy ez az új Lathea Trashburn nyitottabb legyen a fordulatokra, nyitottabb arra, ami Cornwallban vár rá.

A háta mögül felhangzó léptekre oldalt sandított. A szűk folyosón Nick közeledett, kezében megviselt bögrét tartva. Szó nélkül átnyújtotta a még gőzölgő teát, majd visszavonult a fülkébe, ahol négy idegennel együtt utaztak. Hálatelten fordult utána, mielőtt belekóstolt volna az italba. Bettyn, Kesteren és rajta kívül senkije sem maradt, az égvilágon senki, akihez szólhatna. Nick pedig a kényszerű körülmények, illetve az őket ért fájdalom miatt rövid idő alatt fontos részévé vált az életének. Nem pusztán társaságot, hanem támogatást és megértést is nyújtott.

Átélve az első megrázkódtatást, amit a fizikai távolodás jelentett Londontól és a vele egybeforrt múlttal, visszatért a fülkébe, hogy letelepedjen az ablak melletti helyre.

- Minden rendben?

A lágy, alig duruzsoló kérdésre bágyadt mosollyal felelt. Nem kellett kimondania, mennyire szorong, Nick valószínűleg anélkül is kitalálta. A hosszú úton szinte nem is beszélgettek. A férfi el-elbóbiskolt, ellenben őt keserű merengései ébren tartották. Szívesebben nézelődött ki az ablakon, bele a borús novemberbe, mely mégsem tudta a tájat minden bájától megfosztani. Bristolig hol lankásabb, hol laposabb vidékeken kanyarogtak, ahol a közelgő télben itt-ott facsoportok meg erdők dideregtek, majd tar szántóföldek következtek. Mindenesetre váratlan örömét lelte a kíváncsiskodó nézelődésben. Egy clactoni nyaraláson meg a doveri napokon kívül soha nem utazott sehova, ezért minden benyomás újként hatott rá. Az évszak nyújtotta fátyolködben a színek is fakóbbnak tűntek, sárgák és barnák néhol olyan árnyalatban, amit soha nem látott még. Amerre a szem ellátott, a háborítatlan vidék terpeszkedett, békés novemberi szombat lévén álmosan és élvezettel nyújtózkodva a fehér dunyha takarásában.

Kora délután volt, mire a vonat befutott Exeterbe. Komolyabb le- és felszállások után, tizenöt-perces pihenővel folytatták útjukat Cornwall felé. A sínek egy darabon a tengerpart szeszélyes vonalát követték, így ámulattal szemlélte a víz ezúttal zöldesszürke hullámait, meg a növekvő dagálytól ismét vízre sodródó hajókat, melyek java addig a száraz homokpadon ült. A part menti vörös szikláktól eltávolodva a szerelvény dimbes-dombos vidéken robogott keresztül és a velük utazó idős biológus a tőlük északra elterülő Dartmoor mocsárról mesélt. Hamarosan megérkeztek Plymouth-ba, ahol az utasok jó része leszállt, új arc pedig már nem jelent meg a fülkében.

Az idős tudóstól hallott arról, hogy a város határában épült, a folyót átívelő híd túlpartján már Cornwall húzódik a maga egyedülálló misztikumával. - Az országnak ezt a részét nagyon kevesen ismerik – vélte a férfi. – Pedig hallatlanul festői táj olyan klímával, amit máshol nem találunk a szigeteinken. A megbecsülés helyett azonban az idevalósiakat olybá veszik, mintha másik bolygóról érkeztek volna. Csak azért, mert nem vagyunk egyformák. Az öreg professzor tájleíró fejtegetései annak ellenére is bizonyítást nyertek, hogy St. Austell után sűrű, gomolygó köd takart el előlük minden szépséget. Többé se a csupasz, sziklás partot, se a tengert nem látták, nem beszélve a falvakról vagy a halászhajókról. A szerelvény vakon zakatolt bele a fehérségbe, hogy az még a hangjától is megfossza. Nem lehetett pontosan tudni, merre járnak, ezért Nick kifaggatta a kalauzt.

- Tizenöt perc, uram, és Penzance-ban leszünk.

Azt, hogy befutnak a végállomásra, puszta következtetésből találták ki. A váltókon átrobogó vaskerekek zaja árulta el. A vonat fokozatosan lassított, mígnem a ködből váratlanul kiemelkedett a viktoriánus épületszerkezet. Beszaladva a fedett pályaudvarra előbukkant a peron csíkja is. Újabb fütty és a fékek csikorgása jelezte, hogy megérkeztek. A korábbi nyugalom helyett most lábak dobogtak, a kocsi nehéz ajtajai kitárultak, és az utasok elindultak lefelé. Nick felsegítette Latheára a kabátot, majd maga is felöltözve előrement. Mindösszesen három bőrönddel utaztak, abból is csak egy volt az övé, de újonnan beszerzett ruhadarabjai még így is lötyögtek benne.

Végigballagtak az elnéptelenedő folyosón, hogy a meredek lépcsőkön lemerészkedjenek a peronra. Visszafordulva a kezét nyújtotta az asszonynak, aki hálásan kapaszkodott belé. – Mindenünk megvan?

- Azt hiszem… – kezdte Lathea, ám a mondatot félbeszakította egy kedélyes rikkantás.

- Hahooóóó! Langaléta, sudár alak masírozott feléjük a vonatkocsik mellett szaporázva. Már messziről vidáman integetett és meglengetett kalapja alól dús, hófehér haj villant elő, melynél tökéletesebbet álmodni sem lehet. Hozzá szürkés bajusz párosult, ami az idősödő arcnak pajkos derűt kölcsönzött. Ezt a benyomást a csillogó kék szemek is megerősítették. A fürgén mozgó alak rögvest mellettük termett, hosszú lábai körül élénksárga kabát csapkodott, ami a komor télidőben és London borzalmai után majdnem kacajra fakasztották Latheát. Oldalra sandítva Nick arcán is látta a nevethetnék jeleit, ám hősiesen visszafojtotta szokásos szurkáinak egyikét. Behatóan méricskélte a két karcsú bokánál szálldosó sárgaságot meg a tűzpiros selyemsálat, ami a gallér alól kandikált ki. Lathea közben azon töprengett, nem felejtette-e el megemlíteni Nicknek, hogy Mischa barátja állítólag hírhedt különc.

Az idegen azonban már odaért hozzájuk, hogy elnyűtt, zöld kalapját, melynek széles karimáját alighanem egy kutya tette magáévá, a szívére szorítva rájuk mosolyogjon. Szájából hófehér, ép fogak villantak ki és bár ő tudta, hogy hatvanhét esztendős, lehengerlően jóképűnek találta. Az a fajta férfi volt, akit az isteni gondviselés nem pusztán fizikai szépséggel ruházott fel, de körüllengte egy különleges aura, amit ő a bohémság és férfias sárm egyvelegének tulajdonított. Ennek érzékeléséhez még csak ismernie sem kellett Laurel Doornt, sőt, a hatáson a foszló szélű kalap meg a paradicsommadár színekben pompázó öltözék sem ronthatott.

A kék szemű alak ellenállhatatlan hódolattal ragadta meg a kezét és lágyan a tenyerébe vonva csókot lehelt rá. – Azt a parancsot kaptam, szólítsam Miss

Trashburnként, de meg kell jegyeznem, a grófné sokkal inkább illik önhöz – cinkos kacsintástól kísérve a hosszú ujjak végigsimítottak a kézfején. – Az az ördögfajzat Kolja barátom tudta, mitől döglik a légy. Felkészültem rá, hogy a grófnéja nem hétköznapi teremtés, de ön igazán... lenyűgözően bájos. A mindenit!

Lathea nekipirulva felkacagott. Ennek az alaknak nem lehetett ellenállni és ettől a szóözöntől a feszültség is nyomtalanul elillant belőle. – Köszönöm, Mr. Doorn, nagyon kedves.

- Laurie, szólítson csak Laurie-nak. Amennyiben nem tévedek – fordult Nickhez kezet adva. –, Mr. Cowanhez van szerencsém.

- Üdvözlöm, uram. Remélem, nem okozunk túl nagy felfordulást az életében.

A festő szórakozottan legyintett. – Bárcsak megtennék! De hagyok rá időt bőséggel. Először viszont találjunk haza ebben a tejfölben. Esküszöm maguknak, nem én rendeltem – ezzel, ahogy az egy született úrhoz illő, a karját ajánlotta Latheának és másik kezében a megszerzett csomaggal elindult. – Ugye, Kolja nem...?

- Kolja?

- Tudja, mi ott a Montparnasse-on így hívtuk. A festőtanoncok mindig álnéven tombolnak, nehogy később a nyárspolgárok bármit a fejükre olvashassanak.

- Mischa festőtanonc volt?

Laurie kedvére fintorgott. – Persze tanoncnak pocsék, ám nem tehetségtelen grafikus. A grófoskodás mégis jobban ment neki, azt hiszem. Mondja csak, kedvesem, ugye, nem állította, hogy sótlan alak lennék?

A színlelt kétségbeesés láttán Lathea gyorsan tiltakozott.

- Ugyanis egyszer, miután a pocsék rajzáról Grafittal megetettük a Montparnasse összes galambját, az a gazfickó azt mondta nekem, hogy bár jó ember vagyok, rögvest látni rajtam, öregségemre milyen hebehurgya szenilis leszek. Azóta bizonyára már kezdek beérni, de azért remekül fogjuk érezni magunkat, ezt megígérhetem.

1941. július - december

18.

A filmhíradó a hivatalos német propagandafilmet mutatta, melyet április óta bárki, aki moziba betette a lábát, számtalanszor láthatott. Az egy hónap alatt leigázott Görögországba bevonuló német katonák díszsisakján és fényesre suvickolt csizmáján táncolt a mediterrán nap fénye, mialatt az ókori Akropoliszon már a horogkeresztes zászlót lobogtatta a nyári szél. A jól ismert narrátori hang logikus fejtegetésbe bocsátkozott afelett, hogy Bulgária márciusi, Jugoszlávia és Görögország áprilisi lerohanása ravaszul kiagyalt előjáték volt Hitler következő nagy tervéhez, hogy a kommunista Szovjetuniót elvágja déli, stratégiai pontjától. A legközelebbi képsorok már az utóbbi két hét legmegrázóbb újdonságával foglalkoztak. Amikor június 22-én a déli híradás világgá kürtölte, hogy Németország hadüzenet nélkül megtámadta a Szovjetuniót, gyakorlatilag senki nem akarta elhinni. Az egész annyira képtelennek és riasztónak tűnt, bizonyos értelemben irracionálisnak is. Azután fokozatosan világossá vált, milyen mérnöki pontossággal előkészített hadműveletről van szó, mely egyben Nagy-Britannia számára azt is jelentette, hogy a Luftwaffe átmenetileg felfüggesztette Plymouth, Coventry, Birmingham és más jelentős ipari, illetve hadászatilag kiemelkedő városok bombázását. Az ugráló képeket követve a narrátor tárgyilagos hangon mondta a magáét.

- A hozzávetőlegesen százkilencven német hadosztály számottevő légi fedezettel folytatja útját a Szovjetunió belső területei felé. Egyre élesebben rajzolódik ki, hogy a három támadási irány pontos kalkuláció és helyzetfelmérés eredménye. Az északi front területén a német csapatok mélyen bennjárnak a Baltikumban, néhány jelentés szerint az észt területek is napokon belül elveszhetnek. A támadás végcélja feltehetően Leningrád. A középső hadszíntéren Minszk ostromára lehet számítani, de a tetemes német túlerő miatt a csata végkimenetele nem kétséges. A délkeleti vonal a mai napon is lényegesen előretolódott Kijev irányába. A rosszul felszerelt és komoly vezetési gondokkal küszködő szovjet hadsereg ez ideig nem tudta feltartóztatni vagy megállítani az idegen offenzívát. Lathea régen elveszítette a tudósítás fonalát, mivel majdhogynem a híradó kezdete óta azon igyekezett, hogy az oldalán ülő férfi közeledési kísérleteit elhárítsa. A balján ülő keze folytonosan a lábára kalandozott, hol a térdére, hol a combjára. A sötétet kihasználó alak ezúttal a térdét próbálta megsimogatni, hogy onnan lapátkeze felutazzon a combjára is. A füle tövéig elvörösödve pattant fel, hogy lekeverjen egyet az idegennek.

- Mi van? – súgta Nick megrökönyödve a hirtelen ugrabugráláson, de ő némán megrázta a fejét.

- Nézd végig, kint megvárlak.

Átverekedve magát a sután behúzott lábakon kimenekült az utcára. Kellemes nyáreste fogadta, fényesen ragyogtak a csillagok, melyeket a szigorúan vett elsötétítés miatt még a faluban is jól lehetett látni. Felfelé hunyorogva próbált megfeledkezni az odabent történtekről. E pillanatban azonban még Marazion csodás illata sem hatott rá, hiába képzelte volna maga elé az éjszaka által elleplezett ezerszínű növényzet pompás virágait, vagy játszott el a gondolattal, milyen érzés lenne a tenger hullámaiba vetnie magát. Ám a romantikusan csillag sütötte, meleg este élvezete helyett a bőrét masszírozta, ahol szinte még mindig égett az idegen érintéstől.

A könnyek, melyek hívatlanul a szemébe tolakodtak, valójában nem is az iménti jelenetnek szóltak. Vagy legalábbis nem kizárólag. Szerette volna azt hinni, nem vonzza a beteges tolakodókat, akik kényükre-kedvükre próbálnak visszaélni a helyzettel, de nem sikerült meggyőznie magát. A londoni metróállomáson történt incidens óta ismét az a már múlófélben levő, gátlásos félelem kísértette, amit Mischa csókjai és szenvedélye előtt férfitársaságban szinte mindig érzett. Bele se mert gondolni, vajon nem elzárkózó magatartásával ébreszt-e figyelmet önmaga iránt. Esetleg azokat, akiket szíve szerint elriasztana, ezekkel a reakcióival bátorítja fel és kapnak vérszemet. Pedig nem vágyott a figyelmükre. Főleg nem egy elsötétített mozi mélyén egy részeges alak tolakodására, akinek a viselkedésétől a végén ő érezte magát mocskosnak.

Kusza érzelmeitől és erős kételyeitől elborítva a kikötő felé ballagott. Összehúzta magán a vékony kardigánt, jóllehet cseppet sem fázott. Nem volt értelme Mischára gondolnia, mégis érzéki némafilmként peregtek előtte a doveri napok. És minél inkább hagyta az emlékeket előtörni, annál bizonyosabb lett benne, hogy a férfi szenvedélye pótolhatatlan gyógyír volt sebzett önbecsülésére. Akkor büszkén felvállalta női mivoltát, önmagát is szebbnek találta, és ezt a férfiakra ható szépséget szívesen fel is vállalta. Azóta viszont az az átváltozás ködé foszlott és az átélt gyönyörű kaland emléke átokként követte.

Önkéntelenül felsikoltott, amikor egy határozott kéz érintette meg a vállát. – Nyugi, csak én vagyok. Miért rohantál ki?

Nem akart Nick mindent kifürkésző szemébe nézni, ezért félig elfordulva tőle felelt. – Friss levegőre volt szükségem – hazudta még mindig azon rágódva, végül is miért nem képelte fel a pimaszkodó alakot, ahogyan megérdemelte volna.

Nick egyetlen szavát se hitte. – No, igen! Tehát miért?

- Mit miért?
- Lat, ne játssz velem!

Az ingerült kitörésre válaszul lerázta magáról a mázsás kezet. – Ne érj hozzám, kérlek! – az összevont szemöldök árnyékából amolyan mindent tudok pillantás vetült rá, mire gyáván sarkon fordult és hazafelé szedte a lábát.

- Állj! Ááállj már meg! – toppant elé a férfi, hogy elállja az útját. – A pokolba, Lat! A pasas végigtapogat téged, te meg ott ülsz és semmit nem teszel? Ezt képtelen vagyok elhinni.
- Kijöttem.
- Percekkel később! És addig...
- Befejeztem a témát!

Szinte erőltetett menetben szaporázta és cseppet sem érdekelte, Nick követi-e, vagy sem. Nem kért a megjegyzéseiből, mivel ő maga is fájdalmasan tudatában volt saját határozatlanságának. Gumitalpú cipőjében hangtalanul és fürgén haladt a dűnék felé. Marazion békésnek látszott az elfeketített ablakokkal meg kihalt köztereivel, noha az ivóból élénk danolászás meg röhögés egyvelege szűrődött ki. Őt azonban hidegen hagyta mások vidámsága, ezért változatlan ütemben, már-már szaladva, maga mögött hagyta az utolsó házakat is, hogy a tengerparttal párhuzamosan futó keskeny útra kanyarodjon. Laurel Doorn háza, amit a rá jellemző bohémsággal Parisiannek[1] keresztelt, a falutól úgy másfél mérföldre feküdt egy rendkívüli szépségű, lankás telken. A távolság Maraziontól nem okozott gondot, akár gyalog, akár kerékpárral különösebb fáradtság nélkül megtették, mégis viszonylagos magányt garantált.

Már sejteni lehetett, hogy a ház hamarosan felbukkan a következő dűne takarásából, amikor Nick váratlanul

---

[1] *Parisian - párizsi*

megragadta a karját és ezzel megállásra kényszerítette. – Szeretnék mondani valamit.

- Nem érdekel.

- Ne legyél velem ennyire barátságtalan. Tudom, hogy minden férfit egy kalap alá veszel, de...

- Hagyd abba, Nick. Nyilván nem voltam elég rátermett ehhez a helyzethez.

A sötét ellenére látni lehetett, ahogyan Nick szeme elkerekedik. – Micsoda?

- Erélyes lehettem volna, ráadásul a szoknyám is túl rövid.

- Ugyan, az a pali a metróban meg átlátott a télikabátodon? – a megjegyzés az arcába kergette a vért. Ha ezt Nick észre is vette, nem tette szóvá. – Hadd mondjak neked valamit. A legtöbb férfi rögvest beleszeret az olyan lányokba, amilyen te vagy, Lathea Trashburn. Lehetsz maholnap harminc, még mindig iskolás lánynak látszol, hamvasnak és romlatlannak, olyasvalakinek, aki sosem kóstolt bele a szerelembe. És ennek megfelelően roppant szemérmesen viselkedsz. Nem mondta neked még ezt senki?

- Mischa.

- A fején találta a szöget. Ha valaki azzal bókol neked, milyen gyönyörű vagy, vagy elsápadsz, vagy elpirulsz. Mellesleg teljesen mindegy, mit húzol magadra, vonzó maradsz és kívánatos.

- Hagyjuk ezt.

Nick nem zavartatta magát. – Nem megmondtam? Ám, ha ez nem lenne elég ahhoz, hogy valaki a nyomodba szegődjön, a visszahúzódásod akkor is felbátorítja. Még soha nem hallottad, hogy minél jobban menekülsz, a vérebek annál elszántabbak lesznek?

- Nem vagyok trófea!

- Dehogyisnem, ez az emberi kapcsolatok alapja. Mindenki trófea, akit ki kell választani és meg kell szerezni.

Lathea arcán egyértelműen ott ült a megbotránkozás.

– Ne traktálj ócska filozofálással, ha kérhetlek. Egyébként sem fogom hizlalni a hiúságodat azzal, hogy viszonozzam ezeket a kétes bókokat.

Nick halkan nevetett. – Nem is szükséges. Inkább fogadd meg a tanácsomat, és ne fuss el önmagad elől. Úgysem sikerülhet.

- A látszat csal – sóhajtott Lathea.

- Miféle látszat?

Gúnyos mosoly villant az éjszakában. – Hát, Erwin nem ecsetelte neked, hogy miféle jégkirálynő vagyok?

- Jégkirálynő? Nem hiszek az ilyesmiben. Mindenkiben ott szunnyad a tűz, pusztán csak lángra kell lobbantani.

- Bennem nem.

- Dehogyisnem!

Nick erős ujjai igéző gyengédséggel kulcsolták át Lathea nyakát, és ahogy közelebb vonta, szájuk finoman összeért. Nem volt több leheletnyi csóknál, tétova kísérletnél. Azután a meleg ujjak végigszaladtak a bőrén és ő titokzatos módon áldozatul esett a kísértésnek. Az eszével felmérte ugyan, hogy a jó öreg Nick az, akit gyerekkora óta ismer és az utóbbi hónapok iszonytató valóságában a legmegbízhatóbb barátja és támasza lett... és akinek talán el is veszíti a barátságát, ha nem tér gyorsan észhez. Mégsem tudott nemet parancsolni önmagának. Olyan régen volt, hogy férfi megcsókolta, hátsó indíttatások nélkül közeledett hozzá. Ezért amikor Nick szorosabban magához vonta, magától értetődően átkarolta a nyakát és önfeledten visszacsókolta.

A világ megszűnt létezni körülöttük. Álltak az út szélén összeölelkezve és teljesen belefeledkezve a mámorító csókba. Ahogyan Nick beletúrt a hajába, lassú és érzéki mozdulattal, elkábította őt. Megborzongott attól, ahogy az ismeretlen ujjak a fejbőréhez értek. Egyre közelebb ölelte magához, hogy jóformán a szíve ütemes verését is mindannyiszor érezhette, ám a varázs hirtelen elillant. Nick elhúzódott, majd egy lépéssel odébb vonult. Zavarodottan bámultak egymásra, mígnem Nick kényszeredett mosollyal, tompán azt mondta: – Na, látod. Menjünk! – ezzel választ se várva továbbmenetelt a Parisian irányába.

A Parisian több volt átlagos otthonnál. Többek között az épület lélegzetelállítóan festői és vadregényes környezete miatt. Kihalt partszakaszon feküdt Maraziontól keletre, hogy az emeleti ablakokból a horizontig csak a kék tengert lehetett látni, illetve a Lizard-félsziget sziklás partvidékét. Ráadásul a faluból errefelé elhaladó út mindkét oldalán a földek Laurel Doorn tulajdonában voltak, márpedig ő a ház kibővítésétől eltekintve érintetlenül hagyott mindent. Ezért, amerre a szem ellátott, lankás táj terpeszkedett, homokdűnék emelkedtek, néhol mellvédként torlaszolták el a parti fövenyt és a mindenfelé uralkodó zöld ürességet. A fű itt magasabbra nőtt, komoly esőzések híján is térdmagasságig, hogy azután szálas karcsúságában megkapó látványt nyújtson, ahányszor csak a szél belekócol. Fák és bokrok inkább a Parisian közvetlen közelében éltek, magára a vidékre a szeles fennsíkok miatt nem voltak jellemzőek. A ház körül viszont buja őserdő tenyészett, nem pusztán fákkal és sűrű lombozattal, de Cornwall egyedi, szubtropikus éghajlatának megfelelően egzotikus virágok garmadájával. Laurie szenvedélyesen rajongott a kertészkedésért, szinte repesett a szíve a milliónyi árnyalatban pompázó leanderek, orchideák, rózsák és egyéb csodák dzsungele láttán. Számtalan ritkaságot ápolgatott, azok pedig meghálálták szeretetét. A botanikus kert mindenesetre tavasztól késő őszig bódító illatokkal és albumba illő látvánnyal ajándékozta meg gazdáját. A Parisian nem volt nagy ház, a kevés bútor mégis ezt a benyomást keltette. A földszinten a kötelező helyiségek mellett két tekintélyes méretű szoba helyezkedett el. A kisebbiket Laurie nappali szobaként vette használatba. A kandalló köré színes plédekkel letakart Chippendale bútorokat tolt, melyek kényelmük dacára sem feleltek meg az ő kifinomult művész ízlésének, ezért kellett őket csiricsáré leplek alá vonni. Ugyancsak itt kapott helyet a hatalmas ebédlőasztal nyolc székkel, noha egy teljes szélességében elhúzható üvegfal rejtette el őket. Kifejezetten praktikus berendezés volt, mert a konyha közelségében feküdt, ezzel megkönnyítve a tálalást és az étkezést. A szomszédos helyiség, világosabb és tágasabb lévén, valóságos terem benyomását keltette. Méretes ablakaival a tengerre nézett, és e két adottsága folytán tökéletes műteremként szolgált. Az üvegtáblákon keresztül a nap nagyobbik hányadában természetes fényt kapott, és az ajtón kilépve egyenesen a kertbe vezetett az út. Laurie a nap javát akkor is itt múlatta, ha ecsetet nem vett a kezébe. Számára majdhogynem a műterem jelentette a ház valódi életterét. Az egyik sarokban kialakította a maga olvasó vackát, valamivel odébb pedig íróasztal állt, rajta temérdek papírral, levelekkel és félkész rajzokkal. A hodály másik fele egy hatalmas dobogóval dicsekedhetett, ahol régen modellek pózoltak, ma viszont az elárvult szófán a mester szunyókált délutánonként. A műterem egyébként rendszerint telis-tele volt a falaknak döntött képekkel, mivel elvétve sem mutatott hajlandóságot az elkészült vásznak eladására.

- Kezdek szentimentális vén csont lenni – morogta néha, ám a hajlandósága ettől a felismeréstől sem nőtt meg.

Laurie körülvette magát a képekkel, ha útban voltak, félreállította valamennyit. Azután a semmiből megjelent a londoni ügynök és addig beszélt a lelkére, mígnem csak a csupasz falakat hagyta a műteremben. Ilyenkor napokra magába fordult, mint aki legalábbis gyászol, hiszen a tetemes összegek sem kárpótolhatták kedvenceiért. A pénz amúgy sem játszott számottevő szerepet az életében. Kis igényű ember lévén nem vágyott semmiféle luxusra, és azok közé sem tartozott, akik felvágnának tehetségükkel vagy sikereikkel. Ő azért festett, mert szerette, minden egyes munka kihívást jelentett. Ugyanakkor saját művészete körül nem csinált felhajtást, ahogyan a műterem ajtaja is mindenki előtt nyitva állt, hogy akármikor megzavarhassák, amennyiben valakinek szüksége lenne rá.

Az emeleti három szoba hálóhelyiségként szolgált. Jelenleg rajta kívül Nick vette igénybe az egyiket, mivel Lathea a kerti bungalóban lakott. Amikor először felmerült annak a lehetősége, hogy huzamosabb időre vendéget kap, rögvest felújíttatta a kerti épületet, mely úgy ötszáz yardra lehetett a háztól, a dús növényzet ölén. Bő egy évtizeddel korábban vette át az örökségét, ami a Parisianből meg a hozzá tartozó kiterjedt földekből állt, és akkor első szándékból le akarta bontatni a lakot. Már meg is rendelte a bontást, amikor meggondolta magát. Bár a falak puszta látványa is fájdalmas emlékeket idézett benne, melyeket hosszú évtizedek sem halványítottak el, végül mégis gyengének bizonyult és meghátrált. A rombolás idegen volt tőle, aki alkotni szeretett és erre is áldozta az életét. A bungaló tehát megmaradt és vele együtt azok a keserű emlékek, melyek első szerelmi és művészi útkeresését őrizték. Az épülethez nem nyúlt, ami legalább annyi rosszat is jelentett, mint jót. Egykor műteremként vette igénybe, ezért nem volt se tágas, se kényelmes, ám annál megkapóbb hangulatú. A tenger felé üvegfallal fordult, ami annak idején elképesztő technikai újdonságnak számított. Az ember méltán érezhette úgy, mintha elvarázsolt télikertbe csöppent volna, ahol furcsa módon a növények nem a falakon belül burjánzanak, hanem azokon kívül. De azért volt itt bekötött víz és villany, meg egy ősrégi kályha, ami nemcsak meleget adott, de fiatalon a végeláthatatlan fürdőzések után a világ legjobban eső forró teáit is itt főzte. Mischa levelével a bungaló hosszú csipkerózsika álmából ébredt. Minden ellenérzését leküzdve átlépte a küszöböt és ettől kezdve nem volt más vágya, minthogy bepótolja, amit valamikori hűséges barátjával szemben ez ideig elmulasztott. A falakat rendbehozatta, az üvegfalat újraszigetelték, kifestettek, majd a régi helyett bekerült egy modernebb, széles ágy. Ezen két ember is kényelmesen elfért, attól sem kellett tartani, hogy a kikopott rugók felmondják a szolgálatot. A kályhát gondosan kipucolták, melléje új ruhásszekrény került, egy fotel meg egy nem különösebben térigényes fésülködőasztal, aminél akár írni is lehetett. Noha tetszett neki a bungaló új arca, az emlékeitől minduntalan visszariadva nem szívesen lakott volna benne. A végeredményt elnézve viszont nagy valószínűséggel gyanította, hogy egy fiatal nő jól érezné benne magát. Már csak azért is, mert a levélben kifejezetten az szerepelt, hogy ne is számítson elkényeztetett és beképzelt úrinőre, inkább olyasvalakire, aki hozzászokott a munkához meg az önállósághoz.

Pontosan ezt kapta. Első pillantásra belehabarodott Latheába, ahogyan az állomáson elpirult a bókok hallatán. Az asszony pedig hasonló gyorsasággal beleszeretett a bungalóba, így a kérdés mindenki megelégedésére rendeződött. Nick Cowannel megosztozott a Parisian emeletén, míg az asszony egymaga lehetett, ahogy Mischa kívánta. Cseppet sem bánta, mert egy vendég helyett kettőt kapott. Nicket szórakoztató fickónak találta, akivel fennakadások nélkül tudott együtt élni. Különben is keveset tartózkodott a házban, mivel két hét után máris munkához jutott Penzance-ban és mint tehergépkocsivezető gyakran volt úton. Ha visszaérkezett, esténként mindhárman együtt étkeztek, majd az asszony visszavonulása után szívesen dominóztak vagy kártyáztak, hébe-hóba egy-egy pohár itallal meg cigarettával kényeztették magukat.

Laurie élvezettel hallgatta Nick koravén bölcsességeit, jóllehet kinyilatkoztatójukat messze nem lehetett búskomor fajtának nevezni. Éppen ellenkezőleg, csipkelődő és fanyar humorával fiatalkori önmagára emlékeztette. Nagyra tartotta, ahogyan a családja drámai elvesztését megpróbálta érzelmileg feldolgozni, miközben egyetlen percig sem titkolta, micsoda apátia és rezignáltság uralkodik a szívében. Ezeken az érzéseken egyelőre az idő sem segített, mégsem adta át magát az önsajnálatnak. Örömmel mesélt a szüleiről, elhunyt testvéreiről, életben maradt húgáról és annak párjáról. Ezekben az elbeszélésekben Lathea is gyakran felbukkant. Nick szavai kimondatlanul is azt sejtették, amit ő már Mischa soraiból is kiböngészett: Lathea egy kevés érzelemmel terhelt házasság után maradt özvegyen. Ha valaki képes ennyire objektív módon írni a hitveséről és annak jelleméről, miközben jómaga a halálba készül, nos, ez mindenesetre sokat elárul a kapcsolatról. Tudván, hogy barátja miként viszonyult a nőkhöz, ismerve gyanakvását és kifogásait, inkább azon csodálkozott, hogy egy olyan érzékeny nő, amilyennek Latheát nyolc hónap alatt megismerte, miért köt tartalom nélküli házasságot vele. Miért választ egy sok szempontból érzéketlennek tűnő alakot, holott se a rangja, se a vagyona nem vonzza.

Igaz, Mischa tragikus és korai halálával a kérdés időközben elveszítette aktualitását, üres perceiben Laurie mégis elmerengett ezen.

Ahogyan egyre inkább benne jártak a nyárban, sorra érkeztek a lehangoló hírek. Elsősorban a németek Szovjetunióbeli gyors előretöréséről. A másik aktív hadszínteret Észak-Afrika jelentette. A rádió híradási szerint meglehetősen átláthatatlanná vált a helyzet, miután teljesen meddő küzdelemben hol a német-olasz hadsereg, hol az Egyiptomot védő brit csapatok győzedelmeskedtek. A harcok továbbra is ugyanazon a mintegy hatvan kilométernyi, part menti földsávon zajlottak. A helyzet némi túlzással, de azért kísérteties módon, a Nagy Háború kimerevített, beásott frontvonalait idézte, mellyel kapcsolatban Laurie egy közeli barátjától, aki annak idején Franciaországban harcolt, sok borzalmat hallott. Így tudta meg, hogy az első angol áldozat mindössze nyolc kilométerrel odébb halt meg, mint öt évvel később az utolsó. Nyolc kilométer, az még öt mérföld sincs! Hát, Afrikában valami nagyon hasonló lógott a levegőben.

Az elkeserítő híreket követően elnémította a BBC-t és elnyúlva a kanapén kinézett a műtermen kívüli nyárba. A július új munkákat jelentett a virágai között, de ma semmi ilyesmihez nem érzett indíttatást. Helyette azon merengett, hogy már majd egy esztendeje, hogy a nácik bemasíroztak Párizsba, az ő Párizsába, ahol huszonöt évig felhőtlenül boldog volt. Vajon mi lehet a régi cimborákkal? Bernard soha nem ír, ki tudja, megvannak-e még a régi kávézók meg a bohémbálok? Bárcsak ismét fiatal lehetne, hogy belevethesse magát Párizs vérlázítóan szabados és nyüzsgő életébe.

- Laurie, megjöttem!

Lathea hangja, majd szapora lépteinek közeledő kopogása elűzték az ábrándjait. Mielőtt felülhetett volna, már ott állt a műterem küszöbén. Csinos nyári ruhát viselt, haját azokkal a bolondos vörös tincsekkel kellemetlen kontyba tűzte. – Jó napot, kedvesem. Már ilyen késő lenne?

- Egy óra van. Máris melegítem az ebédet.

Lathea a keze ügyébe tette az újságokat, szokásához híven megpuszilta, majd fürgén elszaladt. Mialatt a rikító főcímeket tanulmányozta, megkordult a gyomra. Bár korábban is ehetett volna, általában megvárta az asszonyt. Egy héten három nap délig, kétszer pedig délután háromig dolgozott Mr. Carrough fűszerüzletében. Noha a pénz is jól jött, erre az állásra mindannyiuknak szüksége volt, mivel az asszony némi protekcióval időnként a hivatalos fejadagon felül is hozzájutott tejhez, húshoz és cukorhoz. A jegyrendszer bevezetése óta jócskán össze kellett húzniuk a nadrágszíjat, ahogyan feltehetően mindenki másnak is. Éhezésről ugyan szó se volt, de azért minden kiadásukat meg kellett fontolni és értelemszerűen a menü is szegényesebb lett. Ebben a kérdésben Lathea figyelemre méltó tehetségről tett tanúbizonyságot. Legfőképpen remekül főzött és okosan gazdálkodott a konyhai készletekkel. Másrészt rövid idő alatt Mr. Carrough nélkülözhetetlen segítségévé vált, miután az öreg jelentős túlsúlyával és lágy szívével sehogy sem tudta érvényesíteni a központi előírások szigorát. Lathea ellenben fiatal volt és eszes, akire nyugodtan rábízhatta a jegyek beváltásának és nyilvántartásának minden nyűgét, miközben megbízhatott a becsületességében is, hogy nem rövidíti meg alattomban. Mr. Carrough ezért kezdettől fogva sokra értékelte odaadó munkáját, hálaképpen pedig rendszeresen megajándékozta ezzel-azzal. Már tavaszodott, amikor Lathea előállt egy olyan ötlettel, amitől neki leesett az álla.

- Megengedné, hogy egy darab földet, ahol nem vagyok útban, felássak?

Laurie-ban élénken megmaradt a pillanat, ahogyan Nick-kel értetlenül összenéztek. – Minek, kedvesem?

- Zöldségeket szeretnék termeszteni.

- Hát, ehhez is ért?

Lathea jókedvűen kacagott. – Még sose csináltam, de szívesen kipróbálnám.

Miután Laurie kizárólag füvet termesztett a földjein, semmi kifogást nem emelt a terv ellen, az asszony különben is elszántnak látszott. Tehát kijelölték a legalkalmasabb talajú részt, amit végül Nick segítőkészen felásott. Nem tudta, hogy Lathea honnan tett szert magokra, de az ágyásokat hamarosan benépesítette. Így a nyár dereka táján igazán fejedelmi salátákat fogyaszthattak. A zöldségeket valamivel később néhány csirke követte és el kellett ismerni, hogy a hús meg a tojás nagyon jól mutatott az asztalon.

- Nick ma jön meg, úgyhogy estére sütök egy pitét – jelentette be Lathea ebéd közben.

- Pompás ötlet! Említettem már, hogy holnapután estére meghívást kaptunk a Nyugalmazottékhoz? Lathea mindig megmosolyogta, hogy Nyugalmazottként emlegeti a legjobb barátját. Grant Hyland-Flake valóban nyugalomba vonult ezredes volt és gyerekkori pajtása. Ez amúgy keveset számított, mert az ex-katona és ő a leginkább irigylésre méltó, meghitt barátságot tartották fenn, melyet semmi nem rendíthetett meg.

- Nem, ezt eddig titkolta.

- Remélhetem, hogy velem tart? Este Nicket is megkörnyékezem.

- Természetesen boldogan elmegyek – Lathea feltálalta a zöldségekből készült kását. – Van valami apropója a meghívásnak?

Laurie a fejét ingatta. – Grant olyasmit mondott, hogy a fia éppen eltávozáson van itthon.

Lathea kizárólag a tábornok és felesége elbeszéléseiből ismerte Quentin Hyland-Flake-et, aki jelenleg valamelyik eldugott katonai kiképzőtáborban edzette magát Skóciában. A háború előtt kémiát tanult Cambridge-ben és, bár nem követte az apai hagyományt, hogy katona legyen, az apja kifejezetten büszke volt elért eredményeire.

- Örülök, hogy végre találkozhatunk vele.

- Az az igazság, hogy én magam sem ismerem túl jól – vallotta be Laurie elmorfondírozva. – Azt követően született, hogy elmentem Cornwallból, mire visszajöttem, addigra pedig gyakorlatilag felnőtt. Néhányszor ugyan találkoztunk, és miután egyszer sem dobta be az orrom labdával, egész szimpatikusnak találtam.

Lathea derűsen felkacagott. – Felnőtt emberek amúgy is ritkán élnek ilyen csínnyel.

- Ki tudhatja? Manapság annyi az elvetemült.

A kellemes anekdotázás közepette minden elfogyott, ami a tányérjukra került. Lathea ennek azért örült igazán, mert Laurie az étkezéssel kapcsolatban ugyanolyan szórakozott volt, mint bármi más tekintetben. A télen intenzíven festett és előfordult, hogy alkalmanként napi kilenc-tíz órát dolgozott, miközben az evésről, és minden egyébről, tökéletesen megfeledkezett. Ha figyelmeztették az idő múlására, akkor is legtöbbször elhárította a kínálást. A forró teán kívül alig fogyasztott mást, így hamarosan az összes nadrágjából kifogyott. A lötyögős ruhadarabok annyira siralmas látványt nyújtottak, hogy a frissiben érkezett varrógéppel kiigazította őket. Attól kezdve jóformán minden napra jutott ez-az, Laurie ruhatára bőven adott munkát. Hol a nadrág szára rojtosodott ki, hol gombok szakadtak le, kilyukadt a zokni, meg effélék. Őt mégis inkább szórakoztatta az újból és újból ismétlődő jelenet, amikor az öreg paradicsommadár megjelent a soron következő kéréssel. – Lehetne, hogy…? És hogyne lehetett volna? Ő maga bármikor szívesen varrogatott, mással különben sem hálálhatta meg Laurie önfeláldozó segítségét, amiért szó nélkül befogadta őket, amikor nem mehettek máshová. Az idő, amit eddig együtt töltöttek, máris elegendő volt arra, hogy a festő a szívébe lopja magát. Életvidám, szeretetre méltó figura volt, aki senkinek nem ártott különcségeivel. Elképzelni se tudta, hogy ne szeresse. Kedvessége, meg az a józan bölcsesség és élettapasztalat, amit a rikító kabát, illetve a foszló karimájú kalap takart, az ő szemében soha nem ismert nagyapját testesítették meg. Imádta az ősrégi történeteket, a cinkos kacsintásokat mesélés közben, meg azt az örökös-tréfa-az-élet hangulatot, amit a Parisian a gazdáján keresztül nyújthatott. Itt mindig szabadnak érezte magát, ezt az érzést még a háború sem rabolhatta el tőle. Bár néhanapján rémálmok riasztották fel az éjszaka közepén, egyre ritkábban kellett verejtékben úszva, zaklatottan ébrednie. A híradófilmek meg a BBC tudósítások is felemás benyomásokat keltettek benne. Az eszével ugyan felmérte a történések valódiságát, tudta, hogy ez ugyanaz a háború, mely Erwin, Mischa és Cowanék életét követelte, Marazionból nézve az eseményeket mégis felfoghatatlanul távol maradt tőlük. Az éjszakai elsötétítés, illetve a jegyrendszer kivételével itt semmi nem idézte a külvilágot vagy az öldöklést. Az élet a maga megszokott medrében csordogált. Főleg a tavasz, majd a nyár beköszöntével volt nehéz elképzelni, hogy máshol valószínűleg merő vágyálom a cornwalli béke és nyugalom.

Ebéd után Laurie legszívesebben a műteremben lustálkodott. Elnyúlt a szófán, hogy álmodozva a plafont bámulja, amíg meg nem unja. Lathea az ablakon bekandikálva nem egyszer látta, hogy olykor el is szundikál. Az utóbbi időben nemigen dolgozott, a vásznakra gyakorlatilag egyetlen pillantást sem pazarolt, inkább olvasgatott, vagy a friss levegőn ténfergett. Ezekben az üres órákban ő maga vagy a bungalóban varrogatott, vagy a jó idő beköszöntével a veteményesében tett-vett. Laurie megajándékozta egy garnitúra ruhával, aminek nem ártott se a piszok, se próbatétel.

- Egek! – kiáltott fel Nick harsányan először megpillantva benne, majd rögvest hahotázni kezdett. – Egy újabb Picasso növendék?

Volt ebben némi igazság, mivel Laurie egykori festő öltözékét tarka-barka, eltávolíthatatlan festék pacák ékesítették, melyek valamelyest a spanyol festő egynémely meghökkentő próbálkozására is hasonlítottak. Az első zsebre, amiben a művész egykor ecseteket, Lathea viszont kerti szerszámokat tartott, valaki ákombákom hímzéssel bütykölte oda: Doorn. A kezeslábas ennek ellenére jó szolgálatot tett és őt hamarosan a műtermekre emlékeztető festék meg oldószer szaga lengte körül. Az anyag amúgy gyorsan magába szívta a föld illatát is, ami új munkahelyévé vált.

Fél öt után kimosakodva és átöltözve indult a Parisianbe. A nyári nap jóvoltából a ház fürdött a meleg fényben, a tágas ablakok és a világosra festett falak mediterrán villákat idéztek. Laurie rajongott a sárga narancsos árnyalataiért, a zöldekért meg a kevert színekért. Alapjában ez a két szín határozta meg a festményeit is, amitől mind eleven és friss lett, mintha a képzeletében mindig az itáliai nap uralkodna. Ezek a színek természetesen az otthonát sem hagyhatták érintetlenül, amivel a Parisiannek extravagáns, mégis derűs belső tereket kölcsönöztek.

A frissen főzött teával beóvakodott a műterembe. Laurie egy hatalmas szivaron pöfékelt, amiből elképesztő készleteket halmozott fel. – Nem zavarok? A ragyogó, kék szemek csalafinta mosollyal csillantak fel. – Előbb halok meg, minthogy egy szép nő társasága zavarjon. Jöjjön csak, kedvesem. Éppen megérdemelt öregkori nyugalmamat élvezem.

– Ááá! És belefér ebbe egy korty tea is? Laurie dallamos nevetéssel felelt. – Ilyen melegben is le akar forrázni?

– Rendben, akkor hagyjuk egy kicsit hűlni – Lathea fellépett a dobogóra. – Lehetne egy kérésem?

– Hogyne lehetne? Ezzel előhúzott egy ollót. – Vágja le a hajamat.

– Tessék?

– Szeretném, ha megtenné. Ha lehet, jó rövidre.

– De hát miért? Még sosem láttam ilyen gyönyörű hajat és ez a frizura is nagyon jól áll.

– Nem divat a hosszú haj. Laurie rögvest tiltakozott. – A hosszú haj mindig divat, kiváltképp, ha ápolt és csillogó. Kolja barátom, látatlanban lefogadom, eszét vesztette ezektől a vörös tincsektől.

– Mischa meghalt, Laurie, én pedig meguntam, hogy a hajam a nyakamat melegítse ebben a hőségben – felelte Lathea kitérően. – Nos, teljesíti a kérésemet?

– Nem szívesen.

– Hiszen újra megnő! Az öreg csakis azért adta be a derekát, mert Lathea annyira elszántnak tűnt, hogy semmi nem tántoríthatta el. Tehát bevizezte a halálra ítélt fürtöket, majd a festődíványra telepedve alkudozni kezdett az önkéntes fodrásszal.

– Legfeljebb idáig – zárta le Laurie a vitát erélyesen és Lathea nyakába simította mutatóba a lemért hosszt. – Nem gondolta meg?

– Nem.

- Mindig gyanítottam, hogy a nők bolondok, de a szép nők még inkább!

Lathea fel se vette a morgolódást, Laurie pedig, ha vonakodva is, de nekiveselkedett a munkának.

Valamikor régen élvezte volna az efféle feladatokat, most azonban gyászolt a padlóra hulló szőke tincsek láttán. – Nick barátom az életemet veszi ezért – dünnyögte a bajsza alatt, noha nem elég halkan.

- Nicknek semmi köze a frizurámhoz.
- Tudom, kedvesem, ettől még velem ért majd egyet, ahogyan Kolja is vicsorog rám a mennyországból.

Lathea borúsan nézett maga elé. – Ma már másodszor említi őt.

- Mostanában gyakran eszembe jut. Egy éve halt meg, de mintha száz lenne. Pokoli régen láttam.
- Maga legalább ismerte. Mesél nekem róla?
- Meséljek? Ez az első alkalom, hogy erre kér.
- Lehetséges.

Laurie befejezte a fényes tincsek gyilkolását, hogy megkerülve a pamlagot megálljon az asszony előtt.

Tagadhatatlanul jól állt neki a rövid frizura is, de mintha a loknikkal együtt a szembetűnő szépségű nő is odalett volna. A helyében félszegnek látszó bakfis maradt.

- Na, milyen? – állt fel Lathea végigsimítva megcsonkított fürtjein.
- Húszéves és nyolcnapos ápolónőnek látszik.
- Tényleg?
- Határozottan.
- Nagyon helyes. Köszönöm.

Laurie duzzogott. – Már mondtam, hogy cseppet sem örömmel.

- Mit szólna engesztelésképpen egy finom vacsorához?
- Lekenyerezhetőnek látszom?

Felelet helyett Lathea odasurrant hozzá és átölelve a vállát arcon csókolta. – Mindig ilyen nagyapára vágytam, akinek a zord tekintete mögött arany szíve van, csakhogy eddig nem kaptam meg.

– Mindig imádtam a hízelgést – dünnyögte Laurie.

– Megmosakszom, utána sétál velem egyet a parton? Mesélhetne Mischáról.

Jóllehet Laurie se igent, se nemet nem mondott, negyedóra elteltével már a kerten keresztül a tenger felé bandukoltak. A délutáni nap teljes erejével sütött, így a virágokkal benépesített kert pazar látványt nyújtott. A végtelen zöldbe ágyazott ezerárnyalatú lilák, vörösek meg sárgák nem akármilyen orgiában értek össze. Elhaladtak a bungaló mellett, hogy a buja sövény túloldalán a homokos part felé vegyék az irányt. Maraziontól keletre Laurie-é volt az utolsó földterület, így innen a természet egyeduralmát a civilizáció többé nem fenyegette. Ameddig a szem ellátott, az aranysárga föveny kígyózott, mérföldekkel odébb pedig a Lizard-félsziget sziklás pereme emelkedett a kék víz fölé. A rémisztően meredek, néhol már-már függőleges hegyoldalak életveszélyes kalandot jelentettek még a leggyakorlottabb vállalkozók számára is, a nézelődők viszont általában festőinek ítélték a táj nyers szépségét. A zöld gyeppel borított fennsík sapkaként ült a sziklákra, míg a hol kéknek, hol mérges zöldnek látszó víz a lábukat nyaldosta. A panorámát egyetlen ház vagy település sem rontotta, a táj érintetlenül hevert a látogató előtt. Ezzel szemben nyugatra a penzance-i öböl nyílt, jóllehet a várost magát innen szabad szemmel nem lehetett felfedezni. Maraziont viszont igen és a faluval szemközt emelkedő St. Michael's Mount híres erődjét is. A cukorsüveg, ahogyan Laurie az egyedülálló képződményt becézte, télen-nyáron ámulatba ejtő varázzsal uralta a környéket. Egy mérföldnyire esett a parttól, apálykor még többre, de ebben a néhány órában a száraz homokpadon lépkedve is meg lehetett közelíteni. A tekintélyes történelmi múlttal rendelkező várhoz kizárólag a bejáratott, meredek emelkedőn lehetett feljutni, míg a sziget egyéb pontjairól ugyanez kilátástalan erőfeszítést jelentett volna. Nyáron azonban a zord, drabális építmény ridegségét elvette az a dús, virító növény kavalkád, mely a tömb lábánál tenyészett. A virágok még a partról is lenyűgözően szépek voltak.

Ahogy Laurie lerogyott egy hatalmas kőre a dűnék rejtekében, Lathea melléje ereszkedett. – Tulajdonképpen nagyon megrökönyödtem, amikor Kolja levele megérkezett. Vagy nevezzem inkább Mischának? Na, jó. Szóval, nem számítottam rá, hogy valaha is megnősül – Laurie tekintetét a tengerre szögezte.

- Váratlan is volt.
- Vaktában fogadok, hogy ráadásul nem egy szokványos frigy, igazam van? Ó, meg ne bántódjon, Lathea, egyszerűen csak túl jól ismerem azt a fiút, ezért gyanítottam.

Lathea habozott. – Ne higgye, hogy nem tudom, mennyire nem illek hozzá.

- Dehogynem illik! És mellesleg igencsak hasonlít az elhunyt grófnéra, Mischa édesanyjára. Én ugyan nem ismertem személyesen, azt viszont állíthatom, hogy maga a fotográfiákon látott nőre emlékeztet. Arra pedig még inkább, akit Mischa számtalanszor lerajzolt.

- Egyszer mintha mondott volna ilyesmit. Tudja, Laurie, az én anyám varrónő volt Stepney-ben, apám meg cirkuszi akrobata. Enyhén szólva nem arisztokrata nívó.

Az öngúnyon az öreg csak somolygott. – Mischát soha nem érdekelte a társasági magamutogatás. Csikóéveit a Montparnasse-on töltötte, ahol nyugalmazott kalózok ugyanúgy elfértek, mint kiöregedett örömlányok vagy botcsinálta művészek. Olyan világ az, ahol nem számít, ki honnan jön.

Azoknak az alakoknak csak álmaik és eszméik vannak, saját mondvacsinált művészetük, viszont semmi egyebük. Márpedig Mischa szeretett köztünk élni, ott lett belőle a felelősségtől roskadozó grófpalánta helyett hús-vér ember, no meg felnőtt férfi, a szó minden vonatkozásában: érzelmileg, testileg és gondolkodásában.

- Meséljen róla.

- Egy cimborámmal fenn laktunk a Montparnasse zegzugaiban. Bernard Delorme a becsületes nevén, de olyan ördögi módon rajzol, hogy mindenki csak Grafitnak hívta.

- Grafit?

- Ühüm, Grafit. Leginkább abból élt, hogy egy-egy iskolában gyerekeket tanítgatott és magándiákokat vállalt. Egy szép napon a Sacré Coeur lépcsőjénél dolgozott, amikor Mischába botlott. Mindketten gyakran láttuk a környéken, megnyúlt ábrázattal, magányosan szokott bóklászni, ami a sok hebehurgya, boldog vigyorgó közt rögvest feltűnt. Tizennyolc éves volt és tanulni akart. Frissen érettségizett, de a saját körei helyett ő is egy akart lenni a Les Parnassiens közül.

- Kik ők?

- Mindaz a szedett-vedett társaság, akik a Parnassus hegyen rontották a levegőt. Diákok, írók, költők, festők, effélék.

- Csodás lehetett.

Laurie álmodozón biccentett. – Csodás, és Mischa remekül érezte magát. Feljárt hozzánk, hogy órákat vegyen. Én festeni, Grafit rajzolni tanította.

- Tehetséges volt?

- Ó, igen! A ceruzával kifejezetten. Tele energiával, ötletekkel. A színek nem izgatták különösebben, a fény és árnyék annál jobban. Fantasztikus újításokkal rukkolt elő, hajtotta a lelkesedés, emellé pedig fiatal volt és szerelmes, elég jóképű ahhoz, hogy a

Montparnasse lányai körüldongják. Nem kell mondani, egy fiatalember számára ez milyen fontos. Lathea élvezettel hallgatta a történetet, mialatt némi keserűséggel ébredt tudatára, hogy a férfi, akiről ez a mese szól, számára tulajdonképpen vadidegen. Még annyira sem ismeri, mint azt a másikat, akibe Doverben kicsit bele is habarodott.

Rövid szünet után a mese folytatódott. – Azután valami megváltozott. Egy szép napon fogta a kalapját és közölte velünk, hogy Oroszországba utazik. Jól emlékszem arra a napra, 1931. augusztus 30-a volt. Elképedtünk. A bejelentés minden előzmény nélkül jött, Grafit hiába is faggatta, mi történt, Mischa elszánt képet vágva hallgatott. Pedig mindannyian tisztában voltunk vele, mekkora kockázatot vállal. Orosz arisztokrataként visszasurranni a kommunisták közé, akik a vérét vették mindenkinek, akinek bármilyen vonatkozásban is, de köze volt a korábbi hatalomhoz... nos, ez őrültség a legjavából. Öngyilkosság!

- És elment?

- El. Csapot-papot ott hagyott, még a decemberre kitűzött esküvőjét is lemondta – Laurie gyanúsan a szeméhez kapott, mintha lopva a könnyeit próbálná letörölni. – Huszonkilenc múlt, életvidám, tehetséges és melegszívű fiatalember volt. Közel négy évig egyetlen szót se hallottunk felőle. Azután egy este váratlanul újra betoppant a műterembe. Őszülő halántékú, sebhelyes arcú alak állt előttünk makulátlanul szabott öltönyben, vakítóan fehér, keményített ingben arany mandzsettával. Hidegen mosolygott és a barátságunkat ki akarta fizetni egy köteg bankóval.

Hogy ez az emlék mennyire fájdalmas Laurie-nak, azt a homlokán elmélyülő ráncok szavak nélkül elárulták. Ennyi év múltán is érzékenyen érintették a történtek, le sem tagadhatta volna. Lathea részvéttel figyelte távolba révedő pillantását, meg az emlékezéstől elfelhősödött arcát.

- Mi történhetett?

- Sejtelmem sincs, kedvesem. Attól kezdve csak formális látogatásokat tett a Montparnasse-on, azt is évente legfeljebb egyszer és eszében sem volt elmondani, mitől lett belőle élő-halott. Távolságtartóan, bántó ridegséggel viselkedett, érzelmeknek nyomát sem lehetett látni rajta. Egyszer valami olyasmit mondott, hogy leszámolt az illúzióival és megtanulta, hogy mindenkit az érdekek irányítanak. Mintha a szívemet tépték volna ki, mialatt végig kellett hallgatnom azt a kioktató filozofálást, el se tudja képzelni. Többé személyesen nem is találkoztunk. 1936 elején végleg visszajöttem Cornwallba.

Lathea együtt érzően megszorította az öreg kezet. – Mégis hajlandó tetőt adni a fejem fölé. Nem is tudom, mit mondjak, Laurie.

Bágyadt mosoly vándorolt Lathea arcára. – Szerettem Mischát, mintha a fiam lett volna, ezen az oroszországi útja sem változtatott. És bevallom, égetett a kíváncsiság. Egy alkalommal azt mondta: 'Ha szükségem lesz nőre, megfizetem, de a szívemben senkinek nincs helye többé'.

- Milyen kegyetlenül hangzik.

Laurie biccentett. – Igen. Ennek ellenére komolyan gondolta. Ezek után ideküldött egy bájos, ifjú hölgyet, aki beszélget a zöldségeivel meg a kiscsibékkel, ha szerelmes filmet vetítenek a moziban, megnézi. Hogyan egyeztethető össze ez a két dolog?

Lathea halkan kuncogott. – Sehogy, nem igaz?

- Én is azt hiszem.

- Tudja, Laurie, magam sem látok tisztán. Mischa révén megszabadultam a bizonytalan származásomtól és érvényes francia papírokat kaptam, de a mai napig nem tudom, vajon ő mit nyert ezzel a házassággal.

Eltelt egy perc, mire a férfi megszólalt. – Tehát igazam volt.

- Igen.

- Nem szeretném, ha félreértene, amiért gyanakodtam, hogy ez nem lehet szokványos házasság. Ön éppen az az asszony, akibe a montparnasse-i festőnövendék első látásra belehabarodott volna, csakhogy azóta sok víz lefolyt a Szajnán és Mischa cseppet sem előnyére változott.

- Nem bántott meg. Ellenkezőleg, ráérzett a lényegre. Jóformán nem is ismerem őt. Rövid idő alatt annyiféle arcát mutatta, képtelen voltam eldönteni, melyiknek higgyek. Néha olyan labirintusnak tűnik, ahol ráadásul fény sincs. Majd egy másik alkalommal talán lesz ideje és kedve meghallgatni ezt a történetet.

Laurie elmosolyodott, és ahogy Lathea ráemelte a tekintetét, váratlanul meglátta benne azt a gazfickót, aki valaha lehetett. – Időm van, mint a tenger. A kérdés inkább az, mekkora fájdalmat jelent magának, ha a múltról beszélünk. Még túl fiatal, hogy azon merengjen, ami már odavan. És akárhogyan is nézem a dolgokat, Mischának nem lesz módjában bebizonyítani, ha rosszul ítéltük meg.

- Furcsa dolog ez – mondta Lathea eltöprengve. – Bár nem ismertem jól és néha bántóan idegennek éreztem, olyasvalakinek, aki nem kér a környezetéből, mégis megkedveltem és meg is sirattam. Azóta viszont eltelt már egy év és lassan kezdem megszokni a gondolatot, hogy nem fog visszajönni.

- Hahoóóó, hééé!

A hátuk mögött felhangzó kiáltásra megfordultak. Nick érkezett azon az ösvényen, melyen korábban ők is végigsétáltak, méghozzá a melegben nekivetkőzve. Minden jel arra vallott, hogy a közelgő naplemente fényében fürdőző tengerbe készül vetni magát. Lathea szorongva fordult a St. Michael's Mount látképe felé. Azóta az éjszakai csók óta nem találkozott a férfival, így azt sem tudta kitalálni, miként fog viselkedni, ha viszontlátják egymást. Napvilágnál a dolgok egészen másként festettek, beleértve az ő botlását is.

Akárhogyan viselkedett akkor este, valójában nem vágyott Nickből többre a barátságánál, ezt azonban nem tudta sértődések nélkül megmondani neki.

– Micsoda meglepetés – nyújtott kezet Laurie az érkezőnek.

– Laurie, jó napot. Szia, Lat. Uram isten! – kiáltott fel azután rögvest elborzadva. – Mit műveltél magaddal?

– Én voltam – kotnyeleskedett Laurie felismerve a harag jeleit Nick szemében. – A jövő héten lefestem Latheát.

– És ehhez le kellett vágnia a haját?

– Ugyan! Szerintem remek lett – karolt Lathea Laurieba. – És érzésnek sem utolsó. Köszönöm.

Laurie színpadiasan meghajolt. – Kedvesem. Nos, fáradt barátom, látom, éppen megmártózni készül. Addig mi visszasétálunk a Parisianbe és, ha jól emlékszem – kacsintott Latheára. –, fenséges vacsora lesz a jutalmam, nemde bár?

Miután eltávolodtak a parttól, Nick pedig beugrott a vízbe, Lathea hálásan az öregre nevetett. – Köszönöm, mert hazudott értem.

– Végül is néhány hónap és megnőnek azok a fürtöcskék, nem igaz? Inkább meséljen a vacsoráról, egészen megéheztem.

19.

Grant Hyland-Flake a gyalogság nyugalmazott tábornoka hajdanán Laurie padtársa volt, akkoriban még mindketten a marazioni elemibe jártak. Noha később más iskolákban folytatták tanulmányaikat és merőben eltérő érdeklődést tanúsítottak, előmenetelük is gyökeresen különböző irányba vezette őket, az a régi, romlatlan barátság mindent túlélt. Márciusban, Hyland-Flake hatvanhetedik születésnapján, Laurie megható szeretetről és ragaszkodásról valló szavai jócskán megindították a jelenlevőket. Anélkül méltatta az ünnepeltet, hogy köszöntőjére a szentimentalizmus árnyéka vetült volna. Hyland-Flake különben jellegzetes katonaember volt, fegyelmezett és minden porcikájában büszke tartású. Előszeretettel ütött meg hivatalos hangot, bár a felesége minden erejével azon volt, hogy ellensúlyozza ezt a gyakran visszatetsző magatartást. Doreen sokat látott katonafeleség volt, akit a férje dörgedelmes kifakadásai és katonákat megfélemlítő erélye sem hozott ki a sodrából. Higgadt mosollyal hallgatta a kioktatásokat, míg a végén általában neki lett igaza. A házaspár harminckilenc éve boldog perpatvarban élt, kapcsolatuk az alkalmazkodás tökéletes mintapéldája lehetett volna.

A gyerekkori szomszédság helyett Hyland-Flake most a faluban élt egy szép házban, ami közel esett a boltokhoz és a postához, Marazionnak többé-kevésbé ez volt a központja. Doreen keze által a külsőleg mogorva falak meghitt otthont rejtettek, melegséget és a katonás rend dacára is felszabadult vidámságot. Mivel Hyland-Flake-ék szerették a társaságot, a földszinti két nagyobb helyiséget e célnak

megfelelően rendezték be. Kényelmes
beszélgetősarokkal, kártyaasztallal, de alkalomadtán
táncolni is lehetett, a fal túloldalán pedig a tágas
ebédlő legalább tizenkét fő vendéglátását tette
lehetővé. Így amikor Lathea és Laurie szombaton
megérkeztek, a nyitott ajtó mögött már ott várt rájuk a
gazdagon megterített vacsoraasztal. Ennek ellenére a
kandalló közelében telepedtek le, míg a házigazda
gondoskodott az első italokról.

- Látom, Nick nem tudott eljönni – sajnálkozott
Doreen, aki igencsak sokra tartotta a távolmaradót.
Mióta Lathea és Nick novemberben Cornwallba
érkeztek, a tábornok és felesége gyakori társaságot
jelentettek számukra. Egyfelől Laurie révén, aki
tartotta velük a kapcsolatot és az első alkalmas
pillanatban be is mutatta őket, másfelől a falu méretei
sem tették lehetővé, hogy bárki elbujdosson. Lathea a
maga részéről nagyon kedvelte a tábornokot meg a
feleségét, ahogyan Nick szimpátiája felől is biztos
volt. Neki jóformán az asszony volt az egyetlen
nőtársasága, emiatt hamar össze is barátkoztak.
Doreen fiatalos, lendületes lénye, örökös jókedve
pezsdítő hatással volt rá. Mivel a fűszerbolt közel
feküdt Hyland-Flake-ék házához, előfordult, hogy
hazafelé menet benézett és ilyenkor jókat
beszélgettek. Nick ugyanakkor a tábornokot segítette
ki a ház körüli teendőkkel, ahányszor az megszorult.
Az idősödő férfi különben sem volt barkácsolós típus,
ezért igazán örült az önzetlen segítségnek.

- Az utolsó pillanatban térítették el – magyarázta
Lathea. – Nick a hétvégén általában nem dolgozik, ez
most valószínűleg végszükség lehetett, mert azonnal
Truróba indult egy rakománnyal.

- Sajnálom.

- Ő is sajnálta.
Grant vidáman grimaszolt a feleségére. – Ez a
minimum, nem igaz, Mrs. Hyland-Flake?

Doreen azonban nem foglalkozott a megjegyzéssel, koccintás után azonnal mesélni kezdett. – El sem tudjátok képzelni, mi a legnagyobb hír! – csapta össze a két tenyerét, hogy a köves gyűrű megcsillant az ujján.

- Atya világ! Csak nem akarod elrontani a hangulatot Esther Munk visszatérésével?

- De még mennyire! Széltében-hosszában mindenki erről pletykál.

A házigazda megvetően fújtatott. – És ha a sok öszvér lelkületű alak a tengerbe veti magát, akkor mi is?

- Esther Munk?

- Ó, igen, Laurie – vigyorgott Grant. – Amikor utoljára láttam, tizenkét éves lehetett, a szeplőitől lángra lobbant a móló és a térdei minden lépésnél óhatatlanul összekoccantak.

- Az már régen volt!

Csakhogy a tábornok ne adjon igazat a feleségének, rosszmájúan megjegyezte: – Csak azért ez az izgalom, mert most valamilyen hercegnőnek kell hívnunk.

- Hercegnőnek? Hát, ide jutottunk, eh? – sopánkodott Laurie és miközben a férfiak élvezettel gúnyolódtak, Doreen tántoríthatatlanul folytatta a magáét.

- Egy arab herceghez ment nőül, de miután özvegyen maradt, visszajött Cornwallba.

Grant ártatlan képet vágott. – És első dolga volt telekürtölni a vidéket balsorsa cirkalmas részleteivel.

- Miért tért vissza Marazionba?

A komoly kérdésre lecsapva Doreen Lathea felé fordult. – Tulajdonképpen Penzance-ban telepedett le a Morrab Streeten, közel a parkhoz. Azt mondta, akármennyire is rajongott Egyiptomért, már jó egy éve állandó fenyegetettségben éltek, vajon a nácik betörnek az országba, vagy se. Ezért jött haza és okosan tette.

- Biztos ez, drágám?

- Már hogyne lenne! Különben valaki elpletykálta neki, milyen komolyan megbüntetik azokat, akik megszegik az elsötétítést.

Laurie felkapta a fejét. – Hallottad, Grant, hogy Jim Howland tegnapelőtt lecsapott a kocsmára? Szegény Truman Baker egy vagyont fizetett büntetés gyanánt.

A házigazda helyeslően ingatta a fejét.

- Hogy állsz azzal a varrógéppel, Lat? – tudakolta Doreen.

Lathea válaszát Laurie előzte meg. – Mióta az egész ruhatáram új méretben tündököl, a hálás darabnak csak az enyészet marad.

- Ó, pompás! – lelkendezett Doreen. – Esther ugyanis gyorsan el akarja készíttetni a függönyeit, és én téged ajánlottalak neki.

- Köszönöm, Doreen.

- Miért is ne? Pedzegettem, milyen nehéz megfelelő asszonyt találni, ezzel is emeltem egy kicsit az áron, de majd te megállapodsz vele, ha érdekel a munka.

- Nem érdemes vesződni, Lathea – vélekedett a tábornok kaján kárörömmel. –, utána a mi híres Estherünk úgyis elhúzza azokat a függönyöket, máskülönben senki nem látná, mit művel odabent.

A hahota közepébe toppant be Quentin Hyland-Flake. Belépője igencsak hatásosra sikerült, jóllehet az este folyamán gyorsan kiderült, hogy messze nem az a társasági hangoskodó, amilyenre a szüleit elnézve számítani lehetett volna. Anyja és apja kedves civódásait meg sem kísérelte túlharsogni, inkább hallgatott. Hacsak egy kérdés nem név szerint őt címezte, keveset beszélt, akkor is lényegre törő céltudatossággal. Szófukarsága dacára megcsillogtatta kritikus humorát, ami rendre jókedvű reakciókat váltott ki a társaságból. Amúgy a harmincas éveiben járt és bár nem rendelkezett számottevő fizikai vonzerővel, összességében kifejezetten jó benyomást tett. Közepes termetével nem nőtte túl az apját,

ruganyos, de messze nem izmos teste mégis azt
sejtette, hogy a könyvek jobban lebilincselik a
sportnál. Szőke haja aranyos volt, hátul enyhén
barnába forduló és szembetűnően rövidre vágott.
Valószínűleg az elegáns szemüveg is jelentős
mértékben hozzájárult, hogy nem okozott gondot
elképzelni őt egy könyvtár mélyén.
A vacsora kellemesen sokáig húzódott, szívesen
elüldögéltek a fenséges falatok felett, fogyott a bor és
lankadatlanul folyt a szó is, mígnem Quentin az asztal
lapja felett átnyúlva kezet nem csókolt az anyjának.
- Minden pompás volt, mama, de talán megérted, ha
asztalt bontok, mielőtt menthetetlenül belemerültök az
anekdotázásba. Elviszem az ifjú hölgyet andalogni –
ezúttal Latheára lesett. – Feltéve, hogy megtisztel és
velem tart.
- Örömmel.
- Nagyon helyes, kell a séta egy ilyen kiadós vacsora
után.
Quentin felemelkedett ültéből, majd elhúzva Lathea
székét őt is felsegítette. – Természetesen hazakísérem
Latheát – nyújtott kezet Laurie-nak. – Jó éjt.
Odakint meleg, júliusi este várta őket. A háztól
távolodva üres utcákon ballagtak. – Menjünk erre –
javasolta Quentin az öböl felé bökve.
Egymás mellett haladtak a sötétben. Marazion
meglepően kihalt arcát mutatta, amire a férfi azonnal
magyarázattal is szolgált. – A kocsma a másik
irányban van.
Lathea derűsen felkacagott. – Micsoda cinizmus!
- Spontán megfigyelés – újabb néma percek
következtek, mielőtt Quentin megtörte a hallgatást. –
Egyébként nem emlékezhet rá, de már találkoztunk.
- Tényleg? És hol?
- Legutóbb az én lábamon esett át a moziban, amikor
olyan sietősen távozott.

Latheát kellemetlenül érintette az emlék, de színlelt vidámsággal megkérdezte: – És felismert a sötétben? – A szőke haját meg ezt az illatot. Milyen parfüm? – Francia. Ajándékba kaptam... valakitől. – Nyilván a férjétől, ugye? Anyám említette, hogy megözvegyült. Fogadja részvétem – megérezve, hogy elrontotta a hangulatot, Quentin visszatért a mozihoz. – A bizonyosságot azonban a neve jelentette. A barátja Latheának szólította a sötétben, márpedig ez elég szokatlan név errefelé.

– Lengyel.

– Hmm, illik magához.

– Sajnálom, mert a moziban a lábára léptem, és még csak bocsánatot se kértem.

Quentin sokatmondóan legyintett. – Szóra sem érdemes. Legalább Austin megkapta a magáét.

– Ezt hogy érti?

– A barátja megszorongatta egy kicsit. Sajnos, nem maga az első, aki iránt nem tanúsított kellő tiszteletet. Lathea azt sem tudta, mit mondjon. Ha igaz, amit hallott, Nick nem érdektelenségből nem sietett utána, hanem mert revánsot vett a tolakodó alakon. Akkor viszont csak megjátszotta a tudatlant, mintha sejtelme se lenne, mi történt odabent.

– Egyszer magam is összeakaszkodtam Joss Austinnal – lépett tovább Quentin zsebre tett kezekkel és higgadt, mesélős hangjával azt sugallta, hogy ne kerítsenek túl nagy feneket a történteknek. – Az egyik nyári bálon történt. A pasas jó tíz évvel fiatalabb volt, de ugyanúgy az üveg fenekére nézegetett, utána meg a lányoknál kellemetlenkedett. Sajnos van ilyen – erre nem volt mit mondani. – És mondja csak, Lathea, hogyan kerültek a jó öreg Laurie védőszárnyai alá? – Quentin kedélyesen felnevetett. – Nem mintha neki nem lennének mindenfelé ismeretségei.

- Ez egy kusza történet. Gyakorlatilag a férjemnek köszönhetünk mindent. Jó barátok voltak Párizsban a háború előtt.
- Á, igen. Laurie majd húsz évig élt Franciaországban.
- Én is úgy tudom. Mielőtt a férjem a frontra ment, megkérte, hogy meghúzhassam magamat nála, ha rosszul alakul a helyzet Londonban.
- És mikor érkeztek?
- Novemberben.

Quentin halkan füttyentett. – Ezek szerint a bombázások legintenzívebb hónapjait a fővárosban töltötték?

Válaszként egyetlen szó is megtette volna, ám a férfi olyan figyelmes hallgatóságnak bizonyult, hogy Lathea mesélni kezdett. – Borzalmas volt. Stepney, ahol felnőttem, ahol Nick is élt a családjával, szinte a felismerhetetlenségig elpusztult. Egész háztömböket radíroztak le a föld színéről. Már az első hétvégén a tégláira hullott szét a ház, ahol Nickék laktak, és a családból őt meg egy húgát kivéve senki nem élte túl a támadást. Attól kezdve szinte minden éjszakát a földalatti állomásán virrasztottunk át... hajnalban pedig rettegve mentünk haza, hátha az otthonom már nincs is meg.
- Iszonyatos lehetett.
- Ezért jöttünk el. Nick rengeteget segített a romeltakarításnál, de hogyan lehet ép ésszel megemészteni, hogy ott járunk-kelünk a halottakon? Merthogy a leomló házak a légvédelmi szirénák figyelmeztetése dacára is maguk alá temették az embereket. Egy este, miután már eldöntöttük, hogy élünk Laurie meghívásával, elmentünk egy belvárosi étterembe vacsorázni. Az elsötétítés miatt a korábbi lokált használták, ami a pinceszintre épült. Ott viszont elképesztően sokan lettünk. Az asztalok sűrűn álltak, közben élő zene volt, táncolni lehetett... egyszer csak hallottuk, hogy odafent bombák csapódnak be. A

sziréna pedig hallgatott. A gépek ijesztően közel húzhattak el, mert egy találat bezúzta az utcai frontot és két tucat embert azonnal megölt. Mi pedig majd egy teljes napra odalent rekedtünk, míg ki nem ástak minket. Még soha nem féltem annyira, mint akkor.

- Szerencse a szerencsétlenségben, amiért ép bőrrel megúszták.

A bátorító mosoly átsütött az éjszaka leplén. Ahogy Laurie birtoka felé tartottak, Lathea teleszívta a tüdejét a friss, tengeri levegővel. Londoni emlékei után jótékony hatást gyakorolt rá a csend és a béke. Legalább egy ideig becsaphatta magát azzal, hogy a borzalmak elmúltak. Ugyanakkor ez az önámítás hamarosan kíváncsiságba csapott át. – És, Quentin, mi lesz magával?

A kérdezett rágyújtott. – Ki tudja? Egyelőre a fejesek se nagyon tudják, mi a dörgés.

- Van valami különleges oka, hogy most itthon lehet?

Nyomatékos helyeslés következett. – Augusztus első hetében kihajóznak minket.

- Hova mennek?

A cigaretta felizzott. – Per pillanat Szingapúr tűnik a legvalószínűbbnek, de addig még módosulhat a felállás. Európában jelenleg nincsenek harcok, ahogyan a tengerentúlon sincs. Agyafúrtak ezek a nácik és igen világos, célratörő elmével gondolkodnak. Elfoglalták Európát, aztán meg megkísérlik rátenni a mancsukat a szovjetek búzájára.

- Nem lesz éppen egyszerű, hiszen csak megvédik magukat.

- Legalábbis megpróbálják. Egyelőre azonban a német penge úgy hasít a birodalmukba, akár kés az olvasztott vajba. Egyébként is, azok a berlini fiúk tisztában vannak vele, hogy ezen a sakktáblán egyedül mi maradtunk állva, jóllehet még a sebeinket nyalogatjuk, Amerika meg okosan távol tartja magát a huzakodástól.

- Ez úgy hangzik, mintha jól ismerné a németek esze járását.

A cigaretta vöröslő vége kis kört írt le a levegőben. – Három évet töltöttem Drezdában, úgyhogy ez valamelyest így is van. 1937 végén ott már mindenki tudta, hogy háború lesz. Sőt, azt is tudták, miként győzik le a szájhős, tutyi-mutyi francia bagázst meg minket. Hitler átkozottul jól sakkozik. Ha Anglia életben akar maradni, szüksége lesz a gyarmataira... Egyiptomra, legyen névleg akár protektorátus, meg a Szuezi-csatornára, nem beszélve a Távol-Keletről. Azokra a területekre majd ráuszítja Japánt, nekünk meg itt keseríti meg az életünket.

- Ez jó ideje elkerülhetetlennek látszik, ugye?
- Szerintem is – helyeselt Quentin. – Legalábbis amióta aláírták a háromhatalmi egyezményt – megvető fújtatás. – Felháborító elnevezés, mit ne mondjak. Japán jelentős élettérre vágyik, így Mandzsúria után éppen a mi gyarmatainkra fáj a foga. Hongkong és Szingapúr jókora kísértés lehet a számukra.

- Ezért mennek maguk is Szingapúrba?
- Igen. Állítólag skót ezredekkel utazunk, hogy szükség esetén megvédjük a kikötőt meg a várost. Szingapúr katonailag és, nem vitás, gazdaságilag is kulcsfontosságú.

- Nem fél? Átutazza a fél világot, hogy olyan ellenféllel nézzen szembe, akitől nem tudni, mit várhat.

Vállrándítás előzte meg a választ. – Inkább Ázsia, mint Afrika. Ha egyszer már katonának álltam, nem akarok a többi kotlóssal együtt én is a sivatagban szteppelni. Kész röhej, ami ott van, hármat előre, hármat vissza.

A dűnéken túl a lejtős út kanyarulatában felrémlett a Parisian tömbje, mely kissé megbújt a körülötte tenyésző növényzet takarásában. Elkerekezett mellettük egy férfi, aki 'Hallo, Quentin' köszöntéssel intett oda a férfinak, többé azonban egy lélekkel sem találkoztak. Hiába a szép, nyári este, a kivilágítatlan falu képe meg a lehangoló gondolatokat ébresztő beszélgetés a háború ízét lopta bele.

- A szülei nagyon nehéz helyzetben lehetnek.

A tábornok fia felsóhajtott. – Ó, tudja, Lathea, annak dacára, hogy a vegyészet mindig jobban izgatta a fantáziámat a fegyverropogtatásnál, az apám fegyelemre nevelt, állhatatosságra. Azt mondogatta: teljesítsük a kötelességünket ahelyett, hogy a sarokba kucorodva csattogna a fogunk a félelemtől. Így, amikor beálltam a seregbe, aligha helyteleníthette, bár szíve szerint talán megtette volna. De eszemben sincs meghalni… visszajövök – hirtelen fiatalos, energikus nevetéssel felderült. – Emlékszik, amikor Errol Flynn ezt ígérte Greta Garbónak?

- Inkább Krisztinának, nem?

Együtt mulattak a kosztümös film megható búcsújelenetének érdekes párhuzamán, és megpróbálták felidézni az eredeti párbeszéd foszlányait is. Az este a Parisian kapujánál ért véget. Quentin hanyagul összefűzött karokkal a kerítésnek dőlt. – Szombaton lesz a falubál. Általában nagyszerű mulatság kerekedik ki belőle, temérdek étellel és itallal, de a zene se maradhat el. Elkísérhetném?

- Csábítóan hangzik.

- Ez igent jelent?

Lathea kissé visszakozott. – Hálás vagyok a meghívásért, de nem haragudna, ha ott találkoznánk? Valószínűleg Nick is szívesen eljön.

- Ááá! – húzta el a száját a meghívó. – A szavaiból azt vettem ki, hogy Mr. Cowan csak egy barátja a régi szép időkből, elnézést a félreértésért.

- Így is van, csakhogy egy lányt sem ismer Marazionban, akit meghívhatna – Lathea szája

mosolyra görbült. – Ugyanakkor itt a pompás lehetőség ennek pótlására. Mintha ez a kilátás Quentint is megenyhítette volna. – Rendben, akkor találkozzunk a mulatságban. És számítok az első táncra. Jó éjt, Lathea.
- Köszönöm a sétát.

A férfi szelíden megfogta a kezét és régimódi szertartásossággal megcsókolta. Azután egy utolsó mosollyal a szája szegletében sarkon fordult és a falu felé ballagva lassacskán elveszett az estében. Lathea egy darabig még követte a tekintetével, mielőtt a kerten átvágva a bungaló irányába indult az ösvényen. A levegő nehéz volt Laurie trópusi virágainak bódító illatától, az égbolton pedig csillagok ragyogtak. Éjszakára résnyire nyitva felejtette a bungaló ajtaját, hadd áramoljon be rajta ez a simogató csoda, ami gyorsan el is altatta.

- Jól néz ki, nagyon is jól.

Lathea meglepve figyelt fel Nickre, aki a Parisian kétszárnyas, szélesen kitárt konyhaablakán kukucskált befelé. Arcát sűrű borosta fedte, keze olajosnak látszott, szájában cigaretta lógott.
- Nahát! Te hol jártál? Tegnapra vártunk – hagyta ott a ritkaságszámba menő gyümölcstortát, amit a Doreentól kapott meggyel díszített fel. Két kezét a köténybe törölte.
- Ledöglött a kocsi, úgyhogy egész éjszaka azt szereltem.
- Igen, ez nyilvánvaló. Jó nagy munka lehetett – sandított Lathea a mocskos kezek felé.
- Vaksötétben különösen.
- Miért nem mosakodsz meg, fél óra és ebédelhetünk. Nick kivette a cigarettát a szájából. – Az öregfiú merre van?
- Nem tudom, mi ütött bele, de kora reggel egy vászonnal meg egy köteg ecsettel eltűnt.

Nick hosszan fürkészte őt, mintha valami kivetnivalót találna rajta, végül mégis csak annyit mondott: – Sietek – és ezzel eltűnt az ablakból.

Az ebéd a szokásos egy órához képest mindössze tíz percet késett. Lathea a levágott csirkéből levest készített és a húst zöldséggel tálalta. A háború előtt pusztán pénzkérdés volt, amúgy mindent meg lehetett vásárolni, azóta azonban számos élelmiszer hiánycikké, vagy korlátozott mennyiségben elérhetővé vált. Ezt a bombázások alatt húsbavágó módon tapasztalhatták, de a fizikai pusztítástól ilyen messze is sokszor nélkülözni kellett. Legfőképpen a cukor, a liszt, így a kenyér is, a tojás meg a kávé volt szűkén. Bár idővel mindent be lehetett szerezni, néhány héttel korábban a cukorra és a lisztre is kiterjesztették a jegyrendszert. A tej meg a tojás vidék lévén kisebb problémát jelentett. Lathea a maga részéről néha eladott tojást és húst, moha legtöbbször elcserélte őket. A pénz sok esetben értéktelenné vált, tehát cserélni jobban megérte. A meleg nyár beköszöntével ráadásul új lehetőségként adódott, hogy gyümölcsöt kérjen cserébe, ezt meg is tette.

- Itt vagyok.

Kifürödve és borotváltan Nick egészen más arcát mutatta. A homokszínű rövidnadrág meg a nyakánál nyitott ing dacára is látszott, mennyire kimerült, de ezt sose vallotta volna be, helyette vidám mosolyt varázsolt az arcára.

- Ülj csak le.

Lathea azonnal az asztalra tette a levest, amit mostanság gyakorlatilag örökös fogásként épített az étrendjükbe. Laurie született szigetlakóként bizalmatlan lehetett volna az angol konyha-művészettől némileg idegen előétellel szemben, a Párizsban töltött idők után azonban még hiányolta is, hogy többé nem evett levest. Nick ugyan nem nyilvánított véleményt, de étvágyát látva nem volt ok abban kételkedni, bármi kifogása lenne a meleg leves ellen.

Ő a maga részéről fenntartásokkal és tanácstalanul várta a viszontlátást. Nick ez ideig nem hozta szóba azt a furcsa estét, amikor megcsókolták egymást, igaz, az utóbbi napokban erre nem is nyílt módja. De ha megtette volna, vajon milyen végkicsengéssel veti fel? Ő azt kívánta, bárcsak megmaradhatnának a régi barátságnál, ami minden tekintetben sokat jelentett neki. Jelenlegi életének Nick a legfontosabb részét képezte, ezért egyetlen csókért elveszíteni őt túlzott ár lett volna. Azért, mert egy boldogtalan pillanatban gyengédségre vágyott, amit akkor egyedül ő adhatott meg neki.

- Hogy sikerült a tegnap este?

A semleges téma azt sugallta, a férfi sem akar visszaemlékezni arra a röpke megingásra. – Csodálatos volt, remekül mulattunk. Végre megismerkedtem Quentin Hyland-Flake-kel.

- Na, és?

- Nagyon kedves fiatalember. Szimpatikus, szórakoztató, művelt és nagyszerű humora van.

- Á!

A furcsa hangra gyanakodva lesett át az asztal felett. – Mit jelentsen ez a hangsúlyozott: Á?

- Reggel összeszaladtam Fred Waltersszal, látott téged Hyland-Flake-kel andalogni sötétedés után.

- Igen, Quentin hazakísért.

Nick habozott. – Ennyire elbűvölt?

- Te gúnyolódsz velem? Csak hazakísért, hogy beszélgethessünk. Hamarosan Szingapúrba vezénylik és, mondhatom, nem mondott semmi bíztatót.

- Ez esetben nem nevezhetnénk randinak, ugyebár?

Ott az ember inkább a csillagos eget dicsőíti, meg a romantikára alapoz. Esetleg hangosan pedzegeti, miféle balsors felé húzza-vonja a végzete, hátha ezzel kellő hatást gyakorol.

Lathea dühösen letette a kést meg a villát, mindkettő keményen koccant a tányér peremén. – Ha nem ismernélek jobban és tudnám, hogy a barátom vagy, megesküdnék rá, hogy féltékeny lettél.

– Féltékeny?

– Az hát!

Nick hátradőlt a székén. – Inkább megleptél, erről van szó. Nálad határozottabb nőt keveset ismerek, de a férfiakról meg a szerelemről vajmi keveset tudsz, vagy akarsz tudni. Erre jön egy vadidegen és egyetlen este leforgása alatt meghódít. Alig néhány hónapja még magadon kívül voltál a gyásztól Erwin miatt, ja, és ne feledkezzünk meg a franciáról se.

– Egyszerűen kiforgatod a szavaimat. Quentin hazakísért és...

– És te szimpatikusnak találtad.

– Miért ne találtam volna? Nagyon jól elbeszélgettünk.

A kelletlen vállrándítás nem javított Lathea felborzolt kedvén. – Aggódom érted, Lat. Ne ugorj bele semmibe fejetlenül.

– Hát, te nem is figyelsz rám? Quentin elutazik, de ha nem így lenne...

– Nem feltétlenül róla van szó. Marazionban rajta kívül is élnek még férfiak, akiknek van szemük.

Lathea felpattant az asztaltól. – Nem vagyok már gyerek, Nick Cowan, és bár köszönöm a figyelmedet, de amint megállapítottad, egyedül is kellően határozott vagyok. El tudom dönteni, ki érdemes az érzelmeimre és ki nem.

Nick eltorlaszolta az útját, mielőtt visszatérhetett volna a konyhába. – Bocsáss meg, Lat. Én lennék az utolsó, aki készakarva megbánt. Engem is meglep, hogy Londonban így összezárva mennyire kiismertelek. Néha annyira gyámoltalan és sebezhető vagy, ami sokakat arra késztethet, hogy kihasználják a helyzetet. Talán Quentin Hyland-Flake is, majd szépen elvonul Ázsiába.

- Ő nem ilyen.
- Honnan tudod?
- Érzem. Ugyanakkor ha igazad is lenne, nem vagyok könnyen kapható.
- Nem is úgy értettem. Lehet, hogy mégis féltékeny vagyok?
Lathea erőltetett vidámsággal felnevetett. – Mit szólna ehhez a hadseregnyi rajongód Stepney-ben?
- Ki tudhatja? – vette a lapot Nick és mosolyától valamelyest oldódott a feszültség.
- Ha megkérlek, elviszel szombaton a falubálba? Akkor minden kételkedőt megnyugtathatunk, hogy egy séta Quentinnel nem bír túl nagy jelentőséggel.
Nick összehúzta a szemöldökét. – Más szóval ő is ott lesz?
- Te viccelsz? Mindenki ott lesz. És én táncolni szeretnék vele, mielőtt elhajózik.
- Rendben, viszont most tisztázzuk, hogy én kísérlek haza. Ha velem jössz oda, ebből nem engedek.
Lathea nevetve adta meg magát és az égnek tartotta mindkét kezét. Amikor ismét a konyha felé lépett volna, a férfi újfent megállította. – Lat… az a csók…
- Tudom, nem jelentett semmit.
- Azért annyit mégis, hogy azóta úgy viselkedem, akár egy felbőszült férj, akinek el akarják venni a hitvesét. A vallomás meghatotta Latheát, legszívesebben meg is ölelte volna érte Nicket, ám attól tartott, esetleg félreértené a gesztust. – Ne aggódj miattam – mondta helyette. –, semmire se vágyom kevésbé, mint egy férfira. Flörtölni nem tudok és e percben szeretni se lennék képes. De ettől Quentin még szórakoztató társaság és én megígértem neki, hogy szombaton táncolunk a bálban. Mondd csak, jóllaktál?
Nick örömmel fogadta a témaváltást. – Majd kipukkadok. Fenséges volt.
- Mi lenne, ha aludnál egyet az átvirrasztott éjszaka után és, ha Laurie előkerül, megkóstolhatjuk a

meglepetés desszertet. Doreentól ma friss gyümölcsöt kaptam.

- Legyen így. Nem unatkozol egyedül, amíg én édesdeden szunyókálok?

- Nem valószínű. Menj csak.

A távolodó léptek fokozatosan elhaltak az emeleten. Lathea a gondolataiba temetkezve bámult a leszedésre váró terítékre. Meg mert volna esküdni, hogy attól az apró megingástól minden megváltozik körülöttük.

A marazioni bált valóságos és képzelt izgalom előzte meg. Valóságos, mert a rendszerint éjszakába nyúló eseményt a háborús intézkedések miatt nem lehetett a szabad ég alatt rendezni, képzelt pedig, mert az előkészületek körül semmilyen fennakadás nem volt. Williamsék egykori pajtája, ami jó ideje vaskereskedésük raktáraként szolgált, tökéletes helyszínnek ígérkezett. Tágassága miatt gondtalanul elfért benne a vendégsereg, akadt hely a táncosoknak, a porondnak meg a zenekarnak. Az egyik hosszanti fal mellett az otthon készült finomságoknak és italoknak felállítottak egy tucat asztalt, más nem is hiányzott a frenetikus hangulathoz.

A mulatság öt óra tájt kezdődött és a korai időpont dacára a pajta erős fapadlóján már akkor is számos pár lejtett a kellemes dallamokra. Az asszonyok pazar lakomával kényeztették a megjelenteket, és ahányan jöttek, további ínyencségekkel zsúfolták meg az asztalokat. Ezen a választékon mindenesetre kevés nyomot hagyott a háború okozta szűkösség, ami a jeles naphoz amúgy sem illett volna.

A kis különítmény fél hétkor érkezett meg a Parisianből, akkor már tekintélyes forgatag közepébe toppantak. Laurie elegáns nyári öltönyt viselt, amiben annyira mutatós volt, akár egy huszonéves. Mellette Nick állt galambszürke nadrágban, hozzá illő nyakkendőben és a meleg nyárra való tekintettel rövid ujjú ingben. Lathea a Doreentól kapott ruhában érkezett, melynek színes, könnyed anyaga nem pusztán kényelmes viselet volt, de jól is állt neki. Nemrégiben megkurtított szőke fürtjeit a nyári nap szárította, ettől izgalmasan hullámosak lettek. Hogy csinos és minden tekintetben eltalált megjelenése tetszetős, azt Laurie szakértő szeme és bókjai igazolták. – Ha lenne hintóm meg hat fehér paripám, azonnal befogatnám őket.

- A lovásszal, akit még ugyancsak hiányol. Laurie Nickre vigyorgott. – Nocsak, de éles eszűek vagyunk!

Így végül gyalog vágtak neki az útnak, bár egyikőjük se bánta különösebben. A csodálatos nap végén bűn lett volna sietni, vagy kocsiba zsúfolódni ahelyett, hogy élveznék a természet adta szépséget meg a langy szellőt, ami a dűnéket borító magas szálú fűben bóklászott.

Az összeverődött vidám társaságban igazán nem jelentett gondot elvegyülni. Bemutatással és merev formalitásokkal senki nem törődött. Ha az ember történetesen nem ismert valakit, mi sem volt egyszerűbb, mint elébe toppanni és megejteni a bemutatkozást. Tánc közben még a szokásos egy percet se vette igénybe az ismerkedés, egy elhadart név meg az azt kísérő barátságos mosoly bőséggel megtette. Persze Laurie révén Nick és Lathea már az első napokban temérdek ismeretséget kötöttek a faluban, így kevés ismeretlen arcot láttak maguk körül.

- Elmegyünk a Kótyagosba és azonnal túlesünk a beavatáson – mondta Laurie az első Cornwallban töltött hetük végén.

A jóslat maradéktalanul bevált. Elegendő volt egyetlen estét a kocsmában tölteni, nemcsak barátokra leltek, de egy héten belül mindketten álláshoz jutottak. Azóta hónapok teltek el, ami elégnek bizonyult a beilleszkedéshez. Laurie meg Hyland-Flake-ék kapcsolatai révén gyorsan befogadták őket. Alig fél évvel letelepedésük után jóformán őslakóként köszöntötték őket, bármerre is jártak. - Mi ez a tánc? – kiáltotta Lathea az ugrabugrálást figyelve Nicknek, ám az így sem hallotta volna a kérdést, ha nem hajol közelebb.

- Sejtelmem sincs, de már láttam egyszer valami ilyesmit Penzance-ban.

A körtánc, ami időről-időre hol párokra, hol négyes formációkra osztódott, semmihez sem hasonlított, amit ismert. – Megpróbáljuk?

Nick elhárítóan somolygott. – Kösz, nem. Még szégyenszemre a nyakamat törném.

A túlzott szerénységet Lathea főleg azért nem értette, mert Cowanék általában nagyszerű táncosok voltak, Nick pedig különösen. Ő maga is nem egyszer ropta vele Stepney-ben a szokásos táncmulatságokon. – Ugyan, ne kéresd magadat!

- Sajnálom, Lat.

- Hölgyem, ha jól hallom, tanárra szorul.

Lathea Laurie lovagiasan feléje nyújtott karjára lesett.

A ragyogó kék szemek mintha folyton az életen mulattak volna, a dús bajusz alól pedig a hatvan felett is fiatalos mosoly villant elő, ami ezt az öreg bohémet elragadóvá varázsolta. Főleg ma este, amikor a rikító sárgák meg zöldek helyett visszafogottan diszkrét volt és vonzóan egyszerű.

- Ó, igen, Laurie. Táncolni szeretnék, de Nick makacsul ellenáll.

Nick cinkosan a festőre kacsintott. Láthatóan cseppet sem okozott neki fejtörést, amiért csalódást okozott.

- Megátalkodott alak! De jöjjön, kedvesem, majd én megpörgetem ebben a csodás kis ruhában – amint a helyi zenekar rázendített, csatlakoztak a hatalmas körhöz.

- Ezt a táncot a csámpásoknak találták ki –
magyarázta Laurie. – Az a neve, hogy kétballáb.
Lathea elhűlve kacagott. – Ugrat engem.
- Nem, nem! Az a legfontosabb, hogy mindig ballal
induljon. Ballal, kislány, ne feledje!
Könnyű volt nem elfelejteni, mert abban a pillanatban
a jobbján állóval ütközött össze, aki mindannyiszor
derűsen annyit mondott: bal! A meglepően átlátható
lépéskombinációval ellentétben a formák, illetve az,
mikor kell körbeállni, vagy párokba és négyesekbe
fejlődni, komoly kihívásnak bizonyult.
Botladozásaival okozott némi torlódást és
fennakadást, ilyenkor azonban mindig akadt valaki,
aki segítőkészen irányba terelje és megmutassa
elveszített helyét. Remekül szórakozott a maga és
mások ügyetlenkedésein.
- Igazán csámpás egy grófné – ugratta Laurie
átkarolva a vállát, amikor a sokadik fordulót követően
leballagtak a képzeletbeli parkettről.
Lathea megrészegülve a hangulattól tréfásan
tisztelgett neki.
- Csatlakozzon az urakhoz – bökött Laurie az egyik
félreeső asztal felé, ahol Nick Quentin Hyland-Flake-
kel társalgott. – Én addig megzörgetem Doreen öreg
csontjait.
Lathea tehát odasétált a két férfihoz.
- Még a végén ez a szórakozott paradicsommadár
lopja magát a mi Latheánk szívébe. Ügyesebben kéne
bókolnunk, Nick – heccelődött Quentin. Szavaiban
semmi bántó nem volt, ő pedig jót derült a grimaszon.
- Jó estét, Quentin.
- Üdvözlöm. Amint látom, Laurie máris bemelegítette
a parketten.
- Egyszerűen fantasztikus volt.
Nick kötekedően vigyorgott. – Azoknak is, akiknek
végigmasíroztál a lábán?
- Ó, te bitang! Ennyire nem volt súlyos a helyzet.

Nick kárörvendően mulatva rajta csókot dobott felé. – A kritika mindig jogos.

- Mit szólna egy újabb próbához? – szabadult meg a poharától Quentin. – Ha kedve tartja, akár a lábamon is fickándozhat.

- Ezt megkeserülöd, Nick Cowan – legyezett Lathea kettőt a levegőben, de karját tüntetően Quentinébe fűzte. Bárkivel boldogan táncolt volna, hiszen ezért jött ma este és ezért csinosította ki magát. Egyébként is erre valók az ünnepnapok.

- Alig várom – csettintett Nick vidáman, mielőtt Quentin a táncolók sűrűjébe vezette volna.

Ahogy az órák szaladtak, a hangoskodás is felerősödött, fogytak a finomságok, az italok is egyre eltünedeztek, a pajta fapadlója meg rendületlenül dübörgött a tánctól. A helyi zenekar kitett magáért, lélegzetvételnyi pihenőt sem engedélyezve húzta a talpalávalót. Akadt vállalkozó bőven, aki próbára tette a cipőjét, vajon meddig bírja a szédítő tempót.

- Az ön Nick barátja elsőrangú táncos.

Quentin megjegyzése hallatán Lathea a parkett felé sandított. Nick a változó sűrűségű tömegben formás teremtéssel lejtett. A visszafogott dallam mellett elmélyülten beszélgettek és ő úgy látta, a vörös nő máris olyan áhítattal néz fel rá, mint amihez Nick Stepney-ben hozzászokhatott.

- Ki az az asszony?

- Carla Miltonnak hívják. A marazioni iskola igazgatójának a lánya. Mostanság Penzance-ban él.

- Csinos.

- Hmm? Kissé meglep, amiért öt percnél többet szán Nickre. Titokzatos mendemondákat lehet róla hallani.

- Helyi pletyka?

Quentin felderült. – Olyasmi. Carla Milton kiváló tanuló volt, hozzá pedig nagyon szép és szellemes is, nem csoda, mert bármit tett, felhívta magára a figyelmet. Azután eltűnt, és amikor ismét előkerült, már egy fiatalon özvegységre kárhoztatott asszony volt. Tanít, akár az apja, de a hírek szerint nagyon magányosan él.

- Most mégis itt van.

- Igen és még mindig szép. Nick, ahogy így elnézem, átkozottul érti a nők nyelvét.

Lathea megrökönyödve fedezte fel, hogy a szíve legmélyén irigykedve figyeli azt a lassú andalgást idéző ringatózást, amire Quentin felhívta a figyelmét. Jóllehet Nick a Stepney-beli mulatságokon is minden széplányt megtáncoltatott, ő mégis úgy látta, mintha ezúttal valami egészen másról lenne szó. Elegendő volt szemügyre venni a nádszál karcsú Carla Miltont és azt a tüzes pillantást, amit váltottak. Mintha a világ megszűnt volna létezni körülöttük. Nicket láthatóan elbűvölte az asszony, aki magas volt, talán ha két inch-csel alacsonyabb nála, és kifejezetten törékeny alkatú, már-már fiúsan vékonyka. A ravasz szabású ruha, amit viselt, ügyesen kihangsúlyozta vonzó nőiességét és nagyszerű kontrasztban állt vörös hajkoronájával és hibátlan bőrével. Ugyanakkor az uralkodó divattal szemben szoknyája majdnem a bokájáig ért, így meglehetősen keveset mutatott magából a kíváncsiskodó férfiszemeknek.

- Hol a lovagod?

Javában benne jártak az éjszakában, amikor Nick odalopakodott hozzá. A váratlan, mézes-mázos kérdéstől ügyetlenül magára borította a bort, ami a szerencsésebb színben tündökölve ugyan nem hagyott komoly foltot, illata azonban határozottan körbelengte őt. – Ó, te! Fúj! Olyan szagom van, akár egy kocsmatöleléknek.

Nick szemtelenül mulatott rajta. – Valahogy mindig baj éri a jelmezedet, ha iszol.

- Mindig? Ez úgy hangzik…

- Mint?

- Nem szoktam inni.

- Nem? – vigyorgott a férfi egymásba fonva izmos karjait. – Pedig én határozottan emlékszem egy esetre, akkor bizony kevés híján nekem kellett tisztába tennem téged.
- Az...
- Elárulhatnád végre, Lat, az a robaj, tudod, talán beleestél a mosdótálba?
- Minek találnak ki egyesek rémtörténeteket az ördögről, amikor itt áll teljes életnagyságban? Ahogy ököllel Nick hasába sújtott, az továbbra is remekül szórakozva derékon kapta és kiterelte a pajtából. Odakint leszállt az éj és a csendben idehallott a tenger morajlása, sós illatát a tiszta levegőben is érezni lehetett.
- Mehetünk?
- Hova? Még táncolni akartam.
- Ebben a ruhában? Akárki is lenne a táncosod, innia se kell, hogy becsípjen.
- Á, hogy mersz ilyet mondani? Te... te...
Nick most már hangosan hahotázott. – Na, mi?
- Kifogytam a jelzőkből.
- Meg kéne tanulnod káromkodni. Most meg hova szaladsz?
- Világgá.
Lathea természetesen hazafelé vette az irányt. Arra számított, hogy a férfi hagyja duzzogva odébbállni, de hamarosan hallotta, hogy ott ólálkodik mögötte. Akárcsak egy gyerek, aki sose fogy ki a mókából, árnyékként szegődött a nyomába. Mindannyiszor, ha megtorpant, Nick is úgy tett. Néhány yard után pedig az egész megismétlődött.
- Hallod-e, Nick Cowan, ne sündörögj a hátam mögött.
Nick ártatlan képet vágva vonogatta a vállát. Már a dűnéknél jártak, ő pedig belegázolt a magas fűbe, hogy a bungaló közelében a fövenyre jusson. Fürödni szeretett volna, Nick éretlen magatartása azonban a

mennyeinek ígérkező víz helyett az elmúlt napok különös feszültségét, illetve azt a féltékenységhez hasonló érzést juttatták eszébe, amit az este Carla Miltont látva érzett. Nem akart egyebet, mint barátságot, mégis felkavarta a férfi egy másik nő irányába tanúsított érdeklődése. Bárcsak képes lett volna legalább önmagának szavakba önteni, mi bántja annyira.

- Velem mentél, vagyis haza kell, hogy kísérjelek.
- Igazán kedves vagy.
- Én már csak ilyen kedves vagyok. Mehetünk?
- Én a partra tartok.
- Látom.
- Te viszont nyugodtan visszamehetsz.
- Minek mennék vissza? Talán Quentin várható ide?

A gyanúsításra Lathea elhűlve fordult meg. A sötétben azonban nem tudta teljes magabiztossággal kivenni a férfi vonásait. Így, ha lehet, még jobban sértette a célzás. – Miről beszélsz?

- Nem azért akarsz megszabadulni tőlem, mert idejön?
- Kicsoda?
- Quentin, ki más! – araszolt közelebb Nick.

Lathea felháborodott az arcátlan feltételezésen. Végig se gondolta, mit tesz, a tenyere máris a férfi arcán csattant. – Mit képzelsz te magadról!

- Lat, állj meg!
- Engedj el! – ügyesen kisiklott az erős karok közül és a szoknyáját a térdéig emelve szaladni kezdett a magas fűben a víz felé. – Eressz már!

Üldözője nem engedelmeskedett, így a következő másodpercben meginogva mindketten a fűbe hanyatlottak. – Megütötted magad?

- A puhábbik felemre estem.

Nick rekedten felnevetett, ahogyan csak ő volt képes. Meleg tenyere váratlanul a csípőjére simult és a homlokába hulló fürtökkel fölébe hajolt. – Megérdemeltem a pofont, sajnálom.

- Sajnálhatod is. Éppen tőled...
- Tudom, hidd el, tudom.
Lathea úgy érezte, a torkában dübörög a szíve és a férfi szemében ilyen közelről azt is látta, hogy ezzel nincs egyedül. – Ne akarj megbántani, nem szolgáltam rá.
- Nem vagyok elég lovagias egy vesztes ütközetben.
- Nem értem.
Csend. – Tényleg nem? Akkor változott meg minden, amikor azon a szilveszter éjszakán Erwin rólad mesélt. Egészen addig észre se vettelek, nem gondoltam bele, hogy a bátyám mit imád benned annyira.
- Hagyd abba.
Nick lágyan megérintette az arcát. – Hát, még mindig nem érted, miről beszélek?
- Nem kellett volna megcsókolnod.
- Dehogynem. Akkor mindketten arra a csókra vágytunk. Lat, engem is megrendít, de a legjobb úton haladok afelé, hogy menthetetlenül beléd bolonduljak.
Lathea szavaszegetten félrenézett. Nem akarta tudomásul venni, hogy ha Nick komolyan beszélt. Az eltelt hónapok kényszerű sorsközössége, az együtt átvészelt borzalmak meg az összezártság bizonyos tekintetben benne is drámai változásokat indítottak el, mégis irtózott a gondolattól, hogy egy újabb csalódás leselkedjen rá, miközben még Erwinre gondol, mitöbb, azt sem képes tisztázni magában, Mischa mit jelentett az életében. Ráadásul Nick fájóan emlékeztetett a testvérére, a szavajárása, számos gesztusa és fizikai vonásai. Hogyan felejtse el, amikor benne állandóan viszontlátja?
- Lat.
A már-már könyörgő hangra megindultan felnézett. Nick talányos pillantását nem kellett sokáig fejtegetnie, mert meleg ajka végigsimította az övét, ő pedig lehunyt szemmel viszonozta a bódító csókot.

Viszonozta, mígnem egy cirógató tenyér a csípőjéről feljebb vándorolt. Ez azonnal kijózanította és eltolta magától a férfit. – Ezt nem akarom.
– Akármit is tett veled Erwin, az ördögbe is, nem kaphatok legalább egy esélyt? Lathea ösztönösen tiltakozott. – Nem. Sajnálom, de nem.

Nick kedvetlenül méricskélte, ahogy felült és kínosan remegő kezekkel megigazította a ruháját. – Mert a bátyám volt?

- Mert a bátyád volt, és ha rád nézek, ő jut eszembe. Igyekszem csak a legszebb emlékeimet megőrizni, de ez számodra...

- Nem jelent vigaszt, ugye? Mindig is az volt a véleményem, hogy botrányos dolog más nőnél kilincselni a testi vágyainkkal, de addig a szilveszterig nem is sejtettem, hogy Erwin meg te...

- Ehhez neked semmi közöd – ugrott fel Lathea.

- Mindenesetre a bátyámat ezzel a tudattal kevésbé tudom tisztelni.

- Kérlek szépen, hagyd abba!

Nick néhány végtelen másodpercre elhallgatott ugyan, de hátulról átölelve őt odabújt hozzá. – Hadd szeresselek, Lat, hiszen olyan ragyogóan megértjük egymást.

- Nem akarom.

- Miért nem, amikor ugyanolyan magányos vagy, mint én?

- Nekem ez megfelel.

- Megfelel? – a kérdés tele volt kétellyel.

- Meg.

- Nem hiszek neked.

Lathea önmagával vívott küzdelem után bökte ki: – Nem tudnám viszonozni az érzéseidet.

- Idővel...

- Nem, Nick!

Az ölelő karok hirtelen visszahúzódtak. – Nem akarlak olyasmibe belehajszolni, ami távol áll az elképzeléseidtől, de kérlek, gondolkodj ezen egy kicsit. Most elmegyek, hogy megfürödhess. Sajnálom a ruhád.

Lathea a távozni készülő után fordult. – Nick.

– Hm?

– Miért éppen ma beszélsz ilyesmiről? Miután Carla Milton… vagyis, hogy láthatóan nagy hatással volt rád.

Nick szokatlan módon elhagyta a csipkelődést. Zsebébe süllyesztett kezekkel szobrozott egy darabig, mielőtt nyíltan azt mondta volna: – Valóban. Kivételes asszony, mégsem úgy gyakorolt rám nagy hatást, ahogyan te gondolod.

– Hanem?

– Amint ránéztem, rájöttem, hogy azt a meggyötört tekintetet és végtelen szomorúságot már láttam más arcon. Sőt, egy időben minden egyes nap láttam. És akkor eszembe jutott, hogy ha nagyon igyekszem, talán száműzhetném az életedből ezeket a gyászos érzéseket, és megint nevethetnél – Nick legyintett egyet, csak úgy ösztönösen. – Holnap Walesbe utazom Bettyhez meg a kicsihez. Három nap és itthon leszek, jó éjt.

Ezzel sarkon fordult és elsétált a bokrok között, egyenesen a ház felé.

A történtek bőséggel adtak gondolkodnivalót Latheának, ám minél tovább törte a fejét, annál inkább elveszett a részletekben. Érzelmei kuszaságában mindössze egy biztos pontot talált, azaz Nickre képtelen másként gondolni, mint egy jó barátra. Vonzódott hozzá, szerette a társaságáért, hízelgett neki lankadatlan figyelmessége, ez azonban messze állt attól a fellángolástól, amiről minden ember álmodozik. Akármilyen keserű tapasztalatokat gyűjtött, egyre azért azok is maradandóan megtanították: hogy ösztönösen éreznie kell, melyik férfi az igazi számára, ki az, akivel megértésben és szeretetben élheti le az életét. Márpedig Nick semmi ilyesmit nem ébresztett benne. Barátságot igen, abból a legmélyebb fajtát.

Szerette és tisztelte azért, amilyen, egyszerű sármjával még vonzotta is, tetszett neki a szemében bujkáló örökös vidámság és idővel talán olyan szerelem-féle is kialakulhatna közöttük. De ha mégsem, mi történik akkor? Milyen kilátások rejlenek egy belenyugvásra és megszokásra épülő házasságban?

Ugyanakkor azt is mérlegelni kényszerült, hogy a visszautasítással nem bántja-e meg a férfit túl mélyen. Ezt mindenképpen el akarta kerülni, ám minden igyekezete ellenére eljött a pillanat, amikor a szavakkal nagyon ügyetlenül kufárkodott. Nick arcán sokatmondó ránc jelent meg, miután Walesből visszatérve felkereste őt a bungalónál.

- Ha jól értem ezt a hosszú előadást, nem kérsz az érzéseimből, ugye?

Lathea védekezőn összefűzte maga előtt a két karját. – Őszinte leszek hozzád.

- Ezt el is várom.

- Szeretlek, nélküled borzasztóan elhagyatott és tehetetlen lettem volna Londonban, ez azonban nem egyéb barátságnál. Mellesleg egyikünknek sem kéne megelégednie annyival, amennyit én adhatok neked.

- Inkább magadra maradsz azzal az emlékkel, amit Erwin hagyott maga után?

- Erwin sokáig a barátom volt, és mire kezdtem volna szerelemmel gondolni rá, kiderült, hogy ez önámítás. Szerethettem, ez a barátságból kialakuló érzés azonban valahogy sose volt az igazi. Azt hittem, de tévedtem. És ezt a hibát nem követem el még egyszer.

Hallani lehetett, ahogy Nick mély levegőt vesz. Végtelennek tűnt a perc, mire ismét megszólalt. – Ez

a végleges álláspontod? Tehát egyetlen percig sem akarsz kockáztatni? – Lathea nemlegesen ingatta a fejét, Nick pedig kivette a kezét a zsebéből. – Értem, de azért… nincs harag?
- Egyáltalán nincs. Részedről sincs?
A legyintés kelletlenre sikerült. – Most el kell mennem, de estére hazajövök.
- Menj csak. Nyolckor vacsorázunk.
A minden csalódottság ellenére hűvös, szinte érzelemmentes párbeszédet követően Lathea nem volt egyedül megrökönyödésével, amikor az esti étkezésnél Nick bejelentette, hogy Penzance-ba költözik.
- Ejha! – tette le Laurie az evőeszközt és felnézett. – Ezek szerint csapnivaló házigazda vagyok.
- Ne mondja ezt, Laurie. Célszerűségből határoztam így. Egyre több a megbízatás és ha helyben vagyok, megspórolhatok egy-egy órát.
Lathea kétkedve fürkészte a zárkózott arcot, az azonban megfejthetetlen rejtély maradt.
- Ez valóban ésszerűen hangzik – ismerte el Laurie közben. – És keresett már szállást?
- Még nem, holnap megyek Penzance-ba körülnézni. Bármilyen odú megteszi.
Laurie Nickre kacsintott. – A hétvégeken azért számítok a kártyapartira.
- És én itt is leszek!
- Mindenesetre sok szerencsét, barátom!

20.

A mozihíradó fekete-fehér képei a német propagandafilmből kerültek átvételre, hogy a megszokott hang sokkoló kommentárként olvassa be mellé az eseményeket.
– A mai napon a német csapatok megkezdték Leningrád bekerítését. A várost gyűrűbe akarják fogni, ami gyors tempóban halad. Az előrenyomuló ellenséges csapatok Szmolenszk körzetében is számottevő sikereket értek el. A július 10-e óta megmerevedett ütközet mintha elmozdulni látszana a holtpontról. Német források tekintélyes szovjet emberáldozatról számolnak be, ezt támasztja alá, hogy a Vörös Hadsereg némely egységeit a közvetlen frontvonalból Moszkva irányába vonták vissza. A harmadik német hadoszlop, magyar és olasz alakulatokkal kiegészülve, Kijev városához közeledve drámai pusztítást okoz a környékbeli falvakban. A Vörös Hadsereg egyelőre kiszolgáltatottan hátrál, az ellenséget nem képes feltartóztatni…
– Mintha nem is szeptembert írnánk – jegyezte meg Lathea a Kótyagosból hazafelé.
– Mindössze három nap telt el ebből a hónapból, kedvesem. Ha szerencsénk van, még jó egy hónapig lubickolhatunk a nyárban.
– Ó, ez a meleg fantasztikus! Az ember még a háborúról is hajlamos megfeledkezni.
Laurie kedélyesen megpaskolta a kézfejét, ahogy karját átfűzte a sajátján. – Erre való a híradó.
– Hogy eszünkbe juttassa?
– Valahogy úgy. Azok a szegény oroszok legalább a közelgő télben bízhatnak. Mischa barátom gyakran emlegette a gyerekkorában átélt híres, orosz teleket,

gyakran október közepén lehullik az első hó és tavaszig el se olvad. Képzelje csak, a sors micsoda iróniája lenne, ha ez az alpesi faltörő felsülne az inváziós terveivel abban a végtelen hómezőben.

- Akárcsak Napóleon? Amikor a híradóban azt az irdatlan pusztaságot mutatták, Andrei hercegre gondoltam, meg Bezuhovra. Igazán nem voltak irigylésre méltó helyzetben. Laurie vidáman felnevetett. – Ó, lelki társak lennénk? Ezek szerint maga is olvas Tolsztojt?

- Igen, nemrégiben olvastam.

- Nos, Hitler láthatóan nem követte a példánkat.

Hallgatagon andalogtak tovább. Laurie itt-ott koppantott egyet a botjával, amit merő hóbortból cipelt magával, mert nélküle is fürgén, egészségesen mozgott. Kortalanul öregedett. – Tegnap összeszaladtam Nick-kel Penzance-ban.

Az előzmény nélküli bejelentésre Lathea önkéntelenül is felkapta a fejét. Több mint egy hónapja maradtak magukra a Parisianben, azóta a hűtlen elpártoló mindössze kétszer látogatott el hozzájuk, akkor sem időzött sokáig. Hétvégére semmiképpen, hiába is tett rá előzőleg ünnepélyes fogadalmat. Márpedig ketten jóval magányosabbak voltak, mint azelőtt.

- És jól van?

- Úgy láttam. Voltam olyan bátor és meghívtam jövő vasárnapra, hogy ünnepelje velünk a születésnapomat. Elvégre is csak egyszer vagyok hatvannyolc éves vén legény.

Lathea jót mulatott a fintoron. – Okosan tette. Doreennak is mondtam, hogy számítunk rájuk. Ugyanakkor, Laurie, még mindig nem adta le a vacsora megrendelését.

- Ilyen időkben bármit szívesen megeszünk, kedvesem.

- Nem úgy van az! Az ünnepeltnek joga van kívánságlistával élni, azután a többit majd meglátjuk.

- Jól van, megértettem.
- Nagyon helyes.

A sötétben Howard Stump kerékpározott el mellettük. A marazioni általános orvos keze ügyében, a kormányon illegett-billegett a betegellátó táska, de azért egy percre megállt, hogy üdvözölje őket. A dús szakáll mögött jó ötvenes férfi bujkált, aki az arcszőrzet előnytelen álcája dacára is jóval fiatalosabbnak mutatta magát valós koránál. Szüksége is volt elhíresült állóképességére, mivel a sorozások óta pacientúrája gyerekekre, asszonyokra és aggastyánokra korlátozódott, akik nem kizárólagosan a faluban éltek, hanem a környéken elszórtan.

- Valahogy nem hagy nyugodni a feltételezés, hogy Nick barátunk nem amiatt hagyott-e el minket, mert a kocsit nem bocsátottam a rendelkezésére – vallotta be Laurie, miközben folytatták útjukat. – Csak hát, benzin nélkül amúgy sem sok hasznát venné.

- Biztosan nem ez az oka, ne is vádolja magát.

- Ugyanakkor legalább néha megmozgatta volna az öreg tragacsot...

- Tulajdonképpen miattam ment el.

A festő meghökkenve meredt Latheára. – Ó, ezt nem hiszem.

- Pedig így van. Mielőtt bejelentette volna a szándékát, hogy elköltözik, udvarolni akart nekem, én viszont nem szívesen hitegettem volna, így végül elment.

Akármit is gondolt Laurie, nem tűnt nagyon megütközöttnek. – Bármi is az oka, sajnálom, hogy így alakult. Nick szórakoztató társaság volt.

- Én is szomorú vagyok miatta, de hazugság lett volna áltatnom. Vagy maga szerint rosszul tettem? Néha magam sem tudom eldönteni.

A választ beszédes csend előzte meg. – Hitegetés. Nincs gyűlöletesebb emberi játékszer.

- Olyan nehezemre esik felejteni, Laurie. De talán
még ennél is nehezebb kompromisszumot kötni a
sorssal.
- Nickre gondol?
- A bátyjára.
Laurie részvéttel fordult oldalra. – Aki Dunkirknél
veszett oda?
- Nick elmesélte?
- Igen, megemlítette. Utólagos elnézését kérem,
amiért kibeszéltük a dolgot, ám ennek köszönhetően
van arról némi fogalmam, milyen közel állt magához.
Lathea elmerengett. – Erwin mellett megalkudtam,
kinevetett, amiért mindig a nagy szerelemre vártam,
olyasfajta földindulásra, tudja, amiről híres
regényekben olvasni, meg amiről költők fantáziálnak.
De nem jött és végül beletörődtem abba, lehet, hogy
mégis neki van igaza és okosabb kevesebbel beérnem.
- És okosabb volt?
- Nem. Erwin csodálatos ember volt, és ha élne, a
felesége lehetnék, a boldogságunk mégsem lenne
teljes.
- Komoly tanulság.
- Ostobaságnak hangzik?
Laurie visszafogta lépteit. – Ó, nem! Jóllehet a sorssal
olykor ki kell egyeznünk, különben magunkra hagy
minket az álmainkkal és a meg nem valósult
ábrándokkal, ön azonban még túl fiatal ehhez.
- Mintha tapasztalatból beszélne.
Laurie mosolyogva tárta ki Lathea előtt a kertkaput és
betessékelte. – Jó füle van.
- Soha nem nősült meg? Vagy nem akart?
Anélkül, hogy alkudoztak volna felette, teljes
egyetértésben telepedtek le a kertben, ahol Laurie
kialakította a maga botanikus varázslatát. Nappali
fénynél festői látvány tárult a nézelődő szeme elé, a
millió színben pompázó virágágyások azonban az éj
leple alatt is ontották magukból bódító illatukat.

- Dehogyisnem. Nem születtem remeteségre, ezért meglehetősen vágytam egy társra. Csakhogy magam is hitegetés áldozata lettem. 1903 nyarán történt... az a varázslat volt, amire maga is vár. A faluban egyszer csak megláttam őt és abban a pillanatban elvesztem. A szájába szerettem bele...
- A szájába? – ismételte Lathea lenyűgözve.
- Miért is ne? Éppen egy madonna-képen dolgoztam, de sehol nem találtam megfelelő múzsát. Úgyhogy odamentem hozzá és bemutatkoztam: Laurel Doorn vagyok szolgálatára és állítólag festő. Lenne kedve modellt ülni nekem? Feltétlenül szükségem van a gyönyörű szájára.
- És?
- Két ülés után olyan szerelmesek voltunk, mint az ágyú. A bungalóban találkozgattunk, én festettem, ő meg csak káprázatosan ült ott, teljesen lehengerelt. Rengeteget nevettünk, fürödtünk a saját strandunkon, majd visszaszaladtunk a bungalóba felmelegedni. Amikor megkértem a kezét, Neda igent mondott, ám arra hivatkozva, hogy még túl fiatal, folyton halogatta a kihirdetést. Azután a következő tavasszal pár napra elutazott, és mire visszatért, Mrs. Keatonnak hívták. Latheának elkerekedett a szeme. – Uram isten! Neda Keaton? A bárónő Penzance-ból?
Fásult biccentés előzte meg a magyarázatot. – Állítólag a szülei preferálták a gyors és jóval előnyösebb házasságot.
- És még csak nem is szólt?
- Azóta egyszer sem beszéltünk. Illetve a férje három éve belerobogott a kocsimba és összetörte a hátsó lámpámat, akkor ő is ott volt.
Lathea némán fürkészte a megviselt arcot a holdfényben. – Tehát ezért nem jön többé a bungalóba?

- Az emlékek erősebbek nálam. Én is kötöttem kompromisszumot, és bizony sokáig nem tudtam tiszta fejjel eldönteni, jól tettem-e.
- Azaz mégis megnősült?

A festő nagyot pöfékelt a frissiben meggyújtott szivaron. – Sokáig tévedésnek tűnt. Miután Neda lakodalmától tüntetően távol tartottam magamat, az apám, mereven híve rangoknak és társadalmi hovatartozásnak, kiüldözött ebből a házból. Firenzébe mentem, hogy kedvemre fessek és magamba szívjam azt a frenetikus mediterrán ízt. Nem telt bele egy esztendő és már el is vettem egy angol lányt, aki huzamosabban ott élt – Lathea szótlanul figyelt, Laurie pedig bíztatás nélkül, eltöprengve folytatta: – Ahogy lenni szokott, az ember azzal kezdi a házasságának második évét, hogy rendbehozza a dolgokat. Anne és én állandó rendbehozók voltunk – fanyar mosoly villant a szivar mögött. – Máig nem tudom, összeillettünk-e, így lépten-nyomon megsértettük egymást valamivel, amit persze kellő megbánást tanúsítva jóvá kellett tenni. Hamarosan már azt sem tudtuk pontosan kiszámolni, éppen ki a soros bocsánatkérő, úgyhogy akkor azon kaptunk hajba – halk nevetés. – Hát, én valahogy így képzelem el a kompromisszumokat, Lathea, és mondhatom, sokszor csapnivaló érzés. Ó, igen, öt évig se bírtuk együtt. 1911-ben költöztem át Párizsba. Nem volt a közvetlen szomszédságban, de túl messze sem, pompásan megfelelt.
- Mire?
- Eeej, elfelejtettem megemlíteni a fiamat!
- A fiát? – döbbent meg Lathea, holott ösztönösen érezte, hogy az öreg a legmelegebb szívű apa lehet a világon.
- Emerico 1908-ban született, de mivel elég korán otthagytam az anyját, gyakorlatilag nem is ismerem. Eleinte rendszeresen látogattam őket, ám a fiú hamar

ellenem fordult. Mentségére legyen mondva, a látszat ellenem szólt. Anne talán meg se mondta neki, hogy hivatalosan nem váltunk el. Akkor lettem újra szabad, amikor az én drágám 1936 telén meghalt. A temetés után, márciusban jöttem vissza Marazionba, előbb nem.

Lathea türelmesen kivárt, így a miért kérdést fel sem kellett tennie, az öreg anélkül is elárulta a választ.

- Emericót húszévesen láttam utoljára, majdnem tizenhárom éve. Csúnyán, öntudatos férfi egyenességével küldött el a pokolba – újabb fanyar grimasz következett. – Hát, igen, alaposan kioktatott az elhanyagolt kötelességeimről, mielőtt örök búcsút vett tőlem. Én azért a lelkem mélyén mindig reménykedtem… emiatt nem tértem ide vissza, bár a házat évekkel azelőtt megörököltem. Anne hamarosan meghalt és vele minden reményem is, hogy valaha megbékíthetem a fiút – a szivar vörösen izzott az éjszakában. – Néhanapján azért elmorfondírozom, mi lehet vele.

- Talán katona.

- Ha az is, valószínűleg Mussolini seregeit gazdagítja, végül is az egész életét Itáliában élte le. De látja, kedvesem, még csak azt sem tudom, befejezte-e a tanulmányait, mi lehet a szakmája, van-e családja. A leggazemberebb apja voltam, aki csak küldte a csekkeket, sokkal több bepillantása a fia életébe viszont nem volt soha. Vadidegen, aki idegenül is gyűlöl engem.

Hosszan ücsörögtek a hangoktól gazdag csendben. A bokrok mélyén tücsök ciripelt, a távolban sirályok rikoltoztak, de a világ mégis békére talált önmagával.

- Ez a nyugalom az, amit Párizsban átkozottul hiányoltam – mosolygott Laurie maga elé és szivarjából gomolygó füstöt engedett az égbolt felé.

- Szereti Maraziont, ugye?

- Nem is tagadhatnám. Itt nőttem fel, Cornwall számomra az a bölcső, ahol ringattak. Mellesleg Emericót is azért értem meg annyira, mert amikor innen elutaztam, ugyanúgy lángolt bennem a gyűlölet az apám iránt, ahogyan ő is érezhet. Elvárta volna tőlem, hogy Neda lakodalmán megjelenjek és gratuláljak az ifjú párnak... jóval többre tartotta Keatonék rangját az én büszkeségemnél.
- Vajon miért? Keatonék társadalmi megítélése miatt? Laurie halkan hümmögött. – Akkoriban sok minden más volt. A közemberek kötelességüknek érezték tisztelni a származást. Egy alkalommal Mischa barátom fogalmazott rendkívül frappánsan, azt mondta: Nyugat-Európában a kisember csinál a nemesekből különbet a földig hajlással, holott ezt nem muszáj megtennie. Nos, az apámra ez a leírás tökéletesen illett.
- Sajnálom, hiszen ezzel elüldözte innen.
- Valóban. Sőt, amikor közvetlenül a Nagy Háború előtt Párizsban levelet kaptam a fivéremtől, akkor értesültem arról, hogy az öreg mindenét Owenre hagyta. A testvérem azonban nem nősült meg, így a halálát követően én kaptam meg a birtokot meg a házat. Kalandos, nem igaz?
A csalódott mosolyra Lathea őszintén felelt. – Feleslegesen is az.
Mielőtt aznap nyugovóra tért volna, a sűrű növényzet lombja között még egy utolsó pillantást vetett a Parisianre. A földszinti festőbarlangban javában éghettek a fények, mert az egyik hanyagul elhúzott sötétítőfüggöny mögül sárgás fénypászma szökött ki. Az éjszakában a gramofon negédes dalait is hallani lehetett. Laurie bizonyára nem tudott aludni, mert az előző év feledhetetlen slágere az 'I'm nobody's baby' után az 'I'll never smile again' ismerős dallama áradt ki a gyepre. A késői fürdőzéstől vizes haját törölgetve nézelődött a ház felé. Vegyes érzelmekkel tűnődött a

beszélgetésükön, illetve mindazon, amit a hallottak számára tanulságként hordoztak. Ám ezek fényében is hiába próbálta újraértékelni saját helyzetét és a már meghozott döntését, bizonyosan tudta, hogy helyesen döntött.

Adam Carrough vegyesboltja Marazion nyugati felében állt, egy valamelyest hatszögletűnek mutatkozó tér egyik sarkában, beszorítva az apró postahivatal, illetve a mezőgazdasági bolt közé. A kirakatban néhány termékhírdető plakátot és üveges zöldséget leszámítva egyebet nem is tartottak, ami, legalábbis Lathea véleménye szerint, csekély üzleti érzékre vallott. Mr. Carrough viszont megingathatatlanul azzal érvelt: ez mindig így volt. Úgy vélte, aki élelmiszert óhajt vásárolni, a kirakattól függetlenül betér hozzá, a kevésbé elszántak pedig menjenek Penzance-ig, ha akarnak. Magabiztossága nem megalapozatlanul abból a nyilvánvaló tényből fakadt, hogy a faluban nem akadt más fűszeres. Maga az üzlethelyiség a szerény külsőségek dacára is meggyőző tisztasággal és páratlan kínálattal kereste vásárlói kegyeit. Már a háború előtt egyfajta gyűjtőfunkciót látott el, hiszen itt mindent be lehetett szerezni, legfeljebb ha különleges kívánságról volt szó, akkor meg kellett várni, míg Mr. Carrough megrendeli Penzance-ból vagy Truróból. Háború lévén a működési rend keveset, de azért szükségszerűen változott. A boltban bárki nagyobb gond nélkül beválthatta élelmiszerjegyeit, ám eközben a polcokon a napi szükségleteken felül bőséggel sorakoztak egyéb hasznos cikkek is. Az üzlet textíliákat, könyveket és papírárut ugyanúgy kínált, mint kenyeret, tejet és cigarettát. Lathea merész javaslatára a tulajdonos környékbeli gazdákkal üzletelve mindig elegendő friss tojáshoz, zöldséghez és húshoz jutott, amit azután jó áron adott el.

- Maga igazi kincs, Miss Trashburn – áradozott a lenyűgözött tulajdonos és minden rigolyáskodása ellenére sem volt hálátlan a segítségért.

Lathea szerette ezt a munkát, noha a tennivalók javát Jim Morrisszal vállvetve végezték, mialatt Mr. Carrough pihengetett, vagy eldiskurált a betérőkkel. Egyebet vészesen elhízó félben levő pocakjával nem vállalt. Lathea délre, kora délutánra általában teljesen kifáradt és boldogan szedte a sátorfáját, hogy hazamenjen. A szabad délutánok, főleg tavasztól őszig, egyedülálló lehetőséget kínáltak, hogy kedvére kertészkedjen, ússzon vagy sétáljon a festői parton.

- Idén korán jön az ősz – állapította meg Jim Morris, ahogy kiléptek a bolt ajtaján. A huszonhat éves fiatalember gyermekbénulás révén feltűnően vonszolta az egyik lábát, ezért felmentették a katonai szolgálat alól.

- Sajnálnám, ha így lenne.

- Pedig így lesz. Túl élesek a fények. Lehűl az idő.

A sarkon Jim szokás szerint elbúcsúzott, ám Lathea nem sokáig élvezhette a magányt, mert a háta mögül felharsant egy kocsi dudája. Kíváncsian fordult meg. A hiánycikknek számító üzemanyag folytán nemigen akadt, aki megengedhette magának a kocsi luxusát.

- Hallo, Lathea!

- Nahát – kerekedett el a szeme a kormány mögül előbukkanó karcsú alak láttán. – Mit csinál Cornwallban egy diplomata?

A férfi azzal a nőket igába hajtó nevetésével felelt. – Gondoltam egy merészet és tiszteletemet akartam tenni. Az öreg Doornt nem is ismerem még személyesen, maga pedig mintha megfeledkezett volna rólam.

- Nem kapta meg a leveleimet? Elég rég postára adtam az utolsót.

- Sajnálom, bizonyára elkallódott valamerre – Jean-Michel segítőkészen a szatyorért nyúlt. – Elvihetem?

- Azt nagyon megköszönném. Mondja, Jean-Michel, marad néhány napig?

A férfi besegítette a kényelmes ülésre, majd a csomagot is biztonságba helyezte. – Legalábbis így terveztem – a motor az első érintéstől erőteljesen morogni kezdett. – Tulajdonképpen jobban nem is alakulhatott volna... örülök, mert itt csíptem. Meg szerettem volna kérdezni magától valamit.

- Rejtélyesen hangzik.

Lathea a sofőr felé sandítva csodálattal állapította meg, hogy a francián fikarcnyit sem változtatott a háború. Mint mindig, elképesztően jóvágású volt, jól fésült és bár apró bajuszt növesztett, régi önmaga maradt. Divatos öltönyét délcegen viselte, akár az elhíresült francia eleganciát is képviselhette volna. Megfoghatatlan vonzerő lengte körül.

- A minap művészkörökben forgolódva a fülembe jutott, hogy Laurel Doorn 19-én ünnepli a születésnapját. Igaz ez?

- Úgy van. A hatvannyolcadikat – Lathea a szatyorra bökött. – Éppen a vacsorához viszem a legszükségesebbeket. Holnapra kis ünnepséget szerveztünk a tiszteletére. Miért kérdi?

- Tudja, Londonban hallottam azt is, hogy a mester nem szívesen adja el a képeit és azok között, legalábbis a fáma szerint, akad olyan, amitől önszántából sose válna meg.

- Ó, igen! Van a műteremben egy tucat ilyen vászon. Jean-Michel elégedetten kacsintott oldalra. – Sikerült rátennem a kezem egyre, amit egyszer kényszerűségből eladott ugyan, ám a mindentudók szerint, ha rajta múlik, sose teszi. A címe 'Szeretteim'.

- Különös címválasztás.

- Mischa mesélt az elutazása előtt Doornról és említette, hogy valamikor nős volt. A kép, gyanítom, hogy az asszonyt meg a kisfiát ábrázolja.

Lathea egészen elérzékenyült. – Ennek a meglepetésnek rettenetesen örülni fog.

- Úgy véli? – Jean-Michel mintha valamelyest elbizonytalanodott volna. – Nem szeretek mások magánéletében vájkálni, ezért félek egy kicsit. Hátha rossz emlékeket idéz a kép.

- Nem hiszem, boldog lesz, ha meglátja.

A férfi valamivel később derűsebben azt mondta: – Nos, miért is ne tennénk egy próbát? Talán első pillantásra antipátiát váltok ki belőle és így az ajándékkal már elő se rukkolhatok, mielőtt kipenderít a házából.

- Ez nem valószínű, ne is reménykedjen – kacagott Lathea.

Természetesen igaza lett. Hazaérve hol egyebütt is lelhettek volna a ház urára, mint a műteremben, melynek a nyár fokozatos távoztával már nem álltak tárva-nyitva az ajtajai, noha továbbra is úszott az akadálytalanul bezúduló fényben. Laurie a festőállvány előtt üldögélve árnyalatokkal kísérletezgetett és dúdolta a gramofon tűje alól felcsendülő 'The five o'clock whistle' dallamát. A szöveget a szájában lógó szivartól ugyan nem lehetett érteni, őt azonban ez egyáltalán nem zavarta. A motoszkálásra felfigyelve kékben fürdő szemeivel felpillantott, mielőtt az érkezők megjelentek volna a küszöbön.

- Ma korábban jött, kedvesem. Csak nincs valami baj?

Lathea, sarkában a vendéggel, belibbent a műterembe.

– Jó napot. Nézze csak, kit hoztam!

- Nocsak, nocsak! – Laurie félretéve a palettát meg az ecseteket felemelkedett a sámliról. Festékes balját festőruhájába dörgölte. Érdeklődve lesett a jövevényre. – Akármi legyek, ha nem egy franciát látok a házamban.

Jean-Michel élvezettel nevetett. – Hát, hiába! Mégis létezik emberismeret. Üdvözlöm, Mr. Doorn, Jean-Michel Chiari volnék.

- El se hiszi, mennyire örülök – Laurie maszatos jobbja helyett a könyökét nyújtotta. – Rengeteg kérdésem lenne önhöz.

- A legjobb tudásom szerint igyekszem felelni.

Lathea belekarolt az öregbe. – Mit gondol, Laurie, lesz még egy hely az ünnepi asztalnál?

- Lesz bizony! Fiam, lenne kedve néhány napra beköltözni a Parisianbe? Ma estére Nicket is várjuk. Ki vagyunk éhezve a remek társaságra, ugye, kedvesem?

- Arra mindig – helyeselt Lathea vidáman.

Laurie bámulatos vendégszeretetével fogadta a vendéget. Ebéd közben már ugyanazzal az egyetértéssel társalogtak, mint akik ősidők óta ismerik egymást. Az étkezést követően pedig barátságosan hátba veregette újdonsült barátját. – Ugorjon ki ebből a diplomata divatból és tartson velem egy sétára.

Jean-Michel kérdőn lesett Latheára, aki éppen az asztalt szedte le. – Menjen csak. Addig előkészítem a vendégszobát.

Amikor a férfiak a még pompázó virágoskerten átvágva a part felé kanyarodtak, Lathea hallotta, hogy franciául ugratják egymást. Laurie megtorpanva mutatott körbe. A felharsanó vidám hangok azután egyre távolabbról ismétlődtek, mígnem elnyelte őket a délután.

Bár Lathea négy személyre terítette a vacsoraasztalt, Nick az utolsó pillanatban üzent, hogy mégsem tud Marazionba jönni.

- Holnap délelőtt érkezik – jelentette Laurie letéve a kagylót. Arca ugyanazt a csalódottságot sugallta, amit Lathea is érzett.

Ennek dacára az étkezés hangulatára a távolléte nem nyomta rá a bélyegét. A finomságok felett leginkább Jean-Michel hangja szólt, aki kevésbé közismert, vagy egyes esetekben nem publikus hírekkel próbálta Laurie kíváncsiságát kielégíteni. Az őt elárasztó kérdésekkel hősiesen birkózott meg. Zöldes árnyalatú szemei élénken villogtak a szoba éles fényeiben és gyakrabban mosolygott, mint Lathea emlékezett rá. Hamarosan egy éve múlt, hogy utoljára találkoztak Londonban, ám az akkori végtelen fásultság mára tovaillant a férfiból. Most sem lehetett nyugalmas élete, ennek ellenére láthatóan jól bírta a megpróbáltatásokat. Azzal a megingathatatlan kiegyensúlyozottsággal, mint aki erre a szakmára született.

- Amerika ripsz-ropsz benne lesz ebben a háborúban.
- Ugyan, a jenkik szándékosan tartják távol magukat minden kényelmetlenségtől.
- Eddig talán megtehették – tette le a poharát Jean-Michel. –, ez a felfogás azonban idejét múlttá válik. Roosevelt okos fickó, mostanra nyilván azt is belátta, hogy Nagy-Britannia egyedül sose fogja legyűrni Németországot. Tavaly rávette a kongresszust a sorozás kihírdetésére. Most nyáron pedig keresztülvitte az akaratát és megújították a rendelkezést. Ráadásul tető alá hozta az úgynevezett Kölcsönbérleti Szerződést is, ami Nagy-Britanniának hosszú távon igencsak kedvező lesz.

Laurie végigsimított dús bajuszán. – Kölcsönbérleti Szerződés?

- Találó név. Felhatalmazást ad az elnöknek, hogy saját hatáskörben elbírálja, mely országoknak ad el, bérletbe, esetleg kölcsönbe védelmi eszközöket annak érdekében, hogy az Egyesült Államok határait kívülről semmi ne fenyegethesse. Márpedig ha Hitler legyőzné a briteket, az Atlanti-óceán és így Amerika is védtelen maradna, vagy legalábbis közvetlen veszélybe kerülne. Ettől kezdve a fegyverellátás kérdésében Roosevelt vezérkari emberei nyugodtan tárgyalhatnak Londonnal. Azt hiszem, pusztán idő kérdése és Amerikának is lapot osztanak ebben a partiban.

- A Nyugalmazott valami olyasmit pedzegetett, hogy a jenkik szemet vetettek Grönlandra.

Jean-Michel bólintott. – A dánoknak per pillanat nincs rá szükségük. Április óta haditengerészeti álláspontokat építenek ki, július óta pedig az amerikai cirkálók járőröznek Izlandtól nyugatra. Ez egyben annyit is jelent, hogy a britek hazajöhettek.

- Churchill örülhet a segítségnek, de ostoba volt aláírni ezt az elhíresült Atlanti Chartát.

A vendég eltűnődve forgatott egy szalvétát a kezében.

– Még nem minden részlet nyilvános ugyan, de azt gyanítom, inkább elvi megállapodásról lehet szó, mivel Amerika továbbra sem áll hadban a németekkel meg az olaszokkal, ahogy a japánokkal sem.

- Pedig ez a torpedótámadás az amerikai járőrhajó ellen ezt ígérte. A németek se estek a fejük lágyára. Valószínűleg eddig is sejtették, amit most már tudnak: nevezetesen, hogy az amerikaiak figyelik az atlanti U-Boatokat.

- Nem kétséges, hadüzenetet viszont nem váltottak, tehát diplomáciailag nincs szó ellenségeskedésről.

Laurie dörmögött valamit a bajsza árnyékában, amit nem lehetett érteni. – És tud valami érdekeset Oroszországról?

- A hírek nem túl bíztatóak.

- Ez mit jelent?

- A sorok közt olvasva azt mondanám, hogy Kijev pillanatokon belül el fog esni, uram. Szmolenszk két hónapig tudott dacolni és Leningrádot is körbezárták.

- Más szóval nyitva az út Moszkva felé?

Jean-Michel kényszeredetten ingatta a fejét. A további beszélgetést a külső szobából beszűrődő telefoncsörgés, majd Lathea hangja előzte meg. Laurie előzmény nélkül elmosolyodott. – Mindenesetre nem lehetek eléggé hálás, mert idevezérelte ezt a remek teremtést, fiam. Nélküle búval bélelt és átkozottul magamra hagyatott lennék. – Az érdem Mischáé. És hogyhogy Nick Cowan már nem lakik itt?

– Túl sok utazással jár a munkája, mi pedig kiesünk az útvonalból – Laurie szórakozottan legyintett. – Egyébként, amennyiben engem kérdez, már nem is jön vissza ebbe a házba.

A kijelentés magabiztossága meglepően hatott. – Honnan tudja?

Keserű grimasz. – A pletykák szerint van valakije Penzance-ban.

– Ó!

– Ühümm – Laurie az ajtó felé lesett a belépő asszonyra. – Na, mi hír a Nyugalmazottéknál? Csak nem hagynak cserben az ünnepi asztalnál?

Lathea lágyan meglegyintette a vállát. – Micsoda rosszmájúság ez! Természetesen itt lesznek, Doreen a pontos részletek miatt telefonált. Jól látom, hogy befejezték a vacsorát, uraim?

– Fenséges volt – lapogatta meg Jean-Michel a hasát.

– Nem is tudom, Szása mit akar tanítani magának.

– Hízelgés az önteltség első csírája – hárította el Lathea a bókot. – Ezt a franciák nem tudják?

– Vagy csak nem akarják hallani.

A férfi cinkos kacsintása előcsalt egy önfeledt kacajt az asszonyból.

Ekkor Laurie az asztalra ejtve a szalvétáját felállt. – Micsoda veszteség, hogy Mischa nem mutatta meg magának a túlpartot, kedvesem.

– Vajon mit láttam volna ott?

– Mit? Hogy minden francia öntelt.

Latheát ismét elfogta a nevethetnék, Jean-Michel ellenben hevesen próbálta magát kivonni a gyanúsítás alól. – Ezt kikérem magamnak! – mégsem látszott sértődöttnek.

- Kérje csak, fiam, kérje!

- Laurie, megágyaztam Jean-Michelnek a kis szobában. Megmutatná neki az utat?

- Hogyne! Jöjjön velem, Jean-Michel. Jó éjt, Lathea.

- Jó éjt, aludjanak jól.

Búcsút intve kiballagtak az ebédlőből, majd Laurie, már a fokokat kopogtatva, megjegyezte: – Örülök, amiért eljött hozzánk. Ez a ház túlságosan nagy két embernek.

A születésnapi ünnepség a jó időre való tekintettel a kertben fejeződött be. A kiadós ebédet követően Laurie kedvenc növényei közt bontogatta az ajándékokat, amíg ez lekötötte, a vendégek forró kávét szürcsöltek. Grant Hyland-Flake minden egyes csomag tartalmára fogadást kötött szemérmetlenül magas arányban könyvelve el a találatokat. Egyedül Jean-Michel minden tekintetben rendhagyó meglepetését nem sikerült megjósolnia. Ezzel nem is volt egyedül. A társaság visszafojtott lélegzettel figyelte a lepel kecses aláhullását, hogy végül felbukkanjon mögüle a harminc évesnél is régebbi festmény. A háttérben burjánzó dús, zöld növényzet arról tanúskodott, hogy Laurie még Olaszországban készíthette. A női alak és mellette a kisfiúé elképesztően élethűre sikerült, jóllehet a különleges technika révén egyetlen kontúr sem volt éles vagy precíz. Néhány kimerevített perc erejéig mindannyian elnémultak, hogy kellő figyelmet szentelhessenek a nem mindennapi műnek. Végül Laurie, minden egyebet félresöpörve, lassan felemelkedett ültéből és Jean-Michelhez ballagott, aki az egyik szék támlájának döntve tartotta a keretet.

- Hogy tett szert erre?
- Véletlenül, uram.
- Londonban?
- Brightonban. Pusztán remélni merem, hogy nem szaggatok fel régi...
A mondat végét meg se várva Laurie kettőt csapott a francia vállára. A szemében csillogó könnyek árulkodtak megindultságáról. – Az isten áldja meg érte, fiam.
Az érzelmes jelenet után továbbra is a kertben üldögéltek. A társalgás öntörvényűen csapongott a témák hosszú lajstromában, ám ebből kiszakadva Laurie időnként oda-odalesett a képre. Olyan ajándékot kapott, amit senki nem licitálhatott túl. Öregségére egyre ellenállhatatlanabbul érezte, hogy minduntalan visszakalandozik a múltba, noha nem kerülhette el annak a savával és borsával való szembesülést se. Lehet, hogy akkortájt nem becsülte meg eléggé Anne-t, se a fiával töltött napokat, az élet azonban ezért már jócskán revánsot vett rajta. Megbosszulta, mert túl büszke volt, hajthatatlan és lángolóan ambiciózus. Azokból az évekből emlékeztetőül mindössze ez a festmény maradt hátra, hiszen Anne meghalt, Emericót pedig elfújta a szél, hogy soha többé ne is hozza vissza.
A kora estében magára maradva visszahúzódott a műterembe. A képet a sarokasztalra állította, hogy elébe telepedve órákra belemerüljön az emlékeibe. Minden akkor kezdődött, amikor azon a feledhetetlen márciusi napon leszállt a vonatról Firenzében. 1905-öt írtak és boldogtalanul, már-már kitaszítottnak tekintve magát érkezett Olaszországba

- Ébren vagy még, Lat?
A közelgő léptekre Lathea azonnal felfigyelt. A bungaló magasított ajtajához vezető lépcsőfokok egyikén pihenve élvezte a lebilincselő estét. Szeretett

a sötétben gyönyörködni, lesni a természet hangjait és hamis ábrándképekkel kacérkodni, amire csak ilyenkor jutott szusszanásnyi ideje. Általában ez volt a napnak az a szaka, amikor senki nem látta a bánatát. A napi színjáték ideje ekkorra lejárt.

Meglehet, hogy Nick hívatlanul ólálkodott bele a féltve őrzött magánszférájába, ő mégis örült neki. Bár nem beszélt róla, nagyon hiányolta régi, meghitt barátságukat.

– Ébren vagy?

– Igen.

A látogató megkerülte a falnak támasztott kerékpárt és suta mozdulattal melléje ereszkedett. Hosszasan üldögéltek a csendben, mintha mindkettejük számára nehéz feladat lenne bármit mondani. Elfogódottan várta, Nick miért kereste fel, ugyanakkor a hallgatását is megértette. – Jól mennek a dolgok Penzance-ban? – érdeklődött végül.

– Mondhatni.

– Találtál albérletet? Az elsővel, úgy tűnik, nem volt nagy szerencséd.

A válasz elmaradt. Nick egy fűszálat tekert körbe az ujján. Egyszer, kétszer, majd felnézett. – Lat, nem gondoltad meg magadat? – ezúttal rajta volt a hallgatás sora. – Abban reménykedtem, ha én Penzance-ban, te meg itt… szóval, esetleg még egyszer megfontolod a dolgot – Nick ujjai lágyan beleszöktek a hajába. – Mit is tagadnám, kívánlak, de ennél sokkal több fejtörést okoz, mert megszakadt köztünk valami, amit szilárdnak hittem, és amit az állandó társaságod jelentett. Boldoggá akartalak tenni, ehelyett a barátságodat is elveszítettem – Lathea továbbra sem tudta, mit mondjon. – Biztosra akarok menni, hogy nem értesz félre. Én házasságról beszélek, nem titkos légyottokról vagy randevúkról.

– Sajnálom, de nekem ez nem megy. Erwin kinevetne azért, amit mondani fogok, talán évek múlva én is másként gondolom majd, vagy megkeseredett vénasszony leszek, de még mindig a nagy szerelemre vágyom. Szeretlek téged, ez azonban egyáltalán nem ugyanaz.

– Viszont több a semminél.

– Elképzelhető.

– Neked mégsem fűlik hozzá a fogad, igazam van?

– Óriási kockázatot kellene vállalnunk abban bízva, hátha megváltoznak az érzéseink. Ugyanakkor az ellenkezője is lehetséges. Mi lesz, ha egyszer véget ér? Én túl gyáva vagyok ehhez a kísérlethez.

Nick odébb húzódott. – Határozottan mondod.

– Gyűlölöm magamat, amiért megbántalak.

Nick elhárítóan intett, miközben felállt. Zsebre tett kezekkel ácsorgott a fűben. – Ha bizonyos vagy a döntésedben, nos, úgy néz ki, hogy van valakim Penzance-ban – ez viszont annyira álnokul és kétszínűen hangzott, hogy megköszörülve a torkát helyesbített a megfogalmazáson. – Illetve holnaptól lehet.

– Ó.

– Amióta elköltöztem, rájöttem, milyen pocsék teljesen egyedül. Régen valahogy nem tartottam fontosnak, hogy megnősüljek, de akkor még ott voltak a szüleim meg a testvéreim. Meg aztán most látom, hogy Betty mennyire elégedett az életével Kester oldalán és a kicsivel. Mit is mondhatnék? Megirigyeltem tőle ezt a boldogságot.

– Megértelek – nyögte ki Lathea a bejelentéstől letaglózva. Akármit is várt, ez nem szerepelt köztük.

– Hát, igen – Nick beleszántott rövid hajába. – Szerettem volna, ha veled oszthatom meg az életemet. Minden tekintetben remekül megértettük volna egymást. Így azonban...

– Hamarosan gratulálhatunk is?

Halovány mosoly villant a sötétben. – Remélem, ki tudja?

- Megkérdezhetem, ki ő?
- Carla Milton. Jelenleg a főbérlőm. Mondhatom, hogy rendkívüli teremtés.
Lathea úgy érezte, mint akit gyomorszájon vágtak, de azért hősiesen összeszedte magát. – Bizonyára. A választásaiddal sose volt baj.
- Legalább egy kicsit sajnálhatnád. Tudod, az udvariasság kedvéért.
A feléje nyújtott kezet elfogadva Lathea felállt. – Nem is tudod, mennyire sajnálom.
Ahogy megindultan összeölelkeztek, Nick még egyszer megcsókolta. Perzselő szenvedéllyel hódító csók volt, ám túl hamar vége szakadt ahhoz, hogy meggondolhassa, nem utasít-e el valakit, aki pedig megválthatná az egyedüllét mindent átható egyhangúságától. A hatalmas tenyér búcsúzóul végigsimított az arcán, mielőtt tulajdonosa fürge lábakon elsietett a Parisian vak tömbje felé. Ezzel vége lett és Carla Milton győztesként maradt állva a képzeletbeli csatamezőn.

A francia vendég jelenléte színt hozott az életükbe és bár a születésnapi ünnepséget követő napon Laurie-t alig lehetett szóra bírni, utána gyorsan visszatalált elbűvölő énjéhez. A délelőttöket Jean-Michel társaságában múlatta. Felbecsülhetetlenül sok mondanivalójuk lehetett, mert Lathea számos utalást hallott félbehagyott vitákra, megállapításokra vagy éppenséggel vakvágányra terelt filozofálásokra. Ráadásul, mint a franciák többsége, Jean-Michel is lebilincselő tájékozottsággal mozgott a művészetek világában, így nehézségek nélkül értett szót a festővel, akit minden fajta alkotótevékenység elbűvölt.
Magukra maradva pedig kedvükre társaloghattak franciául, ami Laurie számára ritka élvezetet jelentett.
A napok egymásba folytak. Anélkül, hogy bármi számottevő esemény történt volna, majd két és fél hét

telt el Jean-Michel betoppanása óta. Szembetűnően megtalálta azt a helyet, ahol kipihenheti a munkájával járó fáradalmakat, ezért nem is mutatott különösebb hajlandóságot arra, hogy visszasiessen Londonba. Amúgy sem volt oka kapkodásra, mivel amíg Cornwallban szívesen látták, a fővárosban kevés jelentős esemény zajlott. Kétnaponta ugyan felhívta a követséget, ám szerencséjére minden alkalommal ugyanazt a semmitmondó választ kapta. Marazionban szeptember végére beköszöntött az ősz. A hőmérséklet jócskán visszaesett, az esőtől nyirkos levegő miatt előkerültek a pulóverek, vízhatlan cipők és esernyők. Ettől kezdve Laurie-val gyakran le kellett mondaniuk az élvezetes sétákról, amiért Jean-Michel szíve azért is fájt annyira, mert a végtelenbe kígyózó part, a beépítetlen vidék csodás látványa saját bretagne-i házára meg a hatalmas túrákra emlékeztette. Gyakran vágyott arra, bárcsak visszaszökhetne a csatorna túlpartjára, ám ez önkínzó ábrándozás maradt. Bretagne minden négyzetméterét németek ellenőrizték, életveszély lett volna ez a kaland. Számára tehát itt volt a feltérképezendő penzance-i öböl, ahol viszont korábban soha nem járt. Lenyűgözte az érintetlen szépség, amivel találkozott. A vidéket szeszélyesnek találta, kopárnak és sziklásnak, a part közelében viszont buja növényzettől zöldellőnek és irigylésre méltó strandokkal tarkítottnak. Azt a napot pedig feledhetetlennek, amikor Latheával száraz lábon keltek át a szigetre, hogy megmásszák a St. Michael's Mount erődjét. Mivel a dagály órákra elvágta őket a szárazföldtől, a sziklákon piknikeztek. Örök emlékként őrizte a képeket, melyeket agya fényképezőgép érzékenységével őrzött meg.

Egyébként az asszony társaságából jóval kevesebb jutott neki, mint szerette volna. Hamar világossá vált, hogy ő vezeti az idős festő háztartását, főzött és takarított, valamint ellátta Laurie-t és rendszeres vendégeit. Emellett segített a virágoskertben, rendezgette a saját veteményesét, no meg a szárnyasokat gondozta. A délelőttöket a faluban töltötte, hiszen Mr. Carrough vegyesboltjában is számítottak rá, egy héten kétszer vagy háromszor pedig azoknak a penzance-i hölgyeknek varrt ezt-azt, akik megfizették. Mégsem látta őt elcsigázottnak, holott gyanította, hogy saját felségterületére visszahúzódva azért leveti az elnyűhetetlenségnek ezt az álarcát.

- Agyondolgozza magát. Mischának cseppet se tetszene, ha látná – jegyezte meg egy alkalommal a festőnek.

- Egy kényeskedő grófnéval jelen helyzetben nem mennénk sokra, fiam. Sajnos azt kell, hogy mondjam, Lathea üzleti érzéke és szorgalma híján komoly bajban lennénk. A jegyrendszer ellenére kevés az élelmiszer errefelé. Nem kifejezetten Marazionban, de a környéken sok a kitelepített család, akik mind itt jutnak élelmiszerhez, noha nekünk sincs túl sok. A boltban azonban Lathea rendre kap ezt-azt, egy kis cukrot, lisztet, effélét, miközben ő maga az asztalra teszi a tojást meg a baromfihúst, nem beszélve a zöldségről. Varrni már a saját örömére varr és abból a keresetből meg tudja venni, amire szüksége van.

- Mischa egy egész vagyont bízott rám, hátha a feleségének szüksége lesz valamire.

- Kedves Jean-Michel, a pénz manapság igen kevés hasznot hajt. Ha nincs mivel cserélnie az embernek, megette a fene. Leginkább az jelenti a gondot, hogy Nick itt hagyott bennünket. Előtte hasznos segítség volt Lathea számára, míg én legfeljebb a mosogatásnál ajánlhatom fel a szolgálataimat.

Jean-Michelt leginkább az bántotta, hogy gyakorlati értelemben nem fedezett fel különbséget az asszony korábbi élete valamint a jelenlegi között. Talán ő maga nem adott sokat arra a címre, ami az esküvő után megillette, de ez az új helyzet ismét cselédsorba taszította. Még akkor is, ha ezúttal, bizonyos értelemben, a saját otthonáért dolgozott, vagy legalábbis így érezte. Akárhogy is volt, ebbe a kérdésbe kívülről nem lehetett beleavatkozni, tehát meg se kísérelte. Az asszony tudta, hogy Mischa hátrahagyta azokat az ékszereket, ennek ellenére nem kért a segítségből, hiába ajánlotta fel már több ízben. Azt pedig semmiképpen nem merte megkockáztatni, hogy olyan színben tüntesse fel az igyekezetét, mintha bármiféle befolyásra törekedne.

Éppen elállt a kellemetlenül zuhogó eső, ezért Jean-Michel lezárta a kocsit és a Promenade-on sétálgatva igyekezett tíz percet elütni. Laurie útmutatásait követve könnyen rátalált Adrian Crowley házára, akinek a felesége visszatérően igénybe vette Lathea varrónői tehetségét. Két óráig kellett csak kihúznia, amíg a hölgyek végeznek. Ezt az időt arra használta fel, hogy tüzetesebben körbenézzen. A Cornwallban töltött két hét alatt háromszor is megfordult Penzance-ban, ám akkor leginkább a pályaudvar és a Market Jew Street környéke esett útba. A Promenade ezért új élményként hatott rá, ahogy a part vonalát követve kanyargott az öböl mentén. Pazar kilátás nyílt a várszigetre meg a büszke ormokra. Ha kevésbé borús és szomorú az idő, vagy ősz helyett a tavasz közeleg, a parkok és a tenger alighanem festői színorgiával lepik meg. A kikötő felé három halászhajó tartott, dacolva a szürke hullámveréssel, amit a goromba szél a vízen fodrozott. A parton téblábolva egymás szomszédságában több étteremet felfedezett, sőt a Korona Hotel földszintjén is hasonló intézmény működött. Unalmában az étlapot böngészve legyűrhetetlen éhség fogta el, ezért inkább elsomfordált a csábítást jelentő tábla közeléből.

Amint megfordult, váratlanul megpillantotta az asszonyt. A tenger felől süvítő szélben hosszú szoknyája a lábaira csavarodott, esőkabátját a fuvallatok barátságtalanul meg-megcibálták. – Jó napot – sietett eléje rögvest megszabadítva őt a súlyosnak látszó táskától.

– Nohát, hogy kerül ide?

– Mivel esett, nekem pedig a postán volt elintéznivalóm, gondoltam, akár el is ugorhatnánk valahova egy ebédre. Remélem, legalább egy kicsit megéhezett reggel óta.

Lathea mosolya nem illett a csapnivaló időhöz. – Borzasztóan éhes vagyok, de Laurie...

– Azt üzeni, gondoskodik magáról.

– Ebben az esetben, mire várunk?

Jean-Michelt lelkesítő meglepetésként érte ez a vállalkozó kedv. Az asszony távolságtartó magatartását olykor alig tudta mire vélni, máskor meg a kölcsönös szimpátia hiányának tudta be. Marazioni tartózkodása azonban e tekintetben mintha előrelépést hozott volna. Lathea közvetlenebbül és felszabadultabban viselkedett vele, ami kifejezetten jót tett kettejük kapcsolatának. Ugyanakkor sejtette, hogy a helyzetén sokat lendít, mert nem visel előkelő hangzású nemesi titulust, hiszen az, mint Mischa esetében is, sok mindennek gátat vet ennek a stepney-i lánynak a szemében.

Miután a varrókellékek a kocsiba kerültek, a karját ajánlotta. – Ehetünk a hotelban, itt a sarkon, vagy keressünk egy kisvendéglőt?

– Ahol gondolja, csak száraz legyen.

Ő a szállodára gondolt, a benti simogató melegre, meg a borongós időben meggyújtott kristálycsillárokra. Az enteriőr minden részletéből áradt a pompa meg a gazdagság, amire ilyen lehangoló szürkeség után nagyon kiéhezett.

– Micsoda hivalkodás háborús időkben.

Noha Jean-Michel egyetértett a kemény kritikával, Londonban ennél felháborítóbb példákat is látott arra, hogy nemzeti összefogás ide vagy oda, a nehézségek nem sújtanak mindenkit egyformán. A személyzet egy tagja lesegítette a kabátjaikat, majd az étterembe kalauzolta őket. Ki tudja, hogy a rossz idő vagy a némileg késői óra tette-e, de az asztalok java üresen áhítozott vendégek után. Jean-Michel az asszonyra bízta a választást, aki az egyik ablakmélyedésnél megterített helyet nézte ki. Máskor innen festői panoráma kínálkozott az öbölre, jóllehet ezen a szerencsétlen napon komor fellegek vitorláztak a színtelen égbolton.

- Iszik velem egy pohár bort, Lathea? – mivel vendége lelkesen bólintott, rögvest kérte az itallapot. Egy perc se kellett hozzá, máris megkapták az ízletes nedűt, meg hozzá az étlapot. – Mondjon pohárköszöntőt.

- Nos – emelte fel Lathea a kristálypoharat. –, a látogatására, Jean-Michel, és arra, hogy minél hamarabb visszatérjen.

- Nagyon köszönöm.

Hangtalanul koccintottak. A gyér érdeklődésre való tekintettel megrendelték az ebédet, ami az ínséges idők dacára fejedelminek ígérkezett.

- Ez búcsúebéd?

Jean-Michelt megmosolyogtatta a kérdés. – Olyasmi. Lassan illene visszamennem a jó öreg hivatalomba.

- Sejtettem. Legalább pihenten vetheti magát ismét a politikába.

Eltűnődve lesett ki az esőáztatta utcára, majd a nőre az asztal túloldalán. – Ha őszinte akarok lenni, az emlékek elől szöktem meg. Egy éve derült ki, hogy mi történt Mischával, és akkor kezdődtek a bombázások is. Igazán rendhagyó évforduló.

Választ ugyan nem kapott, mégsem fért kétség hozzá, hogy szavai figyelmes hallgatóságra találtak. A szeme sarkából még egy ösztönös mozdulatot is elkapott, amivel az asszony a nyakában viselt medálhoz kapott.

- Hogy sikerült a délutáni ruhapróba?

A váratlan témaváltással alaposan meglepte őt, mire vonakodva elhúzta a száját. – Vannak dolgok, amik nem változnak, jöhet akár világégés is.

- Nevezetesen?

- Gazdagék fennhéjázása – Lathea elpirult. – Ne haragudjon, nem akartam megsérteni.

- Ezek szerint meg kellene sértődnöm?

- Azokra az emberekre gondoltam, akik tekintet nélkül háborúra vagy nehéz körülményekre, csakis azzal vannak elfoglalva, hány sor csipke díszítse az alsószoknyájukat. Őket aztán nem tartja vissza a fényűzéstől se jegyrendszer, se drágaság, semmi.

- Látott már ilyesmit a Royal Courtban eleget, nem? Különben se lenne szükség rá, hogy mások ostoba szeszélyeinek kitegye magát. Hadd emlékeztessem arra, hogy senkire sincs többé -ráutalva.

- Félre ne értsen, ez nem személyes panasz. Sok elképesztő dolgot láttam már azelőtt is, márpedig az emberek mindenütt egyformák. A különbség mindössze annyi, hogy akkor nem volt háború, nem haltak meg fiatalok a fronton és mások sem érték be jóval kevesebbel, hogy a katonáknak jusson elegendő étel, gyapjú vagy cipő.

A hazafias és sok tekintetben jogos kirohanás méltatása helyett Jean-Michel habozva azt tudakolta:

– Ezek szerint a nálam hagyott ékszerek nyújtotta biztonság nélkül akar boldogulni?

Lathea nyíltan viszonozta a pillantását. – Én mindig a saját munkámból éltem, ha nem is olyan fényesen, mint maguk, és ezért egyetlen formális ceremónia sem fog grófnét faragni belőlem. Nem leszek se előkelőbb, se műveltebb. Azért, mert Mischát sokra tartottam, nem fogom a fajtáját is érdemtelenül becsülni. Láttam őket olyan közelről, ahonnan érdemes látni. Nincs bennük semmi, amitől felettem kellene állniuk. Némelyikük egyenesen nevetséges volt a maga pöffeszkedésével meg folytonos kényeskedéseivel. A heves kitörés cseppet sem lepte meg Jean-Michelt. Sok igazság volt abban, amit hallott, jóllehet az általánosítás nem volt ínyére. – Bocsásson meg, amiért felhánytorgattam ezt a témát.

A szelíd mosolyt szinte ajándéknak érezte. – Inkább nézze el nekem, amiért elragadtattam magamat. De azért mégis kérnék egy szívességet, bár nem tudom, mennyire van módja és főleg ideje, hogy esetleg teljesítse.

- Megteszem, ami módomban áll. Mi lenne az?

- Lekötelezne, ha Londonban tudna nekem szerezni néhány anyagot. Az olcsóbb szövet is megteszi, és kellene vászon is. Nem terhelném ezzel, de itt sajnos lehetetlen ilyesmihez hozzájutni.

- Ejha!

- Problémát jelent?

Jean-Michel hátradőlt, amíg a pincér elé helyezte az ínycsiklandó marhaszeletet. Nem lebecsülendő fényűzés volt ezekben a nehéz időkben. Azután nevetve megjegyezte: – A mellékelt ábra szerint van előnye a gazdagságnak.

- Nem kétséges, pusztán a velejárói nem keltenek feltétlen elragadtatást a kevésbé szerencsésekben.

- Teljesen igaz. Bevallom, még életemben nem vásároltam anyagot, de megteszem, amit lehet.

- Ha nem veszi rossz néven, ajánlhatok egy-két címet, ahol érdemes érdeklődnie.

- Épp ellenkezőleg! Megkönnyítené a helyzetemet.

Lathea feszengve tette le az evőeszközöket. – De kérem, Jean-Michel, ne érezze kötelezve magát. Ha nincs ideje…

- Emiatt ne fájjon a feje, megtalálom a módját, hogy amit kér, beszerezzem. Bár valószínűleg nem lesz se könnyű, se olcsó mulatság.

- Tudja, Laurie-nak szeretnék varrni valamit. A ruhatára igencsak divatjamúlt, elhordott – ezen a ponton derűs kacaj szakította félbe a mondatot. – és meglehetősen csiricsáré. Karácsonykor jó hasznát venné egy elegáns ruhának.

Jean-Michel önkéntelenül vele nevetett. – Meg kell hagyni, az ízlése egészen rendkívüli. Ugyanakkor igazán kivételes ember.

- Ugye, az? – a felcsillanó szemek önmagukért beszéltek. – Nem lehetek elég hálás a sorsnak, amiért megismerhettem. Gyerekfejjel mindig egy nagypapát hiányoltam a családból, olyan mesébe illően jóságosat és szeretettel telit, aki a térdén lovagoltat, hihetetlen kalandokról regél, megtanít karácsonyfát díszíteni… anyámnak pedig sehogy se sikerült megértetnie velem, hogy ez már nem teljesíthető kívánság, akárhányszor is ismételem el. Nem volt igaza, mert ha kicsit megkésve is, de a kívánságom teljesült. Laurie imádnivaló vén bohém. Szeretetre méltó gézengúz, aki a lelke mélyén sose nő fel, de éppen ez benne a csodálatos. Megérdemli az új ruhát.

Jean-Michel elérzékenyültem mosolygott. – Ha rajtam múlik, meg is kapja.

- Köszönöm.

A pincér újratöltötte a poharaikat, mielőtt újfent magukra maradhattak.

- Lenne még egy kérésem, de kérem, szóljon, ha túlzottan visszaélek a nagylelkűségével.

- Rendben, majd szólok.

- Ez ugyancsak Laurie-val van összefüggésben. Maga járatos a politikai és nemzetközi ügyekben… mit gondol, meg lehet találni valakit háború idején?

Miután elpusztította a marhasültet és le is öblítette a testes borral, Jean-Michel félretette a szalvétáját. – Kit szeretne megtalálni? – nézett át az asztal felett kíváncsian.

- Laurie fiát.

- Van egy fia? – az asszony biccentett. – És eltűnt?
- Tulajdonképpen nem.
- Ezt nem teljesen értem.
- A helyzet kissé bonyolultabb ennél. Laurie több mint tíz éve nem is hallott felőle. Emericónak hívják és 1908-ban született, ahogy kivettem a szavaiból, Firenzében. Laurie tudomása szerint a háború előtt Itáliában élt, bár mindkét szülője angol. Ha be is hívták katonának, nem tudjuk, hol. Gondolja, hogy utána lehetne járni a dolognak?

Jean-Michel gondolataiba temetkezve dörzsölte az állát. – Az apja nevét viseli?

- Nem tudom biztosan, de azt hiszem, igen. Ha mégsem, akkor az édesanyját Creeknek hívták. Amennyiben létezik valamilyen nyilvántartás a hadseregnél, elképzelhető, hogy szerepel benne?

- Nagyon valószínű. Egyet azonban tudnia kell, Nagy-Britannia a gyarmati csapatokat is nyilvántartja, ami annyit jelent, hogy egy ilyen kutatás időigényes lehet.

Lathea átható pillantása találkozott az övével. – Laurie egyáltalán nem tud a kérésemről, ez önkéntes próbálkozás a részemről. És valójában, ha Emericóra bukkannánk, akkor sem lenne könnyű eldönteni, mit kezdjünk az információval. Apa és fia haraggal váltak el, azt pedig kívülállóként nem tehetem meg, hogy beleavatkozom a kapcsolatukba.

- Ez esetben kezdjük az első lépéssel. Igyekszem a nyilvántartás közelébe férkőzni, a többit később meglátjuk, amint sikerül a fiatalember nyomára bukkanni.

Miután a desszertnek is a végére jártak, Jean-Michel fizetett, majd távoztak. Odakint megcsapta őket a tengeri szél, de legalább nem esett. A csapadéktól így is néhány fokkal hűvösebbnek érzékelték a levegőt, miközben minden kellemetlenül nedves volt.

- Gondolja, hogy karácsonyra haza tud menni Franciaországba?

A kérdés szomorú húrokat pendített meg Jean-Michelben. – Nem hiszem. A szüleim amúgy is Bretagne-hoz vannak szegezve, nem találkozhatnánk. - Londonban van valakije? Úgy értem, van, kivel töltse az ünnepeket? – a hallgatással feltehetően azt sugallta, hogy a kérdés túlságosan indiszkrétre sikerült, mert az asszony sietve folytatta. – Ugyanis ha nem lenne, szívesen látjuk a Parisianben. Nem tudnám megmondani, miért, Laurie ragaszkodott hozzá, hogy én hívjam meg. Jean-Michelt annyira megindította a nem várt javaslat, jóformán a válaszadásról is megfeledkezett. Ezzel nagyon kínos helyzetbe sodorta az asszonyt, aki zavartan mentegetőzni kezdett. – Természetesen ez a világon semmire se kötelezi. Ha érdemesebb társaságot talál...
- Érdemesebbet? – Jean-Michel nem nyitotta ki azonnal a kocsi ajtaját. – Csak nem egy megejtő ifjú hölgyre gondol?
Lathea nekipirulva próbált mosolyogni. – Valami kísértetiesen hasonlóra. De ha nem jönne össze, szívesen látjuk Marazionban.
- Számíthatnak rám.
- Ne hamarkodja el...
Jean-Michel kitárta az ajtót, ám mielőtt utasa behuppant volna az ülésre, kedélyesen rákacsintott.

21.

- Ki nem állhatom az októbert – Lathea felnézett a
készülő süteményből, hogy a Doreen arcán nyíló
utálkozó kifejezés láttán kitörjön belőle egy derűs
hahota. Barátnője kissé meghökkent ezen. – Nézz
csak ki, milyen rongy idő lett.
- Ugyan! Nem olyannak ismerlek, aki ilyen apróság
miatt a párnájához menekülve duzzog.
Doreen, akár valami tündöklő démon, üldögélt az
ebédlőasztal mellett és a kinyújtott tésztából lelkesnek
nem nevezhető mozdulatokkal szelte ki a különféle
formákat. Arányos termete, karcsú alakja és
előszeretettel közszemlére bocsátott lábszárai messze
nem egy ötvenhét éves asszonyt hírnököltek.
Ráadásul anélkül is irigylésre méltóan festett, hogy
kizárólag jól szabott kosztümben vagy magas sarkú
cipőben parádézott volna. Rajta a legdísztelenebb
pulóver is úgy állt, akár divatot teremthetett volna, és
ugyanez vonatkozott a kitérdelt kordbársony
pantallóra, illetve a gumicsizmára. A vonzó
összhatáshoz nyilván jelentős mértékben hozzájárult,
hogy ámulatba ejtően gondozott kontyot viselt, amit
bárki megirigyelhetett. Szürke csíkokban őszülő
hajkoronája egészen kivételes látványt nyújtott.
- Quentin miatt van – nagy levegőt vett. – Semmi
hírünk felőle.
- Hiszen Szingapúrig hajózik. Az út több hónapig is
eltart.
- Grant is ezt mondja, de hát az én anyai szívem nem
hallgat az észérvekre.
Lathea lisztes kezével Doreenéra paskolt. –
Csodálatos fiad van, aki határozottan kijelentette

nekem, hogy nem meghalni megy Ázsiába és én...tudod, ahogy mondta, el is hittem neki. A bíztató mosoly átmenetileg elterelte az asszony figyelmét. – Olyan kedves kis kölyök volt. Kiválóan számolt, mindenki a csodájára járt. De ugyanolyan jól krikettezett, az apja tanította meg ütni. Emlékszem, amikor abba a korba ért, szemtől-szembe megkérdezte: 'Apa, akarod, hogy katona legyek?' Grant szólni se bírt a meglepetéstől. Végül azt makogta: 'Csak, ha te is azt szeretnéd.' De Quentin a kémiát választotta, most mégis fegyvert nyomtak a kezébe.

- Talán Ázsiában nem lesz ilyen véres háború. Szingapúrt pedig az egyik legerősebb támaszpontnak tartják. Kérlek, Dory, ne láss előre rémeket. Az asszony felállt, hogy az egyik tepsit a sütőbe tolja. Utána a már kihűlt teából kortyolt kettőt.

- Miért nézel így rám? – érdeklődött Lathea percekkel később azt látva, hogy talányos tekintettel méregeti őt.

- Te nem akartál gyereket, Lat? A kérdés hallatán Lathea kezében megállt a sodrófa. – Én?

- Hiszen férjnél voltál. Ráadásul Laurie dicshimnuszokat zengett a párodról. Úgy képzelem, valóságos dalia lehetett. Lathea zavartan kacagott Doreen álmodozó arckifejezésén. – Igen, mondhatni.

- Na, ugye! Akkor?

- Nem voltunk együtt túl sokáig. Még az esküvő napján visszautazott Párizsba, nehogy dezertőrnek nyilvánítsák.

- Ó, milyen szörnyű! És nem is láttad többé? Lathea az utolsó süteményeket is a melegre várakozó tepsibe helyezte. – Tulajdonképpen egyszer. Őt is megmentették Dunkirknél, így néhány napig együtt lehettünk Doverben, mielőtt az összes franciát kihajózták.

- Legalább maradhatott volna utána valaki.
- Mindig gondosan ügyelt rá, hogy ezt elkerülje, és szerintem okosan tette.

Doreen bánatos tekintettel fürkészte. – Túl józan vagy, kedvesem.

- Nem foglak becsapni – törölte meg a kezét Lathea. – Ne képzelj e mögé semmi romantikusat.
- Ezt hogy értsem?
- Érdekházasság volt.

Az asszony megrökönyödött. – Érdekházasság?

- Mi egyéb? Máskülönben tehetős arisztokraták nem vezetnek oltárhoz cselédlányokat – a kijózanító, romantikától mentes kijelentés megbotránkoztatóan csengett. A kiváltott hatás pedig elbizonytalanította Latheát. – Laurie nem említette, hogy Mischa orosz gróf volt?

- Egy szóval sem. No, és te?
- Én? Egy nincstelen lány Stepney-ből.

Doreen hitetlen mosollyal ingatta a fejét. – Kezd érdekes lenni. Mégis hogyan ismerkedtetek meg?

- Londonban találkoztunk egy antikváriumban. Később meg abban a szállodában voltam szobalány, ahol megszállt. Nincs ebben semmi romantikus.

Doreen a kontyát bütykölve rogyott a legközelebbi székre. – És miként lett ebből házasság?

- Mischát egy házasság réme fenyegette, nekem pedig nem voltak rendben a papírjaim. Az édesapám lengyel bevándorló és mert eszembe se jutott, hogy kéne, egyetlen brit iratom se volt. Ekkor Mischa előrukkolt az ötlettel, én meg lecsaptam rá. Azután elment, a németek pedig megölték.

Lathea kínosan érezte magát ettől a nagyon őszintére sikerült vallomástól. Ennek tetejébe a barátnője, aki évtizedek óta kiegyensúlyozott és boldog házasságban élt, olyan csalódottan nézett rá, még a lelkiismerete is felébredt. Íme, talált valakit, aki nála is reménytelenebb álmodozó. Ezért inkább elfordult, hogy a ritkaságszámba menő finomságot ellenőrizze a sütőben.

– Olyan ridegen és érzéketlenül hangzik, amit mondasz, Lat.

– Érzéketlenül? Doverban közel álltam hozzá, hogy beleszeressek. Ott Mischa is hús-vér embernek látszott. Nem annak az öntelt és felfuvalkodott alaknak, aki a töméntelen pénzével bármit és bárkit megvehetne, jéghideg tekintetével meg rémületet kelt a környezetében. Ma azonban örülök, mert nem így alakult. Elviselhetőbb, ha egy bimbózó barátság elején veszíted el őt, mintha már a szívedbe lopta magát. A beszélgetést a telefon csörgése akasztotta meg. Mivel Laurie bezárkózott a műtermébe és a valóságtól elfordulva festegetett, Lathea magától értetődően indult a készülékhez. Addig Doreen figyelte a készülő kekszet, amit annak a nem várt ajándéknak köszönhetően süthettek, amit Lathea a minap Mr. Carrough-tól kapott. Úgy tervezték, az alapanyagot, a munkát és természetesen a végeredményt is igazságosan megfelezik. Mire az első tepsi elkészült, az illatozó darabokat kicserélte a következő adaggal,

– Nahát! Nem találod ki, ki telefonált – Lathea visszatérve az egyik szék támlájára támaszkodott.

– Kicsoda?

– Neda Keaton Penzance-ból. Hallottál már ilyet? Egy báli ruhát szeretne a karácsonyi partira, de állítólag nincs, aki elkészítse neki.

Doreen lekicsinylően grimaszolt. – Humbug! Csak szeretne közelről szemügyre venni téged.

– Engem?

– Igen, kedvesem. Penzance-ban látott Mr. Chiarival ebédelni a...

– Korona Szállóban. Ez talán tilos? Nem beszéltem trágárul és az abroszt se ettem le!

Doreen csitítóan intett. – Eszembe se jutott. Nézd, itt a kutya se tudja, honnan jössz, márpedig a viselkedésed nem cselédlányt takar.

– Mintha mulatnál rajtam.

– Dehogy rajtad! Nedán. Egyszerűen féltékeny. Olyan váratlanul bukkantál fel, Laurie meg soha egyetlen szóval se magyarázta, miféle kapcsolat fűzi hozzád. Nick távozása után ezért a látszat azt sugallhatja, hogy az öreg festő élete alkonyán rálelt egy újabb múzsára.

– Te bolondot akarsz csinálni belőlem – kacagott fel Lathea elképedve.

A tiltakozás azonban ezt a feltételezését nem támasztotta alá. – Ugyan, hova gondolsz! Abban a londoni szállodában sok mindent láthattál, ne mondd nekem, hogy ilyen naiv vagy.

– Nem vagyok naiv. Laurie azonban Marazionba valósi, ezek szerint ennyire félreismerik? Elsősorban Neda Keaton?

– Laurie sokat megélt férfi, aki a mendemondák szerint soha nem szűkölködött nőtársaságban. Neda pedig akármennyire is fennhordja az orrát, mi tudjuk, mennyire rossz vásárt csinált a maga Mr. Keatonjával. Rangért eladta az érzéseit. Hidd el nekem, mára csak egy puccos vénasszony, nem több. No, és mit feleltél neki?

Lathea megvonta a vállát. – Kihagyom ezt az egyedülálló alkalmat. Van bőven tennivalóm, különösen karácsony előtt.

A filmhíradót követően már-már kötelező volt betérni a Kótyagosba. Az ivó hangos lett az élénk vitáktól, melyek Moszkva ostromának kimenetelét latolgatták. Jó angol szokás szerint fogadásokat kötöttek arra, hogy a Vörös Hadsereg hosszú gyengélkedést követően végre megemberli-e magát a főváros védelmében, és ha igen, milyen eredménnyel képes dacolni az évek óta verhetetlennek bizonyuló náci gépezettel. Latheát azonban nem érdekelte a férfiak okfejtése, ezért búcsút intve Laurie-nak hazafelé sietett a csatakos, esős éjszakában. A gondolatait körülményes lett volna teljesen elszakítania mindattól, amit a moziban látott. Már három éve tartott a háború, amit a gyarmatok veszélyeztetettsége kapcsán sokan világháborúként kezdtek emlegetni, jóllehet 1941 októberében Európában gyakorlatilag egyedül a német hadsereg keleti offenzívája számított harci tevékenységnek. Észak-Afrikában általában véve megmerevedett a front, a Távol-Keletről pedig csak lassú és megbízhatatlan információk érkeztek. A változásokat Marazionból nézve, az embert gyakran csalóka tévképzetek ejthették rabul. Az a pokoli két és fél hónap, amíg a horogkeresztes repülőgépek éjről-éjre rendre bezúdultak Anglia fölé, egyelőre elillant, és az iszonyatos időszak ideiglenesen lezártnak tűnt. A tetemes pusztítás maga alá temette London keleti városrészeit, számos gyárat és haditermelésre állt üzemet. Ahogyan Coventry, Birmingham, Swansea, avagy éppen Plymouth se kapott kegyelmet. Ráadásul ez utóbbi eset, a legközelebb lévén, mindenkit sokkolt. Plymouth Délnyugat-Anglia legnagyobb városainak egyikeként mindenképpen a figyelem középpontjában állt. Bár a Királyi Hadiflotta kikötőjeként jelentős feladat hárult rá, az átlagember számára inkább kulturális, bevásárló és szórakoztató központként funkcionált. Egészen addig, amíg a több napos bombázások eredményeképp a város porig égett. Marazionban azt beszélték, az ősrégi favázas házak napokig lángoltak. Winston Churchill személyesen is Devonba utazott, azonban amit talált, már csak az egykor virágzó város után maradt por és hamu volt.

A fedél nélkül maradtakat az állami szervezetek kétségbeesetten próbálták elhelyezni, ami a közelgő ősz, majd tél kilátásával nem tűrt halasztást. Penzance és a Lizard-félsziget több települése is népes csoportokat kényszerült befogadni, ám ezzel hamarosan tűrőképességük határára értek. A különben sem tehetős Cornwallra a menekülők jelenléte plusz terheket rótt. A szovjet invázióval egy időben az örökös és heves bombázások fokozatosan alábbhagytak, ami lélegzetvételnyi lehetőséghez juttatta az országot. A közvetlen veszély elmúltával viszont újult erővel indultak a sorozások. A hadsereg minden hadra fogható férfit megkörnyékezett, miközben Afrikából meg az ázsiai gyarmatokról pusmogtak, ahol bevetnék őket. Marazionban is megjelent két fővárosi ügynök, akik tüzetes vizsgálatot kezdtek a papírok között. A nyilvántartás alapján Nick rögvest nagyító alá került és nem sokon múlt, hogy lecsapjanak rá. Azután a semmiből Lathea számára is értesítés érkezett, melyben haladéktalanul a rendőrkapitányságra idézték.

- Mi ez a bolondság? – dörrent Laurie Leonard Mercuryra a telefonban. – Talán Lathea nélkül működésképtelen a gyalogság?
- Sejtelmem sincs, ne velem perlekedj!
- Ki a rendőrkapitány ebben a sárfészekben? Te, vagy az a két istenverte cockney?

A lényegre, mint később kiderült, Nick tapintott rá. – A neved miatt lehet, Lat, a nyakamat teszem rá. Mindenesetre erre a meghívóra nem volt ajánlatos fittyet hányni, ezért Lathea kötelességszerűen bemutatta az okmányait a két állami gyanakvónak és nem várt fordulatok híján mindannyian arra gondoltak, az ügy ennyivel rendeződött is. Naiv reménynek bizonyult, mert egy este mozi után a két ügynök egyike a sötét kocsiból kiugorva rontott rá. Ravasz mosolya szinte az éjszaka fénytelenségén is átsütött, kezeit zsebre dugta, ahogyan kidüllesztett mellel a kertkapuhoz baktatott.

- Jó estét, Miss Ternovsky.

- Mit keres itt éjnek évadján? Még tart a munkaideje?

A leplezetlenül szemrehányó hang kelepelő nevetést szült. – Már attól tartottam, csak a hűlt helyét lelem, grófné. - Mit akar tőlem, Mr. Hopkins? Legutóbb dicséretre méltó alapossággal kérdezett ki.

- No, igen, csakhogy a kellemes beszélgetésünket egy telefonhívás félbeszakította. Nem megyünk be, hogy befejezzük?

Lathea határozottan állta a méricskélő pillantást. – Amennyiben nem várhat holnapig...

- Én sem fogalmazhattam volna pontosabban.

- Akkor máris válaszolok. Mire kíváncsi?

Joseph Hopkins fensőbbségesen vigyorgott. – Gyanússá teszi az indulatossága.

- Maga se érezne másként, ha három éve ugyanazt kellene ismételgetnie.

- Mi az igazi neve?

- Ternovsky.

- Honnan származik?

- Stepney-ből.

- Meddig élt ott?

- Világéletemben, egészen a bombázásokig. Hiszen mindezt már elmondtam.

- Azt viszont nem, vajon a legfontosabb iratai miért olyan friss keltezésűek? Például az, amelyik az édesanyjára vonatkozik?

- Azért, mert most szereztem be őket.

- Miért?

- Korábban senki nem tekintett közellenségnek vagy kémnek pusztán azért, mert az apám lengyel származású.

Joseph Hopkins rágyújtott egy cigarettára. A vörös izzás apró kört írt le a levegőben, mialatt a férfi idegőrlő makacssággal hallgatott. Szembetűnően bevett szokása volt ez a lélektani játszadozás. – Mondja, hogy érezte magát a Pentonville-ben?

A sötétség jótékonyan elleplezte Lathea őszinte megrökönyödését, bár egy hosszú percig így is ösztönösen visszatartotta a lélegzetét. Kirázta a hideg arra a gondolatra, hogy ez az alak mi mindent áshatott ki a múltjából. Ugyanígy rossz lett a szájíze amiatt, honnan kaphatta az ötletet, hogy nyomozni kezdjen. – Túléltem – préselte ki magából.

– Ó, nem szép dolog kést szúrni a papába, grófné. Mondjuk úgy, nem keresztényi.

– Önvédelem volt.

– Na, igen, meglehetősen határeset az ilyesmi – hümmögött a férfi talányosan, hangja azt sugallta, hogy egyetlen szavát se hiszi. – Ugyanakkor tudja, mi a szokatlan ebben a históriában? Nemhogy tárgyalás nem volt, de még csak vizsgálati anyagok sincsenek.

– És ez mit jelent?

– Hmm, egyetlen tanúvallomásnak köszönheti a szabadságát, szép hölgy, amely részletesen vallott az elhunyt jellemtelen és erőszakos személyéről. Vajon egy kívülálló hogyan ismerhette ilyen behatóan a maga apját, eh?

– Nem tudom követni, uram.

– Milyen csavarokra képes az élet, nem? Hiszen éppen ez a jól tájékozott úr lett az ön férje.

Lathea szíve kihagyott egy ütemet. Soha nem faggatta Mischát arról, miféle ügyeskedéssel sikerült kimenekítenie őt az igazságszolgáltatás karmaiból, arra azonban a legmerészebb álmaiban sem számított, hogy az egész szégyentelen ügyhöz képes volt a nevét adni. Mindezt azonban az éles szemű állami hivatalnoknak semmi pénzért nem kötötte volna az orrára. Így is elég fájdalmasnak találta, hogy valamilyen oknál fogva felfigyelt rá. – Nem tudom, mi történt, Mr. Hopkins, hosszasan betegeskedtem.

– És mondja csak, gondol olykor arra a szerencsétlen apjára?

- Hogy mer ilyesmit kérdezni! – kiáltotta Lathea
felháborodva. – Semmi köze...
- Ne higgye, grófné. Az a dolgom...
- Hogy a papírjaimat ellenőrizze. Ezt meg is tette. Ha
bármi egyéb kérdése lenne, forduljon a bírósághoz,
vagy a Francia Nagykövetséghez. Jó éjszakát!
Lathea gyorsan betette maga után a kaput. Már a
feketébe öltözött kert felé iramodott, amikor a
cigaretta ismét felizzott a háta mögött. – Amilyen
jámbornak mutatja magát, olyan vad és gyilkos.
- Maga, uram, sok érdekeset láthatott már.
A gúny felett Hopkins elsiklott és mintha bókolt volna
neki, úgy felelt. – Láttam ezt-azt. És felettébb
figyelemre méltó, hogy a maga jótevője végül
oltárhoz vezette. Mégis mivel kenyerezte le?
- A fantáziájára bízom, hogy kitalálja.
A nyers, kárörvendő hahotától végigszaladt a hátán a
hideg. Még egy másodpercig az izzó csikkre meredt,
mielőtt magára erőszakolt nyugalommal a bungaló
felé menekült.

Aznap éjjel visszatértek a kínkeservvel elűzött
rémálmok. Ha el is aludt, nem volt benne köszönet és
hamarosan saját kiáltására riadt. Mintha tegnap történt
volna, úgy peregtek előtte a véres képek, annak a
szőnyegen megvívott pokoli küzdelemnek minden
pillanata, hangja és fájdalma. Szinte az arcán érezte az
alkoholos leheletet, ami gyűlölettől lángolva az arcába
ordította: – Megöllek, te ribanc! Egy alkalommal arra
ébredt, hogy a hasára borított tenyérrel fekszik, mint
akit ugyanott megszúrtak, ahogy akkor este. Sőt,
valósággal letaglózta az a halálközeli gyengeség,
egyfajta lebegő állapot, melynek ködén keresztül
gyakorlatilag nem is érzékelte a börtönt, később pedig
a kórházat is alig. A feltámasztott emlékek tébolyító
félelem hálóját vetették ki rá. Rémálmai zavaros
forgatókönyvébe Joseph Hopkins is betolakodott,

mígnem arra ült fel, hogy kiverte a víz és valósággal levegő után kapkod.

Még csak kora hajnal felé járt, de feladta az értelmetlen kísérletezést. Főzött magának egy forró teát, hátha annak jótékony hatására józanul gondolkodva rájöhet, mi húzódik a londoni ügynök előzmény nélküli érdeklődése hátterében. Abban egészen bizonyos lehetett, hogy az első találkozáskor nem adott alkalmat gyanakvásra. Erre módja sem volt, miután a papírok beható tanulmányozását követően az ügynököt elhívták. De az még akkor sem említette, hogy további kérdései lennének. Tehát történnie kellett valaminek, ha vette a fáradságot és bolygatni kezdte a múltat. De mi? És ez milyen következményekkel járhat rá nézve? Mindössze azok az iratok voltak a kezében, melyeket Mischától kapott és igazolták, hogy ejtették ellene a gyilkosság vádját. Ezen túl semmi egyébről nem tudott, se Mischa vallomásáról, se másról.

Leginkább az ingatta meg a magabiztosságát, hogy a kutakodó Joseph Hopkins céltudatosan összefüggést akar felállítani a gyilkossági ügy, illetve a francia okmányok között. Utóbbiak hitelességéhez kétség sem férhetett, márpedig a két ügynököt azzal a feladattal küldték ide, hogy sorköteles katonákat, vagy gyanús tevékenységet folytató embereket derítsenek fel. Ebbe azonban aligha tartozott bele jelentéktelen polgári személyek múltjának feltámasztása és azok alattomos megzsarolása. Ám akárhogy is zsonglőrködött a rendelkezésére álló kevés információval, az égvilágon semmire sem jutott. Számára nem volt egyértelmű, Hopkins mit akar elérni, azt ellenben nem tagadta, hogy gyilkosnak tartja. Vajon a zsebében lapuló állami jogosítvánnyal miben sántikál?

Miután semmi biztosat nem tudott, és egyedül a baljós megérzésekre támaszkodhatott, okosabbnak látszott

Jean-Michelhez fordulni. Igyekezete szerint nagyon korán feltárcsázta az otthoni számát, de két egymást követő reggelen sem járt sikerrel. Azután a követségen próbálkozott, ott üzenetet hagyott. Napok teltek el, válaszra viszont hiába várt. Egy alkalommal Laurie tréfálkozva meg is állapította, milyen koránkelő lett, mire ő egy ostoba megjegyzéssel igyekezett elterelni a figyelmét. Elsüllyedt volna szégyenében, ha tudomást szerez a gyilkosságról. Nem volt mit tenni, makacs kitartással üldözte a franciát. Bár felülhetett volna a vonatra, hogy személyesen keresse fel Londonban, azzal azonban felkeltette volna az ügynök gyanúját és esetleg a tettét a menekülés jeleként értelmezhette volna. Így is minden adandó alkalommal gúnyosan odavetette: – Még itt, grófné? – ezt könnyen meg is tehette, mivel Marazion nem volt elég nagy ahhoz, hogy állandóan kitérjen az útjából.

- Jó reggelt, Lathea, ilyen hajnalban?

A francia álmosan reszelő, hallhatóan meghökkent köszönése nem várt örömmel töltötte el. Annyi hiábavaló próbálkozás fényében néha kezdett attól tartani, már-már fantomot hajszol. – Röstellem, amiért fel kellett vernem, de olyan régen keresem már.

- Igen, megkaptam az üzenetét, de tegnap tértem vissza Portugáliából. Sajnos Laurie fia még nincs meg.

Lathea kínosan nyelt egyet. – Egyáltalán nem emiatt keresem. Meglehet, hogy rémeket látok, vagy magam festem az ördögöt a falra, mégis történt valami, ami nem hagy nyugodni.

- Komolyan hangzik. Mi lenne az?

- Hosszú történet.

A férfi halkan felnevetett. Lathea szinte maga előtt látta, milyen kába lehet a fáradtságtól. – Leültem, úgyhogy kezdheti.

Ő pedig nemcsak belekezdett, hanem egy szuszra beszámolt mindenről, ami a két londoni öltönyös Marazionba érkezése óta a faluban zajlik. Elbeszélte az első rendőrségi kihallgatás történetét, majd Joseph Hopkins két héttel későbbi, késleltetett felbukkanását a temérdek kérdéssel, amit a múlttal kapcsolatban feltett. Jean-Michel egyszer sem szakította félbe, így egy levegővel panaszkodhatta ki magát. Míg beszélt, a vonal túloldaláról pisszenést se lehetett hallani. Határozottan megkönnyebbült, amiért elmondhatta, ami a szívét nyomta, ehhez a jó érzéshez még vigasztalásra sem volt szüksége.

- Meglehetősen furcsa ez az egész – kockáztatta meg Jean-Michel higgadtan.

- Tudja, az a szilárd meggyőződésem, hogy itt tulajdonképpen nem is a papírokról lehet szó. Mindent átforgattak, de az égvilágon semmibe nem tudtak belekötni.

- Ezen nem csodálkozom, az iratai tökéletesen előírásszerűek. Az pedig, hogy egy gróf miért nősül rangján alul, nos, mindenesetre ez nem érinti az idegenrendészet hatáskörét.

Lathea eltűnődött. – Ez a Hopkins nevű férfi... néha az az érzésem, hogy szándékosan akar bennem bűntudatot kelteni. Folyton az apámra célozgat, a gyilkosságra... meg arra, hogy börtönben kellene sínylődnöm. Ám az, valójában mi történt, nem érdekli.

- Azon töröm a fejemet – kezdte Jean-Michel rövid szünetet követően. –, kihez is fordulhatott Mischa. Van néhány jogász ismerőse, köztük lehet az emberünk is. Ehhez azonban körbe kell szimatolnom.

- Kérdezhetek valami?

- Igen?

- Hogyan lehetséges, hogy bár az irataim patyolattiszták, ez az alak mégis a sarkamban van? Milyen alapon zaklat ezzel a régi históriával?

Hallható sóhaj következett. – Egyik válaszom sem lesz ínyére.

- Ezt hogy érti?

- A maga Hopkinsa csúnyán visszaél a hatáskörével, vagy...

- Vagy?

- Vagy... hogy is mondjam? – Jean-Michel megköszörülte a torkát. – Talán szemet vetett magára – Lathea a füle tövéig belevörösödött a sugalmazott lehetőségbe, zavart hallgatására pedig a férfi együtt érzően azt mondta: – Sajnálom, de ez is egy magyarázat.

- Én nem adtam...

- Okot? Ne legyen gyerek, sok férfi nem is vár semmi ilyesmire. Ezek a feketébe préselt állami fiúk távol otthonról... képzelje csak el, micsoda szabadságot és főleg micsoda hatalmat élveznek. Nyilván azt feltételezik, mihelyst vidékre mennek, az atyaúristen is az ő reguláik szerint lélegzik. De nem áll szándékomban bogarat ültetni a fülébe. Lathea a másik kezébe szorította a kagylót. – Ezzel már elkésett.

- Ez esetben bocsássa meg az őszinteségemet. A következőt fogom tenni. Mindenekelőtt kiderítem, ki ez a Joseph Hopkins és miért lógatja a lábát olyan keleti ráérősséggel Marazionban. Másodszor pedig utánanézek a Mischa által adott tanúvallomásnak és annak, pontosan hogyan is fest ez az ügy. Addig is arra kérem, lehetőség szerint tartsa távol magát attól az embertől, és őrizze meg a hidegvérét. Háború idején a bevett jogkörök képlékenyebbek lehetnek a szükségesnél, és minél lejjebb áll valaki a szamárlétrán, annál többet képzel magáról.

- Köszönöm, Jean-Michel.

- Még valamit. Egyikőnk sem feledkezhet meg arról, hogy külföldiek vagyunk ebben az országban. Ugye, tudja, miért mondom ezt?

- Hogyne! Velünk ellentétben Hopkins otthon van.
- Valahogy úgy. Ráadásul e percben a legális hatalmat
testesíti meg maguknál. Nos, tüstént jelentkezem,
amint megtudok valamit.

Lathea még hosszasan álldogált a búgó hangot adó
telefonkagylóval a kezében. Noha a központ régen
bontotta a vonalat, neki ez el sem hatolt a tudatáig. A
pillanatnyi megkönnyebbülést a feltámadó aggodalom
váltotta fel. Jean-Michel diplomatákhoz méltó,
megfontolt intelmei minden erőfeszítés ellenére
megijesztették. Anélkül élt le huszonöt évet, hogy a
neve, a szülei származása, vagy a személyes iratai
miatt bárki is elővette volna, netán hivatalokkal
kényszerült volna meddő csatározásra. Ma viszont az
az időszak felfoghatatlanul távolinak tűnt, jóformán
hamis illúziónak. Hasonlóan felháborította, miként
válhatott idegenné abban az országban, ahova tartozik
és aminek a nyelvét születése óta beszéli. Lehet az
okmányai alapján akár francia is, holott egyetlen szót
sem tud franciául, sőt, Anglián kívül más országot
nem is ismer. Ám akármilyen nevetséges, Jean-
Michelnek kellett igazat adnia és vigyáznia a
Hopkins-féle állami emberekkel.
- Miért nem avatott be engem?
Amint hátrapördült, baljós egykedvűséggel az arcán a
ház urába botlott. A kócos, táskás szemű öregember
sebzett tekintete a szívébe mart. Vajon mennyit
hallhatott a beszélgetésből? Elöntötte a szégyen arra,
hogy talán mindent. Már-már beleszédült, hátha ezzel
a leleplezéssel elveszíti ezt a mindennél értékesebb
barátságot.
- Segíthettem volna, ha megosztja velem az aggályait
– folytatta Laurie nem leplezett nehezteléssel, mielőtt
ő bármilyen elfogadható magyarázatot kiötölt volna.
- Mindent hallott? – egyetlen fejmozdulat is megtette.
– Megöltem az apámat, Laurie, és annak ellenére

gyilkosnak érzem magamat, hogy a saját életemet kellett megvédenem tőle. Tudja, a börtönnél van elviselhetetlenebb büntetés is. Ezek a pokoli rémálmok, meg a vér látványa, amit azóta képtelen vagyok elviselni. Ez azonban nem olyan hőstett, amivel szívesen dicsekszem.

- Elhiszem, mitöbb, megértem.

Lathea odalépett hozzá. – Akkor azt is megérti, amiért most szedem a sátorfámat.

A kék szemek a legapróbb rezdülését is makacsul követték. – Erről hallani se akarok. Mischa rám bízta.

- Ugyanakkor azt gondosan elhallgattam, hogy...

- Egészen ez idáig nem is tartozott rám. És a magáról kialakult véleményemet se fogja átírni.

A heveskedő kijelentés a megindultság könnyeit kergette Lathea szemébe. – Ha tudná, milyen sokat jelent nekem, amiért ezt mondja. Ettől azonban még el kell mennem.

- Csakhogy én nem engedem el.

- Laurie, ez egy kis falu, Hopkins, ha úgy tartja kedve, egy nap alatt szétkürtölheti a nagy hírt. Nem is beszélve a telefonkezelőről.

- Utóbbit felejtse el. Elvira Osborne süket, akár az ágyú, ezért is eszményi telefonos kisasszony.

- Nem akar megérteni engem? Az ön jó hírét sodorja veszélybe, ha maradok.

Laurie elhúzva a száját legyintett. – Azt egyetlen csínytevés nem fogja befeketíteni. Inkább az érdekelne, minek köszönhető annak a ficsúr parfümpárnának a felcsigázott érdeklődése.

- Kétlem, hogy ez...

- Kiderülne? – vonta fel a szemöldökét Laurie. – Miért is ne? Majd annak tesszük fel a kérdést, aki kellően jól értesült.

Minden további érv hiábavalónak bizonyult. Laurie türelmesen megvárta, míg főzött neki egy csésze teát, utána viszont tüntetően visszavonult az emeletre. – Ebédnél találkozunk, kedvesem.

Lathea számára kínszenvedést jelentett a tudat, hogy az alattomos pletyka bármikor megmérgezheti az életüket, ellene pedig semmit nem tehetnek. Joseph Hopkins az élete egyik főszereplőjévé vált azzal, hogy valamilyen ürüggyel mindennap feltűnt a boltban. Rendre kihasználta a kínálkozó alkalmakat egy-egy szurkára, és pontosan úgy viselkedett, mint aki tudatában van a titok súlyának, amit őrizget. Ezzel együtt persze annak is, ez miféle fenyegetést jelent. Lathea azon igyekezett, hogy még véletlenségből se kelljen tengelyt akasztania vele, noha a Jean-Micheltől útravalóul kapott tanácsokat olykor nem volt egyszerű követni. Hopkins ugyanis minden tőle telhetőt elkövetett, hogy ezt az elszántságát megrendítse.

Történni azonban semmi nem történt, ami ebben a kiélezett, életveszélyes kötéltáncot idéző helyzetben egyszerre volt kétségbeejtő és reménykeltő. Jean-Michel a telefonbeszélgetést követően nem jelentkezett, Laurie pedig kerülte a témát, mintha nem is érdekelné a dolgok alakulása. Egészen vasárnapig hallgatásba burkolózott, amikor is a délelőtti miséről távozóban nemes egyszerűséggel belekarolt Leonard Mercuryba és feltűnés nélkül kinavigálta a kiáramló hívők folyamából. Más körülmények között Lathea mosolygott volna ezen a dörzsöltségen, így azonban jobban izgatta, mi mondanivalója lehet a kapitánynak.

- Mondd, Leonard, mi folyik itt, amióta ez a két nyikhaj betette hozzánk a lábát? Lépten-nyomon beléjük botlik az ember.

- Ellenőrzik, hogy a kitelepítettek közé nem vegyültek-e olyanok is, akik…

- Jó, jó, zabot az ocsútól. De mi köze Latheának ehhez a keresztes hadjárathoz? A rendőrségen bemutatta a papírjait és mindent rendben találtatok, vagy tévedek?
- Nem, pontosan így volt. Laurie kettőt koppantott a botjával a kavicson. Elsötétült pillantása arról tanúskodott, hogy kezdi elveszíteni a türelmét. – Akkor az a Hopkins nevű alak miért koslat utána szüntelenül? Ostoba kérdésekből kapott már eleget. Leonard Mercury vállon veregette. – Megértelek, barátom, de hidd el, a madzagot a két cockney rángatja, én csak díszlet vagyok.
- Ó, így állunk?
- Így. Minden dűne mögé belesnek, szimatolnak, mintha Cornwall tele lenne a király esküdt ellenségeivel, kémekkel, nácikkal.
- Ez esetben ne az én házamban szaglásszanak azok a mocskos…!
- Mondok neked valamit – halkította le a hangját a kapitány. –, de nem tőlem hallottad – Laurie legyintett. – Jó néhány nappal azt követően, hogy Lathea nálunk járt, megjelent Neda Keaton – Laurie szemöldöke a név hallatán felszaladt. – Zárt ajtók mögött jó negyven percet tárgyalt Hopkinsszal, aki rögvest utána lerohant engem olyan kérdésekkel, hogy ha Miss Trashburn férjnél volt, miért viseli a leánykori nevét, hogyan és mikor került Marazionba, milyen viszonyban van veled, effélék. Mondhatom, ki se fogyott az okoskodásból.
Vészjósló csend állt be, mígnem Laurie a bajsza alatt annyit dörmögött. – Neda!

A Keatonok Penzance-tól északra egy évszázados birtokon éltek, és ugyan bárói rangjuk hetvenéves múltjával is frissnek minősült, vagyonuk semmiképpen. A helyi bányászatból felkapaszkodott klán nem pusztán bölcsen alapozta meg anyagi jólétét, de egyéb gazdasági tevékenységekbe is hatalmas összegeket fektetett. Ráadásul előszeretettel hivalkodtak azzal, amit összeharácsoltak. A velük kapcsolatban gyakran felmerülő lekezelő jelzők nem voltak egészen véletlenek. Cornwall legtávolabbi csücskében a család egyetlen generációja sem örvendett osztatlan népszerűségnek. Általában véve fennhéjázó, kevély és a társadalmi pozíciók rabjaként ismert família meglehetős elszigeteltségben élt, más hasonlóan előkelő család alig lévén a környéken. Miután a bányászok kizsákmányolásából szembetűnően megtollasodtak, ezt a gazdagságot szívesen éreztették másokkal.

Laurie, aki már fiatalon is sokat utazott és így sok embert ismert, jóformán mindenfajta emberi magatartásra lelt filozófiai magyarázatot. Bárki viselkedését és különbözőségét képes volt logikai úton indokolni, ezáltal pedig elfogadhatóvá szelídíteni. Ezért is akadt magyarázata, hogy az önteltek miért tartják saját hozzáállásukat természetesnek, vagy a kielégíthetetlen becsvágy miért nyűgöz le másokat. Pusztán arra a kérdésre nem tudott megfelelni, miként ismerhette annyira félre egykori szerelmesét, amennyire. Az ő Nedája egyszerű teremtés volt, szellemes, gyermekien lelkes és életvidám, Keaton bárónéja ellenben érdekhajhász, hazug és számító. Hogy lehetne a kettő mégis ugyanaz? Márpedig így volt és nyilvánvalóan ő az, aki tévedett, ábrándokat kergetett és a lelke mélyén még életben is tartotta azokat. Egyszer régen ábrándos, szerelemittas ifjú volt, aki minden józan érvre fittyet hányva egy madonnát istenített, holott, ma már tudta, az nem is létezett. Az ébredés élete legborzalmasabb élményeként élt az emlékezetében, amihez foghatóban azóta se volt része.

Ez a mérhetetlen csalódás az alapvető oka, amiért soha nem kereste az asszonyt, még csak válaszokat vagy magyarázatot sem követelt tőle. Mi értelme lett volna? Egyetlen szavát se hihette többé. És mivel az sem törekedett tisztázni magát, ez önmagában véve bizonyítékul szolgált az elkövetett árulásra. Az a szülők által erőltetett házasság, ha igaz is volt, nem jöhetett volna létre ilyen lélekszakadva az ő tevékeny hozzájárulása híján. Laurie idővel ugyan tisztába jött az igazsággal, de valahogy jobban örült, hogy ha összetört szívvel és álmokkal is, de túlélte a csalódást, minthogy felhánytorgassa a sérelmeit. Egészen mostanáig. És ahogy ott ácsingózott a Keaton-rezidencia komor épülete előtt, némi elégtétellel tudatosult benne, micsoda harci láng kapott életre a szívében. Ellenségként gondolt az asszonyra, személyében olyasvalakire, akinek szívesen okozna fájdalmat ízelítőként megmutatva, egykor ő maga is mit élt át. A késő októberi, csípős szél térítette észhez, mígnem határozottan rátenyerelt a csengőre. Egykedvűen kopogott a botjával, mialatt várakozott. Kizárólag a küldetésére összpontosított, meg arra, Neda milyen lavinát zúdított Lathea nyakába. Természetszerűleg egészen megdöbbentette a kihallgatott telefonbeszélgetés, bárkit hasonlóan érintett volna a helyében. Latheát szelíd és szeretetre méltó teremtésnek ismerte, aki keveset beszélt magáról. Ebben egyébként kísértetiesen idézte Mischát. Eközben érzékelhetően lobogott benne a tűz és ő gyakorta dacos makacsságot vélt felfedezni a viselkedésében. Olyan ember benyomását keltette, mint aki két lényt hordoz magában. Egyet hajlandó megmutatni, a másikat azonban mélyen eltemeti legbelül. Márpedig majd hatvannyolc évének tapasztalata azt sugallta, ez a kettősség be nem gyógyuló sebeket jelenthet, és, lám, az egyikre rá is bukkant. Ez viszont nem tévesztette meg. Előítéletek nélkül ismerte meg, és úgy vélte, pontosan tudja, milyen. Meg aztán Mischa teljes befolyásával kiállt mellette, mitöbb, feleségül vette, ennél több bizonyítékot nem kívánhatott volna arra nézve, hogy helyesen ítélte meg az asszonyt.

- Igen, uram?

Laurie a fehér, keményített kötényben feszítő cselédlányra nézett. – Jó napot, Mrs. Keatonnal szeretnék találkozni. Bejelentene neki?

- Sajnálom, uram, asszonyomnak vendégei vannak.

- Ez halaszthatatlan, kérem, hívja ki.

A lány makacsul a fejét rázta. – Nem tehetem, uram.

- Akkor legyen így – gondolta meg magát Laurie. Hazai terepen úgyis szívesebben vívta meg ezt a csatát. – Mondja meg az asszonyának, hogy záros határidőn belül látogasson meg. Ellenkező esetben hallotok magamról, csakhogy abban nem lesz köszönet.

A nyílt fenyegetés hallatán, akármilyen barátságos modorban is hangzott el, a lány megmerevedett. – Kinek az üzenetét adhatom át?

- Mondja azt neki: Átok jött el behajtani a tartozásait.

- Tessék?

Laurie-t szórakoztatta ez az értetlenség. – Átok, ez én volnék. Viszontlátásra.

- Viszontlátásra.

Még mindig a jeleneten mulatva, lassú léptekkel visszaballagott a garázsból előcsalogatott kocsihoz. Jó előre diadalérzés kerítette hatalmába, hogy egykori kedvesét a saját játékszabályai szerint leckéztetheti meg. Mennyei élvezet lesz és már tudta is, hol fogadja majd. Kint a metsző szélben, a bungaló előtt, ahol annyiszor nézték összebújva a vöröslő napkorongot belecsúszni a vízbe.

Ahogy teltek a napok, egyre érlelődött benne a visszafojtott düh és a vágy, hogy a csalárd nőre zúdítsa mindazt, amit ennyi éven keresztül magában tartott. Ma már inkább azon csodálkozott, hogy az asszony mesterkedései kevésbé lepték meg, mint bántották. Harminchét éve semmiféle kapcsolat nem létezett köztük, miután a maga részéről megalázva és haraggal távozott Marazionból. De annak is sok esztendeje, hogy visszatért, és bizony Neda soha nem tartotta szükségesnek, hogy felkeresse és beszéljenek a múltról. Ő ezt nem bánta, mivel a jelen eset is bizonyítja, hogy az emlékek tudatos eltemetése nem jelent feledést, se megbocsátást. Ellenben a hallgatás, úgy tenni, mintha ez az egész nem számítana, megfelelt neki.

Aznap délelőtt, amikor meghallotta a ház előtt lefékező kocsi motorjának zúgását, elégtétel töltötte el. Levette a fogasról a meleg kabátját, még a sáros időkben nélkülözhetetlen gumicsizmát is felhúzta, és kisétált a hideg télelőbe. Előző nap volt Mindenszentek, ez jól hangzó ürügyet szolgáltatott, hogy végleg eldobja életének egy nemkívánatos béklyóját, jóllehet a gyász könnyeire régóta képtelen volt. Ráérősen vágott át a csupasz ágyások közt, ahol immár nyoma se maradt tündöklő virágoknak és bár a fű meg a fák mutattak némi zöldet, az sem ugyanaz a boldog árnyalat volt, mint nyáron. A fel-feltámadó szélben meztelen karként integettek az ágak, a háttérben a szürke égbolttal kifejezetten goromba képet alkottak. Vászonra kívánkozóan nyerset. Már a bungalónál téblábolt egy ideje, amikor közeledő léptek csikorogtak a hajnali esőtől vizes kavicson. Nem fordult meg, inkább újdonsült dacosságával mereven a hátát mutatta az érkezőnek, miközben vakon elbámult a tenger felett Lizard felé. Nem telt bele sok és az asszony ott állt vele szemben, kihúzott háttal, felszegett állal. Igazi báróné és legalább annyira igazi Keaton benyomását keltve. A háború okozta szegénység közepette is drága szőrmebundát viselt, lábán hasított bőrcipőt, körmei gondosan lakkozva, frizuráját pedig láthatóan fodrász

készítette, különben a továbbra is szőke fürtök aligha
állták volna olyan rendületlenül a zord széllökéseket.
Mialatt szótlanul fürkészték egymást, észrevette, hogy
az asszonyon is nyomot felejtett az idő. Akadt számos
jele, furcsa mód őt mégis olyasmi ragadta meg
leginkább, aminek kevés köze volt az elmúló évekhez.
Valamikor régen rajongott zöld szemeiért, melyekben
ott ragyogott minden boldogsága és félelme. Ez a
pontnyi zöld a legfinomabb hangulatváltozásokat is
kifejezte, szerelmes volt vagy dühös, telhetetlen vagy
elutasító. Most viszont ugyanazok a szemek halottan,
fény nélkül tapadtak rá. Szinte fájt neki ez az üresség.
- Szándékosan ácsorgunk itt a hidegben?
Ez volt az első mondat annyi évtized után. Báróného
méltó hangnemben, ami azonnal visszarántotta a
jelenbe. – Miért is ne? Elvégre ez nem egy akármilyen
hely, nemde?
- A langymeleg emlékek szentimentális bolondoknak
valók!
- Márpedig te nem tartozol közéjük. Mindig meg
akartam kérdezni valamit… érdekelt volna,
egyszerűen kíváncsiságból, tudod, hogy van ez…
Az asszony haragosan zsebre dugta a kezeit. – Mondd
már, az isten szerelmére!
- Érezted még a szádon a csókjaimat, miközben máris
a báró karjaiba vetetted magadat?
Az ingerkedés után rideg egyenességgel elhangzott
kérdés komorrá tette Neda arcát. – Ne ízetlenkedj!
- Távol álljon tőlem! Mindössze azt számolgatom, az
emlékezeted meddig tartott. Nekem hazudtál, vagy
neki?
Szemmel láthatóan feldühítette az asszonyt. – Te csak
ne számolgass! Megkaptam az üzenetedet, ám
amennyiben nem állsz elő a mondandóddal, tüstént
elmegyek.
- Csak ne olyan hevesen. Ha hátat fordítasz, úgy
veszem, mintha meghallgattál volna.

A hirtelen keresztbe font karok támadóan hatottak. – Nos?

- Feltétlenül személyesen kívántam közölni veled a következőt: elvárom, hogy ne hergeld tovább azt a nyápic ügynököcskét, aki, hála neked, nyakig merült az életünk boncolgatásába.

- Megőrültél?

- Felesleges a nagyjelenet, egyetlen szavadat sem hiszem. Számtalanszor bizonyítottad, miféle hazug teremtés vagy.

- Ne merj engem sértegetni, Laurel Doorn! Laurie-t nem hatotta meg az elvörösödő arc meg a lángoló gyűlölet, ami az üres zöldet egy csapásra jelentéssel ruházta fel. – Az igazat mondom.

- Te...!

- Fogd be a szádat, most én beszélek. Tehát leszel szíves haladéktalanul intézkedni, hogy Hopkins felejtse el Lathea Trashburnt.

- Az a nő egy gyilkos.

- Ha az is, nem hazug és én ezt többre becsülöm – Neda összepréselte az ajkait. – Mellesleg akárkiféle, a vendégem, más szóval neked az égvilágon semmi közöd hozzá meg a viselt dolgaihoz.

- Marazionban valószínűleg sokan nem értenének egyet veled. Az ilyen átok a közösségre. Laurie-nak elkerekedett a szeme. – Miféle közösségről beszélsz? Az olyan felfuvalkodott hólyagok, mint te meg a férjed, nem ismernek közösséget, csak egyéni érdekeket.

- Nem érdekel, tüzet is fújhatsz rám, de amint a faluban meghallják...

A fenyegető mordulás megtette a kívánt hatást. – Ha meghallják, a te báród és az egész környék is hall néhány érdekfeszítő apróságot rólad, ezt akár írásba is adom. Lesz min csámcsogniuk a téli hónapokban.

- Ugyan, ne tedd magad nevetségessé – az asszony lesajnáló pillantása Laurie-ra villant. – Közel négy

évtizede vagyok férjnél, ismer kívül-belül, nincsenek titkaink. Úgyhogy értelmetlenségeket hordasz össze, amitől nem ijedek meg.
- Pedig jobban tennéd. Ezt az idilli helyzetet ugyanis egyetlen szóval felbolygathatom, rögvest összeomlana, akár valami kártyavár.
- Nem képzelsz te túl sokat magadról?
- Hmm, vajon mit szólna a báró, ha, mondjuk, a fülébe jutna, hogy az ő szerelmes kis hitvese messze nem volt az az ártatlan bárányka a házasságkötéskor, mint képzelte? – az asszony arcából átmenet nélkül kiszaladt a vér. – Sejtelmem sincs, miként hitetted el vele az ellenkezőjét, de esetleg ecsetelhetném neki, milyen tüzes szerető voltál ezen a szent helyen, legtöbbször hazamenni sem akaródzott neked.
- Hagyd abba!
- Miért? – vágott Laurie ártatlanságában is kegyetlen grimaszt. – A szeplőtelen fruska képe rögvest köddé foszlana, nemde bár? Ó, milyen szívesen megnézném, mit szól ahhoz az az erkölcsi kövület, hogy a felesége által felkínált örömöt már más is élvezte?
- Ez mérhetetlenül aljas dolog lenne.
Laurie ellépett a lendülő ököl elől, amitől támadója megcsúszott a vizes füvön és tehetetlenül térdre rogyott. Bár felállt, a drága szoknya anyagán kellemetlenül virított a sárfolt. Az iménti indulatos szavak nyomában dermesztő csend maradt, amibe néha-néha csak a szél fütyült bele. Ellenségesen méregették egymást, mígnem Neda alaposan féket vetve a nyelvére kinyögte. – Egyetlen jól nevelt férfi sem lenne képes ekkora árulásra.
Laurie úgy határozott, a már vérző sebben még mélyebbre döfi a kést. Lehetőleg markolatig, nehogy az asszony valaha elfelejtse ezt a revánsot, amire ő oly sokáig várt. – Árulás? Hiszen te árultál el engem! Egyébként meg semmi nem tarthat vissza attól, hogy ugyanúgy megtapossalak, mint annak idején te tetted

velem. Nem vagyok se báró, se úriember. Ahogyan te se voltál. Még csak meg se kérdem, miért uszítottad ránk azt az embert, egyszerűen leszámolok veled.

- Nem hánytorgathatod fel a múltat.

- Tudod, mi az ára.

- Inkább egy gyilkost védesz?

- Ha erről bárki egy szót is hall, figyelmeztetlek, világgá kürtölöm, hogy viszonyod volt velem. És azt is garantáltan közhírré teszem, hogy Jack Keaton valójában az én fiam volt.

A hangos sikolyt elvitte a szél. Neda kitágult pupillával meredt Laurie irányába. A perc töredékére úgy látszott, a megrázkódtatástól elveszíti az eszméletét.

- El ne ájulj, mert nem kaplak el.

Az asszony továbbra is levegő után kapkodott. – Ez rágalom!

- Rágalom? Angyalom, még a festők is tudnak kilencig számolni.

Röpke hallgatás. – Ha tudtad, miért nem....?

- Követelődztem? – Laurie lustán megvonta a vállát. – Esélyem se lett volna Keatonnal szemben, de elsősorban nem ezért. Hanem mert boldog voltam, hogy lerázhattam magamról egy áspiskígyót. Na, jól van.

- Nem vagyok áspiskígyó! Nem vagy hajlandó megérteni, milyen helyzetben...

- Nem érdekelnek az indokaid – és ezzel Laurie elégedetten összecsapta a két tenyerét. Bár a megrázkódtatás beszédes jelei még ott ültek az asszony sápadt arcán, ő a maga részéről kielégítette saját bosszúvágyát. Megtette, amit a lelkiismerete követelt. – Most már tudod, hogy állunk. Teregesd ki nyugodtan, amit az a tökkelütött kiszimatolt, ám minden egyes híresztelésért én is eggyel fizetek. Egészen addig, amíg a képmutató és fennhéjázó életed abban a kacsalábú várban alkotóelemeire hullik. Ezt veheted ígéretnek.

Ellépve az asszony mellett a Parisian felé indult. Már a lába alatt ropogtak a kavicsok, amikor egy bizonytalan hang megállította. – Képes lennél ezt tenni velem? Valamikor szerettél.

– Valamikor igen. Most viszont Lathea Trashburnt szeretem, vagyis nem esik nehezemre feláldozni téged, ha arra kerül sor – két újabb yard után még mindig saját szavait ízlelgette. Ez az utolsó fogadkozás úgy hangzott, mintha Mischa hitvese a szeretője lenne. Mégsem törődött vele. Talán mindannyiuknak előnyösebb ez a tévhit. Utoljára még hozzáfűzte: – Ez a helyzet nyilván ismerős neked, hiszen te is feláldoztál engem a pénzsóvárság és rangkórság oltárán. Ismered a kijáratot, isten veled – ezzel sietősen távozott.

– Ma elképesztő dolog történt – mesélte Lathea egy este, miután asztalhoz ültek.

Laurie válaszként lustán mosolygott. – Errefelé igazán nem jellemző, úgyhogy ki vele, kedvesem.

– Már a boltot zártuk, amikor Joseph Hopkins megszólított. Képzelje csak, holnap végleg elmegy.

– Ó, a mindenségit! Tényleg?

A boldog kacajt nem lehetett félreérteni. – El bizony! A társával együtt vissza kell térniük Londonba.

– Hát, menjenek csak! Lehet, hogy ez már Jean-Michelnek köszönhető?

– Ki tudja? Azóta se jelentkezett.

Laurie osztozva a látható megkönnyebbülésben éhesen nekiállt a gőzölgő levesnek. – Akármi is legyen mögötte, hála az úrnak. És mondott még az az alak valami gorombaságot búcsúzóul?

– Olyasmit, hogy az igazi gonoszság az ember lelkében lakozik és nem lehet legyőzni! Ez az ember semmit nem tud rólam, mégis kész rá, hogy ismeretlenül jellemrajzot fessen.

Laurie eltűnődve nézett fel. – Most, hogy lezártuk az ügyet, megkérdezhetem, milyen mélyen érintette magát?

- Magam sem vagyok benne biztos. Életem legborzalmasabb éjszakája volt, és történjen a jövőben bármi, nem múlhatja felül. Tudja, Laurie, miután édesanyám meghalt, az apám iszákos lett, az alkohol a legrosszabbat hozta ki belőle. Sokáig nem akartam beismerni, hogy arcátlanul élősködik rajtam és, rokoni szálak ide vagy oda, meg kell húzni azt a bizonyos határvonalat. Ám idővel muszáj volt döntenem és arra jutottam, hogy nem fogom halálra gürcölni magamat azért, hogy az utolsó pennyig mindent leeregessen a torkán. Semmi se volt elég.

- Azt kell, mondjam, messze nem egyedülálló történet.

- Nem az. És attól kezdve, hogy nem hunyászkodtam meg, rendszeresen összeverekedtünk. Legtöbbször szó szerint kipofozta belőlem a pénzt – Lathea kedvetlenül eltolta maga elől a tányérját. – Őszintén szólva alig emlékszem arra az estére, amikor meghalt. De a képzelet kegyetlen játékszer. A hiányzó darabkákat százszorosan kiszínezve adja vissza. Egyvalamit azonban nem bánok: hogy megvédtem magamat. Bizonyára kereszténytelen ezt mondanom, mégis meggyűlöltem az utolsó időkben. Éppen annyira, amennyire gyerekként rajongtam érte. Ma pedig nem érzek semmit.

- Ön is megsérült?

Lathea megmozdította a fejét. – Elképesztő, de ahányszor előtörnek a rémálmok, érzem a szúrást – borította a tenyerét a szoknya takarásában húzódó hegre. – Másra szinte alig tudok visszaemlékezni. Legfeljebb halvány foszlányokra, ezek, azt hiszem, a börtönkórházból származnak. Hosszú ideig semmit nem tudtam magamról.

A történet felkeltette Laurie érdeklődését. Művész fantáziája menthetetlenül meglódult és a fordulatokba merülve eszébe villant Mischa. – És hol jön a képbe régi pajtásom, Kolja?

Váratlan volt, ahogy Lathea felkacagott. – Az egy másik mese, belevágjak egyáltalán?

- Az isten szerelmére, ne fosszon meg az izgalmaktól! Latheát szórakoztatta a megjátszott kétségbeesés. – A Notting Hillen találkoztunk. Egy antikváriumban dolgoztam, ahova Mischa egy könyvért toppant be. Azután elszegődtem szobalánynak a Royal Courtba, mert a szállodában sokkal jobban fizettek.

- Ejha! Egyszer laktam ott a Nagy Háború idején. Igazán felséges eleganciájú szemétdomb.

- Az. És mellesleg kibe botlottam ott?

- Gróf Koljába?– helyeslés. – Micsoda fordulat!

- Mivel a könyvet, amit életre-halálra kutatott, addigra sem szerezte meg, megkért, hogy egy-két ötlettel segítsek neki.

- Megkérte?

Lathea fintorgott a gúnyos nyomatékon. – Hát, erőteljesen kérte.

- Ezt jól ismerjük, nem igaz? Arisztokrata módi. Tehát erőteljesen kérte és azután?

Lathea továbbra is mosolygott. – Igen, szóval, az erőteljes kérés után előkerült a könyv. Mischa hálás akart lenni, bizonyára azt gondolta, ha kifizeti…

- Ez is olyan jellegzetes fordulat.

- Én persze nem kértem a hálájából. Viszont kaptam tőle egy ígéretet, hogy ha szükségem lesz segítségre, legyen bárhol vagy bármikor, meghálálja a szívességet.

- Kezdem érteni. A könyvért cserébe kimenekítette magát a rács mögül?

- Valahogy úgy.

- Egyet még mindig nem értek. Ha annyira beteg volt, kedvesem, hogyan értesítette az eseményekről?

- Erwin Cowan értesítette. Laurie elvigyorodott, majd a következő mozdulattal a poharát az asztal másik oldalán ülőre emelte. – Gyönyörű történet, köszönöm.

- Gyönyörű?

- Igen, visszaadta a hitemet, hogy ifjú barátom nagyszerű és érző ember volt. Lathea felállt a helyéről, hogy odalépjen hozzá és megölelje. – Én tartozom köszönettel, mert nem vet meg. Sőt, kiállt mellettem. Bárcsak olyan apám lett volna, mint Laurel Doorn.

- Megríkat a ragaszkodásával – vallotta be a ház ura viszonozva a meleg ölelést. Néhány végtelen másodpercig egyikőjük se mozdult. Amúgy is bűn lett volna a pillanatot szavakkal elrontani. Végül Lathea még egyszer belenézett a kék szemekbe, melyek megerősítették abban, hogy megértő lélekre talált.

22.

- Tessék, drágám – Grant Hyland-Flake letette a
felesége elé a csésze teát, a következő mozdulattal
pedig bekapcsolta a világvevő rádiót.
- A BBC híradását hallják Londonból. Két perc múlva
nyolc óra.

Laurie keresztbe tette vékony lábait, miközben
szórakozottan pöfékelt egyik kedvenc szivarján.
Füstgomolyag mögül kacsintott a háziasszonyra. – Ez
a legnagyobb csoda, amit ésszel felérek. A semmiből
kiadós vacsorát összeütni. Te mit gondolsz, Grant?
Hogy hamarosan két kövér, öreg disznó lesz belőlünk.
A rádióban elhangzott a mostanra már közismert
szignál. – 1941. november 9-e, ez a BBC
világhíradója Londonból. Amint azt déli
híradásunkban hallhatták, ma reggel a miniszterelnök
sajtótájékoztatón erősítette meg azokat az
értesüléseket, miszerint Indokínában a japán
előretörés egyre nagyobb méreteket ölt és az utóbbi
napokban déli irányban felgyorsult. Hong Kong japán
megszállását követően Mr. Churchill nemkívánatos
érvágásként jellemezte Szingapúr esetleges elestét.
Ugyanakkor leszögezte, a Hadügyminisztérium
minden tőle telhetőt elkövet a kikötő, a város és a
lakosság védelme érdekében. A megerősített
légvédelem kiegészítéseképpen ezekben a napokban
hajózzák be azokat a szárazföldi egységeket, melyeket
augusztusban irányítottak a térségbe. A
miniszterelnök elégségesnek nevezte a felkészülést és
a valószínűsíthető invázióval kapcsolatban
kijelentette, hogy Szingapúr stratégiailag és
gazdaságilag is számottevő bástyája a birodalomnak.
Ezért Malájföld védelméhez minden szükséges

felszerelés, technika, illetve utánpótlás nagy mennyiségben áll rendelkezésre.

- Humbug – dörmögte Laurie a bajszát húzogatva.
- További híreink Európából. A kezdetben ellentmondásos információk után mára megerősítést nyert, hogy a német és olasz hadsereg Odessza október 16-ai eleste után több hadtest egyesítése révén összehangolt támadást hajtott végre a Krímfélszigeten. Szevasztopolt azonban nyolcnapos ostrom után sem tudták térdre kényszeríteni....
- Bezzeg annak idején minket kiebrudaltak a Krímből – jegyezte meg Grant a dicsőségesnek nem nevezhető múltra célozva.
- Talán nekünk is elkelt volna a horogkereszt. Mágikus ereje lehet.

A férfiak összenéztek. Miután egyik lehangoló hír követte a másikat, a beolvasó az eseménynaptár végére ért. Grant odasurrant a készülékhez, hogy egy keserű megállapítás kíséretében elnémítsa. – Innen szép a győzelem. A krikettre ez igaz volt, vajon a háborúra is az?

- Nem bírom ezt a kincstári optimizmust.
- Sajnálom, Dory drágám, de ha úgy kívánod, azt is mondhatom, hogy a németek anélkül nyerik meg a háborút, hogy igazán belemelegednének. A bolsikat meg minket is két vállra fektetnek. Most jobb?
- Cseppet sem.

Grant vállon veregette a feleségét. – Na, látod – azután Laurie-ra sandított. – Amíg a hölgyek teáznak, iszunk valami férfiasabbat, öregem?

- Vodkát?
- Attól tartok, az nincs e pillanatban.

Doreen felsóhajtott. – Istenem, Quentin pont abba a tűzfészekbe került.

- Hiszen katona. Mit tehetnének?

Ez a fájóan józan felfogás rosszul esett az asszonynak.
– Drágám, miért nem hozakodsz inkább elő a decemberi terveinkkel?
- Miféle tervek?
- Tulajdonképpen nem nagydolog – lesett Doreen Latheára a szeme sarkából. – Karácsony előtt szeretnénk egy hetet Londonban tölteni. Nem is annyira vásárolgatni, hanem a kikapcsolódás kedvéért. Pár napra elszakadni innen. Tudjuk, hogy Laurie-t kirobbantani se lehet, de esetleg te, Lat, ha lenne kedved, elkísérhetnél minket. Hm, mit szólsz?
- Csodás ötlet.
Doreen lelkes támogatójára nevetett. – Reméltem, hogy ezt mondod, Laurie. Ugye, kibírod addig Lat nélkül?
- Mindenesetre megpróbálom. Menjen csak, kedvesem, úgyis rég járt a Temze partján.
- Nem kell azonnal döntenie, addig még nagyon sok időnk van. Ez mindössze csak egy felvetés részünkről.
- Köszönöm – felelte Lathea, mire Grant bólintott. Részéről a témát lezárta.
Doreen megkönnyebbülve feltöltötte a csészéjét. – No, és hallottátok a hatalmas újságot Howard Stumpról?
- Nocsak, miben sántikál a mi szeretett doktorunk?
- Megnősül! Vasárnap hírdették ki Penzance-ban. Cossins tiszteletes adja őket össze karácsony előtt egy héttel.
- Ezt hívják pletykálkodásnak, drága hitvesem.
A rosszalló megjegyzésre az asszony hanyagul megvonta a vállát. – Ugyan, ne légy képmutató nyárspolgár, Grant. Mihez kezdenénk ilyen havas, téli estéken? Talán bámuljuk a falat?
- Századévenként egyszer, ha esik a hó errefelé.
- De otthon, Skóciában, ilyenkor már gyakran havazik.

A házigazda sűrű szemöldöke felszaladt. – Otthon? Hiszen nyolcéves korod óta be se tetted a lábad abba a szoknyás piperkőcök birodalmába!

- Ettől még érezhetem az otthonomnak.

- Indiát is érezhetnéd, miután lehúztunk ott tizenkét évet.

Lathea és Laurie mindentudóan összesomolyogtak. A férfi beszédes grimasza nyomán Latheából kevés híján kipukkadt a hahota, de azért hősiesen türtőztette magát. A háziak szokásos torzsalkodása megszokott esti műsornak számított. Ez alkalommal ugyanolyan vég nélküli szócséplés kezdetét ígérte, mint egyébkor.

- És ki a boldog ara? – Laurie ravaszul közbeszúrt kérdése rögvest véget vetett a felesleges szócsatának.

- Egy Plymouth-ból kitelepített asszony – felelte Doreen ismét elmerülve az izgalmasnak nem mondható részletekben.

Furcsa és sokszor ellentmondásos teremtés volt, aki bár mindenről értesült, a saját szempontjai alapján szelektálta a híreket. Némelyeket élvezettel bocsátott marazioni pletykatársai nyelvére, ellenben akadt, amit nyomtalanul eltemetett magában.

- Álmomban sem hittem volna, hogy Stump doki még egyszer házasságra adja a fejét.

- Miért ne?

- Ha ismerted volna Angela Stumpot, Lat, nem kérdeznéd.

Grant elhúzta a száját. – De nem ismerte.

- Azt hiszed, én nem tudom? Kicsinyes és álnok nőszemély volt. Gyűlölte Maraziont meg a férje betegeit. Mrs. Crawley csecsemője majdnem meghalt, mert Mrs. Stump nem engedte el otthonról a férjét. Nevetséges liba!

- Mrs. Crawley gyanúsan vérforraló fehérnép, igaz, Laurie? – kacsintott a házigazda keresztül a szobán.

Az egyértelmű cinizmuson a felesége azonnal felháborodott.

- Ó, ezek a férfiak!

Mielőtt a vita nem kívánt módon elharapódzott volna, Laurie a torkát köszörülve felszökkent a párnákkal bélelt karosszékből. Az egyértelmű célzás, hogy indulni készül, mégsem találta meg a háziak figyelmét. Köhécselni kezdett, ismételten hiába. A jelenetet látva Lathea majd meghalt a visszanyelt kacajoktól. Laurie rendkívül komikusan festett a szócsata frontvonalában, amint eredménytelenül törekedett felhívni magára a figyelmet. A sok köhintés révén még félre is nyelt, hogy azután vöröslő ábrázattal küszködjön, akármi is rekedt a torkában.

- Mondtál valamit, öregem? – nézett végül oda a ház ura és erőteljesen hátba csapkodta, mígnem a kellemetlen roham elmúlt. – Még megölöd magadat a nappalimban.

- Ez esetben inkább a kertet választanám.

Lathea most már nem tudta magát visszafogni és felnevetett. – Ideje hazamennünk – karolt az öreg festőbe, aki sokatmondó pillantással nézett vissza rá. Arca még rózsaszín volt az erőlködéstől, de azért derűsen mosolygott.

Az asszonyok összeölelkeztek. – Holnap is korán kelek, sajnálom, Dory. Köszönjük a vacsorát.

- Örültem, hogy eljöttetek.

- Ugye, gondolkodik a londoni kiránduláson? – búcsúzott Grant.

- Ez magától értetődik.

Miután kiléptek a novemberi éjszakába, Lathea kuncogva emlékezett az utolsó percekre. – Egy hét a harcmezőn? Ezért kell Londonba utaznom?

A festő élveteg vigyora egybecsengett a feltételezéssel. – Csak akkor javaslom, ha ismeri a békepipa titkait. Talán először leckéket vehetne a francia barátjától diplomáciából.

- Gondolja?

- Határozottan.

A sötétben összenevettek, miközben Laurie a fejébe húzott egy rémes, zöld kalapot, melynek egyik oldalán valamikor megégethette a szegélyt. A foszló szalag alól kókadt madártoll nyúlt elő. Nevetséges látványt nyújtott, titokzatos módon mégis illett hóbortos, csupa szív egyéniségéhez.

Lathea kerékpáron tette meg az utat Penzance-ig, ami az erős széllökéseknek köszönhetően végtelenül hosszúra nyúlt. Ráadásul rettenetesen átfagyott, mire az öblöt megkerülve elérte a várost. Élénk hétköznap délutáni kép fogadta, miközben a keskeny mellékutcákon kerekezett. A hetek óta megszokottá váló esőnek az utóbbi napokban híre-hamva se maradt, noha a szikrázóan sütő, novemberi nap meg a tomboló szél összességében még rosszabb is volt. Hamisítatlanul téli hőmérsékletet csempésztek a félszigetre, ezért a csodás napfényt csak a fűtött szobából lehetett élvezni. Aki kitette a lábát a szabadba, okosabban nem is cselekedhetett, minthogy rétegesen felöltözött, sőt, még sál és kesztyű is elkélt. A többi közlekedőt kerülgetve Lathea keresztülverekedte magát a városon. A Market Jew Street szembetűnően nagy forgalma máris azt a kilátást vetítette előre, hogy akármerre is viszi a lába, Penzance minden sarkában tömeget talál.

Nekiveselkedve az emelkedőnek eljutott a főpostára. Ott az a kellemetlen meglepetés érte, hogy rajta kívül legalább két tucat ember sorjázik a 'Csomagok' feliratú ablak előtt. Nem volt hát mit tenni, beállt utolsónak és fázós kezeit dörgölve felkészült a tartós várakozásra. A karácsony ugyan még bő hónapnyira járt, a nyilvánvaló jelek azt mutatták, hogy az emberek zöme háborús időkben igencsak előrelátó. Normális körülmények között nem lett volna szükség arra, hogy Penzance-ig utazzon, ám a nagyméretű küldeményeket a posta mostanság nem szállította innen tovább. Feltehetően a szűkös üzemanyag készletekkel spóroltak. Ő azonban nem habozott idáig kerekezni, miután Mr. Arnelltől megkapta a hivatalos értesítést. Laurie-nak azt füllentette, hogy varrni megy, ezért bízott benne, hogy hazafelé sikerül Jean-Michel ajándékát anélkül becsempésznie a bungalóba, hogy az öreg észrevenné. Hálatelten gondolt a franciára, aki a hét elején tudatta vele, hogy a kért anyagok úton vannak délnyugatra.

- Remélem, elégedett lesz, mert a kínálat még a feketepiacon is kiábrándító. A hadsereg jóformán mindent felvásárol.

- Egészen biztosan megfelel, Jean-Michel.

A férfinak kevés ideje jutott társalogni, jóllehet így sem mulasztotta el megemlíteni, hogy a két ügynököt visszarendelték a fővárosba.

- Már el is hagyták Maraziont.

- Igen? Ó, ez nagyszerű!

A sor lassan bukdácsolt előre, pedig két kisasszony is ült az ablaknál. A papírmunkát, illetve az érkezett küldemények felkutatását azonban nem spórolhatták meg maguknak. A szomszédos sorban idős férfi hangoskodott, mert a Walesbe postázott leveleit visszaküldték neki.

- Uram, valószínűleg a címzés helytelen – magyarázta neki a fiatal nő sokadszorra. – Ellenőriznie kellene.

Egy óra is beletelt, mire a pulthoz ért. Elvették tőle az értesítőt, majd két könyvben is regisztrálták a kiadást. Esetlenül nagy dobozt kapott kézhez, ami a tetejébe nehéz is volt. – Vigyázzon, asszonyom, nem könnyű – figyelmeztette a postáskisasszony.

- Köszönöm, fogom.

Félrevonult a küldeménnyel, hogy az egyik padra ereszkedjen. Azon morfondírozva hogyan fér majd a kerékpárra szerelt tartóba, eszébe villant, hogy Jean-Michel levelet is rejtett a csomagba. Rövid szakaszon feltépte a ragasztást, mígnem mögötte elfért a keze.

Látni nem látta, de tapintani nagyon jó érzés volt a bent lapuló finom szövetet. Némi vak keresgélést követően az ujjai közé akadt az ígért írás. Óvatosan húzkodta kifelé, nehogy elszakítsa. Csak kiszabadítva látta, hogy valójában két levelet tart a kezében. Az egyiket Jean-Michel írta, a másikat viszont Fettisov. Megigézve meredt az orosz kézírására. Kissé szögletes betűformái annyira idegenek voltak attól, amit az ember Angliában megszokhatott, hogy beletelt egy percbe, mire alaposan megnézte magának. Azután feltépte a borítékot.

1941. október 22.

Kedves Lathea,

ha minden igaz, holnap Vichyben találkozom

Jean-Michellel. Ezért megragadom az

alkalmat, hogy írjak pár sort. Közös

barátunktól értesültem arról, hogy a német

bombázások micsoda pusztítást végeztek

Londonban és a ház, ahol valamikor lakott,

mindenestül elpusztult. Mivel jómagam is

hosszú heteket töltöttem Stepney-ben,

maradéktalanul osztozom a veszteség feletti

bánatában. Amiatt is hasonlóan érzek, mert

elveszítette Cowanékat. Az egyetlen vigasz a

gyászban, hogy ön épségben túlélte a

tragédiát.

Jean-Michel azt mondta, jól érzi magát a

tengernél. Ennek nagyon örülök. Laurel

Doorn az az ember, aki a jókedvével képes

háborúkat nyerni. Éppen ezért biztosra

veszem, hogy jó hatással lesz az ön

hangulatára is. Egyszer kérje meg, hogy

énekelje el kedvenc áriáját a Figaró

házasságából. Soha élvezetesebb produkciót

nem hallottam.

Mifelénk nincsenek átütő hírek.

Párizsban, mondhatni, hogy állóvízben

úszkálunk, micsoda képzavar. Galina még itt

van a házban, és sajnos úgy tűnik, a téli

baleset nagyon rossz véget ért. Egyelőre

tényleg nem tud táncolni. A németeket ugyan

meggyőzte, ő azonban letargiába esett,

amiért a megtévesztő színielőadás ennyire

valóságos lett. Vidéken már nem ilyen

nyugodt a helyzet. Bretagne-ban és a Loire

mentén az ellenállási mozgalom egyre

merészebbé válik. A nyáron néhány akció

sikerétől vérszemet kaptak, emiatt a németek

is egyre keményebben lépnek fel. A

legnagyobb problémájuk, hogy a sok ártatlan

képű hazafi közül nem tudják kiszűrni a

rebelliseket. A minap nyakon csíptek néhány

földalatti figurát egy nyilvánosházban, majd

az elriasztás kedvéért az örömlányokkal

egyetemben mindenkit fellógattak a faluból

kivezető fasorra. A lényeget, úgy látszik,

eltanulták a rómaiaktól, noha a mi

Spartacusunk aznap gyaníthatóan széles

ívben elkerülte azt a vidéket. Ettől

függetlenül vérfagyasztó látvány lehetett. Az

ellenállást ezzel sem törték meg, mert nap

nap után újabb merényletekről és

robbantásokról lehet hallani.

Vigyázzon magára, és kérem, adja át

szívélyes üdvözletemet Laurie-nak. A barátja,

Bernard, remek egészségnek örvend és

velünk együtt imádkozik magukért: Zahar

Fettisov

Mivel a postán egyre hosszabb sorok kígyóztak,
eltette a levelet, hogy később még egyszer átfussa.
Laurie-val lesz miről beszélgetniük, ha megmutatja,
és legalább a barátjáról is hírt kap végre. Gyorsan
felnyitotta Jean-Michel borítékját is.

London, 1941. október 30.

Kedves Lathea,

Mindhárom rám bízott feladatot

teljesítettem. Az anyagokat mellékelten

küldöm, remélem, kedvére lesznek. Sok jóval

ellenkező esetben sem kecsegtethetem,

mindenhol kevés az áru.

Találtam egy kapcsolatot az

Idegenrendészetnél. Az illető ígéretet tett

arra, hogy sürgősen visszarendeli

Marazionból a két ügynököt. Joseph

Hopkinsnak különben is van némi vaj a füle

mögött, így azon leszek, hogy kellőképpen

meg is üsse a bokáját.

Harmadszor pedig megtaláltam Mischa

barátját, aki az ön ellen folyó vizsgálat idején

eljárt a bíróságon. Ambrose Forsham az

Igazságügyben dolgozik, régebben gyakran

ütöttük együtt a labdát Wimbledonban.

Manapság a feje búbjáig el van ásva, mégis

szánt rám néhány percet. Egészen

megrendült Mischa halálhírén, ezt

kihasználva megkértem, segítsen nekünk

ebben az ügyben. Mostanra le is zárult a

kérdés. A papírjai tökéletesen fedhetetlenek,

úgyhogy nincs félnivalója.

November közepén Franciaországba és

Svájcba utazom, de a karácsonyi meghívásra

nagyon számítok. Üdvözlettel:

Jean-Michel

A tülekedésben valaki jókorát rúgott a csomagjába, ami elterült a lábánál. Ez aztán észhez térítette, hogy minél gyorsabban meneküljön ki a fokozódó tolongásból. Eltette hát a leveleket és a küldeményt falként maga elé tartva kiverekedte magát a szabadba. Megkönnyebbülten ballagott a kerékpárjához. A kellemes érzés akkor foszlott semmivé, amikor bebizonyosodott, hogy a terebélyes csomag semmiképpen nem fér bele a felerősített tartóba. Míg azon morfondírozott, mihez kezdjen, ismeretlen nő állt meg az oldalán.

- Lathea? Lathea Trashburn? – kérdezte. Felnézett a karcsú, vörös hajú asszonyra. – Carla Milton vagyok. Gépiesen elhadarta az ilyenkor szokásos örülök-hogy-megismerhetem-et, titkon viszont a nőt vette szemügyre. Téliesen beöltözve is azt a látványt nyújtotta, mint nyáron a marazioni bálon. Kellemesen vörös hajához csinos szeplők társultak, sűrű szempillái rejtekében két közel fekete szem ült. Ápolt volt. Az a fajta visszafogott szépség, aki nem lakkozza otthon a körmét egész nap, mégis ad magára.

- Nick arra kért, hogy feltétlenül csaljam el hozzánk egy órácskára – hozzánk, Lathea keserűen tűrte, hogy a szó visszacsengjen a fülében. – Látom, meggyűlt a baja ezzel – pillantott Carla a túlméretezett küldeményre.

- Igen. Nemcsak formátlan, de nagy is.

- Mivel itt lakunk a közelben, támasszuk a kosárra, megfogom az egyik végét. Később Nick hazaviszi magát a teherautóval.

Butaság lett volna berzenkedni az ésszerű javaslat ellen, így nekilódultak a rövid sétának. Először felfelé kaptattak a High Streeten. Meglepően kihalt volt, ezért senkit nem kellett kerülgetniük. Furcsa érzés tört Latheára. Carla Milton helyében lehetne, ha abban az elpuskázott pillanatban elfogadja Nick ajánlatát.

Olykor el is játszott a gondolattal, mennyiben vett volna új irányt az élete, ha akkor másként határoz. A játék végén azonban rendre visszariadt ettől a jövőképtől, jóllehet egy kicsit mégis irigyelte a másik nőt, hogy amikor a férfiról mesél, félreérthetetlen szikrák lobbannak a szemében. Irigyelte, amiért szerethet valakit. Ennek az irigységnek ugyanakkor kevés köze volt Nick személyéhez. És ezt felismerve nyomtalanul elillant belőle a harag meg az előítélet.

- Nem szerelemmel szeretem Nicket, hanem a barátom.

Carla szégyenlősen mosolygott, mint aki megbánta a bátor faggatózást. – Tisztában vagyok vele, micsoda otrombaság tizenöt percnyi ismeretség után ilyesmit kérdezni... nekem viszont sokat jelent, hogy tudom a választ.

- Megértem.

- Tényleg?

- Higgye el.

A válaszával boldoggá tette Carlát. – Nick sokat emlegeti magát, Lathea... és egy nő megérzi, ha valaki más él a férfi szívében, akit szeret. Meg aztán láttam a falubálon, hogyan néz önre, úgyhogy... köszönöm.

- Nincs miért köszönetet mondania. Nick tudja, hogy számomra túlságosan terhes lenne egy komoly kapcsolat. Olyan pedig kiváltképp, ahol próbaidőn tartjuk egymást. Ennél többet érdemel.

Mielőtt a válasz elhangozhatott volna, feltárult egy piros ajtó és társalgásuk alanya tűnt elő mögüle. – Hahó, lányok! Ti aztán ráérősen sétálgattok – melegen megölelte Latheát, majd Carlára nevetett. – Mi ez?

- Lathea a postán gyűjtötte be. Nehéz és esetlen.

Nick felnyalábolta a dobozt és a két nőt megelőzve bemasírozott vele a házba. A kerékpár, megszabadulva súlyos terhétől, a fal mellé került. Lathea elragadtatottan kíváncsiskodott körbe a

nappali szobában. A kandallóból áradó simogató
meleg és a lángnyelvek kacér tánca együttesen
barátságos otthon benyomását keltették.
- Ne haragudj, mert nem magam mentem eléd.
- Semmi baj, Nick.
- Biztos?
Lathea esküre emelte a kezét, amin mindhárman
elnevették magukat. – Kicsit meglepődtem ugyan, de
Carlával legalább összeismerkedtünk útközben.
Nick feltekerte az egyik szőke tincset a mutatóujjára.
- Megnőtt a hajad.
- Növöget.
A hátuk mögött a háziasszony érkezett. – Lathea,
elfogad egy csésze teát?
- Boldogan.
- Te, drágám?
Nick is bólintott. Amikor ismét magukra maradtak,
hellyel kínálta a vendéget. Lathea azonnal a hívogató
párnákra rogyott. – Carla egy fontos ügyről mesélt –
kezdte. – Máris gratulálhatunk?
- Mihez? Ja, az esküvőhöz? Az még korai lenne.
- Hmm, azt hittem.
- Carla tétovázik egy kicsit. Az előző házassága
rosszul sült el és ez óvatosságra inti.
- Ez jogos.
Nick tűnődve összefonta az ujjait. – A múltkor meg se
tudtam kérdezni, mi lett azzal a Hopkins nevű
félnótással. Elképesztő kérdésekkel ostromolt.
Minden érdekelte, amit az apádról tudok.
- Ne is mondd! Szerencsére Jean-Michel intézkedett
és a fickó elutazott – mivel nem sejtette, a férfi
mennyit tud, nem ment bele a részletekbe.
- Vagyis minden rendben?
- Úgy valahogy.
Végszóra a háziasszony érkezett megrakott tálcával,
majd az asztalnál kitöltötte a forró teát.
- Na, mi az a fontos ügy? – tudakolta aztán Lathea.

- Betty.
- Betty? Mi van vele?
- Csak semmi riadalom. Két hete meglátogattam őket Newportban, ahol kiderült, hogy december 2-án Kester elhajózik Egyiptomba.
- Nem mondod komolyan!
A fejmozdulat egyértelműnek látszott. – Sajnos, igen. Jövőre fel akarják rázni az afrikai hadjáratot. Új alakulatokat és szanitéceket hajóznak be.
- És Betty meg a kicsi?
- Fogalmam sincs, Lat. Corey alig múlt tízhónapos és bár Betty néhány órát dolgozik mellette, azért a legtöbb időt vele tölti. A kérdés inkább az, ilyen helyzetben, mit súg a szíve. Tudod, mennyire ragaszkodik Kesterhez, így találgatni se merek, mit forgat a fejében. Mindenesetre első lépésként a hónap végén Cornwallba jön látogatóba.
- Örülök – ismerte el Lathea. – Május óta nem láttam őket és Corey annyit változik. Meddig maradnak?
- Semmit nem mondott. Illetve egyvalamit mégis, veled akar maradni Marazionban – hogy ez mennyire bántja egy fivér érzéseit, az napnál világosabban ott ült Nick arcán. Szomorú sóhajjal lesett Carlára.
- De hát miért?
- Bárcsak tudnám. Carla még a felső emeletet is felajánlotta neki saját fürdőszobával.
Az asszony Latheához fordult. – Akár hosszabban is maradhatnának. Nick sokat utazik, legalább nem lennék egyedül. De Betty terveit sajnos nem ismerjük. Latheának az az érzése támadt, hogy két front között rekedt a csatamező közepén. Egyfelől tűzbe hozta Betty látogatásának híre, ugyanakkor bántotta, amiért a társaságukat éppen Nick-kel és Carlával szemben élvezheti majd. Az asszonynak különösen rosszul esett, hogy nagylelkű ajánlatát jövendőbelije egyetlen élő testvére visszautasította. Ha a kapcsolatukat valóban szentesíteni akarják, ez bizony

nem szerencsés kezdet. – Nem is tudom, mit mondhatnék. Először beszélnem kell Laurie-val, nincs-e kifogása a csecsemő ellen.

- Jó van, kérdezd csak meg – már Marazion felé hajtottak, amikor Nick letörten folytatta: – Nagyon kellemetlen nekem ez az egész. Betty még csak meg se fontolta Carla meghívását.

- Nem tetszik neki?

- Soha nem is találkoztak, de részletesen elmeséltem ki, milyen szoros kapcsolat fűz hozzá és előbb-utóbb biztosan összeházasodunk. Márpedig ez a látogatás tökéletes alkalom lett volna, hogy összebarátkozzanak. Az a makacs nőszemély Walesben az egyetlen testvérem, így egyáltalán nem közömbös, milyen a viszony kettejük között.

Lathea gondterhelten hallgatta saját fenntartásait más szájából. Közben nem szívesen ismerte be, ám Nick új életébe csöppenve kínzó üresség kerítette hatalmába. Akármiért is utasította el a közeledését, valahogy attól tartott, ezzel a barátságuk is odalett.

- Az a kínos balsejtelem gyötör, hogy meglepetést tartogat számunkra.

Ismét oldalra nézett. – Meglepetést? Mifélét?

- Egy belső hang ezt súgja nekem, bár ne lenne igazam.

Az út hátralevő szakaszát hallgatásban tették meg. Ő kibámult az estébe, de a férfinak sem volt ínyére társalogni. Gyorsan haladtak a kihalt úton, mely az öböl ívét követte. Az üzemanyaghiány okozta gondok miatt kevés jármű közlekedett. A faluba érve aztán már kerékpárosokkal is találkoztak, Nick körültekintően kerülgetve őket hamarosan rákanyarodott a dűnékhez vezető keskeny útra. Itt már kénytelen-kelletlen lassítania kellett, mert az aszfaltcsík alattomos göröngyöket rejtett. A gyalog hosszú sétát jelentő távolságot azért így is pár perc alatt legyűrték.

- Segítenél bevinni a csomagot a bungalóba?
Nick a karjánál fogva visszatartotta, mielőtt
kiugorhatott volna a teherkocsi fülkéjéből. – Olyan
elcsigázott vagy, mi történt?
- Mi történt volna?
- Ugyan, nagyon jól ismerlek! Észreveszem rajtad, ha
a felhők felett jársz és azt is, ha valami bánt.
Lathea félrenézett. – Nehéz hetek állnak mögöttem, ez
minden.
- Hopkins? – suta fejmozdulat. – Sejtettem.
- Néha visszatérnek a rémálmok. Tudod, valahogy
nem szívesen fogadom el, hogy rossz ember vagyok.
Nick az álla alá nyúlva kényszerítette, hogy a
szemébe nézzen. – Mi ez az önsajnálat? Azért élsz,
mert megérdemled. Kevés olyan nagyszerű embert
ismerek, mint te.
Lathea habozott, mielőtt kibukott belőle a kérdés. –
Boldog vagy Carlával?
- Kísértetiesen emlékeztet rád.
- Rám?
- Vonszolja magával a csalódásait, közben mégis
reménytelenül kergeti az álmait. Rossz alap a
boldogsághoz.
- Nem kérek lélekelemzést, Nick.
Ezzel magához vette a platóról leemelt kerékpárt és a
hátsó ösvényen megindult a bungaló felé.
Semmiképpen nem szerette volna, ha Laurie felfigyel
a becsempészett küldeményre.
- Mi lesz ebből az anyagból? – próbálta Nick
elkergetni a közéjük furakodott némaságot.
- Új öltöny Laurie-nak. Köszönöm a fuvart.
Jelentkezem, ha beszéltem vele Bettyről.
- Rendben. Örülök, hogy láttalak.
- Én is.
Nick úgy toporgott a küszöbön, mintha lenne még
valami mondanivalója, mégsem mondta. Azután
halovány mosollyal intett és kifordult az ajtón.

Átvágott a kerten, hamarosan már csak a teherautó motorjának fokozatosan elhaló brummogását lehetett hallani, ennyi maradt a látogatásból.

Laurie megszállottan dolgozott. A jó időre való tekintettel napkeltétől napnyugtáig festett, délidő táján pedig a legcsábítóbb fényviszonyokat kihasználva fogta az eszközeit és nekilódult a dűnék világának. Ilyenkor teljesen megfeledkezett az idő múlásáról és előfordult, hogy hat óra tájban keveredett haza, már szürkületben. Mire elvégezte az általa utómunkálatoknak nevezett feladatokat, az este is elrepült. Amennyiben Lathea nem ragaszkodott volna a vacsorához, az ihletben elmerült festő arról is megfeledkezik, hogy egyen. Így is fárasztó alkudozást jelentett őt asztalhoz csalogatni, ahonnan az első adandó alkalommal azonnal meg is szökött. Vissza a barlangjába. Ennek a vad munkakedvnek köszönhetően akadtak napok, amikor nem is találkoztak, ezért alkalom se nyílt, hogy Lathea elővezesse Betty terveit.

- Szeretnék beszélni magával, Laurie – csapott le az első lehetőségre egy este a desszert felett. – Pontosabban szólva egy kérésem lenne.

A ragyogó kék szemek felnéztek. – Tudja, kedvesem, hogy bármiben állok rendelkezésére.

- Ez azonban nem átlagos kérés. Nick húga pár napra leutazik Newportból, de jobban szeretne itt megszállni, mint Penzance-ban.

- A kislány a barátnője, ha jól emlékszem – Latheának elegendő volt biccentenie. – Ez igazán nem lehet probléma, az emeleten még válogathat is a vendégszobák között.

- Tudja, magával hozná a kisfiát is, aki talán akadályozná az alkotásban.

- Miért mond ilyeneket? Ideje egy kis hangzavart lopni e néma falak közé.

- Én egy tíz hónapos kisbabáról beszélek.
Miután jóízűen felfalta az édességet, Laurie
megtörölte a száját és a tányér mellé fektette a
szalvétát. – Kedves Latheám, szeretem a gyerekeket
és örömmel látom a barátnőjét ebben a házban.
Inkább azon töprengjünk el, miként előzhetőek meg a
sértődések a családban. Nick barátom mit szól
mindehhez?
- Nem repes az örömtől.
- El tudom képzelni – emelkedett fel Laurie a székből.
– Hálásan köszönöm a fenséges vacsorát. Jut eszembe
– fordult vissza a küszöbről. –, remélem,
decemberben elmegy a Nyugalmazották-kal
Londonba. Magának is jár egy kis kikapcsolódás.
- Igen, azt hiszem, szívesen elmennék.
- Okosan teszi, jó éjt.
Lathea a távozó után nézett, ahogy ruganyos léptekkel
szaladt vissza a festményeihez. Néha irigyelte tőle,
mennyire el tud veszni saját művészetében, amit se
háború, se más tragédia nem homályosíthatott el.

Lathea a karácsonnyal a nyakán minden szabadidejét
a varrógépnél töltötte. Abból az anyagból, amit Jean-
Michel küldött, két rend ruhára is futotta. Méghozzá
két öltönyre, egy mellénnyel, a másik sajnos a nélkül.
A puha és meleg anyagok rendkívül elegánsnak
ígérkeztek Laurie szálkásodó alakján. Amennyiben
megtehette, délután dolgozott, hogy kihasználja a
természetes fényt. Más elfoglaltságai miatt azonban
gyakran csak este tudott a géphez ülni.
Emiatt Laurie legtöbbször magára maradva
festegethetett a műtermében. Szívesen bekapcsolta a
rádiót, hogy az esti híreket követően tánczenét
hallgasson. Furcsa mód a nyomorúságos politikai és
háborús helyzet példátlanul termékennyé tette a
zeneszerzőket és bizony előszeretettel figyelte az új
trendeket. Ha pedig valami megtetszett neki, Grant és

Doreen mindig beszerezték a gramofonlemezt. Sejtelme se volt, miként tudtak hozzájuk jutni, de sikerült, és ő szívesen hallgatta vissza a dalokat. November vége felé rövidülő napok és meg nem álló eső jellemezte az időjárást. Ezért okosabb volt gyorsan behúzódni a melegbe. Laurie esténként elüldögélt saját kis birodalmában, olvasgatott, közben pedig szólt az elmaradhatatlan zene. Élvezte a végtelen nyugalmat, ami arra emlékeztette, hogy nincs igazán, aki belakja a házat. Ez még élesebben tudatosult benne, ahányszor Lathea is visszavonult a bungalóba és ő magára maradt. Aznap azonban a 'Down forget-me-not-Lane' szövegét dúdolgatva a fekete koronggal, hirtelen dudaszó robbant magányába. Feltápászkodott hát, hogy keresztülvágva az üres házon Nicket találja az ajtóban.

- Micsoda meglepetés! Jöjjön beljebb, barátom.
- Jó estét, Laurie.
- Nocsak, kit hozott?

Nick erős karjában aprócska gyermek feküdt. Laurie, óvatosan fellebbentve a védelem gyanánt ráterített takarót, bekukucskált alá. Az alvó csöppség homlokába érdekes árnyalatú, vörös tincsek hullottak. Az árnyalat arra hasonlított, aminek kikeverésével a nyáron vesződött. – Ki ez az angyal?

- Betty húgom csemetéje, Corey. Bemehetünk?

Laurie a fejéhez kapott. – Mekkora tulok vagyok! Jöjjenek csak bátran! De hol hagyta az anyukát?

- Betty! – a visszafogott kiáltásra vékonyka nő bukkant fel. Arcát egészen rövidre nyírt sötét haj keretezte, mely egyszerű vonásaival különösen vonzó volt. Szikrázó szemei maradandó benyomást tettek Laurie-ban a festőre.

- Ő a húgom – tolakodtak be mindannyian a fűtött házba. –, Betty, Laurel Doorn.
- Nem is tudja, mennyire örülök, Betty.
- Hát még én, uram.

Lesegítette a fiatalasszonyról a kabátot, hogy azután az a karjába emelve a fiát kövesse a meleg szobába. – Nick, tenne fát a tűzre? Nehogy megfázzon ez a kisfiúcska – kérte gondos házigazdaként. – Üljön le, Betty, kérem, ha szólíthatom így.

Míg Nick gyors kézzel megpakolta a kandallót, hozott két párnát, amivel a kereveten körbebástyázhatták a kicsit.

– Gyönyörű kisfiú.

A dicséretre Betty szeretettel megsimogatta a vörös buksit.

– Lathea merre bujdokol? – törölte meg Nick a kezét.

– A bungalóban, fiam.

– Kimegyek érte.

A súlyos léptek gyorsan elhaltak, az ajtó kattanása nyomában pedig mély csend ereszkedett a házra. A műteremben időközben lejárhatott a gramofon is.

– Mr. Doorn – Betty arca nem sok jót ígért azzal a halálosan elszánt tekintetével. –, amíg négyszemközt vagyunk, kérem, hadd mondjak önnek valami életbevágóan fontosat.

– Mi lenne az?

– A férjemet Egyiptomba viszik az egészségügyi hadtesttel. Már decemberben elindul... és én is vele tartok.

– Ez nagyon komoly elhatározás.

– Kester nem ért egyet. Szerinte Corey-val kellene maradnom és Nick is így gondolja.

Laurie az állát dörgölte. – Ez azért nem természetellenes elképzelés, vagy igen?

– Más időkben nem lenne az, csakhogy most háború van, és mi segíteni tudunk a rászorulóknak. 1942-t írunk, a miniszterelnök pedig elszántan készülődik először az afrikai ellentámadásra, nyomban utána pedig a Távol-Keleten akar harcolni. Kesterrel vállaltuk, hogy harcolunk és meg is tesszük – Betty hátragereblyézte elázott fürtjeit. – Ne gondolja, uram, hogy könnyű erre a lépésre elszánnom magamat. Imádom a fiamat, éppen ezért minél gyorsabban le kell győznünk az ellenséget, hogy ő békében nőhessen fel.

- Ez ideológia, kedvesem.

- Ez anyaság. Azt szeretném, ha Lat venné magához, amíg Afrikában leszünk, így biztos lehetek abban, hogy úgy gondoskodik róla, mint a sajátjáról. Feltéve, hogy ön megtűr egy ilyen apróságot a házában.

Laurie megnémult a meghökkenés második hullámától. Ösztönösen az alvó gyerekre sandított. Tényleg úgy festett, akár egy angyal. Az anyjától hallott terv viszont elképesztette. Az ő szemében egyetlen háború sem ért fel ekkora áldozattal. És mint olyan apa, aki gyakorlatilag nem ismerhette a fiát, még inkább megdöbbent.

- A hallgatása nemet jelent?

Az egyik fotelba huppant. – Ááálljunk meg egy pillanatra, kérem. Ugye, tisztában van vele, hogy szanitécek vagy se, ebbe a kalandba akár mindketten belehalhatnak?

- Természetesen ezzel is számolnunk kell. Kérem, ne faggasson mélyebb indokokról, de annyit mondhatok, hogy mindent alaposan megfontoltam. Addig azonban nem mehetek sehova, amíg Corey-t megfelelő helyen nem tudom.

Laurie általában rögvest felismerte a küldetés alapú elszántságot, ahogyan ezúttal is elegendő volt egyetlen pillantást vetnie a fiatal nőre. Felszegett állal szobrozott a szoba közepén. Ebben a kissé rideg testtartásban mégis volt valami nehezen definiálható közönyösség.

- Mi a válasza, uram? Érdemes egyáltalán ezt a kérésemet felvetni Latnek? Igazán nem venném a lelkemre, ha a fiam önt az őrületbe kergetné.

A ravasz érvelésbe jutott mindenből, amit Laurie nem szeretett az emberi természetben. Érzelmi manipuláció, zsarolás, a felelősség elegáns áthárítása és persze látszólagos jóakarat. Ennek ellenére azt mondta: – Az idegeimet eddig senkinek sem sikerült kikezdenie, emiatt ne aggódjon. Amennyiben a barátnője hajlandó ekkora áldozatra és ezt az újabb terhet is a vállára veszi – megadóan széttárta a karjait. –, én szívesen veszem a kicsi társaságát. Ugyanakkor azt hiszem, jogos kérdés, miért nem Nickre és Carlára hagyja?

- Carlát nem ismerem eléggé, Nick pedig legtöbbször úton van. Csakis Latben bízom. Végtére is a legdrágább kincsemet kell átadnom.

Végszóra megérkezett Nick és Lathea, aki túláradó örömmel ölelte meg a barátnőjét. Amint az érzelmes jelenet hullámai elcsitultak, a szendergő kisfiú fölé hajolt. Laurie titkon Nickre lesett. Ennyi elegendő volt, hogy egyetértsenek abban, ami következni fog. Betty Cowan nagyon jól tudta, ki az, aki nem fogja visszautasítani. Nick grimasza azt is elárulta, hogy a testvére terveitől feláll a szőr a hátán.

- Káprázatosan szép – sóhajtotta Lathea szeretettel nézegetve a kicsit, aki egyenletesen szuszogott. Még az ismeretlen hangokra se riadt fel.

- Szerintem üljünk le – javasolta Nick diplomatikusan.

– Betty mondandójától amúgy is ez lenne a vége.

Mi tagadás, szögezte le magában Laurie kedvetlenül és ismét a bajuszát kezdte pödörni. Az előadott bejelentés alatt mindvégig a kiszemelt áldozatot figyelte. Latheát pedig, ahogy várni lehetett, jókora sokk érte. Merev tartása meg a mély hallgatás akkor is sokatmondó lett volna, ha történetesen nem társul hozzá egy még kifejezőbb arcjáték. Először elkerekedett a szeme, aztán gyanakvóan összeszűkült, végül hevesen tiltakozni kezdett, de elharapta a mondat végét. Mindez önmagáért beszélt. Úgy hordozta körbe a tekintetét a jelenlevőkön, mintha először látná őket, majd barna szeme megállapodott az egész kavarodás forrásán.

- Szerintem neked elment a józan eszed, Betty – állt fel. – Mondd, hogy ez egy félresikerült tréfa.

- Szó sincs róla, nálad akarom hagyni a fiamat.

- Az ég szerelmére, hiszen még nincs egy éves se! Ráadásul nekem elképzelésem sincs róla, mit kell kezdeni egy ilyen falatnyi emberkével. És dolgozom is. Betty, itt az ideje, hogy még egyszer megfontold ezt az egész ostobaságot. Miért akarod lelövetni magadat a sivatagban?

- Ez meg se fordult a fejemben – makacskodott Betty. Leperegtek róla az érvek. – De ott a helyem!

- Nick! – a segélykérő kiáltás azonban légüres térbe veszett. Nick megadóan égnek emelte a kezét, lemondó grimasszal el is fordult. Magatartása napnál világosabban mutatta, hogy ő már megvívta a maga vesztes csatáját.

- Lat, nem tudsz meggyőzni róla, hogy rosszul teszem, amit teszek – jelentette ki Betty rendíthetetlen magabiztossággal. – Ismered az érzést, amikor a szeretteid tőled távol halnak meg... végül is özvegy vagy.

- Viszont nem ment el az eszem! Eszembe se jutna hősködni, hogy engem is legyilkoljanak. Az ördögbe! Te is okosabban tennéd, ha otthon maradnál a fiaddal.

- Nincs igazad. Képes vagyok másokon segíteni és meg is akarom próbálni. Kérlek, erről ne nyissunk vitát!

- Egek, te meg a rögeszméid!

Betty türelmetlensége benne volt a haragos sóhajban. – Hallgass ide. Elvállalod Corey-t? Mert ha nem, mégiscsak Carlára kell bíznom, aki lehet akármilyen nagyszerű teremtés, nem szeretném látatlanban a fiam életének legfőbb szereplőjévé tenni – Betty a bátyja tekintetét kereste, de hiába. – Sajnálom, ha bántóan

őszinte vagyok – vetette oda zárszóként, noha sajnálatnak nyoma se volt a hangjában.
– Jóval inkább önző és igazságtalan. Latnek más teendők is teljesen kitöltik a napjait. Corey csak egy újabb nyűg a nyakába.
– Éppen ezért kérdezem szemtől-szembe, elvállalja-e.
– Ez érzelmi zsarolás, húgocskám. Lathea leforrázva a hírtől meg a döntés súlyától egyre csak a kisfiút figyelte. Az emelt hangokra időközben felébredt és most szokatlanul élénk, zöld tekintetét a felnőttekre függesztette. Az ujját szopva máris szívfájdítón kiszolgáltatottnak, sőt, árvának látszott. Ha eleget tesz Betty esztelen kérésének, át kell szerveznie az életét. Máskülönben tiszta lelkiismerettel nem láthat el egy pár hónapos csecsemőt. És vajon hol fogják elhelyezni, hogyan etetik majd, legfőképpen pedig meddig kell az anyját nélkülöznie? A háború pesszimista jóslások szerint még akár évekig elhúzódhat. Hogyan lesz képes majd egyszer megválni a kisfiútól, akit ennyi ideig ő nevelget? Na, és Laurie? Idős ember, aki szereti ugyan a nyüzsgést maga körül, mégis jogosan várhatja el, hogy legalább a saját otthonában nyugta legyen. Betty viszont nem engedélyezett neki annyi időt sem, hogy a fenntartásain rágódjon.
– Hogyan döntesz? – a feszült kérdésre maga se tudta, miért, gépiesen rábólintott. A felelősség súlya valósággal a torkára forrasztotta a szót.
Ebből a kínos vákuumból Laurie mentette ki, amikor kedélyesen vállon veregette Bettyt. – Ne aggódjon, kedves, remekül boldogulunk majd. Csak ne felejtsenek el visszajönni az úrfiért.
– Nagyon köszönöm, uram. Lat, te vagy a legcsodálatosabb barát.
– No, meg te – dohogott Nick. – Fegyvert szorítottál a halántékához.

- Hallgass már! – Betty ismét Laurie-hoz fordult. –
Természetesen, ha bármi történne velünk, Nické a
kiváltság, hogy felnevelje az unokaöccsét. Addig
azonban kérem, tegyenek meg érte mindent.

- Magától értetődik – Laurie mindössze remélni tudta,
hogy a sértettséget csak érzi, a hangja viszont nem
árulja el.

Betty felélénkülve és tettre készen két csomagra
mutatott. – Mindenét elhoztam és – egy köteg papír
került elő. – a hasznos tanácsokat leírtam. Étkezés,
betegségek, altatás. Itt mindent megtalálsz, Lat.

Latheának ekkor szúrt szemet, hogy Nick titkon a
zsebóráját lesi, majd a húga felé fordítja. – Sietsz
valahova? – érdeklődött gyanakodva.

- Én nem, de Betty vonata kilenckor indul Penzance-
ból.

- Ma?

Az elképedt kérdésre Betty kénytelen volt
megmondani az igazat. – Röstellem ezt a kapkodást,
de nem tudtam előbb elszabadulni. A csapatokat már
átcsoportosították Southamptonba, nekem is ott kell
jelentkeznem – a karjára emelte a fiát. – Meg aztán,
ha maradnék, talán már nem lenne erőm elindulni.

- Már ne haragudj, de én ebből az egészből csak
annyit értek, hogy benne hagysz minket a csávában.
Különben is miért visznek harcolni fiatal anyákat?

A haragos megjegyzés se használt. Bettyt se
meghatni, se észhez téríteni nem lehetett többé.
Könnyes szemmel szorongatta a fiát, aki a felfordulás
közepén kíváncsian tekintgetett hol Laurie mókás
bajszára, hol a nagybátyjára. A megindító búcsúzás
végül arra késztette, hogy teljesen meglepő gesztussal
megölelje a ház urát.

- Az isten áldja meg, Mr. Doorn. Tényleg az a
nagyszerű ember, akiről Nick mesélt.

Utána Lathea karjába omlott és egy végtelen perc
erejéig mindketten hallgatagon álltak ott.

- Ne halj meg, te ostoba nőszemély – suttogta Lathea megadva magát.
- Szeresd úgy, mint a sajátodat, mert... – két szipogás.
– számon kérem rajtad. Mint mindig, Nickben felülkerekedett a józanság és a praktikum. A húgára erőltette a meleg kabátot, majd egy határozott mozdulattal az ajtó felé indította. – Még lekéssük azt az átkozott vonatot. Corey-t a biztonságos melegben hagyva kimerészkedtek az estébe. Bár az eső elállt, érezni lehetett a csapadék hűvösét.

- Holnap feltétlenül beszélünk – szorította meg Nick Lathea kezét távozóban, mielőtt sietősen a kormány mögé pattant. Ahogy a kocsi kifarolt a kapu előteréből, utána intettek. Betty az ablakon kihajolva nézett vissza. Ettől Lathea szíve összeszorult. Fájóan véglegesnek tűnt, ahogy barátnője a motorzúgás felett azt kiáltotta, szeretlek. Ő volt a harmadik, aki nekiindult a frontnak, de Erwin és Mischa sose jöttek vissza.

- Ne pityeregjen – karolta át a vállát Laurie, hogy a ház felé terelgesse. A teherautó zúgása beleszelídült a természet hangjaiba, majd azelőtt elhalt, hogy behúzták volna maguk mögött az ajtót. – Kettőnknek úgyis túl üres volt ez a szellemkastély. Fel a fejjel, barátném!

Mire eljött a két óra, Lathea fejében többször is felötlött a gyanú, hogy a mutatók talán nem is mozognak. Az utóbbi két napban Laurie-val a kínok-kínját élték át és napjában nem egyszer végigmasíroztak a pokol bugyrain. Gyakran azonban ennyi áldozat sem volt elegendő az üdvösséghez. Corey vigasztalhatatlanul sírt az anyja után, alig akart enni és elaltatni is gigászi küzdelem volt. A fél éjszakát ébren töltötte, beszélt hozzá, énekelt neki, hol felvette, hol letette. Minden trükköt kipróbált, amiről valaha hallott. Eközben Laurie a maga éles meglátásával alighanem rátapintott a lényegre. – Hiányzik neki az édesanyja illata. Mindenkinek különleges illata van, a hajunké, a bőrünké. Így volt ez Emericóval is.

- Ezen nem segíthetek – felelte Lathea egykedvűen.

A fárasztó éjszakáknak köszönhetően reggel alig bírt felkelni, amitől a bolti rutinfeladatok valóságos kínszenvedéssé nőttek. Emberpróbáló terhet vettek a vállukra, ez az első negyvennyolc órában kiderült. Amíg ő a fűszerüzletben állta a sarat, Laurie ügyelt a kis gézengúzra. Ha tudta, megetette, majd elhelyezte a műteremben hevenyészve kialakított fészekben, ahonnan nem eshetett ki, ellenben érezte, hogy nincs egyedül.

- Pompásan megértjük egymást – dicsekedett a pótpapa.

- Ez amolyan férfi lojalitás?

A gúny ellenére Laurie a maga higgadt derűjével tényleg jó hatással volt a gyerekre. Esténként a kandalló előtt üldögélve Corey türelmesen hallgatta hosszas történeteit. Az egyenletes, duruzsoló hang teljesen lenyűgözte. Még Latheát is hasonló érzés kerítette hatalmába ahányszor hallgatta. A nehezebb feladatok mégis rá hárultak, köztük az etetés meg a pelenkázás, nem említve az altatást. Ez utóbbival csak addig volt nehéz megbirkózni, amíg a kicsi elálmosodott, ezt elérni viszont már-már lehetetlennek tűnt.

Két nap alatt az is kiderült, hogy Betty és Kester szerelmének gyümölcse igencsak figyelemre méltó kis lény. Nem lankadó éberséggel kémlelte az őt körülvevő tereket, embereket, minden tárgyat. Még csak kúszott-mászott, de máris energikusan próbálgatta a lábait.

- Felfedező alkat – jelentette ki Laurie.

Corey örökkön kutató, kevert árnyalatú tekintete sorban rácsodálkozott mindenre. A fejét forgatva igyekezett meglátni a világot maga körül, az emberi hangokra pedig ugyanezzel a tudásszomjjal reagált. – Imádja Harry Royt – nevetett Laurie egy este és a név puszta említésére kis protezsáltja gurgulázó hangokat hallatott.

Ezek az apró örömök elengedhetetlenül szükségesek voltak ahhoz, hogy ő megemészthesse a tényt, Betty milyen lelketlenül magára hagyta a csecsemőjét. Mert végül is ezt tette, hiába a jól hangzó ideológia. Elment a háborúba, talán évekre is, vagy ami még rosszabb, örökre, és sorsára hagyta a kisfiát, akinek soha nem lesz nagyobb szüksége az anyai szeretetre, mint most. És magától értetődően nem lesz újabb csecsemőkora, hogy Betty bepótolhassa, amit elmulaszt. Laurie-val egyik pillanatról a másikra találták magukat szülői szerepben, ami jókora terhet rótt rájuk. Nem voltak felkészülve a kihívásra, mégis görcsösen igyekeztek helytállni, ezért sokszorosan megérdemelték Corey huncut mosolyait.

A boltból távozóban Nickbe botlott. Láthatóan az ebédidei zárásra várt, ujjai közt cigaretta lógott. – Szia, Lat. Hazakísérhetlek?
– Kerékpárral vagyok.
– Az jó, mert én is.
– Akkor gyerünk.
Átvágtak a macskaköves úttesten, hogy a dűnék felé vegyék az irányt. Eleinte szokatlan csend tolakodott közéjük, ráadásul a férfi bűnbánó képet vágott. Nem kellett azonban sok, hogy mentegetőzni kezdjen. – Cserbenhagytalak, de nem rajtam múlt. Ma jöttem haza Truróból, igazán sajnálom.
– Felejtsük el.
Megkönnyebbült mosoly fogadta a nagylelkű gesztust. – Örömmel látom, hogy még egyben vagy.

Lathea kelletlenül grimaszolt. – Még igen. Különben pedig nagyon neheztelek Bettyre. Felelőtlenséget művelt, ami egyetlen magasztos eszmével sem menthető.

– Mielőtt felbukkantunk a Parisianben, ugyanezt szajkóztam én is, habár a végeredményt ismerve teljesen eredménytelenül.

– Most már mindegy. Senkit nem érdekel, hogy te, Laurie vagy én mit érzünk, illetve Bettyt biztosan nem érdekelte.

– Miért, mit érzel? Engem nagyon érdekel.

– Mit? Mindig úgy gondoltam, hogy a szülői érzelmek mindenkiben ott rejtőznek, és amikor egy asszony várandós, kilenc hónapja van arra, hogy ezeket előhívja magából. Nekem fél órám se volt, sőt, mintha Betty forró vizet zúdított volna az arcomba. Egyetlen anyai érzést se találok magamban, hát, nem rémisztő? Saját egyenességétől megrémülve a kopasz lankák felett a tenger irányába fordult. Nem csodálkozott volna, ha a férfi kineveti ezt a kis monológot, mégsem így történt. Nick rövid töprengés után egyszerűen kimondta, amit gondolt. – Szeretlek, Lat.

Lathea megtorpant, mint akibe villám sújtott. A kerékpár kormánya kis híján kicsúszott a kezéből. – Tessék?

– Szeretem a melegszívűségedet, a hűségedet, mert nem vagy képmutató, bár sokszor szeretném, ha az lennél, és mert ha te valakit szeretsz, az tényleg nagyon fontosnak érezheti magát. És elismerem ugyan, hogy Betty szeszélyei gyakran kihoznak a sodromból, az az igazság, hogy nálad jobbat nem is találhatott volna Corey számára.

– Zavarba hozol.

– Mindössze próbálok annyira őszinte lenni, ahogyan tőled tanultam. Biztosan kötődni fogsz a kicsihez, csak időt kell adnod magadnak. A végén vissza se akarod adni.

- Az könnyen meglehet – indult tovább Lathea, Nick pedig vele tartott. – Nálatok mégis jobb helye lenne. Carla jobban ráérne. Különben is, most nagyon meg lehet bántva.

- Bizonyos értelemben ez érthető is.

- De még mennyire!

- Én viszont nem szívesen vinném haza Corey-t – Nick feszülten kereste a szavakat mondandójához. Igyekezetének beszédes jelei ott ültek az arcán. – Tulajdonképpen arról van szó, hogy én magam is családot szeretnék. Márpedig ha Carla gyerekre vágyik, lehet sajátja, csak...

- El kell fogadnia a gyűrűt, nem igaz? – a néma helyeslés igazolta Lathea találgatását. – Ravasz gazember vagy. Ez esetben viszont legalább nincs lelkifurdalásom.

A válasz keményen csapódott be. – Nem is lehet, hiszen megkértem a kezedet... bocsáss meg.

- Ezt már megbeszéltük, miért hánytorgatod fel mindig?

- Sajnálom.

Békétlen csendben folytatták útjukat. A novemberi esők nyomán a növényzet ellenállhatatlanul ontotta magából a párát. Megenyhült az idő, ennek ellenére szokatlanul hideg volt és mindenütt goromba szürkeség. A tengerpart felett járőröző sirályok éles hangja késként hasította a levegőt.

- Mit szólnál egy különösebb alkalom nélküli kis ünnepléshez? – kezdte aztán Nick megjátszott könnyedséggel.

- Remek ötlet. Laurie is benne lesz. Egyébként van valami programod délutánra?

- Nincs, miért te adsz?

- Leköteleznél, ha foglalkoznál egy kicsit az unokaöcséddel. Már csak egy-két óra kellene, hogy befejezzem Laurie öltönyeit. Megteszed?

- Nagyon szívesen.

- Helyes. Ez az egyedüli méltó válasz egy lelkes nagybácsitól – nevetett Lathea.

Nick azonban néhány nappal később kényszerűségből mégis lemondta a zsúrt. A munka nem volt tekintettel a terveire. A halasztásnak ellenben nem lehetett akadálya, hiszen Corey túl kicsi volt még néhány nap miatt duzzogni. Talán ez adta az ötletet Carlának, hogy kössön egy jókora zoknit a legkisebb családtagnak, amit azután Laurie a közelgő karácsony első hírnökeként a kandallópárkányra erősített. Corey bámészkodó pillantásokkal méregette az új szerzeményt, mintha csak kitalálta volna, hogy annak nagyon is sok köze van hozzá. Ha képletesen is, de ezzel a jelentéktelen változással visszavonhatatlanul beköltözött a Parisianbe.

Ám a nagy nap máskor és más apropóból köszöntött be. Ünnepélyes hangulatot nem hozott, annál inkább egy vérfagyasztó meglepetést, ami az egész világot megrázta.

Aznap Lathea gondosan bebugyolálta a kisfiút, mielőtt kora reggel átsétált a bungalóból a házba. Ott a még bóbiskoló terhét az újonnan beszerzett ágyikóba helyezte, hadd álmodja végig az álmát.

Elgémberedett ujjait dörgölve lépett az ebédlőbe. – Nocsak, ilyen korán? – üdvözölte a teázgató házigazdát.

- Jó reggelt, kedvesem.

- Történt valami, vagy egyszerűen kidobta az ágya?

- Hogy történt-e? Amíg édesdeden szunyókált, grófném, új időszámítást kezdtünk – a kék szemek elégedetten felcsillantak. Szokatlan éberség volt ebben a korai órában.

- Óooha!

- Bizony, bizony.

- És mi lenne az oka?

- Rögvest két lényeges dolog is történt. Először is a világ első vörös országában három nap alatt temérdek hó hullott. Latheát szórakoztatta a bölcselkedő előadás. Semmiért nem rondított volna bele a játékba. – És vajon mi következik ebből?

- Hogy a németeknek befagy a hátsójuk Sztálin sztyeppéin – a kárörvendő fintoron nem lehetett nem mulatni. – De ha az nem is, egy darabig bizonyára eltart, míg kiássák a csúzlikat a fehér takaróból.

- Ez pompás hír. És mi lenne a másik? Laurie megvonta a vállát. – A japánok lebombázták az amerikai flottát Pearl Harbourban. Istenem, nem nagyszerű?– összecsapta a két tenyerét. – Mától a jenkik is nyakig benne vannak ebben az istenverte csetepatéban!

1942. április – november

23.

December első napjai óta új élet kezdődött és mire a naptár az új esztendőbe fordult, egy csapásra minden megváltozott. A kezdeti eufória helyébe ismét a valóság lopózott. Nagy-Britannia nyomorgott. Egyre nehezebben lehetett bármihez is hozzájutni. A jegyrendszer általánosságban bevált és az emberek lemondással tűrtek, ám a növekvő sorok meg a fokozatosan apadó fejadagok végeredményben mégis elégedetlenséget szültek. Üres gyomorral még a legjámborabbak is felemelték a hangjukat. A hadra fogott férfilakosság távollétében egyre több asszony dolgozott a gyárakban meg a földeken, hogy bizonyos körök fanyalgása ellenére ügyesen megállják a helyüket. A kritikát nem érdemelték meg. A lapok Winston Churchill lelkesítő beszédeit közölték, ahogyan a BBC adásaiban is rendre felhangzottak szenvedélyes szavai. Nagy szükség volt erre a lelke mélyén minden csodában hívő és a végletekig kitartó emberre. Akár egymaga képes lett volna háborúba vonulni Adolf Hitler Németországa ellen. Szintén az ő érdeme volt, hogy a növekvő emberveszteség elsődleges kárvallottjait is sikerült felrázni gyászukból és megnyerni egy ügynek, melyért szeretteik a vérüket adták.

A hadihelyzetet nehéz volt átlátni. Az Egyesült Államok háborúba lépésével a konfliktus világméretűre dagadt és bár ez idő tájt Európa gyakorlatilag legyőzve hevert a német iga alatt, iszonyatos harcok dúltak a Szovjetunióban, Ázsiában és Afrikában is. A Moszkva alatti fasiszta kudarc olyasfajta lökést jelentett, ami a két éve tomboló háború első reményteljes fordulatát hozta. A Vörös

Hadsereg körömszakadtáig védve a fővárost. 1941. december elejétől kitartott, és, íme, az április nemcsak a rügyfakadást szállította a tavaszba, hanem az ostromlókat is megállásra késztette. Persze önámítás lett volna azt hinni, hogy vége, ez mindössze a hősies helytállás egy állomása lehetett a győzelemhez vezető egyelőre végeláthatatlan úton.

Legalábbis ami Nagy-Britanniát illeti, az újesztendő kevés örömöt hozott. Az emberek semmi másról nem beszéltek, mint a gyarmatokról, elsősorban a Távol-Keletről. Az amerikai hadüzenetet követően London is hadba lépett Japánnal, ami ez ideig végzetes lépésnek bizonyult. Szinte még el se hangoztak a nemzeti szándékok, Japán máris portyára indult és rövidesen lángba borította Ázsiát. Januárban elfoglalták Borneót, a környező szigeteket, Indonéziát és Burmát. Újabb darabot haraptak ki Kínából, és egyre délebbre vonulva legyűrték Malájföldet. Februárban az ország nyolc napot töltött delíriumban, mialatt a kegyetlenkedéseiről elhíresült japán sereg bekerítette Szingapúrt. 15-én a város elesett, azóta mindenki hiába kutatott a szerettei után. Civilt és katonát egyöntetűen elnyelt a tragédia. A Vöröskereszt ceyloni irodája ugyan fogadta az írásos megkereséseket, de már nem volt hova továbbítani őket. Az ostrom előtti utolsó, menekülteket szállító hajót a felkelő nappal tetovált vadászgépek a Jávai-tenger hullámsírjába süllyesztették, túlélőkről nem lehetett tudni. Ugyanúgy nyoma veszett a várost védő hadseregnek is. Meghaltak, vagy fogságba vetették őket, ki tudja? Tulajdonképpen az egész szingapúri katasztrófa a bizonytalanság ködébe veszett. A hazafias, később túlzottan is propaganda ízűnek bizonyuló beszámolók bevehetetlen, minden veszélyre felkészített támaszpontként festették le a várost és a szigetet, melyen állt. A politika konkrétumok nélkül is azt sugallta, hogy ha Ázsiában háborúra kerül sor, Szingapúr minden támadásnak ellenáll. Nem csoda, hogy ezek után nehéz volt elfogadni, hogy napok alatt minden odalett. A hódítók meneteltek tovább. Soron következő diadaluk ismét temérdek halállal járt. Márciusban Rangunt elfoglalva máris India keleti kapujánál jártak. 8-án Jáva is a kezükre került és hamarosan a Fülöp-szigetek. A véget nem érő diadalmenet elborzasztotta az országot és egyszeriben a korábbi afrikai győzelmek emléke is megfakult. Maradt az iszonyat, az eltűntekért való imádság, meg a szűkölködés.

Jean-Michel a saját szemével láthatta, miként változott a közhangulat az újabb hírek hatására. London színes gyűjtőhelye volt az angol társadalomnak, jöttek-mentek a helyiek, vidékiek, katonák, a rokonaikat kereső kétségbeesettek, no meg a politikacsinálók. Ez már önmagában elképesztő orgiát eredményezett, nem beszélve a lesben álló médiacápákról, illegalitásba vonult kormányokról és kémekről. Együttesen visszahozták a város ellenállhatatlan nyüzsgését, azt a jellegzetes vibrálást, és velük együtt az illúziót, hogy a birodalom, ahol sosem nyugszik le a nap, mégsem haldokló oroszlán. Az élet új forgatókönyvvel próbálkozott, ami összességében nem volt se jobb, se meghunyászkodóbb a korábbiaknál. A gyakorlatilag megszűnt bombázások után a legveszélyesebb romokat eltakarították, a halottakat megsiratták, a tátongó lyukak pedig az ostromlott város szerves részévé váltak. Az érvényben levő elsötétítés dacára fellendült az éjszakai élet, noha a valamirevaló helyeken asztalt kellett foglalni és a kényeztetésért borsos számlát löktek a vendég elé.

A csalóka éjszakai gyertyafény után azonban az ember azokat is meg kellett lássa, akik a fényűzést még gondolatban sem engedhették meg maguknak. Az üzletek előtt reménytelenül kígyózó sorok kiábrándító emlékeztetői maradtak a háború sújtotta országnak. A síró emberek ott kuporogtak a hadsereg és a Vöröskereszt irodáinak küszöbén. Ahogyan felbukkantak a követségen is. Amióta Franciaország a náci birodalom részévé vált, számtalan ember jelentkezett, hogy a rokonait megtalálja. Ebben a felfordulásban azonban esélyük se lehetett. A formanyomtatványok legfeljebb pszichológiai szelepnek voltak jók. Megnyugtatták a kérelmezőket és a politika légüres terébe került hivatalt is. Nála jobban senki nem érthette, micsoda útvesztő ez. Egy éve nyomozott az öccse után. Bemerészkedett Vichybe, sőt, a megszállt Párizsba is, de hiába, mert az ott tapasztalt fejetlenség és nemtörődömség a maradék reményeitől is megfosztotta. Most már értette, hogy a tudatlanság miért a legboldogabb állapot. Ugyanakkor ezt képtelen lett volna megmagyarázni azoknak a szerencsétleneknek, akik a kilátástalanságban az utolsó szalmaszálba is belekapaszkodtak.

Párizsból és a legnagyobb városokból számtalan zsidót elhurcoltak. Fettisov értesülései szerint még a francia-oroszok is két tűz közé kerültek és egy részüket a németek haladéktalanul deportálták. Az ország két része közti átjárás hajszálnyi reményt adott, ám akit elkaptak, helyben agyonlőtték. A megszállt észak fantommá változott. Ott volt, mégsem létezett. Kijutni vagy beutazni, üzeneteket továbbítani játék volt az élettel, mindenki életével. Ő maga mégis megkísérelte a lehetetlent, hogy a szüleivel kapcsolatba léphessen. A néhány sor meglepő módon eljutott Bretagne-ba, ahonnan dörgedelmes választ kapott vissza: 'Te ostoba, mindannyiunkat megöletsz!', ennek is jó másfél éve, azóta semmit nem hallott felőlük.

1942. eleddig különben sem hozott sok jót. Ahogy a követségen mondták, a jenkik hadiösvényre lépése óta a nyugati diplomácia felélénkült. Ez új feladatokat jelentett. Még egy olyan legyőzött ország esetében is, mint az övéké. A háborúnak egyszer vége lesz, addigra pedig a gallkakast be kell csempészni a győztes hatalmak zárt klubjába. Nagy kihívás, türelemjáték, ahol saját ravaszságuk fog diadalmaskodni, vagy elbukni. Természetes, hogy olyanok is akadtak, akiknek nem volt ínyére ez a törekvés és bármit megtettek volna, hogy keresztülhúzzák a számításaikat. Bármit. Két holttest bizonyította, két halott francia, akiket számító kegyetlenséggel söpörtek le a diplomácia sakktáblájáról. Jean-Michel soha nem ringatta magát tévképzetekben, pontosan tudta, hogy háború idején minden diplomata egyben kém is, hangozzék akármilyen visszataszítóan. A gyilkosságok ennek dacára felháborították. Egyrészt bestiális mivoltuk miatt, másrészt amiatt, amit jövendöltek. Nemcsak ő volt ezzel így. Ádáz dühvel fogtak neki a szálak felgöngyölítéséhez, ami sokszor kilátástalan szélmalomharc látszatát keltette. Végül az eredmény sem maradt el. Eljutottak oda, ahol a bűnösök rejtőztek, és mivel mindannyiukra veszélyt jelentettek, a megtorlás sem várathatott magára.

Április 24-et írtak, mire a követség megfelelően titokzatos attaséja összehívta az érintetteket. Jacques Douillet híresen simulékony modorával még a franciák közt is kuriózumnak számított. Megtévesztésig Errol Flynn, irigylésre méltó arisztokratizmus és nyájasság lengte körül, ami szokatlan módon férfiakra ugyanúgy hatott, mint a gyengébbik nemre. A sikeres társasági ember álarca azonban világos gondolkodású, célratörő karrieristát takart. Douillet tíz évet húzott le a légiónál. Nem ment a szomszédba se bátorságért, se bérgyilkosért, de még csak ádáz ötletekért se. Londont ugyanazzal a kitartó precizitással térképezte fel, mint a líbiai sivatagot, és valószínűleg ugyanazzal a hévvel akart elbánni vele.

- - Minden készen áll – jelentette be a követség egyetlen lehallgatásbiztos helyiségében, amit elővigyázatosságból napi huszonnégy órában őriztek. – Jól értesült források szerint Dorsey Froy visszatért Londonba.
- - És hol bujkál?
- - Erről nem tudunk. Egy azonban biztosra vehető, újabb áldozatra les. Ha csalit dobunk neki, ráharap. Jean-Michel, felvértezted magadat életed nagy kalandjára? A józan ész ellenére Jean-Michel elvigyorodott. – Csinos csalinak találsz?

Douillet volt az egyetlen, aki értékelte a humorát. A többiek zavarodott képpel bámultak. – Annak ám! Na, emberek! Holnap valamelyik civil szervezet tömeggyűlést tart a Piccadillyn. Gérard és Jean-Michel is ott lesz. Tizennyolc emberünk vegyül el a tömegben és követünk titeket. Nem veszélytelen küldetés. Mászkáljatok körbe, hogy észrevegyenek titeket, mi pedig lesben állunk. A fickókat lehetőleg élve hozzuk be.

Valaki kétkedően megjegyezte: – Modern öngyilkosságnak hangzik.

Többen halkan mormoltak valamit. Douillet őszinteségétől Jean-Michelnek felkúszott a hátán a jeges rémület. – Az is. Nem tart tíz másodpercig se leszúrni, vagy lelőni valakit ekkora tumultusban. De nincs más esélyünk, mint előcsalogatni a rohadékokat.

- - És ha nem lesznek ott?
- - Van benne némi kockázat, a szokásait figyelembe véve mégis azt feltételezzük, hogy nem szalasztja el a ragyogó alkalmat. Nekünk áll a zászló.
- - És mi lesz utána?

- - Gérard és Jean-Michel eltűnik néhány napra. Ha búvóhelyet találtak, bejelentkeznek, mi pedig elsimítjuk a dolgokat.

Jean-Michelt egyáltalán nem lelkesítette a gondolat, hogy otthagyhatja a fogát, de nem volt kibúvó. Azzal vigasztalta magát, legalább a piszkos munkától megkímélik, bár minél tovább rágódott rajta, annál kevésbé találta ezt gyógyírnak. A tömegben ésszerűbbnek látszott, hogy a feltételezett orgyilkosok lőfegyver helyett kést rántanak, ezért előkészület gyanánt esetlen kötést hurkoltak az inge alá. A szúrásnak talán ellenáll, de ő úgy mozgott benne, akár egy lomha elefánt. A hiúságának sem tett jót. Csapnivaló karénekesnek látta magát a tükörben, aki főszerepre tör, de a kocka el volt vetve.

A gyűlést két órára hirdették meg, ezért az ő érkezését fél háromra időzítették. Addigra vélhetően elég bámészkodó verődik össze. Gérard-ral nem találkozott, erre nem is volt szükség. Felesleges óvatlanság lett volna, ha együtt maradnak. Douillet figyelmeztette, hogy akkora tolongásban senki nem veheti észre egykönnyen, hogy ketten vannak, ez viszont növelheti az esélyeiket.

Mire a Piccadillyt megközelítette, szinte áthatolhatatlan tömeg szorongott körös-körül. Az Eros szobor mellett összetákolt porondról amatőr szónok prédikált, míg az emberek a nyakukat nyújtogatva próbáltak átlesni egymás feje felett. Megérte volna, mert a nő ebből a távolságból kifejezetten csinosnak látszott. Ő csak fél füllel hallgatta a szavait, miközben el-elsurrant az emberek közt megnyíló réseken.

- - *Nézzenek körül! Ez az az ország, amit se bombák, se fenyegetés nem tört meg. És nézzünk végig magunkon! A pincékben és óvóhelyeken átvirrasztott hónapok után is itt vagyunk. Akkor bujkálni kellett. Akkor lerombolt otthonaink eltakarításához kellett a segítség. De most most van! És amíg apáink, férjeink vagy fiaink fegyvert ragadnak, és tőlünk messze harcolnak a szabad földért, a szabad gondolatokért meg az emberi méltóságért, nekünk itthon kell megmutatnunk, micsoda nemzet áll a hátuk mögött!*

Az üdvrivalgás azt jelezte, a nő utat talált a szívekhez. Kellően forradalmi, hazafias és magával ragadó szavakat lelt, amire a bágyadt áprilisi napsütésben a tömeg szomjazott. A tűzbe hozott hallgatóságból tapsvihar és füttyök törtek elő. Ezalatt feltűnés nélkül tekintgetett körbe, ám egyelőre se Gérard Crillont, se az esetleges támadókat nem látta. Míg az emelvényen a nőt egy középkorú, vénkisasszony küllemű jövevény váltotta, lassú lábakon járva a Regent Street-i kereszteződés felé sodródott.

- *- Elizabeth Myra vagyok és a Vöröskereszt zászlaja alatt működő irodának dolgozom. Sokan dühösen panaszkodnak nekünk, amiért nem segítünk megkeresni az eltűnteket. Azért állok ma itt önök előtt, hogy néhány szóban ismertessem, milyen eljárást jelent minden egyes beadvány, ami a kezünkbe kerül.*

A hiteles, ugyanakkor a feladat nehézségeit is élénken leíró beszámoló ügyes fogásokkal fordította a figyelmet az ügy irányába. A zúgolódókat észérvekkel szerelte le. Jean-Michel, némileg érintve ebben a kérdésben, érdeklődéssel hallgatta az okfejtést. Közben viszont egyetlen pillanatra se feledhette jövetele valódi okát. Még akkor se, ha átvillant az agyán, bárcsak Franciaországban élhetné át a hazafias összetartásnak ezt a felemelő megnyilvánulását. Nagy-Britannia a dacos ellenállással a végén gyaníthatóan többet fog veszíteni, mint a behódolt túlpart, ezért pedig elszégyellte magát. A feltételezés azt sugallta, mintha a gyávaság jobban megfizethető érdemét csak odaát ismernék.

Ismét körbepásztázott a fejek felett. Nem nőtt túl magasra, mégis szerencsésen tudott tájékozódni. A Shaftsbury Street torkolatánál véletlenül megpillantott egy ismerős követségi arcot. A katona ezúttal civilben sétált körbe. Hajának hátrafésülésével jelezte, hogy a macska-egér játék eddig semmilyen eredménnyel nem járt. A hírtől lelombozva továbbindult. Szeme végigvándorolt a szedett-vedett gyülekezeten. Volt ott fiatal és idős, férfi meg nő, helyiek és valószínűleg vidékiek ugyanúgy. Aztán egy századmásodpercre tekintetét rabul ejtette egy női alak. Szőkés-vöröses haján táncot lejtett a tavaszi napfény. Egy másik fiatal nővel beszélgetve hátat fordított, az arcából semmit nem lehetett látni. Mégis úgy képzelte, szép lehet. A Haymarket benyílója felé sodródva átfurakodott két vitázó öregember közt. Senki nem követte. Senki olyan, aki az életére törne.

Előbukkanva egy díszes kalap takarásából, megint láthatta a barátnőket. A cipőbolt kirakata előtt nevetgéltek. Ezúttal viszont nemcsak a barna lányt, hanem a szőkét is behatóan szemügyre vehette. Lathea Trashburnt idézte a különleges hajzattal. Megrökönyödött, amikor valóban őt ismerte fel benne. Gyors pillantással maga mögé, másodszor is az asszony irányába fordult. Haja a hátára omlott, ahogyan manapság egyre több lány viselte. A harmincas évek rövid frizurái mintha egyre kevésbé hódítottak volna, vagy ezt is csak a háborús kényszer hozta? Ilyen távolságból úgy látta, a csinos ruhához Lathea ki is festette magát. A barátnőjével mindketten szépek voltak, derűsek, fiatalok. Összeölelkeztek.

Gyanútlanságot színlelve forgolódott, miközben azt találgatta, vajon az asszony mit keres a városban. Az ekkor feltörő éljenzés idős férfit köszöntött a színpadon, aki nagy elánnal kezdett a gyarmatokról és a birodalom halhatatlan dicsőségéről szóló szónoklatába.

Először a szeme sarkából észlelte a civilbe bújtatott tisztet. Az állát dörgölve ácsorgott, hol jobbra, hol balra kandikált. A jel egyértelműen az akció végét jelezte. Bűntudattal vette észre magán a megkönnyebbülés jeleit. Ezek szerint Crillont próbálták megölni, ő pedig ép bőrrel megúszta a hajmeresztő kalandot. A következő jel már a visszavonulást deklarálta.

- - Hála a magasságosnak – sóhajtott fel. Mázsás tehertől szabadult. Menthetetlenül nyomasztotta, de beszélni senkivel nem beszélhetett róla. Talán ez volt a legelviselhetetlenebb. Elmúlt, minden elmúlt. Csak az élete maradt meg. Igazán nem lekicsinylendő csere.

Mélyeket lélegezve, nehezen bírva az örömmel arra lesett, ahol Latheát látta. Az asszony időközben a barátnőjével együtt eltűnt. Kutató szemmel fordult körbe, hátha még nem jár messze, de hiába. A cipőüzlet felé lökdösődött. A tömeg ekkor megmozdult és a hirtelen beállt csendből arra lehetett következtetni, hogy a programnak vége. A megbolydult méhkas sem lehet kaotikusabb, mint a meglóduló emberek alkotta köd. Az átlátható rend halála őt is magával sodorta, ráadásul megnehezítette, hogy meglelje, akit keres.

A mozgás természetéből fakadóan az emberek egy villanásra szétnyíltak előtte, így a merő véletlennek köszönhetően felismerte Lathea szőke fejét. Erőszakosan keresztülkönyökölve egy hosszú soron próbált a közelébe férkőzni. Akkor azonban valaki megint elállta az útját és mire útnak eredhetett, az asszony meglehetős előnyre tett szert. Ismételten komoly erőfeszítésekbe került a nyomába szegődni. Mégis kénytelen volt, mert kiáltásait elnyelte a morajlás.

- - Lathea! – igyekezett sokadszorra észrevétetni magát.

Egy anya keresztezte az útját kamasz fiával. Ebben a pillanatban őt az igyekvők egy másik hulláma alaposan megtaszította, úgyhogy kis híján lesodorta a nőt a lábáról. A zűrzavarban káromkodásokat hallott, egy férfi ordított. Kihasználva a káoszt átpréselte magát néhány fiatalon és megragadta Lathea karját. Az ösztönösen felsikoltott, ám senki nem figyelt rá.

- - Jean-Michel vagyok.

Az őzike szemek felragyogva siklottak az arcára. – Halálra rémisztett.

- - Ne haragudjon.
- - És ez a véletlen! Hogy kerül ide?

Jean-Michel fakón nevetett. Úgy üldözte az asszonyt, mint aki árral szemben úszik, erre ő véletlennek nevezi? – Ezt inkább én kérdezhetném. Nem is értesített, hogy Londonban van.

- - Hagytam üzenetet, de nem hívott vissza. Azt hittem, külföldön van, vagy nagyon elfoglalt.
- - Annyira sok munkám nem lehet, hogy ne szakíts... Óóóó!

Elvakítva a hirtelen fájdalomtól az asszonynak zuhant. Valósággal nekilapította a kirakatnak. A nyilalló érzéstől eltorzult az arca. A derekában és a karjában csillapíthatatlanul lüktetni kezdtek az éles kés okozta sebek. Pocsék érzés volt, ahogy a meleg vér lefelé csurgott a nadrágjába. Még az ép karját is nehezére esett felemelnie. Szédelegve nézett az asszonyra, aki nyilvánvalóan semmit nem értett az egészből.

- - Tűnj már innen, a francba! – a dühödt kiáltás Douillet-hoz tartozott. Sokadmagával úgy iramodott el mellette, mint a villám. Tudta, hogy óvatlan volt és ezért az első adandó alkalommal jókora fejmosásra számíthat.
- - Te jó ég, Jean-Michel! – lehelte az asszony elhűlten. Kissé eltolva őt magától, hogy végre

levegőhöz jusson, a tenyerébe meredt. Csillogott a vértől.

Jean-Michel megragadva a csuklóját a nadrágjához húzta a kezét, majd semmivel se törődve beletörölte a vöröset. – Hol lakik? – dünnyögte nehezen forgó nyelvvel.

- - A Sohóban.

Balsejtelmei beigazolódtak. Az asszony, megértve, mi történt, enyhe sokkot kapott. A már tiszta tenyerébe bámulva olyan volt, akár egy szobor. Merev és élettelen.

- - A címet!

Ahogy felemelte az állát, hogy a szemébe nézzen, Lathea megadta magát. – St. Annes Crescent 22.

- - Mi ez? Hotel? Panzió? Zárda? Lathea!

- - Laurie barátjának a lakása.

- - Jól van – tétován körbekémlelt. Bárcsak előbb lett volna ilyen okos. – Szaladjon haza és hívja oda Kozlovot. Mondja neki, hogy új vörös hering lelőhelyet találtam. Rendben?

- - És maga?

- - Majd követem, most menjen. Ja, és még valami – egy századmásodpercre a könyökénél visszahúzta. – Nézzen olykor a háta mögé.

Az asszony távoztával támasz nélkül maradt, ezért kifulladva nekidőlt a házfalnak. Az oldala rettenetesen hasogatott, noha nem hitte, hogy túlságosan komoly sérülés lenne. Ennek ellenére égő dühvel emésztette magát saját ostobaságán. Akár az életével is fizethetett volna érte. Elnézett balra, de a szőke fej időközben eltűnt. Összehúzta a zakóját, hogy eltakarja vele az átvérzett inget. A szúrás jó erővel érkezhetett, ha a rejtett pólya dacára a bőre alá szaladt, fintorgott a gondolaton. A csuklója felé kígyózó vérpatakot nem tudta másképp elrejteni, tehát a zsebébe tornázta a kézfejét. Ráérősnek ható léptekkel, de valójában bizonytalanul szédelegve lódult az első mellékutca felé. El akart tűnni az illetéktelen szemek elől.

- - Megkérhetem, hogy segítsen egy kicsit, asszonyom?

Kozlov kérése, bár adott esetben természetesnek tűnt, Jean-Michel tudta, hogy reménytelen. Ő kiterítve a nappali szoba kerevetén, átvérzett kötések mindenfelé, ezek együtt a rosszullét határára kergették az asszonyt.

- - Majd én.
- - Hősöm, te...

Jean-Michel az orvosba fojtotta a továbbiakat. – Theo, hagyd! Lathea, főzne nekünk egy finom teát? Most jólesne.

A hálás félmosoly láttán kétség se férhetett hozzá, miféle jó cselekedetet hajtott végre. – Nem bírja a vért – magyarázta, amikor az orosszal magukra maradtak.

- - Akkor itt fogd.

Noha teljesítette az utasítást, feje erőtlenül hanyatlott vissza a párnára. A gyilkos penge csúnya sebet karistolt a derekába, mely jobb oldalon a háta irányából a csípőjéig legalább tizenöt inch lehetett. Alighanem maradandó szuvenír. A jobb karján is megszúrták, éppen a kar külső feszítőizma mellett. Modernkori páncélos vitéznek érezte magát a gondosan elkészített kötésekben.

- - Ritka szerencséd volt, ugye, mondanom se kell? – a munka végeztével Kozlov elcsomagolta a magával hozott eszközöket.
- - Felesleges említened.
- - Most meg hova mész?
- - Kikísérlek.
- - Felejtsd el!

A küszöbön megjelenő asszonyra néztek. Kozlov csinált helyet az asztalon a tálcának.

- - Iszik egy csészével, doktor?

- - Hálásan elfogadom. Ez a pórul járt hős viszont jobban tenné, ha nem ficánkolna.

Jean-Michel némi kínkeservvel ülő helyzetbe tornázta magát és a kölcsönkapott pulóverért nyúlt. A lakásban az odakinti tavasz ellenére dermesztő hideget érzett. – Segíts már – mordult Kozlovra, aki addig korholóan leste ügyetlen mozdulatait.

- - Betakartunk volna. Óriási seb tátong az oldaladon, ne ugrálj vele.

- - Fázom, mégis mit gondoltál? – amíg belekóstolt a forró italba, az orosz a háziasszonyt faggatta.

- - Hogy van mostanság? Nagyon rég találkoztunk.

- - Egy orvos esetében ez csak jót jelenthet.

Kozlov alaposan megfontolta, hogyan fogalmaz. – Ami Mischával történt, felfoghatatlan.

- - Háború van és tele a világ borzalmakkal.

- - Tudja, azon tűnődtem, milyen kedves emlékek kerültek vele a sírba. Még Pétervárról ismertük egymást, azután Párizsban egy környéken laktunk. Nem voltunk ugyan egymás hegyén-hátán, mégis szerves része volt az életemnek. Én istápoltam, amikor előkerült Oroszországból, cserébe elkísért, amikor áttelepültem Angliába.

- - Sőt, tanúskodott az esküvődön!

Kozlov biccentett. – Úgy van! – váratlanul témát váltott. – Vajon mi lehet Chantallal ebben a felfordulásban? Még mindig az a naivának mutatkozó könnyűvérű pillangó?

- - Sejtelmem sincs – vonta meg a vállát Jean-Michel félreérthetetlen közönnyel. – Mindenesetre Mischát jócskán lóvá tette. Áldhatta a jó szerencsét, amiért az esküvő elmaradt.

Az orvos közvetlen mosollyal nézett Latheára. – A hitvesem Chantal távoli unokatestvére, ezért vagyok ennyire jól értesült. Chantal vérlázítóan... hmm... tüzes teremtés, ha érti, mire célzok. Mi pedig gyávák

voltunk Mischának bevallani, hogy az ártatlanság
ódája mögött milyen valójában. Az ilyesmit még egy
barátnak sem könnyű elővezetni, főleg, ha valaki
annyira úszik a szerelemben, mint akkoriban ő.

- Megértem.

Az asszony hirtelen támadt zavara láttán Jean-
Michel biztosra vette, hogy ma hallotta először a
Chantal nevet. – Annak az orosz kiruccanásnak
legalább ez a haszna megvolt – zárta le a témát sietve.
– Theo, kösz, mert iderohantál.

- Holnap is megnéznélek. A sebeid ugyan nem
végzetesek, de ostobaság lenne alábecsülni a
helyzetet.

- Rendben, este a lakásomon megtalálsz.

Az orvosi táska csatja hangosan kattant. – Ma
estére viszont mindenképpen kérj szállást ettől az
elbűvölő hölgytől. Kíméld magadat egy kicsit.

- Természetesen marad – jelentette ki Lathea
magától értetődően, mire Kozlov dolga
végezetten búcsúzkodni kezdett. A St. Mary's-
ben szokás szerint temérdek teendő várta, ami
nem volt tekintettel semmilyen külső
körülményre.

Lathea visszajött, miután kikísérte. – Mi lenne, ha
aludna egyet vacsoráig?

- Nem akarom veszélybe sodorni magát. Talán
okosabb lenne elmennem – tápászkodott fel Jean-
Michel és az ablakhoz surrant. Elővigyázatosan
kilesett az utcára.

- Van ott valaki?

- Nincs ok aggodalomra. Egy követségi ember
vigyáz odalent.

- Azt akarja mondani, hogy figyel minket?

Jean-Michel bólintott. Nagyon gyengének érezte
magát, állva meg is szédült, úgyhogy bölcsebbnek
látta visszafeküdni. – Holnap elmegyek, de ha ma
éjszakára befogad…

- - Ezt már megbeszéltük. És azt is, hogy alszik egyet.
- - Igenis, asszonyom. Átkozottul hideg van itt.

Lathea a homlokára tette a kezét. – Mert lázas. Van még egy kis fa, befűtök. Addig bugyolálja magát ebbe a plédbe.

Mire a tűz lobogni kezdett, Jean-Michel az álláig beburkolózott a finom gyapjútakaróba. Az egészséges oldalán feküdt, nem volt túl kényelmes. Elkínzottan hunyta le a szemét és szinte ugyanabban a pillanatban megtalálta az álom, ami Kozlov fájdalomcsillapítóinak hála egy ideje ott ólálkodott körülötte.

A ritkaságszámba menő marhahús és a köret olyan lakoma illúzióját adta, amit háború idején tudott az ember igazán megbecsülni. A délutáni alvás meg az azt megelőző izgalmak Jean-Michelt szükségszerűen kiéheztették, ezért egy szuszra mindent felfalt, ami a tányérjára került. Alig beszélgettek, mivel az ő fejében még mindig a sorsszerű találkozás kavargott, egyben áldotta a szerencséjét ezért a jótéteményért.

- - Honnan tett szert erre a kincsre? – próbálkozott meg mégis a csend eloszlatásával.
- - Protekció.
- - Ejha! És vajon hol?
- - A Royal Courtban.
- - Ezek szerint visszalátogatott?

Az iménti mosoly elillant. – Erwin nélkül olyan más ott minden. Elképesztő, de maholnap két éve, hogy meghalt. Fel se tudom fogni.

- - És mit művel Londonban?

Hálásan, mert a szomorú évforduló helyett másról beszélhet, Lathea felélénkült. – Pár nap szabadságot kaptam, amit a hasznomra fogok fordítani. Cipőt kerestem Corey-nak, ez azonban egyáltalán nem könnyű dolog. Pedig feltétlenül szükségünk lesz jó lábbelire, hiszen itt a tavasz, futkározni fogunk, kirándulni. Elfelejthetjük a szobafogságot, végre süt a nap. Marazionban és Penzance-ban sajnos semmi nem volt az ő méretében.

Jean-Michel nehezen leplezett megütközéssel követte a beszámolót. Ám eredménytelenül törte a fejét, erről a bizonyos Corey-ról még egyetlen szót sem hallott. Igaz, hogy az elmúlt hónapokban mindössze egyetlen levelet váltottak, ugyanakkor arra méltán számított, hogy megemlítenek neki egy komoly udvarlót. A jelek szerint tévedett. – Tehát ezért utazott ide. És szerencsével járt?

- - Igen, mindjárt két párat is vettem, Corey odalesz a boldogságtól – Lathea elmerengve rágta a húst. – Néha olyan megfoghatatlan, még soha életemben nem tapasztaltam, hogy valaki képes ennyi őszinte szeretetre és ragaszkodásra. Nem is hittem benne korábban, ezt elismerem. Corey-val viszont minden más, rövid idő alatt elválaszthatatlanul az életem része lett.

A ragyogó barna tekintet, az új frizura, no meg a vidám és divatos kosztüm félreérthetetlen jelei voltak ennek a 'Corey-ügynek'. Jobban szemügyre véve az asszonyt Jean-Michel nem látta rajta nyomát annak a kimerültségnek, amit cornwalli tartózkodása során még fel is panaszolt. Ellenkezőleg, kivirult. Az új szerelem szembetűnően megfiatalította, áradt belőle az a fajta szelíd, titokzatos nőiesség, amit egyszer régen, azon a feledhetetlen bálon fedezett fel benne. Az emlékfoszlány révén gondolatai önkéntelenül is Mischára terelődtek. Két éve ölték meg a fronton, de ha most látná a feleségét, alighanem ugyanaz a makacs őrület szállná meg, ami akkoriban. Noha soha nem beszélt róla, ő azért tudni vélte, hogy szerette ezt a stepney-i lányt. Egy olyan férfi, aki mániákusan menekül a nők meg a kötöttségek elől, nem nősül ilyen életveszélyes időkben kapkodva, végig se gondolva a következményeket. És ez még valamit felvetett.

- - Ezek szerint okosabb lenne a papírjain özvegyre módosíttatni a családi állapot bejegyzést.
- - Tessék?

Nem számított az értetlen arckifejezésre. – Még nem szállítottam az új iratait. Ilyen zűrzavarban van némi kockázat benne, de végül is Mischa halálához kétség sem férhet. Minden lajstromban veszteségként szerepel.

- - Nem igazán értem, ezt most miért mondja. Én cipőkről beszélek, maga meg iratokról?
- - De Lathea! Addig nem mehet férjhez, amíg legalábbis papíron házasságban él.

Az asszony letette az evőeszközeit. – Valószínűleg sajnálatra méltó ostobának tart, de még mindig nem tudom, hova akar kilyukadni. Egy szóval sem mondtam, hogy ilyen terveim lennének.

- - És a jövőben? Egyszer talán majd megállapodik Corey mellett.

Az elkerekedett szemek szemvillanás alatt megteltek vidámsággal. Hiába is tapasztotta Lathea a tenyerét a szája elé, ő látta, hogy nevet. Látta, de nem értette. – Úgy látom, valami szellemeset mondtam. Megtudhatom, mit?

- - Corey.
- - Corey?
- - Corey egy baba.

A döbbent csendbe most már belekívánkozott az asszony önfeledt kacaja.

- - Egy baba? – ismételte Jean-Michel. A fejében tótágast álltak a gondolatok. – Manapság Cornwallban az udvarlókat így becézik?

Lathea még jobban nevetett. – Én egy csecsemőről beszélek. Corey egy kisbaba.

- - Egy kisbaba? Uram isten! – Jean-Michel most rökönyödött meg igazán. – Amikor legutóbb azt javasoltam, vállaljon kevesebb munkát, nem arra céloztam, hogy szüljön egy gyereket. Ha végigsöpörné az alsó és felsőházat, az sem lenne annyi nyűg, mint egy csecsemő.

A barna szemekben tetten ért kötekedő kifejezés, meg a keresztbe font karok beszédesen elárultak volna sok mindent, ha Jean-Michel képes a jelekből olvasni. Ahhoz viszont túlságosan zaklatott volt. – Még sosem született a közelében kisgyerek, Jean-Michel?

- - Miért kérdi?
- - Az ilyesmihez minimum kilenc hónapra van szükség meg egy férfira. Ebből pedig az következik, hogy Corey nem az én fiam – újabb derűs kacaj. – Ugyan, ne vágjon már ilyen képet! December első napjaiban beállított a barátnőm, Betty Cowan. A Parisianben hagyta a kisfiát, mivel a férjével együtt Afrikába vitték. Érti már?
- - Nem, nem értem. Egyszerűen leadta a fiát, mint egy csomagot? – hűlt el Jean-Michel. – Hogyan képes erre egy anya? És mekkora a kis Cowan?
- - Egy hete múlt tizenöt hónapos. Mondhatom, fényt hozott az életünkbe.
- - Ó, igen, és mennyi munkát!
- - Szeretjük őt.
- - Elhiszem. Az anyját viszont nem tudom megérteni. Könnyen meghalhatnak Afrikában... de ha mégsem, mire magához veszi a gyerekét, az magát fogja az anyjának szólítani.
- - Nem vagyok jósnő, ám higgye el nekem, nem tehettem mást. Valakinek segíteni kellett.
- - Éppen magának? Amúgy hogyan intézte el ezt az egészet? A gyermekes asszonyokat nem pátyolgatja a hadsereg – de Lathea csak tudatlanul megvonta a vállát.

Jean-Michel a sötét, csendtől borított lakásban sokáig éberen hánykolódott. A felkavaró beszélgetés foszlányai tartották ébren. Azon merengett, ha már egyszer ilyen különösen ügyes volt a húga és kijutott a frontra, Nick Cowan milyen megfontolásból engedhette át az unokaöccsét idegeneknek. Nem szólalt meg benne a vér szava? Az ő kötelessége lenne egy ilyen hajmeresztő helyzetben vállalni a felelősséget. És miután megnősült, családi hátteret is nyújthatott volna a kicsinek. Ő maga annak idején már a tervezett esküvőn is meghökkent. Egészen addig szentül hitte, hogy a férfi Latheát vezeti oltárhoz. Annak ellenére se kételkedett ebben, hogy Marazionba érkezve hamar értesült a penzance-i özveggyel folytatott kalandjáról. Végül is minden férfi szeret flörtölni, mielőtt megállapodna, sokan még azután is. Ám a jelek szerint Nick félrelépése komolyabb volt ártalmatlan viszonynál. Akárhogy is, a gyereknek nála lenne a helye.

Észrevétlenül elnyomta az álom. Kényelmetlenül aludt, inkább csak szendergett. A vágás miatt kizárólag az oldalán fekhetett, mivel a másik, illetve a háta fájdalmasan égve emlékeztette felesleges hősködésére. A karja hasonlóan lüktetett ahányszor megmozdította. A keskeny kanapén hajnalig kihúzta, bár addigra rég megbánta, hogy az úriembert játszva visszautasította a felajánlott, kényelmesebb ágyat a belső szobában. Minden tagja elgémberedett és a takaró dacára a csontjáig átfagyott. Hiába húzta magát összébb, egyre inkább rázta a hideg. Végül némi viaskodást követően feltápászkodott és tüzelő után kutatva kiment a konyhába. A délután gyújtott tüzet azonban nem volt mivel feléleszteni. Az erőfeszítéstől kiverte a víz és azonnal gyanítani kezdte, hogy Kozlov jóslata bevált. Magas láz nélkül nem úszhatja meg. Csattogott a foga a hidegtől meg a gyengeségtől. Úgyhogy fogta a párnáját meg a plédet és szemtelenül beosont a hálószobába. A széles ágy közepén az asszony zavartalanul aludt. A kandallóból még az utolsó lángnyelvek ontották a kellemes meleget.

Miután felpiszkálta a parazsat és a tetejébe hajította az utolsó két fadarabot, bemászott az ágyba.

\- - Húzódjon egy kicsit odébb!

Kérésére az asszony kábán a háta mögé lesett. Beletelt néhány másodpercbe, míg magához tért. – Történt valami? Rosszul van?

\- - Megesz az isten hidege – bújt beljebb magukra terítve a gyapjútakarót. – Melegítsen fel egy kicsit.

A kétértelmű felszólításba Lathea belesápadt, rögvest azután pedig belevörösödött. – Elment az esze? – suttogta és azonnal odébb menekült volna, ha ő erélyesen át nem fogja a derekát.

\- - Rossz az, aki rosszra gondol. Odakint kialudt a tűz és lázas is vagyok. Jöjjön már közelebb, semmi illetlenre nem akarom rávenni.

\- - Nem is tudna.

Jean-Michel elgyötörten felnevetett. – Akkor meg ne másszon az ágy pereméig, még a végén lepottyan – egészen magához húzta az asszonyt és a melegben kényelmesen elhelyezkedve kötekedően megjegyezte: – Meglátja, milyen ártalmatlan fickó vagyok.

\- - Ne erőlködjön, nem csap be!

\- - Ezt meg hogy értsem?

\- - Bár Chantalról még sosem hallottam, azért Jean-Michel Chiari hódításairól Mischa is beszédesebb volt.

\- - Ó, az álnok!

Lathea hallhatóan remekül mulatott magában. Feküdtek a békés csendben, ő pedig lassan érezni kezdte, hogy fagyos tagjai életre kelnek. Az asszony egyenletes légzése ellenére gyanította, hogy nem alszik. Így némi vívódás után megszólalt. – Nem magányos néha?

\- - Nem. Ott van nekem Laurie meg Corey.

\- - És a férfiak?

\- - Nincs szükségem rájuk.

- - Gyors válasz.
- - Igaz válasz.
- - Nem hiszek magának. Én bizony gyakran vagyok magányos és elhagyatott.
- - Ne ámítson engem, Jean-Michel. Mischa szerint ki se fogy a szép nők hódolatából.
- - A röpke hálószobai kalandoknak semmi közük az érzelmekhez.

Latheát nem győzte meg. Elutasító hangja önmagáért beszélt. – Talán másképp kellene élnie. Rövid csend. – Mischa szerette magát.

A halk sóhaj is elegendő válasz lett volna. – Nem ismert engem.
- - Csak azért, mert nem ismerte a teljes életrajzát? Ugyan! Maga még sosem vonzódott olyasvalakihez, akit csak felületesen ismert? – hiába várt feleletre. – Hallgatás, beleegyezés.
- - Megkérem, hogy ne próbálja elemezgetni a lelkem sötét titkait. Semmi értelme.
- - Talán nincs.
- - Biztos, hogy nincs.

Jean-Michelnek nevethetnékje támadt. – Ahányszor valami személyes dologról faggatom, olyan tüskés lesz, mint egy kaktusz.
- - Nos, ha mindenáron tudni akarja, cseppet sem vagyok kibékülve a férfinemmel és mindazzal, amit számukra egy tartós kapcsolat jelent. Ezért egyetlen egy sem hiányzik az életemből. Most viszont aludni szeretnék. Okosabb lenne, ha szintén ezzel foglalatoskodna – a dühös kioktatás meglepte, valamint néhány kételyét meg is magyarázta.

A plafonra meredve ismét Mischa bukkant elő az emlékeiből. Lathea kijelentései ellenére meg mert volna esküdni, hogy meghódította őt. Ha máskor nem, Doverban egészen bizonyosan. Azok az apró érintések, bensőséges pillantások mindig leleplezik a szeretőket. Nem lehetett elsiklani afelett, a viszonyuk milyen meghatározó változáson ment keresztül. Részben talán a nem mindennapi körülmények okán, vagy az elválás réme kényszerén, de így kellett lennie. Látta őket együtt és látta az asszony arckifejezését, amikor kiderült, hogy Mischa meghalt. És azt is látta, hogy ugyanaz a nő, aki Doverban szinte szerelmes volt, most mennyire elutasító.

Jellemző módon addig filozofált, hogy alaposan átaludta a reggelt. Mire kinyitotta a szemét, az asszony nemcsak hogy nem feküdt mellette, de útra készen állt. Akárhová is készült, nem rendezkedett be az ő pátyolgatására. Pedig valahogy jólesett volna. Még a hátát próbálgatta, amikor egy tálcával érkezett.

- Jó reggelt, mintha jobb színben lenne.
- Legalábbis se nem haltam meg, se nem fagytam össze.

Az ócska rímre Lathea halovány mosollyal felelt. Láthatóan túltette magát az éjszakai szóváltáson. – Ha felkel, hagytam a konyhában harapnivalót. A teát viszont igya meg, jó a láz ellen.

- Elmegy?
- Kiszaladok Stepney-be Adams tiszteleteshez. Ha elmenne, dobja a kulcsot a postaládába. Ha marad, a pincében talál felvágott fát a kandallóba.
- Reggeli után hazamegyek. Hálás vagyok a vendéglátásért.

Lathea elhárította a köszönetet. – Ne mondjon ilyet. Örülök, mert nem esett komolyabb baja.

- Meddig marad Londonban?
- Még két napig.

Az asszony távozóban volt, így kitornászta magát az ágyból, hogy követhesse a külső szobába. Teljes ruházatban aludt, ami cserkész évei óta nem fordult elő. Félszegen elmasírozott a tükör előtt, magára

valamit is adó emberként bele se mert sandítani. –
Lenne kedve velem vacsorázni szombaton?

- - Nem is tudom.
- - Kérem. Legalább láthatnám, hogy nem
haragszik az éjszakai faragatlanságomért.
Lathea időközben belebújt a kabátjába, úgyhogy
visszahúzta a kezét. – Rendben, ha ragaszkodik hozzá.
- - Hétre magáért jövök, de ne gondolja meg, mert
valószínűleg nem tudna értesíteni.
A vidám mosoly kellemes meglepetés volt. –
Értettem, uram. Most mennem kell. Viszlát.
- - Ja, Lathea. Valami extravagánsba bújjon
szombaton!
Az asszony már a lépcsőfordulóból intett vissza,
majd leszaladt az emeletről. A cipősarkak ütemes
zenéje gyorsan elhalt. Odalesett a faliórára, ami már
tízet mutatott. – Ó, a pokolba, Chiari! Pattanj!

A Stepney-be való visszatérés Latheát a lelke
mélyéig felkavarta. Noha a romok javát
szükségszerűen elhordták, így is háztömbnyi
területeket kerített el kordon. A lebombázott
lakóépületek helyén kráterek és gyász lapult. A
korábban sűrű népességű és minden szegénység
dacára élettel teli kerület felett ott lebegett a halál meg
a pusztulás. A házakkal együtt eltűnt az élet, a
vidámság, a kocsmák, a gyerekzsivaj. A háború
egyetlen legyintéssel mindent elsöpört és az áprilisi,
kegyetlenül éles napfényben bármerre nézett,
szürkeséget látott. Ennek a rémisztő benyomásnak a
hitelét Adams tiszteletes szavai csakis megerősíteni
tudták.

- - Megváltozott az életünk – jelentette ki letörten.
– Sok család, akik az egész életüket itt élték le,
elmenekült. El innen, el Londonból. Mások
meghaltak. Szinte mindennap több tucat lélekért

imádkoztunk. Volt, hogy estére a kétszeresére duzzadt a névsor.

- De legalább vége van.
- Pusztán egy fejezetnek, Lathea. Ugyan hol van még a legvége? Mostanság mindig akad kit gyászolni. Elmentek a háborúba, fiatalon, bátran és büszkén, de sose jönnek haza.

Lassan ballagtak a feltöredezett járdán. Jókora kört téve megint a templom felé haladtak. A régi városrész helyén csak kísértetek laktak, csatatér terpeszkedett.

- Mi újság Cornwallban? Megkapta a soraimat?
- Igen, hálával tartozom, amiért írt. Azóta nagy hír van! – Lathea megjátszott lelkesedésével próbálta mindkettejüket felrázni abból a nyomorult hangulatból, amit az összedőlt város látványa gerjesztett. Adams tiszteletes amúgy is mintha megroppant volna a felelősség súlya alatt.

– Nick Cowannek bekötötték a fejét.

A tiszteletes önkéntelenül füttyentett. – Ó, ezt az istentelen szokásomat! – dünnyögte vidáman. – Nohát, és ki a boldog ara?

- Egy helybéli fiatalasszony. Vonzó és nagyon kedves. Carlának hívják.
- Hát, ez pompás meglepetés!
- Februárban keltek egybe és úgy tűnik, máris gyermekáldás elébe néznek. Nick példás férj és a kisbaba gondolata egészen leveszi a lábáról. Nem is sejtettük, igaz?

Adams fintorogva ingatta a fejét. – De nem ám! Itthon túl sok lányka tetszett neki ahhoz, hogy egyet kiválasszon.

- Azóta nagyon megváltozott. Szerencsére jó állása van, így el tudja tartani a családját.
- Örömmel hallom. Az embereket nem szabad hagyni elveszni. Úgyis túl sok az, aki bűnös hajlamokkal igyekszik magára vonni a figyelmet. És van valami hír Bettyről meg Kesterről?

Lathea szívesen mesélt. Legalább addig elterelte a tiszteletes borús gondolatait a jelen megpróbáltatásairól. A régi ismerősökről való pletykálkodás érzékelhetően felrázta. El is kélt ez a kis kikapcsolódás. Nem egyszerűen idős emberként volt kénytelen állni a háború által mért csapásokat, de végig kellett néznie azok pusztulását, akikért élete javában összeszorított foggal küzdött. Stepney-ért áldozta a legszebb éveit, ami szemvillanás alatt egyetlen téglahalmazzá roskadt össze. Nála fiatalabb és tetterősebb férfiakat is megtört volna ez az élmény. Ám bármit is érzett legbelül, nem adta fel a harcot. Nap nap után megvívta a kötelező csatákat, melyek talán egyszer a végső győzelemhez vezetnek. Ki tudja? De amíg ő kitart, addig a nyája is követi.

Lathea felkavaró órákat töltött Stepney-ben, ez pedig szükségszerűen rányomta bélyegét a hangulatára. Még megtévesztő elevenséggel éltek benne a háború előtti napok, amikor a Notting Hillen, majd a Park Lane-en dolgozott. A séták Erwinnel, a parki táncmulatságok, a vidám csavargások Bettyvel. El sem tudta hinni, hogy már az 1942-es esztendőből is hónapok rohantak el. A naptár mégis könyörtelenül emlékeztette, akár akarta, akár nem. Március derekán betöltötte a huszonkilencet, ami megfoghatatlan rémülettel töltötte el. Nehezére esett tudomásul venni, hogy a harmadik X határán semmije sincs. A háború ugyan nemcsak az ő életét állította a feje tetejére, az önsajnálata mégsem törődött mások bajával. Kibogozhatatlan tépelődéseit nem is oszthatta volna meg mással, mint azzal az emberrel, aki nyitott könyvként olvasott az életében, megértette és osztozott a sorsában, akárhogyan is alakult. Adams tiszteletes a szóba nem önthető gondolatokat ugyanúgy megértette, mintha feketén-fehéren a világba kiáltotta volna. Titkon ez a vágy húzta vissza Stepney-be, hogy még egy napot a tiszteletessel töltsön. Abból a régi életéből gyakorlatilag csak az ő intelmei maradtak meg, a bátorítása, a többit viszont a német bombák magukkal vitték az enyészetbe. Az ismerős támasz, ez a kedves mosoly volt, amit nem talált meg Marazionban. Talált mást, de a tiszteletest senki nem tudta pótolni.

Noha Jean-Michel korábban érkezett a megbeszélt hét óránál, annyival azért mégsem, hogy az asszonyt teljesen felkészületlenül érje. Az első tanácstalan pillantásból kiolvasta, hogy meg is lepte. Ezt a megérzését az üdvözlés be is bizonyította. – Ön, Jean-Michel?

- - Ne mondja, hogy megfeledkezett a vacsoráról.
- - Dehogy! Én csak...
- - Pocsékul hazudik.
- - Sajnálom. De azért lépjen beljebb.

Engedelmeskedett. Az asszonyt elcsigázottnak látta a lámpa fakó fényénél. Arcán általános melankólia jelei tükröződtek, öltözéke pedig azt sugallta, alighanem közvetlenül előtte toppanhatott be.

- - Mint látja – kezdte. –, a meghívása valóban kiment a fejemből. Nem tolhatnánk máskorra?
- - Szó sem lehet róla.
- - Nem szívesen várakoztatom, nem említve a rossz kedvemet.

Jean-Michel nem hagyta magát lerázni. – Ez esetben a legtökéletesebb gyógyszer a randevúja egy franciával.

- - Amikor utoljára vállalkoztam valami hasonlóra, katasztrofális következménye lett.
- - Ejha! Mit művelt magával illemtudó barátom?
- - Felejtse el – legyintett Lathea láthatón megbánva, ami kiszaladt a száján.

- - Nos, fél kilencre foglaltattam asztalt, azaz tengernyi ideje van megszabadulni a hétköznapi fásultságtól és hattyúvá vedleni.
- - Magát elnézve ehhez varázspálcára lenne szükségem.

Jean-Michel derűs hahotája valamelyest oldotta a hangulatot. – Mivel nagy a vétkem, a bocsánatkérés is stílusos, grófné. Olyan helyre viszem, ahol a háború ellenére tejben-vajban lehet fürödni. Mit szól hozzá?
- - Csalódást kell, hogy okozzak.
- - Mmm – intett Jean-Michel félbeszakítva a soron következő tiltakozást és a hálószoba felé lódult. – Legjobb emlékeim szerint rejtőzik odabent egy hatalmas ruhásszekrény, ahonnan a tábornok pulóverét elővarázsolta. Lehetséges, hogy női ruhák is akadnak?

Lathea meghökkent. – Női ruhák?
- - Ühüm. Mrs. Hyland-Flake határozottan társasági hölgy benyomását keltette, és szerencsére egészen a maga alkata – Jean-Michel a legkisebb habozás nélkül szélesre tárta a remekbe faragott szekrény terjedelmes ajtószárnyait. – Lám, lám! A próféta szólt belőlem.

A fogasokon példás rendben, számos elegáns ruha sorakozott. Köztük böngészve egyértelműen kitűnt, hogy a házaspár tartósan maga mögött hagyta a nyüzsgő éjszakai életet, hiszen a hétköznapi kosztümök és szoknyák hiányoztak a készletből. Ellenben a jó másfél tucat estélyi öltözék mind ottmaradt.
- - A tábornok hitvese szerintem cseppet sem bánja, ha valamelyik csodát megsétáltatja ma este.
- - Két napja még járni se tudott, Jean-Michel.

Jean-Michelt szórakoztatta a kibúvó. – Nincs kiút, szép hölgy. Menjen, fürödjön meg, addig kiválasztom a magának a legcsinosabb darabot. Tökéletes randevú lesz, meglátja.

- - Maga akarja kiválasztani?

- - Miért is ne? Megbízhat az ízlésemben, konyítok az ilyesmihez annyira, mint bármelyik divatdiktátor.

- - Kétségtelen!

A követségi kocsiban Jean-Michel még egyszer végignézett az asszonyon. A kölcsönvett kékesszürke ruha számtalan flitterrel megbolondítva rendkívüli szépséget hozott ki belőle. A finom tapintású anyag fedetlenül hagyta a vállait, a mell alatti enyhe ráncolás pedig érzékien sejtette a ruha rejtekében megbújó nőies idomokat. A varázshoz a merész slicc is jócskán hozzájárult. E percben Lathea Trashburn született grófnénak látszott, hűvösen elegánsnak, ám a hiányzó drágakövek ellenére előkelőnek. Haját izgalmas kontyba csavarta, így csupaszon hagyott nyakával, illetve a ravaszul aláhulló egyetlen tinccsel megjelenése hivalkodóan arisztokratikus lett.

- - Hova megyünk?

- - A Dorchesterbe – felelte Jean-Michel. A Park Lane-en fekvő patinás szálloda nevének említésére szembe találta magát a barna tekintet hol kíváncsi, hol gyanakvó megvillanásaival. – Az étteremben a mostoha idők dacára szól a zene, válogatott finomságokat szervíroznak és a társaság is előkelő.

- - Miben mesterkedik, Jean-Michel?

- - Az égvilágon semmiben.

- - Vajon ezért a semmiért öltöztetett be engem bohócnak és rángatott ki a Sohóból?

- - Egy szép estéért ez nem túlzott áldozat, úgyhogy ne várjon meglepetéseket, Lathea.

Az indoklás nem lehetett nagyon meggyőző, mert az asszony némi kétellyel a mosolyában azt felelte: – Azért résen leszek.

A Dorchester impozáns tömbje minden ízében gazdagságot és pompát hírnökölt. Ez alól még a túlméretezett bálterem sem számított kivételnek.

A múlt századi ízlés szerinti belső dekorációt vastag aranyozás, néhol bársonytapéta testesítette meg, tükrök, makulátlanul csiszolt parketta, hatalmas kristálycsillárok, ennyi megfelelő kellékül szolgált a páratlan szépséghez. A terem kétszázötven év divatirányzatainak keveréke volt, itt a maradi, távolságtartó és hűvös előkelősködés továbbra is virágzott. Ugyanakkor a különféle irányvonalak békés összeolvadásából megfoghatatlanul merész, egyesek értékítélete alapján ízléstelen giccs keletkezett. Az eltérő vélemények dacára a szálloda londoni őskövületnek számított, ahol az úri társaság színe-java rendszeresen megfordult.

Az illusztris vendégek egymásnak adták a kilincset, jöttek belföldről, Európából, de még a tengerentúlról is. Nyilvánvalóan a betérők akkor is emelték az intézmény rangját, ha a műértők fanyalogtak is ezen az ötvözött stílusbeliségen. Másképpen nem fordulhatott volna elő, hogy a békétlen politikai helyzetben a Dorchester számos közérdekű eseménynek otthont adva tett eleget a háborús kihívásoknak, miközben töretlenül kiszolgálta a felsőbb körök magas elvárásait. Kötéltánc volt a javából. Az eredményt pedig az esténként zsúfolásig telt étterem, a parkett meg azok a mulatozók jelentették, akiket az ország szűkös viszonyai és áldozatai sem tántoríthattak el gazdagságuk fitogtatásától.

Akkor is így volt, amikor Jean-Michel a terembe kísérte Latheát. A hófehér damaszttal terített asztalokon a legdrágább porcelánterítékek, vakítóan csillogó kristályok sorakoztak. Ezzel a hihetetlen vagyonnal talán az egész háborús gazdaságot meg lehetett volna menteni néhány kényszerintézkedéstől. A jókedvű társaságoknak semmi földi jót nem kellett nélkülözniük. A húsok és az italok, kaviár, lazac valószínűleg a katonai titkoknál is jobban őrzött csatornákon keresztül áramoltak be az országba. És e falak közé tévedve aligha merte volna bárki azt állítani, hogy odakint milliók gyilkolják egymást egy falat kenyérért, vagy egy korty vízért.

A makulátlanul elegáns pincér a lefoglalt asztalhoz vezette őket tüstént az itallapot ajánlva. Jean-Michelt nem, de az asszonyt annál inkább meghökkentette a kínálat. A fehérbort kóstolgatva körbepásztázta a helyiséget. – Kész botrány – mindössze ennyit mondott. Az étlapba mélyedve még elítélőbb hanghordozással hozzáfűzte: – Az ember nem is hinné, hogy Angliában van.

- - Mint tudjuk, a konyhaművészetet azért a franciák hozták erre a zord szigetre. Mit választott?

- - Kérem, rendeljen nekem is. Legyen bármi, ami nem túl fűszeres vagy finomkodó.

Jean-Michel elfojtott egy mosolyt. – Szereti a halat?

- - Igen, nagyon is.

- - Helyes, és hogy áll a tésztával?

- - Megbízom az ízlésében.

- - Nem lesz túl finomkodó?

A visszavágásra Lathea megjátszott szigorral felelte: – Mintha a bocsánatomat kérte volna, nem?

- - Igaza van, maga nyert.

Az előételt falatozva az asszony választott beszédtémát. – Tulajdonképpen mit keresett azon a tömeggyűlésen? Azt hittem, a politikát íróasztal mögött ülve kopasz, kövér alakok gyártják, akik azt se tudják, merre van a Piccadilly.

A csípős kritika mulattatta Jean-Michelt. – Mire vége ennek az ocsmányságnak, kihullhat a hajam és el is hízhatok. Máskülönben egy életbevágó feladatot bíztak rám, azért mentem oda.

- - Olyannyira életbevágót, hogy leszúrják a tömegben?
- - Ezek nem publikus megbízatások, de ha a szükség úgy hozza, nem térhetek ki előlük.
- - Á! Más szóval nem mondhatja el.

Jean-Michel habozott. – Kizárólag magának. Magas politika a javából – vallotta be. – Rövid idő leforgása alatt két követségi emberünk is eltűnt. Nem sokkal később holtan kerültek elő a Temzéből. Mivel a rendőrség nem tudta kézre keríteni a tetteseket, a követségiek a maguk módszereivel göngyölítették fel a szálakat. Engem csalinak használtak, hogy előcsalogassák, akire a foguk fájt.

- - És sikerült?
- - Jobban, mint várni lehetett. Teljes a siker. Az egész csoportot leleplezték.
- - Elképeszt, Jean-Michel!
- - Magam is hasonlóan éreztem, amikor kiállítottak céltáblának, elhiheti – húzta el a száját.
- - És mi lesz most azokkal, akiket tőrbe csaltak?
- - Az szerencsére már nem az én ügyem, de csodálkoznék, ha még nem úsznának a csatornában a tenger felé.

Az asszony hallgatott. Szótlanul állt neki a főfogásnak. A csillárok tiszta fényében vakítottak ruhájának flitterei. Hasonlóan megcsillant a vékonyka aranylánc a nyakában. Jean-Michel mindig elkomorult a láttára. Milyen átkozottul régen volt, hogy Mischa kérésére elhozta Bretagne-ból. Nem szívesen hagyta annak az utolsó néhány napnak az emlékét előtörni. Helyette lopva az asszony kezére sandított. Nem is tudta, miért, de egy kicsit meglepte, amiért viseli az apró aranykarikát, amit Mischa egykor a követségi szertartás során az ujjára illesztett.

- - Miért kellett a kollégáinak meghalnia?
A kérdésre felnézett. – A francia törekvések elég népszerűtlenek manapság. Franciaországot Hitler lesöpörte a térképről, így sokak szemében elfogadhatatlan a gondolat, hogy a játszma végén mégis a győztesek oldalán szeretnénk állni.
- - És ezt szeretnék?
- - Ki nem?
- - Miközben Anglia, az amerikaiak meg az oroszok harcolnak?
Jean-Michel letette a poharat. – Igazságtalan, ugye?
- - De még mennyire!
- - Attól tartok, ez a politika. Különben pedig gondoljon csak bele a dologba. Franciaország jelentős tényező a kontinensen, mindig az volt és mi azon vagyunk, hogy ez a jövőben se változzon. Egyelőre nincs mit tenni, mivel az országot szöges csizma tapossa. Hacsak azt nem, hogy addig kell jól helyezkedni, mielőtt a koncot a tálba hajítják. Erre pedig ravaszság és elmésség révén jó esélyünk van.
- - Mások dicsőségén élősködni tényleg mérhetetlenül ravasznak mondható.
- - Ami azt illeti, nélkülünk egyetlen rendezési terv se támaszthatja fel Európát. Ez biztos! Noha a katonai győzelemhez nem tudunk erős csapatokkal hozzájárulni, a békekötések jó lehetőséget kínálnak. A francia erős nemzet, komoly politikai és gazdasági tényező Európában, ez itt a kulcskérdés. Nem lehet csak úgy félreállítani.
- - És ha Hitler fasisztái....
- - Nyernek? Az ki van zárva!
- - Inkább arra gondoltam, mi lesz, ha sokáig Franciaországban maradnak.

- - Az időnek nincs jelentősége. Pontosabban szólva fordítottan jelent előnyt. Minden egyes nap a szövetségesek kezére játszik. Németország gazdag és hatalmas birodalom volt a saját birtokain belül, ám minél jobban terjeszkedik, végzetes körforgás indul be. Egyre többeket kell elnyomnia és több az ellensége. Ezért nagyobb hadseregre szorul, további forrásokra, pénzre, élelemre, fegyverre és üzemanyagra, amit viszont csak a leigázott területekről szerezhet be. Tehát mindössze egyet tehet…
- - További országokat tapos le.
- - Úgy van. Ha belegondolunk, ő és a szövetségesei gyakorlatilag letarolták Európát, a semleges országok és Nagy-Britannia kivételével nincs hova futni. De ez nem tarthat sokáig. Az oroszok hazazavarják őket. Elég, ha Leningrádra gondolunk. A németek ősz óta hiába tartják blokád alatt, semmire sem mentek vele. Azután ott van Moszkva sikertelen ostroma, nem említve a csúnya, orosz telet, ami szintén kegyetlen közelségből kínozta őket. Hitler se tudott Napóleonnál többet elérni. Az öreg Kupolyev folyton azt hajtogatta, hogy hagyni kell az ellenséget áttelelni a sztyeppéken, az a leghatékonyabb fegyver. A harmadik vonalon haladva a németeknek tehát nem is lehet egyéb céljuk, mint rátenni a mancsukat arra a töméntelen gabonára meg olajra.
- - Vagyis?
- - Hmm, itt a nyár a nyakukon, tehát délre húzódnak. Az egyetlen kérdés, hogy mekkora haderővel. A britek meg az amerikaiak a második front megnyitásáról pusmognak Dél-Európában és ez bizony számottevő erőket vonna el keletről. Nem csoda, hogy Sztálin annyira sürgeti a dolgot. Majd meglátjuk.

- - Második front? Hol?
- - Feltehetően Mussolini felségterületén, esetleg Franciaországban. Ez az egész egyelőre képlékeny fantazmagória. Az viszont tagadhatatlan fegyvertény, hogy Amerika belépése a háborúba átrajzolja az erőviszonyokat. Kimeríthetetlen gazdasági- és humántartaléka van, amit szükség esetén akár Ázsia, akár Európa irányába képes mobilizálni. Olyan potenciál ez, amit se Churchill, se Sztálin nem utasíthat vissza. Legalábbis amennyiben Hitlert meg a tébolyult gépezetét maguk alá akarják gyűrni.

Lathea merengő pillantása megállapodott Jean-Michelen. – Vajon meddig tart még ez a fejvesztett öldöklés? Elképesztő, mennyi embernek kell meghalnia.

- - Pesszimista vagyok, mert véleményem szerint akár évekig is.
- - Olyan sokáig?

Jean-Michel kedvetlenül bólintott. – Hitler hosszú távra tervez, otthon láttam, hogyan megy ez. Nem egyszerűen a katonai megszállásról gondoskodik, hanem magával viszi a német hivataloktól kezdve a Gestapóig az összes fenyítőeszközt. Úgy bebetonozzák magukat, mintha örökre maradni akarnának.

- - Na, és az a bizonyos nemzeti ellenállás?
- - Ááá – a legyintés önmagáért beszélt. –, működhet akármilyen hatékonyan, a Harmadik Birodalmat egymagában nem fogja megbuktatni. Jóllehet a helyi hatalomban ez ideig meglehetős károkat okozott. De beszéljünk inkább valami lélekemelőbbről. Van kedve táncolni?

Időközben már a finom csoki öntettel és mazsolával gazdagított édesség végére jártak. A hol andalító, hol tüzesebb zene dallamára a parkett nyüzsgésébe sodródtak. Jean-Michel apróságokról mesélt, cserébe pedig az asszony megemlítette, hogy Laurie hány képét adta el egy londoni kereskedőnek.

- - Fantasztikus alak – mulatott Jean-Michel a hóbortos külsejű, színbolond vénlegény temperamentumán.
- - Szeretetre méltó, óriási lélekkel. Azt hiszem, boldoggá teszi, mert ott vagyunk a házban. Sokszor mondogatja, hogy máskülönben rettenetesen elhagyatott lenne.
- - Ó, még nem újságoltam el a jó hírt – karolta közelebb Jean-Michel az asszonyt a keringő kezdőhangjaira.
- - Jó hír?
- - A fia nyomára bukkantam.

Lathea megtorpant a bejelentéstől. Először komoran nézett, de rögvest azután örömteli mosoly tolakodott a helyébe. – Tehát él?

- - Igen, él.
- - Hála az úrnak. Attól féltem, hogy esetleg... na, de merre jár? Katona?
- - Katona, méghozzá brit mundérban. Emerico Doorn néven. A rossz hír az, hogy Afrikában van.
- - Afrikában?
- - Minden jel szerint Tobrukban – az asszonynak szembetűnően nem mondott sokat a név. – Tobruk Líbia északi partvidékén fekszik a tengernél. Balszerencsénkre éppen abban a sávban, ahol a britek, a németek meg az olaszok jó ideje kölcsönösen irtják egymást.
- - Ezek szerint nem is nagyon tudhatunk meg róla közelebbit?
- - Valamivel azért többet, mint gyanítottam vagy reméltem. Tavaly a britek jókora csapást mértek a homok nácijaira és januárban kizavarták az olaszokat Tobrukból. Utána Rommel tízhónapos ostromzár alá vette a várost, majd elfoglalta. December elején viszont a britek újra kikergették

onnan. A legutolsó információ szerint Laurie fia ekkor sérült meg, de továbbiakat nem tudtam kideríteni. Mivel nem halt meg, két eshetőség van. Felgyógyultan visszavezényelték a szakaszához, vagy még a lábadozóban fekszik Tobrukban.

Lathea félrefordította a fejét és legközelebb csak akkor szólalt meg, amikor a zeneszám végeztével az asztalukhoz sétáltak. – Ha meg is sérült, de legalább él, nem igaz?

- - Szerintem is ez a legnagyszerűbb hír. Főleg olyan vidéken, mint Afrika. Háború nélkül is millió veszély leselkedik az európaiakra, akik nem elég szívósak a meleg, az éghajlat meg a fertőzések elviselésére – Jean-Michel elhúzta a száját. – Higgye el, tisztában vagyok vele, mit beszélek, miután négy évemet áldoztam Algírra és Casablancára.

A témára több szót nem is fecsérelve kifizette a számlát, majd átkelve a Dorchester hasonlóan impozáns halljján egy hátsó helyiség felé terelte az asszonyt. A játékterem kínálata bár messze alulmaradt volna Monte Carlo vagy Nizza bűnbarlangjaival szemben, néhanapján elsőrangú pókerjátékosokat gyűjtött össze, ahogyan a rulett is kihozta a hatalmas tételeket. A pénztárnál kiváltott kétmaroknyi zseton felét az asszony szerencséjére bízta.

- - Csak nem akar felavatni?
- - Ha jól rémlik a dolog, lelki cimborám, Mischa, züllött nőcsábásznak festett le, nemde? Nos, ha valaha is megunná a tiszteletre méltó özvegy szerepét és züllésre adja a fejét, legalább tudni fogja, hol kezdje. Egyszer még hálás lesz, amiért kiváló tanítómesterre lelt.

Latheát felderítette ezzel a nagyképű önteltséggel. Amikor a karját nyújtotta neki, lelkesen belekarolt. Jean-Michel élvezte a társaságát. A vidámságát, ezt a szégyenlős kacérságot, a csípős szurkait és nem utolsósorban tagadhatatlan szépségét. Nem volt nagyvilági nő, ezt a szerepet ideig-óráig bitorolta csak, de mit számít, ha egyszer mindketten jól érezték magukat. Egy este erejéig legalább tovaillantak a hétköznapi gondok.

Miután gyorsan felvázolta a játék lényegét, helyet foglaltak a rulettasztal egyelőre negyedüzemmel működő látványosságánál. Lathea kirakta maga elé a zsetonokat. Jóllehet szándékosan nem árulta el, milyen értéket képviselnek, mintha ő enélkül is tudatában lett volna annak, mit bízott rá. Két körön át visszahúzódva figyelte a játékosokat és nézte a tálban kacsázó golyó diadalmenetét. Megfigyelte a krupiét, aki rutinos mozdulatokkal pörgetett, gyűjtötte be, illetve adta ki a zsetonokat.

- - Ne izguljon annyira – hajolt oda az asszonyhoz.
  – Ez csak játék, az ember egyszer nyer, azután veszít. Nincs jelentősége.
- - Nem szeretek veszíteni. Nagy tétekkel meg végképp nem.
- - Imádom a gyanakvó szellemet magában – vigyorgott Jean-Michel.– Legyen ez az első alkalom, amikor nem törődik a számolással. Nem pénztárosnak hoztam ide. Ha elveszti a zsetonjait, kap tőlem újakat. Tehát melyik mezőre futja a bátorságából?

A kihívásra Lathea kihívással válaszolt. – Amennyiben kapok újakat...

- - Az ígéret szép szó.
- - Rendben. A felét a nullára teszem.

Jean-Michel meghökkent. – Ejha!

A közelükben várakozó krupié elégedetten nyugtázta a döntést. – Hölgyeim és uraim, a tételeket kérem.

- - Mehet? – kacsintott Lathea az asztalra tolva kétoszlopnyit a színes játékszerekből.

Jean-Michel nem állta meg kötözködés nélkül. – Úgy látom, gyorsan bankot robbant és utána megszabadulva tőlem megy is haza.

- - Megmondtam, tisztelt uram, hogy franciák többé szóba se jöhetnek.
- - Végzetes hiba.
- - Tényleg?

Lopva elgyönyörködött a zavarba ejtően vonzó női dekoltázsban. – Meséljen az esetleges feltételes módról – kérte, de az asszonytól soha nem hallott évődésen azért kissé meglepődött.

- - Mindenesetre esélytelen, akinek hideg a lába az ágyban.

A szócsatát a golyó jellegzetes hangja akasztotta meg. Az aranyozott kehelyben futó számokat követve száguldott a maga ellipszisén, majd körén, mígnem útja jelentősen lelassulva komótos döcögésre váltott. A két utolsó bakugrást követően, elképesztő módon, a nullán állapodott meg. A hihetetlen csendet vad tapsba átmenő álmélkodás váltotta fel. A szerény számú közönség Lathea irányába fordult. Őt azonban ez a ritka szerencse sem fosztotta meg józanságától, holott az összeg, amit egy perc alatt nyert, nem lekicsinylendő vagyon lehetett egy stepney-i lány életében. Jean-Michel csodálta felszabadult kacaját, ami alighanem elsődlegesen a játék örömének szólt. A lelkesedés elültével hódolatául kezet csókolt a szép nyertesnek. – Szűz kéz, óriási szerencse – súgta nevetve.

- - Monsieur Chiari és a szüzek – harsant fel ekkor a válla mellett egy igéző női kacaj. – Olyasféle lehetetlenség, mint a Himalája meg egy kánikulai délután.

Mindketten a jövevény felé fordultak, aki magabiztosan átkarolta Jean-Michel vállát. A varázslatos kék ruha kiemelte a nő természetes szépségét. Karcsú volt és kissé fiús, keskenyvállú és -

csípőjű, elképesztő gazella lábakkal, melyeket ezúttal hosszú selyem leplezett a kíváncsiskodó tekintetek elől. A vörösre mázolt mosolytól Jean-Michelnek melege lett, ahogyan a lány ingerlő közelsége is megtette a kellő hatást. Orra megtelt a buja parfüm illatával, meg a barna csigákból áradó sampon egyvelegével. A francia démon a puszta megjelenésével minden értelmes gondolatot kivert a fejéből, és ami még rosszabb, ezt azonnal észre is vette.

- - Bemutatnál, egyetlenem? – búgta az érzéki száj.

Végre felocsúdott ábrándozásaiból. Angeline egy homokzsákba bújva is képes lett volna kísértésbe ejteni. – Hogyne! Lathea Trashburn és Angeline Binoche.

A két nő között megesett a bemutatkozás. Közben azon merengett, vajon Angeline a szokványos kellemetlenkedései egyikével kezdi ezt az új ismeretséget. Hírhedten tapintatlan és pletykás természetében ezúttal sem kellett csalódnia. – Szóval, egy angol nő miatt mondtad le a mai randinkat? Szégyelld magad! Tudod, milyen terveim voltak.

- - Csak nem vagy féltékeny? Lathea régi ismerősöm és most, hogy a városban van…
- - Ó, tehát nem Londonban lakik?

Jean-Michel az asszonyra kacsintott. – Húzzon ki a csávából, megteszi?

- - Úgy értsem, bajban van?
- - Nem látszik? Ez a vadmacska elevenen megnyúz, ha…

Angeline dorombolni kezdett. – Egész este figyeltelek, drágám, és mondhatom, jobban is becsülhetnéd a francia temperamentumot.

- - Mégis mire célzol?

A nő nem értette az évődést. – A szeretődre, természetesen. Magamra, gazember.

Jean-Michel félretette a zsetonokat, hogy odébb vonulhassanak az asztaltól, meg az illetéktelen fülektől. Egy pincér pezsgővel lepte meg őket. Angeline semmivel se törődve odadörgölődzött hozzá, hogy legalábbis a másik nőnek kétsége se legyen a kapcsolatuk mibenléte felől. A szeme sarkából Latheára lesett, aki pókerarccal figyelte a jelenetet. A barna villanásából azonban nem volt nehéz kitalálni, mire gondolhat. – Amúgy merre nyelt el a föld, chérie? – tudakolta Angeline-től két korty ital között.

- - Avignonba kellett mennem. Chantal hívott és nem volt okom visszautasítani.
- - Chantal? – hökkent meg Lathea. – Elég gyakori név.

Jean-Michel komor pillantást vetett rá. – Annyira azért nem, ugyanarról van szó.

- - Chantal a legjobb barátnőm. Egy intézetben koptattuk a padot. Gyönyörű bestiák, csak így hívtak minket – az öntörvényű kuncogás alkoholról regélt. Angeline azonban levegővétel nélkül mesélt tovább. – Csuda jó murikat csaptunk, amíg ez a cirkusz ki nem robbant. Ó, azok a bálok Párizsban, a nyaralások a tengernél! Emlékszel, egyetlenem, amikor mindannyian meglátogattunk Algírban? – észbontóan fehér fogsorát Jean-Michelre ragyogtatta. – Csodás volt. Mondtam is Chantalnak, hogy a férje borzalmas alak. Igazi őskövület, aki elrontja a mulatságunkat. Jobban tette volna, ha kitart Mischa mellett. A rigolyáin túl legalább volt humora...eleinte.
- - Nem te állítottad, hogy Chantal ezt az őskövületet akarta? Hát, megkapta!
- - Rémes alak! Ha tudnád!
- - Szívesen meghallgatom – csapott le Jean-Michel a lehetőségre. – És most...

Csakhogy Angeline lelkesen fújta tovább a magáét. – Chantal egészen megdöbbentett. Azt mondta, Mischa az utolsó pillanatban megnősült. Szegény ördög, kevés öröme lehetett benne. De nem is baj. Egy lompos angol némber helyett kitarthatott volna mellette – bár Jean-Michel és Lathea makacsul hallgattak, a nő hirtelen szorosabban átölelve a nyakát azt duruzsolta: – Hohoó, Jean-Michel, neked tudnod kellene, ki az a nőcske.

- - Nem ismerem.
- - Biztos vagy benne?
- - Nem én nősültem, chérie.
- - Na, jó! Azért ez nagyon furcsa. Ó, az a szemét! Képzeld még azt is Chantal szemébe mondta, hogy valami céda miatt hagyta faképnél és szökött Oroszországba. Hát, ki a fene gondolta volna, mi? Amilyen félárbocos tagnak látszott, annyi évig enyelgett a szeretőjével... és csak most derül ki.
- - Mischa meghalt, minek hánytorgatod fel ezt az egészet?

A nő hangosan kacagott, majd visszafogva a hangját azt suttogta: – Az a képmutató pajtásod, egyetlenem, itt megnősült, otthon meg elcsábította Chantalt. Na, ehhez mit szólsz?

Lathea bosszús és megbántott arckifejezése sokat elárult. Jean-Michel el is szégyellte magát, amiért hagyta, hogy az este ilyen lehangoló véget érjen. Komoly erőfeszítések árán tudott csak megszabadulni Angeline-től, aki ittas locsogásával mindannyiukat egyre kellemetlenebb helyzetbe hozta. Nem csoda, mert a kocsiban a Soho felé Latheát szóra se tudta bírni. Mégsem hátrált meg. Elsősorban azért, mert ha ismét hónapokba telik, mire összefutnak valahol, akkor már késő lesz bármire is magyarázatot adni. Ezért nem riaszthatta el az asszony ridegsége és a tiltakozása ellenére is felkísérte a lakásba.

- - Elfelejtette a nyereményét – emlékeztette az ajtó előtt. A köteg bankó kisebbfajta vagyont tett ki, ami a pénz háttérbe szorulása ellenére is jócskán könnyíthetett az életükön Marazionban.
- - Nem engem illet.
- - Dehogyisnem! Vegyen rajta valamit a kisfiúnak. Ruhát, cipőt, játékot, vagy ami kell.

Az asszony némi rábeszélést követően magához vette a pénzt. – Most pedig, ha nem haragszik...

Jean-Michel beljebb lépett a folyosóról, hogy behajthassa a lakásajtót. – Máris elmegyek, ha egy percre meghallgat. Amit Angeline szájából hallott, annak valószínűleg semmi valóságalapja nincsen. A barátnője kötött egy pocsék házasságot, miután Mischa megmondta neki, hogy rá ne számítson, és ezt a baklövést nyilván hazugságokkal akarja palástolni.

- - Kedves, hogy védi a barátját, de mivel kizárólag érdekházasság volt köztünk, nincs jelentősége.
- - Figyeljen rám, Lathea – vágott közbe. – Úgy ismertem Mischát, akár a tenyeremet, és Oroszország után maga volt az egyetlen nő az életében. Érdek vagy nem, szerelem vagy csak fizikai vonzalom, nem tartozik rám és nem is akarok belemélyedni a kérdésbe. Azt viszont láttam, mennyire hidegen hagyták a nők, azaz Chantal hazudik. Angeline meg úgy leitta magát, azt sem tudja, mit beszél. Okosan tette, amiért nem kötötte az orrára, kit tisztelhet magában.
- - A lompos angol nőcskét?
- - Úgy van. Angeline nem rossz lány, csak nem elég okos ahhoz, hogy mások ne szedjék rá. Ha pedig iszik... még elviselhetetlenebb.
- - Kedvelheti, de nekem akkor sem lopta a szívembe magát. Maga alighanem egészen mást lát benne.
- - Angeline pancser kollaboráns. Csodás szerető, de csapnivaló kém, ez az igazság. Az alkohol

mámorában pedig hajlamos kifecsegni a titkokat
– Jean-Michel az órájára lesett. – Mennem kell,
késő van. Holnap visszamegy Cornwallba?
Vigyázzon magára, és ha netán Londonba jönne,
ne feledkezzen meg rólam.

- – Valószínűleg soká jövök megint. Nem egyszerű
megszervezni és otthon Laurie-nak elkél a
segítség.
- – Ez esetben nekem kell majd vállalnom az utat.
Adja át az üdvözletemet mindenkinek.
Jean-Michel már nekilódult a gyéren kivilágított
folyosónak, amikor az asszony hangja utolérte.
Hátrafordulva ugyanott pillantotta meg, ahol az imént
állt. A küszöbön, keresztbe font karokkal. A
kölcsönvett ruhában igézően szép és fiatal volt. –
Köszönöm a ma estét és a játékot.

- – Örömömre szolgált, grófné – a megszólításra
apró mosoly villant válaszul. Jean-Michel még
egyszer intett, mielőtt leszaladt a lépcsőn.

24.

Corey újabb foggal küszködve átsírta a délutánt. Este sem lehetett ennivalót belediktálni, mert folyton nyűgösködött. Lathea hősiesen állta a sarat, míg a kisfiú végre valami pépeset elfogadva kimerülten elszunnyadt. Egy darabig elmélyülten simogatva a vörös buksit őrizte az álmát. Akárhogy is tagadta volna, az élete, és természetesen Laurie-é is, körülötte forgott. A hónapok múlásával egyre inkább így volt és ennek köszönhetően kezdték egy család benyomását kelteni. Corey szerencsére még túl kicsi volt ahhoz, hogy komoly traumaként érje az anyja időleges elvesztése. A jelekből különben is arra lehetett következtetni, hogy Betty korábban sem kizárólag vele foglalkozott, hiszen hozzászokott az idegenekhez. Pár nap pityergés után konfliktusok nélkül illeszkedett be új környezetébe. Rá mindenesetre óriási terhet rótt a jelenléte. Még akkor is, ha nem ő felügyelt rá egész nap. Gondoskodott az etetésről, külön főzött számára, fürdette, öltöztette és szükség esetén virrasztott mellette. A varrást feladta, mert a délutánokat otthon akarta tölteni. Amíg Mr. Carrough üzletében dolgozott, Laurie volt ügyeletben és hetente kétszer Carla is átugrott Penzance-ból. Csodálatosan bánt a gyerekkel. Természetes bájával és lágy hangjával azonnal meghódította. Meséket költött neki, vagy gyerekdalokat dúdolt, Corey pedig mindkettőt imádta. Nick februári esküvőjéig mindez önmagától kialakuló gyakorlat lett. Azután Carla másállapotba került és attól kezdve Nick valamelyest megenyhült a felesége marazioni kirándulásai felett.

- - Korábban nem tetszett neki a dolog – vallotta be Carla egy alkalommal. –, noha szereti Corey-t. De most minden jóra fordul. Felvillanyozta, hogy apa lesz. Még sose láttam ilyen boldognak.

Latheának egyáltalán nem tetszett ez az önzés, de nem árulta el Nick mesterkedéseit. Nem tett volna vele jót, és különben sem volt az egészhez semmi köze. Ettől kezdve azonban Corey-t hébe-hóba elvitték néhány napra Penzance-ba, ahol nagyon jól érezte magát.

- - Most már nem lehet kétsége afelől, hogy nemcsak vendégeskedik nálunk – magyarázta Nick a hirtelen támadt meghívásokat.

Lathea nem vitatkozott az okokon. Rászorult ezekre a lélegzetvételnyi szünetekre, hogy ideig-óráig magára is gondolhasson. És ez Laurie-val is így volt. Carla meg Nick segítségével lehetővé vált, hogy rövid időre Londonba utazzon, visszatérni mégis teljesebb örömöt jelentett. Corey boldog mosolya és gurgulázó nevetése mindenért kárpótolta.

- - Ó, kedvesem, jöjjön csak – intett felé Laurie, amikor bemerészkedett a műterembe. Arca ragyogott, miközben kedvenc szivarján pöfékelt.
 – Elaludt a gézengúz?
- - El, végre.
- - Lemaradt a hírekről.
- - Sajnálom – ült le az egyik pamlagra.
- - Egyszer valaki azt mondta, a május mindig változást hoz, és lám.
- - Mi történt?
- - Tegnap a Korall-tengeren győzelmet arattunk a japánok felett. Mit szól?

Lathea nevetett. – Mi mást szólhatnék, minthogy fantasztikus?

- - Nálam okosabbak szerint az erőviszonyok változóban vannak. Japán egyértelmű uralma leáldozóba kerülhet. Hmm, zene füleimnek. Miért nem ül ide hozzám? Igyon egy kis bort.

Lathea további buzdításra nem várva közelebb telepedett és a háta mögé igazítva az egyik díszpárnát elfogadta az italt. Szüksége volt egy percre, mielőtt elszántan belevágott volna a mondókájába. Noha napok óta tervezgette, a szíve mélyén gyáva volt az első lépést megtenni.

- - Beszélnünk kellene valami nagyon fontosról, Laurie – a fürkésző kék szemek megállapodtak az arcán. – Vagyis én szeretnék beszámolni arról, hogy kéretlenül beleavatkoztam tőlem független ügyekbe.

Laurie szórakozottan vigyorgott. – Az én ügyeimbe? Ilyen dörzsölt és egyben bűnbánó bevezetés után hogyan is neheztelhetnék?

- - Komolyan beszélek.
- - Én is. Amióta hazajött, látom, hogy bántja valami.
- - Borzasztóan kínos ez nekem. És új is. Még soha nem sompolyogtam más háta mögé, vagy feszegettem lezárt ajtókat. Főleg azért, mert gyűlölném, ha valaki ugyanezt tenné velem. Úgyhogy ne haragudjon rám, Laurie... maga beszélt róla, nekem meg az az ötletem támadt, hogy tehetnék valamit. Eleinte azért nem említettem, mert a kudarc talán még fájdalmasabb, mint a tudatlanság. Nem akartam hiú ábrándokat ébreszteni. Meg aztán abban is kételkedtem, lesz-e végül erőm mindent bevallani. De nem tudok leragasztott szájjal és képmutatóan itt gubbasztani.

Laurie halkan kuncogott. – Egyetlen szavát sem értem. Nem lehetne világosabban? Miről van szó?

- - Emericóról.

Megrázó csend következett. Az a fajta, ami összepréseli az ember mellkasát és addig nem ereszti, míg az utolsó leheletnyi levegőt ki nem préseli belőle. Lathea hallani vélte saját szívdobbanásait, mialatt le sem vette a szemét a szemben ülőről. A leghalványabb reakciónak is örült volna, hogy tudja, megbántotta-e Laurie-t.

- - Emericóról?
- - Igen. A király katonája és él.

Laurie megviselt tekintetébe fokozatosan visszaköltözött a fény. Arcán kisimultak a ráncok, jóllehet továbbra is hallgatásba burkolózott.

- - Sajnálom, Laurie. Kotnyeles és meggondolatlan lépés volt Jean-Michelt rávenni, hogy keresse meg. Megbocsát nekem?

A zavart krákogást egyetlen kézmozdulat kísérte.

– Nem neheztelek, kedvesem, pusztán csak lesodort a lábamról ezzel a hírrel. Mindössze egyszer beszélgettünk a fiamról.

- - Nem haragszik? – ismételte Lathea megkönnyebbüléssel.
- - Inkább halljuk a részleteket – fojtotta bele a szót a türelmetlen apa. – Mindent meséljen el.

Lathea a padlóra huppanva maga alá húzta a lábait, mielőtt a történetet az elejéről kezdte. A festő ujjai szelíden a csuklójára fonódtak, minden szavát hallani akarta. – Tobruk? Vajon mi lehet vele?

- - Sajnos nem derült ki. Jean-Michel segítséget kért valakitől, aki hozzáfér a brit adminisztrációhoz. Azt mondták neki, hogy Afrikában a németek újabb akciókra készülnek, így lehetséges, hogy a londoni nyilvántartást is sietve felfrissítik. Jó eséllyel hamarosan megtudunk valamit.

Laurie némán ingatta a fejét. – Nahát! Az én Emerico fiam építész? Büszke vagyok rá.

- - Nem tudta?

- - Nem tudtam, hogy diplomát szerzett. Az édesanyja halálakor még csak a harmadik évet végezte, utána pedig... elveszítettem szem elől.
- - Jean-Michel szerint jó katona, az előmenetele ezt mutatja.
- - Ó, kedves, köszönet ezért a hírért. Erre innunk kell... tartsa a poharát, ma becsípünk!

Laurie megtáncoltatva az üveget újratöltötte a poharaikat. – Tósztot mondanék. Igyunk a fiamra, aki a mihaszna apjától kölcsönvett tehetségével jobb ember lett, jobb katona, de rosszabb festő, mint én. Ahogy Lathea is felállt a szőnyegről, vidáman koccintottak. Azután Laurie megszabadulva az üres kehelytől elindította a gramofont. A világhírű 'Chattanooga Choo Choo' dallamára táncra perdültek. Életkorára rácáfolva, könnyedén és sajátos módon értelmezve a lépéseket valóságos művészetet lopott a mozgásába, a következő 'Pennsylvania Polkát' pedig már a teraszon az énekessel danolta.

- - Igazán sokoldalú nagyapára tettem szert – mulatott rajta Lathea, ahogy összesimulva totyogtak a sötétben.
- - Az elégedettség hangját hallom? – a bohóckodáson nem lehetett nem nevetni. – Máskülönben olyan nagyérdemű öregúr kellene e szerepre, aki impozáns körszakállat visel, a két vállán tarthatná Zeuszt meg Posszeidont. Esténként viszont Shakespeare drámai monológjait idézi a kandallónál ücsörögve és a nemzeti ünnepen az összes királyaink hőstetteit élteti.

Lathea nem bírt a jókedvével. A kioktató hangnemet kísérő elképesztő gesztusok valósággal megríkatták. Laurie repdesett a boldogságtól. Lathea vállalta a bejelentéssel járó esetleges fájó következményeket, de szerencsére csak annyi maradt hátra, hogy egy csodálatos ember örömében osztozzon. Elmúlt tíz óra, amikor együtt lesétáltak a bungalóig. Laurie a karjában cipelte a mélyen alvó Corey-t. Szokásos esti sétája előtt megvárta, míg ő lefekteti a kicsit.

- - Ugye, azért történt valami egyéb is Londonban? – érdeklődött Laurie, amint visszatért a csendes éjszakába. Bólintott. – Gyanítottam. És annak miféle fantomhoz van köze?
- - Mischához.
- - Mischa?

Lathea elmesélte a Dorchesterben töltött este részleteit. Mialatt beszélt, arra a következtetésre jutott, hogy már régen ki akarta önteni a lelkét. Laurie-ban pedig ezúttal is megértő hallgatóságra lelt. Szerette, ahogy odafigyelt rá.

- - Nem kedvelem az ilyesmit. A valaki valakijének a valakije azt hallotta, hogy állítólag valaki... Brrr! Förtelem! És az esetek zömében koholmány az egész.
- - Tudom, nem kéne, hogy számítson...
- - Ennek ellenére számít, ugye?

Lathea elbámult a sötét semmibe, amerről a tenger morajlását hozta a szél. – Angeline olyan nő, amilyenből ezernyit szolgáltam a Royal Courtban. Minden reggel valamelyik férfi vendég lakosztályában ébred, hisztérikus, iszákos és kicsapongó... miközben többre tartja magát mindenki másnál.

- - Feltehetően a mi Jean-Michel barátunkkal sem a csillagokat szedi lajstromba éjnek évadján. De az ilyen emberek is a való világ részecskéi.
- - Nem is ez a baj, hanem ha belegondolok... a pokolba is! Lenézően szánakoztam a szerencsétlenen, holott én vajon különbnek tarthatom magamat?
- - Nem hiszem, hogy ez a kérdés egyáltalán felmerül.

- - Ugyan már! Hiszen én is Mischával töltöttem az első éjszakát, amikor bálba vitt!

Az éles kifakadás szavai zavaróan ottrekedtek a levegőben. Lathea rettenetesen szégyellte magát a meggondolatlanul kikotyogott szavak miatt, Laurie pedig buzgón pöfékelni kezdett a szivarján. Eltelt néhány nehéz perc.

- - Képzelem, mit gondolhat most felőlem.
- - Tényleg kíváncsi rá?

Lathea oldalra sandított. – Inkább mégsem.

- - Ha fiatalabb lennék, magam venném feleségül. Így azonban csak irigyen gratulálhatok Kolja barátom ízléséhez.
- - Tréfál velem.
- - Egyetlen percig se! Ami pedig ezeket a pletykás francia némbereket illeti…

Lathea a befejezés elébe vágott. – Nem kéne törődnöm velük.

- - Ahogy mondja!
- - Habár itt – kocogtatta meg a halántékát – tudom, hogy Mischa ugyanúgy megjátszotta magát az esketési szertartáson és az az eskü nem volt több üres szónál… ennek ellenére, amikor az a nő előállt ezzel a történettel róla meg a barátnőjéről… – tehetetlenül felsóhajtott. –, mintha tényleg megcsaltak volna. Ugyanakkor mi értelme ennek? Hiszen Mischával együtt ez a házasság is meghalt.

A szivar ismét felizzott. – Különös érzés egy pusztán papíron létező kapcsolat, nem?

- - Doverban úgy tűnt, minden csodálatos lehetne, ha nem égne körülöttünk a világ. Egészen mostanáig azt hittem, mindketten boldogok voltunk. Most viszont már nem tudom, mit kéne gondolnom. Talán ez fáj a legjobban. Mert ez olyan, mintha elvettek volna tőlem valamit, ami pedig már az enyém volt.

Laurie elmélyülten dünnyögött. – Mint idősebb és az élet csalafintaságaiban valamelyest járatosabb embertől fogadjon el egy tanácsot, Lathea Kupolyev. Csak az biztos, amit az érintett mond, és még akkor is előfordulhat, hogy vagy a szemünkbe hazudik, vagy akadnak enyhítő körülmények. Ha Kolja barátom még élne, arra buzdítanám, várja ki, míg hazatér és kérdezze meg őt, mit érez és ki iránt. Mi történt Avignonban és mi Doverban? Mindenesetre ne üljön fel kerepelő, bosszúszomjas hölgyikéknek. Ez utóbbit Mischa nélkül is megteheti. Őrizze jól a doveri szép napokat, hiszen azok valóban csak a magáé... nos, járok egyet elalvás előtt. Jó éjt, kedvesem.

Lathea boldogtalanul nézett a távolodó alak után. Hamar elnyelték a bokrok, ahogy a dűnék irányába ballagott. Még egyszer teleszívta a tüdejét a friss tavaszi szellőkkel, majd sarkon fordulva bevonult a bungalóba. Mielőtt befészkelte volna magát az ágyba, megsimogatta az alvó Corey-t, aki a kispárnáján pihenve egyenletesen szuszogott. Végül elnyúlva saját fekhelyén azt kívánta, bárcsak reggelre tovatűnne ez a keserű szájíz.

A május meghozta a meleget. Legalábbis Cornwall tengerpartján. Máris előkerültek a lenge ruhák és színes napernyők. Marazionban és Penzanceban ki lehetett ülni a kávézók teraszára fagylaltozni, a legszenvedélyesebb úszók pedig belevetették magukat a tenger hűvös hullámaiba. A tavasz azonban nemcsak ennyit jelentett. Hanem esti sétákat, meg az elsötétítésben a Kótyagosból hazaigyekvő embereket, akik gyakorta a főtér nyilvánossága előtt vitatták meg a katonai eseményeket. A mozi amerikai filmjeit követően párok andalogtak a homokos parton. Ilyen messze a háború rémségeitől az új évszak tényleges megújhodást hozott.

Az élet a Parisianben is megváltozott. Napközben szélesre tárták az ablakokat meg a kertre nyíló üvegajtókat, hogy a friss levegő szabadon kószálhasson a házban. Azon az oldalon Laurie javaslatára némi építkezésbe is belefogtak. Korábban a küszöböt átlépve az ember egyenesen a kavicsos sétányon találhatta magát, mely néhány yarddal odébb belesimult a dús gyepbe, illetve az azt körülölelő ágyásokba.

- - Tetszene itt egy félkörívű terasz korláttal – pedzette meg egy alkalommal Laurie, amikor Nick és Carla ebédre érkeztek. – Kitehetnénk egy asztalt meg székeket. És ennek a legénykének sem a köveken kellene összenyúznia magát, ha kiszökik.
- - Elvileg semmi akadálya, ám az építőanyagért borsos árat szabnak manapság.
- - Mit szól, egyetlen Latheám?

Latheának elegendő volt az öreg huncutul nevető, kék szemébe néznie és tudta, hogy álmai terasza karnyújtásnyira van. Nem egyszer meghányták a kérdést, mit is kezdhetnének azzal a tekintélyes összeggel, amit Jean-Michel jóvoltából Londonban nyert. A gazdaság instabil és kilátástalan állapotában értelmetlen lett volna készpénzt őrizgetni, vagy bankszámlát nyitni. Aki tehette, a pénzét befektette, nehogy elveszítse az értékét. Nem volt égető szükségük semmire. Valamennyit ruhákra költöttek, Corey-nak vettek egy kiságyat, hogy végre egyedül alhasson, ám a kaszinóban nyert összeg java még így is kihasználatlanul hevert.

A terasz azonban hasznos újításnak hangzott, amit hosszú távon ki tudtak használni. Cornwall kegyes időjárása megengedte, hogy április elejétől akár októberig a szabadban múlassák a nap nagy részét, gyönyörködhessenek az ezerszínű természetben, és fittyet hányjanak az évszakokra. Az elgondolás megfogant és Nick felderítőútra indult, hogy a szükséges anyagokat megvásárolja. Három hét is beletelt, mire kiterjedt ismeretségi körének mozgósításával mindent beszerzett. Május utolsó hetében aztán négy férfi érkezett a Parisianbe és Laurie felügyelete mellett nekifogott az alap kiásásának. Nick, aki szintén részt vett a munkában, arra a hétre beköltözött a házba Carlával. Napközben folyt a munka, majd a rövid ebédszünetet követően alkonyatig épült a terasz terméskő alapja. A ritka alapanyagért a kereskedő felháborító összeget kért, de a végeredmény valamelyest kárpótlásul szolgált. Azután jött a felszíni réteg és a korlát beillesztése.

Egy hónappal később már az új teraszon fogyasztva az ebédet hallgatták a déli híreket, miközben Corey Carla ölében majszolgatta a süteményt.

- - *1942. június 5-én a BBC déli híradását hallják. A Szovjetunióban zajló német haderő-átcsoportosítás számadatai szerint a dél-délnyugati offenzívára összesen kétszázhatvanhat hadosztályt gyűjtöttek össze, amiből értesüléseink szerint mintegy százkilencven a legütőképesebb német egységekből tevődik össze, de olasz, magyar és román alakulatokról is hírt adnak a jelentések. Miközben a nyári hadjárat pontos méretei még nem körvonalazódtak, a támadás valószínű célja a volgai vízi út, a kaukázusi olajmezők, valamint a gabonatermő vidékek megszerzése lehet. Eközben tegnap a német csapatok héthónapnyi ostrom után bevették Szevasztopol erődjét, mely egyetlenként dacolt a túlerővel. A Krím-félsziget egyéb területeit az ellenség már októberben a saját felügyelete alá hajtotta.*

- - Hol vannak ilyenkor azok a vörös ördögök? – morgott Grant Hyland-Flake. – Szibériában vakargatják a hátsójukat?

- - De, drágám!

Doreen felháborodott tiltakozása a katona szájából elhangzó nyerseségért senkit nem érdekelt. A BBC hivatalos közleménye folytatódott. *– Afrikában a német és olasz csapatok Rommel tábornok vezénylete alatt ellentámadásba mentek át. Ez év januárja óta az észak-afrikai front Ain el Gazál és Tobruk közt megmerevedett. Az utóbbi huszonnégy órában azonban az ellenség heves támadásokkal próbálta vonalainkat áttörni. Amennyiben ez sikerül, Tobruk ismét közvetlen ostromveszélybe kerül.*

Az asztal felett Lathea pillantása összetalálkozott Laurie-éval. Bárcsak a szívébe láthatott volna, hogy tudja, a fia hollétéről szerzett értesülések a hadiszerencse balszerencsés fordulata kapcsán nem feszítik-e keresztre apai érzéseit?

- - *Az ázsiai hadszíntér legjelentősebb eseménye, hogy a Hawaii-szigetektől északnyugatra fekvő Midway-szigetek térségében tegnap az egyesült angol-amerikai hadiflotta felvette a harcot a japán támadókkal...*

A háború három esztendeje alatt ez volt az első olyan hét, amikor a világból érkező hírek legrosszabbika sem tudta megrendíteni a közvélemény bizalmát. Június 7-én Winston Churchill személyesen jelentette be a rádióban a Midway-szigeteknél Japán felett aratott győzelmet, mire az eufória járványként söpört végig az országon. Nemcsak katonai győzelemről beszélt, hanem erkölcsiről, az akarat és a jó felülkerekedéséről a rossz felett. Annak bizonyságáról, hogy Nagy-Britannia a súlyos bombázások, az eddigi véráldozatok és az otthoni kényszerű helytállás dacára is képes kiengedni a karmait. Ugyanaz a bulldog, amely felépítette a világ legnagyobb gyarmatbirodalmát. Szavai elérték a kívánt hatást. Az emberek hittek benne és hittek az elképzeléseiben. Ahogyan abban is, hogy a háború tényleg fordulópontjához érkezett. Az európai csatatér

után a fasiszták végre a Távol-Keleten is elszenvedték
az első döntő vereségüket.

- - Uram atyám, ez a mocskos politika! – tette le
Laurie az újságot. – Nem számítanak azok a
szegény ördögök, akik kilyuggatják a bőrüket a
napon, a mi vezéreink inkább már a koncon
huzakodnak. Nem elképesztő?
Lathea felnézett a tálból, ahova a répát szeletelte. –
Ha hallotta volna, Jean-Michel miket mondott!
Franciaországot levették a térképről, ők mégis szeletet
követelnek a tortából. Arcátlanság! Ezek után én már
semmin sem csodálkozom.
Dühödt legyintés volt a reakció. – Ugyan, azok a
frenchyk! Mindig is köpönyegforgató, gerinctelen
banda volt! De ezek! – ismét megragadta a reggeli
lapot. – A háború előtt Molotov lepaktált a
németekkel, hogy lenyelhesse Lengyelország felét.
Most, hogy Hitler jókorát harapott a hátsójukba,
bezzeg Sztálin ide zavarja, hogy egyezkedjen az öreg
Winstonnal. Ebből a sok zagyvaságból azt se tudom
eldönteni, köpjünk a bolsik szeme közé, mert ilyen
követelődzők, vagy sajnáljam őket a fasiszta
betolakodók miatt.
Lathea csendesen dolgozott.
- Errefelé gyűlöljük a bolsikat, de ha jobban
belegondolok, hősiesen helytállnak. Például
Leningrádban. Egyik oldalon a németek, akik
szakadatlanul hullajtják rájuk az égi áldást, másikon a
tó, a túloldalon pedig a revánsért lihegő finnek. Nem
irigylem őket. Ha belegondolok, hogy néha mi sem
tudunk tisztességesen étkezni, holott vidéken élünk és
gyakorlatilag békében… na, de azok a
szerencsétlenek kilehelik a lelküket egyetlen falat
nélkül!

- Jut eszembe, Mr. Carrough-hoz csütörtökön érkezik a liszt. Bizonyára kígyózó sor lesz a bolt előtt, ne várjon haza a megszokott időben.

Laurie fásultan biccentett. A meleg napfény megvillant olvasószemüvegének keretén. Váratlanul megint elhajította az újságot és kedvetlenül elnézett a tenger felé. – Bárcsak megfeledkezhetnénk erről az átkozott háborúról. Itt a nyár, lassan fürödhetünk is, ehelyett...

- Ne gyötörje magát, Laurie.

- Hogyne tenném, mikor ennek a szegény gyereknek se tej, se liszt nem jut, amiből kenyeret vagy édességet csinálhatnánk.

- Van helyette más, és itt a nyár, nem? Lesz zöldség meg gyümölcs. Laurie, az isten szerelmére, ne vágjon ilyen arcot!

A váratlanul borongóssá vált csendben Laurie bánatosan mosolygott. Halvány próbálkozása sajnos gyorsan elillant. Nyomasztó súllyal húzta a vállát a felelősség, amivel a rábízott két emberről kellett gondoskodnia. Illetve kellett volna, de nem felelt meg a feladatnak. Lathea emberfeletti erőfeszítéseket tett, hogy megkeresse a betevőjüket. Nélküle jóval kevesebb került volna az asztalukra, ami pedig így se volt fejedelmi. Hogy mennyire nem, azt bárki láthatta, hiszen mindketten lefogytak. Ha néhanapján egyebet is láttak, mint főzeléket, azt magától értetődően Corey-nak adták. Arra törekedtek, hogy legalább a kicsi jóllakjon.

Ő a maga részéről nem volt válogatós fajta, de a háziasszony minden praktikája ellenére a menü kezdte megviselni. Ha nem termesztettek volna saját zöldséget és neveltek volna baromfit, a helyzet ennél is kilátástalanabbul fest, bár ő még így is a világ végét jövendölte, amikor egy éjjel valaki két tyúkot ellopott. A tolvaj után nem kutattak, értelmetlen hajtóvadászatba torkollt volna, inkább azon merengett, hogy esetleg egy kutya megvédhetné a tulajdonukat az idegenek elől. Csakhogy azt is etetni kell, így a kérdést ideig-óráig elnapolta. Errefelé ebben az évben kezdték megérezni a háború velejáróit. Legfőképpen a jegyrendszer szigorításain, ami az általános hiánycikkek területén a gyakorlatban azt jelentette, hogy a jegytulajdonosok sem tudtak áruhoz jutni. Mr. Carrough-nál, ha érkezett is valami, a legkeresettebb termékek azonnal elkeltek. Ezen a vidéken sajnos csak kevesen tudtak kertészkedni, mert a talaj nem kínált megfelelő lehetőséget haszonnövények gondozására. Aki mégis ebben a szerencsés helyzetben volt, inkább hajlott a cserére, hiszen pénzen nem juthatott hozzá a legfontosabb élelmiszerekhez. Lathea leggyakrabban tojásért valamint friss zöldekért húst és tejet cserélt. Kenyeret azonban még így sem tudtak előállítani. Paradox, hamis valóság volt ez. Aközött, amit az ember tapasztalt, és amit Cornwall festői tájaiból látott. A nyári hőségben kéken csillogott a tenger, burjánzott a szubtropikus klímát élvező dús növényzet, miközben nem volt megélhetési lehetőség ebben a paradicsomban.

A karján megérezve a vigasztaló simogatást, Laurie az asszonyra sandított. Fiatal, gondtalan életet érdemelt volna, ehelyett máris kezdett nyomot hagyni rajta a feszültség meg a megterhelő fizikai munka. Lefogyott, gyakran látszott rajta a kimerültség. Bár varrni már nem járt el, a pénznek amúgy sem vették volna hasznát, ellenben Corey gondozása olyan terhet rakott a vállára, amire egyikőjük se számított. A tizenöt hónapos, csupa energia kisfiú élete most kezdődött igazán, a beköszöntő nyár temérdek felfedeznivalót kínált számára, amitől semmi nem tarthatta vissza. Latheától ő mindössze a kihívás egy részét tudta átvállalni azzal, hogy délelőttönként vigyázott a kicsire, ami nem volt sok. Ám minden nehézség dacára sem hallotta az asszonyt panaszkodni, még akkor sem, ha a bungaló mélyén talán olykor átadta magát az önsajnálatnak.

- Bemegyek, megnézem Corey-t – közölte Lathea és ő egyedül maradt a rosszkedvével.

A nyár fényeiben elveszve belekóstolt a hideg italba. Szerencsére a teát cukor nélkül itta, így nem érte utol egy újabb kellemetlen csalódás. Másfél óra elrepült, mire az asszony visszatért. – Nagyon meleg a feje, Laurie.

- Lázas?
- Igen.
- Talán csak elcsapta a hasát azzal a tejjel.
- Semmi baja nem volt, megkóstoltam, mielőtt a kezébe adtam.

Hallotta Corey vészjósló sírását a szobából, amitől még jobban elkomorodott. Lathea a kisfiúval a karján tért vissza, kipirosodott arcát simogatta. – Legokosabb, ha felhívom Howard Stumpot – vélekedett.

- Ó, igen, ez nagyszerű ötlet.

A láztól égő szemek a szívét szorították össze. Corey magába zuhantan szorongatta Lathea kezét. – Mami.

- Itt vagyok, drágám.

Laurie elfordította a fejét a lehangoló jelenettől, miközben a falubeli rendelő nővérkéjének a hangját hallgatta. – Üdvözlöm, Laurel Doorn vagyok. Merre kóborol a gazdája?… Ó, értem… Ugyanis van egy kis gondunk… Igen, Corey. A kislegény belázasodott, ezért szeretném, ha Howard elugrana hozzánk…. Természetesen, amint lehet… Sajnos, kedvesem, én egy kiöregedett festő vagyok, halvány fogalmam sincs a gyerekbetegségekről… Igen, várjuk.

- Mit mondott?
- Howard befejezi a rendelést és kijön. Legfeljebb egy óra.

Laurie az ölébe vette a fiúcskát és kedvenc foteljába ereszkedett vele. Corey bágyadtan, gyanúsan csillogó szemekkel nézett fel rá, ahogy belefogott egy mesébe Párizsról. Ezzel legalább azt elérte, hogy a könnyei felszáradtak, majd felszínes álomba merült. Mire Howard Stump felbukkant, teljesen elcsendesedett.
- Láz és kiütések a nyakon, illetve a lapockán. Látja, Lathea?
- Alig.
- Kezdeti stádium. Howard közelebb hajolt. – Egészen frissek, egyébként a hirtelen láz is erre utal. Bárányhimlő!
- Ó, egek!
Az orvos megértően mosolygott. – Csak semmi pánik. Lenyomjuk a lázát, a kiütések pedig önmaguktól jönnek-mennek. Pusztán egyre kell vigyázni, ne hagyja, hogy elvakarja őket.
A tanácsokat hallva Laurie nem először ébredt tudatára, hogy Betty Cowan milyen önző módon varrta a nyakukba a kisfiát. Sokadszorra is bebizonyosodott, hogy nem puszta gyermek-megőrzésről van szó. Gondoskodniuk és nevelniük kellett a kis embert, jóban és rosszban mellette állni, vagy ápolni. Corey ragaszkodását látva feltehetően kiállták a próbát, de vajon jó-e, hogy máris Latheát szólítja az édesanyjának?
Howard kifelé bandukolva megtorpant az ajtóban. – Lathea, a bárányhimlő fertőző betegség és mivel maga élelmiszerekkel dolgozik, úgy vélem, egy darabig itthon kéne maradnia.
- Meddig tarthat?
- Általában két-három hét, de nincs mit tenni.
Lathea kényszeredetten helyeselt. – Megteszi, hogy beszól Mr. Carrough-nak a boltba?
- Magától értetődik. Holnap is eljövök, de ha valami történne addig, hívjanak bátran.
- Köszönjük, doktor úr.

- Viszlát. Laurie – Laurie elfogadta a feléje nyújtott kezet, majd hosszan a távozó után nézett.
- Karantén, már csak ez hiányzott – hallotta aztán a háta mögül.
- Erre a pár napra, kedvesem, okosabb lenne az emeleten aludniuk. Az asszony egy percig bénultan álldogált, mielőtt bánatos sóhaj szakadt ki belőle. Beleegyezést jelentett.

A betegség lefolyása szerencsére nem adott okot komoly aggodalomra. Howard Stump napi látogatásaival megfelelően kézben tartotta a dolgokat. Nem hagyta, hogy Corey láza szükségtelenül felszökjön, ahogyan a kiütések is gondos ápolásban részesültek. A kicsi testét elsősorban a nyakán, az állán és a vállán lepték el vöröslő foltok, Stump azonban vigasztalóan kijelentette, hogy ennél sokkal csúnyább eseteket is látott már.

A jó hírek ellenére két teljes hétre a Parisianben rekedtek. Lathea nem járt dolgozni és így a legnagyobb roham idején Mr. Carrough egyedül Jim Morris segítségére számíthatott. A sorbanállás napjait követően Laurie végül is felkerekedett és bekerekezett a faluba. A boltos a tőle megszokott nagylelkűséggel tette félre a nekik járó lisztet, cukrot, sőt, még egy kis kakaót is Corey kedvéért.

- Kivételesen elegendő ellátmány érkezett – tolmácsolta Laurie aznap este.

Gyakorlatilag bezárva a ház meg a kert jelentette meglehetősen korlátozott világba, Lathea váratlanul időmilliomosnak érezte magát. Corey a láztól meg a benne bujkáló betegségtől legyengülve nem igényelt tőle annyi figyelmet. Sokat aludt, vagy éppen beérte Laurie duruzsoló hangjával, ahogyan végeláthatatlan mesékkel szórakoztatta. Elevenségét rég legyőzte a betegség. Így ő a főzés mellett egyre többet időzött a veteményesben. Bár reggelente tovább aludt, mint máskor, és délután a terasz egyik kényelmes nyugágyában is szundikált egyet-egyet, lerítt róla a kissé terhes tétlenség.

Egy meleg este Laurie két pohár sherryvel telepedett mellé. – Éppen lekenyerezem, kedvesem. Meghökkenve kacagott a ravasz vigyoron. – Óóha! Jobb lesz, ha résen vagyok, nem igaz?

- Szeretnék megtanítani valamit magának.

- Állok elébe.

Laurie a szomszédos székben keresztbe dobta narancssárgába bújtatott lábait. – Bíztam benne, hogy ezt feleli.

- Túl jól ismer engem. No, és mit tanulunk?

- Ó, ennek a tárgynak a neve: pihenés. Ha kevésbé akarok elvont lenni, akkor semmittevés. Megleptem, úgy látom.

- Az nem kifejezés.

- Talán ostobán hangzik, de ez is egyfajta készség, amit el kell sajátítani. Már ha az embernek nem vele született adottsága – kacsintás. – Magának pedig rendelkezésére áll az az idő, amíg a csibész az ágyat nyomja.

Lathea fenékig ürítette a poharát, ami kellemesen bizsergette a torkát. Sajátos ízét nagyon szerette. – Tudom, hogy jót akar nekem, de nem szenvedhetem a …

- Az üres lézengést.

- Soha nem is engedhettem meg magamnak, ez igaz. De cseppet sem bánom, amiért így alakult.

- Kedvesem, minden tiszteletem a maga szorgalmáé. Egyet azonban hadd szögezzek le: határt kell húzni a munka meg a lazítás közé. Aki folyton csak robotol, hamar kiég, megkeseredik és menthetetlenül megöregszik. Legyen okos és fogadja el az ajánlatomat. Ez a nyúlfarknyi idő nem várt módon hullt az ölébe. Butaság lenne, ha nem élne vele és gyűjtene erőtartalékokat a folytatásra. Azt a vak is látja, hogy képtelen tétlenül a falat bámulni álló nap, ezért a következő ötletem támadt. Kezdjük a leckéket aktív pihenéssel. Hogy tetszik? Lathea igazított egyet a szoknyáján. – Meglehetősen forradalmi kifejezés, de vágjunk bele, tanár úr! – Jól van. Nézzük csak, amit feltétlenül meg kell tennie. Corey ápolása meg a konyha. A hátralevő szabadidejére azonban akad néhány javaslatom. Némi kapirgálás a botanikus kertben. Az új arculatot őszig feltétlenül ki kell dolgoznunk és megejthetnénk azt a bizonyos elhúzódó palántázást. Azután, a remek időre való tekintettel, menjen le délután a partra. Ússzon egy nagyot és olvasgasson. Rég nem jutott ideje erre a kényeztetésre. Nem utolsósorban pedig élnék egy régi ígéretével és lefesteném. Majd meglátja, milyen fárasztó munka modellt állni.

– Tényleg, erről egészen megfeledkeztem. Hol is akart lefesteni?

– A St. Michael's Mount ragyogó háttér lesz.

– Ahhoz oda is kell mennünk?

Laurie újratöltötte a poharakat. – Nem feltétlenül. A hegy vázlatát már elkészítettem, nincs köze a figurához.

– Értem.

– Egy-két alkalom elegendő, hogy a vázlatokat elkészítsem magáról. A festményre majd teljes alak kerül, de a modellel sose vágok a közepébe.

– Olyan ez, mintha idegen nyelven beszélne.

Laurie jót derült. – Elmagyarázom. Minden esetben elképzelem a kompozíciót. Felrajzolom a hátteret, utcákat, épületeket vagy éppen a domborzatot, és utólag illesztem hozzá az emberi alakot. Ennek számtalan előnyét látom, például menetközben is tudok korrigálni. Régebben a grafitos alappal kezdtem és csakis akkor nyúltam az ecsethez, amikor már minden részlet összeállt. Akár a kirakós játékban.

- Most is ez a terve?
- Valami nagyon hasonló. Szeretnék néhány grafikát a festés előtt, ugyanis a maga arcát ennyire részleteiben még nem ismerem. Különös, igaz? Pedig másfél éve egy fedél alatt élünk. Azonban egy jó festményhez el kell kapni a legfőbb vonásokat, és a fényeket is meg kell figyelnem.
- Ez lehetséges, ha egyszer-kétszer lerajzol?
- Természetesen. Meg fog lepődni, a rajzok hányféle arcát mutatják meg attól függően, hol ül, milyen pózban ül, hogyan éri a fény, vagy milyen a hangulata. És ha ez mind adott, dönthetünk arról, melyik benyomást illesztjük a háttérhez.
- Nagyon érdekesen hangzik.
- Mert az is. Mégis a legnagyobb kihívás a színek komponálása. Maga a hegy pazar háttérként szolgál, nem beszélve a tengerkék és zöld árnyalatairól. Meg aztán arról se feledkezzünk meg, hogy nyár lévén micsoda színorgiában tündököl a lábánál a kert. Hosszadalmas munka kikeverni ennyi árnyalatot, de attól szép az eredmény.
- Laurie, ez lebilincselő! A tehetsége mit sem érne fantázia nélkül. Mondja csak, nekem is lehetne egy unaloműző kérésem?
- Már a kérdés is felesleges. Miért ne lehetne?
- Tanítson meg néhány egyszerűbb dallamra a zongorán.

Eleddig Lathea irigyen hallgatta, amikor Laurie magától értetődő természetességgel odaült a hangszerhez, hogy kedvére csalja elő belőle a hol klasszikus, hol könnyűzenei szólamokat. Nagyon régen az édesanyja vele is foglalkozott egy keveset és ő imádattal szerette a tiszta hangokat, melyek az ujjai nyomán felcsendültek. Arra ellenben sose nyílt lehetősége, hogy komolyabban tanulhasson. Ezt a vágyát rég feladta, most azonban mégsem állhatott ellen a kísértésnek.

Laurie kaján vigyorral a bajsza alatt összecsapta a tenyerét. – Briliáns ötlet! Zongorázott már valaha?

- Nagyon régen, akkor is csak alkalmanként.

- A kottát ismeri?

- Valamikor ismertem. Egy kedves barátnőm hegedült, ő tanítgatott.

- Nagyszerű! Úgy látom, cseppet sem fogunk unatkozni a vén Carrough boltja nélkül. Egészségére!

El kellett ismerni, hogy a vén bohém ötlete maga volt a megtestesült álom. Olyasféle élvezetet nyújtott, amit Lathea hírből sem ismert. Napi teendőinek volt ugyan egy kötelező gerince, hiszen háziasszonyi feladatait ellátta és Corey-t ápolta, ám különben úgy röppentek el a napok, hogy észre sem vette. Délelőttönként Laurie-val a botanikus kertben szorgoskodtak. Fuksziák, hibiszkuszok és rododendronok között, na, meg ott volt az egészen egyedülálló rózsalugas, ahol török eredetű tövek ontották virágaikat. A bokorszerű tövekről, mint a paszulyon, felfelé nőttek az ágak, és minthogy gazdájuk hallani sem akart a hagyományos futtatásról, a bokrok impozánsan terebélyesedtek. Némelyek fenyőhöz hasonló alakot vettek fel, így részben tévesen nevezték ezt a helyet lugasnak.

Cornwallban mindig fújt a szél. Aki pár napnál tovább maradt ezen a vidéken, maga is megtapasztalhatta. Nyáron, különösen júliusban és augusztusban, már-már trópusi fuvallatok érkeztek, ősztől azonban vad szél korbácsolta fel a tengert és kapott a növényekbe.

- - Anyám mindig azt mondogatta, ha nem fogná két kézzel a kalapját, ez a nyomorult szél meg is skalpolná – mesélte Laurie.

Ez a megállapítás kétszeresen érintette a Parisiant, miután a telek közvetlenül a partig terpeszkedett. Ami nyáron a tikkasztó hőségben áldás volt, télen inkább átok. Mintha a szél addig nem békélt volna meg, amíg az összes nyílászárót ki nem forgatja a tokjából. És akármilyen magától értetődő is volt, azért a süvítő hangokat nehéz volt megszokni. Elsősorban a nagy házban jelentett gondot az időjárás kellemetlen kísérője. Laurie fantáziadús átépítései során meglehetősen kiterjedt támadási felületek keletkeztek a déli fronton, beleértve a két földszinti helyiség teraszra nyíló üvegajtóit. A megfontolt ősök nyilván ebből a megfontolásból telepítettek dús növényzetet az épület elé, ami sikeresen fogta fel a goromba szelek javát.

Más volt a helyzet a bungalóval, amit egyébként is mediterrán díszfenyők sűrűjében talált az ember. A déli fal erős vasszerkezetbe ágyazott üvegfal volt, ezt Laurie cornwalli letelepedésekor részben újjáépíttette. Az új alkotás erős üveggel készült és olyan szigeteléssel, ami bármilyen időjárással vidáman dacolhatott.

A szélsőséges viszonyokat talán a növényzet tűrte a legjobban. Laurie botanikus kertje szélárnyékban tündökölt és a formára tervezett ágyások vad színeinek tökéletes hátteret adott a ház falára felkapaszkodó mérgeszöld repkény. A kert minden részletén ott felejtette a nyomát a gazda művész egyénisége, ízlése és állhatatossága. Laurie annak idején ellenállhatatlan tettvággyal álmodta és valósította meg az ágyásokat, ültette el az első palántákat, mára azonban elegendő volt, ha óvatos kezekkel gondozta, a természet pedig elvégezte a többit.

Délutánonként, főleg meleg idő lévén, Lathea a parton időzött. Felkapta a fürdőruháját és némi élvezetes fürdőzés után addig úszott, amíg nem érezte azt a jóleső fáradságot, amit úgy szeretett. Amióta Nick az első Cornwallban töltött nyáron megtanította úszni, beleszeretett a vízbe és a soha nem lankadó hullámzásba. Ha tehette volna, minden idejét a parton tölti. A kiadós úszás után kifeküdt a napra és hagyta, hogy a bőre barnára süljön, mialatt Zolát meg Balzacot olvasott. Azután visszamerészkedett a vízbe, anélkül nem is gondolt a távozásra. A késő délutánokat Laurie társaságában mindig élvezte. Hol társasjátékoztak, vagy kártyáztak, máskor meg a férfiból előbújt a festő, elővette a papírtömböt meg a ceruzákat, majd munkához látott. Őt annak ellenére szórakoztatta a műterem kanapéján beállított merev üldögélés, hogy sokszor fizikailag elfáradt. Az élvezetet inkább maga a művész jelentette, aki rendületlenül mesélt neki, fanyar humorral előadott történeteivel megnevettette, vagy feltette a gramofonra kedvenc lemezeit és az énekessel együtt harsogta az ismert slágereket. Azután váratlanul mindent eldobott a keze ügyéből és őt felkapva a dobogóról táncra perdült.

- - Ne mondja, hogy megtébolyodtam – hahotázott az első alkalommal.

Épp ellenkezőleg. Lathea született sármőrt látott benne, olyasvalakit, akinek elementáris kisugárzása felülírja az összes hibáját. A rettenetes, sárga öltözékeket, a szivarfüstöt meg a reggeli morgásokat. Laurie hamisítatlan művészlélek volt, nem is annyira kivételes tehetsége avanzsálta azzá, hanem életszerető, l'art pour l'art életfilozófiája. Öntörvényűsége valójában nagyon is hétköznapi volt, olyan megszokottság, kiszámítható keret, amiből kedvére kitörhetett vagy gúnyt űzhetett. Nappali fénynél órákat ücsörgött festékes tubusok között és fantasztikus árnyalatokat kevert. A kék azúrtól kobaltig, türkiztől éjkékig mindent. A zöld smaragdtól opálig, a barna okkertől vörösesbarnáig. Káprázatos gyűjtemény, Latheát mégis az alkotás folyamata nyűgözte le. Álmélkodva kucorgott Laurie mellett, aki gyakorlott mozdulatokkal, apró ecsettel dolgozott, keze alól pedig csodák kerültek ki. Az állványon terpeszkedő vászon jobb oldalán a St. Michael's Mount lassacskán felismerhetővé vált és minden egyes nap elteltével több szín népesítette be a szigorú formát. Mégis az esték hozták számára a legszebb pillanatokat. Rajongott a csendes nyári éjszakákért, Cornwallban ezek is különlegesebbek voltak. Ez a napszak sajátos varázst nyert. A hőség alábbhagyott, a tenger felől feléledt a simogató szél és megtöltötte a házat a jellegzetes, sós illattal. Gyakran kitárták az ajtókat és a terasz vaksötétjében üldögélve beszélgettek vagy hallgatták az éjszaka zsongását. Az elsötétítés miatt szó sem lehetett fényekről, hacsak be nem zárkóztak a négy fal közé, amit egyikőjük sem akart. A durva fénysugarak lételemüktől fosztották volna meg a boldog perceket.

A késő délutánban Lathea rendkívül élvezte a szolid hullámokat. Vasárnap lévén Laurie Hyland-Flake-ék kíséretében a templomba ment, majd a Nyugalmazottéknál ebédelt. Így magára maradt Corey-val, akin az utolsó kiütések is halvány emlékeztetővé zsugorodtak. A betegség visszahúzódott, Stump doktor szó szerint legyőzöttnek minősítette. Két elvakart nyaki folt kivételével a kisfiú maradandó nyomok nélkül jutott túl mindenen. Felépülésével pedig régi hangulata is kezdett visszatérni. Lathea délelőtt sokat ugratta, a felharsanó vidám kacajok a legdrágább ajándékot jelentették. A legutóbb kapott liszt egy részéből kenyeret sütöttek, ami Corey segítségével jóval nagyobb munka lett. De mit bánta. Hagyta, hogy a kicsi is gyúrja a tésztát. Arca és vörös fürtjei fehérlettek a felszálló lisztportól, mialatt örömteli sikongatásoktól visszhangzott a konyha. Azután a doktor engedélyével levonultak a partra, hogy pancsoljanak a sekély vízben. A gyereket elbűvölte a homokra érkező hullámok végtelen sora. Ott toporgott lábait a nedves talajba fúrva, hogy egyik-másik hullámot elkaphassa. Ahányszor nagy igyekezetében elterült, Lathea talpra állította és a hajsza kezdődött elölről. Később belefogtak egy homokvárba is, amihez Laurie műhelyének néhány kiszórt darabja megfelelő felszerelést jelentett. Corey-nak ez volt az első nyara Cornwallban, egyben az első, amikor már élvezhette mindazt a csodát, ami az övé lehet. Másfél évesen magabiztosan járt, ennek ellenére kicsi talpain mackósan billegett a buckás homokban. Az építés meg a maszatolás azonban a lelke mélyéig elbódította, alig tudott betelni a kaland nagyszerűségével.

Laurie két óra körül tért vissza Marazionból. Némi munka után, amit a portrén azonnal, ihlettel a szívében meg akart csinálni, felajánlotta, hogy felügyel Corey-ra. Ő így ismét lement a partra és kedvére kiúszta magát, majd egy újabb fejezet végére járt Balzac 'Huhogók'-jából. Nem érzékelte az idő múlását, de amikor a második mártózásból felbukkant, már süllyedni kezdett a napkorong. Hosszú, forró délutánokon alig lehetett érzékelni ezt a finom természeti jelenséget, és az alkonyat egyébként is messze volt még. Hosszan elnézett nyugat felé, majd még egyszer lelocsolta magát a lábához sikló vízzel.

- - Hahóóó!

A kiáltásra megfordult. Mire kilábalt a vízből, a dűne takarásából ismerős alak bukkant elő. – Sziasztok!

Nick a homokra állította Corey-t, aki kurta lábain máris feléje iramodott. – Mami! Mami!

Ő pedig kitárva a karjait hagyta, hogy a kisfiú az ölelésébe repüljön. A gyermeki sikolyt, miközben megpörgette, messze elvitte a szél. És ebben a pillanatban a szeplős kis arcban először ismerte fel azt a világhódító, magabiztos mosolyt, ami Kester Frost tagadhatatlanul legelbűvölőbb vonása volt. – Ó, te ördög! – Corey továbbra is nevetett, ahogy magához ölelte. – Adj egy puszit.

- - Puszi.
- - Ez az, köszönöm.
- - Mi ez a puszilkodás? – jött közelebb Nick. Haja összekócolódott a feltámadó szélben, a meleg nyárban megkapta a nap. – Én is kapok egyet? Lathea Corey-ra kacsintott. – Nos? Nick is kap puszit? Kap?
- - Kap!

Lathea közel emelte a férfihoz és a kisfiú az arcára cuppantotta a hatalmas puszit.

- - Kiúsztad magad, hableány?
- - Csodás a víz, neked is ki kellene próbálnod.

Visszasétáltak a dűne lábához, ahol Lathea korábban olvasott.

- - Nem kell sietnünk, Laurie még örül is a nyugalomnak – nevetett Nick. – Corey elevenebb lett, mint volt.
- - Hála az égnek! – Lathea a férfi mellé telepedett.

Corey váratlanul a víz felé mutatott. – Vár... vár.

- - Tessék, drágám?
- - Vár.
- - Á, egy vár? – nézett arra Nick. – Csak nem te építetted?

Corey lelkesen magyarázott valamit, amiben még több volt az artikulálatlan, jelentéssel nem bíró hang, mint a valóságos beszéd, ennek azonban kevés köze volt ahhoz, hogy meg tudta győzni Nicket építési szándékáról. Fürgén elbotorkált a félkész építmény felé és nagy hévvel munkához látott. Kicsi volt még, építés helyett inkább csak a nedves homokban dagonyázott, ám mégis nagyszerűen mulatott.

Lathea oldalra mosolygott. – Jó, hogy itt vagy.

Nick hallgatott. Fürkész tekintete kerülte őt, főleg a kisfiúra koncentrált. – Kipihentnek tűnsz – mondta végül.

- - Annak is érzem magamat. Nem tisztességes, hogy ezt mondjam, de Corey betegségéből húztam hasznot.
- - Ideje volt lazítanod. Már amennyiben a kert teljes átalakítása ezt jelenti.
- - Hát, sokat dolgoztunk vele, de megérte.

A férfi megint a távolba meredt. – Elhoztam Mr. Carrough-tól, amit félretett neked. Elképesztően rendes az öregúr, biztosan egyike a titkos rajongóidnak.

- - Menj már! Ha Corey végre felépül, elhozod Carlát is?
- - Persze, szólok neki. Szereztem egy kevés benzint, úgyhogy okosabb, ha mostantól a kocsit használja és nem kerekezik.
- - Mikorra várja a kicsit?
- - December legelejére – Nick szemében szomorú fény táncolt. – Nem helyes, hogy Corey téged nevez maminak.

Nehéz volt erre okosat mondani, ezért Lathea inkább hallgatott. Nick ellenben nem elégedett meg ennyivel.

- - Téged nem zavar? Félre ne érts, csodálatosan nevelitek. Boldognak látszik, de mi lesz, ha egy nap Betty betoppan és magának követeli?

Noha ezen Lathea is sokszor elmerengett, saját kételyeit más szájából hallani kétszeresen fájt. – Kitépi a lelkemet – vallotta be csüggedten. Hangjából kitűnhetett a fájdalom, mert a meleg tekintet ismét megsimogatta.

- - Nem te lennél, ha másként éreznél.
- - Inkább ne beszéljünk erről, kérlek. Még azon sem tettem túl magam, hogy megbetegedett. Rettenetesen aggódtunk érte, meg aztán két sebet

ki is kapart. Bár a doktor kenegette, még mindig ott a nyoma. És ha nem múlik el? A szép kis bőrén ott maradnak a foltok.

A férfi ösztönösen a keze után kapott. – Ugyan, bolhából csinálsz elefántot. Még kétéves sincs, rengeteg idő, amíg felnő, azalatt eltűnnek a nyomok. Komolyabb vágásokat is szenved majd, ha borotválkozni kezd, hidd el nekem.

- – Remélem, igazad lesz.
- – Mami!

Mindketten a homokvár irányába néztek. Corey lázasan integetett, szemmel láthatóan szerette volna magára vonni a figyelmüket. Ruháján, de még vörös hajában is a munka eredménye díszelgett, ám önfeledt mosolya minden szutykon átragyogott.

- – Amit Betty tett veled, Lat, az a leglelketlenebb elbánás, amiről valaha hallottam.

Ő szándékosan átsiklott a bosszús kijelentés felett és erőltetett vidámsággal talpra szökkent. – Nos, Nick bácsi, lennél szíves segíteni nekünk a vár elkészítésében?

- – Mami!

Corey hívó szavára Lathea elmenekülhetett a cseppet sem kedvére való beszélgetés elől. A hangáradat, mely inkább csak sugallta, hogy a gyerek mit vár tőle, azonnal bevonta a munkába. Abban a pillanatban azonban az egyik falrész leomlott.

- – Semmi baj, drágaságom – nyugtatta meg a kicsit és máris átnyújtotta neki a vödröt a lapáttal. – Mi lenne, ha megtöltenénk ezt vízzel és ráöntjük a homokra, hm? Gyere, próbáljuk ki!

Nem tartott sokáig, hogy Corey megértse, mi a teendő, és már szaladt is a vödörrel, hogy a vízbe merítse. – Csak óvatosan, nehogy a túlpartig kelljen úsznom utánad – mosolyogta meg Lathea túlzott buzgalmát.

A kitömött popsi a vízig szaladt, olyan látványt nyújtott akár egy kiscsibe, jóllehet tollak nélkül. Az aprócska karok kinyúltak, hogy meglepő ügyességgel megtöltsék a vödröt, mielőtt a hullám visszavonult volna. Sem ő, sem Nick nem segített, nem is volt szükség rá. A kicsi ragyogott a büszkeségtől, ahogy visszatotyogott a teli vödörrel. – Én!

- - Bizony te csináltad, nagyon ügyes vagy.

Ettől kezdve minden magától értetődően ment. A porba hulló kiszáradt homokot átáztatták, így megint felhúzhatták a masszív falakat a belső, kissé formátlan torony védelmére. Nick még egy árkot is ásott a víz felé, így a partra gördülő hullámok némi vizet küldtek a várhoz. A kalandos nap végén nem csoda, mert Corey gyakorlatilag a vacsorája felett bóbiskolt el, majdnem leverve a levest.

- - Ha Corey kiheveri a himlőt, visszamentek a bungalóba? – érdeklődött Nick a műterembe lépő asszony láttán. Laurie-val már elfogyasztották az első pohár whiskyt, az öreg szokásához híven egy Havannára is rágyújtott.

- - Valószínűleg. Miért?

- - A gyereknek jót tenne, ha magára maradna, nem gondolod?

- - Mit akarsz ezzel mondani?

- - Hogy ideje lenne saját szobába szoktatni.

A hirtelen támadt feszültséget oldandó Laurie kajánul Nickre kacsintott. – Melyik férfi ne aludna szívesen egy ilyen bájos teremtéssel? Ez alól Corey barátunk sem kivétel.

- - Ez ízetlen tréfa, Laurie.

- - Bocsássa meg egy vén bugris locsogását, kedvesem.

Nick felállt és megszorította az asszony alkarját. – Az isten szerelmére, én csak jót akarok. Stepney-ben neked is saját szobád volt, már korábban is, mint az unokaöcsémnek.

- - Igen, de az én anyám a fal túloldalán aludt és szükség esetén szemvillanás alatt ott termett. Szerinted én a bungalóból mit hallanék?
- - Fiatalok, fiatalok! – emelte Laurie égnek a jobbját két ujja közé csíptetve a szivart. – Nem szeretem ezt a marakodást – pattant fel ismét a szájába illesztve a füstölgő rudat. – Mintha ma Nick barátunk nem sietne haza annyira. Ha jól értettem, Carla a nővérénél tölt két napot Porthlevenben, ezért mi lenne, kedvesem, ha bemutatnánk azt a négykezest, amit olyan nagy erőbedobással gyakoroltunk? – ezzel Latheába karolt és a zongora felé terelte. – Ez a kis produkció feldobná a hangulatot.

És természetesen ő győzött. Rafinált öregember lévén pontosan tudta, hogyan érje el a célját. Latheát a zongora elé ültette, hogy ő maga is melléje telepedjen.

– Zene! – kiáltotta belevágva az első akkordba.

25.

- - Tobruk elesett!

A tömör bejelentés hallatán Lathea torkára fagyott köszönéssel bámult Carlára. A jegyrendszer módosításának köszönhetően fél hét elmúlt, de csak most hagyhatta ott a boltot. Már cihelődtek, amikor Jim Morris a kirakaton túl felfedezte Carlát a feltűnő, bordó kocsi kormánya mögött. Ha a jármű nem is lett volna különlegesre pingálva, manapság kevesen engedhették meg maguknak, hogy vezessenek.

- - A sógornője vár odakint – figyelmezette Jim, mire ő gyorsan összekapva magát már szaladt is ki az utcára. Amit azonban hallott, elkeserítő újdonság volt. Kínos bénultsággal néztek farkasszemet.

- - Mindenki erről beszél – folytatta Carla. – Délben robbant a hír, Laurie-val éppen a rádiót hallgattuk. Most ismerték el, hogy a 13-i ütközetben a háromszáz tankból mindössze hetven menekült meg. És összesen nyolc nap kellett, hogy azok a népirtók bevegyék a várost.

- - Halottak?

- - Egyelőre huszonötezer védőről szól a fáma... megadták magukat. Churchill meg csak annyit mondott, ez nyugtalanító esemény.

Lathea tanácstalanul, a lelke mélyéig gyászban hallgatott. Tekintete a Kótyagosra tévedt, melynek nyitott ajtaja mögül hangos szóváltás szűrődött ki. A férfiak nyilvánvalóan a legújabb afrikai kudarcot latolgatták.

- - Mami! – a cérnahang irányába lesve fedezte fel Corey-t Carla kocsijának hátsó ülésén.

- - Ó, igen – lépett odébb Carla, hogy ő behajolhasson a gyerekhez. –, Laurie rettenetesen összetört, amióta csak hallottuk a bejelentést. Bezárkózott a műterembe, ezért nem akartam Corey-t otthagyni. Nem volt abban az állapotban, hogy felügyeljen rá, és nem kívánom neki éppen most egy kisfiú cserfes locsogását.
- - Okosan tetted – simogatta meg Lathea a göndör fürtöket, melyek már olló után kiáltottak. – És most?
- - Ha beleegyezel, éjszakára elvinném magunkhoz Penzance-ba. Laurie-t így talán könnyebben szóra bírhatod.

Lathea a gyerek csillogó szemébe nézett, melyet elképesztően világos pillák árnyékoltak. Nem szívesen engedte ki a karjai közül, de Carlának igaza volt. Laurie soha nem panaszkodott, bár hébe-hóba elárulta magát, így sejteni lehetett, milyen sokat gondol a fiára. Hazafelé kerekezve önkéntelenül is a Doreennal folytatott beszélgetéseikre gondolt. A festővel ellentétben az asszony ki is mondta, micsoda szenvedést okoz neki, amiért Quentinről az égvilágon semmit nem tudnak. A két város és a két fiatalember sorsában számos hasonlóság akadt, noha amíg Szingapúr ügye négy hónap után nagyjából tisztázódott és a kép belenyugvásra kényszerített mindenkit, Tobruk friss sebet jelentett.

Quentin Hyland-Flake utolsó levele decemberben keltezett és Doreen jóvoltából ő szinte minden sorát kívülről fújta. Quentin beszámolt azokról a szomorú tényekről, melyek Szingapúrban fogadták. Bár Hongkonghoz hasonlóan a minisztériumi akták bevehetetlennek minősítették, Quentin sorai az ellenkezőjéről árulkodtak. 'A tenger felől egyetlen madár se közelíthet meg minket észrevétlenül, de a szárazföld felé csupasz a hátunk. Ha a japánok ezt tudják, végünk' – írta. Márpedig a japánok tudták. A dzsungel felől érkeztek kilencszáz kilométert téve meg Hongkongtól mocsarakon, gumiültetvényeken és rizsföldeken keresztül, hogy egyszer csak hátba támadják Szingapúrt. A várost egy hónapon át naponta bombázták, végül mégsem a légi fölény döntött, hanem a vízellátás idegen kézre kerülése. Akárcsak Hongkong, Szingapúr is kénytelen volt megadni magát. Aznap Winston Churchill a rádióban tudatta az egész világgal: 'Szingapúr elesett. Az egész Maláj-félsziget az ellenség kezére került'. Tobruk helyzete amennyire hasonlított, annyira különbözött is. Előző évben a sivatag harci megmozdulásai valamilyen vonatkozásban mindig kötődtek a városhoz, és így vagy úgy, brit vagy német részről, de a neve folyamatosan ott élt a köztudatban. Ilyen távolságból, minimális hadászati és földrajzi ismerettel, a város afféle gyöngyszemnek tűnt, melynek birtoklása kulcsfontosságú a végső győzelemhez. A britek 1941 áprilisában választották támaszpontul, amikor átvették az ellenségtől és tíz hónapon keresztül meg is tartották az ostromlókkal szemben. A híradásokból azonban nem lehetett mindig tisztán eldönteni, mi történik pontosan, illetve az milyen kihatással lesz a folytatásra. A katonák helytállása és a média propagandája Tobrukot szimbólummá emelte, valószínűleg ezért is fájt annyira a bukása. Lathea a terasz felől belépve a műterembe, éppen a BBC híradásának kezdetére érkezett. – *1942. június 21. London. Legfrissebb híreinket hallják. A német és olasz offenzíva erőteljes nyomásának köszönhetően az ellenség bevette Tobrukot. A mintegy huszonötezer fős brit védők megadták magukat. Sir Claude Auchinleck tábornok a 8. brit hadsereget visszavonta a város alól és védelmi vonalat épít ki, mely azt hivatott megakadályozni, hogy az ellenség még jobban megközelítse az egyiptomi határt...*

Lathea az egyik székre ereszkedett. Laurie továbbra is magába roskadtan gubbasztott, ujjai között szokásos szivarjainak egyike imbolygott. Amikor a szinte az életük részévé vált hang az orosz helyzetre váltott, bágyadtan legyintett, ő pedig engedelmesen letekerte a hangot.

- - Hát, vége!

Lathea dermedten ült. Noha az egész napos robot után frissen zuhanyozott, átkelve a kerten mégis megizzadt. Meleg este volt, ennek ellenére megborzongott ettől a két vészjósló szótól. Magukban hordozták egy apa minden agóniáját.

- - Azt hiszem, az egész az én hibám, Laurie.

A kék szemekben a megszokott életvidám mosoly helyett végtelen gyász ült. – A világ hibája, senki másé.

A fáradt tekintet a válla felett a falra siklott. Ott lógott a Jean-Micheltől kapott festmény, a 'Szeretteim'. Akár valami kínzóeszköz idézte a múltat. Legalábbis ezen a napon biztosan. Máskor Laurie kedvtelve nézegette saját ecsetvonásait, hogy mélyen elmerüljön legdrágább emlékeiben. Most hallgatag bénultsággal fürkészte a vászonra pingált hároméves forma kisfiút, így nem is érzékelte, hogy ő a másik fotelba telepedett a balján. – Meséljen róla.

Nyilvánvaló volt, hogy a képről van szó. Laurie egy tétova mozdulattal megpörgette égő szivarját, miközben feléje sandított, ahogy felhúzott lábakkal, nedves hajjal kucorgott mellette. Azután ismét elfordult és nagyot pöfékelt a Havannán. – Az utolsó tavaszon festettem Rómában. 1911 volt és olyan hőség, Anne háromszor is a karomba ájult, mire megjártuk a Colosseumot. Magánháznál laktunk és a kert... a kert egy csoda volt. Akkoriban cseppet sem érdekelt a kertészkedés, a színek annál inkább. Megszállottan igyekeztem elkapni annak a három oldalról zárt átriumnak a báját.

- - És Anne? Meg a kisfiú?
- - A kép sose készült el, vagyis évekig nem. Még azon az őszön elköltöztem tőlük és a vásznat magammal vittem Párizsba – Laurie ösztönös mozdulattal csapott egyet jobbra, nemtörődöm csuklómozdulat volt. – Ott állt a többi kudarc között, nekidöntve a falnak... baljós mementó a múltból, amit el akartam felejteni. A figurákat egy évvel később tettem rá, amikor Grafit egyszer azt mondta: 'Te pajtás, nem rossz ez a kép, de átkozottul üres.' Úgyhogy ráfestettem Anne-t meg Emericót.
- - És miért adta el?

Laurie lustán szivarozott, ám tekintetét fogolyként tartotta fogva a tarkabarka hátterű festmény. – Eredetileg Anne-nek szántam, mégis megtartottam. Szentimentális lépés volt, mintha csak ez a vászon magába sűrítette volna mindazt, amit szerettem abban a házasságban. Hozzám nőtt. Főhelyet kapott a párizsi lakásban, hogy mindig láthassam. Idővel megfakult körülötte a fal, mert akárhányszor is toltuk el a bútorokat, a kép maradt a helyén. Egy nap Anne váratlanul állított be hozzám Párizsba. Addigra Emerico rég felnőtt. Látva, hogy könnybe lábad tőle a szeme, felajánlottam, hogy vigye magával. De azt akarta, hogy megtartsam. Azt mondta: 'Vigasztal a tudat, hogy lélekben mindig velünk vagy' – Laurie szomorúan sóhajtott. – 1931-ben derült ki, hogy súlyos beteg, akkor adtam el.

- - Mitől betegedett meg?
- - Afrikában járt, ott szedte össze... valami vírus támadta meg a tüdejét. Elkapta és mivel a szervezete az utolsó leheletig küzdött, öt évig kínlódott – újabb mély sóhaj. – Öt pokoli év! Az orvosok ilyen-olyan kúrákat ajánlgattak, küldözgették egyik csodatevőtől a másikig, ami mind pénzbe került – ismét a képre lesett. –

Kimondhatatlan érzés megint együtt élni a 'Szeretteim'-mel – vallotta be megtörten. – Közel húsz évig az életem része, sőt, a mindennapok része volt. A szívem szakadt meg, amikor megváltam tőle, és bizony egyetlen pillanatig se feltételeztem, hogy valaha visszakapom – ekkor figyelt fel rá, hogy hallgatósága milyen érdeklődve méregeti a festményt. – Hogy tetszik magának? – kérdezte, jóllehet talán még soha nem kért senkitől véleményt.

- Sugárzik belőle a szeretet. Anne nagyon vonzó nő lehetett.

- Igen, valóban. Átkozottul vonzó – Lathea csendesen somolygott. – Tudja, kedvesem, mi férfiak elképesztő dolgokra vagyunk képesek egy-egy szép nő kegyeiért. Én a magam részéről fejest ugrottam a házasságba valakivel, akinek pusztán a nevét tudtam. Anne modell volt a rajziskolában, ahol órákat vettem. Minden áldott nap ott állt középen, mi meg vizsla szemmel szedtük porcikáira, holott a végén a papír sem volt kegyes hozzá. Egy nap aztán véletlenül meghallottam, hogy Signore Roselli arról próbálta meggyőzni, hadd festhessünk róla aktot.

- Aktot?

Laurie-t felderítette az asszony arckifejezése. – Nincs benne semmi, ha művészetről beszélünk. Gondoljon csak az ókoriakra, micsoda szobrokat alkottak és mindegyik az emberi test dicshimnusza. Karok, lábak, mellek, hasak… jut eszembe, a közös művészetünkhöz nem akar aktot állni?

Lathea ügyesen leplezve valódi reakcióit, felkacagott. Szó sem lehet róla.

- Kár.

- Felejtse el, Laurie. Éppen Anne-ről mesélt.

A hosszú ujjak elnyomták a szivart. – Ó, igen. Szóval, meghallottam, mire akarta rávenni a signore.

Jóval több pénzt ígért, de én arra gondoltam, a fene se hiszi, hogy azok a suhanc művészpalánták közönyös érdektelenséggel rajzolgatnak majd, ha Anne a maga isten teremtette mivoltában üldögél a pódiumon. Úgyhogy közbeavatkoztam, és azt mondtam, a menyasszonyom nem fog meztelenkedni annyi fickó előtt.

- - Anne mit szólt ehhez?
- - Nem mondom, örült neki, hogy kirántottam a pácból, akkor gyökerezett földbe a lába, amikor megkapta az esküvői meghívót.
- - Hiszen csak vicc volt! Laurie önmagának címzett mosollyal folytatta. – Ami a házasság kellemesebbik felét illeti, mindvégig boldogok voltunk. Anne többször is teherbe esett, de egyetlen fiú maradt csak meg közülük.
- - Máskülönben viszont...?

Egy percig váratott magára a válasz. – Folyton összerúgtuk a port. Anne modern nő volt, felvilágosult ideológiákkal, tanult és nyitott, de teljesen értetlen az én rigolyáimmal szemben.

- - Nem értette meg a művészlélek rejtelmeit?
- - Így is mondhatjuk. Úgy éreztem, mintha az tette volna boldoggá, ha beülnék egy irodába és mindennap ötkor mennék haza, vasárnap kirándulnánk és így tovább. Ehelyett főzött, de én haza se mentem, a képeimet megvették volna, de nem akartam eladni őket, nem zavart, ha nem volt pénzünk. Ilyenkor két lábbal tiportunk egymás lelkébe, majd mindent megbánva békülni akartunk. Én szégyelltem a rendetlenségemet meg a kibírhatatlan természetemet, Anne pedig azt, hogy nem elég belátó. Ez oda vezetett, hogy gyakorlatilag túllicitáltuk egymást abban, ki bánta meg jobban a szemrehányásokat. Brrr, leírhatatlan pokol volt.

Laurie belső időmérője azt súgta, hogy kezd sokat beszélni, de mivel Lathea figyelő, éber tekintete nem eresztette, nem hagyhatta abba. Életében először idézte fel ilyen részletességgel azokat az éveket, és mert ezt meg tudta tenni, hallgatóságának tudta be. Ráadásul meglepte, amiért ez a hirtelen rátört emlékezés melegséget gyújt a szívében.

- - Közösen döntöttünk a szakításról. Én Párizsba mentem, viszont nem váltunk el soha. Addigra Emerico idősebb és önállóbb lett, ezért Anne többször meglátogatott és pár napra megint olyan boldogok voltunk, mint a kezdet-kezdetén. Egyedül tőle hallottam a fiamról, akivel a kapcsolatom amúgy megszakadt.

- - És Emerico? Nem is akart tudni magáról?

Sok keserűség volt abban, ahogy Laurie elhúzta a száját. – Egyetlen alkalommal járt Párizsban. Húszéves volt, ott állt a küszöbön és a képembe vágta, micsoda szemét alaknak tart, amiért faképnél hagytam a családomat, az anyját pedig a szeretőmmé alacsonyítottam le. Mielőtt a számat kinyithattam volna, már el is száguldott, ki a házból és ki az életemből. Valóra váltotta a jóslatát, mert az apaságomat eltörölte a föld színéről. Még Anne temetésén sem találkoztunk, azóta meg! Megette az egészet a fene!

Lathea együtt érzően nézett oldalra. – Annyira sajnálom. De talán él, végtére is sebesült volt.

- - Én is ebben reménykedem. Hadifogolyként lehet némi esélye.

Laurie emberfeletti erővel próbálta legyűrni kétségbeejtő szorongását és megjátszott, bátor vidámsággal azt kérdezte: – Holnap délután nekilátnék a festéshez. Tud rám szakítani egy kurta órácskát?

- - Miért ne?

- - Legyen akt.

A ravasz alkudozással mindössze egy kedves puszit meg egy röpke jó éjt-et érdemelt ki, mielőtt Lathea eltűnt a teraszajtó mögött terpeszkedő éjszakában. A sötétítőfüggöny engedelmesen omlott alá mögötte, ő pedig magára maradt előbukkanó emlékeinek hadával. Ismét Anne-re nézett, aki a vászonról viszonozta pillantását.

- - Hol van most a fiad, drágám? – suttogta elgyötörten. – Ha látod odafentről, küldd el hozzám, kérlek!

A fekete-fehér képsorokat a jellegzetes szignál vágta egységbe, mialatt a nyári hét újabb borzalmai peregtek a vásznon. A mozi közönsége lélegzetvisszafojtva, sokatmondó némaságban meredt a tudósítások képeire. Az előző beszámoló az európai hírekre korlátozódott. Azon belül is a Szovjetunióra, ugyanis most látták az első képeket a még mindig ostromgyűrűbe zárt Leningrádról. A térképen jól látható ábrák mutatták a város földrajzi fekvését, mely alapvetően kilátástalan helyzetét magyarázta. Egyik oldalon a németek légmentes ostromgyűrűje, másikon pedig a Ladoga-tó, melynek túlpartján a finnek jelentettek veszélyt. A térkép után téli és tavaszi képek kattogtak fagyról, halálról, éhínségről.

- - *Az évszázad legkeményebb tele több százezer polgári áldozatot követelt. A téli hónapokban nem működött a csatornahálózat és a német blokád eredményeképpen a várost elzárták minden utánpótlástól. Így minimális élelmet és egyéb cikkeket, benzint, illetve fegyvereket a befagyott tavon keresztül tudtak a városba juttatni. A német hadsereg ágyúi célzott belövésekkel a város minden részén súlyos károkat okoztak, a tó jégpáncélját is igyekeztek megroppantani. A napi fejadagot százhuszonöt gramm kenyérről lejjebb szállították.*

- Micsoda borzalom! – súgta Doreen a sötétben, és ahogy Lathea a baljára sandított, látta, amint a férje óvón átkarolja a vállát.

- *... a példátlan hideg a téli hónapokban lehetetlenné tette, hogy a halottak tisztességes temetést kapjanak, így a tavasz beköszöntével a városon túl tömegsírba helyezik az elhunytakat...*

A felkavaró és megrázó film után újabb megdöbbentő képek következtek. – *Június 28-án az egyesült fasiszta sereg összehangolt támadást indított a Szovjetunió déli területei ellen. A hadmozdulatok célja a gabonaföldek, illetve a Kaukázus olajmezőinek megszerzése. A tizenkét napja indított invázió egyik fő irányában a németek gyorsan törnek előre, tegnap elérték a Volga folyót. Más hadtestek Sztálingrád felé vonulnak.*

- Ezeket a vörösöket aztán hidegvérrel áldotta meg a teremtő, mi? – duruzsolta Grant Laurie fülébe. – Fel se veszik, hogy Hitler felzabálja őket reggelire!

- Azt azért nem hiszem.

- Ó, istenem! Ha Sztálingrád elveszik, minden az övék.

Az adott időszakban csendesebb ázsiai és afrikai összefoglaló után a belföldi hírek következtek. Az 1942-es év Nagy-Britannia számára egy újfajta légi háborút hozott. Bő másfél éve, hogy az ország elszenvedte azt az iszonyatos őszt, amikor a horogkeresztes gépek a fővárost és egyéb ipari, illetve kikötővárosokat valósággal beterítették robbanólövedékeikkel. Más, intenzívebb háborús feladatok miatt azóta megszűntek a napi bombázások, noha az ellenség gépei időről-időre mégis berepültek a légtérbe és előfordult, hogy már azelőtt hullottak a bombák, hogy a légelhárítás félelmetes szirénái megszólalhattak volna. Most már se napszak, se a civil célpontok nem számítottak.

A helyzet drámaian megváltozott. A RAF új, távolsági bombázókat állított hadrendbe, melyeket Lancaster, Halifax és Stirling fantázianévvel láttak el. Tavasszal 8. légi hadsereg néven az amerikaiak is létrehoztak egy csapattestet a németországi bombázásokra, hiszen ez ideig a brit pilóták egyedül vállalkoztak a nem veszélytelen küldetésre. Íme, Nagy-Britannia a levegőben visszavágott. Az első éjszakai rajtaütés március 30-án Kölnt érte, de hasonló pusztítás jutott Lübecknek, Rostocknak, Mainznak, Karlsruhénak, ahogy Düsseldorf, München és Frankfurt se menekülhetett. Március óta az országban mindenki értesülhetett arról, a RAF milyen taktikával rombolja le a német hadiipar kiemelt üzemeit. Elsődleges céljuk volt megbénítani a Luftwaffe és a fegyverzet termelés központjait. A támadásokat éjszaka vezették. Egy célkijelölő repülőkötelék világítóbombákkal hintette be a légteret, a mögöttük beúszó bombázók pedig a legnagyobb töltetekkel szórták meg a kiszemelt területeket. A pusztítás ezzel Németországban is megkezdődött.

- - Nem vall megfontoltságra júliusban órákig szunyókálni a napon.
  Lathea hunyorogva nézett fel. Nick hangját már előbb felismerte, mint a vakító napfénybe vesző alakját.
- - A veteményesben jobban lehet barnulni? – ugratta a férfi melléje huppanva a fűbe. – Csinos vagy. Mindig itt hordod a terményeidet? – emelt ki valami zöldet a szőke hajfürtök rejtekéből. – Laurie mondta, hogy itt talállak.
- - Jól tette. És Carlával mi van? A héten egyszer sem bukkant fel.
- - A meleget nehezen viseli.
- - De a babával...?

- - Nem, semmi baj. Kicsit dagad a lába és izzad egész nap, ezért maradt otthon.

Lathea megértően bólintott. A meleget ő maga is megszenvedte. Nem győzött eleget fürdeni a hűs tengerben, néha még éjszaka is kiment úszni, hogy könnyebben elaludjon. Ezt azért is tehette kedve szerint, mert egy hónapja visszaköltözött a bungalóba. Nehéz szívvel engedett a férfiak akaratának, akik hajthatatlanul ellenezték, hogy Corey továbbra is vele aludjon. A lelke mélyén mégis örült egy kicsit. Visszatérni a bungalóba kiváltságot jelentett, kulcsot a saját világához. Kissé elszomorította, hogy a gyerek milyen gyorsan megszokta az új rendet és saját kis önállóságát, ugyanakkor azzal próbálta vigasztalni magát, hogy ennek így kell lennie.

- - Azért jöttem, mert Betty írt – Nick körülményeskedve varázsolta elő a zsebéből azt a levelet, ami idehozta.
- - Betty?
- - Látom, elhűltél. Ahogy én is, elhiheted.
- - Honnan jött a levél?
- - Alexandriából. Eltávon voltak.
- - És ír még valamit?

A türelmetlen kérdések hallatán Nick az egyszerűbb megoldást választotta. – Olvasd el magad.

- - Én?
- - Csak nyugodtan. Vagy akarod, hogy felolvassam?
- - Igen, kérlek.

Nick széthajtogatta a papírost. – *Drága Nick és Carla! Június 24-e van, de ez a levél aránylag gyorsan eljuthat hozzátok, mert egy ismerősre bízom, aki a héten hazarepül. Mostanáig El-Alameinben állomásoztunk, majd öt teljes napra eltávot kaptunk – maga a csoda – és Alexbe kellett jönnünk. Kester még a télen elkapott valami nyavalyát, ami időnként visszatér és ledönti a lábáról.*

Bizonyos tünetei a maláriára hasonlítanak. Most azért vagyunk itt, hogy egy ismerős orvos megnézze.

Amúgy a helyzet katasztrofális. Azért merem ezt így leírni, mert ezt a levelet nem fogják elolvasni a cenzúrán. De így van! Májusban a németek elindultak és azóta csak masíroznak a sivatagban, akár a gépek. Az év elején eljutottunk El-Agheiláig és a Rommel nevű szörnyeteget alaposan visszaszorítottuk. Csakhogy errefelé a siker azon is múlik, ki mekkora távolságban van a saját utánpótlásától. Mi jócskán elkalandoztunk Egyiptomtól, ez viszont a jelek szerint túl messze volt. Ezért kellett visszavonulnunk Tobrukig. Tobruk egészen lenyűgöző. Tele van egyszintes, fehérre meszelt házikókkal meg elképesztően zegzugos sikátorokkal, már ami a németek nyomában megmaradt. Hatalmas kikötője van, ami jól védhető. A hosszú ostrom jelei azonban mindenhol láthatóak. A város körül körülbelül háromszáz négyzetkilométer megerősített terület fekszik, ott szögesdrótok, aknamezők és lövészárkok, odakint meg a nyomorult németek vannak. Sajnos övéké a reptér is, ahonnan naponta támadnak befelé.

Mi két hétig voltunk odabent, de az egész olyan elvarázsolt hely, akár egy gyerektábor, ha nem kéne mindennap valakinek meghalnia. Minket aznap vontak hátra, amikor Knightsbridge-nél a németek kétszázharminc tankot kilőttek. Iszonyatos vérontás lehetett, mert sérültünk gyakorlatilag alig volt. Az utolsó pillanatban, addigra a vezetés már gyanította, hogy a várost se tudjuk tartani, mentette a menthetőt. Az a szóbeszéd járja, hogy a brit lábadozókat és egyes nélkülözhető alakulatokat az utolsó órákban hajózták ki. Vagy Alexbe vagy Gibraltárra vitték őket. A többi szerencsétlenről semmi hír…

Lathea izgatottan ragadta meg Nick karját. – Olvasd még egyszer az utolsó három sort.

Kérése teljesült. – Ugyanarra gondolsz, amire én?

- – Istenem, hát persze! Talán Emerico Doorn is köztük lehet.

- - Adná az ég! De mi akkor se tudjuk, hogy él-e
  egyáltalán.
- - Remény, Nick, nem több, de mégis valami. Írt
  még valamit?

Nick megkereste a levélben, hogy hol tartott. – *Tehát beástuk magunkat El-Alamein térségében. Sir Claude Auchinleck tábornoké a hálátlan feladat, hogy lelket verjen a brit 8-asokba, ezek lennénk mi. Alextől kilencven kilométerre kell megvetnünk a lábunkat, miközben úgy hírlik, az olaszok előre isznak a medve bőrére. Mussolini máris ünneplésen töri a fejét, holott mi még itt vagyunk.* Ennyit Afrikáról. Nick, tudom, milyen haraggal váltunk el és hogy te más nézeteket képviselsz ebben a kérdésben. Azért is írok ilyen hosszan, hogy lásd, a hivatalos optimizmus e percben teljesen irreális. Itt állunk térdig a homokban és velünk szemben a túlerő halálosan acsarkodik. Nem akartam se háborúzni, se Afrikában jobblétre szenderülni, mégis így alakult. Szeretlek és kérlek, bocsáss meg nekem. Amikor találkozunk majd, akár a fejemet is megmoshatod. Öleld meg helyettem Latet és Laurie-t, Corey-ra pedig vigyázzatok helyettem. Mindenkit csókol: Betty.

Nick fásultan összehajtogatta a zizegő levelet. – Az ördögbe Bettyvel – dünnyögte. – Csak most – lobogtatta meg a borítékot. –, most kezdem felfogni, hogy akár meg is halhat. Mindketten meghalhatnak.

Lathea, aki valami kísértetiesen hasonlón merengett, a vállára ejtette a kezét, de nem tudott semmi vigasztalót mondani. – Betty mindig olyan gyermeteg volt, felelőtlen, hebehurgya és hebrencs. Olyan ötletekkel, hogy a tébolyda lakói is megirigyelhették volna. Erre jön Kester és nemcsak a szívét ejti rabul, de ráadásul az egész személyiségére rányomja a bélyegét. Bettyt soha nem izgatta a politika, a háború meg ilyesmik. Csakis a divat, a tánc, a mozi, a flörtölés. Most meg képes még a gyermekét is itt hagyni, hogy a homokban randalírozhasson khakiben. Érted te ezt? – a váratlan kitörésből a düh ugyanúgy kicsengett, mint a keserűség.

- Régen mindig azzal áltattam magamat, később lesz idő, hogy alaposan megismerjem a testvéreimet, Sue-val hónapokkal korábban pletykáltunk utoljára, Joe pedig visszavágót ígért nekem a sakktáblán – ahogy Nick a fejét lógatta, esetlenül beleszántott mostanra megnőtt fürtjeibe. A második gereblyézés végén ujjai a hajtincsek közt rekedtek. – Betty néha olyan idegen. Szinte szégyellem kimondani, de se azt a régi csitrit nem tudtam megérteni, se a mostani harcos nőszemélyt. Megrémiszt, hogy az egyetlen megmaradt testvérem ilyen riasztó és veszélyes távolságban van tőlem.

- Se te, se én, de még Kester sem tudta lebeszélni Afrikáról. Tudom, hogy kell, aki harcoljon, vagy meggyógyítsa a katonákat, de miért éppen ő?

- Nagyon jó kérdés.

- Ugyanakkor...

- Ugyanakkor mi?

- Valószínűleg nemcsak ő változott meg, Nick, hanem mi is. Én például gyakran nem érzem már iránta azt a mély barátságot, helyette haragot és nem is tudom, mit még.

Mintha ezen Nick eltöprengett volna, mert azután lapos tekintettel a válla felett oldalra nézett. – Erwin mindig azt állította, javíthatatlan álmodozó vagy... még mindig? – a néma fejmozdulat nemet jelentett. – Miatta?

- Számos dolog ébresztett rá, hogy többé nem bújhatok el a valóság elől. Erwin, Mischa, az embertelen mészárlás, amit Doverben a saját szememmel láthattam, és nem felejtem el a londoni éjszakákat se, amiket a föld alatt kucorogva virrasztottunk át.

- - Sajnálom, Lat. A kiábrándultság valahogy nem illik hozzád.

Lathea kihúzta magát. – Szó sincs ilyesmiről, pusztán tudomásul vettem, hogy az élet megváltozott. Különben – tüntető mosollyal nézett Nickre. – jövő héten bál lesz Marazionban. Ugye, eljöttök? Addigra talán Carla is jobban lesz.

- - Este szerencsére nincs olyan nagy meleg.
- - Ó, szólj neki, kérlek. Corey-t is magunkkal vihetjük.
- - Jól van, elmegyünk.

Nick feltápászkodott ültéből, majd a kezét nyújtva felsegítette Latheát. Ahogyan a kosarat is felkapta, a Parisian felé vették az irányt. – Mi legyen Betty levelével?

- - Laurie helyében valószínűleg tudni szeretnék róla.
- - Helyes, mondd el neki te. Sőt, odaadom a levelet.
- - Tartsd csak magadnál.

Még el sem érték a házat, a csendbe máris belekacagott Corey gyermekien magas hangja. Az öreg festő kiváló játszópartnernek bizonyult és a kisfiú őszinte ragaszkodással viszonozta a feléje áramló szeretetet. Amikor betoppantak a műterem kitárt ajtaján, Laurie a gramofon előtt táncolt a gyerekkel. Az még a hangos zenét is túlharsogta.

- - Üdvözletem – merészkedett beljebb Nick.
- - Hohoó, barátom! – a kék szemek Corey-ra villantak – Nézd csak, ki van itt!
- - Hohoó, Nick!

A lelkes és nagyon is élethű utánzás általános derűt fakasztott, úgyhogy a sikeren fellelkesült kisfiú meg is ismételte néhányszor.

- - Hohoó, Corey! – Nick átvette az unokaöccsét.
- - Nem tudtam, hogy ma meglátogat minket – halkította le Laurie a zenét.

- - Nem is terveztem, de, kérem, olvassa ezt el – halászta elő aztán a levelet a zsebéből.

Az éber tekintet a címzésre siklott és egyetlen szemöldökrándítás jelezte, hogy meghökkent egy kicsit. – Betty Afrikából?

- - Olvassa el, Laurie, érdekesnek fogja találni.

A festő már kiült füles foteljába ereszkedett. Orrára biggyesztette a szemüvegét és belevetette magát az olvasásba. Rémes, sárga nadrágja takarásából egykor piros, mára inkább rózsaszín zoknik villantak elő, amikor keresztbe vetette lábait.

- - Limi – húzkodta Corey Nick haját. – Limi.

- - Szomjas vagy?

A gyerek a limonádét sürgetve majdnem a szemébe kapott. Ekkor lépett közbe Lathea és kivitte a konyhába. Nick magára maradva az olvasásba mélyedt a házigazdával kissé körbenézett a műteremben. A kandallón egy alighanem új kép száradt. Marazion főutcáját örökítve meg a csodálatos, nyári virágözönben. A házak bár sárgájukban, kék és barnás árnyalataikban megkoptak, megszólalásig élethűek maradtak eredetijükhöz. Aki jól ismerte a falut, magabiztosan ráismerhetett Howard Stump házára középen, mellette pedig a pékségre. Mr. Whitebridge igazán kimeszelhetné a házát, gondolta Nick kajánul, mint aki az öreget mulasztáson kapta.

Odébb araszolva, a modelleknek felállított kanapén számtalan grafika hevert hanyag összevisszaságban. Nem kellett alapos tanulmány a múzsa azonosításához. Lathea volt. Felemelt egy kupacot és átpörgette a ceruzás vázlatokat. Az asszonyt hol feltűzött hajjal látta, hol vállára omló fürtökkel nevetve, azután profilból. A számtalan beállítás azonban mégiscsak egy volt. Laurie néhány könnyed vonal segítségével képes volt megragadni azt a megfoghatatlan varázst, ami az asszonyban lakozott. A szó hagyományos értelmében nem volt kifejezetten ideál típus. Viszont barna szeme akár a fényhez tartott ékkő, csillogó és simogatóan meleg, szája ívelt, álla kecsesen kerek. Haját feltűzve megmutatta szép nyakát. Laurie rajzai részleteiben ragadták meg a harmonikus vonásokat és az összbenyomásban ott volt az igazi lény hamísítatlanul.

- - Jó sokat dolgozott – mondta az öregnek.
- - A legjobb beállítással próbálkozom. Jöjjön csak – Laurie a sarokba vezényelte.

Kissé takarásban, félig-meddig a falnak fordítva, fektetett téglalap vászon állt. Amikor rápillantott, a St. Michael's Mount lenyűgöző kúpját ismerte fel. Bár nem volt több durva vázlatnál, de a vár jellegzetes oromzata már szépen alakot nyert. – A színezéshez még nem találtam meg a tökéletes árnyalatokat – ismerte el a mester.

Nicket máris lebilincselte a készülő festmény. – Ez fantasztikus. És Latheát is ráálmodja?

- - Hogyne! Ide balra. Ahogy látja, most a pózt próbálgatom. Mindenképpen testalakot szeretnék.
- - Értem.

Néhány percig még lekötötte őket a készülő műremek, azután Laurie visszaadta a levelet. – Köszönöm, fiam.

- - Ha igaz, amit Betty ír, lehet még remény.
- - Igen. Nos, bízni kell, nem igaz?

Ez a nem túl sokatmondó, szinte üres válasz egyértelműen jelezte, hogy a megtört apa szól Laurieból, aki nem kívánja az érzéseit senkivel sem megosztani. Nick ezt tiszteletben tartotta.

- - Jöjjön, barátom, teázzon velünk, mielőtt útra kel – indult a házigazda a teaillat forrása felé, ő pedig hálásan követte.

A marazioni bál minden évben máskor került megrendezésre, aminek voltak anyagi és szervezési okai egyaránt. A részvételt biztosítandó azért időben közzétették az időpontot és a helyszínt, hogy odacsábítsák a mulatni vágyókat. A büféasztalt hagyományosan a résztvevők rakták tele saját készítésű meglepetéseikkel és a férfiak általában önelégülten dicsérték a falubeli asszonyok főztjét. Ez az erőteljesen hangoztatott elégedettség legalábbis indokolta a lelkesedést, amivel az utolsó falatig mindent el is takarítottak. Háború idején a kínálaton elkerülhetetlenül meglátszott az ínség és a legfontosabb alkotóelemek gyakori hiánya. Még akkor is, ha az asszonyok ez alkalommal is kitettek magukért. Mindezt kiegészítve a jobbfajta italokkal, igazán senki nem panaszkodhatott a hangulatra.

Lathea a maga részéről szendvicsekkel járult hozzá a sokszínűséghez, Laurie pedig néhány palack erős bort hozott magával, amire egyetlen torok sem akadt a Parisianben.

- - Mindig megfogadom, hogy felcsapok iszákosnak, de hiába – kesergett sokat sejtető vigyorral a bálra készülő csomagba rejtve a palackokat.

A hangos zenébe vegyülő kacajok, önfeledt ujjongás, a táncosok tapsa elengedhetetlen része volt a mulatságnak. Az emberek legjobb rend ruhájukba bújtak, a nők kifestették magukat, hajukat divatos frizurákba fésülték, így adva meg az elvárható külsőségeket. A helyi muzsikusokból verbuválódott zenekar negyedórás pihenőkkel szakadatlan húzta a talpalávalót. Néptánctól jazzig volt minden, így a népes társaság kedvére rophatta a rögtönzött parketten. Mint bálokban legtöbbször, az emberek egy idő után csoportokba verődtek. Laurie osztályozásában a 'vének', a 'még mozgásképesek' és a 'suhancok'. Az első klikk jellemzően ülve pletykált az egyik sarokban, szívesen kóstolgatva a büfé kínálatát, miközben minden szerencsétlent, aki a látókörükbe ropta magát, kibeszéltek. A másik csoport fittyet hányva a kor szabta korlátokra flörtölt vagy ficánkolt a parketten. Ide sorolta magát is és szívesen megpörgetett bárkit, aki erre hajlandó volt.

- A savanyúbbját részesítem előnyben, mert azok nem ragaszkodnak a repetához.

Lathea annak ellenére is sokat táncolt, hogy nem így tervezte. Még mindig érezte azt a gyengeséget, amit Howard Stump valami rossz étel okozta betegség utóhatásának vélt. – Nyáron előfordul az ilyesmi, kiváltképp tejtermékekkel. Ne aggódjon, hamar kiheveri.

Bár eljött a bálra, a szíve legmélyén mégis inkább a parton töltötte volna az estét. A víz ilyenkor volt a legcsodásabb. Azoknak, akik felkérték, mégsem adhatott kosarat, így akaratlanul is a táncolók sűrűjében találta magát. Corey-t vagy Laurie vette ölbe, vagy Jim Morris, aki rossz lába miatt visszafogottan táncolt. Kilenc óra előtt Nick és Carla is befutottak. Az asszonyon, főleg korábbi nádszálkarcsúsága fényében, látható nyomokat hagyott az öthónapos terhesség, noha a virágmintás ruha ügyesen próbálta leplezni.

- Nem vagyok a legjobb formámban – vallotta be lerogyva két forduló közben és a hűs limonádét egy hajtásra kiitta.

Mellette Lathea a térdére ültette Corey-t, aki Carla vörös fürtjei után kapott. – Kala – ismételgette egyremásra, ami láthatóan a torzítás dacára meghatotta az asszonyt.

- Igen, én vagyok, drágám. Nem vagy álmos? – Corey mintha gyakorolta volna, hatalmasat ásított. – Ó, dehogynem!

- Jó, hogy megjöttetek, mert hamarosan hazaviszem.

- Laurie is itt van? – pásztázta körbe Carla a tömeget. – Milyen színt keressek?

- - Narancsot, ma narancsot – derült fel Lathea. –
De alkut kötöttünk és ő még marad.

Először Carla vette észre az érkezőt, mivel Lathea
Corey cipőjével volt elfoglalva.

- - Üdvözlöm, Carla, megengedi, hogy felkérjem
egy táncra a barátnőjét?

- - Jó estét, uram. Ezt talán tőle kérdezze meg,
nagyon önfejű.

- - Jó estét, Grant – állt fel Lathea. – Most jöttek?

- - Igen, épp az előbb. Doreen szokás szerint
képtelen volt dönteni a ruhatár darabjai felett.
Szabad egy táncra? – a férfi katonákhoz méltó
ünnepélyességgel nyújtotta a karját.

- - Megtisztel.

- - Megbocsát, Carla?

- - Menjenek csak, addig vigyázok erre az
elálmosodott lovagra.

A korábbi lágyabb ritmusok után az' Alexander's
Ragtime Band' örökzöld muzsikája csendült fel, majd
egy új keletű sláger. Grant Hyland-Flake ragyogó
táncosnak bizonyult, katonás merevsége valósággal
elolvadt a zenétől. Hogy gyakorlattal vezetett, azt
azonnal észre lehetett venni. Lathea, ahogy össze-
összemosolyogtak, nem először állapította meg, hogy
Doreen nem akármilyen szerencsével választott
élettársat. Az ezredes szálkás, egyenes tartású, fess
férfi volt, hatvan felett is fiatalos, jó karban. Arcán bár
nyomot felejtett az indiai nap, ettől csak karakteresebb
lett. A mosolya valahol a jóságos nagyapa és a
tántoríthatatlan feljebbvaló közt ragyogott, ám Lathea
sejtette, hogy egykori katonáinak soha nem mutatta a
kedvesebbik arcát.

Amikor a zenekar a régóta slágerként ünnepelt
'Tico, Tico' első akkordjait megpendítette, valaki
megszólította s férfit a háta mögül. – Megengedi,
hogy lekérjem a hölgyet?

Grant természetes eleganciával hajolt meg Lathea irányába, majd azt felelte: – Isten hozta, Mr. Chiari. Csakis Önnek engedek át egy ilyen kellemes partnert.

- – Jean-Michel? A férfi mosolyogva karolta át Lathea derekát. – A legjobbkor érkeztem, nem igaz?

- – Ezt a dalt nagyon szeretem.

- – Meg is értem.

- – Hogy kerül ide? – érdeklődött Lathea később, mialatt a férfi kiterelte a táncolók kavalkádjából.

- – Nem tűnik boldog viszontlátásnak.

De ő nem vette fel a cukkolást. – Természetesen kiforgatja a szavaimat.

- – Természetesen muszáj volt, ám annak reményében, hogy megbocsát, ugye? Elszabadultam néhány napra, és ha egyszer már Bristolban akadt tennivalóm, magukat is útba ejtettem. Bízom benne....

- – Nem, nem zavar – nevetett Lathea kitalálva a másik gondolatát. – De elmúlt kilenc és Corey-t haza kell vinnem. Laurie-t viszont ott találja valahol a sűrűben. Nick és Carla is ott lehetnek.

- – Tulajdonképpen azért ugrottam be, mert a kocsmáros szerint ma mindenki itt van. Különben hálás lennék egy ágyért. Tehát hazakísérhetem?

- – Lemond egy vérbeli falusi mulatságról? Nos, ez nem a Dorchester, ugyebár.

Jean-Michel megjátszott sértettséggel nézett az asszonyra. – Tehát ilyen véleménnyel van rólam? Akkor fel se veszem az autómba.

- – Jöjjön – kacagott Lathea. –, bemutatom valakinek.

Jó húsz perc is beletelt, mire hazafelé indulhattak. Jean-Michelt szemmel láthatóan lenyűgözte Carla Cowan, utána pedig a riasztó narancssárgában felbukkanó Laurie is szóval tartotta egy kicsit. Nem győzött örvendezni a betoppant vendég jelenléte felett. – Tényleg nincs kedve maradni?

- - Röstellem, Laurie, de rettenetesen elfáradtam.
- - Akkor jó éjt, rendezkedjen csak be a szobájában – simogatta meg a festő a közben elaludt kisfiú fejét. – És vigyázzon rájuk az úton.

Odakint langyos éjszaka terpeszkedett. A követség fekete kocsija százyardnyira, a tér túloldalán parkolt. – Milyen szép kisfiú – emelte be Jean-Michel a hátsó ülésre a gyereket. – Kire hasonlít?

- - Inkább az apjára. Kester is vörös és szeplős.
- - Mennyi idős?

Ahogy beültek, a motor erőteljes zúgással engedelmeskedett az elfordított kulcsnak.

- - Tizennyolc hónapos. Igazi nagylegény.

A kocsi az elsötétítési tilalmat tiszteletben tartva különleges fényszórókkal közlekedett. Lathea nem is érzékelte, hogy adnának fényt, de valószínűleg szokás kérdése, mert a francia magabiztosan hajtott a vaksötétben. Mintha holdbéli tájon jártak volna, ahhoz azonban nem illettek az éjszaka hangjai, a susogó fák, sirályok, tücskök, a tenger morajlása. Kifejezetten örült, amiért útitársa nem törte meg a csendet, így kedvére elmerülhetett az elmúlt években a szívéhez nőtt éji koncertben. Szerette a cornwalli nyarakat, a naplementét követő napszakot pedig még inkább. Olyasféle varázsa volt, amit semmi mással nem tudott összehasonlítani, legfeljebb a Laurie festményei által keltett illúziókkal. A festő tehetsége elegendő volt, hogy valamilyen belső sugallattal vászonra vigye ezeket a megfoghatatlan érzéseket, melyekben több volt a misztérium, mint bármi egyéb.

Azután egyszer csak odaértek a Parisianhez és a motor duruzsolása elhalt. Jean-Michel felvállalta, hogy Corey-t a bungalóig viszi. Lathea kérésére óvatosan az ágyra fektette. Bár a kisfiú jó ideje nem aludt mellette, ezúttal maga mellett akarta tartani, hiszen Laurie nélkül egyedül lett volna a házban. Legalábbis a vendég felbukkanása előtt.

- - Segítek magának ágyat húzni – suttogta Lathea a lámpa kapcsolója után nyúlva.

- - Igazán ne fáradjon. Csak mondja meg, hol találom az ágyneműt, a többit pedig bízza rám. Ez csodálatos meglepetés volt. Jean-Michel a kert árnyai közt végül elbúcsúzott és visszasétált a házba. Lathea levetkőztette a mélyen alvó gyereket, hogy a takaró alá bújtathassa. Utána felkapta a fürdőruháját és máris szaladt a partra, hogy még egyszer a hullámokba vethesse magát.

Meglepő módon nem Laurie volt reggel az első, hanem Jean-Michel. – Korán kidobta az ágya – ugratta Lathea egy csésze teával kínálva.

A férfi mégsem telepedett az asztalhoz, inkább követte a konyhába, hogy ott terjedelmes csomagot helyezzen a munkalapra.

- - Mi ez?
- - Nézze csak meg.
- - Karácsony lenne?

A francia felszabadultan nevetett. – Ügyes találgatás, de nem – egyetlen mozdulattal felhajtotta a doboz fedelét és mindkét kezével belehalászott. – Túró, sajt, van itt liszt, rizs, élesztő és a kicsinek csokoládé.

- - Uram isten! Csak nem rabolta ki Mr. Churchill kamráját?
- - Ejnye, maga többet tud, mint én – erélyeskedett Jean-Michel, majd összenevettek.
- - Akárhonnan is szerezte, hálásan köszönjük.

A férfi elhárító gesztust tett. – Tudja, Lathea, többek között azért is vállalkoztam erre az útra, mert nem voltam benne egészen biztos, hogy nem keserű szájízzel távozott-e legutóbb Londonból. Attól tartok, nem mutattam a legjobb formámat. A hajmeresztő késelési ügy után nemcsak beólálkodtam az ágyába, de megalázó kérdésekkel is traktáltam. Ráadásul jött Angeline azzal a koholmánnyal Mischáról... Hát, jóból is megárt a sok.

- - Ez úgy hangzik, mint valami bocsánatkérés féle.
- - Dagályos vagyok?
- - Egy kicsit, nem is nagyon értem, szükség van-e erre.
- - Szerintem igen. Megbocsát?
- - Nem látom okát, hogy ne tegyem – Lathea a csomagra ejtett jobbjával kacsintott. – Ezért bármit megbocsátanék.
- - Mindenesetre köszönöm. Mit szólna, ha ezek után én készíteném a reggelit? Ugyanis hoztam szalonnát is.

Lathea elképedve kukucskált ismét a dobozba annak eddig rejtett kincseit kutatva. – Ilyesmivel nem illik viccelni.

A férfi kötekedően elhúzta a dobozt. – Menjen csak és nézzen Corey után, majd azt eszi, ami a tányérjára kerül.

- - Nem túl nagy kockázat ez nekem?

A széttárt karok és a tartozékként megjelenő fölényes vigyor önmagukért beszéltek. – Mire vár még, grófné?

- - Nos, azt hiszem, le kell szednem a kiteregetett ruhákat.
- - Ó, nagyon helyes.

Mire a gondosan hajtogatott ruhákkal visszatért a házba, már ínycsiklandó kávé és szalonna illata terjengett mindenfelé. Corey aludt, ellenben a ház urát az asztalhoz csalta a nem mindennapi reggeli ígérete. Teáját iszogatva várta a folytatást. Lila inge valószínűleg bárki máson elborzasztóan mutatott volna.

- - Jó reggelt, kedvesem – nyújtotta a balját és Lathea meg is szorította.

- – Korán kelt, csak nem macskajaj?

Laurie a bajuszát pödörve ravaszul fintorgott. Ő kíváncsian ereszkedett a székre és az asztal lapján összefonott karokkal várta a mesét. – Ugyan, ne kéresse magát. Mi történt? Hester Cartright nagyon kicsípte magát tegnap este.

- – Úgy látta?
- – Úgy ám! És nemcsak én, egész Marazion! Össze-visszavihorászott, akár a szerelmes kamaszok. Sőt, azt is láttam, hogy felkérte.

Laurie elégedetten kacsintott. – Jól ropja az öreglány, azt meg kell hagyni.

Ettől a közönyösséget tettető kijelentéstől Latheából kiszakadt az önfeledt kacaj.

– Kicsoda is Hester Cartright? – tudakolta Jean-Michel a hátuk mögül.

- – Laurie udvarlója, mert, ugye, az?
- – Ezt még nem döntöttem el. Hagyom, hogy csipkedje magát egy kicsit.

Miközben a francia hitetlenkedve nevetett ezen az önteltségen, Lathea megjátszott szigorral a festőre pirított. – Az egy kicsi nem lesz elegendő, amíg én itt vagyok.

- – Ó, jaj! Különben is, Jean-Michel, mikor ad nekünk valami harapnivalót? Nagy kérdések eldöntéséhez ennem kell.
- – Tálalhatok, monsieur? – hajolt meg a francia színpadiasan.
- – Nem arra várunk, az ördögbe is?

- – Jean-Michel – suttogta Lathea sürgetően a sötétben.

A vásznon a híradó főcíme futott, amikor balról mindenkit felállítva Joss Austin siklott a mellette gazdátlanul álló székbe. A férfi jellegzetes, kissé gnóm alakja fürgén süllyedt a karfák közé. Eltelt egy perc és az idegen csillapíthatatlan fészkelődésében hol a kezével, hol a lábával súrolta Latheát.

- - Hm? – hajolt közelebb Jean-Michel le sem véve tekintetét a híradó kockáiról.
- - Kérem, cseréljünk helyet.

Lathea gyanította, hogy nem érti a kérést, mégis készségesen felállt, így ő biztonságos távolba kerülhetett a kellemetlen Austintól.

- - ....Tobruk elestével a brit csapatok jelentős hadizsákmányt voltak kénytelenek átengedni az ellenségnek. Rommel tábornok a kezébe került élelmiszer és hadianyag készletek révén tovább erősítette az utánpótlását. Ide sorolható mintegy ötszáz páncélos is, így pedig Egyiptom nagymértékben védtelenné vált. Az elmúlt hetekben csapataink feladni kényszerültek Marsa-Matruh erődjét, elesett Fuka és El-Daba. Bár az ellenség alig tíz nap alatt elérte az El-Alamein szorost, ott a front ismét megmerevedett.
- - Ezt a balgaságot! – fújtatott Jean-Michel alig hallhatóan.
- - El-Alameinnél Auchinleck tábornok, a közel-keleti brit haderő parancsnoka, személyesen felügyeli a 8. hadsereget. Mivel a front hatvanöt mérföldre megközelítette Alexandriát, a hadiflottát további parancsig a Szuezi-csatorna térségében vonták össze. A miniszterelnök a védelmet illetően szabad kezet adott az Afrikai Főparancsnokságnak. A brit csapatok előnyére válhat, hogy Rommel tábornok az El-Alamein környéki terepviszonyok miatt ezúttal nem indíthat bekerítő hadműveletet frontális támadás helyett. Július 5. és 10. között a brit védelem sikerrel dacolt az ellenség áttörési kísérleteivel és megtörte az előrenyomulás lendületét. A RAF légi fölényt szerzett a térségben és ellencsapásokat mért a támadókra.

A részletes harci cselekmények felsorolása után elborzasztó képsorok következtek, melyekre a moziban senki nem készült fel. Jóllehet Lathea már a háború valós kitörését megelőzően hallott az úgynevezett 'fajelméletről' meg a 'zsidó kérdésről', akkoriban az egész megfoghatatlan és távoli, a legvadabb képzeletet is felülmúló rémkép volt. Azóta viszont, hogy a náci rend térdre kényszerítette Európát, a téma újra meg újra felbukkant. A rádió említéseivel szemben a filmhíradó már a kíméletlen valóság bemutatásával élt. A képek mögött sejthető volt a szisztematikus népirtás, noha senki nem volt elég bátor hozzá, hogy néven nevezze. Az alighanem német filmanyag az első volt, mely a zsidók meghurcolását a legmegrázóbb nyíltsággal illusztrálta. A sötét nézőtéren mindenki lélegzetvisszafojtva meredt a vászonra, ahol a varsói gettóban forgatott jelenetek peregtek.

- - *1940. folyamán a zsidóságot elzárt gettókba különítették el, így csak Varsóban négyszázezer embert zsúfoltak a négyszer másfél kilométer alapterületű néhány háztömbbe, ahol korábban ennek a lélekszámnak a fele sem élt. A fasiszta fajelmélet ideológiája azonban 'a zsidókérdés végleges megoldásában rejlik'. A koncentrációs táborokba szállított embereket monocyd és zyklonB gázokkal ölik meg. Ez a vég fenyegeti Lengyelország teljes, hozzávetőlegesen 3,3 milliós zsidóságát. Emellett a Szovjetunió elfoglalt részein élőket is. Kijev eleste után közel százezer férfi, nő és gyermek....*

- - Ezt hallgatni se bírom – takarta el Lathea a szemét. Mint mindig, Lengyelország megpecsételődött sorsa és a zsidók tömeges legyilkolása a legsötétebb hangulatba kergette.

Később, akárcsak mások, betértek a Kótyagosba és mindketten fenékig ürítettek egy-egy pohár maró skót whiskyt.

- - Felfordul a gyomrom – hazafelé tartva Lathea lerogyott az egyik tengerparti sziklára és hátrafésülte előrehulló fürtjeit.

A csendes estében csak a morajló tenger adott némi életjelet magáról, mely elnyomta a suttogó lombok zenéjét. Elhagyatott volt minden, szinte élettelen, az a fajta állapot, ami az éjszaka sajátos módján mégis szinte vibrált. Jean-Michel néhány lépésre megállt és rágyújtott. A gyufa vörös fáklyaként lobbant fel, majd sandán szunnyadó pontra zsugorodott. – Megdöbbentő, hogy az ember mi mindenre képes, nem?

- - Kezdem azt hinni, hogy bármire.

A férfi hallgatott. A békés este fényévekre volt a moziban látott halál és borzalom képeitől. Tombolt a nyár, a levegőben virágok illata úszott merészen keveredve a tenger sós leheletével.

Lathea hirtelen felállt, és ahogy a háta mögött összekulcsolt ujjakkal hazafelé indult, szomorúan maga elé mosolygott. – Attól tartok, már nem hiszek semmiben és senkiben.

- - Ne mondjon ilyet!

- - Pedig így van. Az apám rémtetteivel kezdődött, a halálával folytatódott és Erwin végleg bebizonyította, milyen ostoba vagyok. Csakhogy a valóság, ez a valóság meg egyáltalán nem tetszik.

- - E pillanatban nincs is benne semmi vonzó. Az apja lengyel volt, ha jól emlékszem.

Lathea önkéntelenül is megborzongott, hogy maga köré kellett fonnia a karjait. – Igen, Danzigból. Vajon zsidó volt? Nem mintha számítana, de én még ezt sem tudom. Mi a bűnük azoknak az embereknek, hogy mások szánalom nélkül kiirtják őket? Honnan veszik a bátorságot ehhez? Maga okosabb nálam, Jean-Michel, tud erre magyarázatot? Mert én fel se foghatom.

- - Nézze, ez egy koncepcionálisan felépített demagógia, közös ellenségtudat, nevezze, aminek akarja, talán ötven év is beletelik, mire az összes mocskos részlet kiderül. Addigra viszont százezreket gázosítanak el és kínoznak halálra, akár az állatokat. Mindenesetre sajnálom, amiért az én hibámból ennyire feldúlták a látottak. Lathea a szandáljával rugdosta a homokot. – Néha tényleg jobb lenne nem tudni semmiről.

- - Elképzelhető.

Fél óra is elszaladt, mire a tengerparti úton hazasétáltak. A megrázó élmény hatása alatt kínosan akadozott a társalgás. Jean-Michel tartózkodott egyéb lehangoló hírek részletezésétől, Lathea pedig tudni se akart róluk. Tudta, hogy struccpolitikát folytat és gyerekesen viselkedik, de egy napra annyi elég volt, amit látott. Azután visszatérve a bungalóba átöltözött és a simogatóan langyos tengerben kimerülésig úszkált, hátha ez lemossa róla a csüggedtséget. Az idő múlását csak akkor vette észre, amikor kijövet a ruhái mellett heverésző alakot megpillantotta. Időközben a Parisianben járhatott, mert két üveg sörrel várt rá.

- - Maga igazi kis hableány. Hol tanult meg úszni?
- - Itt – leült mellé a homokba és hálásan meghúzta a neki szánt üveget. – Nick volt a mesterem.
- - Gyakran úszik?
- - Tavasztól őszig mindennap. Miért nem él a lehetőséggel?

A férfi sietősen elhárította az ajánlatot. – Köszönöm, én kevésbé vagyok lelkes vagy elszánt.

- - Hát, jó. Akkor meséljen valamit. Már nem sodorja veszélybe magát a Piccadillyn?

Halk kuncogás. – Ó, nem! Azzal felhagytam és, ha tehetem, kevésbé fájdalmas őrültségekkel űzöm el az unalmat.

- - Izgalmasan hangzik.
- - Ne cukkoljon!
- - Én?

A francia derűsen hahotázott. – Eljöhetne
Londonba, hogy megint szerencsét hozzon nekem a
kaszinóban.

- – Be is fektettük a nyereményt.
- – A terasz? Mondtam Laurie-nak, hogy
pompázatos műremek.
- – Egyetértek. Nick szerezte az embereket meg az
anyagot, és íme! Illik a házhoz, nem gondolja? –
Jean-Michel biccentett. – Nem hallott valamit
Fettisovról?
- – Sajnos nem.
- – Angeline sem szimatolt ki semmit? – az ugratás
azonban rosszul sült el. A férfi mintha
mentőövként húzott volna egy nagyot a sörből,
mielőtt a tengerre bámulva azt felelte: – Meghalt.
- – Szentséges ég! Mi történt?
- – Valaki átvágta a torkát. Egy hónapja találtak rá
Marseille-ben.
- – Nagyon sajnálom.
- – Nincs mit sajnálnia. Túl sokat ivott, ez lett a
veszte. Ahogy engem elszórakoztatott, nyilván
másokat is, mígnem valaki ráunt a kisded
játékaira.
A kijelentés meghökkentő közönnyel csengett. –
Ez igencsak részvéttelenül hangzik.
- – Tényleg? Pedig Angeline nem volt rossz ember,
isteni a humora, és, hát, mindez ragyogó
csomagolásban. Sajnálom őt, mivel
önpusztítónak született.
- – Jól ismerte?
- – Meglehetősen jól.
- – Meséljen róla.
Jean-Michel letette az üveget. – Mit is
mondhatnék? Az apja svájci bankár, az anyja pedig
nemesi ivadék. Szegény, de bájos, aki fogott magának
egy Krőzust. Szült egy gyereket, elvált és Amerikába
ment a férjétől kapott pénzen. Angeline egész

életében az ujja köré csavarta a vajszívű papáját, akit tökéletesen boldoggá tett, hogy a lánya szeszélyeit szolgálhatja. Messze nem egyedülálló történet.

- Hogyan ismerte meg?

- Chantal révén – Jean-Michel a sötétben oldalra lesett. – Felteszem, Mischa mélyen hallgatott a hölgyekről.

- Laurie-tól tudom, hogy egyszer jegyben járt. Chantallal, ugye? Az igenként felfogható morgás többet árult el minden szónál. – Chantal Mischa keresztapjának a nagyobbik lánya. Miután az öreg Kupolyev Párizsban letelepedett, Mischa rendszeres vendég lett Avignonban Hughes Stévenine birtokán. Chantal pedig szép lassan elcsavarta a fejét. Nem tagadom, szép pár voltak, de abban a nőben túl sok van Angeline-ből.

- Ezt hogy érti?

- Távollévőket nem illik szapulni, ezért mondjuk úgy, szeret flörtölni.

- Ó! Mischa szerint ez része a francia életfelfogásnak.

A kedvetlen nevetés hamar elhalt. – Valóban? Bizonyára másképp vélekedik, ha a saját menyasszonyáról van szó. De vak volt és elégedett, a legkutyább állapot. Mindenesetre Angeline-t Chantal révén ismertük meg, iskolai kebelbarátok voltak.

Hosszasan üldögéltek a homokban anélkül, hogy késztetést éreztek volna a beszédre. A hullámok szakadatlanul zúdultak a partra, belehaltak a nedves homokba, mígnem jött a következő rögvest a sarkukban. Az őket körülölelő sűrű fű negédesen dalolt, a vidék pedig mély álomba zuhant. Már elfogyott a sör, amikor végül Jean-Michel megszólalt.

- Szeretnék bocsánatot kérni a feltételezésért, hogy átkozottul magányos lenne. Ez a három nap, amit itt töltöttem, pontosan az ellenkezőjét bizonyítja. Mellesleg az öregúr valósággal rajong magáért.

- - Ne túlozzon.
- - Nincs ebben semmi túlzás. Láttam a rajzokat is, melyeket elkészített. Elképesztő tehetségre vall, mi mindent bele tud zsúfolni pár vonalba. Szeretet, ragaszkodás, hódolat – a kedves mosoly hirtelen eltűnt a férfi arcáról. – Ja, egyébként fel kellene jelentenie azt a tolakodó frátert a moziban. Kivénhedt, perverz alak – Lathea torkára forrt a szó. Sejtelme se volt, hogy Laurie tehetségétől miként jutottak Joss Austinig. Ám láthatóan a franciát nem feszélyezte, amiért nem kapott választ. – Abból ítélve, milyen gyorsan helyet cserélt velem, ismerheti a fickót.

- - Joss Austinnak hívják.
- - Rendben.
- - Rendben? Mi van rendben?
- - Ez csak egy ártatlan szófordulat.
- - Ártatlan?

A halk nevetés magabiztosságra utalt. – Mi más lenne? Ne legyen olyan gyanakvó. Meséljen valamit Corey-ról. Szeretetre méltó kis ördög.

A gyors témaváltás nem volt Lathea ellenére. Igaz, hogy a gyerek általában lenyűgözte az embereket, őt mégis meglepte, hogy a francia milyen remekül megtalálta vele a hangot. Már az első alkalommal a legnagyobb természetességgel a nyakába kapta és levitte a partra fürödni. Jól emlékezett, hogy aznap micsoda hullámokat kavart a szél, mégsem volt oka aggódni, Jean-Michel Corey-val a nyakában sétált bele a hullámokba és csak óvatosan fröcskölte le a kicsit, akinek a játék önfeledt kacaját hallva minden valószínűség szerint nagyon is elnyerte a tetszését.

- - Tudja, hogy nem mindennapi terhet vett a nyakába.

- - Nem tagadom, hogy eleinte átkozottul nehéz volt. Se Laurie, se én nem tudtuk, mit tegyünk. Corey-ról a puszta jó szándék gyorsan lepergett. Éjszakánként nem tudtuk elaltatni, csak sírt, míg a torkán kifért. Betty egyetlen pillanatig se gondolt bele, mekkora változásnak teszi ki, ha elhagyja.
- - Nem is nagyon értem, hogyan oldotta meg – hümmögött Jean-Michel. – A seregből azonnal kiteszik az állapotos nőket. Hogy mégis bennmaradt és elmehetett Afrikába, ennek valami protekció lehet a hátterében, vagy csalás.
- - Én erről nem tudok, Jean-Michel.
- - Nem is érdekes. Tehát az első sokk után beletanultak a gyereknevelésbe?

Emlékeiben kutatva Lathea kissé előredőlt, hogy felhúzott térdeit körbeölelhesse. – Laurie vigyáz rá, amíg én dolgozom, délután pedig cserélünk. Szerencsére Carla is gyakran átjön, imádja Corey-t. Ez egyébként kölcsönös.
- - Nick felesége?
- - Igen.
- - Vonzó teremtés – ismerte el Jean-Michel. – Nick igazán szerencsés flótás. Tulajdonképpen nem is értem, miért nem vette magához a kisfiút. Elvégre ő a legközelebbi vérrokona és meg is engedhetné magának.
- - Mindössze találgatás a részemről, de Betty valószínűleg nem rajong Carláért.
- - Vajon miért?
- - Alighanem alaptalanul és tévesen ítéli meg. Nem ismeri annyira, hogy ítéletet mondjon róla. Carla zárkózott típus, nehéz utat találni hozzá, mégsem lehetetlen. Megvannak a maga keserűségei, de kinek nincsenek?
- - Betty Cowan a lelkébe taposhatott azzal, hogy nem náluk hagyta a fiát.

- - Nagyon is. Egyébként Carla holnap reggel átjön, úgyhogy jobban megismerheti. Most azonban ideje lefeküdnöm, mert Mr. Carrough nem tűri a késést.

A bungaló felé ballagva Jean-Michel egy híres slágert fütyülgetett, az este hallhatóan jó hangulatában találta. Miután elváltak, még egy darabig hallani lehetett a bokrok közt távolodó vidám fütyörészést, ahogyan egy újabb slágerrel próbálkozott.

Laurie-t lenyűgözte Jean-Michel tájékozottsága. A hadicselekmények terén, annak ellenére, hogy a frontok közelébe se ment, tökéletesen kiismerte magát.

- Az egész egy jó térkép kérdése – felelte szerényen, bár ő gyanította, hogy ennél azért többről van szó.

Jean-Michel az ő szemében a tipikus, jómódú francia embert testesítette meg, szinte árasztotta magából Párizs felszabadító levegőjét. Azt az egyedülálló életérzést, amit a Szajna-parti város jelentett neki. Egyszerre viselte a politikusok komoly, hatalmat és befolyást sugárzó maszkját, olyan emberekét, akik felette állnak másoknak és az információ kiváltságaival élve képesek bárki életében átvenni az irányítást. Ugyanakkor kifinomult ízlésű, a művészetekre fogékony francia vér lüktetett az ereiben, a Bal Part varázsa és formabontó életszemlélete. Szerette a finom ételeket, a testes borokat meg az igéző asszonyokat. Márpedig mi lehetne ennél franciább?

Lebilincselőnek találta sajátos 'angolságát' is, ami a nyelvismeretét éppúgy jelentette, mint lojalitását és szeretetét az ország iránt. Ennek ellenére, ha megtehették, franciául társalogtak, ami neki külön élvezetet nyújtott. Így egy kicsit visszaálmodhatta magát hőn szeretett második hazájába, ahonnan végül is félig-meddig akarata ellenére távozott.

Jean-Michel vendégeskedése a Parisianben élénk színfoltot jelentett. A délelőttöket nyugodalmas és végtelen beszélgetésekkel űzték tova. De a francia örömmel játszott Corey-val is, levitte a tengerhez fürödni, és amíg lubickoltak, ő a homokban felállított állvány elé telepedve nyugodtan festhetett. Szerette ezeket az órákat, akárcsak azt, ahogy ifjú vendége a politikai bonyodalmakról mesélt. Megtárgyalták a fordulatokat és a jövő lehetőségeit. Ilyenkor ébredt csak tudatára, mennyire hiányzik neki a férfitársaság a házban.

Carla Cowan látogatásai során átvette tőlük a kisfiú felügyeletét, ami lehetővé tette hosszabbrövidebb sétáikat vagy a műterembeli dohányzást.

- Szívesen megmutatom, amit a dologról tudok – felelte Jean-Michel egy nap a világatlaszt pörgetve. Öreg darab volt, Laurie még Olaszországból hozta haza. Emerico miatt ezúttal is Afrika izgatta a legjobban, mivel a zűrzavaros haditudósításokból apai szíve számára nem kristályosodott ki megnyugtatóan, mi zajlik a másik kontinensen.

Egy Havannán pöfékelt, mialatt Jean-Michel fellapozta az afrikai partokat mutató oldalt. – Itt is van – közelebb hajoltak. – Az első olasz invázió Sidi Barraninál fulladt el.

- Ez már Egyiptom?

- Az bizony. Azután a britek átjöttek Líbiába. Az előrenyomulás El-Agheila térségéig jutott.

- Mikor volt ez?

- Hmm, 1941 februárja táján. Akkor a tengelyhatalmak vették át a stafétát és május végéig visszazavarták a briteket az egyiptomi határra. Nemsokára megint fordult a kocka és a britek elindultak vissza El-Agheilába. Ez már idén januárban volt. A város előtt állították meg őket. Majd Rommel újfent nekiveselkedett és május végéig Tobrukig visszazavarta őket.

- És Tobruk elesett.

A fejmozdulat ezt igazolta. – Ráadásul a fritzek már El-Alameinnél vannak.

- Ó, te jó ég! Akár valami teniszmeccs. Ide-oda.

- Hát, nem nevetséges? Afrika óriási, de ezek a szerencsétlenek két éve ezen a körülbelül hatszáz mérföld hosszú parti sávon kergetik egymást fel-alá.

- Tobruk igazán nagy veszteség, ugye?

Jean-Michel kényelmesen hátradőlt a fotelban. – Jártam ott a harmincas években és, bár nem vagyok hadi stratéga, ideális fekvésű város. Rommel ostroma pontosan emiatt húzódott tíz hónapig. Nem beszélve arról, hogy ragyogóan védhető a kikötő, amit a britek ki is használtak.

- Mégis elesett.

- Rommel nem érdemtelenül kapta a Sivatagi Róka nevet. Sokat látott, dörzsölt katona. Hitler egyik legkiemelkedőbb tehetségű embere. Ott volt Franciaország lerohanásánál, 1941 óta pedig lapít a sivatagban, vagyis ismeri, akár a tenyerét.

- Elég baj ez nekünk.

- Bizony baj. A németeknek jó utánpótlásuk van, Rommel pedig rengeteg muníciót zsákmányolt Tobruknál. Én mégis azt hiszem, most fog eldőlni, milyen taktikus vagy stratéga valójában.

- Ezt hogy értsem?

- Nézze csak meg, Laurie – bökött a francia megint a térképre. – Ez itt mind sík terep, látja? Rommel ugyan hosszú hónapokig sanyargatta Tobrukot, ez messze nem azt jelentette, hogy ott rostokolt a kapuban meghívóra várva. Épp ellenkezőleg! Megkerülve a várost üldözte tovább a briteket ide-oda a forró homokon. A titkosszolgálat egyes jelentései szerint Tobruk eleste után a németek Máltát vették volna sorra, csakhogy a britektől annyi hadianyagot kaptak ajándékba, hogy inkább megindultak Egyiptom felé.

Ötszáz páncélost szereztek, így most nekik áll a zászló.

Laurie elmerengve kérdezte: – Miféle hely ez az El-Alamein?

– Egy szorosban fekszik, ami jelentős fegyvertény lehet Rommel ellen. Eddig ugyanis bőséges, sík terepeken manőverezhetett, szinte a rendelkezésére állt az egész sivatag. El-Alameinnél egészen más a helyzet. Először is ott a szoros, másodszor pedig délről a Kattara horpadás zárja le a terepet. Itt nincs hely megkerülésekre. Nos, meglátjuk, mit lép. Mindenesetre ebben a hónapban a britek elegendő borsot törtek az orra alá. Megerősítették a légi fedezetet és eddig képtelen volt áttörni a vonalakat.

– Vajon most mi várható?

– Német részről feltehetőleg semmi. Legalábbis, amíg Rommel Németországban tartózkodik. Hogy Montgomery tervez-e valamit a megtáncoltatásukra, azt viszont könnyen el tudom képzelni. Az ősszel jó eséllyel már a jenkik is besegítenek. Ne felejtsük el, hogy ha Hitler nem tudja megszerezni a kaukázusi szenet meg olajat, nem említve a búzát, akkor a hadsereg ellátása hamarosan komoly gondokat okozhat neki. És ez a hullámverés az afrikai kalandra is rányomhatja a bélyegét.

Laurie az utolsókat szippantva a szivarból kibámult a kertbe. Egyik lábát régi szokása szerint átvetve a másikon himbálta. Gondolatai mostanában megint elveszett fia körül időztek a legtöbbet. – Említettem magának Betty Cowan levelét. Mit gondol Emerico kilátásairól? Őszintén, Jean-Michel.

– Nehéz kérdés. Én is hallottam, hogy az utolsó pillanatban a britek sikeresen kimenekítették a menthető emberanyag nagy részét. Egy hajó Alexandriába tartott és tudunk egyről, ami Gibraltárban kötött ki. A mostoha körülmények, illetve a gyors evakuáció során azonban nem készült részletes és megbízható lajstrom a behajózottakról.

- Értem.

- Nézze, Laurie. Ha a fia életben van és az útja bármelyik egészségügyi központ közelébe sodorja, elképzelhető, hogy értesül a mi kis nyomozásunkról. Nem tartottam titokban, hogy keresem, tehát könnyen meglehet, hogy valamikor felbukkan a követségen.

- Hálás vagyok az erőfeszítéseiért, fiam.

- Sajnos nem könnyű dolog megtalálni valakit ebben a zűrzavarban, ezt el kell fogadnunk. Iszonyatos embertömegek mozognak keresztbe-kasba és a háborúnak még messze nincs vége. Előkészületek folynak az amerikaiak európai telepítésére. Úgy hírlik, ősztől az amerikai légierő is beszáll a német célpontok bombázásába. Ez pedig azt jelenti, hogy lassacskán a jenkik ellepik majd az országot.

- Mondja csak, mi van azzal a bizonyos második fronttal?

A francia sokat sejtetően legyintett. – Idén már nem lesz belőle semmi. Politikai kötélhúzás tárgya lett. Persze Sztálinnak jól jönne, ha a Szovjetunióból Hitler csapatokat vonna el, de Churchill és Roosevelt arra játszanak, hátha a két ellenség, a kommunisták meg a fasiszták, kölcsönösen kivéreztetik egymást, ők meg majd learatják, ami megmarad.

- Csúnya eljárás.

- Politika, az pedig sose szép. A háttérben a britek, az oroszok meg a jenkik már osztozkodnak a koncon. Nem lepődnék meg, ha a második front ügyét is akadályozná, ha képtelenek egy nevezőre jutni.

- Na, és hol áll a francia diplomácia? A legyőzöttek közt kullognak majd?

Az egyenes kérdésre köntörfalazás nélküli válasz érkezett. – Egyelőre ott bizony. Roosevelt makacsul semmibe vesz minket, de ezt nem teheti sokáig. Franciaország domináns hatalma ennek a kontinensnek, ezért örökre nem zárhatnak ki minket a döntésekből.

A végeláthatatlan beszélgetések során Jean-Michel elárulta, hogy értesüléseit nagymértékben angol barátainak köszönheti. A jelek szerint London jobban felmérte annak jelentőségét, hosszú távon mit hozhat Franciaország mellőzése. A nem mindig hivatalos utakon áramoltatott információk azonban másod- és harmadkézből is hasznosnak bizonyultak a franciák számára. Laurie-nak az a benyomása támadt, Jean-Michel tökéletesen reális alapokon ideologizál. Tisztában volt országa mostoha helyzetével és el is fogadta, mialatt szorgosan munkálkodott egy előnyösebb pozíció kialakításán. Veszélyes és sziszifuszi munka volt, melynek során ritkán válogathatott az eszközökben. A bürokrácia, a hírszerzés, kémek és kémnők labirintusában kellett tájékozódnia, olykor magát ajánlva csalétekül.

- Emlékszem egy ponyvaregényre, amit 1919-ben vagy 20-ban olvastam. Egy állítólagos kémfőnök önéletrajzi leírása volt telis-tele lakomákkal, elcsábításra váró kémkisasszonyokkal, estélyekkel... emiatt azt gondolnám, ez ám az aranyélet!

Laurie rózsaszín ködbe vont beszámolóján Jean-Michel felhőtlenül szórakozott. – Akár hiszi, akár nem, van igazság ebben.

- Ne mondja! Még a szépséges ellenség behálózása is?

- Előfordul.

- És egy igazi hazafi...?

Jean-Michel felnevetett. – Mindent bedob, ha kell.

- Már értem. De azért más a munka és más az élvezet, ugye?

- Mire gondol?

Laurie kegyetlenül őszinte volt. – Latheára.

- Tudja jól, hogy ami engem illet, ő tabu. Emiatt ne aggódjon.

- Helyes, nagyon helyes!

- Nyolc óra, kapcsold be a rádiót, kedvesem.
Doreen Corey-val az ölében nagymama benyomását
keltette. A kicsi a gyöngysorát húzkodta, ami bár
valódinak látszott, ő mégis hagyta, hadd játsszon vele.
Grant Hyland-Flake engedelmeskedve a kérésnek
elcsavarta az impozáns faházba faragott készülék alsó
gombját. Szokásától eltérően nem viselt zakót,
mindössze egy nyári inget, annak is kigombolva
hagyta a gallérját. Akárcsak a felesége, ő is
szembetűnően lebarnult a két hét során, amit a
barátaiknál töltöttek Padstow-ban.

- Alvás, fürdés, evészet – így jellemezte Grant az
utazást, és a tömör beszámoló jótékonyan
egybecsengett azzal, amit kettejükről amúgy is le
lehetett olvasni. Majd kicsattantak az egészségtől és
jókedvtől.

- 1942. augusztus 7, a BBC londoni stúdiójának esti
híradását hallják. A Szovjetunió déli térségében
mindkét támadó hadsereg jókora utat tett meg a
Kaukázus, illetve Sztálingrád felé. Az utóbbi hadjárat
keretében a Vörös Hadsereg július 17-e óta halogató
taktikával, rajtaütésekkel lassította az ellenség
térnyerését. Két nappal ezelőtt azonban a német
hadvezetés megkezdte a szovjet csapatok bekerítését,
miközben egyidejű összehangolt támadást indítottak
dél, nyugat és északnyugat felől. A végső cél a védők
teljes beszorítása Sztálingrádba.

- Jó lesz, ha igyekeznek, különben a fenekükbe csíp a
második orosz tél is – fanyalgott Grant.

- Te tulajdonképpen kinek a pártján állsz?
A házigazda kedvetlenül legyintett a felesége
kérdésére. – Ostoba megjegyzés.

- A mai napon a Miniszterelnök hazatért Kairóból,
ahol villámlátogatást tett. A közép-keleti haderő
átszervezését stratégiai lépésnek és egyben
elkerülhetetlennek nevezte. Augusztus 5-én

meglátogatta a kiépített El-Alamein-i állásokat, és tegnap végrehajtotta a szükséges személycseréket. A közel-keleti erők vezetését Alexander tábornokra ruházta, a sivatagi hadsereg parancsnokságát a repülőgépével szerencsétlenséget szenvedett Gott tábornok halála után Bernard Law Montgomery tábornok veszi át.

- Ejha!

A szobában mindannyian Grantre pillantottak, ám az nem mondott egyebet. A további híreket néma csöndben ülték végig, majd a rádió hangjainak kiküszöbölése után a férfiak elmerültek az elemezgetésben.

- Grant jól ismeri Montgomery-t, egy ideig együtt szolgáltak – árulta el Doreen, miután Latheával elhagyták a szobát, hogy a konyhában nézzenek a dolgok után.

- Kicsi a világ.

- Padstow-ban találkoztunk az unokaöcsémmel – mesélte Doreen összepakolva a vacsora után felhalmozott tányérokat, majd nekiállt mosogatni. – Emlékszel még Geoffra?

- Hogyne!

Doreen derűsen kacsintott. – Ő is élénken emlékszik a nálunk töltött időre és különösen arra a napra, amikor strandolni voltunk.

- Sűrűn találkoztok?

- Ó, nem, nem igazán! Geoff elfoglalt ember, háború idején pedig még annyira. A gyár, ahol igazgató, a hadseregnek szállít.

- Megfeszített munka lehet.

Doreen a következő adag tányért is a vízbe eresztette. – Kérdezett felőled. Hogy férjnél vagy-e, esetleg udvarol-e neked valaki, ilyesmiket. Ő egyébként még nem nősült soha.

- Te össze akarsz boronálni az unokaöcséddel? – somolygott Lathea a terven.

- Dehogy!
- Nem?
- Pusztán megkérdeztem, tetszik-e neked?
- Ó, csak ennyi? Nem is értem, miért gondoltam másra.
A háziasszony dolgos keze megállt a levegőben és komolyan felnézett. – Kissé csodálkozom rajtad.
- Rajtam?
- Fiatal teremtés vagy, Marazionban ugyan nem sok az alkalmas fiatalember, de azok közül kettő-három szívesen legyeskedne körülötted. Akárcsak Geoff. Ehelyett te csak robotolsz, neveled Corey-t és bezárkózol Laurie bagolyvárába. Miért?
- Mit miért?
- Miért nem élsz egy kicsit? Szórakoznod kéne.
- Született otthonülő vagyok.
- Ez nem igaz. Láttalak a bálon, jól érezted magad.
- Egyszer egy évben elég, hidd el, Doreen – de az asszony nem látszott meggyőzöttnek.
- Lehet, hogy még Erwint gyászolod? Vagy a férjed?
- Nem, egyszerűen csak elégedett vagyok a jelennel, hogy nincsenek érzelmi viharok.
- Az sem zavar, ha a faluban Corey-t a fiadnak hiszik? Márpedig aki ezt elhiszi, akár megesett fiatal nőnek is gondolhat.
Lathea megvonta a vállát. – A pletykák tőlem függetlenek. Különben meg, aki számolni tud, tudhatja, hogy nem az én fiam.
- Ez akkor sem normális dolog, kedvesem. Udvarló kéne neked, társaság, flört.
A hátuk mögül érkező köhécselésre megfordultak. Az ajtóban a francia állt és talányos pillantása Latheán állapodott meg. Nyilvánvaló volt, hogy a beszélgetés végét és a barátnője győzködését hallotta. – Elnézést, hölgyeim. Legnagyobb bánatomra el kell búcsúznom, mert Laurie számán telefonhívást várok.

- Mennyire sajnálom! – törölte meg Doreen a kezeit, hogy az ajtóhoz léphessen.

- A vacsora fenséges volt, a társaságról nem is beszélve. Köszönöm a meghívást.

- Ugyan! Boldoggá tett minket, hogy eljött. Látjuk még, mielőtt szólítja a kötelesség?

- Nem tudom biztosan. Attól tartok, a napokban vissza kell térnem Londonba. Lathea, itt hagyom a kocsit, hogy a gyerekkel ne kelljen gyalogolniuk. A Parisianben találkozunk.

- Köszönjük, Jean-Michel.

Magukra maradva Lathea az egyik tálcára kistányérokat tett. – Hol is a sütemény?

- Eeeej! – kuncogott Doreen.

- Rajtam mulatsz ilyen jól?

- A buzgalmad azt súgja, eszed ágában sincs megfogadni a tanácsom.

- Átlátsz rajtam.

- Ezt nevezem kiadós egy órának.

Jean-Michel hangja a távolból hatolt el Latheához és bár a sziluettjét is alig látta, hallotta, hogy a hangja mosolyog. A következő pillanatban megcsapta az orrát a cigaretta füstje és a felizzó vöröslő pont megmutatta, merre lépked.

- Nem tudja, mit hagy ki – kötözködött vele, mialatt leheveredett a homokba.

- Bizonyára nem. De mit szól hozzám? Rögvest tudtam, hol keressem.

- A kém sose megy szabadságra magában?

- Soha. Erről jut eszembe, amíg Penzance-ban járt, azt a hírt kaptam, hogy szükség van rám Londonban.

- Ó! És mikor indul?

- Holnap.

- Sajnálom, Jean-Michel – Lathea kicsavarta a vizet a hajából, majd szétterítette a vállán. A férfi várakozó pillantása furcsán mustrálgatta. – Talán valami rosszat mondtam?

- Nem, mindössze számítottam egy karácsonyi meghívásra.

- Hiszen még csak augusztus van. Nem korai ez?

- Úgy látja?

- Hmm, tavaly is cserbenhagyott minket.

- Idén csak nem támadják meg a japánok újra Hawaiit. Gonoszság lenne a részükről – ezt annyi őszinte csalódottsággal mondta, akár egy duzzogó gyerek. Nem lehetett komolyan venni.

Lathea látszólag témát váltott. – Van családja, Jean-Michel?

- Ez most hogy jutott eszébe?

- A karácsonyról.

- Ááá, értem. De mint tudja, egyedül élek. A válasz diplomatikusan semmitmondóra sikerült. Gyakorlott mellébeszélésre vallott. – Természetesen nem erre céloztam, hanem a szüleire vagy testvérekre.

- Természetesen? – a férfi a szót ízlelgette. – Olyan elképzelhetetlennek tartja, hogy családalapításra adjam a fejem? Pedig sokan jó partinak tartanak.

- Feltehetően az is, nem? – helyeselt Lathea vidáman.

- Ön azonban, grófné, szóba se jöhetne nálam. Túl cinikus és gyanakvó, kellemetlen tulajdonságok egy nőben. Különben voltam már nős. Á, látom, most elhűlt!

- Ugyancsak! Vagy viccel?

Jean-Michel egy percig habozott. – A feleségem meghalt.

- Őszinte részvétem.

Rövid szünet következett, miközben a cigaretta utoljára felizzott. – Az egészben a legtragikusabb, hogy érdekből nősültem. Olyan nőt választottam, aki felmérte, miféle karrier áll előttem, és ebben támogatni tudott. Intelligens volt, jó társasági modorral, megfelelő neveltetéssel.

- Elég számítóan hangzik.
- Nocsak, bagoly mondja?
- Csakhogy én el akartam válni.
- Ez igaz, én viszont nem – nézett el a francia a víz
felé. – Főleg azután nem, hogy egy napon kezdtem azt
hinni, még szerethetem Stéfanie-t. Anélkül, hogy
észrevettem vagy bármelyikünk így akarta volna,
átalakultak a dolgaink.
- Csodálatos.
- Csodálatos? Ó, nem, cseppet sem volt az. Ha nem
viszonozzák az érzéseinket, az inkább tragikus. Nem
voltak elvárásaink, amikor egybekeltünk. Egyikünk
sem igényelte az érzelmeket, vagy ragaszkodást.
Olyan egyszerű volt így. Még mindig sokkal jobb,
mint ami később történt. Azután Stéfanie meghalt egy
vonatszerencsétlenségben és ezzel minden jónak és
rossznak pontot tett a végére – beletelt egy percbe,
mire Jean-Michel színlelt jókedvvel megrázta a fejét.
- Különben van családom. A szüleim Bretagne-ban
dekkolnak, éppen velünk szemben, ennek a sötét
víznek a túlpartján. Az apám is diplomata volt,
anyámat pedig arra nevelték, hogy tökéletes feleség
legyen. Az is, eltekintve a csípős nyelvétől, amit
gyanítom, apai ágon amerikai felmenőitől kapott
örökül.
Lathea elnevette magát ezen a jellemzésen. –
Irigylésre méltó keverék lehet.
- Anyám önmagában egy csoda, ezt túlzás vagy
hazabeszélés nélkül állíthatom. De ami a legfőbb
erénye, hogy minden körülmények között kitart az
apám mellett. Ami pedig politikusról lévén szó nem
lebecsülendő.
- Van testvére?
- Egy öcsém. Kevés a közös bennünk. Ő késői gyerek.
Mischa, emlékszem, ki nem állhatta.
- Miért?

Jean-Michel vonakodva válaszolt. – Nem igazán értek hozzá, de valamilyen születési rendellenességgel jött világra. Már csecsemőként, egy vagy két éves lehetett, megoperálták a szívével. Ennek megfelelően a szüleim a széltől is óvták, kalickában nőtt fel és az életszemlélete, mondhatnám, nem kevéssé énközpontú. A helyzetet tovább rontja, hogy a gazfickó egy igazi Don Juan. Olyan alak, aki beszáll egy átkozott háborúba pusztán azért, mert egy nőcske álmatagon a fülébe súgja, milyen jól festene egyenruhában.

- Ezzel ne tréfáljon!

- Látja? Sejtettem, hogy ezen felderül.

- Komolyan beszél?

- A lehető legkomolyabban.

- És hol van most a testvére?

Jean-Michel tett az ég felé egy szokatlan gesztust. – Csak a mindenható tudja. Szereztem neki egy íróasztali beosztást, de ha ott marad, most Vichyben lenne.

- És nincs ott?

- De nincs ám!

A talányos dünnyögésnek ki tudja, miféle jelentése lehetett. Lathea felhúzott térdeit átkarolva merengett a történeten. Lehangolónak találta, hogy mindenkinek van egy jól hangzó élettörténete, számtalan mese a családi gyűjteményből, egyedül ő az, akinek szégyenkeznie kell. Szégyellnie az apját, saját magát, amit elkövetett. Vészesen belesüppedve az önsajnálatba csak akkor jutott el a tudatáig az elhangzó kérdés, amikor a férfi megismételte.

- Geoff? Doreen unokaöccse.

- Miféle ember?

- Háááát, elég középszerű – Lathea halkan elnevette magát –, mármint szerintem. Persze Doreennak sose mondanám.

- Naná!

- Geoff marazioni tartózkodása idején többször is találkoztunk.
- És Doreen valami magasztosabban reménykedik? Lathea nagyon örült az áldásos sötétnek, mert az legalább elleplezte pirulását. Zavarát leplezendő kedélyesen kipréselte magából. – Csak nem hallgatózott?
- Az eredményt tekintve ez alighanem lényegtelen. Van válasz a kérdésemre?
- Nincs.
Halk nevetés válaszolt. – Amilyen elképesztő, de Mischa volt ilyen szűkszavú, ha valaki a titkait feszegette. Szeretek magával beszélgetni, Lathea. Tényleg... ilyenkor az az érzésem, hogy régi cimborám még mindig velem van.
- Ezt bóknak veszem.
- Annak is szántam.
A bungaló felé tartva Jean-Michel afelől érdeklődött, Lathea nem készül-e Londonba a közeljövőben. Ő azonban nem készült ilyen tervekkel, főleg nem a rossz idő beköszönte előtt. Nyáron pokol a nagyváros, és ha nem muszáj, nem akart abban a rekkenő hőségben vergődni.
- Talán megkönnyítem a döntését, ha azt mondom, London kezd egyre érdekesebb lenni – állt meg a francia a bungaló mellett és szembefordult vele.
- Úgy érti, angol hajadonoknak?
- Feltétlenül. Olyan fickók lepik el a várost, akik partiképesek, ötven alattiak, nem is beszélve a nyalka egyenruhájukról.
- És?
- Felteszem, nagy gavallérok lesznek, csakhogy megnyerjék maguknak a hűvös szigetlakókat. Úgyhogy fontolja meg. Pezsgő élet várja otthon.
- Otthon? Mintha egy másik élet része lett volna.
- Ugyan, félre a borús gondolatokkal!

Lathea a távolodó alak után nézett, ahogy elhajolt egy bokor elől. Sajnálta, hogy elutazik, mert jelenléte színt és vidámságot hozott az életükbe.

26.

Általános vélemény szerint 1942., és elsősorban a
második félév, a háború menetének egyik legaktívabb
szakasza lett. Ez is mindenekelőtt Európára
vonatkozott, hiszen Afrikában a német-olasz
támadásnak nem sikerült a 8. hadsereg alkotta
védelmi vonalat áttörnie. Ami pedig Ázsiát illeti, a
gyors japán előretörés után ott is valamiféle stabil
erőviszony volt kialakulóban. Az amerikaiak által
felépített tengeri védelem elsődlegesen az ausztrál
partok biztosítására szorítkozott, mert máskülönben a
japán védelem a Csendes-óceáni szigetvilág nehezen
kiismerhető rendszerében áttörhetetlen láncolatnak
bizonyult. McArthur tábornok, aki az óceán délkeleti
térségében a hadműveleteket irányította, Új-Guineán a
japán hódítás megelőzésére törekedett, mert az az
ellenség számára kulcsfontosságú pozíció lett volna a
Korall-tenger ellenőrzéséhez. Egyben kényelmetlenül
közel esett Ausztráliához. Tehát a szövetségesek a
Guadalcanal-szigeten épülő repülőgép-támaszpontra
koncentráltak, és amikor az ellenség partra szállt Új-
Guineán, a McArthur által bevetett tizenegyezer
tengerészgyalogos a hátukba kerülve foglalta el a
repteret. Az amerikai hadsereg itt bonyolódott először
dzsungelharcba, melynek hosszú hónapjai alatt
megismerték az emberi lét összes kínját. A
dizentériát, a tífuszt, a sárgalázat meg a vérszívó
moszkitókat. Ennek ellenére ez egy foggal-körömmel
végigharcolt fejezete lett a háborúnak, melyet a japán
katonák mindhalálig tartó kitartása következtében
egészen 1943 tavaszáig nem tudtak lezárni.
1942-ben Európa is hadszíntérré változott, legalábbis
a Szovjetunió, melyet még nem sikerült fasiszta iga

alá hajtani. Továbbá a kontinens közepe, vagyis a lankadatlanul bombázott Németország, illetve az Atlanti-óceán térsége.

A Szovjetunióban előrenyomuló hatalmas hadoszlop sikeresebb ága az olaj után indult és augusztus 8-án Majkoptól északra elérte az első olajmezőt. Ott azonban szembesülniük kellett a már korábban is gyakran elszenvedett orosz harcmodorral, amit 'felperzselt föld' néven ismert meg a világ. A Vörös Hadsereg a moszkvai csata óta saját országát égette porig, csakhogy a harcászatilag nem tartható vidékeken a hódítók se élelmet, se hadianyagot, de télen még fedett menedéket se találjanak. A németek nem megalapozatlanul tekintették ezt a taktikát barbár eljárásnak, ami jócskán megnehezítette az utánpótlásukat, és a rettenetes orosz télben védtelenül rekedtek a végtelen hómezők fogságában. Ám nemcsak a felrobbantott olajkutak jelentettek nehézséget, hanem a Kaukázus égbe nyúló hegyláncai is. Augusztus 21-én a német propaganda diadalittasan jelenthette be, hogy a Wehrmacht felhúzta a horogkeresztes zászlót az Elbruszra. Négy nappal később a front már Groznij közelében húzódott, északra az olajmezőktől. A honvédők szempontjából drámai helyzet alakult ki és ebben a szorításban, az állandósuló bombázások közepette, nemcsak a katonák, de a lakosság és a vasútvonalak is jelentős károkat szenvedtek. Azután a német hadoszlop három részre szakadt és ugyan elfoglalták a Tamany-félszigetet, illetve Novoszijkszet, de szeptember 10-én az előrenyomulást a Vörös Hadsereg megállította.

Ezalatt északra, a másik offenzíva sikeresebbnek bizonyult. Július 17. és augusztus 4. között a Vörös Hadsereg a német előretörés feltartóztatására törekedett, míg augusztus 5. és 18. közt már megkezdődött a Sztálingrádot védő szovjet csapatok bekerítése. Augusztus 17-ére a szovjetek csapdába kerültek, tőlük északra a Wehrmacht már a Volgánál menetelt. Augusztus 19-e hozta meg a döntő fordulatot, amikor Paulus tábornok kiadta a parancsot a város elfoglalására, melynek időtartamát a vezetés hat napban szabta meg. A támadást a gyalogság, valamint a páncélos és gépesített hadosztályok mellett hatszáz repülőgép kezdte meg. Augusztus utolsó heteiben és szeptember első tíz napjában a német bombázások gyakorlatilag elpusztították a várost, a Volgánál elvágták a szovjetek hadtesteit egymástól, a folyó pedig lángolt a kiömlött olajtól. Az általános támadás a kulcsfontosságú pontokért, melyek azután többször is gazdát cseréltek, szeptember 13-án indult meg. Miközben a védők által kézben tartott terület fokozatosan zsugorodott, a Wehrmacht főhadiszállása már a győzelem bejelentésére készült. Ám a Vörös Hadsereg utcai harcokba kényszerítette az ostromlókat, akik végül is két hét leforgása alatt tudták elfoglalni a város középső és déli részét, majd a folyó felől elvágták a védekező 62. hadsereg utánpótlását. Minden egyes nap véres küzdelmet hozott. A szovjetek elképesztő találékonysággal építettek védelmi vonalat a már szinte kőtörmelékké lőtt városban, ahol a német légi és páncélos fölény az összemosódó frontvonalak miatt bevethetetlenné vált. Szeptember 27-én megindult a harc az északi ipari körzetekért és ugyan a küzdelem váltakozó sikerrel folyt, a túlerő lassanként legyűrte a hősies védőket, akik sorozatos visszavonulásokra kényszerültek.

Amíg a Szovjetunióban a legnagyobb hevességgel dúltak a harcok, az angliai repülőbázisokról továbbra is folytatódott a légi háború Németország ellen. Az éjszakai rajtaütések nyomán felbecsülhetetlen károk keletkeztek a városi infrastruktúrában és a stratégiai pontokban. Ez rögvest Goebbels és Göring dühödt fenyegetőzéseit vonta maga után, miközben a német

légierő nagyjából ütésképtelen maradt. Az Angliába
telepített 8. amerikai légiflotta augusztus 17-én
végezte első bevetését és ezzel egy hosszú háború
vette kezdetét. Az amerikaiak B-17-esekkel és B-24-
esekkel repültek, melyek akár három ezer kilométer
távolságot is megtettek, hogy robbanóanyagot
zúdítsanak a célpontokra. Mivel az amerikai
támadásokat kulcsiparágak, tengeralattjáró-bázisok,
illetve fő csomópontok ellen főként nappal indították,
több lehetőség adódott a pontos célzásra és súlyos
rombolásra. 1942. az atlanti hadviselésben is óriási fordulatot
hozott. Amerika hadba lépésével a tengeralattjáró-
háború kiszélesedett, Németország minden erejével a
brit-amerikai együttműködés meghiúsításán
munkálkodott. A német hadiipar egyre növekvő
számban ontotta a hajókat, melyek harci taktikáját az
éjszakai rajtaütések jellemezték, gyakran a Luftwaffe
nyújtotta fedezékben és elsődlegesen a konvojok
ellen. A brit és amerikai veszteségek vészesen nőttek,
ami nyárra elérte azt a mértéket, hogy Németország
blokád alá vonja Angliát és így vezesse gazdasági
összeomláshoz. A szállítmányok fele ha elérte a
szigetországot, miközben a veszteségek öt-
hatszorosára nőttek.
A februári szégyenletes kudarc után, amikor Brestből
két német csatahajó egyszerűen beúsztatott
Wilhelmshaven kikötőjébe, a hadiflotta ázsiója
jócskán megcsappant. Csakhogy nem létezett igazán
hatékony lépés, amíg a brit és amerikai légierő
hatósugarán kívül az ellenség sorra süllyesztette el a
szövetséges hajókat és konvojokat. A norvég
bázisokról induló támadások nyomán a Szovjetunióba
tartó segítség ugyanígy rendre a tenger fenekén kötött
ki. A védtelenség érzése egészen addig kísértett, amíg
a híradástechnikai újdonság, a lokalizátor
felhasználásával be nem tudták mérni az ellenséges

tengeralattjárókat, és amikor azok levegőcserére a víz felszínére bukkantak, a légierő késlekedés nélkül megtámadta őket. Ezzel az esélyek végre kezdtek megváltozni.

A másik sokat vitatott kérdés, a második front esetleges megnyitása, kevésbé publikus politikai huzavonába torkollt, amit Winston Churchill a maga hathatós módján zárt le. Meggyőződése szerint a Franciaországban kiépített német védelmi vonal nem tette lehetővé a partraszállást. Állítását igazolandó augusztus 17-én Dieppe térségében ötezer kanadai katona kísérelte meg a hajmeresztő hadműveletet, de megerősített védelembe ütköztek. Háromezer-négyszáz halott és sebesült bizonyította a lépés elhibázottságát. Ezzel Churchill azt is megüzente, hogy a Szovjetunió egyedül magára számíthat a keleti fronton, mert a nyugati partraszállás elhalasztásával nem lesz olyan esemény, mely onnan német hadosztályokat vonna el.

Néhány perc erejére megtorpant a kapuban. Bár abból, amit eddig látott, errefelé nem volt divat a kerítés. Az alacsony, tetszetős faragás valahogy mégis illett a buja növényzet mögül elősejlő házhoz, melynek mindössze egyetlen szeletét láthatta onnan, ahol állt. A késő délutáni napfényben két pászma vetült a vaskos cölöpre lógatott, múlt századi lábosra, melynek fenekén azt olvasta: Parisian. Jó helyen járt, egy villanás erejéig mégis megfordult a fejében, hogy sarkon fordul. De rögvest azután arra gondolt, nem azért tette meg ezt a hosszú utat, hogy meghátráljon. Egy bocsánatkéréssel mindenképpen tartozik, és ha utána ki is dobják, legalább megtette, amit már olyan régen meg kellett volna tennie.

Igazság szerint egyszer már elszánta magát erre az expedícióra, jóllehet akkor vakon tapogatózva, a néven kívül semmit nem tudva. Azt se, merre vegye az irányt. Ráadásul a kísérletre nagyon szerencsétlen időpontban vállalkozott, mert amint átlépte a határt, máris besorozták. Senkit nem érdekelt, hogy életében nem járt még állítólagos szülőföldjén, hogy az útlevele is csak azért viseli a király címerét, mert a szülei révén kijárt neki. De még csak arra sem figyelt fel egy lélek se, milyen gyatrán habogja a nyelvet. Az anyanyelvét. Ehelyett besorozták és mivel nem fűlt a foga a katonásdihoz, árgus szemekkel lesték, nem próbálkozik-e szökéssel. 1940-ben így mentek a dolgok, és ő már Dovernál arra kényszerült, hogy feladja a sok-sok halogatás után elindított keresést. Azóta két év telt el. Apró csodák láncolata vezette el ehhez a kapuhoz, Délnyugat Angliába, ahol ez ideig sose járt, ellenben a látvány máris lenyűgözte. A növényzet, a szabadon tenyésző orchideák és hibiszkuszok, meg az október közepén fakó napsütés helyett tizenöt fokos langymeleg. Merő gyávaságból nem fordulhatott vissza. És hogy megfossza magát az áruló gondolatoktól, inkább gyorsan megütötte a csengőt helyettesítő lábost.

Lassú léptekkel indult meg a kővel felszórt ösvényen befelé. A ház és a tenger között magas fák lombjai lengedeztek a szélben, míg a túloldalon virágok tenyésztek. Nézelődésre azonban nem maradt ideje, mert idős ember jött vele szemben a kavicson. Közel a hetvenhez is délceg tartással, bot nélkül. Haja az egykori fekete helyett már fehérbe fordult, ahogyan dús bajusza is szürkébe, ám szikrázó kék szeme mit sem változott. Akárcsak rikító öltözködése. Piros nadrágja karcsú bokájánál csapkodott, a sárga ing, azon pedig a mérgeszöld overall egyszerűen nevetséges összhatást keltett. Bár ahogy belegondolt, ez a szedett-vedett színvilág illett a színek megszállottjához.

- Jó napot.

- Meleg üdvözletem, fiatalember – nyújtotta a kezét a házigazda előzékenyen, vendégcsalogató mosollyal a szája sarkában. – Segíthetek valamiben?
- Azt hiszem, igen.
- Keres valakit?
- Köszönöm, már megtaláltam. Mégis megmondaná, ez az út merre vezet?
- Hova készül?
- Marazionba.
- Akkor arra kéne mennie. Néhány mérföldes séta.
- Hálás köszönet.
Nem merte az öreget túl fürkész tekintettel méregetni, ugyanakkor elmenni se tudott. Még nem. Suta helyzet volt, ám valami titkos sugallatra a házigazda megelőzte. – Fáradtnak látszik, jöjjön, pihenjen meg egy kicsit mi nálunk.
- Nem akarom feltartani, uram.
A kék szemek régi szokásuk szerint villantak meg. – Ugyan, szeretem a jó társaságot.
Tehát megindultak az ösvényen a ház felé, majd megkerülve a sarkát felkaptattak azon a néhány lépcsőfokon, ami egy impozáns teraszra vezetett. Éppen a tengerre lehetett látni. – Lenyűgöző.
- Valóban – nevetett az öreg. – Egy nehéz élet jutalma, hogy kedvemre nézegethetem. Látom, megsérült. Csak nem katona? – intett az egyik kényelmes szék irányába, ő pedig elfogadta.
- Leszereltek. Csípősérülés Afrikában.
- Afrikában? – az izgatott hang meglepte. – Afrikában hol?
- Tobruk.
- Ó, azt mondja, Tobruk? – amint ez a tétován megismételt két szó elhangzott, ő már tudta, hogy hazatalált. – A családomból van ott valaki – bökte ki az öreg reszelős hangon. – Na, nézze, milyen ostoba vagyok, még be sem mutatkoztam, Laurel Doorn.
- Tudom.

- Ismer engem?

Csak azon csodálkozott, hogy egy festő szakavatott szemének nem tűnnek fel a nyilvánvaló azonosságok, fekete haj, kékes szem, anyajegy a bal arcon. – Hát, persze. Emerico vagyok.

Nem tudta, milyen reakciót várjon az apjától. Mióta elhatározta, hogy felkutatja, számtalanszor elképzelte ezt a jelenetet. Kiszínezte és kezdte újra. A firenzei évekből halvány emlékeket őrzött, mára azok is durván megkoptak vérszerinti apját vadidegenné szürkítve. A kellemes nosztalgia helyett, amire az édesanyja szerint éppenséggel lett volna oka, egyetlen kiábrándító jelenetre emlékezett, a tizennégy évvel korábbi csúfos elválásukra Párizsban. Harmincnégy éves fejjel, sokat veszítve lobbanékonyságából, illetve az édesanyjának köszönhetően jóval okosabban, nagyon szégyellte azt a megalázó monológot, amit annak idején az apjára zúdított. Már csak azért is, mert nem lehetne itt, ha az, akinek a lelkébe tiport, nem kutatott volna utána ezzel a vak elszántsággal.

- Coco, apám – mondta az öregnek, aki könnyes szemmel méregette. Mi tagadás, a régen feledésbe merült becenév harmincegy év távlatából is elérzékenyítette. Egykor szerették egymást és talán nem halt még ki teljesen ez az érzés.

- Emerico! Istenem! – Laurie valamelyest magához térve, arcán félelemmel a visszautasítástól, megkérdezte: – Megölelhetlek, fiam?

- Nagyon szeretném, ha megtennéd – vallotta be Emerico. Ott állva egymás ölelésében döbbent rá, hogy évek óta másra sem vágyott, mint erre. – Nem akartalak…. nem akartam csak úgy rád törni – mentegetőzött esetlenül. – Bárcsak előbb….

A mondat azonban soha nem hangzott el, mert a házból kisgyerek gurgulázó nevetése, majd vékonyka hangja szűrődött ki.

- Bocsáss meg egy pillanatra, fiam.

Fiam, különös csengésű szó volt ez az ő fülének. Úgy nőtt fel, hogy nem volt apja, mindössze egy fantom, akit minden baj forrásának tekintett, ám akit soha nem lehetett semmiért sem felelősségre vonni. Nem volt ott, nem volt a közelben sem, sehol se volt, ahol elérhető lett volna.

Amikor Laurie visszatért hozzá, vörös kisfiú ficánkolt a karján. Göndör fürtjeivel, a szeplőket beárnyékoló pillákkal angyalra emlékeztetett. – Ő Corey, ez pedig a fiam, Emerico.

– Eme... eme – ismételgette a kicsi.

Emericót lebilincselte a huncut kis vigyor. – Csak nem a te....?

– Ó, nem, nem! Nem az én fiam, bár néha azt kívánom, bárcsak az lenne – nevetett Laurie. Közben Corey megbökdöste az idegent. – Tudod, le vagyok taglózva a felbukkanásodtól. Attól tartottam, anélkül vonulok Szent Péter elé, hogy valaha megbocsátasz, vagy esélyt adsz egy hosszú magyarázkodásra.

Emerico a tarkabarka alak vállára ejtette a kezét. – Messze nem vagyok biztos benne, hogy te vagy az, akinek magyarázkodnia kell. Ellenben nekem lenne mit mondanom, amennyiben meghallgatsz.

– Ez nem is lehet kétséges – Laurie a gügyögő Coreyra lesett. – kérlek, áruld el, nem láttál-e az úton egy kerékpározó fiatal teremtést? Szőke, kék kabátban.

– Merre kellett volna látnom?

– A falu és a ház között. Kezdek aggódni, már itthon kellene lennie.

– Hmm – vakarta meg Emerico a fejét. –, mintha az út mentén láttam volna egy elhagyatott kerékpárt.

– Feketét?

– Talán, nem nézegettem különösebben.

– Ő lehet az.

Emerico leolvasta az aggodalmat az imént még derűs arcról. – Szívesen visszamegyek, ha akarod.

- Inkább vigyázz Corey-ra. Ne terheld a lábadat, majd én megyek.

- Ennél jobb már nem lesz, örökre sántítani fogok.

- Sajnálom, fiam. De legalább élsz, és engem ez is boldoggá tesz.

Visszafelé ballagva az úton Emerico elérzékenyülten elemezgette saját érzéseit. Afrikában volt olyan időszak, amikor bánta, mert megakadályozták az apja felkutatásában. Máskor viszont erős kételyek gyötörték, van-e egyáltalán értelme helyreállítani egy soha nem létezett viszonyt. Ráadásul az a kevés, ami hajdan összefűzte őket, az ő értelmetlen gyűlölködése miatt halt meg. Világos pillanataiban azonban tudta, hogy már régen békejobbot kellett volna nyújtania. Legkésőbb akkor, amikor az édesanyja meghalt és ráhagyta a lánykorától írogatott naplóját. Azok a megsárgult lapok ugyanis megőrizték Laurel Doorn valódi egyéniségét, jó és rossz arcát egyaránt. Ugyanakkor a szégyen évekig nem engedte, hogy megtegye az első lépést.

Sokszor elmerengett azon, vajon az apja mit gondolhat mindarról, ami Párizsban történt. Eszébe jut-e valaha. Arra azonban legmerészebb álmaiban sem számított, hogy végül az, akit mélységesen megsértett, egy háború zűrzavarában is kereseti majd. Azon a napon, amikor megtudta, hosszú évek után először érezte úgy, tartozik valakihez. Groteszk módon olyasvalakihez, akit gyakorlatilag harmincegy éve elveszített, és akinek a hollétéről fogalma sem volt. Mégis összekötötte őket egy korábban megtagadott, láthatatlan kötelék.

A Vöröskeresztes nyilvántartás szűkszavúan nyilatkozott arról, hogy a Francia Nagykövetségről érdeklődött valaki utána. Ugyanezt a tájékoztatást kapta a hadsereg megfelelő irodájában is. Beletelt némi utánajárásba, mire Jean-Michel Chiari nyomára bukkant, aki egy kiadós vacsora után Cornwall felé

irányította. Maga az utazás is kalandos volt, ám néhány együtt töltött perc után gyanította, hogy jóval több vár rá. Az édesanyja egykori leírásán csak most tudott eligazodni. – Imádnivaló és hóbortos. Gyógyultan is nehezen engedelmeskedő bal lábával ért először talajt, miután lemászott az út menti árokba. A kerékpár új korában valóban fekete lehetett, de az alighanem az özönvíz előtt volt. Elnézett a sűrűn benőtt fás terület felé, ahol a dús aljnövényzet dacára látható ösvények kanyarogtak. Mialatt azon ábrándozott, hol keresse a szőke, kék kabátos nőt, neszeket hallott. Elmerülten fülelve, mintha halk szitkozódást is felismert volna. Maga elé mosolyogva hajolt le, hogy az ágak között bejusson a szélső fák mögé. Némi bolyongás után már tisztán hallotta: – Ó, te! – éppenséggel ez sem dicséretnek hangzott.
- Haló! Van itt valaki?
Beletelt egy percbe, mire jobbról bosszús hang felelt.
– Az attól függ, kit keres.
- Egy szőke, kék kabátos nőt.
- Az én vagyok.
A következő pillanatban már ott is állt előtte az illető. Fiatal volt és mérges arckifejezése dacára nagyon csinos. – Rendben. Stimmel a haj meg a kabát. De mintha nem famászáshoz öltözött volna. Tulajdonképpen mit művel itt a bozótban?
A nő színlelt fenyegetéssel rázta meg az öklét. – Ne komiszkodjon velem, hallja-e! Ha tudni akarja, egy kiskutya tör borsot az orrom alá. Az a dög megszökött.
Ahogy ezt villámló tekintettel elpanaszolta, Emericóból feltartóztathatatlanul kitört a vidám nevetés. – Ne haragudjon, de....
Újdonsült ismerősét ez nem érdekelte, csak füstölgött tovább. – Ha megtalálom és sikerül megállnom, hogy kitekerjem a nyakát, Abroncsnak fogom hívni, vagy valami hasonlóan kellemetlen dolognak.

- Ugyan. Mit vétett szegény?
- Hogy mit? Óóó, kapja el! Ott fut! Emerico a nő jelzése szerinti irányba fordult és halkan kettőt füttyentve sikerült megállásra késztetnie minden bosszúság forrását. Legnagyobb meglepetésére a ravaszdi egy kölyök labrador volt, vajfehér, különös rozsdaszínű folttal a hasán, elképesztően megejtő gombszemekkel. Kivételesen szép példány, szögezte le magában. Leguggolt, hogy halk szavakkal próbálja magához édesgetni a kis kóborlót. Az eb hosszasan tusakodott magában, a kedveskedésnek és hízelgésnek nehéz volt hinnie. Csak állt ott mereven a farkát lobogtatva, popsijával és kifacsart nyakával feléje leskelődve. A füle meg-megmozdult annak jeleként, hogy nagyon is résen van. Ám ő sem adta fel, egyenesen belenézett a csillogó szemekbe, mintha hipnotizálni akarná. Végül kapkodás nélkül a kutya felé nyújtotta a kezét. A kölyök lassan megfordult és fél lépéseket kockáztatva meg araszolt közelebb. Nedves orrával megszaglászta a kezét, ezzel az ismerkedést meg is ejtették.
- Egek, maga ennyire ért a kutyákhoz?
- Nem kell érteni hozzájuk, egyszerűen szeretem őket – cirógatta meg Emerico a selymes bundát. – A magáé?
A nő gúnyosan fintorgott, felszisszenését nehéz lett volna félreérteni. – Mától. De Abroncs meg én nem szerettünk egymásba.
Emerico kezdte élvezni a kis jelenetet. – Abroncs? Ne tegye ezt vele. Legyen inkább Rozsda vagy Szökevény. Bármi jobb, mint az Abroncs – ekkor vette észre a nő furcsa pillantását. – Valami baj van? Úgy méreget, akár egy zombit.
- Persze képtelenség, egy másodpercig mégis azt hittem, Laurie Doornt látom fiatalon.
Emerico a kezét adta új ismerősének. – Az elveszett fia vagyok. Nem kísértet – tette hozzá a kiváltott

megütközést látva. – Rövid időre elkóboroltam, de nem haltam meg.

- Emerico?

- A legteljesebb mértékben.

- Ez elképesztő! – a nő széles mosolya felért egy meleg 'isten hozott'-tal. – Laurie milyen boldog lesz, ha meglátja!

- Ami azt illeti, már találkoztunk. Ő küldött maga után.

- Tényleg? Akkor Lathea vagyok és... – tekintete a kutyakölyökre tévedt.

Emerico kritikus pillantással illette a labradort. – Legyen Rozsda.

- Rendben, legyen.

- Örvendek.

A kézfogás barátira, ám azért árulkodóan határozottra sikerült.

- Tudja, én is a Parisianben időzöm – mesélte Lathea már az úton bandukolva. A kerékpárját maga tolta, így Emericóra hagyhatta a kutyát.

- Igen, hallottam. Apám egyik tanítványának a felesége, ugye?

- Az özvegye. A franciák gyorsan pórul jártak ebben a háborúban.

- Részvétem.

Lathea bátran mosolygott. – Remélem, tele van mesélnivalókkal, mert mi ki vagyunk éhezve a hírekre.

- Majd igyekszem nem csalódást okozni – kacsintott Emerico. A csodálatos találkozás fényében egyszeriben képes volt felszabadítani a lelkét az oly sokáig nyomasztó kételyek és szégyenérzés alól.

A mese jócskán váratott magára, mivel átaludta a délutánt. Azután feltöltötték Laurie bénultságra ítélt kocsiját azzal a benzinnel, amit Jean-Michel hagyott hátra, és elment Penzance-ba a poggyászáért.

Szembetűnően szegényes táskával érkezett vissza, ez volt mindene, amit magával hozott. A finom vacsora után apró csomagot halászott elő az egyik táskából, hogy annyi év után végre átadja annak, akit szerinte a leginkább illetett.

- Mi ez, fiam?

- Anyám naplói. Mondhatom, komoly írásmű és számos tanulsággal szolgált, hogy elolvastam az első betűtől az utolsóig.

- Tanulságok? Mifélék?

- Háááát, talán fogalmazhatok úgy, rádöbbentett, hogy az énjének egy nagyon vonzó és izgalmas részét, veled ellentétben, én soha nem ismerhettem meg. Szeretted őt, ugye?

Laurie megtörten biccentett. – Nem hétköznapi szerelem volt, ám számomra értékes és sírig tartó.

- Nos… – Emerico zavartan nyelt. –, szeretném, ha elolvasnád. Azt hiszem, akkor majd könnyebben szót értünk.

Laurie átolvasta az éjszakát. Nem tudott betelni azzal, amit a naplókban felfedezett. Egy már sok tekintetben elfeledett, boldog élet összetört cserepeit, amit, igaz, a leírt szavak révén, de csodálatos módon mégis összerakhatott és újra átélhetett. Kora reggel Lathea a füles karosszékben talált rá, megannyi csikktől és a naplóktól körülvéve. Karikás szemei dacára megfoghatatlan derűt árasztott, ahogy lankadatlanul lapozta az utolsó oldalakat.

- Jó reggelt – ahogy Lathea könnyedén megcsókolta az arcát és egy csésze gőzölgő teát letett mellé a kisasztalra, felnézett.

- Á, kedvesem. Hogy aludt?

- Én csodásan. Maga viszont nem sokat alhatott, ha egyáltalán.

- Randevúm volt a múlttal, ezt semmilyen alvás kedvéért nem mulasztottam volna el.

Lathea megérintette a vállát. – Jól van?

- Fenségesen.
- Készítek reggelit, hogy egy kicsit felfrissüljön.
- Köszönöm, de majd a fiammal. Ó, az isten
szerelmére, nem akartam megbántani.
Lathea engedte, hogy egy régimódi kézcsókkal
esedezzen a bocsánatáért. – Nem bántott meg. Magam
is erre gondoltam. Nem hiszem, hogy Emerico nyolc
előtt felkelne. Mindent odakészítek az asztalra
maguknak.
- Ha tudná, mennyire hálás vagyok.
- Nekem? Ugyan, miért?
Laurie megindultan mosolygott. – Nem a reggeliért,
hanem a fiamért. Visszaszerezte nekem.
- Túlértékel engem. Szerintem Anne szerelme hozta
ide őt. Most már tudja, milyen édesapja van, és
remélem, nem is vágyik másra, mint bepótolni az
elvesztegetett időt.
- Anne kivételes ember volt – dünnyögte Laurie
végigsimítva az egyik naplón.
- Máskülönben nem őt választotta volna. Most
mennem kell. Mr. Carrough szerint ma új szállítmány
várható, úgyhogy ha késnék, kezdjék el az uzsonnát.
- Rendben, miattunk ne aggódjon. De ne hagyja, hogy
a vén kecske későig robotoltassa.
Lathea búcsúzóul megölelte. – Kényeztesse el a fiát
egy kicsit – kacsintott. – Doreen aprósüteménye ott
lapul a kamrában. Viszlát!
Laurie a távolodó alak után intett. Még egy ideig
hallgatta a neszezést odakint, mielőtt orrára
biggyesztve a szemüvegét belevetette magát az utolsó
oldalak titkaiba.

Laurie mértéktelen hálával telt el a Mindenható felé,
akiben máskülönben szemernyit sem hitt, amiért
Emericót elvezette hozzá. Számára olyasféle öröm
volt ez, mint a csoda, amit Anne naplójában lelt meg.
Egyben persze érzelmi megrázkódtatás is, mégis az a

fajta, amit cseppet sem bán az ember. A keresés és
Jean-Michel tájékoztatásai táplálták benne a reményt,
noha a lelkében mindvégig ott burjánzott a kétely.
A cornwalli csalóka békében sem feledkezhetett meg
arról, hogy körös-körül évek óta folyt az öldöklés,
márpedig Afrika benne volt a sűrűjében. Ráadásul
hiába is próbált nem foglalkozni azzal a kétségbeejtő
ténnyel, hogy az egyetlen fia békeidőben sem volt
messzebb és idegenebb, mint most. Párizsi vitájuk óta
egy örökkévalóság telt el és minden egyes nap azt a
meggyőződését erősítette, hogy Emerico soha nem
fog megbocsátani. Ez a soha pedig ennyi gyűlölettel
egy ifjú férfiember lelkében nem lesz egyetlen nappal
sem rövidebb.

Saját szkeptikus és hitevesztett jövőlátását igazolta,
hogy a felbukkanó fiatalemberben fel sem ismerte
fiatalkori önmagát, holott az megtévesztésig
hasonlított hozzá, leszámítva talán erőteljesebb
fizikumát. Ő egy kedves tekintetű, barátságos katonát
látott, akinek hajviselete és nehézkes járása befújta
Marazionba a háború bűzös leheletét. Ám a kezdeti
megdöbbenést és a felismerés elmulasztása felett
érzett szégyent lassacskán kezdte felváltani a
büszkeség. Titokban egész nap őt leste, próbálva
benne meglátni Anne-t. Attól viszont irtózott volna,
hogy előzmények nélkül faggatni kezdje, vagy netán
olyasmire kérdezzen rá, aminek még érnie kell. A
minden viszályt tisztázó beszélgetés tehát váratott
magára.

Ez mégsem jelentett gondot, mert közben számtalan
alkalom nyílt erről-arról szót váltani, megemlékezni,
és ennek révén közelebb kerülni egymáshoz. Emerico
jelleme hamar megmutatkozott. Nem volt
titokzatoskodó alkat, se olyan, aki a múltban él.
Bármiről hajlandónak mutatkozott nyíltan beszélni,
erőteljes véleményt formált politikáról, háborúról,
művészetekről, jóllehet nem tűnt különösebben

filozofikus alkatnak. Humora Anne-t idézte, és a vicceket is hasonló elánnal mesélte. Aznap este, amikor Doreen és Grant Hyland-Flake vendégeskedett a Parisianben, az unszolásnak engedve tucatnyi katona viccet osztott meg a társasággal. Közvetlenül ezután azzal okozott meglepetést, hogy a 'Two in Love' és a legújabb sláger, a 'Yankee Doodle Boy' fülbemászó ritmusára felkérte Doreent és Latheát. Merev csípője ellenére örömmel táncolt, egy gyakorlott táncos önfeledtségével.

Laurie csodálta benne természetes józanságát és a világlátott emberekre jellemző fellépését. Szívesen hallgatta a történeteit arról, hogy a harmincas években számos európai városban dolgozott és mi mindent tapasztalt. Tehetségesen rajzolt, ez véletlenszerűen derült ki, miközben építészetről beszélgettek.

Tulajdonképpen jóval tehetségesebben, mint az építészektől elvárható. És ami egy apa számára talán a legfontosabb, a háború sem tudta megtörni. A sérülésével a maga módján számot vetett, most már örülve annak, hogy az tulajdonképpen semmilyen jelentős tevékenységben nem fogja akadályozni.

Emerico gond nélkül illeszkedett be a Parisian légkörébe. Lathea könnyebbséget jelentő segítséget kapott tőle. Szívesen etette a szárnyasokat, és mivel lelkesen horgászott, halat is többször ettek. Ráadásul igazi olaszként főzött. – Szeretnék segíteni a konyhában – javasolta Latheának. – Te, ugye, nem bánod, apa, ha néha én főzök?

- Én ugyan nem. Nem én vagyok ott az úr, ne engem kérdezz.

- Latheának ott van az állása, a gyerek meg a háztartás, legalább kisegítem egy kicsit.

Az érintettnek egyetlen kifogása sem volt és hamarosan azon kapták magukat, hogy ez az együttélés mindannyiuknak megfelel.

A műterem volt az egyetlen helyiség, amit Emerico elkerült. Nem volt nehéz, mert érkezése óta Laurie sem igen serénykedett születendő alkotásai körül. Legalábbis míg egy nap a fia horgászni nem indult és ő magára maradt. Egy régi alapra próbálta megálmodni a hátteret, ezért a zöld és kék árnyalatainak kikeverése vitte el a nap java részét. A gramofonon legutolsó kedvence forgott, halkan dúdolgatott hozzá, miközben a Notre Dame körüli park zöldjeit próbálgatta. Sziszifuszi munka volt, de forrása minden szemet gyönyörködtető végeredménynek.

- Megjöttem – amikor meghallotta a fia hangját, jó ideje először lesett a faliórára. Meglepetésére egy óra is elmúlt. – Beléphetek a szentélybe?
- Csak bátran! Itt semmire sincs kiírva, hogy mindent a szemnek, semmit a kéznek.

Emerico bemerészkedett, hogy tüzetesen végignézzen minden apró szegletet. Laurie oldalát nagyon fúrta, vajon tesz-e megjegyzést a római portréra, ám ez elmaradt. Helyette komótosan körbeballagott, meg-megfordította a falnak támasztott vásznakat, elmélyedt a grafikákban, mígnem megtorpant Lathea készülő portréja előtt. Laurie a maga részéről mindig így gondolt a készülő festményre, hiszen még nem volt címe, története meg annyira sem. A sziget és a vár nagyjából elkészültek, a figura azonban továbbra is kezdetlegesen serénykedett a bal oldalon.

- Lathea?
- Egyszer talán ő lesz.

Összefűzött karokkal Emerico ott maradt a kép előtt.

– Mr. Chiari említette, hogy a férje a tanítványod volt.
- Hogyne! Kolja a lakótársam növendéke volt, de én is tettem vele egy kísérletet. Sajnos a grafittal jóval több tehetséget mutatott, mint az ecsettel. Ez még azelőtt történt, hogy bele kellett volna tanulnia a grófok fellengzős életvitelébe. Szerettem őt, nagyszerű

legény volt. Aztán a háború előtt kaptam tőle egy levelet, hogy ha a hitvesének bármilyen okból menekülnie kellene Londonból, adjak fedelet a feje fölé.

- És te megtetted.

- Nem kétséges. Akkor is megtettem volna, ha a grófné kiállhatatlan hárpia lenne. Ehelyett az első naptól elbűvölt. Nélküle rettenetesen magányos lennék.

- És a férje?

- Úgy tudjuk, hogy 1940-ben esett el Párizsért. Szomorú vég.

- Tulajdonképpen miért akarod lefesteni?

- Mert van benne valami, ami nagyon megragadott. A szó hagyományos értelmében nem tündöklő szépség, a szeme ellenben csodálatos, az orra egészen tökéletes és az ajka is olyan, mintha festették volna. Amikor rajzolom, ott vibrál benne az a megfoghatatlan báj, ami kevesekre jellemző. Néha bezárkózik, máskor meg magához ölelné a világot. Igazán elsőrangú alapanyag egy festőnek. Nehéz elkapni belőle azt, ami igazán jellegzetes.

A lelkes szónoklat hallatán Emerico nevetve megjegyezte: – Ha fiatalabb lennél, azt hinném, belehabarodtál.

- Ó, az ilyesmi nem kor függvénye.

Ám ezen a ponton Emerico láthatóan lezártnak tekintette a témát és utolsóként a családi portréhoz lépett. – Olvastam erről a festményedről. Busás összegért adtad el, úgy rémlik.

Laurie rekedten felnevetett. – Szemtelenül busásért, igen. Attól tartok, akkoriban nem állt módomban eljátszani a nagylelkűt.

- Olvastam a naplóban, ugye, te is?

- Egy valamit tudnod kell, fiam. Szerettem édesanyádat és bármit képes lettem volna eladni, ha ezen az áron gyógyulást talál. Többet ért nekem minden vászonnál.

- Hiszen ez volt a legkedvesebb számodra.

- Nem is tagadom.

- És még ennél is?

- Igen, még ennél is.

Csend lett, hosszú csend, mielőtt Emerico megszólalt.

– Most már én is tisztában vagyok vele – elfordult a képtől, noha zsebébe süllyesztett kezekkel ott maradt a közelében. – Tudtál róla, hogy egy óriási fellángolás után vetted feleségül?

- Ejtett róla néhány szót, ámbár a naplóból már én is többet tudok.

- Hogy érted?

- Hogy? Egyszerű. Mostanáig nem tudatosodott bennem, hogy az az olasz olyan sokat jelentett neki. Egyébként meg, fiam, jegyezd meg, amit most mondok. Nem igaz, hogy az ember csak egyszer szerethet az életben. Anyád talán jobban szerette azt a fickót, de mi ketten azért a szép időkben nagyon boldogok voltunk. Nem kívánhat ember többet annál, hogy amíg tart valami, addig tökéletes legyen.

Emerico váratlanul otthagyta a festményt és a sámlira ereszkedett, éppen a vászon mellé, ahol Laurie munkálkodott. – Mi történt azután, hogy Párizsba költöztél? – kérdezte higgadtan.

- Pontosan az, amit anyád a naplóban leírt. Időnként eljött hozzám négy-öt napra, néha egy hétre, én meg folyton rólad faggattam. Amikor már nem jártam vissza hozzátok, ő volt az egyetlen forrásom, és mint minden anya, boldogan mesélt a fiáról.

- Miként lehetséges, hogy én úgy tudtam, elváltál tőle?

Laurie tanácstalanul a térdére eresztette a palettát. – Sejtelmem sincs, sose állítottam ilyet.

- Mennyire bánt, hogy Párizsban félbolond módjára a nyakadba zúdítottam azt a sok vádaskodást.

- Hagyd el! Fiatalember voltál, aki egy kissé túlzásba vitte az ítélkezést. Nem te vagy első, akivel megesett.
- Veled is?
- Miért lennék éppen én kivétel? Más körülmények közt ugyan, de én is faképnél hagytam az apámat.
- Vajon ő is megbocsátott?
Laurie hevesen megrázta a fejét. – Nem, ő kitagadott, és miután Penzance-ban felszálltam a vonatra, soha többé nem találkoztunk.
Eltelt egy perc. – Párizsban meg se próbáltál meggyőzni az igazadról – ez mintha szemrehányás lett volna.
- Valószínűleg hibát követtem el. Azt gondoltam, úgysem hinnél nekem. Szörnyeteget akartál látni bennem...
- És meg is kaptam.
Aznap Lathea előző esti főztjéből ebédeltek és miután Corey a kiságy mélyén elszenderült, még hosszasan ücsörögtek az asztalnál. Emerico noszogatás nélkül vágott bele életének egy csak általa ismert szakaszának elmesélésébe. – Szerettem az egyetemet. Róma lélegzetelállító város, már a levegője is más, és nagyon élveztem ezt a sokszínűséget. Kiváló professzoroktól tanultam, aminek gyorsan hasznát vettem.
- Érdekelne, miért az építészet?
Előzetesen Laurie egy kedves mosolyt kapott válaszul. – A te örökséged lehet. Jól rajzoltam és izgalomba hoztak a formák meg a terek. Jó választásnak tűnt.
- Utólag nem?
- De, de! Szeretek tervezni meg építeni. Mégis, utólag tartozom egy köszönömmel az anyagi támogatásért.
- Nem tartozol semmivel, a fiam vagy. Akkor is, ha haragszom-rád-ot játszunk, és akkor is, ha a világ másik felén élsz.

- Én mégis hálás vagyok. Nélküled aligha valósultak volna meg az álmaim.

Laurie engedékenyen legyintett. – Szívesen, ha ennyire ragaszkodsz hozzá.

Egy kellemes kávé mellett folytatódott a történet. – 34-ben diplomáztam és a háború kitöréséig gyakorlatilag állandóan volt munkám. Elsősorban Itáliában, később Ausztriában és Németországban.

- A politikai helyzet ellenére?

- Soha nem politizáltam és a harmincas évek legelején még ott sem volt nyílt terror. Akadtak furcsa történetek, ám akkoriban még nem nagyon állt össze a fejekben, mindez pontosan mit jelent. Két évet húztam le Düsseldorfban és remekül éltem. Hatalmas terveken dolgoztunk, annyi pénz volt, amennyi csak kellett. Azután Spanyolországba mentem segíteni az újjáépítésnél. A polgárháború után el is kelt a dolgos kéz. Volt, hogy mindenki eldobta a ceruzát és a két kezünkkel dolgoztunk. 38 őszén egy barát, akivel együtt koptattuk az egyetem padjait, hívott, hogy tartsak vele Amerikába. Floridában elképesztő méretű szállodaépítésbe kezdtek és mivel Miamiból indultak a szerencsejátékosok Kubába, a dolog egyértelműen megérte. Hát, még Havanna! Fantasztikus! Mivel anya meghalt, jobb híján ott akartam letelepedni.

- Te jó ég! Kuba?

- Mi az hogy! Aranyéletet éltünk, volt pénz, napfény, nők bőséggel. Csakhogy időközben kitört a háború, és hallottuk, hogy a németek lerohanták Franciaországot. Tehát útra keltem, hogy megkereselek.

- Engem? – bukott ki Laurie-ból. Megindultságát alig tudta elnyomni.

A fia viszont a legnagyobb nyugalommal folytatta: – Téged. Nem is sejtettem, hogy már nem élsz a Montparnasse-on, tehát először odamentem. Kissé körülményes út volt, hamis olasz papírokkal, de végül eljutottam Bernard Delorme-hoz. Mielőtt azonban elbeszélgethettünk volna, jött egy razzia és menekülnöm kellett.

- Miért? Mi történt Grafittal?

Emerico keserűen elhúzta a száját. – Vele feltehetőleg semmi, az én olasz papírjaim nem sikerültek elég hitelesre.

- És utána?

- Nem akartam őt is gyanúba keverni, ezért Svájc felé szöktem. Onnan fel tudtam hívni, és annyit elárult, hogy Angliában keresselek. Ezután Portugáliába mentem, majd hajóval Doverba. Ott viszont elegendő volt két tüzetes pillantás a papírjaimba és mire felocsúdtam, be is soroztak. Egészségügyi vizsgálat, aztán irány Afrika.

- Ez aztán a balszerencse!

Fakó nevetés válaszolt. – Korábban be se tettem a lábam ebbe a nyomorult országba. Az útlevelemen kívül semmim se volt, ami brit, alig makogtam valamit az anyanyelvemen, de mindez senkit sem érdekelt.

- Nem a kötekedés oltárán áldozom, fiam, de Amerikában is ez a nemzeti nyelv.

- Valóban, ugyanakkor arra, amerre én jártam, spanyolul is remekül lehet boldogulni. Florida sokszínű hely, ahol mindenki elfér. Az ottani angol pedig alig hasonlít az ittenire.

- Mesélj Afrikáról.

- Hosszú, véget nem érő mese, felkészültél?

Laurie a fiára emelte borospoharát, melynek alján még lötyögött egy kevés mutatóba.

- 1940. november végén kerültem Afrikába, amikor felduzzasztották a 8-asokat. Ősszel az olaszok átmasíroztak az egyiptomi határon, ezért ellentámadásra készültünk. Ki is vertük őket, ám tavasszal a fritzek egy rakás tankot kaptak utánpótlásul és az első dolguk volt visszazavarni minket a határra. Tobrukot azonban nem vették

vissza, hanem egyszerűen megkerülték.
Következésképpen a német vonalak mögé került és az
aussie-k tíz hónapig elzárva kuksoltak odabenn.

- Kik?

- Az ausztrál csapatok, ahogy ott rájuk ragadt: Tobruk
Patkányai.

- Tetszetős becenév.

- Inkább találó. A németek hihetetlen elánnal
ostromolták őket, mindhiába. A városból kész erődöt
építve beásták magukat. Szögesdrótok, aknamezők,
lövészárkok, állandó bombázások. Jó kis napi
program, mi? A hadsereg a kikötőn keresztül látta el
őket élelemmel meg hadianyaggal, hogy egy egész
raktárkészletet halmoztunk fel a falakon belül.
Röviden szólva, Rommel kénytelen volt feladni a
dolgot és az utánpótlást a várostól délre építette ki.
Lankadatlan lőtték Tobrukot, ellenben a kiéheztetés
ilyen háttérrel nem működött – Emerico ivott egy
korty bort, mielőtt folytatta. – Augusztus végén egy
lengyel dandár, a 32. brit tankbrigád és a Black Watch
skót ezred váltotta fel az aussie-kat, akik addigra
legendává váltak.

- El is hiszem. Kutya egy sorsuk lehetett.

- 1941. november elején indultunk megint előre. A
fritzek utóvédnek az olaszokat hagyták, akik modern
fegyverzet híján meghátráltak. Azt beszélték, a két
sereg egymást okolta. Rommelt azzal vádolták, hogy
szívfájdalom nélkül dobja oda az olaszokat, ami igaz
is volt. Egy-egy ellenakció során azért belénk csípett
és vesztettünk néhány dandárt. Én is akkor sebesültem
meg. Tobrukba vittek, amit a hadjárat alatt
felszabadítottunk az ostromgyűrű alól.

- Hogy történt?

- Egy eltévedt sorozat a harc hevében. A csípőízületbe
kaptam hármat, úgyhogy a szaladgálásról egy életre
lemondhatok. Ha nem Tobruk közelében történik,

kevesebb esélyem lett volna, ám így nem amputáltak, hanem rendbehoztak, amennyire lehetett.

- Már nincsenek fájdalmaid?
- Nincsenek és kezdem megszokni a helyzetet.

Tulajdonképpen jobb sántítani, mint otthagyni a fogad a sivatagban. Így azonban ott rekedtem Tobrukban, miközben a harc folyt tovább. A németek Szicíliába telepítettek egy légiflottát, hogy megakadályozzák a Máltáról érkező fedezetünk szabad mozgását. Egészen addig a Földközi-tengerre irányított német-olasz utánpótlás java a tenger fenekére süllyedt, ami alighanem az őrületbe kergette őket. Ellencsapásként Alexben az olaszok két csatahajónkat is harcképtelenné tették, amitől januárban Líbiában elakadt az invázió.

- Jó messze.

Emerico megvonta a vállát. – Az utánpótlás szempontjából igen, különben meg nem elég messze. Rommel meglepetésszerűen támadt a páncélosaival és visszakergetett minket Tobrukig. Azután sokáig nem történt semmi, gondolom, nekik is lógott a nyelvük ettől a sivatagi futóversenytől. Májusban Rommel Bir-Hakeimnál akart elosonni, a hadjáratnak valamiféle drámai győzelmet tervezgetve, a várost azonban De Gaulle a Szabad Francia Mozgalom katonáival és palesztin zsidókkal védte. Sok borsot törtek a németek orra alá, amíg azoknak sikerült átgázolniuk rajtuk.

- És a nagy bumm elmaradt – vigyorgott Laurie.

Tetszett neki, ahogy a fia mesélt.

- El ám! Tobruk mellett újra elszáguldott a német hadoszlop és úgy látszott, ekkor végre nekimennek Egyiptomnak. Hirtelen mégis hátraarcot csináltak és három nap alatt bevették a várost.

- Te hogyan jutottál ki?
- Már az első éjszaka megmutatkozott a túlerő, ezért Alexből két hajót rendeltek oda. Akit csak mozdítani

lehetett, tíz óra leforgása alatt felpakoltak és kihajóztak. Rázós út volt Gibraltárig, folyamatosan lőttek minket, de szerencsére torpedót nem kaptunk. Hallottuk, hogy Tobruk kapitulált, de mi már messze jártunk.

- Ezek szerint Gibraltárba vittek mindenkit?
- Először igen. Később felhajóztak minket Southamptonig és onnan szétdobták a társaságot. Mindenkit máshol kezeltek. Én például Winchesterbe kerültem. Mozgás-rehabilitáción voltam, hogy biztosabban járjak, idővel akár bot nélkül is. Kiszabadulva onnan felutaztam Londonba, mert a leszereléseket ott dokumentálják.
- Tehát vége?

Emerico a fejével jelezte csak, hogy igen. – Nem bánom. Hidd el, ennyire se vágytam.

- Tökéletesen megértem. Na, és hogyan jutottál a nyomunkra?
- Amikor még Winchesterben feküdtem, megjelent egy Vöröskeresztes nő azzal a hatalmas lajstrommal, amin az én nevem is szerepelt. Ő mondta, hogy egy civil kutat utánam. Megkaptam a telefonszámot és ennyi. Mivel egy lelket sem ismertem Angliában, természetesen megrökönyödtem. Miután felhívtam az illetőt, derült ki, hogy a Francia Nagykövetségről van szó. Úgyhogy Londonban találkoztam Mr. Chiarival, ő adta meg a címedet. Szimpatikus alak, kiköpött francia.
- Egyetértek – helyeselt Laurie. –, bár az igazsághoz hozzátartozik, hogy nem is én, hanem Lathea kerestetett téged.
- Lathea?
- Igen, ő. A férje révén ismeri Jean-Michelt, ő kérte meg, hogy segítsen, ha már egyszer olyan közel van a tűzhöz. Restellem, de én csak keseregtem, mialatt ők ketten cselekedtek.
- Ez esetben meg kell köszönnöm neki.

Laurie átnyúlt az asztal felett, hogy megszorítsa a fia kezét. – Akárhogy is volt, boldoggá tesz, amiért ide vezetett az utad.

- És véget is ért? Laurie megpaskolta a foglyul ejtett kezet. – Én, mi sem természetesebb, ezt szeretném. Habár azt is tökéletesen megértem, amennyiben más terveid vannak. Ez egy álmos, vénembereknek való hely, ahol az én fiatalságom idején se tobzódtunk az izgalmakban. Ezért gondold meg, fiam. Azt azonban tudnod kell, hogy ez a te otthonod is.

- Köszönöm – Emerico boldogan nézett a kék szemekbe. – Majd érdeklődöm Latheánál, mivel lehet elütni az időt.

- Bánj vele finoman. Különös teremtés, tele ellentmondásokkal.

Ekkor hallották meg a hátuk mögül az asszony hangját. – Mintha a nevemet hallottam volna. Laurie úgy látta, mosolya szívből fakad. – Egészen bőrig ázott, kedvesem.

- Zuhog az eső. Hogy vannak? – Lathea szokásához híven megölelte Laurie-t, még egy szeretetteljes puszi is jutott neki. – Emerico?

- Felségesen. Hadd segítsem le a kabátját.

- Azt megköszönném, mert egészen rám tapadt.

Emerico az egyik festőállványra akasztotta a kabátot, hogy leszáradhasson.

- És mi a friss hír Mr. Carrough-nál?

Lathea letelepedett az egyik zsámolyra, mielőtt válaszolt volna. – Néha azon csodálkozom, hogy nem fogy le ezeken a fejadagokon? Akkor végre Jimmel nem ugrabugrálnánk három ember helyett.

Laurie-ból feltartóztathatatlanul tört fel a nevetés. – Ebben ne is bízzon. Alfred Carrough már taknyos kölyökként is reménytelenül kövér volt. Ha ott nincs is, nekünk van egy jó hírünk. A mai postával megérkezett Emerico élelmiszerjegye, amit Jean-Michel volt olyan kedves megsürgetni.

– Ez tényleg nagyszerű újság. Karácsony előtt idén is ajánlatos lenne felhalmoznunk valamicskét.

A mellényzsebéből Emerico az asszony kezébe varázsolta a szóban forgó cédulákat. – Magánál vannak a legjobb helyen. Ó, ez az én kis barátom – vidult fel a kutyaugatásra, mely kettétörte a békés, eső kopogós délutánt. – Nem csatlakozik egy nedves sétáltatáshoz? – az elhárító kézmozdulat és az azt követő fintor megnevetette. – Akkor majd jövök – ezzel el is sietett, hogy Rozsdát elvigye egy kis barangolásra.

Lathea a faliórára sandított. Nem törődve lisztes kezeivel sietős léptekkel szaladt be a szobába, hogy bekapcsolja a déli híradást. A kitárt ajtószárny mögül Corey éppen abban a pillanatban robbant elő, és ha Emerico nem kapja el, csúnyán összekoccantak voltak.

– Hohoó, Corey! Akár egy tornádó!

A megállapítás nagyon találó volt. Kevéssel második születésnapja előtt a kisfiúra egyre nehezebb volt felügyelni. Egész nap nyüzsgött, átbújt a bútorok között, kimászott az ölelő karok fogságából és úgy el tudott tűnni, hogy ha néha nem szánja meg a keresőket, talán meg se találják többé. Lathea csak ámult és bámult, hogy egy ilyen csöppségben ennyi energia és lendület lakozik. Minden nappal tanult valami újat, de egyedül egyre kevésbé bírta a gyerek követését. Emerico ebben is pótolhatatlan segítségnek bizonyult. Káprázatos kitartással és türelemmel üldözte Corey-t, aki őt az ujja köré csavarta, Laurie-ból pedig mindent kizsarolt, amit csak akart. Ellenben Emericóban emberére akadt. A férfi ösztönösen kezelte a hisztiket meg durcáskodásokat, azaz kellő szigorral, úgyhogy a gyerek hamarosan kénytelen volt beadni a derekát. Persze időnként próbálkozott ezzel-azzal, habár alighanem felismerte, hogy a régi, bevált módszerekkel ez esetben semmire se megy. Ennek dacára hamar megszerette új barátját, aki szívesen hancúrozott vele és magával vitte a hosszú sétákra is, miközben Rozsda ott ügetett a sarkukban.

- Emerico, bekapcsolná a rádiót?

- Már dél van? Máris megyek.

Lathea visszasétált a konyhába, Corey a nyomában loholt. – Süti.

A tömör, minden cifraságot nélkülöző közlésen jót mulatott. Leguggolt a kisfiúhoz, aki a pár nappal korábbi hajvágást követően kissé kopasznak látszott a göndör fürtök dzsungele nélkül. – Bizony süti. És kinek? Corey-nak.

- Kojinak.

- Úgy ám. Kapok egy puszit? – a gyerek boldogan teljesítette a kérést. Odabentről halk zene elhaló foszlányai szűrődtek be, ahogy a pontos idő beolvasása előtt mindig.

- Hol vagy, szélvészkém? – jött be Emerico a térdére véve a kicsit. Jelenléte már csak azért is örömteli volt, mert Corey kedvenc szokása volt bármibe belekapaszkodni, amit elért, lett légyen az terítő, lábos, vagy bármi egyéb. Eljutott a leküzdhetetlen kíváncsiság korszakába és előszeretettel nyújtózkodott bármi után, ami számos kisebb-nagyobb balesethez vezetett, csörömpöléshez, kiömlött tartalmakhoz és persze takarításhoz.

- A BBC déli híradását hallják Londonból 1942. október 28-án. Afrikában az öt nappal ezelőtt megindított ellentámadás tovább halad előre. Montgomery tábornok nem reagált arra a hírre, miszerint a Németországból a frontra visszaérkező Rommel marsall vette át az ellenséges csapatok közvetlen parancsnokságát. A brit alakulatok már az első nap során két kisebb rést ütöttek az előretolt olasz csapatok védelmi vonalon, majd tegnap, és értesüléseink szerint feltehetően ma is, a németek áttörési kísérleteire lehet számítani. Esélyeinket növeli, hogy a RAF gépei óriási fölényben harcolnak a térségben, mióta a Krétán kialakítandó német légitámaszpont terve kudarcot vallott. A légi fedezet célja, hogy az afrikai hadtest megerősítésére odaszállított német páncélosokat minél nagyobb számban megsemmisítsék.

– Ezúttal összeroppantják a Rókát – jelentette ki Emerico nem kevés bizakodással. – Azon sem csodálkoznék, ha napokon belül megkezdődne a partraszállás.

Lathea felpillantott a krumpli hámozásból. – Miféle partraszállás?

– Már régen szó van róla, de csak tollászkodnak a bőrfotelekben.

Érthető módon a kisfiút cseppet sem érdekelte, mi történik a világban, ellenben a sütőből előmerészkedő aranyszínű sütemény annál inkább. Alig bírta kivárni, míg valamelyest kihűl.

– Hadd fújjam meg neked.

Ahogy Lathea egy kisebb darab fölé hajolt, Corey lelkesen utánozta a mozdulatot. Emerico önfeledten mulatott az igyekezetén és megkócolta a buksiját. Mialatt a megszerzett sütemény eltűnt a szájában, ő egyenletesen lovagoltatta a térdén, amit úgy szeretett.

Az asszony már a vacsorát készítette. Laurie-t is várták, miután délben Hyland-Flake-éknél ebédelt.

– Ha a gyerek elszundikált és megebédeltünk, velem tart egy sétára? Végre elállt az eső.

– Miért is ne? Ragyogó ötlet.

Magát a lehetőséget annak az egyszerű ténynek köszönhették, hogy Corey rengeteget aludt és szerencsére majdnemhogy megbízható pontossággal ébredt fel. Ilyenkor Rozsda az ágya lábához kuporodott és egész délután mellette őrködött.

- Apró kis gazember, de pokoli hangos és rettenetest harap – állapította meg egy alkalommal Laurie fején találva a szöget.

- Szeretem, amikor ilyen goromba a tenger – torpant meg Emerico a dűnék tetejére felkapaszkodva, mielőtt aláereszkedtek volna a homokos fövenyre. Kellemetlen szél dúdolt a fülükbe, ezért mindketten okkal örültek a vastag pulóvernek, amit induláskor magukra kaptak. – Egészen más, mint Afrika.

- Még soha nem jártam külföldön. Maga szeret utazni?

- Igen, nagyon. Az ember olyan élményeket gyűjthet, amit otthon soha – Latheát ez a kijelentés valaki másra emlékeztette. – Apám néhány szóval említette, hogy a férje francia volt. Soha nem járt odaát?

- Túl rövid volt az idő – Emericón semmiféle meglepetés nem látszott, ezért Lathea úgy vélte, az apja nem avatta be a részletekbe.

- A háború után bizonyára meg tudja nézni.

- Ó, milyen messzire tervez!

- Végső soron, annak a napnak is el kell jönnie, nem? Az optimizmusa csodálatra méltó volt. – Nos, én semmit sem tervezek előre. Ahonnan én jövök, ott az emberek a mának élnek.

- És merre van az a hely?

- Stepney-ben – a férfinak ez láthatóan semmit sem mondott. – London, a keleti dokkok.

- Még nem jutottam el oda.

- Most már nem is érdemes, a németek porig bombázták.

Ahogy a dűnék közt komótosan lejjebb ereszkedtek, megváltozott a szélirány. A gerincen valósággal tombolt, belekapott a hajukba, és ahogy Lathea kardigánján elszabadult az öv, a két szárny vitorlaként csapkodott a csípője körül. A homokdombok bezzeg falként állták útját a széllökéseknek, így a takarásukban egészen más érzetet keltett az őrült

tombolás. A hamisítatlan télelőben szürke fellegek
hasították az eget, dagadva és fenyegetőzve onnan a
magasból.
- Beszél franciául?
- Nem, egy szót se.
- Pedig apám minden bizonnyal megtaníthatná erre-
arra.
A zongoraleckékre gondolva Lathea ebben nem is
kételkedett. – Valószínűleg, bár nem lenne sok
értelme ebbe ölni az energiámat. A férjem már nem
értékelheti a produkciót. Tud zongorázni, Emerico?
Az önfeledt nevetés némi melegséget varázsolt a zord
időbe. – Sajnos nem, viszont magától már kezdek
kedvet kapni. Esetleg én is befizethetnék néhány órára
apámnál.
- Talán nem hiszi, számomra mégis nagyszerű
újdonság. Titokban sokszor vágytam rá, hogy
megpróbálhassam, mire vagyok képes, Laurie
pedig... – elégedetten mosolygott. – figyelemre méltó
türelemmel van megáldva.
Hallgatagon lépkedtek tovább, egyre távolabb jutva a
falutól, jóllehet az öbölben tornyosuló St. Michael's
Mount továbbra is uralta a panorámát.
- Van családja, Lathea?
- Nincsen. A szüleim a háború előtt meghaltak,
testvérem sincs. Az igazi családomat Cowanék
jelentették.
- Nick családja?
- Igen. Hat gyerek volt, közülük Nick és Corey anyja
maradt életben, a többiek 40-ben meghaltak a londoni
bombázások kezdetekor.
- Iszonyatos lehetett.
- Rettegtem. Minden éjjel a föld alatt,
bizonytalanságban, csak a robbanásokat fülelve.
Persze ez a megtévesztő béke is csalóka, hiszen
errefelé Plymouth és Exeter elpusztítása óta egyedül a
jegyrendszer árulkodik a háborúról. Télen nem kell

fagyoskodnunk, nyáron fürdünk és napozunk...
miközben néha még mindig azokkal a hangokkal
álmodom, félelmetesek.
- Elhiszem. Amíg Mr. Chiarit kerestem a városban,
láttam, hány épület dőlt romba.
- Olykor különös fordulatokra ragadtatja magát az
élet. Amíg egy nap arra az elhatározásra nem
ébredtem, hogy elfogadom Laurie meghívását, el sem
tudtam képzelni, hogy máshol éljek, mint Londonban
– kedvetlen nevetés szakította félbe a monológot. –
Most meg? Képtelen lennék visszamenni. Érzett
valaha hasonlót?
Emerico lelkiismeretesen eltűnődött azon, mit
felelhetne. – Azt hiszem, igen. Anyámmal egy
csodaszép villában éltünk a Firenzét körülvevő
dombok között. Szerelmi fészek lehetett, mielőtt apám
elhagyott minket. Szerettem – váratlanul
elmosolyodott. – Jóformán az a villa meg az
elképesztő növényzettől burjánzó liget testesítette
meg mindazt, amit mediterrán varázslatnak szokás
nevezni. Tudja, susogó szellőcskék, virágillattól
terhes levegő, lassú és hűvös napkelték, azután a
mindent elborító sárgás fények, este pedig a tikkasztó
alkonyat, tücskök ciripelése... ilyesmik.
- Káprázatos lehetett.
- Ó, igen, nem is tagadom. Azonban anyám nélkül
fabatkát se ért. Visszhangos szobák, kongó üresség...
eladtam az egészet, mielőtt menthetetlenül maga alá
temetett volna.
A korán érkező szürkületben már visszafelé
igyekeztek, amikor Lathea megkockáztatta a kevésbé
személytelen hangnemet. – Megenged egy
bizalmaskodó kérdést?
- Mi lenne az?
- Még mindig gyűlöli Laurie-t?

Emerico habozva megtorpant. Eltelt néhány másodperc, mire szembefordult vele. – Egyáltalán nem. Azt is tudni szeretné, miért?

- Ha elmondja, nagyon kíváncsi vagyok.

- Csak azt követően állt módomban elolvasni anyám naplóját, hogy eltemették. Megfoghatatlan érzés azzal szembesülni, hogy a nő, aki számomra anya és támasz volt, más emberek szemében a vágy tárgya, szerető vagy feleség. Apámmal szerették egymást. Talán nem regénybe illő, perzselő szerelemmel, de vággyal és őszintén. Ma már azzal is tisztában vagyok, ez olykor sokkal többet jelent a szerelemnél. Kamaszként viszont mindössze annyit tudtam, hogy anyámat elhagyták. Soha nem mondta el, mennyire igaztalanul vádaskodom, vagy hogy olyan dolgokat vetek az apám szemére, amit nem érdemel meg. Meg kellett halnia ahhoz, végre az ő helyzetébe is belegondoljak.

- Mikor halt meg az édesanyja?

- 36-ban – Emerico elnézett a tenger felé. – Olyan régen itt lett volna a helyem, hogy bocsánatot kérjek, csakhogy szégyelltem a forrófejűségemet meg azt a rengeteg gyűlölködést. Nem volt joom elítélni őket – váratlanul Latheára vetett egy komoly pillantást. – Látja, még meg sem köszöntem, amit értem tett.

- Én?

- Igen, ahogy hallottam, a maga kezdeményezésére kezdett Mr. Chiari felkutatni engem. Ezért mindhalálig hálás leszek.

Lathea belekarolt a férfiba, hogy úgy folytassák útjukat a ház felé. – Mit gondol, a hálája kitart jövő szombatig?

Emerico most sem tagadta meg alapvetően komiszkodó természetét. Az ugratásra hasonlóképpen felelt. – Egek! Milyen próbát talált ki nekem jövő szombatra?

- Hááát....

- Ki vele!

- Csak úgy katonásan?
- De úgy ám! Valljon színt, közlegény! Lathea a játék kedvéért megpróbálkozott egy délceg tisztelgéssel, ám külső segítséggel is csak nehezen sikerült. – Pocsék katona lennék – vallotta be nevetve.
- Lehet, viszont annál csinosabb.
- Ó, köszönöm. Visszatérve a szombatra, mivel Laurie Grant Hyland-Flake-kel Londonba utazik, talán megkérhetne, hogy menjek el magával a moziba. Emerico nehezen megfejthető pillantással reagált a javaslatra. Ennek dacára látszott rajta, hogy remekül szórakozik. – Vagyis csak úgy spontán, invitáljam meg a moziba?
- Milyen kedves, hogy eszébe jutott!
- Mégis mit játszanak abban a híres intézményben? Lathea megjátszott közönnyel legyintett. – Valami unalmas, amerikai filmet.
- Ó, igen? Már rég ki akartam próbálni, milyen elszundikálni a sötét nézőtéren. Lenne kedve csatlakozni?

Még a mozigép monoton kattogását is jól lehetett hallani, miközben a vásznon a sztálingrádi csata fekete-fehér képei peregtek. A jóformán alkotóelemeire széthullott épületek, csatatérré változott utcák, halottak és vér jelezték, hogy egyik fél se bír felülkerekedni a másikon.
- Ahogy peregnek a hetek, a német hadsereg ostroma lassan kilátástalan öldöklésbe fordul. A háztól házig araszoló frontvonalak átláthatatlanok és a kezdeti német létszám illetve technikai fölény ez ideig gyakorlati haszonnal nem járt. Amit a szovjet védők éjszaka megrohamoznak, azt a támadóknak nappal vissza kell hódítaniuk, ez számottevően visszaveti az előrenyomulás lehetőségét. Már november első napjaiban világosan látszott, hogy a tervezett offenzíva ereje lelohadt, a messze lemaradt utánpótlás pedig nem képes pótolni a kegyetlen gyilkolásban

elesett egységeket. A német századok létszáma mára sok esetben az előírtak felét sem haladja meg.

- Szerintem kössünk fogadást – súgta Carla a sötétben, arcát villanásszerűen világította meg a filmhíradó fénye.

- Te kire teszel?

- Ez nem is kérdés, Lat, az oroszokra.

- Vajon honnan ez a magabiztosság?

- Jön a tél.

A következő képsorok már Afrikából érkeztek, ahol, legalábbis a fekete-fehér képek alapján, úgy tűnhetett, hogy a nyár örök.

- ….az El-Alamein-i térségében kiépített védelmi vonalak az ellenség számára bevehetetlennek bizonyultak. A napokig tartó ádáz küzdelem végén, a kialakult légi fölényt kihasználva, november 2-án a brit csapatok áttörték a frontot és megsemmisítették az olasz hadtesteket. Az ellenség két napig próbálta tartani az állásait, ám Montgomery tábornok katonái 4-ére a kétszázötven német tank nyolcvanöt százalékát és a teljes olasz páncélos hadtestet kilőtték. A mészárlásba forduló csatából Rommel marsall 5-én visszavonta csapatait, melyeket a teljes megsemmisülés fenyegetett – a nézőtérről innen-onnan halk szitkozódás, vagy dünnyögés hallatszott. Az azóta a brit győzelmet hivatalosan is megerősítő hír sem enyhítette egyesek bosszúvágyát. – November 8-án a hajnali órákban vette kezdetét az ún. Fáklya hadművelet. Az akcióban mintegy nyolcezer amerikai és huszonötezer brit katona szállt partra Francia Afrikában, elsősorban Casablanca, Orán és Algír térségében. A gyors és sikeres előrenyomulásra elkerülhetetlen politikai válasz érkezett Németországból. November 10-én Adolf Hitler Münchenbe rendelte a francia bábkormány fejét, másnap pedig bejelentette, hogy Németország haladéktalanul megszállja a korábban Vichyből irányított Dél-Franciaországot is.

A híradó után műsorra tűzött film főcíme is alig pergett le, amikor Carla a sötétben úgy megszorította Lathea kezét, hogy az hallhatóan felszisszent. – Lat, rosszul vagyok… Azt hiszem, most inkább elmegyek.

- Hogyhogy rosszul vagy? Mit érzel?

- Mintha fájások lennének, de olyan rendszertelenek. Köszönj el Emericótól a nevemben.

Mielőtt Lathea bármit szólhatott volna, az asszony már fel is állt és, mivel a sor szélén ültek, a keskeny folyosón a kijárat felé botorkált. Sietségét látva baljós előérzet kerítette hatalmába. Úgy tudta, Carla csak két-három héten belül várandós a kicsivel, de néhány nappal korábban egyszer már hasonló módon hirtelen rosszullét tört rá a Parisianben. Akkor Howard Stumpot is riasztani kellett.

- Mi történt? – suttogta Emerico a sötétben.

- Jöjjön gyorsan – ragadta meg Lathea a karját ahelyett, hogy magyarázkodással vesztegette volna az időt.

Carlát a mozi előtt, a kocsijának támaszkodva találták. Láthatóan nehezen szedte a levegőt, hasára szorított tenyere pedig arról tanúskodott, valami nincs rendben.

- Mi van veled, Carla?

- Megszédültem.

Emerico, a vészhelyzet mestere, azonnal tudta, mit tegyen. – Hol a slusszkulcs? Most én vezetek.

- Tönkreteszem az estét. Penzance nagy kitérő nektek.

- Cseppet sem, éppen levegőzni akartunk, igaz, Lathea? – felelte Emerico megingathatatlanul. – Hol a kulcs?

Carla megtört mozdulattal a lába elé bökött. – Leejtettem… valahova ide…

Nyilvánvalóvá volt, hogy terjedelmes pocakjával nem tudná megkeresni. Emerico viszont fürgén felkapta és besegítve a két nőt a hátsó ülésre máris a kormányhoz telepedett. Megkerülve a parányi teret a penzance-i öblöt párhuzamosan ölelő útra hajtott. A szinte teljes kihaltság részben az egyre súlyosabb méreteket öltő benzinhiánynak, másrészt az elsötétítésnek volt köszönhető. Kevés jármű rendelkezett a szükséges fénytompítással, mely szinte teljesen elnyelte a fényszórók pászmáit. Sokan pedig hozzá se tudtak szokni a veszélyes 'vakvezetéshez'. A gúnynév igencsak illett ehhez az éjszakai bravúrhoz, mely több beleérzést igényelt.

Emerico erőteljesen rálépett a gázra, miközben hallotta a hátsó ülésről a visszafogott beszélgetést. Carla ugyan azt állította, valószínűleg túlértékelte a helyzetet, ő ezt mégsem hitte. A tobruki kórházban töltött hosszas lábadozás hónapjai alatt önkéntesen vállalt kisebb-nagyobb feladatokat, nehogy halálra unja magát. Rengeteg apróságot lesett el az ápolóktól, és mivel akkoriban nem egy várandós nőt is látott, akik szülés előtt szakasztott úgy festettek, mint most Carla Cowan, úgy érezte, nincs értelme köntörfalazni. Noha az asszony hősiesen igyekezett nem mutatni, biztos volt benne, hogy pokoli fájdalmai lehetnek. Lathea most már rendszeresen törölgette izzadt homlokát, ami szintén az ő gyanúját igazolta.

Húsz perc múlva fékezett le Cowanék vaksötét ablakokkal az éjszakába meredő háza előtt. Nick két napja Exeterbe indult egy fuvarral és hajnalnál előbb nem is lehetett számítani rá.

- Rettenetesen rosszul lehet – suttogta Lathea riadtan, ahogy kikecmergett a hátsó ülésről.

- Én is azt hiszem – behajolva az asszonyhoz Emerico elvette tőle a táskáját és kiadta Latheának. – Keresse meg a kulcsot, oltson villanyt, én pedig beviszem Carlát.

- Elbírja?

Ő maga is csak bizakodni mert, hogy a csípője nem mondja fel a szolgálatot. – Vigyük a földszintre.

Lathea előreszaladt, mialatt ő odahajolt Carlához. Ismét izzadtság nyomait fedezte fel az arcán, vonásai a sötétben is ékesszólóan regéltek az átélt kínokról. – Bírja még egy kicsit?

- Nem tudom, meddig.

- Nem is mondta, hogy az afrikai partraszállást pezsgő helyett egy kis bőgőmasinával fogjuk megünnepelni. Halovány, elkínzott mosoly derengett fel az asszony szája szegletében. – Köszönöm, Emerico. Amint a házban felgyulladt a villany és a sötétítőfüggöny egy másodperccel később eltakarta a fényt, Emerico elszánta magát. – Beviszem, hogy ne kelljen gyalogolnia. Ahogy csak tud, kapaszkodjon a nyakamba.

Az újabb fájásoktól elgyengült asszonyt körülményesen sikerült kiemelnie a kocsiból, ám utána szilárd léptekkel gyűrte le a távolságot a házig. Lathea becsukta mögötte az ajtót, majd elirányítgatta a nappaliba. Ott a kanapéra terített lepedőre óvatosan lefektette a meggyötört kismamát, aki azonnal össze is rándult.

- Nem akarom megijeszteni, de a trónörökös nem óhajt sokáig várni.

- Nem teheti ezt velem.

Emerico a szeme sarkából inkább Latheát leste, aki hirtelen halott sápadtra váltott, majd bizonytalan lábakon kitámolygott a szobából. – Carla, megengedi, hogy segítsek magának?

- Hiszen nem is orvos.

- Igaz, viszont segédkeztem már néhány szülésnél. És persze hívjuk ide az orvosát. Ki ő és hol lakik?

- James Rodney, három házzal odébb lakik a Crescent Road elején.

- Rendben, mi lenne, ha pihenne egy kicsit? Én kimegyek egy percre. Ha baj van, azonnal kiáltson... szeretem a hangos nőket.

- Ó, maga!

Emerico bátorításképpen megpaskolta a kezét, mielőtt magára hagyta. – Lathea?

– Igen? – Lathea úgy ugrott fel ültéből, mint akibe villám csapott. A konyha szinte fehér megvilágításában továbbra is ijesztően sápadtnak látszott, szeméből sütött a kétségbeesés.

– Mi lelte magát? Odabenn azt hittem, rögvest a padlóra fog omlani.

– Én csak... mit gondol, Carla kisbabája úton van már?

– Semmi kétség, bár nem vagyok különösebben szakavatott a témában. A jelek mindenesetre erre vallanak. Riasztanunk kell a doktort, és amíg ideér, addig is akad tennivaló.

Lathea kétszer is nekifutott, ám csak harmadszorra sikerült érthetően elmondania. – Én nem tudok segíteni. Nem bírom elviselni a... vér látványát. Sajnálom.

– Szóval, ezért lett olyan, akár egy kísértet?

– Sajnálom.

Emericónak megesett rajta a szíve. Úgy remegett a félelemtől, mintha rá várna a szülés gyötrelme. Ezért szavak helyett inkább a kijárat felé terelte. – Azért még tud segíteni. Siessen a Crescent Roadra, ott lakik James Rodney, az orvos. Közben szívjon egy kis friss levegőt.

– Úgy szégyellem magam... mintha nem akarnék segíteni.

– Ugyan, ne beszéljen butaságokat. Különben meg a gyerekek önmaguktól megszületnek, az orvosok dolga csak az abrakadabra.

Lathea fásultan belebújt a kabátjába. Megköszörülve a torkát kérdezte: – Hol van a Crescent Road?

– Valamelyik szomszédos utca, ennél többet én sem tudok – a szobából felhangzó sikoly hallatán Lathea kisietett az utcára. – Ne feledkezzen meg rólunk –

mosolygott rá Emerico, mielőtt visszafutott volna a vajúdó Carla Cowanhez.

Jóllehet Tobrukban tényleg segédkezett szüléseknél, nem szívesen vállalta volna fel az egyedüli támasz szerepét. Abban bízva, hogy Lathea otthon találja az orvost és hamarosan visszatér vele, odatérdelt Carla mellé egy magabiztos arckifejezéssel az arcán.

- Emerico, elkezdődött.

- Eldöntötte már, mi lesz a neve?

Az asszony persze nem volt abban az állapotban, hogy mulasson az olcsó tréfán. Összeszorított fogakkal küzdött, mígnem annyi ereje maradt, hogy azt sziszegje: – Megölöm Nick Cowant, ha ma nem jön haza! – ám a gyilkos indulatok nem tartottak tovább, minthogy Rodney doktor a kismama keblére fektette a hevesen üvöltő Margaret Cowant.